今日は何の日？366

偉人の誕生日から世界の歴史、記念日まで

PHP

はじめに

この本《ほん》は、一日一話《いちにちいちわ》、三百六十六日《さんびゃくろくじゅうろくにち》、親子《おやこ》でお話《はなし》を楽《たの》しむことができます。お話《はなし》は、個人差《こじんさ》はありますが、一《いち》ページにつき三《さん》〜五分《ごふん》で読《よ》めるものです。

今日《きょう》が何《なん》の日《ひ》なのか、また、過去《かこ》にどんなことがあった日《ひ》なのか、行事《ぎょうじ》や記念日《きねんび》、人物《じんぶつ》、歴史《れきし》、はじめての五《いつ》つのジャンルから紹介《しょうかい》しています。

日《ひ》づけの順番《じゅんばん》に読《よ》んだり、お子様《こさま》が好《す》きなお話《はなし》から読《よ》んだり、気《き》に入《い》ったイラストのお話《はなし》から読《よ》んだりと、好《す》きなようにお読《よ》みください。

お話《はなし》の中《なか》には、まだお子様《こさま》にはむずかしいと思《おも》われるものもあるかもしれません。

しかしながら、お子様《こさま》の年齢《ねんれい》やお話《はなし》の内容《ないよう》などに関《かん》係《けい》なく、読《よ》んでいただくことをおすすめします。

子《こ》どもは、言葉《ことば》や意味《いみ》がわからなくても、何《なに》に興味《きょうみ》をもつかわかりません。意外《いがい》な言葉《ことば》や場面《ばめん》にひかれて、何度《なんど》もその場面《ばめん》を読《よ》んでほしいとせがまれることもあるでしょう。そのようなお子様《こさま》の、新《あら》たな出《で》あいの瞬間《しゅんかん》を親子《おやこ》で楽《たの》しんでください。

この本《ほん》が、お子様《こさま》の新《あたら》しい興味《きょうみ》を引《ひ》き出《だ》し、可能性《かのうせい》を広《ひろ》げるきっかけになれば、幸《さいわ》いです。

親子《おやこ》で会話《かいわ》を楽《たの》しみながら、とっておきの時間《じかん》をおすごしください。

もくじ

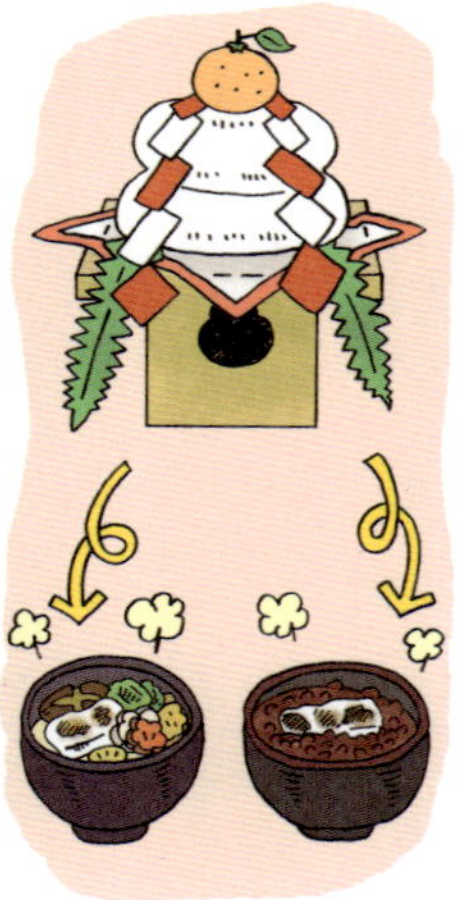

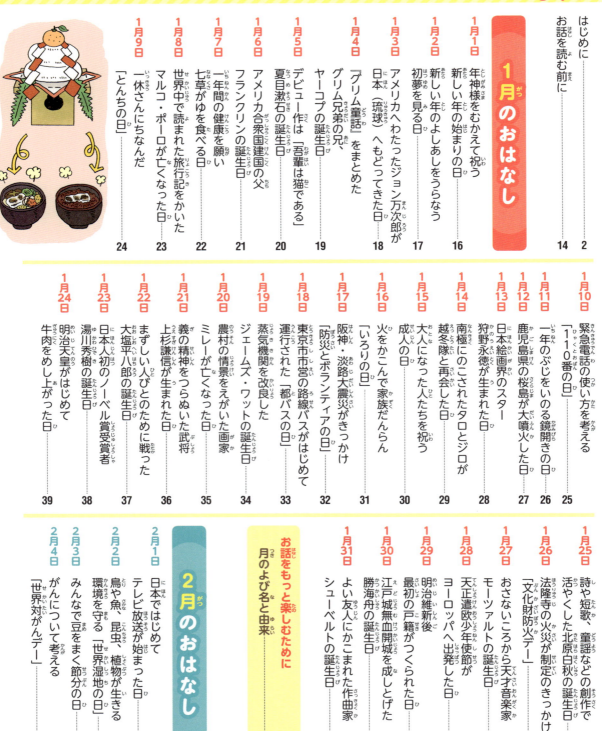

3月《がつ》のおはなし

もくじ

4月《がつ》のおはなし

お話《はなし》をもっと楽《たの》しむために

5月《がつ》のおはなし

もくじ

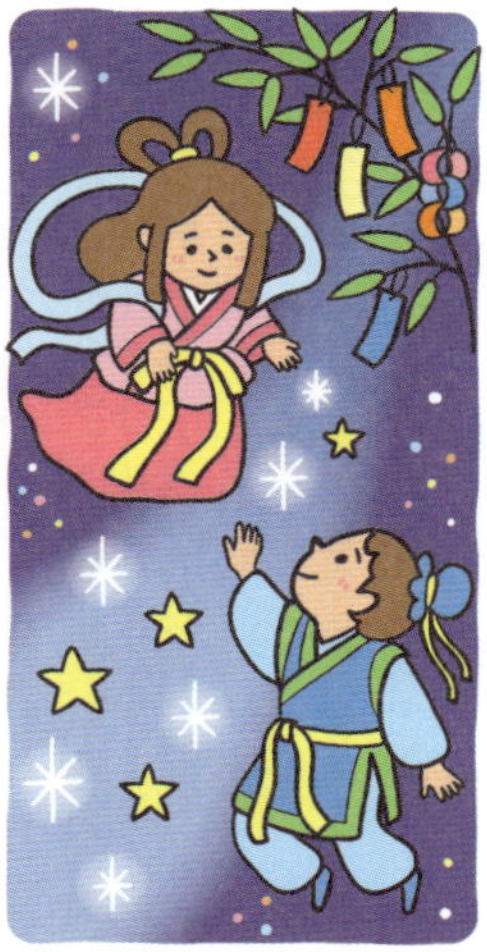

8月《がつ》のおはなし

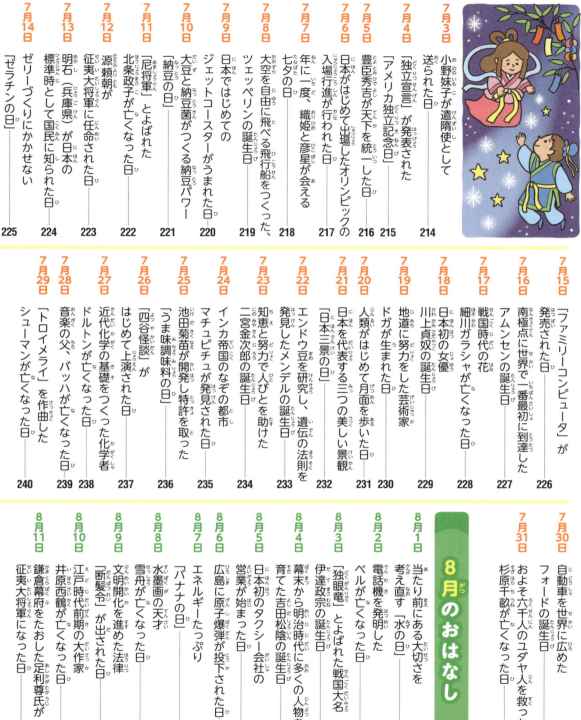

もくじ

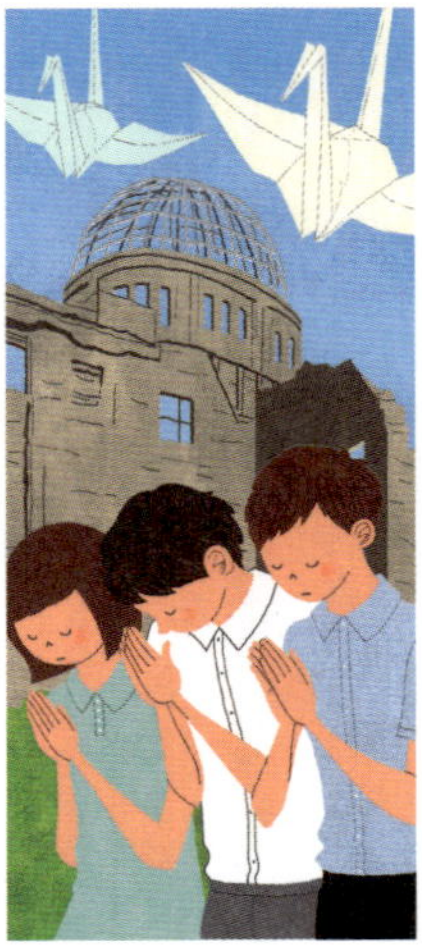

9月《がつ》のおはなし

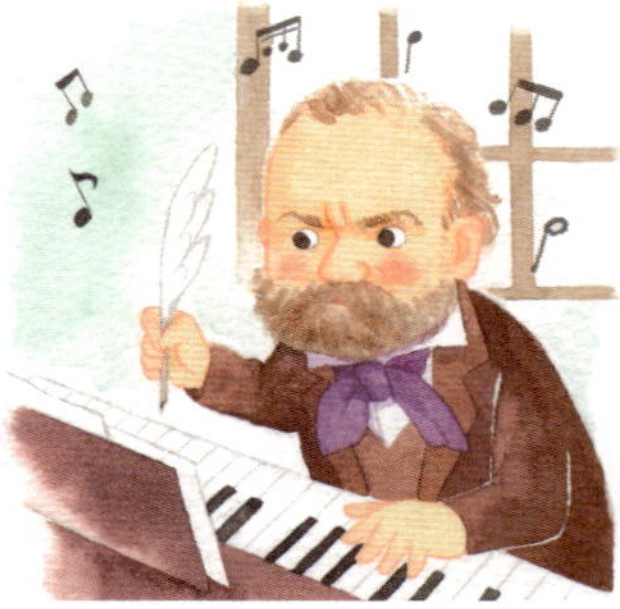

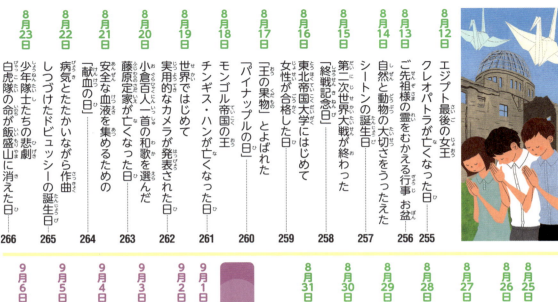

11月《がつ》のおはなし

12月《がつ》のおはなし

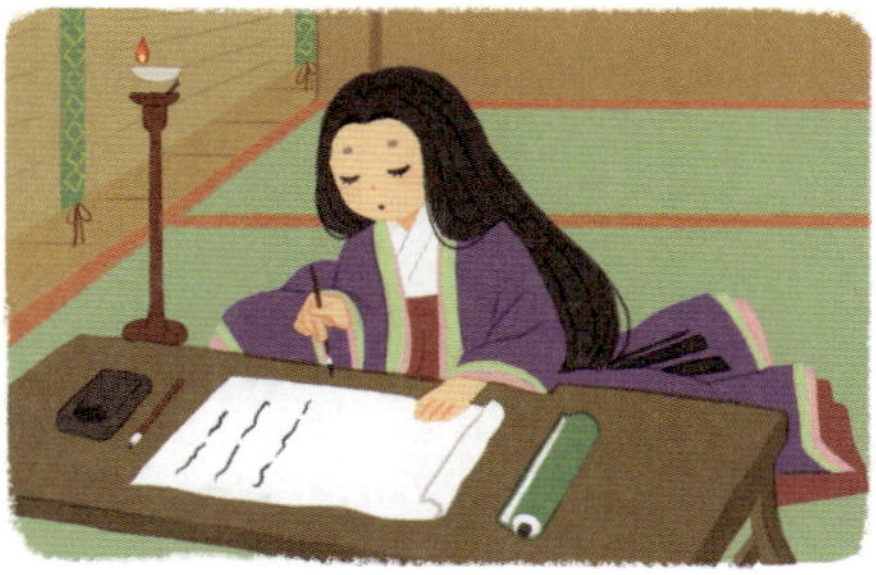

お話《はなし》を読《よ》む前《まえ》に

この本《ほん》には、お話《はなし》以外《いがい》にも読《よ》んだあとに楽《たの》しめる要素《ようそ》がもりだくさんです。お子様《こさま》とのゆたかな時間《じかん》をすごすために、ご活用《かつよう》ください。

日《ひ》づけ

1月1日《がつついたち》から12月《がつ》31日《にち》まで、日《ひ》づけを入《い》れています。日《ひ》づけどおりでも、読《よ》みたいお話《はなし》からでも、好《す》きなようにお読《よ》みください。

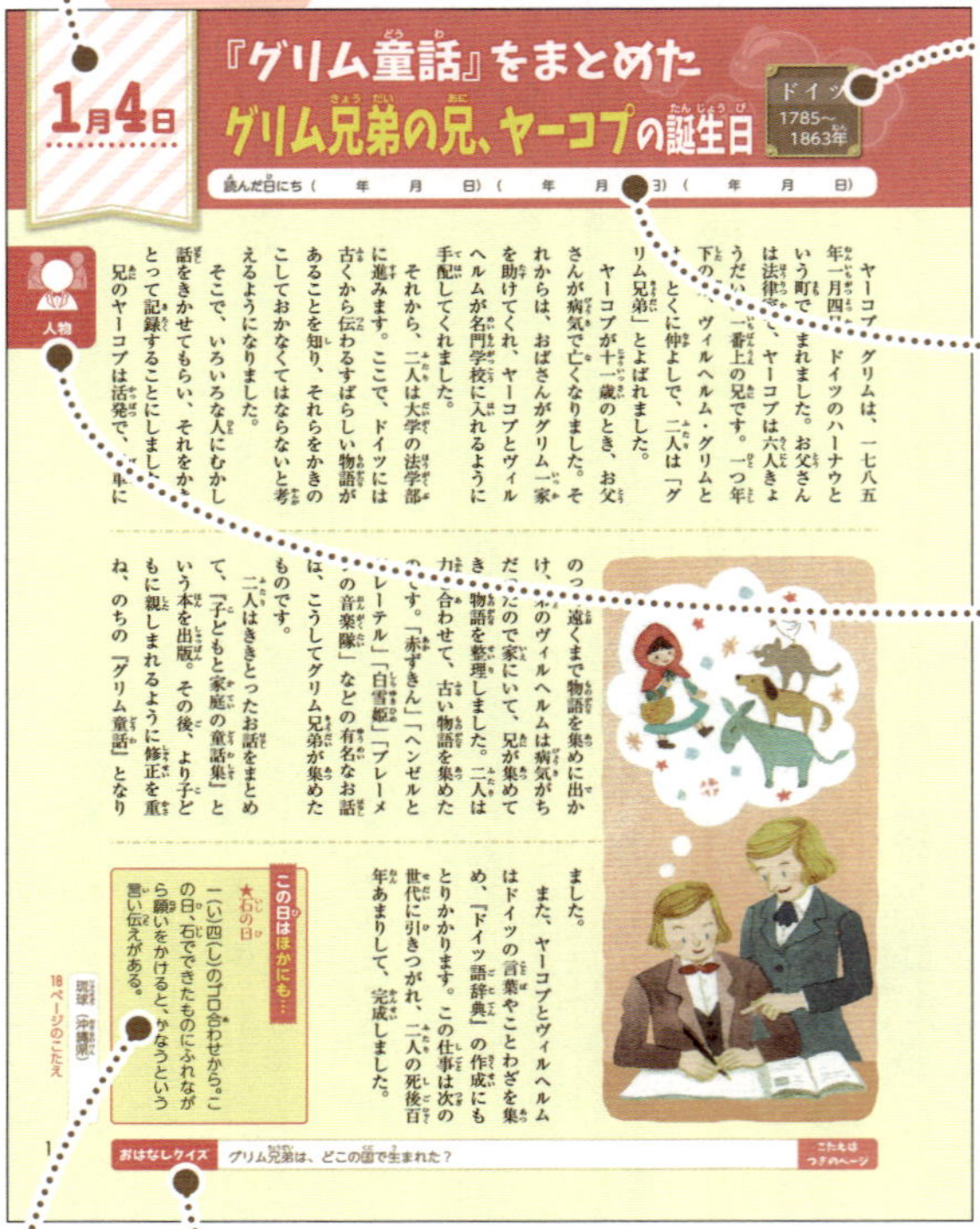
1月4日

『グリム童話《どうわ》』をまとめた
グリム兄弟《きょうだい》の兄《あに》、ヤーコプの誕生日《たんじょうび》

ドイツ 1785～1863年

読んだ日にち（　年　月　日）（　年　月　日）（　年　月　日）

人物

ヤーコプ・グリムは、一七八五年一月四日、ドイツのハーナウという町でうまれました。お父さんは法律家で、ヤーコプは六人きょうだいの一番上の兄です。一つ年下の　ヴィルヘルム・グリムととくに仲よしで、二人は「グリム兄弟」とよばれました。

ヤーコプが十一歳のとき、お父さんが病気で亡くなりました。それからは、おばさんがグリム一家を助けてくれ、ヤーコプとヴィルヘルムが名門学校に入れるように手配してくれました。

それから、二人は大学の法学部に進みます。ここで、ドイツには古くから伝わるすばらしい物語があることを知り、それらをかきのこしておかなくてはならないと考えるようになりました。

そこで、いろいろな人にむかし話をきかせてもらい、それをかきとって記録することにしました。兄のヤーコプは活発で、　車にのって遠くまで物語を集めに出かけ、　のヴィルヘルムは病気がちだったので家にいて、兄が集めてきた物語を整理しました。二人は力を合わせて、古い物語を集めたのです。「赤ずきん」「ヘンゼルとグレーテル」「白雪姫」「ブレーメンの音楽隊」などの有名なお話は、こうしてグリム兄弟が集めたものです。

二人はききとったお話をまとめて、『子どもと家庭の童話集』という本を出版。その後、より子どもに親しまれるように修正を重ね、のちの『グリム童話』となりました。

また、ヤーコプとヴィルヘルムはドイツの言葉やことわざを集め、『ドイツ語辞典』の作成にもとりかかります。この仕事は次の世代に引きつがれ、二人の死後百年あまりして、完成しました。

この日はほかにも…
★石の日
一(い)四(し)のゴロ合わせから。この日、石でできたものにふれながら願いをかけると、かなうという言い伝えがある。

18ページのこたえ　琉球（沖縄県）

おはなしクイズ　グリム兄弟は、どこの国で生まれた？　こたえはつぎのページ

人物《じんぶつ》アイコン

ジャンルが「人物《じんぶつ》」の場合《ばあい》は、その人物《じんぶつ》が生《う》まれた、または主《おも》に活《かつ》やくした国名《くにめい》と生没年《せいぼつねん》を西暦《れき》で入《い》れています。

読《よ》んだ日《ひ》にち

読《よ》んだ日《ひ》にちがかけるようになっています。思《おも》い出《で》や成長《せいちょう》の記録《きろく》にしてください。

ジャンル

この本《ほん》には、行事《ぎょうじ》、記念日《きねんび》、人物《じんぶつ》、歴史《れきし》、はじめての5《いつ》つのジャンルのお話《はなし》があります。興味《きょうみ》のあるジャンルから選《えら》んで読《よ》むのもいいですね。

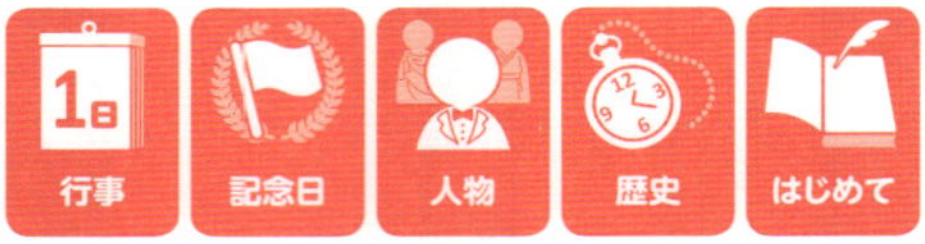

お話《はなし》をもっと楽《たの》しむために

1月1日《がつついたち》から12月《がつ》31日《にち》のお話《はなし》とは別《べつ》に、暦《こよみ》や時間《じかん》に関《かん》するお話《はなし》や、日本《にほん》と世界《せかい》の行事《ぎょうじ》など、楽《たの》しみながら理解《りかい》を深《ふか》めるためのページもあります。

おはなしクイズ

お話《はなし》が理解《りかい》できたかどうかをたしかめることができるクイズです。読《よ》んだあとも、親子《おやこ》で会話《かいわ》をお楽《たの》しみください。

この日《ひ》はほかにも…

お話《はなし》で取《と》り上《あ》げたことのほかに、この日《ひ》にあったできごとなどを紹介《しょうかい》しています。

イラスト・写真《しゃしん》

お話《はなし》ごとに、そのお話《はなし》をイメージできるイラストや写真《しゃしん》をのせています。

フリガナ

お子様《こさま》の成長《せいちょう》に合《あ》わせて、一人《ひとり》でも読《よ》めるように、お話《はなし》にはフリガナをふっています。

※お話《はなし》に登場《とうじょう》する人物《じんぶつ》については、すべて敬称《けいしょう》を省略《しょうりゃく》しています。
※お話《はなし》に登場《とうじょう》する日《ひ》づけや名称《めいしょう》、学説《がくせつ》などは、諸説《しょせつ》あるものなどもありますが、定説《ていせつ》・有力説《ゆうりょくせつ》を掲載《けいさい》しています。
※旧暦《きゅうれき》の場合《ばあい》、新暦《しんれき》に変換《へんかん》せず、旧暦《きゅうれき》の日《ひ》づけで紹介《しょうかい》しています。
※旧暦《きゅうれき》の場合《ばあい》は（　）内《ない》に元号《げんごう》を記載《きさい》していることがあります。西暦《せいれき》は月日《つきひ》はふくまず、年《ねん》のみを対応《たいおう》させたものです。
※お話《はなし》に登場《とうじょう》する日本《にほん》の人物《じんぶつ》の歳《とし》は、生《う》まれ年《どし》が旧暦《きゅうれき》（明治《めいじ》5年《ねん》12月2日《がつふつか》）までは数《かぞ》え年《どし》、新暦《しんれき》（明治《めいじ》6年《ねん》1月1日《がつついたち》）以降《いこう》に生《う》まれた人物《じんぶつ》や外国人《がいこくじん》は満年齢《まんねんれい》としています。海外《かいがい》の年号《ねんごう》は、記載《きさい》がない場合《ばあい》はグレゴリオ暦《れき》にもとづいています。
※お話《はなし》は事実《じじつ》に基《もと》づいて構成《こうせい》していますが、文中《ぶんちゅう》の会話《かいわ》、また絵《え》の中《なか》の背景《はいけい》や服装《ふくそう》など、正確《せいかく》な記録《きろく》が残《のこ》っていないものについては、読者《どくしゃ》が興味《きょうみ》をもって読《よ》めるよう、独自《どくじ》にかきおこしている部分《ぶぶん》もあります。
※本書《ほんしょ》に掲載《けいさい》している地図《ちず》は、おおよそのものです。
※本書《ほんしょ》は、特《とく》に明記《めいき》していないかぎり、2018年《ねん》1月現在《がつげんざい》の情報《じょうほう》にもとづいています。

1月《がつ》のおはなし

年神様《としがみさま》をむかえて祝《いわ》う
新《あたら》しい年《とし》の始《はじ》まりの日《ひ》

読《よ》んだ日《ひ》にち（　　年　　月　　日）（　　年　　月　　日）（　　年　　月　　日）

1月1日

1日　行事

一月一日《いちがつついたち》は「元日《がんじつ》」といい、新《あたら》しい年《とし》の始《はじ》まりの日《ひ》です。元日《がんじつ》には、「あけましておめでとうございます」と新年《しんねん》のあいさつをして、おせち料理《りょうり》や雑煮《ぞうに》をいただき、新《あたら》しい年《とし》の始《はじ》まりを祝《いわ》います。このように新年《しんねん》を祝《いわ》い、家族《かぞく》が一年間《いちねんかん》を幸《しあわ》せにすごせるように、いのる行事《ぎょうじ》が「正月《しょうがつ》」です。

正月《しょうがつ》は、もともと「年神《としがみ》」という神様《かみさま》を家《いえ》にむかえるためのものでした。年神様《としがみさま》は、田《た》をゆたかに実《みの》らせてくれる穀物《こくもつ》の神様《かみさま》であり、家族《かぞく》を見守《みまも》るご先祖様《せんぞさま》の霊《れい》でもあると考《かんが》えられていました。正《しょう》月《がつ》にやってきて、その年《とし》の豊作《ほうさく》と幸《しあわ》せを約束《やくそく》してくれるとされていたのです。

年神様《としがみさま》からたくさんの幸福《こうふく》をさずけてもらうために、さまざまな正月《しょうがつ》の風習《ふうしゅう》がうまれました。門《もん》や玄関《げんかん》にかざる「門松《かどまつ》」は、年神様《としがみさま》をむかえるときの目印《めじるし》となるものです。「しめかざり（しめ縄《なわ》）」

は、神様《かみさま》がいる神聖《しんせい》な場所《ばしょ》であることをあらわし、わざわいが家《いえ》に入《はい》りこむのをふせぐ役割《やくわり》があります。また、神棚《かみだな》や床《とこ》の間《ま》などにかざる「鏡《かがみ》もち（26ページ）」は、年神様《としがみさま》へのお供《そな》えものです。

正月《しょうがつ》に雑煮《ぞうに》を食《た》べるのは、神様《かみさま》に供《そな》えたもちを食《た》べると力《ちから》をもらえると考《かんが》えられているからです。

おせち料理《りょうり》とは、もとは季節《きせつ》の変《か》わり目《め》（節句《せっく》）に神様《かみさま》に供《そな》える料《りょう》理《り》のことでした。今《いま》では正月料理《しょうがつりょうり》だけを「おせち料理《りょうり》」とよびます。黒豆《くろまめ》＝まめまめしく働《はたら》き健康《けんこう》でくらせますように、こぶまき＝よろこぶという言葉《ことば》の「こぶ」にかけていいことがたくさんありますように、など、縁起《えんぎ》がよい食《た》べものを重箱《じゅうばこ》につめ、家《いえ》の繁栄《はんえい》を願《ねが》って家族《かぞく》でいただくのです。

正月行事《しょうがつぎょうじ》は、元日《がんじつ》から三日《みっか》までの「三《さん》が日《にち》（元三日《がんざんにち》）」を中心《ちゅうしん》に一月半《いちがつなか》ばまでつづきます。

この日《ひ》はほかにも…

★アメリカの大統領《だいとうりょう》、リンカーン（360ページ）が奴隷解放宣言《どれいかいほうせんげん》（本宣《ほんせん》言《げん》）を行《おこな》った日《ひ》（一八六三年《ねん》）

★EU《イーユー》（欧州連合《おうしゅうれんごう》）でヨーロッパ統《とう》一通貨《いっつうか》「ユーロ」の流通《りゅうつう》が開始《かいし》された日《ひ》（二〇〇二年《ねん》）

おはなしクイズ　正月《しょうがつ》に家《いえ》にむかえる神様《かみさま》を何《なん》という？

こたえはつぎのページ

1月2日

新《あたら》しい年《とし》のよしあしをうらなう 初《はつ》夢《ゆめ》を見《み》る日《ひ》

読《よ》んだ日《ひ》にち（　　年　　月　　日）（　　年　　月　　日）（　　年　　月　　日）

日本《にほん》では古《ふる》くから、新《あたら》しい年《とし》の始《はじ》まりに見《み》る「初《はつ》夢《ゆめ》」で、その年《とし》の運勢《うんせい》をうらなう風習《ふうしゅう》があります。むかしは立春《りっしゅん》（二《に》月《がつ》四《よっ》日《か》ごろ）が年《とし》の始《はじ》まりと考《かんが》えられていたため、立春《りっしゅん》の朝《あさ》にかけて見《み》た夢《ゆめ》が初《はつ》夢《ゆめ》でした。しかし、江戸《えど》時代《じだい》の半《なか》ばから立春《りっしゅん》と正月《しょうがつ》を分《わ》けて考《かんが》えるようになりました。そして、新年《しんねん》に新《あたら》しく物事《ものごと》を始《はじ》める日《ひ》とされた一月二日《いちがつふつか》の夜《よる》に見《み》る夢《ゆめ》を初《はつ》夢《ゆめ》というようになったのです。

初《はつ》夢《ゆめ》に見《み》ると縁起《えんぎ》のよいものをあらわす江戸《えど》時代《じだい》のことわざに、「一《いち》富士《ふじ》、二《に》鷹《たか》、三《さん》なすび」があります。富士《ふじ》は「不死《ふし》」につながることから長生《ながい》きを、鷹《たか》は高《たか》く飛《と》ぶことから出世《しゅっせ》することを、なすび（なす）は実《み》がよくなるので、子孫《しそん》がとぎれることなく生《う》まれることをあらわすといわれています。また、富士《ふじ》＝ぶじ、鷹《たか》＝こころざし高《たか》く、なす＝成《な》す（物事《ものごと》を成《な》しとげる）というかけ言葉《ことば》からきているという説《せつ》や、江戸《えど》幕府《ばくふ》の初代《しょだい》将軍《しょうぐん》、徳川《とくがわ》家康《いえやす》（401ページ）の好《この》んだものからきているという説《せつ》もあります。

初《はつ》夢《ゆめ》に縁起《えんぎ》のよい夢《ゆめ》を見《み》ると一《いち》年《ねん》を幸《しあわ》せにすごせるといわれていたことから、むかしの人《ひと》はよい夢《ゆめ》を見《み》たいと強《つよ》く願《ねが》い、七福神《しちふくじん》や宝《たから》物《もの》をのせた「宝船《たからぶね》」の絵《え》をまくらの下《した》に入《い》れて寝《ね》る習慣《しゅうかん》がうまれました。そのため、江戸《えど》時代《じだい》には元《がん》日《じつ》に「お宝《たから》、お宝《たから》」というかけ声《ごえ》とともに、宝船《たからぶね》の絵《え》を売《う》り歩《ある》く人《ひと》の姿《すがた》が見《み》られるようになりました。宝船《たからぶね》の絵《え》には、「な《長》かき世《よ》の　とおのね《眠》ふりの　皆《みな》めさめ　波《なみ》のり舟《ふね》の　音《おと》のよきかな」という回《かい》文《ぶん》（上《うえ》から読《よ》んでも下《した》から読《よ》んでも同《おな》じ文《ぶん》）がそえられました。

悪《わる》い夢《ゆめ》を見《み》たときは、宝船《たからぶね》の絵《え》を川《かわ》に流《なが》して、縁起《えんぎ》直《なお》しをしたといわれています。

この日《ひ》はほかにも…

★新年《しんねん》にはじめて毛筆《もうひつ》で文字《もじ》をかく「書《か》き初《ぞ》め」を行《おこな》う日《ひ》

★皇居《こうきょ》の一般参賀《いっぱんさんが》が行《おこな》われる日《ひ》

16ページのこたえ
年神《としがみ》

おはなしクイズ 江戸時代《えどじだい》、縁起《えんぎ》のよい初夢《はつゆめ》を見《み》るためにまくらの下《した》に入《い》れたのは何《なん》の絵《え》？ こたえはつぎのページ

アメリカへわたったジョン万次郎《まんじろう》が日本《にほん》（琉球《りゅうきゅう》）へもどってきた日《ひ》

1月3日

読《よ》んだ日《ひ》にち（　　年　　月　　日）（　　年　　月　　日）（　　年　　月　　日）

歴史

「日本《にほん》だ！　おれは帰《かえ》ってきたぞ！」

万次郎《まんじろう》は、十年《じゅうねん》ぶりに見《み》る日本《にほん》の景色《けしき》に、思《おも》わずよろこびの声《こえ》をあげました。一八五一年《ねん》（嘉永《かえい》四《よ》年《ねん》）一月三日《いちがつみっか》のことです。

万次郎《まんじろう》は土佐国《とさのくに》（今《いま》の高知県《こうちけん》）中浜《なかはま》の漁師《りょうし》でした。家《いえ》がまずしかったので、お母《かあ》さんを助《たす》けながら働《はたら》きました。そして、十五歳《じゅうごさい》になったころ、四人《よにん》の仲間《なかま》たちと漁《りょう》に出《で》たときに、嵐《あらし》が来《き》て無人島《むじんとう》に流《なが》されてしまったのです。

そこで五《ご》か月近《げっちか》く生活《せいかつ》したのち、アメリカの船《ふね》に助《たす》けてもらいました。万次郎《まんじろう》は船長《せんちょう》に気《き》に入《い》られ、ジョンと名《な》づけられて、アメリカでくらすことになります。

がんばって英語《えいご》や航海術《こうかいじゅつ》を勉強《べんきょう》してアメリカの生活《せいかつ》になれてきた万次郎《まんじろう》ですが、日本《にほん》に帰《かえ》りたくてたまりません。

「お母《かあ》さんはどうしているだろう。きょうだいは元気《げんき》だろうか」

当時《とうじ》、カリフォルニアでは金《きん》が多《おお》く見《み》つかっていました。万次郎《まんじろう》もそこへ行《い》って金《きん》をほり、お金《かね》をためました。そして、そのお金《かね》で船《ふね》にのせてもらい、日本《にほん》へ帰《かえ》ってきたのです。日本《にほん》をはなれてから、十年近《じゅうねんちか》くがたっていました。

万次郎《まんじろう》は、琉球《りゅうきゅう》（今《いま》の沖縄県《おきなわけん》）に着《つ》きました。しかし、外国《がいこく》のスパイだとうたがわれて薩摩藩《さつまはん》（今《いま》の鹿児島県《かごしまけん》）や長崎《ながさき》につれて行《い》かれ、故郷《こきょう》の中浜《なかはま》に帰《かえ》れたのは一年《いちねん》半《はん》もあとのことでした。

「お母《かあ》さん、ただいま」

お母《かあ》さんにやっと会《あ》えた万次郎《まんじろう》は、泣《な》きながらよろこびました。

その翌年《よくねん》、日本《にほん》にアメリカのペリーがやってきて、開国《かいこく》をせまります（180ページ）。そのころの江《え》戸幕府《どばくふ》は二百年《にひゃくねん》以上《いじょう》も鎖国《さこく》（外国《がいこく》との貿易《ぼうえき》などをやめること）をしていたので、外国《がいこく》の言葉《ことば》も考《かんが》えもわかりません。

幕府《ばくふ》はまずしい漁師《りょうし》の万次郎《まんじろう》を武士《ぶし》にして、外国《がいこく》へ行《い》く使節団《しせつだん》に加《くわ》えました。万次郎《まんじろう》はみょう字《じ》をゆるされ、「中浜万次郎《なかはままんじろう》」という侍《さむらい》（294ページ）と刀《かたな》をもつことをゆるされ、「中浜万次郎《なかはままんじろう》」という侍《さむらい》になったのです。

そして、明治時代《めいじじだい》になってからも、万次郎《まんじろう》は日本《にほん》がよりよくなるように力《ちから》をつくし、七十二歳《ななじゅうにさい》で亡《な》くなりました。

この日《ひ》はほかにも…

★鳥羽《とば》・伏見《ふしみ》の戦《たたか》いが起《お》こった日《ひ》（一八六八年《ねん》）

★NHK《エヌエイチケイ》紅白歌合戦《こうはくうたがっせん》が始《はじ》まった日《ひ》（一九五一年《ねん》）

17ページのこたえ　宝船《たからぶね》

おはなしクイズ　ジョン万次郎《まんじろう》がアメリカからもどってきたときに、最初《さいしょ》にたどりついた場所《ばしょ》は？　こたえはつぎのページ

1月4日

『グリム童話《どうわ》』をまとめた グリム兄弟《きょうだい》の兄《あに》、ヤーコプの誕生日《たんじょうび》

ドイツ
1785〜1863年《ねん》

読《よ》んだ日《ひ》にち（　年　月　日）（　年　月　日）（　年　月　日）

人物

ヤーコプ・グリムは、一七八五年《ねん》一月四日《いちがつよっか》、ドイツのハーナウという町《まち》で生《う》まれました。お父《とう》さんは法律家《ほうりつか》で、ヤーコプは六人《ろくにん》きょうだいの一番上《いちばんうえ》の兄《あに》です。一《ひと》つ年《とし》下《した》の弟《おとうと》、ヴィルヘルム・グリムとは、とくに仲《なか》よしで、二人《ふたり》は「グリム兄弟《きょうだい》」とよばれました。

ヤーコプが十一歳《じゅういっさい》のとき、お父《とう》さんが病気《びょうき》で亡《な》くなりました。それからは、おばさんがグリム一家《いっか》を助《たす》けてくれ、ヤーコプとヴィルヘルムが名門学校《めいもんがっこう》に入《はい》れるように手配《てはい》してくれました。

それから、二人《ふたり》は大学《だいがく》の法学部《ほうがくぶ》に進《すす》みます。ここで、ドイツには古《ふる》くから伝《つた》わるすばらしい物語《ものがたり》があることを知《し》り、それらをかきのこしておかなくてはならないと考《かんが》えるようになりました。

そこで、いろいろな人《ひと》にむかし話《ばなし》をきかせてもらい、それをかきとって記録《きろく》することにしました。

兄《あに》のヤーコプは活発《かっぱつ》で、馬車《ばしゃ》にのって遠《とお》くまで物語《ものがたり》を集《あつ》めに出《で》かけ、弟《おとうと》のヴィルヘルムは病気《びょうき》がちだったので家《いえ》にいて、兄《あに》が集《あつ》めてきた物語《ものがたり》を整理《せいり》しました。二人《ふたり》は力《ちから》を合《あ》わせて、古《ふる》い物語《ものがたり》を集《あつ》めたのです。「赤《あか》ずきん」「ヘンゼルとグレーテル」「白雪姫《しらゆきひめ》」「ブレーメンの音楽隊《おんがくたい》」などの有名《ゆうめい》なお話《はなし》は、こうしてグリム兄弟《きょうだい》が集《あつ》めたものです。

二人《ふたり》はききとったお話《はなし》をまとめて、『子《こ》どもと家庭《かてい》の童話集《どうわしゅう》』という本《ほん》を出版《しゅっぱん》。その後《ご》、より子《こ》どもに親《した》しまれるように修正《しゅうせい》を重《かさ》ね、のちの『グリム童話《どうわ》』となりました。

また、ヤーコプとヴィルヘルムはドイツの言葉《ことば》やことわざを集《あつ》め、『ドイツ語辞典《ごじてん》』の作成《さくせい》にもとりかかります。この仕事《しごと》は次《つぎ》の世代《せだい》に引《ひ》きつがれ、二人《ふたり》の死後《しご》百《ひゃく》年《ねん》あまりして、完成《かんせい》しました。

この日《ひ》はほかにも…

★石《いし》の日《ひ》
一(い)四(し)のゴロ合《あ》わせから。この日《ひ》、石《いし》でできたものにふれながら願《ねが》いをかけると、かなうという言《い》い伝《つた》えがある。

18ページのこたえ
琉球《りゅうきゅう》（沖縄県《おきなわけん》）

おはなしクイズ　グリム兄弟《きょうだい》は、どこの国《くに》で生《う》まれた？

こたえはつぎのページ

デビュー作《さく》は「吾輩《わがはい》は猫《ねこ》である」
夏目漱石《なつめそうせき》の誕生日《たんじょうび》

日本《にほん》
1867〜1916年《ねん》

1月5日

読《よ》んだ日《ひ》にち（　　年　　月　　日）（　　年　　月　　日）（　　年　　月　　日）

人物

一八六七年《ねん》（慶応三年《けいおうさんねん》）一月五日《いちがついつか》は、明治《めいじ》から大正時代《たいしょうじだい》にかけて活《かつ》やくした小説家《しょうせつか》、夏目漱石《なつめそうせき》の誕生日《たんじょうび》です。本名《ほんみょう》は金之助《きんのすけ》。江戸《えど》の牛込馬場下横町《うしごめばばしたよこまち》（今《いま》の東京都新宿区喜久井町《とうきょうとしんじゅくくきくいちょう》）で八人《はちにん》きょうだいの末《すえ》っ子《こ》として生《う》まれました。

生《う》まれてすぐにほかの家《いえ》にあずけられた漱石《そうせき》は、わけあってまたすぐに別《べつ》の家《いえ》に養子《ようし》に出《だ》されてしまいます。そして十歳《じっさい》で、ふたたび生《う》まれた家《いえ》にもどされました。

「自分《じぶん》の居場所《いばしょ》はどこだろう」

子《こ》どものころの不幸《ふこう》な経験《けいけん》は、漱石《そうせき》の心《こころ》に影《かげ》を落《お》としたのです。

帝国大学文科大学《ていこくだいがくぶんかだいがく》（今《いま》の東京大学文学部《とうきょうだいがくぶんがくぶ》）に入《はい》った漱石《そうせき》は、優秀《ゆうしゅう》な成績《せいせき》をおさめました。また、正岡子規《まさおかしき》（292ページ）と親友《しんゆう》になり、漱石《そうせき》も俳句《はいく》をつくり始《はじ》めます。しかし、このころから、漱石《そうせき》はときどき精神《せいしん》のバランスをくずすようになりました。

卒業後《そつぎょうご》は愛媛県《えひめけん》の松山《まつやま》や熊本県《くまもとけん》で英語《えいご》の教師《きょうし》をし、英語教育《えいごきょういく》の研究《けんきゅう》のためイギリスへの留学《りゅうがく》を文部省《もんぶしょう》（今《いま》の文部科学省《もんぶかがくしょう》）から命《めい》じられます。しかし、海外生活《かいがいせいかつ》のさびしさに加《くわ》え、子規《しき》の死《し》の知《し》らせをきいて、漱石《そうせき》は精神《せいしん》を病《や》み、約二年《やくにねん》で帰国《きこく》しました。帰国後《きこくご》も暗《くら》い気持《きも》ちをかかえたまますごしていると、友人《ゆうじん》で俳人《はいじん》の高浜虚子《たかはまきょし》から、

「気晴《きば》らしに、小説《しょうせつ》をかきませんか」

と、声《こえ》をかけられました。そして俳句雑誌《はいくざっし》『ホトトギス』に「吾輩《わがはい》は猫《ねこ》である」を発表《はっぴょう》したのが、作家人生《さっかじんせい》の始《はじ》まりでした。漱石《そうせき》が三十九歳《さんじゅうきゅうさい》のときです。

漱石《そうせき》の小説《しょうせつ》は大評判《だいひょうばん》になり、松山《まつやま》での教師時代《きょうしじだい》を題材《だいざい》にした「坊《ぼ》っちゃん」をはじめ、大作《たいさく》を次《つぎ》つぎに発表《はっぴょう》していきました。このころ、漱石《そうせき》の自宅《じたく》には教師時代《きょうしじだい》の教《おし》え子《ご》や東大《とうだい》の学生《がくせい》たちが出入《でい》りするようになります。漱石《そうせき》は若者《わかもの》たちに父親《ちちおや》のように温《あたた》かく接《せっ》し、尊敬《そんけい》されていました。この若者《わかもの》たちの中《なか》には、鈴木三重吉《すずきみえきち》（212ページ）や芥川龍之介《あくたがわりゅうのすけ》（80ページ）など、のちの大作家《だいさっか》もいました。

漱石《そうせき》は一九一六年《ねん》、新聞《しんぶん》に「明暗《めいあん》」を連載中《れんさいちゅう》に亡《な》くなりました。多《おお》くの小説《しょうせつ》を発表《はっぴょう》しつづけた文豪《ぶんごう》、漱石《そうせき》が小説家《しょうせつか》として生《い》きた年月《ねんげつ》は、わずか十年《じゅうねん》ほどなのです。

この日《ひ》はほかにも…

★囲碁《いご》の日《ひ》
囲碁《いご》を多《おお》くの人《ひと》に知《し》ってもらうために、「打《う》ち初《ぞ》め式《しき》」などを行《おこな》う日《ひ》。

19ページのこたえ
ドイツ

おはなしクイズ　夏目漱石《なつめそうせき》が留学《りゅうがく》した国《くに》は？　こたえはつぎのページ

アメリカ合衆国建国《がっしゅうこくけんこく》の父《ちち》
フランクリンの誕生日《たんじょうび》

アメリカ
1705～1790年《ねん》

読《よ》んだ日《ひ》にち（　　年　　月　　日）（　　年　　月　　日）（　　年　　月　　日）

人物

ベンジャミン・フランクリンは、ユリウス暦《れき》一七〇五年《ねん》（グレゴリオ暦《れき》一七〇六年《ねん》）一月六日《いちがつむいか》にアメリカのボストンで生《う》まれました。当時《とうじ》のアメリカは、イギリスやフランスなどに支配《しはい》されていて、各国《かっこく》の植民地《しょくみんち》（別《べつ》の国《くに》の領土《りょうど》となった地域《ちいき》）があちこちにありました。ボストンはイギリスの植《しょく》民地《みんち》で、フランクリンの父《ちち》はイギリスからやってきたロウソクをつくる職人《しょくにん》でした。

フランクリンは、小《ちい》さいころから本《ほん》が好《す》きでした。そしてラテン語《ご》の学校《がっこう》に入《はい》りましたが、家《いえ》がまずしくて学費《がくひ》がはらえず、一年《いちねん》で学校《がっこう》をやめさせられてしまいます。その後《ご》、小《ちい》さな学校《がっこう》に一年《いちねん》ほど通《かよ》い、十歳《じっさい》ごろから家《いえ》の仕事《しごと》を手伝《てつだ》うことになりました。

やがて、フランクリンは兄《あに》が始《はじ》めた印刷所《いんさつじょ》で働《はたら》き始《はじ》めます。そして、もらったわずかなお金《かね》で本《ほん》を買《か》い、一人《ひとり》で勉強《べんきょう》をつづけて広《ひろ》い知識《ちしき》を身《み》につけていきました。しかし、兄《あに》とけんかをして、フィラデルフィアの印刷所《いんさつじょ》にうつります。そしてイギリスにわたり、帰《き》国後《こくご》、自分《じぶん》の印刷所《いんさつじょ》をつくってアメリカ初《はつ》のタブロイド紙《し》（新聞《しんぶん》の一《ひと》つ）や、ことわざなどをのせたカレンダーを発行《はっこう》して評判《ひょうばん》をよびました。

その後《ご》、フランクリンは、みんなが自由《じゆう》に本《ほん》を読《よ》める公共図書館《こうきょうとしょかん》をアメリカではじめてつくったり、火事《かじ》から町《まち》を守《まも》る消防団《しょうぼうだん》をつくったりと、多方面《たほうめん》で活《かつ》やくします。また、科学《かがく》にも興味《きょうみ》をもち、雷《かみなり》の正体《しょうたい》が電気《でんき》であることを証明《しょうめい》して、「避雷針《ひらいしん》（雷《かみなり》から建物《たてもの》を守《まも》る仕組《しく》み）」を発明《はつめい》しました。さらに、燃焼効率《ねんしょうこうりつ》のよいストーブや遠近両用眼鏡《えんきんりょうようめがね》なども発明《はつめい》します。広《ひろ》い知識《ちしき》と、自分《じぶん》で考《かんが》える力《ちから》、人《ひと》の役《やく》に立《た》ちたいという気持《きも》ちが、フランクリンを成功《せいこう》にみちびいたのです。

のちに政治家《せいじか》になり、植民地《しょくみんち》をまとめてアメリカを独立《どくりつ》させる（215ページ）ために力《ちから》をつくし、「アメリカ合衆国建国《がっしゅうこくけんこく》の父《ちち》」とよばれました。フランクリンの肖像《しょうぞう》は、今《いま》もアメリカの紙幣《しへい》（百《ひゃく》ドル札《さつ》）に印刷《いんさつ》されています。

この日《ひ》はほかにも…

★全国各地《ぜんこくかくち》の消防署《しょうぼうしょ》で「出初式《でぞめしき》」が行《おこな》われる日《ひ》
★江戸《えど》時代《じだい》の僧《そう》であり、歌人《かじん》の良寛《りょうかん》の命日《めいにち》（一八三一年《ねん》）
★ドイツの地球物理学者《ちきゅうぶつりがくしゃ》、ウェゲナー（342ページ）が「大陸移動説《たいりくいどうせつ》」を発表《はっぴょう》した日《ひ》（一九一二年《ねん》）

20ページのこたえ　イギリス

おはなしクイズ　フランクリンは、雷《かみなり》の正体《しょうたい》が何《なん》であることを証明《しょうめい》した？　こたえはつぎのページ

一年間《いちねんかん》の健康《けんこう》を願《ねが》い 七草《ななくさ》がゆを食《た》べる日《ひ》

1月7日

読《よ》んだ日《ひ》にち（　　年　　月　　日）（　　年　　月　　日）（　　年　　月　　日）

1日 行事

一月七日《いちがつなのか》は、「七草《ななくさ》（人日《じんじつ》）の節句《せっく》」とよばれる五節句《ごせっく》の一《ひと》つです。この日《ひ》、「春《はる》の七草《ななくさ》」とよばれる七種《ななしゅ》の野草《やそう》を入《い》れたおかゆを食《た》べると、わざわいをはらい、一年間《いちねんかん》は病気《びょうき》にかからないといわれています。

これは中国《ちゅうごく》から伝《つた》わった習慣《しゅうかん》で、日本《にほん》では平安時代《へいあんじだい》に宮中《きゅうちゅう》の儀式《ぎしき》として始《はじ》まりました。最初《さいしょ》は汁物《しるもの》に七種《ななしゅ》の野草《やそう》を入《い》れたものでしたが、江戸時代《えどじだい》には、七草《ななくさ》がゆを食《た》べることが庶民《しょみん》の間《あいだ》にも広《ひろ》まったといわれています。

七草《ななくさ》の種類《しゅるい》は時代《じだい》や地方《ちほう》によってちがいますが、一般《いっぱん》にはセリ、ナズナ、ゴギョウ、ハコベラ、ホトケノザ、スズナ、スズシロの七《なな》つをさします。消化《しょうか》や内臓《ないぞう》の働《はたら》きを助《たす》ける、はき気《け》をおさえるなど、体《からだ》によい作用《さよう》があり、ビタミンやカルシウムなどの栄養《えいよう》もたっぷりふくまれています。また、おかゆにすることで、正月《しょうがつ》のごちそうでつかれた胃《い》をいたわるという意味《いみ》もあるそうです。

一月六日《いちがつむいか》の夜《よる》、はやし歌《うた》に合《あ》わせてまな板《いた》の上《うえ》で七草《ななくさ》を包丁《ほうちょう》でたたき、きざむことを、「七草《ななくさ》たたき」といって、むかしから伝《つた》えられてきました。はやし歌《うた》というのは、「七草《ななくさ》ナズナ、唐土《とうど》の鳥《とり》が日本《にほん》の空《そら》にわたらぬさきに、七草《ななくさ》ナズナのセリたたく」（埼玉県《さいたまけん》）などの七草《ななくさ》ばやしを、野草一種類《やそういっしゅるい》につき一《いち》から七回《ななかい》で、合計七《ごうけいなな》から四《よん》十九回《じゅうきゅうかい》となえるものです。七草《ななくさ》ばやしの歌詞《かし》は地方《ちほう》によって少《すこ》しずつちがいますが、害鳥《がいちょう》を追《お》いはらうための「鳥追《とりお》い歌《うた》」がもとになったといわれ、七草《ななくさ》の節句《せっく》に豊作《ほうさく》をいのる行事《ぎょうじ》がむすびついたと考《かんが》えられています。

七草《ななくさ》には「秋《あき》の七草《ななくさ》」もあり、こちらはハギ、オバナ、クズ、ナデシコ、オミナエシ、フジバカマ、キキョウをいいます。これは、『万葉集《まんようしゅう》』にある山上憶良《やまのうえのおくら》がよんだ歌《うた》がもとになっていて、食《た》べるのではなく、見《み》て季節《きせつ》を楽《たの》しむためのものです。

この日《ひ》はほかにも…

★日本《にほん》で千円札《せんえんさつ》がはじめて発行《はっこう》された日《ひ》（一九五〇年《ねん》）

★消救車《しょうきゅうしゃ》の日《ひ》

消防《しょうぼう》と救急機能《きゅうきゅうきのう》をもった世界初《せかいはつ》の「消救車《しょうきゅうしゃ》」が千葉県松戸市《ちばけんまつどし》に配備《はいび》された（二〇〇五年《ねん》）。

21ページのこたえ 電気《でんき》

おはなしクイズ 春《はる》の七草《ななくさ》をたたきながら歌《うた》うはやし歌《うた》は？ こたえはつぎのページ

1月8日

世界中《せかいじゅう》で読《よ》まれた旅行記《りょこうき》をかいた マルコ・ポーロが亡《な》くなった日《ひ》

イタリア
1254〜1324年《ねん》

読《よ》んだ日《ひ》にち（　　年　　月　　日）（　　年　　月　　日）（　　年　　月　　日）

人物

「そうか、おまえがわたしの息子《むすこ》か」

青《あお》い目《め》の男性《だんせい》は、がっしりしたうででマルコをだきしめました。イタリアのベネチアの少年《しょうねん》マルコ・ポーロは、十五年《じゅうごねん》もの間《あいだ》、旅《たび》に出《で》ていた貿易商《ぼうえきしょう》の父《ちち》ニコロに、このときはじめて会《あ》ったのです。

ニコロは、モンゴル帝国《ていこく》を中心《ちゅうしん》に広大《こうだい》な領土《りょうど》を治《おさ》めていた元王朝《げんおうちょう》の皇帝《こうてい》、フビライ・ハン（261ページ）からいくつかの使命《しめい》をさずかっていました。

「次《つぎ》は、ぼくもつれて行《い》ってください」

「よし、いっしょに行《い》こう」

ニコロは十七歳《じゅうななさい》になったマルコをつれ、フビライからさずかった使命《しめい》をはたす旅《たび》に出発《しゅっぱつ》します。シルクロード（107ページ）をたどり、きびしい道《みち》のりの末《すえ》、ようやくフビライのもとに着《つ》いたときには、マルコは二十歳《はたち》になっていました。かしこいマルコを気《き》に入《い》ったフビライは、

「わたしのかわりに領土《りょうど》を見《み》てまわり、すべてを報告《ほうこく》するのじゃ」

と命《めい》じます。マルコは広大《こうだい》な領土《りょうど》を旅《たび》しながら、自分《じぶん》が見《み》たこと、きいたことをフビライに知《し》らせました。この旅《たび》は、遠《とお》いヨーロッパで生《う》まれたマルコにとって、おどろきの連続《れんぞく》でした。

「ヨーロッパの東《ひがし》の国《くに》には、こんなにさまざまな人種《じんしゅ》や文化《ぶんか》があるのか。この旅《たび》に出《で》ることがなかったら、一生《いっしょう》知《し》らないままだっただろう」

そして長《なが》い年月《ねんげつ》、皇帝《こうてい》のもとで働《はたら》いたあと、二十四年《にじゅうよねん》ぶりにふるさとのベネチアに帰《かえ》りました。

その後《ご》、戦争《せんそう》でつかまったマルコは、東《ひがし》の国《くに》の長《なが》い旅《たび》の様子《ようす》を同《おな》じくとらえられていた作家《さっか》ルスティケロ・ダ・ピサに語《かた》り、『マルコ・ポーロ旅行記《りょこうき》』を完成《かんせい》させました。マルコは、ユリウス暦《れき》一三二四年《ねん》一月八日《いちがつようか》に七十歳《ななじっさい》で亡《な》くなりましたが、旅行記《りょこうき》はくり返《かえ》しかきうつされ、さまざまな国《くに》の言葉《ことば》に訳《やく》されて、多《おお》くの探検家《たんけんか》に夢《ゆめ》をあたえました。約二百年後《やくにひゃくねんご》、コロンブス（321ページ）が航海《こうかい》に出《で》たときにも、この本《ほん》をたずさえていたそうです。

日本《にほん》では、この旅行記《りょこうき》は『東方見聞録《とうほうけんぶんろく》』という題名《だいめい》で知《し》られています。マルコは日本《にほん》には来《き》ていませんが、日本《にほん》のことを「黄金《おうごん》の国《くに》ジパング」と紹介《しょうかい》しています。

この日《ひ》はほかにも…

★平成《へいせい》の元号《げんごう》が始《はじ》まった日《ひ》（一九八九年《ねん》）

22ページのこたえ

七草《ななくさ》ばやし

おはなしクイズ 『マルコ・ポーロ旅行記《りょこうき》』は、日本《にほん》では何《なん》という題名《だいめい》で知《し》られている？

こたえはつぎのページ

一休《いっきゅう》さんにちなんだ「とんちの日《ひ》」

1月9日

記念日

読《よ》んだ日《ひ》にち（　　年　　月　　日）（　　年　　月　　日）（　　年　　月　　日）

「このはしをわたるべからず」

ある橋《はし》のたもとに、こんな立《た》て札《ふだ》が立《た》っていました。

しかし、一人《ひとり》の小坊主《こぼうず》がそれを無視《むし》して、橋《はし》の真《ま》ん中《なか》をどうどうと歩《ある》いてきました。

「立《た》て札《ふだ》が目《め》に入《はい》らぬか」

としかられると、小坊主《こぼうず》はこう答《こた》えます。

「だから、端《はし》をわたらず、真《ま》ん中《なか》を歩《ある》きました！」

これは、絵本《えほん》やアニメの題材《だいざい》になったこともある室町時代《むろまちじだい》のお坊《ぼう》さん「一休《いっきゅう》さん」こと一休宗純《いっきゅうそうじゅん》の、小坊主時代《こぼうずじだい》の有名《ゆうめい》なお話《はなし》です。

一月九日《いちがつここのか》は、この一休《いっきゅう》にかけて「とんちの日《ひ》」とされています。

しかし、こうしたとんち話《ばなし》は、江戸時代《えどじだい》に出《で》た本《ほん》の中《なか》で創作《そうさく》されたもので、実話《じつわ》ではありません。

では、なぜ一休《いっきゅう》はとんちが得意《とくい》な人物《じんぶつ》として親《した》しまれるようになったのでしょうか。

一休《いっきゅう》はおさないころからお寺《てら》にあずけられ、お坊《ぼう》さんになるための修行《しゅぎょう》をつんでいました。詩《し》や短《たん》歌《か》をつくるのが好《す》きな、かしこい子《こ》どもだったようです。

大人《おとな》になってからの一休《いっきゅう》は、お坊《ぼう》さんとしては型《かた》やぶりな人物《じんぶつ》で、自由《じゆう》な生《い》き方《かた》を好《この》んだといわれています。髪《かみ》の毛《け》はボサボサで、ひげはのばしっぱなし。また、お酒《さけ》も好《す》きだったとか。

そんな一休《いっきゅう》ですが、仏教《ぶっきょう》（臨済《りんざい》宗《しゅう》）の教《おし》えはしっかりと学《まな》んでいましたし、こまっているまずしい人《ひと》たちには手《て》をさしのべる、徳《とく》の高《たか》いお坊《ぼう》さんでした。

そうした評判《ひょうばん》やユニークな人柄《ひとがら》が人《ひと》びとに語《かた》りつがれ、物語《ものがたり》の題《だい》材《ざい》として取《と》り上《あ》げられるようになったのです。

一休《いっきゅう》は八十歳《はちじっさい》をすぎて、大《おお》きなお寺《てら》の和尚《おしょう》をつとめますが、すぐにやめてしまいます。そして、小《ち》さな家《いえ》で、詩《し》や短歌《たんか》をつくったり、まずしい人《ひと》たちの相談《そうだん》にのったりしてくらしました。

この日《ひ》はほかにも…

★東京《とうきょう》の両国《りょうごく》に新《あたら》しい国技館《こくぎかん》（357ページ）ができたのを祝《いわ》う式《しき》が行《おこな》われた日《ひ》（一九八五年《ねん》）

★横綱《よこづな》、谷風梶之助《たにかぜかじのすけ》（二代《にだい》）が亡《な》くなった日《ひ》（一七九五年《ねん》）

23ページのこたえ

『東方見聞録《とうほうけんぶんろく》』

おはなしクイズ　一休《いっきゅう》さんのとんち話《ばなし》は、いつの時代《じだい》につくられた？　こたえはつぎのページ

1月10日

緊急《きんきゅう》電話《でんわ》の使《つか》い方《かた》を考《かんが》える「110《ひゃくとお》番《ばん》の日《ひ》」

読《よ》んだ日《ひ》にち（　　年　　月　　日）（　　年　　月　　日）（　　年　　月　　日）

記念日

一一〇番《いちいちれいばん》、つまり「ひゃくとおばん」は、事件《じけん》や事故《じこ》などを警察《けいさつ》に知《し》らせるための緊急電話《きんきゅうでんわ》です。警察《けいさつ》の仕事《しごと》は、人《ひと》びとの安全《あんぜん》と社会《しゃかい》のルールが守《まも》られるようにパトロールをしたり、交通事故《こうつうじこ》をふせいだり、犯罪《はんざい》のそうさなどをしたりすることです。

犯罪《はんざい》や事故《じこ》は、どこで起《お》こるかわかりません。すぐに警察官《けいさつかん》に来《き》てもらう必要《ひつよう》があるときなどに、警察署《けいさつしょ》につながる一一〇番《ひゃくとおばん》の緊急《きんきゅう》電話《でんわ》が使《つか》われるのです。

たとえば、①けんかをしている人《ひと》たちを見《み》たり、人《ひと》の悲鳴《ひめい》をきいたりしたとき、②刃《は》ものなどを持《も》っている人《ひと》を見《み》たとき、③ふしんな人《ひと》や車《くるま》を見《み》たとき、④空《あ》き巣《す》やひったくりにあったとき、⑤たおれている人《ひと》を見《み》たとき、⑥交通《こうつう》事故《じこ》にあったときなどは、一一〇《ひゃくとお》番《ばん》を利用《りよう》しましょう。連絡《れんらく》するときには、警察官《けいさつかん》がすぐにかけつけられるよう、「いつ」「どこで」「何《なに》があったか」を落《お》ち着《つ》いて説《せつ》明《めい》してください。

警察庁《けいさつちょう》では一九八五年《ねん》に、一月《いちがつ》十日《とおか》を「一一〇番《ひゃくとおばん》の日《ひ》」と決《き》めて、緊急電話《きんきゅうでんわ》の正《ただ》しい使《つか》い方《かた》を広《ひろ》めています。

もし、犯罪《はんざい》や事故《じこ》ではないとき、たとえばいやがらせをされたとか、いたずら電話《でんわ》にこまっているというような場合《ばあい》には、一一〇《ひゃくとお》番《ばん》とは別《べつ》に、警察相談専用電話《けいさつそうだんせんようでんわ》#九一一〇番《シャープきゅういちいちれいばん》があります。

緊急電話《きんきゅうでんわ》には、ほかに一一九番《いちいちきゅうばん》もあります。火事《かじ》や事故《じこ》のときにこの番号《ばんごう》にかけると消防署《しょうぼうしょ》につながり、消防車《しょうぼうしゃ》や救急車《きゅうきゅうしゃ》が出動《しゅつどう》します。ちなみに、「一一九番《ひゃくじゅうきゅうばん》の日《ひ》」は十一月九日《じゅういちがつここのか》となっています。

もう一《ひと》つ、海《うみ》で事故《じこ》や事件《じけん》があった場合《ばあい》、海上保安庁《かいじょうほあんちょう》につながる緊急電話《きんきゅうでんわ》として、一一八番《いちいちはちばん》があります。いざというときのために、おぼえておきましょう。

この日《ひ》はほかにも…

★国際連盟発足《こくさいれんめいほっそく》の日《ひ》

一九二〇年《ねん》のこの日《ひ》に発足《ほっそく》したが、第二次世界大戦《だいにじせかいたいせん》が始《はじ》まると活《かつ》動《どう》を停止《ていし》。一九四五年《ねん》に国際連合《こくさいれんごう》（333ページ）に引《ひ》きつがれた。

★明治《めいじ》・大正時代《たいしょうじだい》の政治家《せいじか》、大隈重信《おおくましげのぶ》（65ページ）の命日《めいにち》（一九二二年《ねん》）

24ページのこたえ　江戸時代《えどじだい》

おはなしクイズ　緊急《きんきゅう》ではないが、警察《けいさつ》に相談《そうだん》したいときにかける電話番号《でんわばんごう》は？　こたえはつぎのページ

一年《いちねん》のぶじをいのる 鏡開《かがみびら》きの日《ひ》

1月11日

読《よ》んだ日《ひ》にち（　　年　　月　　日）（　　年　　月　　日）（　　年　　月　　日）

みなさんは正月《しょうがつ》におもちを食《た》べますか。

おもちはむかしから縁起《えんぎ》がよく、人《ひと》に力《ちから》をあたえてくれる食《た》べものと考《かんが》えられてきました。神様《かみさま》へのお供《そな》えものとして、正月《しょうがつ》の間《あいだ》に床《とこ》の間《ま》などにかざる、丸《まる》く平《ひら》たいおもちが「鏡《かがみ》もち」です。鏡《かがみ》もちという名前《なまえ》は、むかし神聖《しんせい》な道《どう》具《ぐ》として使《つか》われていた、丸《まる》い鏡《かがみ》の形《かたち》をまねたことからついたといわれています。

正月《しょうがつ》に供《そな》えた鏡《かがみ》もちを、雑煮《ぞうに》やおしるこにして食《た》べ、一年《いちねん》のぶじをいのる行事《ぎょうじ》が「鏡開《かがみびら》き」です。

武士《ぶし》たちが活《かつ》やくしていた時代《じだい》は、武士《ぶし》はよろいかぶとの前《まえ》に、女性《じょせい》は鏡《かがみ》の前《まえ》に鏡《かがみ》もちを供《そな》えていました。鏡開《かがみびら》きのことを、武士《ぶし》は刀《かたな》の刃《は》と柄《つか》（持《も》ち手《て》のこと）にかけて「刃柄祝《はつかいわ》い」、女性《じょせい》は鏡《かがみ》ではじめて顔《かお》を見《み》る「初顔《はつがお》」にちなんで「初顔祝《はつがおいわ》い」ともよんでいました。これにかけて、江戸時代《えどじだい》のはじめまでは一月二十日《いちがつはつか》に鏡開《かがみびら》きが行《おこな》われていました。しかし、江戸《えど》幕府《ばくふ》の三代将軍《さんだいしょうぐん》、徳川家光《とくがわいえみつ》が一月《いちがつ》二十日《はつか》に亡《な》くなってから、この日《ひ》をさけて一月十一日《いちがつじゅういちにち》に行《おこな》われることが多《おお》くなったといわれています。

むかしは年末《ねんまつ》にもちつきをして、鏡《かがみ》もちを手《て》づくりしたものですが、現在《げんざい》はお店《みせ》で売《う》っているものを買《か》って供《そな》える家《いえ》が多《おお》くなっています。「三方《さんぽう》」とよばれるお供《そな》えものの用《よう》の台《だい》の上《うえ》に、四方紅《しほうべに》（四《し》方《ほう》が赤《あか》くいろどられた和紙《わし》）と裏白《うらじろ》（シダの葉《は》）をしいて大小《だいしょう》のもちを重《かさ》ね、だいだいをのせたかざり方《かた》が広《ひろ》く伝《つた》わっていますが、地《ち》域《いき》によって特色《とくしょく》があります。また、鏡《かがみ》もちを包丁《ほうちょう》で切《き》ることは縁《えん》起《ぎ》がよくないといわれ、手《て》や木《き》づちでたたいてわります。

この日《ひ》はほかにも…

★塩《しお》の日《ひ》

戦国時代《せんごくじだい》、塩《しお》が不足《ふそく》してこまっていた武田信玄《たけだしんげん》に、ライバルの上杉《うえすぎ》謙信《けんしん》（36ページ）が塩《しお》を送《おく》ったことから。

★たる酒《ざけ》の日《ひ》

たるに入《はい》ったお酒《さけ》のふたを木《き》づちでわることを、鏡開《かがみびら》きということから。

25ページのこたえ
#《シャープ》九《きゅう》一《いち》一《いち》〇《れい》番《ばん》

おはなしクイズ　むかし、武士《ぶし》はどこに鏡《かがみ》もちを供《そな》えていた？　こたえはつぎのページ

鹿児島県《かごしまけん》の桜島《さくらじま》が大噴火《だいふんか》した日《ひ》

読《よ》んだ日《ひ》にち（　年　月　日）（　年　月　日）（　年　月　日）

歴史

鹿児島県《かごしまけん》の錦江湾《きんこうわん》にある桜島《さくらじま》は、今《いま》は陸《りく》つづきですが、むかしは島《しま》でした。それも、火山《かざん》をもつ島《しま》だったのです。

この火山《かざん》は何度《なんど》も噴火《ふんか》をくり返《かえ》していましたが、一九一四年一月《ねんいちがつ》十二日《じゅうににち》の噴火《ふんか》は、それまでにないほど大《おお》きなものでした。このときにふき出《だ》したたくさんの溶岩《ようがん》が、桜島《さくらじま》と大隅半島《おおすみはんとう》の間《あいだ》にある幅《はば》三百《さんびゃく》から四百《よんひゃく》メートルの海《うみ》をうめてしまい、ついには桜島《さくらじま》と大隅半島《おおすみはんとう》を陸《りく》つづきにしたのです。

そして、桜島《さくらじま》の火山《かざん》は今《いま》も噴火《ふんか》をくり返《かえ》しています。町《まち》からは、火口《かこう》からのぼるけむりが見《み》えますし、ときどき火山灰《かざんばい》もふり、家《いえ》の屋根《やね》や道路《どうろ》につもっています。鹿児島県《かごしまけん》の天気予報《てんきよほう》は、桜島《さくらじま》の火山灰《かざんばい》がどれだけふりそうかも知《し》らせてくれます。それによって、「今日《きょう》は洗濯《せんたく》ものを外《そと》にほそうか」などと決《き》められるのです。

過去《かこ》一万年《いちまんねん》以内《いない》に噴火《ふんか》したことがある火山《かざん》や、今後《こんご》噴火《ふんか》する可能性《かのうせい》がある火山《かざん》を活火山《かつかざん》とよびます。桜島《さくらじま》も活火山《かつかざん》です。

では、なぜ火山《かざん》は噴火《ふんか》するのでしょう。それは地球《ちきゅう》の構造《こうぞう》を見《み》てみると、よくわかります。地球《ちきゅう》の内側《うちがわ》では、地殻《ちかく》マントルという岩石《がんせき》がいくつものプレート（巨大《きょだい》な岩《いわ》の板《いた》のようなもの）をつくっています。プレートとプレートが重《かさ》なり合《あ》ったところには、強《つよ》い圧力《あつりょく》が加《くわ》わり、とても高《たか》い熱《ねつ》がうまれます。すると、マントルがとけてマグマになるのです。マグマは地表《ちひょう》に向《む》かって上《あ》がっていき、どんどんたまっていきます。これを、マグマだまりといいます。地表《ちひょう》に近《ちか》くなるにつれて圧力《あつりょく》がひくくなるため、マグマにふくまれているガスや水分《すいぶん》が気体《きたい》になり、あわ立《だ》ち始《はじ》めます。すると、マグマの体積《たいせき》が増《ふ》え、火道《かどう》を通《とお》って火口《かこう》の近《ちか》くまでおし上《あ》げられていくのです。それが噴火《ふんか》です。

日本《にほん》は火山《かざん》が多《おお》い国《くに》として世界《せかい》に知《し》られており、現在《げんざい》は全国《ぜんこく》に百《ひゃく》以上《いじょう》の活火山《かっかざん》があります。

この日《ひ》はほかにも…

★イギリスの推理作家《すいりさっか》、アガサ・クリスティが亡《な》くなった日《ひ》（一九七六年《ねん》）

★スキー記念日《きねんび》

オーストリアのテオドール・エードラー・フォン・レルヒ少佐《しょうさ》が新潟県《にいがたけん》の歩兵連隊《ほへいれんたい》にスキーを指導《しどう》し、日本人《にほんじん》がはじめてスキーを体験《たいけん》した（一九一一年《ねん》）。

よろいかぶとの前《まえ》
26ページのこたえ

おはなしクイズ　過去《かこ》１万年以内《まんねんいない》に噴火《ふんか》したことがあったり、今後噴火《こんごふんか》する可能性《かのうせい》のある火山《かざん》を何《なん》とよぶ？

こたえはつぎのページ

日本《にほん》絵画界《かいがかい》のスター 狩野永徳《かのうえいとく》が生《う》まれた日《ひ》

日本《にほん》 1543～1590年《ねん》

1月13日

読《よ》んだ日《ひ》にち（　　年　　月　　日）（　　年　　月　　日）（　　年　　月　　日）

人物

室町幕府《むろまちばくふ》の御用絵師《ごようえし》（幕府《ばくふ》に仕《つか》える画家《がか》）である狩野元信《かのうもとのぶ》は、なやんでいました。

「わしが死《し》んだあと、この狩野派《かのうは》はどうなるのだろうか」

父《ちち》、正信《まさのぶ》からつづく狩野派《かのうは》を発展《はってん》させ、たくさんの注文《ちゅうもん》がくる画家集団《がかしゅうだん》をつくった元信《もとのぶ》ですが、あと取《と》りをなかなか決《き》めることができずにいたのです。

そんなとき、孫《まご》の源四郎《げんしろう》（のちの永徳《えいとく》）が生《う》まれました。一五四三年《ねん》（天文十二年《てんぶんじゅうにねん》）一月十三日《いちがつじゅうさんにち》のことです。

元信《もとのぶ》が手《て》ほどきをすると、源四郎《げんしろう》は小《ちい》さいころから、おどろくような才能《さいのう》を見《み》せました。

「狩野派《かのうは》をまかせられるのは源四郎《げんしろう》だ。これでやっと安心《あんしん》できる」

元信《もとのぶ》は源四郎《げんしろう》をあと取《と》りにするために、まず、源四郎《げんしろう》の父《ちち》である直信《なおのぶ》に家《いえ》をつがせます。当時《とうじ》は長男《ちょうなん》があとをつぐことが多《おお》い中《なか》、源四郎《げんしろう》の才能《さいのう》がひいでていることはだれの目《め》にもはっきりしていたので、その父《ちち》である三男《さんなん》の直信《なおのぶ》がつぐことに反対《はんたい》はありませんでした。

こうして源四郎《げんしろう》は絵師《えし》、永徳《えいとく》として活《かつ》やくするようになります。

永徳《えいとく》が二十四歳《にじゅうよんさい》のとき、父《ちち》とともに大徳寺聚光院《だいとくじじゅこういん》に絵《え》をかく大《おお》きな仕事《しごと》をし、中心《ちゅうしん》となる部屋《へや》は永徳《えいとく》が受《う》けもって、名作《めいさく》「花鳥図《かちょうず》」をかきました。すでに狩野派《かのうは》の中心《ちゅうしん》となっていたことがわかります。

永徳《えいとく》の絵《え》は力強《ちからづよ》く、戦国武将《せんごくぶしょう》たちにとても人気《にんき》がありました。織田信長《おだのぶなが》（179ページ）や豊臣秀吉《とよとみひでよし》（216ページ）などにも気《き》に入《い》られ、安土城《あづちじょう》や大坂城《おおさかじょう》のふすま絵《え》もまかされました。

永徳《えいとく》は安土桃山時代《あづちももやまじだい》だけでなく、日本美術史上最高《にほんびじゅつしじょうさいこう》の絵師《えし》の一人《ひとり》といわれています。

一五九〇年《ねん》、働《はたら》きざかりの四十八歳《よんじゅうはっさい》で亡《な》くなりましたが、永徳《えいとく》によってさらにさかえた狩野派《かのうは》は、江戸時代《えどじだい》まで絵画界《かいがかい》の中心《ちゅうしん》となりました。代表作《だいひょうさく》に「唐獅子図屏風《からじしずびょうぶ》」「洛中洛外図屏風《らくちゅうらくがいずびょうぶ》（上杉本《うえすぎぼん》）」などがあり、国宝《こくほう》に指定《してい》されているものもあります。

この日《ひ》はほかにも…

★鎌倉幕府《かまくらばくふ》を開《ひら》いた将軍《しょうぐん》、源頼朝《みなもとのよりとも》（223ページ）が亡《な》くなった日《ひ》（一一九九年《ねん》）

27ページのこたえ
活火山《かっかざん》

おはなしクイズ　狩野永徳《かのうえいとく》が大徳寺聚光院《だいとくじじゅこういん》でかいた名作《めいさく》は？

こたえはつぎのページ

南極《なんきょく》にのこされたタロとジロが越冬隊《えっとうたい》と再会《さいかい》した日《ひ》

読《よ》んだ日《ひ》にち（　　年　　月　　日）（　　年　　月　　日）（　　年　　月　　日）

歴史

一九五八年《ねん》二月《にがつ》十一日《じゅういちにち》、昭和基地《しょうわきち》（349ページ）で第一次南極越冬隊《だいいちじなんきょくえっとうたい》の北村泰一隊員《きたむらたいいちたいいん》は、さびしそうにふり返《かえ》りながら飛行機《ひこうき》にのりこみます。犬《いぬ》ぞりを引《ひ》くために集《あつ》められた兄弟犬《きょうだいけん》のタロとジロは、空《そら》へ消《き》えていく飛行機《ひこうき》をじっとながめていました。

第一次越冬隊《だいいちじえっとうたい》は、日本人《にほんじん》がはじめて南極《なんきょく》に基地《きち》をつくるための探検隊《たんけんたい》でした。南極《なんきょく》は、地球《ちきゅう》で一番《いちばん》寒《さむ》い雪《ゆき》と氷《こおり》の世界《せかい》です。寒《さむ》さに強《つよ》いタロやジロたちカラフト犬《けん》の犬《いぬ》ぞりは、故障《こしょう》の多《おお》い雪上車《せつじょうしゃ》より、確実《かくじつ》に隊員《たいいん》たちを運《はこ》ぶために雪《ゆき》と氷《こおり》の平原《へいげん》を走《はし》りました。そのおかげで昭和基地《しょうわきち》がつくられたのです。

任期《にんき》を終《お》えた北村隊員《きたむらたいいん》たち第一《だいいち》次越冬隊《じえっとうたい》と入《い》れかわりに、第二次《だいにじ》越冬隊《えっとうたい》が基地《きち》に来《く》る予定《よてい》でした。犬《いぬ》たちは、第二次越冬隊《だいにじえっとうたい》のそりを引《ひ》くためにのこされたのですが、天気《てんき》が悪《わる》くなり、第二次越冬隊《だいにじえっとうたい》は基地《きち》へ行《い》けなくなりました。そのため、タロやジロたち十五匹《じゅうごひき》のカラフト犬《けん》は、首輪《くびわ》でつながれたまま、人《ひと》がだれもいなくなった昭和《しょうわ》基地《きち》できびしい冬《ふゆ》をこさなければなりません。

「なんとかして、犬《いぬ》たちを助《たす》けられないだろうか」

犬《いぬ》の世話係《せわがかり》だった北村隊員《きたむらたいいん》たちは必死《ひっし》に考《かんが》えました。しかし、天候《てんこう》の悪化《あっか》と飛行機《ひこうき》にのせられる重《おも》さを考《かんが》えると、子犬数匹《こいぬすうひき》と母犬《ははいぬ》を助《たす》けるのがせいいっぱいでした。

すべての隊員《たいいん》が悲《かな》しみにくれました。雪《ゆき》と氷《こおり》しかない南極《なんきょく》にのこされた犬《いぬ》たちとは、もう二度《にど》と会《あ》えないと思《おも》ったからです。

ところが、一九五九年《ねん》一月十四《いちがつじゅうよっ》日《か》。第三次越冬隊《だいさんじえっとうたい》として十一《じゅういっ》か月《げつ》ぶりに昭和基地《しょうわきち》にもどった北村隊《きたむらたい》員《いん》は、子《こ》グマのように大《おお》きくなった二匹《にひき》の犬《いぬ》を目《め》にしたのです。

「おまえはタロ、それにジロか」

南極《なんきょく》の自然《しぜん》を生《い》きぬいたタロとジロは、最初《さいしょ》は北村隊員《きたむらたいいん》を警戒《けいかい》していました。しかし北村隊員《きたむらたいいん》が近《ちか》づき、なでようとすると、タロとジロもうれしそうにかけよってきたのです。この奇跡《きせき》の再会《さいかい》は、日《に》本中《ほんじゅう》を感動《かんどう》でつつみました。

この日《ひ》はほかにも…

★『不思議《ふしぎ》の国《くに》のアリス』などをかいたイギリスの作家《さっか》、ルイス・キャロルが亡《な》くなった日《ひ》（一八九八年《ねん》）

★『金閣寺《きんかくじ》』などをかいた戦後《せんご》の小《しょう》説家《せつか》、三島由紀夫《みしまゆきお》が生《う》まれた日《ひ》（一九二五年《ねん》）

28ページのこたえ

「花鳥図《かちょうず》」

おはなしクイズ　タロとジロは何《なん》という種類《しゅるい》の犬《いぬ》？

こたえはつぎのページ

大人《おとな》になった人《ひと》たちを祝《いわ》う
成人《せいじん》の日《ひ》

1月15日

読《よ》んだ日《ひ》にち（　　年　　月　　日）（　　年　　月　　日）（　　年　　月　　日）

1日 行事

日本《にほん》では、二十歳《はたち》になると「成人《せい》《じん》」といって、大人《おとな》の仲間入《なかまい》りをします。一月十五日《いちがつじゅうごにち》は、若者《わかもの》が大人《おとな》になったことを祝《いわ》う国民《こくみん》の祝《しゅく》日《じつ》として、一九四八年《ねん》に「成人《せいじん》の日《ひ》」に制定《せいてい》されました。二〇〇〇年《ねん》からは、一月《いちがつ》の第二月曜日《だいにげつようび》に祝《いわ》われています。

成人《せいじん》の日《ひ》には、各市町村《かくしちょうそん》などで成人式《せいじんしき》が行《おこな》われます。こうした大人《おとな》になったことを祝《いわ》う儀式《ぎしき》の歴《れき》史《し》は古《ふる》くからありました。

むかしの男子《だんし》の成人式《せいじんしき》にあたる「元服《げんぷく》」は、髪《かみ》と服装《ふくそう》を大人《おとな》のものに変《か》え、はじめて冠《かんむり》をかぶる儀《ぎ》式《しき》です。見《み》た目《め》から大人《おとな》になったことをはっきりとしめしたのです。

女子《じょし》の場合《ばあい》は、たれた髪《かみ》をゆい上《あ》げる「髪上《かみあ》げ」や、「裳《も》」という腰《こし》から下《した》にまとう衣服《いふく》を身《み》につける「裳着《もぎ》」などの儀式《ぎしき》をして、大人《おとな》の仲間入《なかまい》りをしました。今《いま》では、成人式《せいじんしき》に女性《じょせい》が振袖《ふりそで》を着《き》ることが多《おお》くなっていますが、これは、袖《そで》をふる仕草《しぐさ》にわざわいをはらい、身《み》を清《きよ》めるという意味《いみ》があるためといわれています。

元服《げんぷく》は十一《じゅういち》から十六歳《じゅうろくさい》、裳着《もぎ》は十二《じゅうに》から十四歳《じゅうよんさい》ごろと、今《いま》よりもずっとわかい年齢《ねんれい》で行《おこな》われていました。むかしは、今《いま》よりもずっと早《はや》く大人《おとな》とみなされたのです。成《せい》人年齢《じんねんれい》が二十歳《はたち》と定《さだ》められたのは、今《いま》から約百四十年前《やくひゃくよんじゅうねんまえ》の明治時《めいじじ》代《だい》のことです。

最近《さいきん》では、十八歳《じゅうはっさい》からを成人《せいじん》とすべきという意見《いけん》もあり、二〇一六年《ねん》には、それまで二十歳《はたち》からあたえられていた「選挙《せんきょ》で投票《とうひょう》する権利《けんり》（69ページ）」が、十八歳《じゅうはっさい》からに引《ひ》き下《さ》げられました。しかし、税金《ぜいきん》をおさめる義務《ぎむ》や飲酒《いんしゅ》については、これまでどおり二十歳《はたち》からとなっています。

この日《ひ》はほかにも…

★小正月《こしょうがつ》
旧暦《きゅうれき》（144ページ）で新年最初《しんねんさいしょ》の満月《まんげつ》に当《あ》たった日《ひ》で、とてもめでたいとされていた。

29ページのこたえ
カラフト犬《けん》

おはなしクイズ　むかし、行《おこな》われていた男子《だんし》の成人式《せいじんしき》にあたるものは？　こたえはつぎのページ

記念日

1月16日

火《ひ》をかこんで家族《かぞく》だんらん「いろりの日《ひ》」

読《よ》んだ日《ひ》にち（　　年　　月　　日）（　　年　　月　　日）（　　年　　月　　日）

むかしの日本《にほん》の家《いえ》には、はきものをはいたまま台所仕事《だいどころしごと》をする土間《どま》があり、土間《どま》から上《あ》がったところに家族《かぞく》が食事《しょくじ》をする板《いた》の間《ま》がありました。その床《ゆか》の一部《いちぶ》を四角《しかく》く切《き》って灰《はい》を入《い》れ、真《ま》ん中《なか》で火《ひ》をたけるようにしたのが「いろり」です。

いろりでまきや炭《すみ》を燃《も》やし、天井《てんじょう》からつるした「自在《じざい》かぎ」に鍋《なべ》や鉄《てつ》びんなどをかけ、みそ汁《しる》を煮《に》たり、お湯《ゆ》をわかしたりします。冬《ふゆ》は暖房《だんぼう》になり、夏《なつ》には湿気《しっけ》をおさえる働《はたら》きがあるので、一年中《いちねんじゅう》、いろりの火《ひ》を絶《た》やさないようにしていました。また、燃《も》えている火《ひ》は明《あか》るいため、照明《しょうめい》のかわりにもなったのです。

「ごはんができましたよ」

その声《こえ》で、家族《かぞく》がいろりのまわりに集《あつ》まり、食事《しょくじ》をします。どこにだれがすわるかもきちんと決《き》まっていて、台所《だいどころ》のある土間《どま》から見《み》て一番奥《いちばんおく》は、その家《いえ》の主人《しゅじん》がすわる「横座《よこざ》」、主人《しゅじん》の左右《さゆう》の席《せき》は、家《いえ》の入口《いりぐち》に近《ちか》いほうがお客《きゃく》さん用《よう》の「客座《きゃくざ》」、その反対側《はんたいがわ》は家《いえ》の主婦《しゅふ》がすわる「かか座《ざ》」といいました。主人《しゅじん》の向《む》かい側《がわ》は「木尻《きじり》」といって、子《こ》どもたちの席《せき》でした。

「お母《かあ》さん、今日学校《きょうがっこう》でね……」

と、ぬいものをしているお母《かあ》さんに話《はな》しかけたり、

「むかしむかし、あるところに……」

と、おじいさんやおばあさんが物語《ものがたり》を話《はな》してくれたりすることもありました。いろりは食事《しょくじ》をする場所《ばしょ》というだけではなく、家族《かぞく》が集《あつ》まってなごやかにすごす、だんらんの場《ば》でもあったのです。

現在《げんざい》では、いろりのある家《いえ》は少《すく》なくなりましたが、いろりのぬくもりを愛《あい》する人《ひと》は多《おお》く、「一（い）六（炉《ろ》）」というゴロ合《あ》わせで、一月十六日《いちがつじゅうろくにち》が「いろりの日《ひ》」と制定《せいてい》されました。

この日《ひ》はほかにも…

★やぶ入《い》り

むかし、家《いえ》をはなれて働《はたら》いている人《ひと》が実家《じっか》に帰《かえ》ることができた日《ひ》。

30ページのこたえ　元服《げんぷく》

おはなしクイズ　はきものをはいたまま台所仕事《だいどころしごと》をする場所《ばしょ》を何《なん》という？　こたえはつぎのページ

阪神《はんしん》・淡路《あわじ》大震災《だいしんさい》がきっかけ「防災《ぼうさい》とボランティアの日《ひ》」

1月17日

記念日

読《よ》んだ日《ひ》にち（　　年　　月　　日）（　　年　　月　　日）（　　年　　月　　日）

一九九五年《ねん》一月十七日《いちがつじゅうしちにち》午前《ごぜん》五時《ごじ》四十六分《よんじゅうろっぷん》、阪神地方《はんしんちほう》をマグニチュード七《なな》・三《さん》の大《おお》きな地震《じしん》がおそいました。兵庫県南部《ひょうごけんなんぶ》を中心《ちゅうしん》に大阪府《おおさかふ》、京都府《きょうとふ》などが被害《ひがい》を受《う》け、六千人以上《ろくせんにんいじょう》の方《かた》が亡《な》くなり、約四万人《やくよんまんにん》がけがをし、約六十万棟《やくろくじゅうまんとう》の建物《たてもの》がたおれたりこわれたりする大災害《だいさいがい》になりました。その状況《じょうきょう》をテレビが伝《つた》えると、すぐに「自《じ》分《ぶん》も何《なに》か役《やく》に立《た》ちたい」と思《おも》った人《ひと》たちが全国《ぜんこく》から集《あつ》まり、食《た》べものや住《す》むところ、くらしに必要《ひつよう》な手助《てだす》けを行《おこな》う活動《かつどう》に加《くわ》わりました。

このように、お金《かね》やものをもらわずに、自発的《じはってき》に集《あつ》まって社会《しゃかい》のために活動《かつどう》する人《ひと》たちのことを「ボランティア」といいます。ボランティアという言葉《ことば》のもとは、「自《みず》らすすんで行《おこな》う」という意味《いみ》のラテン語《ご》です。

一月十七日《いちがつじゅうしちにち》に起《お》きた阪神《はんしん》・淡路《あわじ》大震災《だいしんさい》ではボランティアが多《おお》く集《あつ》まり、その数《かず》は百六十万人以上《ひゃくろくじゅうまんにんいじょう》にもなりました。がれきの片《かた》づけや引《ひ》っこしの手伝《てつだ》い、体調《たいちょう》が悪《わる》い人《ひと》のケアなど、多《おお》くのボランティアの活《かつ》やくは、震災《しんさい》にあった人《ひと》たちの支《ささ》えになりました。いっぽうで、役割《やくわり》がはっきりしていなかったり、勝手《かって》なことをして迷惑《めいわく》をかけたりするボランティアもいたなど、問題《もんだい》も起《お》こりました。そこで、ボランティア活動《かつどう》への認識《にんしき》を深《ふか》め、また、防災《ぼうさい》に関《かん》する意識《いしき》を高《たか》めることを目的《もくてき》に、一月十七日《いちがつじゅうしちにち》が「防災《ぼうさい》とボランティアの日《ひ》」と定《さだ》められたのです。

ボランティアは、震災《しんさい》などの災害時《さいがいじ》だけではなく、ふだんの生活《せいかつ》の中《なか》でもできるものです。道《みち》に落《お》ちているゴミをひろってすてる、こまっている人《ひと》に話《はな》しかけるなど、小《ちい》さなこともボランティアにつながります。もっとボランティア活動《かつどう》をしたいと思《おも》ったら、町《まち》のボランティアセンターに行《い》ってみましょう。町《まち》の花《か》だんに植物《しょくぶつ》を植《う》えて育《そだ》てたり、地域《ちいき》のイベントの手伝《てつだ》いをしたりなど、自分《じぶん》がやってみたいと思《おも》うことから始《はじ》めてみてください。

31ページのこたえ

土間《どま》

この日《ひ》はほかにも…

★おむすびの日《ひ》

阪神《はんしん》・淡路《あわじ》大震災《だいしんさい》のとき、ボランティアによるおむすびのたき出《だ》しが、多《おお》くの人《ひと》を助《たす》けたことから。

おはなしクイズ　ボランティアという言葉《ことば》のもとは何語《なにご》？　こたえはつぎのページ

1月18日

東京市市営《とうきょうししえい》の路線《ろせん》バスが はじめて運行《うんこう》された「都《と》バスの日《ひ》」

読《よ》んだ日《ひ》にち（　年　月　日）（　年　月　日）（　年　月　日）

記念日

　日本《にほん》に自動車《じどうしゃ》がはじめて伝《つた》わったのは、一八九八年《ねん》ごろといわれています。それからしばらくして、日本初《にほんはつ》の路線《ろせん》バスの運行《うんこう》が広島県広島市《ひろしまけんひろしまし》で始《はじ》まりました。しかし、当時《とうじ》の自動車《じどうしゃ》はこわれることも多《おお》く、バスは人《ひと》びとのくらしの中《なか》にもあまりなじまないまま、すぐになくなってしまいました。

　そして一九一九年《ねん》、首都《しゅと》である東京《とうきょう》でも、民間《みんかん》の会社《かいしゃ》によって路《ろ》線《せん》バスが走《はし》り始《はじ》めました。

　それから四年後《よねんご》の一九二三年《ねん》九月一日《くがつついたち》に、巨大地震《きょだいじしん》が東京《とうきょう》をおそいました。関東大震《かんとうだいしん》災《さい》（276ページ）です。この地震《じしん》をきっかけに、バスが注目《ちゅうもく》されるようになったのです。

　関東大震災《かんとうだいしんさい》で東京《とうきょう》は火《ひ》の海《うみ》と化《か》し、建物《たてもの》の倒壊《とうかい》や火《か》事《じ》などで多《おお》くの人《ひと》が亡《な》くなりました。当時《とうじ》、市民《しみん》の足《あし》として活《かつ》やくしていた路面《ろめん》電車《でんしゃ》も大《おお》きな被害《ひがい》を受《う》け、運行《うんこう》できなくなりました。

　そんな中《なか》、東京市《とうきょうし》（今《いま》の東京二《とうきょうに》十三区《じゅうさんく》）は、電車《でんしゃ》の運転士《うんてんし》からバスの運転手《うんてんしゅ》を募集《ぼしゅう》し、陸軍《りくぐん》の指導《しどう》のもとで自動車《じどうしゃ》の運転技術《うんてんぎじゅつ》を習《なら》わせます。また、アメリカのフォード社《しゃ》から八百台《はっぴゃくだい》のトラックを買《か》い、バスに改造《かいぞう》しました。

　そして、年《とし》が明《あ》けた一九二四年《ねん》一月十八日《いちがつじゅうはちにち》、中渋谷《なかしぶや》と東京駅《とうきょうえき》、巣《す》鴨橋《がもばし》と東京駅《とうきょうえき》をむすぶ二路線《にろせん》で路《ろ》線《せん》バスの運行《うんこう》を始《はじ》めます。その後《ご》、路線《ろせん》は急速《きゅうそく》に増《ふ》え、三月十六《さんがつじゅうろく》日《にち》までに二十《にじゅう》の路線《ろせん》で運行《うんこう》されるようになりました。

　震災《しんさい》によって移動手段《いどうしゅだん》をうばわれていた人《ひと》びとは、とてもよろこびました。当初《とうしょ》は路面電車《ろめんでんしゃ》のかわりとしてバスを走《はし》らせていた市《し》も、バスの人気《にんき》の高《たか》さに運行《うんこう》をつづけることを決《き》めました。こうして、市《し》バスは人《ひと》びとの重要《じゅうよう》な足《あし》として生活《せいかつ》の中《なか》に定着《ていちゃく》していったのです。

　その後《ご》、市《し》の路線《ろせん》バスがはじめて運行《うんこう》された一月十八日《いちがつじゅうはちにち》は、東京《とうきょう》都交通局《とこうつうきょく》によって「都《と》バスの日《ひ》」と制定《せいてい》されました。

この日《ひ》はほかにも…

★『法《ほう》の精神《せいしん》』の中《なか》で権力分立《けんりょくぶんりつ》をとなえたフランスの哲学者《てつがくしゃ》、シャルル・ド・モンテスキューの誕生日《たんじょうび》（一六八九年《ねん》）

32ページのこたえ
ラテン語《ご》

おはなしクイズ　東京市《とうきょうし》の路線《ろせん》バスが走《はし》るきっかけとなった大地震《おおじしん》とは？

こたえはつぎのページ

蒸気機関《じょうききかん》を改良《かいりょう》した
ジェームズ・ワットの誕生日《たんじょうび》

イギリス
1736〜1819年《ねん》

1月19日

人物

読《よ》んだ日《ひ》にち（　　年　　月　　日）（　　年　　月　　日）（　　年　　月　　日）

ジェームズ・ワットは、トーマス・ニューコメンという人物《じんぶつ》が発明《はつめい》した蒸気機関《じょうききかん》（蒸気《じょうき》の力《ちから》で動《うご》く機械《きかい》）に大幅《おおはば》な改良《かいりょう》を加《くわ》えて、効率《こうりつ》よく動《うご》くようにした発明家《はつめいか》です。

ワットは一七三六年《ねん》一月《いちがつ》十九日《じゅうくにち》、スコットランド（イギリス北部《ほくぶ》）の港町《みなとまち》グリーノックで生《う》まれました。手先《てさき》が器用《きよう》だったワットは、十八歳《じゅうはっさい》のときにロンドンに出《で》て科学実験機器《かがくじっけんきき》の製造技術《せいぞうぎじゅつ》を学《まな》び、わずか一年《いちねん》で技術《ぎじゅつ》を身《み》につけると、スコットランドに帰《かえ》って小《ちい》さな工房《こうぼう》を開《ひら》きました。

工房《こうぼう》を開《ひら》いて数年《すうねん》たったとき、ワットは大学《だいがく》からニューコメン蒸気機関《じょうききかん》の模型《もけい》の修理《しゅうり》をたのまれました。

ニューコメン蒸気機関《じょうききかん》は、シリンダーという筒《つつ》の中《なか》に蒸気《じょうき》を入《い》れることでピストンという部品《ぶひん》をもち上《あ》げ、次《つぎ》に蒸気《じょうき》を冷《ひ》やして水《みず》にし、体積《たいせき》を小《ちい》さくすることでピストンを下《さ》げ、これをくり返《かえ》すことで動《うご》くのです。ワットは模型《もけい》をよく調《しら》べてみましたが、どこも故障《こしょう》していませんでした。

「本物《ほんもの》の大《おお》きなニューコメン蒸気《じょうき》機関《きかん》はちゃんと動《うご》くのに、なぜ小《ちい》さな模型《もけい》は故障《こしょう》していないのに動《うご》かないんだろう」

ワットは模型《もけい》を念入《ねんい》りに調《しら》べていくうちに、ニューコメン蒸気機《じょうきき》関《かん》の欠点《けってん》を見《み》つけました。

「この蒸気機関《じょうききかん》は、一《ひと》つのシリンダーを冷《ひ》やしたり熱《ねっ》したりしなければならないから、効率《こうりつ》がとても悪《わる》いぞ」

研究《けんきゅう》を重《かさ》ねたワットは、一七六五年《ねん》、この蒸気機関《じょうききかん》の欠点《けってん》を改良《かいりょう》し、シリンダーを二《ふた》つそなえた改《かい》良型《りょうがた》の蒸気機関《じょうききかん》を思《おも》いつきました。そして資金不足《しきんぶそく》などの苦労《くろう》をのりこえ、さらにパワーアップした「ワット式蒸気機関《しきじょうききかん》」を、一七八一年《ねん》についに完成《かんせい》させました。

この蒸気機関《じょうききかん》は、蒸気機関車《じょうききかんしゃ》や蒸気船《じょうきせん》などに広《ひろ》く利用《りよう》され、産業《さんぎょう》革命《かくめい》の進展《しんてん》に役立《やくだ》ちました。

この日《ひ》はほかにも…

★ポスト印象派《いんしょうは》として多《おお》くの傑作《けっさく》をのこしたフランスの画家《がか》、ポール・セザンヌの誕生日《たんじょうび》（一八三九年《ねん》）

★幕末《ばくまつ》の政治家《せいじか》、勝海舟《かつかいしゅう》（45ページ）の命日《めいにち》（一八九九年《ねん》）

33ページのこたえ
関東大震災《かんとうだいしんさい》

おはなしクイズ ワットは、それまでの蒸気機関《じょうききかん》の欠点《けってん》をなくすため、シリンダーをいくつにした？ こたえはつぎのページ

1月20日

農村《のうそん》の情景《じょうけい》をえがいた画家《がか》
ミレーが亡《な》くなった日《ひ》

フランス
1814～1875年《ねん》

読《よ》んだ日《ひ》にち（　　年　　月　　日）（　　年　　月　　日）（　　年　　月　　日）

人物

ジャン・フランソワ・ミレーは、一八一四年十月四日《ねんじゅうがつよっか》、フランスの小《ちい》さな村《むら》で生《う》まれました。家《いえ》は農家《のうか》でしたが、お父《とう》さんはおさないころにミレーの絵《え》の才能《さいのう》を見《み》ぬき、絵《え》の学校《がっこう》へ入《い》れます。

学校《がっこう》で才能《さいのう》をみとめられたミレーは、市《し》の援助《えんじょ》でパリのアトリエに入《はい》りました。しかし、生活《せいかつ》はとてもまずしく、ミレーは苦《くる》しみながら画家《がか》を目指《めざ》します。

二十六歳《にじゅうろくさい》のとき、ミレーがかいた肖像画《しょうぞうが》がサロン（政府《せいふ》の開《ひら》く展覧会《てんらんかい》）で入選《にゅうせん》しました。ミレーは大《おお》よろこびです。当時《とうじ》、サロンで入選《にゅうせん》することは、画家《がか》としてみとめられたということだったからです。

ミレーは三十一歳《さんじゅういっさい》のとき、カトリーヌ・ルメールという女性《じょせい》とくらすようになります。やがて、カトリーヌと三人《さんにん》の子《こ》どもといっしょに、フランスのバルビゾンという村《むら》へ引《ひ》っこしました。しずかな農村《のうそん》で、ミレーは本当《ほんとう》にかきたかったテーマを見《み》つけます。それは、自分《じぶん》の実家《じっか》と同《おな》じ、農村《のうそん》で働《はたら》く人《ひと》たちの姿《すがた》でした。

そして一八五〇年《ねん》、「種《たね》をまく人《ひと》」がサロンで入選《にゅうせん》しました。

それでも、まだまだ生活《せいかつ》は苦《くる》しく、三日間食事《みっかかんしょくじ》ができないときもありました。そんなとき、ミレーをずっとはげましてくれたお母《かあ》さんとおばあさんが病気《びょうき》で亡《な》くなったという知《し》らせを受《う》けます。

「お母《かあ》さんとおばあさんが亡《な》くなったのに、家《いえ》に帰《かえ》れないなんて」

ミレーは悲《かな》しみにしずみました。おそうしきのために帰《かえ》る旅費《りょひ》もなかったのです。サロンに出《だ》した絵《え》が売《う》れると、すぐに故郷《こきょう》にもどり、二人《ふたり》のためのお墓《はか》をつくりました。

「落穂拾《おちぼひろ》い」（1857年《ねん》）

その後《ご》も、ミレーは次《つぎ》つぎにすばらしい絵《え》をかいていきます。四十三歳《よんじゅうさんさい》のときにかいた「落穂拾《おちぼひろ》い」は、今《いま》では世界中《せかいじゅう》の多《おお》くの人《ひと》に知《し》られている作品《さくひん》です。

一八六七年《ねん》にはパリ万国博覧会《ばんこくはくらんかい》（76ページ）の美術展《びじゅつてん》でグランプリにかがやき、ついにミレーは一流画家《いちりゅうがか》としてみとめられます。五十三歳《ごじゅうさんさい》のときです。そして一八七五年一月二十日《ねんいちがつはつか》、六十歳《ろくじっさい》で亡《な》くなりました。

この日《ひ》はほかにも…

★アメリカ合衆国大統領《がっしゅうこくだいとうりょう》の就任式《しゅうにんしき》が行《おこな》われる日《ひ》

★世界初《せかいはつ》の電子式《でんししき》テレビ受像器《じゅぞうき》を発明《はつめい》した、高柳健次郎《たかやなぎけんじろう》（50ページ）が生《う》まれた日《ひ》（一八九九年《ねん》）

34ページのこたえ　二《ふた》つ

おはなしクイズ　ミレーが43歳《さい》のときにかいた作品《さくひん》は？　こたえはつぎのページ

義《ぎ》の精神《せいしん》をつらぬいた武将《ぶしょう》
上杉謙信《うえすぎけんしん》が生《う》まれた日《ひ》

日本《にほん》
1530〜1578年《ねん》

1月21日

読《よ》んだ日《ひ》にち（　　年　　月　　日）（　　年　　月　　日）（　　年　　月　　日）

人物

上杉謙信《うえすぎけんしん》は、一五三〇年《ねん》（享禄《きょうろく》三年《さんねん》）一月二十一日《いちがつにじゅういちにち》に越後国《えちごのくに》（今《いま》の新潟県《にいがたけん》）の守護代《しゅごだい》（守護大名《しゅごだいみょう》にかわって、領地《りょうち》を治《おさ》めた家来《けらい》）、長尾為景《ながおためかげ》の末《すえ》っ子《こ》として生《う》まれました。当時《とうじ》の日本《にほん》は、室町幕府《むろまちばくふ》の力《ちから》が弱《よわ》まり、身分《みぶん》のひくい者《もの》が身分《ぶん》の上《うえ》の者《もの》を実力《じつりょく》でたおす、きびしい時代《じだい》でした。

兄《あに》の晴景《はるかげ》が長尾家《ながおけ》をつぐと、謙《けん》信《しん》は、僧《そう》になるようにと林泉寺《りんせんじ》にあずけられ、禅《ぜん》と文武《ぶんぶ》の道《みち》をきびしく教《おし》えこまれました。寺《てら》を出《で》てからは、兄《あに》を助《たす》けて反乱者《はんらんしゃ》たちをうちやぶるものの、その兄《あに》と仲《なか》たがいをしてしまいます。越後国《えちごのくに》の守護大名《しゅごだいみょう》の上杉定実《うえすぎさだざね》が間《あいだ》に入《はい》り、謙信《けんしん》が兄《あに》の養子《ようし》となることでおさまりました。春日山城主《かすがやまじょうしゅ》となった謙信《けんしん》は、定実《さだざね》が亡《な》くなったあと、国主《こくしゅ》として越後《えちご》を統一《とういつ》します。

一五五三年《ねん》のこと、武田信玄《たけだしんげん》に領地《りょうち》をうばわれた信濃国《しなののくに》（今《いま》の長《なが》野県《のけん》）の武将《ぶしょう》が、謙信《けんしん》をたよってやってきました。義《ぎ》（人《ひと》としての正《ただ》しい行《おこな》い）を重《おも》んじる謙信《けんしん》は、信濃国川中島《しなののくにかわなかじま》へと出陣《しゅつじん》し、以後《いご》、五回《ごかい》にわたる謙信対信玄《けんしんたいしんげん》の川中島《かわなかじま》の戦《たたか》いの火《ひ》ぶたが切《き》られます。

信玄《しんげん》は、甲斐国《かいのくに》（今《いま》の山梨県《やまなしけん》）の国主《こくしゅ》です。「風林火山《ふうりんかざん》」のはたをかかげ、信濃国《しなののくに》を領土《りょうど》にしようと攻《せ》め入《い》りました。信玄《しんげん》が川中島《かわなかじま》をのぞむ平地《へいち》に兵《へい》を進《すす》めると、謙《けん》信《しん》の軍《ぐん》も対岸《たいがん》へ。しかし、小《こ》ぜり合《あ》いをくり返《かえ》すばかりで引《ひ》き分《わ》けに終《お》わります。四回目《よんかいめ》の戦《たたか》いでは、馬上《ばじょう》からきりかかった謙信《けんしん》の刀《かたな》を、信玄《しんげん》が軍配《ぐんばい》（戦《いくさ》の指揮《しき》に使《つか》ううちわ）で受《う》け止《と》めたという、直接対決《ちょくせつたいけつ》もあったといわれています。

結局《けっきょく》、五回《ごかい》にわたる戦《たたか》いの決着《けっちゃく》はつかず、二人《ふたり》が手《て》をむすぶことは、最後《さいご》までありませんでした。

信玄《しんげん》が亡《な》くなったあと、謙信《けんしん》は織田信長《おだのぶなが》（179ページ）と対立《たいりつ》します。一五七七年《ねん》の手取川《てどりがわ》の戦《たたか》いでは織田軍《おだぐん》をうちやぶりますが、その翌年《よくねん》に突然《とつぜん》たおれ、春日山城《かすがやまじょう》でこの世《よ》を去《さ》りました。

35ページのこたえ
「落穂拾《おちぼひろ》い」

この日《ひ》はほかにも…

★世界的《せかいてき》に有名《ゆうめい》なブランドを立《た》ち上《あ》げたフランスのファッションデザイナー、クリスチャン・ディオールが生《う》まれた日《ひ》（一九〇五年《ねん》）

★フランス国王《こくおう》、ルイ十六世《じゅうろくせい》（343ページ）が処刑《しょけい》された日《ひ》（一七九三年《ねん》）

おはなしクイズ　上杉謙信《うえすぎけんしん》と川中島《かわなかじま》で５回《かい》にわたって戦《たたか》ったのは、だれ？

こたえはつぎのページ

1月22日

まずしい人《ひと》びとのために戦《たたか》った大塩平八郎《おおしおへいはちろう》の誕生日《たんじょうび》

日本《にほん》 1793〜1837年《ねん》

読《よ》んだ日《ひ》にち（　年　月　日）（　年　月　日）（　年　月　日）

人物

「ひどいもんじゃ。よくばりの商人《しょうにん》どもがもうけるために、飢《う》え死《じ》にする者《もの》がおる。それを奉行所《ぶぎょうしょ》（今《いま》の役所《やくしょ》）は見殺《みごろ》しか！」

大塩平八郎《おおしおへいはちろう》はおこりました。

江戸時代《えどじだい》の終《お》わり、大坂《おおさか》（今《いま》の大阪《おおさか》）の町《まち》では米《こめ》を買《か》えないために、飢《う》えて亡《な》くなる人《ひと》が相次《あいつ》ぎました。大雨《おおあめ》による洪水《こうずい》などで米《こめ》が不足《ふそく》したときに、大坂《おおさか》の商人《しょうにん》たちは蔵《くら》の中《なか》にたくさんの米《こめ》をたくわえていたのです。米不足《こめぶそく》がつづけば米《こめ》の値段《ねだん》が上《あ》がり、もうけが増《ふ》えると見《み》こんでいたからです。

一七九三年《ねん》（寛政五年《かんせいごねん》）一月二十二日《いちがつにじゅうににち》に生《う》まれた平八郎《へいはちろう》は、もとは大坂《おおさか》の奉行所《ぶぎょうしょ》の役人《やくにん》でした。平《へい》八郎《はちろう》は、商人《しょうにん》の米《こめ》の買《か》いしめをやめさせるよう奉行所《ぶぎょうしょ》にうったえましたが、彼《かれ》らは耳《みみ》をかそうとしません。

「それなら、わしがやるしかない」

平八郎《へいはちろう》は大切《たいせつ》にしていた本《ほん》を売《う》ってお金《かね》をつくり、まずしい人《ひと》たちに分《わ》けあたえました。

「ありがとうございます。これで子《こ》どもに米《こめ》を食《た》べさせてやれます」

「礼《れい》はいらんぞ。それにしても、これだけでは……」

お金《かね》はすぐにつきてしまいましたが、米不足《こめぶそく》はつづいています。平八郎《へいはちろう》は決心《けっしん》しました。

「悪《わる》い商人《しょうにん》と役人《やくにん》をたおそう。民《たみ》のいかりを思《おも》い知《し》らせてやるんじゃ」

平八郎《へいはちろう》はこっそり手紙《てがみ》をかいて、人《ひと》びとにまわしました。

そして一八三七年二月十九日《ねんにがつじゅうくにち》、大坂《おおさか》の商人《しょうにん》のやしきから炎《ほのお》が上《あ》がりました。平八郎《へいはちろう》とまずしい人《ひと》たち三百人《さんびゃくにん》あまりが商人《しょうにん》のやしきを取《と》りかこんだのです。

「これはなんということだ」

奉行所《ぶぎょうしょ》はあわてました。

「民《たみ》を飢《う》えさせる商人《しょうにん》と役人《やくにん》をゆるすな！」

平八郎《へいはちろう》たちはうったえました。しかし、鉄砲隊《てっぽうたい》の反撃《はんげき》を受《う》けて人《ひと》びとはちりぢりになり、役人《やくにん》から追及《ついきゅう》された平八郎《へいはちろう》は自《みずか》ら命《いのち》を絶《た》ちました。

けれども、まずしい人《ひと》たちを助《たす》けるために自分《じぶん》の身《み》を投《な》げ出《だ》して戦《たたか》った平八郎《へいはちろう》の姿《すがた》は、人《ひと》びとの心《こころ》から消《き》えることはありませんでした。

この日《ひ》はほかにも…

★カレーの日《ひ》
全国《ぜんこく》の小中学校《しょうちゅうがっこう》でいっせいにカレー給食《きゅうしょく》が出《だ》されたことにちなむ（一九八二年《ねん》）。

36ページのこたえ
武田信玄《たけだしんげん》

おはなしクイズ　大塩平八郎《おおしおへいはちろう》はまずしい人《ひと》たちにお金《かね》をあげるために、何《なに》をした？

こたえはつぎのページ

日本人初《にほんじんはつ》のノーベル賞受賞者《しょうじゅしょうしゃ》
湯川秀樹《ゆかわひでき》の誕生日《たんじょうび》

日本《にほん》
1907〜1981年《ねん》

1月23日

読《よ》んだ日《ひ》にち（　　年　　月　　日）（　　年　　月　　日）（　　年　　月　　日）

人物

「湯川博士《ゆかわはかせ》がノーベル賞《しょう》をとったぞ。わたしたち日本人《にほんじん》は、もっとがんばれるんだ」

一九四九年《ねん》、理論物理学者《りろんぶつりがくしゃ》の湯《ゆ》川秀樹《かわひでき》は、日本人《にほんじん》ではじめてノーベル賞《しょう》を受賞《じゅしょう》しました。秀樹《ひでき》が世《せ》界的《かいてき》な賞《しょう》をとったことで、第二次《だいにじ》世界大戦《せかいたいせん》の敗戦《はいせん》で苦《くる》しみがつづいていた日本中《にほんじゅう》によろこびがあふれました。

秀樹《ひでき》は、一九〇七年一月二十三《ねんいちがつにじゅうさん》日《にち》に東京《とうきょう》で生《う》まれました。翌年《よくねん》、地質学者《ちしつがくしゃ》だったお父《とう》さんが、京都《きょうと》帝国大学《ていこくだいがく》（今《いま》の京都大学《きょうとだいがく》）の教授《きょうじゅ》になったため、秀樹《ひでき》も家族《かぞく》といっしょに京都《きょうと》に引《ひ》っこします。

秀樹《ひでき》は無口《むくち》な少年《しょうねん》でしたが、おさないころ、おじいさんに漢文《かんぶん》（漢字《かんじ》だけでかかれた中国古来《ちゅうごくこらい》のスタイルの文章《ぶんしょう》や詩《し》）を教《おし》えてもらったことで、むずかしい本《ほん》も読《よ》めるようになりました。

数学《すうがく》が得意《とくい》な秀樹《ひでき》は最初《さいしょ》、数学《すうがく》者《しゃ》を目指《めざ》しますが、旧制第三高等《きゅうせいだいさんこうとう》学校《がっこう》に進学《しんがく》してから、物理学《ぶつりがく》に夢《む》中《ちゅう》になります。

一九二六年《ねん》、京都帝国大学《きょうとていこくだいがく》の理《り》学部物理学科《がくぶぶつりがっか》に入学《にゅうがく》した秀樹《ひでき》は、卒業後《そつぎょうご》も大学《だいがく》の研究室《けんきゅうしつ》で物理学《ぶつりがく》の勉強《べんきょう》をつづけました。

ちょうどそのときに物理学《ぶつりがく》の世《せ》界《かい》では、原子《げんし》（物質《ぶっしつ》をつくるつぶ）の中心《ちゅうしん》にある原子核《げんしかく》は、陽子《ようし》と中性子《ちゅうせいし》がむすびついてできているということがわかりました。

「陽子《ようし》と中性子《ちゅうせいし》は、どうしてしっかりむすびついているのだろう。未知《みち》の力《ちから》や粒子《りゅうし》があるにちがいない」

そして一九三四年《ねん》、秀樹《ひでき》は新粒《しんりゅう》子《し》（中間子《ちゅうかんし》）の存在《そんざい》を予言《よげん》する理《り》論《ろん》を発表《はっぴょう》しました。

二年《にねん》のちに、秀樹《ひでき》の理論《りろん》は世界《せかい》的《てき》な注目《ちゅうもく》を集《あつ》めました。しかしこの理論《りろん》どおりの「中間子《ちゅうかんし》」をイギリスの科学者《かがくしゃ》たちが発見《はっけん》するまでには、十三年《じゅうさんねん》かかりました。

その研究《けんきゅう》がみとめられて、秀樹《ひでき》は日本人《にほんじん》で、そしてアジアではじめてノーベル物理学賞《ぶつりがくしょう》を受賞《じゅしょう》します。四十二歳《よんじゅうにさい》のときでした。

秀樹《ひでき》は受賞後《じゅしょうご》も変《か》わらず物理学《ぶつりがく》の研究《けんきゅう》をつづけました。一九五五年《ねん》には、アインシュタイン（207ページ）やバートランド・ラッセルといった世界《せかい》を代表《だいひょう》する学者《がくしゃ》たちとともに核兵器《かくへいき》反対《はんたい》の宣言《せんげん》をするなど、平和活動《へいわかつどう》にも積極的《せっきょくてき》に参《さん》加《か》して、一九八一年《ねん》に七十四歳《ななじゅうよんさい》で亡《な》くなりました。

この日《ひ》はほかにも…
★ノルウェーの画家《がか》、ムンク（387ページ）の命日《めいにち》（一九四四年《ねん》）

37ページのこたえ
本《ほん》を売《う》った

おはなしクイズ　湯川秀樹《ゆかわひでき》が発表《はっぴょう》した新粒子《しんりゅうし》の名前《なまえ》は？　こたえはつぎのページ

1月24日

明治天皇《めいじてんのう》がはじめて牛肉《ぎゅうにく》をめし上《あ》がった日《ひ》

読《よ》んだ日《ひ》にち（　　年　　月　　日）（　　年　　月　　日）（　　年　　月　　日）

歴史

今《いま》から約一万三千年前《やくいちまんさんぜんねんまえ》の縄文時《じょうもんじ》代《だい》の遺跡《いせき》のゴミすて場《ば》からは、土《ど》器《き》やさまざまな動物《どうぶつ》の骨《ほね》が発見《はっけん》されています。このことから、日本《にほん》人《じん》は大《おお》むかしから動物《どうぶつ》を食《た》べていたことがわかります。主《おも》に、シカやイノシシを食《た》べていたようです。ところが朝鮮《ちょうせん》から仏教《ぶっきょう》が伝《つた》わり、信仰《しんこう》のあつい天武天皇《てんむてんのう》が動物《どうぶつ》を殺《ころ》して食《た》べることを禁《きん》じる「肉《にく》食禁止令《しょくきんしれい》」を六七五年《ねん》に出《だ》すと、動物《どうぶつ》を口《くち》にする人《ひと》はほとんどいなくなりました。

室町時代《むろまちじだい》にはポルトガル船《せん》が日《に》本《ほん》に来航《らいこう》し、肉食《にくしょく》を伝《つた》えましたが、その後《ご》、ふたたび江戸幕府《えどばくふ》が「肉食禁止令《にくしょくきんしれい》」を出《だ》したため、これはあまり広《ひろ》まりませんでした。当時《とうじ》の江戸《えど》（今《いま》の東京《とうきょう》）の庶民《しょみん》は、白米《はくまい》にみそ汁《しる》、つけものと、魚《さかな》や野菜《やさい》などのおかずを食《た》べていました。

しかし、実《じつ》はこの時代《じだい》にも、鳥《とり》や動物《どうぶつ》の肉《にく》を出《だ》す料理店《りょうりてん》はあったのです。彦根藩《ひこねはん》（今《いま》の滋賀県《しがけん》）では、牛肉《ぎゅうにく》のみそづけがみとめられていました。このみそづけは江戸《えど》の将軍家《しょうぐんけ》に献上《けんじょう》され、栄養豊富《えいようほうふ》なため「薬食《くすりぐ》い」とよばれました。また、武士《ぶし》の間《あいだ》では鷹狩《たかが》りがはやり、野鳥《やちょう》や野《の》ウサギをとって食《た》べていました。イノシシを「ぼたん」、シカを「もみじ」、馬《うま》を「さくら」とよび、肉《にく》だとわからないようにして食《た》べていた町人《ちょうにん》もいます。

江戸時代《えどじだい》の終《お》わりごろに江戸《えど》に外国《がいこく》の領事館《りょうじかん》がたつと、外国人《がいこくじん》向《む》けに牛肉料理《ぎゅうにくりょうり》を出《だ》す店《みせ》ができました。

日本《にほん》に肉料理《にくりょうり》が本格的《ほんかくてき》に広《ひろ》まったのは明治時代《めいじじだい》です。「牛肉《ぎゅうにく》は体《からだ》の栄養《えいよう》になる」といわれ、日本人《にほんじん》向《む》けにカモ鍋《なべ》やぼたん鍋《なべ》の調理法《ちょうりほう》でつくられた「牛鍋《ぎゅうなべ》」を出《だ》す店《みせ》が横浜《よこはま》などにできました。政府《せいふ》も日《に》本人《ほんじん》の体格向上《たいかくこうじょう》のために、肉食《にくしょく》をすすめたのです。

明治天皇《めいじてんのう》が牛肉《ぎゅうにく》をはじめてめし上《あ》がったのは、一八七二年《ねん》（明治《めいじ》五年《ごねん》）一月二十四日《いちがつにじゅうよっか》のことでした。これが新聞《しんぶん》で報《ほう》じられたことが日本人《にほんじん》の食生活《しょくせいかつ》に大《おお》きな影響《えいきょう》をあたえ、現在《げんざい》のわたしたちの食事《しょくじ》にもつながっているのです。

鍋《なべ》で煮《に》ながら食《た》べる「牛鍋《ぎゅうなべ》」

この日《ひ》はほかにも…

★アメリカのカリフォルニアの川《かわ》底《そこ》で金《きん》のつぶが発見《はっけん》され、多《おお》くの人《ひと》がおしかけた日《ひ》（一八四八年《ねん》）

中間子《ちゅうかんし》

38ページのこたえ

おはなしクイズ　明治時代《めいじじだい》に日本人《にほんじん》向《む》けにつくられた牛肉料理《ぎゅうにくりょうり》は？

こたえはつぎのページ

詩《し》や短歌《たんか》、童謡《どうよう》などの創作《そうさく》で活《かつ》やくした北原白秋《きたはらはくしゅう》の誕生日《たんじょうび》

日本《にほん》
1885〜1942年《ねん》

1月25日

読《よ》んだ日《ひ》にち（　　年　　月　　日）（　　年　　月　　日）（　　年　　月　　日）

人物

北原白秋《きたはらはくしゅう》は明治《めいじ》から昭和時代《しょうわじだい》にかけて、詩《し》や短歌《たんか》、童謡《どうよう》、歌謡《かよう》、民謡《みんよう》などの創作《そうさく》で活《かつ》やくしました。白秋作詞《はくしゅうさくし》の童謡《どうよう》には「ゆりかごのうた」「あめふり」「からたちの花《はな》」など、今《いま》も歌《うた》われているものがたくさんあります。白秋《はくしゅう》はペンネームで、本名《ほんみょう》は隆吉《りゅうきち》といいました。

　一八八五年一月二十五日《ねんいちがつにじゅうごにち》、隆吉《りゅうきち》は福岡県《ふくおかけん》で酒《さけ》づくりをいとなむ裕《ゆう》福《ふく》な家《いえ》に生《う》まれました。しかし隆《りゅう》吉《きち》が十六歳《じゅうろくさい》のころ、火事《かじ》で酒蔵《さかぐら》をうしなってしまい、少《すこ》しずつまずしくなっていきます。いっぽうで、隆吉《りゅうきち》は詩《し》や短歌《たんか》、俳句《はいく》に熱中《ねっちゅう》し、「白秋《はくしゅう》」という名前《なまえ》で同人誌《どうじんし》に詩文《しぶん》をのせたり、新聞《しんぶん》の文芸欄《ぶんげいらん》に短歌《たんか》を投稿《とうこう》したりするようになります。

　文芸投稿雑誌《ぶんげいとうこうざっし》『文庫《ぶんこ》』に短歌《たんか》や詩《し》がのるようになると、白秋《はくしゅう》は思《おも》いきって東京《とうきょう》へ行《い》き、十九歳《じゅうきゅうさい》で早《わ》稲田《せだ》大学《だいがく》英文科《えいぶんか》予科《よか》に入学《にゅうがく》しました。

　その後《ご》、二十一歳《にじゅういっさい》のころ、文学《ぶんがく》青年《せいねん》のあこがれである与謝野鉄幹《よさのてっかん》（382ページ）にさそわれて新詩社《しんししゃ》に入《はい》り、月刊文芸誌《げっかんぶんげいし》『明星《みょうじょう》』に詩《し》や短歌《たんか》を次《つぎ》つぎに発表《はっぴょう》していきます。二年後《にねんご》、白秋《はくしゅう》はわかい文学仲《ぶんがくなか》間《ま》と新詩社《しんししゃ》をやめて、森鷗外《もりおうがい》を中《ちゅう》心《しん》に創刊《そうかん》された『スバル』に参加《さんか》します。そして、現実《げんじつ》をありのままにかこうとする「自然主義《しぜんしゅぎ》」に対《たい》して、美《び》を追求《ついきゅう》する「耽美主《たんびしゅ》義《ぎ》」の文学《ぶんがく》を広《ひろ》げていきました。

　二十四歳《にじゅうよんさい》のとき、白秋《はくしゅう》ははじめての詩集《ししゅう》『邪宗門《じゃしゅうもん》』を出版《しゅっぱん》して高《たか》く評価《ひょうか》されますが、実家《じっか》の家業《かぎょう》が破産《はさん》するなど、いくつかの試練《しれん》を体験《たいけん》し、詩風《しふう》も変化《へんか》していきました。童話童謡雑誌《どうわどうようざっし》『赤《あか》い鳥《とり》』（212ページ）に参加《さんか》して、童謡《どうよう》や民謡《みんよう》も創作《そうさく》します。

　晩年《ばんねん》、病気《びょうき》で目《め》が見《み》えにくくなってからも創作《そうさく》をつづけ、一九四二年《ねん》に五十七歳《ごじゅうななさい》で亡《な》くなる直前《ちょくぜん》まで、自分《じぶん》にしかかけない作品《さくひん》を追求《ついきゅう》しつづけました。その思《おも》いをあらわすかのように、息《いき》を引《ひ》きとる前《まえ》に、白秋《はくしゅう》はこう言《い》いました。

「新生《しんせい》だ、新生《しんせい》だ、わたしのかがやかしい記念日《きねんび》だ。新《あたら》しい出発《しゅっぱつ》だ」

この日《ひ》はほかにも…

★北海道旭川市《ほっかいどうあさひかわし》で、日本《にほん》の最低気温《さいていきおん》の公式記録《こうしききろく》であるマイナス四十一《よんじゅういち》度《ど》を記録《きろく》した日《ひ》（一九〇二年《ねん》）

39ページのこたえ　牛鍋《ぎゅうなべ》

おはなしクイズ　北原白秋《きたはらはくしゅう》がはじめて出《だ》した詩集《ししゅう》の名前《なまえ》は？

こたえはつぎのページ

1月26日

法隆寺《ほうりゅうじ》の火災《かさい》が制定《せいてい》のきっかけ
「文化財防火《ぶんかざいぼうか》デー」

読《よ》んだ日《ひ》にち（　　年　　月　　日）（　　年　　月　　日）（　　年　　月　　日）

記念日

一月二十六日《いちがつにじゅうろくにち》は、文化財防火《ぶんかざいぼうか》デー。全国各地《ぜんこくかくち》で防火《ぼうか》や避難《ひなん》の訓練《くんれん》が行《おこな》われます。

制定《せいてい》のきっかけになったのは、一九四九年《ねん》に起《お》こった法隆寺金堂《ほうりゅうじこんどう》の火災《かさい》です。これにより国《くに》の文化財《ぶんかざい》である仏教壁画《ぶっきょうへきが》が焼《や》けてしまったのです。その反省《はんせい》もこめて、国《くに》の貴重《きちょう》な財産《ざいさん》である文化財《ぶんかざい》を火災《かさい》から守《まも》る日《ひ》とされました。

奈良県《ならけん》にある法隆寺《ほうりゅうじ》は、仏教《ぶっきょう》によって平和《へいわ》な世《よ》の中《なか》をつくろうと考《かんが》えた聖徳太子《しょうとくたいし》が飛鳥時代《あすかじだい》にたてたお寺《てら》です。また、現存《げんそん》する世界《せかい》最古《さいこ》の木造建築《もくぞうけんちく》で、一九九三年《ねん》に日本初《にほんはつ》のユネスコの世界遺産《せかいいさん》に登録《とうろく》されました。

実《じつ》は、法隆寺《ほうりゅうじ》は一九四九年《ねん》より前《まえ》にも火災《かさい》にあっていたかもしれないのです。奈良時代《ならじだい》の歴史書《れきししょ》『日本書紀《にほんしょき》』には、「六七〇年《ねん》に法隆寺《ほうりゅうじ》が全焼《ぜんしょう》した」とかかれています。ところが、法隆寺《ほうりゅうじ》にある史料《しりょう》には火事《かじ》のことが記《しる》されていないので、法隆寺《ほうりゅうじ》の金堂《こんどう》などは火災《かさい》にはあっておらず、聖徳太子《しょうとくたいし》がたてたままのものであると長《なが》い間《あいだ》、信《しん》じられていました。

しかし、近代的《きんだいてき》な研究《けんきゅう》がなされるようになると、聖徳太子《しょうとくたいし》のころの法隆寺《ほうりゅうじ》の中心部分《ちゅうしんぶぶん》と、現在《げんざい》の中心部分《ちゅうしんぶぶん》の位置《いち》がちがっていることがわかりました。さらに、焼《や》けこげた壁画《へきが》の破片《はへん》も見《み》つかり、法隆寺《ほうりゅうじ》が以前《いぜん》にも火災《かさい》にあっていると考《かんが》えられるようになったのです。

法隆寺金堂《ほうりゅうじこんどう》

二度火災《にどかさい》にあっても、法隆寺《ほうりゅうじ》が今《いま》までしっかりとした形《かたち》でのこっているのは、人《ひと》びとがこのお寺《てら》を守《まも》ろうと努力《どりょく》したからです。一八九七年《ねん》には古社寺保存法《こしゃじほぞんほう》が制定《せいてい》され、国宝《こくほう》となった法隆寺《ほうりゅうじ》は、国民《こくみん》の税金《ぜいきん》で修理《しゅうり》が行《おこな》われるようになりました。そして一九四九年《ねん》の火災《かさい》をきっかけに、文化財《ぶんかざい》や天然記念物《てんねんきねんぶつ》などの保存《ほぞん》や管理《かんり》のルールを決《き》めた文化財保護法《ぶんかざいほごほう》も制定《せいてい》されました。これまでの人《ひと》びとがしてきたように、わたしたちも文化財《ぶんかざい》を大切《たいせつ》に守《まも》っていきたいものです。

この日《ひ》はほかにも…

★種痘法《しゅとうほう》を発見《はっけん》したイギリスの医者《いしゃ》、エドワード・ジェンナーの命日《めいにち》（一八二三年《ねん》）

★GHQ《ジーエイチキュー》（連合国軍最高司令官総司令部《れんごうこくぐんさいこうしれいかんそうしれいぶ》）最高司令官《さいこうしれいかん》、ダグラス・マッカーサーの誕生日《たんじょうび》（一八八〇年《ねん》）

40ページのこたえ 『邪宗門《じゃしゅうもん》』

おはなしクイズ　法隆寺《ほうりゅうじ》がたてられたのは何時代《なにじだい》？

こたえはつぎのページ

おさないころから天才音楽家《てんさいおんがくか》
モーツァルトの誕生日《たんじょうび》

オーストリア
1756〜
1791年《ねん》

1月27日

人物

読《よ》んだ日《ひ》にち（　　年　　月　　日）（　　年　　月　　日）（　　年　　月　　日）

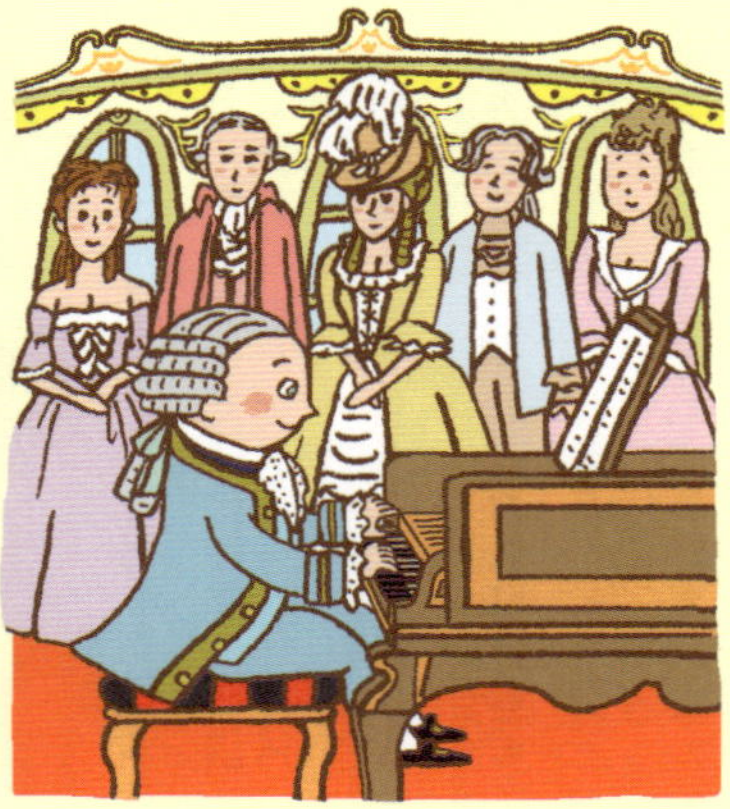

十八世紀《じゅうはっせいき》の古典派《こてんは》を代表《だいひょう》する音楽家《おんがくか》ヴォルフガング・アマデウス・モーツァルトは、一七五六年《ねん》一月二十七日《いちがつにじゅうしちにち》に、大司教《だいしきょう》が治《おさ》める小《ちい》さな国《くに》、ザルツブルク（今《いま》のオーストリア）に生《う》まれました。お父《とう》さんは宮廷演奏家《きゅうていえんそうか》で、家《いえ》にはクラビコード（ピアノににた楽器《がっき》）やバイオリン、チェンバロなどの楽器《がっき》がたくさんありました。

「ねえ、ぼくにもひかせてよ」

おさないモーツァルトは、姉《あね》のナンネルがクラビコードのレッスンをしていると、じっとしていられません。それどころか、きいた曲《きょく》をそのとおりにひいたり、作曲《さっきょく》までしてみせたりしました。

「この子《こ》には音楽《おんがく》の才能《さいのう》がある。広《ひろ》い世界《せかい》へ出《だ》してやろう」

モーツァルトはお父《とう》さんにつれられてヨーロッパ各地《かくち》に行《い》き、皇帝《こうてい》や貴族《きぞく》の前《まえ》で演奏《えんそう》しました。モーツァルトの演奏《えんそう》をきいた人《ひと》びとは、

「なんてすばらしい演奏《えんそう》なんだ」

と、おどろき、感激《かんげき》しました。しかし、一家《いっか》の活動《かつどう》を見守《みまも》ってくれていたザルツブルクの大司教《だいしきょう》が亡《な》くなり、次《つぎ》の新《あたら》しい大司教《だいしきょう》は音楽《おんがく》に理解《りかい》がなく、自分《じぶん》の思《おも》いどおりにならないと気《き》がすまない人《ひと》でした。モーツァルトを安《やす》い給料《きゅうりょう》で働《はたら》かせるなどして、自分《じぶん》の権力《けんりょく》のために音楽《おんがく》を利用《りよう》したのです。

「ぼくは自由《じゆう》に音楽《おんがく》がやりたい」

モーツァルトは二十一歳《にじゅういっさい》になると、お母《かあ》さんと二人《ふたり》でヨーロッパへ旅《たび》に出《で》ました。しかし、仕事《しごと》がなかなか見《み》つからず、食《た》べるものにもこまる生活《せいかつ》の中《なか》、お母《かあ》さんは旅先《たびさき》で亡《な》くなります。

二十五歳《にじゅうごさい》でウィーンにうつり、結婚《けっこん》してからも、生活《せいかつ》は楽《らく》にはなりませんでしたが、作曲《さっきょく》や音楽《おんがく》のレッスン、演奏《えんそう》の仕事《しごと》をしながら多《おお》くの作品《さくひん》をうみ出《だ》しました。

「生《う》まれてきたからには、人生《じんせい》を楽《たの》しもう。音楽《おんがく》があれば幸《しあわ》せだ」

楽天的《らくてんてき》で楽《たの》しいことが好《す》きなモーツァルトは、音楽《おんがく》と芝居《しばい》と美術《びじゅつ》で人《ひと》びとを感動《かんどう》させるオペラが大好《だいす》きで、オペラの名作《めいさく》を数多《かずおお》くのこしています。また、交響曲《こうきょうきょく》やピアノ協奏曲《きょうそうきょく》、舞曲《ぶきょく》など、たくさんの質《しつ》の高《たか》い曲《きょく》をかきつづけました。

一七九一年《ねん》、モーツァルトは三《さん》十五年《じゅうごねん》の人生《じんせい》を閉《と》じましたが、生涯《しょうがい》にかいた曲《きょく》は七百以上《ななひゃくいじょう》にもなり、その作品《さくひん》は今《いま》でも世界中《せかいじゅう》で愛《あい》されています。

この日《ひ》はほかにも…

★「シャボン玉《だま》」などを作詞《さくし》した詩人《しじん》、野口雨情《のぐちうじょう》の命日《めいにち》（一九四五年《ねん》）

41ページのこたえ
飛鳥時代《あすかじだい》

おはなしクイズ　モーツァルトが生《う》まれたのはどこ？　こたえはつぎのページ

天正遣欧少年使節《てんしょうけんおうしょうねんしせつ》がヨーロッパへ出発《しゅっぱつ》した日《ひ》

読《よ》んだ日《ひ》にち（　　年　　月　　日）（　　年　　月　　日）（　　年　　月　　日）

歴史

一五四九年《ねん》にザビエル（118ページ）が日本《にほん》に伝《つた》えたキリスト教《きょう》は、織田信長《おだのぶなが》（179ページ）が布教《ふきょう》をみとめたこともあり、日本国内《にほんこくない》に広《ひろ》まっていきました。

戦国時代《せんごくじだい》、宣教師《せんきょうし》（ある宗教《しゅうきょう》を外国《がいこく》に伝《つた》え広《ひろ》める人《ひと》）は貿易《ぼうえき》とむすびついていたため、キリスト教《きょう》を保護《ほご》して貿易《ぼうえき》を行《おこな》う大名《だいみょう》たちもあらわれます。信者《しんじゃ》になった大名《だいみょう》は、キリシタン大名《だいみょう》とよばれました。

一五八二年《ねん》（天正十年《てんしょうじゅうねん》）一月二十八日《いちがつにじゅうはちにち》、九州《きゅうしゅう》のキリシタン大名《だいみょう》、大友宗麟《おおともそうりん》と有馬晴信《ありまはるのぶ》、大村純忠《おおむらすみただ》は、自分《じぶん》たちの代理《だいり》として四人《よにん》の少年《しょうねん》を長崎港《ながさきこう》から送《おく》り出《だ》します。イタリアのローマ教皇《きょうこう》のもとに、使節《しせつ》（天正遣欧少年使節《てんしょうけんおうしょうねんしせつ》）として派遣《はけん》したのです。

これは宣教師《せんきょうし》にすすめられたことで、日本《にほん》でキリスト教《きょう》が広《ひろ》まっていることを知《し》らせること、またヨーロッパの様子《ようす》を見《み》ききしてくることが目的《もくてき》でした。

選《えら》ばれた伊東《いとう》マンショ、千々石《ちぢわ》ミゲル、原《はら》マルティノ、中浦《なかうら》ジュリアンは、十三歳《じゅうさんさい》から十四歳《じゅうよんさい》の少年《しょうねん》でした。

三年《さんねん》をこえる長《なが》い旅《たび》の末《すえ》にローマにたどりついた一行《いっこう》は、大歓迎《だいかんげい》を受《う》けます。市民《しみん》たちであふれる道《みち》を、出《で》むかえにきた長《なが》い行列《ぎょうれつ》に守《まも》られて進《すす》んでいきました。

そして、ローマ教皇《きょうこう》グレゴリウス十三世《じゅうさんせい》に会《あ》い、日本《にほん》からの手紙《てがみ》をわたすことができたのです。

「遠《とお》いところを大変《たいへん》でしたね」

教皇《きょうこう》は、ひざまずいた少年《しょうねん》たちをやさしくだきしめてくれました。

ところが、一五九〇年《ねん》に帰国《きこく》すると、豊臣秀吉《とよとみひでよし》（216ページ）によってキリスト教《きょう》は禁止《きんし》されていたのです。それからの道《みち》はきびしく、千々石《ちぢわ》ミゲルは信仰《しんこう》をすて、ほかの三人《さんにん》は病死《びょうし》、追放《ついほう》、処刑《しょけい》などの最期《さいご》をむかえることになります。

しかし、この使節《しせつ》によってヨーロッパの人《ひと》びとに日本《にほん》が知《し》られるようになりました。四人《よにん》の少年《しょうねん》たちのことは何冊《なんさつ》もの本《ほん》や絵画《かいが》となって語《かた》りつがれています。

この日《ひ》はほかにも…

★アメリカの新聞記者《しんぶんきしゃ》で探検家《たんけんか》、スタンリー（98ページ）が生《う》まれた日《ひ》（一八四一年《ねん》）

★スペースシャトル（NASA《ナサ》が開発《かいはつ》した再使用型《さいしようがた》の宇宙往還機《うちゅうおうかんき》）のチャレンジャー号《ごう》が爆発《ばくはつ》した日《ひ》（一九八六年《ねん》）

42ページのこたえ

ザルツブルク

おはなしクイズ　天正遣欧少年使節《てんしょうけんおうしょうねんしせつ》の少年《しょうねん》たちが会《あ》いに行《い》った人《ひと》はだれ？

こたえはつぎのページ

明治維新後《めいじいしんご》
最初《さいしょ》の戸籍《こせき》がつくられた日《ひ》

1月29日

読《よ》んだ日《ひ》にち（　　年　　月　　日）（　　年　　月　　日）（　　年　　月　　日）

歴史

一八七二年《ねん》（明治五年《めいじごねん》）一月二十九日《いちがつにじゅうくにち》、明治政府《めいじせいふ》が維新後初《いしんごはつ》となる人口調査《じんこうちょうさ》を行《おこな》って、戸籍《こせき》がつくられました。戸籍《こせき》とは、家族《かぞく》の氏《し》名《めい》や続柄《つづきがら》（関係性《かんけいせい》）、生年月日《せいねんがっぴ》などを登録《とうろく》したものです。日本《にほん》で戸《こ》籍《せき》がつくられたのは、およそ千五《せんご》十年《じゅうねん》ぶりのことでした。

世界《せかい》の人口調査《じんこうちょうさ》の歴史《れきし》は古《ふる》く、今《いま》から約五千年前《やくごせんねんまえ》の紀元前《きげんぜん》三〇〇〇年《ねん》ごろに、古代《こだい》エジプトで行《おこな》われています。この人口調査《じんこうちょうさ》は、ピラミッドをたてるための労働力《ろうどうりょく》の確保《かくほ》を目的《もくてき》として行《おこな》われたとされています。

日本《にほん》では、三〇〇年《ねん》ごろの崇神《すじん》天皇《てんのう》の時代《じだい》に人口調査《じんこうちょうさ》が行《おこな》われたと『日本書紀《にほんしょき》』にかかれています。六七〇年《ねん》には「庚午年籍《こうごねんじゃく》」とよばれる、日本初《にほんはつ》の戸籍《こせき》がつくられます。その目的《もくてき》は税《ぜい》をとることでしたが、八二四年《ねん》を最後《さいご》にとだえました。その後《ご》、江戸時代《えどじだい》には当時禁止《とうじきんし》されていたキリスト教《きょう》の信者《しんじゃ》を取《と》りしまるために、家数《いえかず》や人数《にんずう》の調査《ちょうさ》が行《おこな》われました。このように、日本《にほん》の人口調査《じんこうちょうさ》は、形《かたち》を変《か》えながら行《おこな》われてきたのです。

近年《きんねん》では、一九二〇年《ねん》から五年《ごねん》ごとに「国勢調査《こくせいちょうさ》」という人口調《じんこうちょう》査《さ》が行《おこな》われています。二〇一五年《ねん》の結果《けっか》では、日本《にほん》の人口《じんこう》は一億二《いちおくに》千七百九万四千七百四十五人《せんななひゃくきゅうまんよんせんななひゃくよんじゅうごにん》で、開始以来《かいしいらい》はじめて人口《じんこう》が減少《げんしょう》しました。また、年齢別《ねんれいべつ》に見《み》ると、高《こう》齢者《れいしゃ》（六十五歳以上《ろくじゅうごさいいじょう》）の人口《じんこう》が二《に》十六《じゅうろく》・六《ろく》パーセントと、世界《せかい》で最《もっと》も高《たか》い水準《すいじゅん》となりました。反対《はんたい》に、子《こ》ども（十五歳未満《じゅうごさいみまん》）の人口《じんこう》は十二《じゅうに》・六《ろく》パーセントと、世界《せかい》で最《もっと》もひくい水準《すいじゅん》となり、日本《にほん》が少《しょう》子高齢社会《しこうれいしゃかい》になっていることがわかります。

少子高齢化《しょうしこうれいか》が進《すす》むと、高齢者《こうれいしゃ》を支《ささ》えるわかい世代《せだい》の負担《ふたん》が重《おも》くなります。子《こ》どもの数《かず》を増《ふ》やすためには、子育《こそだ》てをしやすい社会《しゃかい》をつくることが大切《たいせつ》です。また、知識《ちしき》や経験《けいけん》がゆたかな高齢者《こうれいしゃ》の活《かつ》やくの場《ば》を増《ふ》やすことも社会全体《しゃかいぜんたい》で考《かんが》えられています。

43ページのこたえ　ローマ教皇《きょうこう》（グレゴリウス十三世《じゅうさんせい》）

この日《ひ》はほかにも…

★ロシアの小説家《しょうせつか》、アントン・チェーホフの誕生日《たんじょうび》（一八六〇年《ねん》）

★日本《にほん》の南極観測隊《なんきょくかんそくたい》（349ページ）が南極北東端《なんきょくほくとうたん》の東《ひがし》オングル島《とう》に上陸《じょうりく》した日《ひ》（一九五七年《ねん》）

おはなしクイズ　現在《げんざい》、日本《にほん》の人口《じんこう》は何《なん》という調査《ちょうさ》で調《しら》べられている？　こたえはつぎのページ

江戸《えど》城《じょう》無《む》血《けつ》開《かい》城《じょう》を成《な》しとげた 勝海舟《かつかいしゅう》の誕生日《たんじょうび》

日本《にほん》
1823～1899年《ねん》

読《よ》んだ日《ひ》にち（　年　月　日）（　年　月　日）（　年　月　日）

人物

一八二三年《ねん》（文政六年《ぶんせいろくねん》）一月三十日《いちがつさんじゅうにち》、勝海舟《かつかいしゅう》はまずしい旗本《はたもと》（将軍《しょうぐん》に仕《つか》える家来《けらい》）の息子《むすこ》として、江戸《えど》の本所《ほんじょ》（今《いま》の東京都墨田区《とうきょうとすみだく》）に生《う》まれました。

そのころの日本《にほん》は、鎖国《さこく》（外国《がいこく》との貿易《ぼうえき》などをやめること）をしていましたが、一八五三年《ねん》にアメリカの黒船《くろふね》がやってくる（180ページ）と、あわてた幕府《ばくふ》は家臣《かしん》（家来《けらい》）に意見《いけん》を求《もと》めました。

以前《いぜん》から蘭学《らんがく》（オランダを通《つう》じてもたらされた西洋《せいよう》の学問《がくもん》や技術《ぎじゅつ》などのこと）を学《まな》んでいた海舟《かいしゅう》は、自分《じぶん》の意見《いけん》をまとめた「海防《かいぼう》意見書《いけんしょ》」を幕府《ばくふ》に提出《ていしゅつ》します。その後《ご》、長崎海軍伝習所《ながさきかいぐんでんしゅうじょ》に入門《にゅうもん》して航海術《こうかいじゅつ》や造船学《ぞうせんがく》などを学《まな》び、一八六〇年《ねん》に「咸臨丸《かんりんまる》」の艦長《かんちょう》としてアメリカにわたりました。海舟《かいしゅう》はアメリカの文明《ぶんめい》におどろき、感心《かんしん》するばかりでした。

「アメリカはすごい国《くに》だ。武士《ぶし》や農民《のうみん》などの身分《みぶん》の差別《さべつ》がない。日本《に》本《ほん》じゃ、農民《のうみん》の子《こ》は農民《のうみん》、将軍《しょうぐん》の子《こ》は将軍《しょうぐん》と、生《う》まれたときから決《き》まっているが、アメリカでは、前《まえ》の大統領《だいとうりょう》の子孫《しそん》が今《いま》どこで何《なに》をしているのか、だれも知《し》らない」

アメリカで見《み》ききしたことは、海舟《かいしゅう》に確信《かくしん》をあたえました。

「日本《にほん》に海軍《かいぐん》をつくって自立《じりつ》させ、外国《がいこく》と対等《たいとう》に話《はなし》ができる国《くに》にしたい。そのためには身分《みぶん》にとらわれず、能力《のうりょく》のある者《もの》が力《ちから》を合《あ》わせて日本《にほん》を一《ひと》つにまとめることが大切《たいせつ》だ」

この海舟《かいしゅう》の信念《しんねん》に感動《かんどう》した坂本《さかもと》龍馬《りょうま》（356ページ）は、その場《ば》で弟《で》子《し》になったといわれています。

江戸時代《えどじだい》から明治時代《めいじじだい》にうつり変《か》わるとき、徳川慶喜《とくがわよしのぶ》（323ページ）を中心《ちゅうしん》とする幕府軍《ばくふぐん》と、薩摩《さつま》藩《はん》（今《いま》の鹿児島県《かごしまけん》）と長州藩《ちょうしゅうはん》（今《いま》の山口県《やまぐちけん》）でつくられた新政府軍《しんせいふぐん》が戦《たたか》いを始《はじ》めます。力《ちから》のある新政《しんせい》府軍《ふぐん》は、江戸《えど》に向《む》かってきました。

「同《おな》じ日本人同士《にほんじんどうし》で、これ以上《いじょう》むだな血《ち》を流《なが》してはならない」

慶喜《よしのぶ》に事《こと》をおさめるようまかされた海舟《かいしゅう》は、新政府軍《しんせいふぐん》のリーダーである西郷隆盛《さいごうたかもり》（299ページ）と話《はな》し合《あ》い、攻撃《こうげき》をやめさせました。そして、江戸《えど》の町《まち》で戦《たたか》いが起《お》こることなく、一八六八年《ねん》に幕府《ばくふ》は江《え》戸城《どじょう》を明《あ》けわたします。これにより武家政治《ぶけせいじ》は終《お》わりをつげ、新《あたら》しい時代《じだい》がやってきたのです。

その後《ご》も明治政府《めいじせいふ》で活《かつ》やくした海舟《かいしゅう》は、一八九九年《ねん》に七十七歳《ななじゅうななさい》で亡《な》くなりました。

この日《ひ》はほかにも…

★インドの思想家《しそうか》、ガンジー（311ページ）の命日《めいにち》（一九四八年《ねん》）

44ページのこたえ
国勢調査《こくせいちょうさ》

おはなしクイズ　勝海舟《かつかいしゅう》が艦長《かんちょう》をつとめた船《ふね》の名前《なまえ》は？　こたえはつぎのページ

よい友人《ゆうじん》にかこまれた作曲家《さっきょくか》
シューベルトの誕生日《たんじょうび》

オーストリア
1797～1828年《ねん》

1月31日

読《よ》んだ日《ひ》にち（　年　月　日）（　年　月　日）（　年　月　日）

人物

一七九七年一月三十一日《ねんいちがつさんじゅういちにち》、フランツ・シューベルトはオーストリアのウィーンで生《う》まれました。小《ちい》さいときから音楽《おんがく》の才能《さいのう》があり、十一歳《じゅういっさい》で名門《めいもん》の宮廷聖歌隊《きゅうていせいかたい》の試験《しけん》に合格《ごうかく》します。

「ここで、作曲家《さっきょくか》になる勉強《べんきょう》をするんだ！」

聖歌隊《せいかたい》の隊員《たいいん》が学《まな》ぶ寄宿学校《きしゅくがっこう》ではたくさんの友人《ゆうじん》にめぐまれ、ピアノ曲《きょく》や交響曲《こうきょうきょく》などを作曲《さっきょく》します。しかし音楽《おんがく》に熱中《ねっちゅう》してそれ以外《いがい》の成績《せいせき》が下《さ》がり、シューベルトを自分《じぶん》と同《おな》じ教師《きょうし》の道《みち》に進《すす》ませたかった父親《ちちおや》は、シューベルトを教員養成学校《きょういんようせいがっこう》に入学《にゅうがく》させました。

音楽《おんがく》をあきらめられないシューベルトは、卒業後《そつぎょうご》、父親《ちちおや》がいとなむ学校《がっこう》で教師《きょうし》をつとめながらも作曲《さっきょく》をつづけます。十八歳《じゅうはっさい》のときには、詩人《しじん》ゲーテ（271ページ）の作品《さくひん》に曲《きょく》をつけた「野《の》ばら」や「魔王《まおう》」など、百四十五曲《ひゃくよんじゅうごきょく》もの歌曲《かきょく》をつくりました。

「きみのつくる音楽《おんがく》は最高《さいこう》だ！」

シューベルトのまわりには、その才能《さいのう》にみせられたたくさんの友人《ゆうじん》が集《あつ》まりました。いつしか、シューベルトの曲《きょく》を演奏《えんそう》したり歌《うた》ったりして楽《たの》しむ「シューベルティアーデ」という会《かい》までつくられ、あつい友情《ゆうじょう》に支《ささ》えられつづけたのです。のちに歌曲《かきょく》「魔王《まおう》」の楽譜《がくふ》が出版《しゅっぱん》されたのも、友人《ゆうじん》たちのおかげでした。

詩人《しじん》で俳優《はいゆう》のフランツ・フォン・ショーバーとは、とくに深《ふか》い友情《ゆうじょう》でむすばれており、十九歳《じゅうきゅうさい》で父親《ちちおや》の家《いえ》を出《で》たシューベルトはショーバーの家《いえ》に住《す》みつきます。そして、それ以後《いご》は友人《ゆうじん》や知人《ちじん》の家《いえ》をわたり歩《ある》きながら、さすらい人《びと》のような生活《せいかつ》を送《おく》りました。

二十代《にじゅうだい》のシューベルトの音楽活動《おんがくかつどう》はさらに充実《じゅうじつ》したもので、「ます」や「死《し》と乙女《おとめ》」などの名曲《めいきょく》を次《つぎ》つぎにうみ出《だ》し、作曲家《さっきょくか》として有名《ゆうめい》になっていきます。二十九歳《にじゅうきゅうさい》のときには、大《おお》きなシューベルティアーデが開《ひら》かれ、友人《ゆうじん》で歌手《かしゅ》のヨハン・ミヒャエル・フォーグルが三十曲《さんじっきょく》も歌《うた》いあげて、とてももり上《あ》がりました。

数多《かずおお》くの楽曲《がっきょく》を情熱的《じょうねつてき》にかきつづけながらも、シューベルトは一八二八年《ねん》、三十一歳《さんじゅういっさい》で亡《な》くなります。「尊敬《そんけい》するベートーベン（105ページ）の近《ちか》くでねむりたい」という遺言《ゆいごん》どおり、ウィーン中央墓地《ちゅうおうぼち》の、ベートーベンの墓《はか》のとなりにほうむられました。

この日《ひ》はほかにも…

★鹿児島市立病院《かごしましりつびょういん》で日本初《にほんはつ》の五《いつ》つ子《ご》が誕生《たんじょう》した日《ひ》（一九七六年《ねん》）

45ページのこたえ
咸臨丸《かんりんまる》

おはなしクイズ　シューベルトの父親《ちちおや》の職業《しょくぎょう》は？　こたえは50ページ

月《つき》のよび名《な》と由来《ゆらい》

月《つき》のよび名《な》には、ふだん使《つか》っている「1月《がつ》」や「2月《がつ》」のほかに、和名《わめい》があります。和名《わめい》の月《つき》のよび名《な》と由来《ゆらい》、そして次《つぎ》のページでは英語《えいご》の月《つき》のよび名《な》と由来《ゆらい》を紹介《しょうかい》します。

和名《わめい》
旧暦《きゅうれき》（144ページ）の季節《きせつ》や行事《ぎょうじ》に合《あ》わせたよび名《な》で、今《いま》の暦《こよみ》とは時期《じき》が少《すこ》しずれています。その由来《ゆらい》にはいろいろな説《せつ》がありますが、代表的《だいひょうてき》なものを取《と》り上《あ》げています。

1月《がつ》 睦月《むつき》
新《あたら》しい年《とし》が始《はじ》まり、正《しょう》月《がつ》（16ページ）に親《しん》せきなど、たくさんの人《ひと》が集《あつ》まる睦《むつ》び（人《ひと》と親《した》しくすること）の月《つき》。

2月《がつ》 如月《きさらぎ》
まだ寒《さむ》さがのこっていて、衣服《いふく》を何枚《なんまい》も重《かさ》ね着《ぎ》する（更《さら》に着《き》る）月《つき》。衣更着《きさらぎ》とも。

3月《がつ》 弥生《やよい》
だんだんと春《はる》が始《はじ》まり、草木《くさき》が弥《いや》（いよいよ）生《お》いしげる月《つき》。

4月《がつ》 卯月《うづき》
たくさんの花《はな》が咲《さ》いて春満開《はるまんかい》の、卯《う》の花《はな》（ウツギの白《しろ》い花《はな》）の月《つき》。

5月《がつ》 皐月《さつき》
さわやかな気候《きこう》がつづき、稲《いね》の苗《なえ》を植《う》える「早苗月《さなえづき》」がちぢまった月《つき》。早月《さつき》とも。

6月《がつ》 水無月《みなづき》
だんだんと暑《あつ》くなり、田《た》んぼに水《みず》を引《ひ》く月《つき》。「無」は本来《ほんらい》「の」という意味《いみ》で、水《みず》の月《つき》。

7月《がつ》 文月《ふみづき》
夏《なつ》のおとずれとともに、稲《いね》の穂《ほ》が実《みの》ってくる月《つき》。穂含月《ほふみづき》とも。文《ふみ》を広《ひろ》げてさらす月《つき》という意味《いみ》も。

8月《がつ》 葉月《はづき》
秋《あき》に向《む》けて、木《こ》の葉《は》が落《お》ちる月《つき》。

9月《がつ》 長月《ながつき》
だんだんとすずしくなってきて、夜《よる》が長《なが》くなってくる月《つき》。夜長月《よながづき》とも。

10月《がつ》 神無月《かんなづき》
全国《ぜんこく》の神様《かみさま》が島根県《しまねけん》の出雲大社《いずもたいしゃ》へ行くため、神様《かみさま》がいなくなる月《つき》。出雲地方《いずもちほう》では神在月《かみありづき》とよばれる。

11月《がつ》 霜月《しもつき》
冬《ふゆ》が始《はじ》まって寒《さむ》さが深《ふか》まる、霜《しも》のおりる月《つき》。

12月《がつ》 師走《しわす》
年末《ねんまつ》のいそがしさから、師《し》（僧《そう》のこと）が走《はし》りまわる月《つき》。

次《つぎ》のページでは、英語《えいご》の月《つき》のよび名《な》と由来《ゆらい》を紹介《しょうかい》します。

英語《えいご》

古代《こだい》ローマの神様《かみさま》の名前《なまえ》や、古代《こだい》ローマの言葉《ことば》（ラテン語《ご》）が月《つき》のよび名《な》の由来《ゆらい》になっています。

古代《こだい》ローマって？

古代《こだい》（紀元前《きげんぜん》7世紀《せいき》ごろ）にローマ人《じん》が建国《けんこく》しました。古代《こだい》ローマの人《ひと》びとが、神様《かみさま》や尊敬《そんけい》する英雄《えいゆう》たちを、もともとあったギリシャ神話《しんわ》にむすびつけてつくった神話《しんわ》をローマ神話《しんわ》といいます。

1月《がつ》 January《ジャニュアリ》

顔《かお》を2つもち、「始《はじ》まりと終《お》わり」を支配《しはい》する神《かみ》、ヤヌス（Janus）に由来《ゆらい》。

2月《がつ》 February《フェブルアリ》

戦争《せんそう》の罪《つみ》を清《きよ》めるお祭《まつ》り（februa）と、清《きよ》めの神《かみ》のフェブルウス（Februus）に由来《ゆらい》。

3月《がつ》 March《マーチ》

古代《こだい》ローマの始《はじ》まりの月《つき》で、軍隊《ぐんたい》の活動《かつどう》も始《はじ》まることから軍神《ぐんしん》マルス（Mars）に由来《ゆらい》。

4月《がつ》 April《エイプリル》

美《び》の女神《めがみ》のアフロディテ（Aphrodite）と、つぼみが開《ひら》くという意《い》味《み》の Aprilis に由来《ゆらい》。

5月《がつ》 May《メイ》

緑《みどり》が増《ふ》えてくることから、豊作《ほうさく》の女神《めがみ》マイア（Maia）に由来《ゆらい》。

6月《がつ》 June《ジューン》

結婚生活《けっこんせいかつ》を守《まも》る女神《めがみ》ユノ（Juno）に由来《ゆらい》。そのため、結婚《けっこん》に最適《さいてき》な月《つき》といわれる。

7月《がつ》 July《ジュライ》

ユリウス暦《れき》（144ページ）をつくったユリウス・カエサル（Julius Caesar）に由来《ゆらい》。

8月《がつ》 August《オーガスト》

初代《しょだい》ローマ皇帝《こうてい》オクタヴィアヌスことアウグストゥス（Augustus）に由来《ゆらい》。

9月《がつ》 September《セプテンバァ》

ラテン語《ご》の「7番目《ばんめ》」（古代《こだい》ローマの年《とし》は3月始《がつはじ》まりなので、9月《がつ》が7番目《ばんめ》）を意味《いみ》する septem に由来《ゆらい》。

10月《がつ》 October《アクトウバァ》

ラテン語《ご》の「8番目《ばんめ》」を意味《いみ》する octo に由《ゆ》来《らい》。

11月《がつ》 November《ノウベンバァ》

ラテン語《ご》の「9番目《ばんめ》」を意味《いみ》する novem に由来《ゆらい》。

12月《がつ》 December《ディセンバァ》

ラテン語《ご》の「10番《ばん》目《め》」を意味《いみ》する decem に由来《ゆらい》。

2月《がつ》のおはなし

日本《にほん》ではじめて テレビ放送《ほうそう》が始《はじ》まった日《ひ》

2月1日

読《よ》んだ日《ひ》にち（　　年　　月　　日）（　　年　　月　　日）（　　年　　月　　日）

はじめて

テレビ放送《ほうそう》は、テレビ局《きょく》が映像《えいぞう》と音声《おんせい》を電気《でんき》の信号《しんごう》に変《か》えて電波《でんぱ》にのせ、視聴者《しちょうしゃ》が受像器《じゅぞうき》（テレビ）を使《つか》って、電波《でんぱ》を電気信号《でんきしんごう》、さらに映像《えいぞう》と音声《おんせい》に変《か》える仕組《しく》みです。

テレビの研究《けんきゅう》は、十九世紀《じゅうきゅうせいき》から世界中《せかいじゅう》でつづけられていました。一九二〇年代《ねんだい》には技術《ぎじゅつ》がほぼ完成《かんせい》し、一九三五年《ねん》にはドイツで世界《せかい》初《はつ》の定期放送《ていきほうそう》が始《はじ》まりました。

日本《にほん》のテレビの歴史《れきし》は一九二六年《ねん》、静岡県《しずおかけん》の浜松高等工業学校《はままつこうとうこうぎょうがっこう》（今《いま》の静岡大学工学部《しずおかだいがくこうがくぶ》）で助教授《じょきょうじゅ》をしていた高柳健次郎《たかやなぎけんじろう》が、電気信号《でんきしんごう》を受信《じゅしん》して映像《えいぞう》をうつし出《だ》す装置《そうち》「受像器《じゅぞうき》」を開発《かいはつ》したことに始《はじ》まります。このとき、健次郎《けんじろう》は世界《せかい》ではじめてブラウン管《かん》の受像器《じゅぞうき》にカタカナの「イ」の字《じ》をうつし出《だ》すことに成功《せいこう》しました。ブラウン管《かん》は、今《いま》の液晶画面《えきしょうがめん》が広《ひろ》まるまで、テレビの画面《がめん》に使《つか》われていました。そして、日本放送協会《にっぽんほうそうきょうかい》（ＮＨＫ《エヌエイチケイ》）が一九五三年二月一日《ねんにがつついたち》に日本《にほん》ではじめてのテレビ放送《ほうそう》を行《おこな》いました。

街頭《がいとう》テレビに集《あつ》まる人《ひと》びと　写真提供:郵政博物館

当時《とうじ》、テレビの放送局《ほうそうきょく》はＮ《エヌ》ＨＫ《エイチケイ》と日本《にほん》テレビ放送網《ほうそうもう》の二《に》局《きょく》しかなかったうえ、テレビの価格《かかく》は当時《とうじ》のサラリーマンの一《いっ》か月《げつ》分《ぶん》の給料《きゅうりょう》の十倍以上《じゅうばいいじょう》もしました。そのため、テレビは一般家庭《いっぱんかてい》にはなかなか広《ひろ》まりませんでした。

しかしそのあと、放送局《ほうそうきょく》がじょじょに増《ふ》えたこと、街頭《がいとう》テレビなどを通《つう》じて人《ひと》びとがテレビ番組《ばんぐみ》に親《した》しむようになったこと、テレビの価格《かかく》が下《さ》がっていったことなどから、テレビは少《すこ》しずつ各家庭《かくかてい》に広《ひろ》まっていきました。

そして、一九五八年《ねん》には、カラーテレビ受像器《じゅぞうき》が開発《かいはつ》され、一九六四年《ねん》に開催《かいさい》された東京《とうきょう》オリンピック（319ページ）は全世界《ぜんせかい》にカラー中継《ちゅうけい》されました。この中継《ちゅうけい》が、日本《にほん》でカラーテレビが一気《いっき》に広《ひろ》まるきっかけとなりました。

この日《ひ》はほかにも…

★昭和時代《しょうわじだい》に活《かつ》やくした野球選手《やきゅうせんしゅ》、沢村栄治《さわむらえいじ》が生《う》まれた日《ひ》（一九一七年《ねん》）

46ページのこたえ　教師《きょうし》

おはなしクイズ　電気信号《でんきしんごう》を受信《じゅしん》して映像《えいぞう》をうつし出《だ》す装置《そうち》「受像器《じゅぞうき》」を開発《かいはつ》した日本人《にほんじん》の名前《なまえ》は？　こたえはつぎのページ

2月2日

鳥《とり》や魚《さかな》、昆虫《こんちゅう》、植物《しょくぶつ》が生《い》きる環境《かんきょう》を守《まも》る「世界湿地《せかいしっち》の日《ひ》」

読《よ》んだ日《ひ》にち（　年　月　日）（　年　月　日）（　年　月　日）

国土《こくど》の七十《ななじっ》パーセントが山地《さんち》である日本《にほん》には、たくさんの川《かわ》が流《なが》れています。川《かわ》の水《みず》がたまると湖《みずうみ》や沼《ぬま》ができます。川《かわ》をはじめ、湖《みずうみ》や沼《ぬま》、サンゴ礁《しょう》（84ページ）、そして人間《にんげん》がつくったダム湖《こ》や水田《すいでん》、用水路《ようすいろ》、ため池《いけ》など、水辺《みずべ》の環境《かんきょう》をまとめて「湿地《しっち》」といいます。ただし、水深《すいしん》が六《ろく》メートルをこえる海域《かいいき》は湿地《しっち》には入《はい》りません。

湿地《しっち》には多《おお》くの生《い》きものが見《み》られます。たとえば、湖《みずうみ》や沼《ぬま》にはワカサギやヒメマス、コイ、フナ、ウナギなどの魚類《ぎょるい》、シジミやタニシなどの貝類《かいるい》、アメンボやヤゴなどの水生昆虫《すいせいこんちゅう》がいます。ヨシやマコモなどの植物《しょくぶつ》も生《は》えています。これらの植物《しょくぶつ》のもとで魚《さかな》や昆虫《こんちゅう》はたまごをうみ、ハクチョウやカモなどの水鳥《みずとり》はえさをとり、ひなを育《そだ》てます。さらに、川《かわ》にはイワナやヤマメなどが、海《うみ》の潮《しお》が引《ひ》いた干《ひ》がたにはカニが、水田《すいでん》にはサギもやってきます。また、海《うみ》の中《なか》のサンゴ礁《しょう》のまわりにもさまざまな魚《さかな》が集《あつ》まります。

植物《しょくぶつ》や魚《さかな》、水鳥《みずとり》だけではなく、わたしたち人間《にんげん》も湿地《しっち》に助《たす》けられています。大《おお》むかしから、飲《の》み水《みず》や、貝《かい》や魚《さかな》、海《かい》そうなどの食《た》べものをもらってきました。農作物《のうさくもつ》を育《そだ》てるのにも、湿地《しっち》の水《みず》は大切《たいせつ》でした。さらに、湿地《しっち》は人《ひと》やものが移動《いどう》する水路《すいろ》としても利用《りよう》されてきたのです。

ところが、うめ立《た》てや開発工事《かいはつこうじ》、水《みず》のよごれなどにより、湿地《しっち》やそこにすむ生《い》きもの、植物《しょくぶつ》がへってしまったのです。

そこで湿地《しっち》を守《まも》るため、一九七一年二月二日《ねんにがつふつか》にラムサール条約《じょうやく》がむすばれました。これは自然保護《しぜんほご》を目的《もくてき》としたはじめての国際条約《こくさいじょうやく》で、とくに水鳥《みずとり》の生息地《せいそくち》である湿地《しっち》を守《まも》るためにつくられました。

そしてこの日《ひ》が「世界湿地《せかいしっち》の日《ひ》」に定《さだ》められたのです。

日本《にほん》は一九八〇年《ねん》に条約《じょうやく》に加入《かにゅう》し、タンチョウの生息地《せいそくち》として知《し》られる北海道《ほっかいどう》の釧路湿原《くしろしつげん》が、ラムサール条約湿地《じょうやくしっち》として登録《とうろく》されました。

この日《ひ》はほかにも…

★『ユリシーズ』などをかいたアイルランドの小説家《しょうせつか》、ジェイムズ・ジョイスが生《う》まれた日《ひ》（一八八二年《ねん》）

50ページのこたえ　高柳健次郎《たかやなぎけんじろう》

おはなしクイズ　水鳥《みずとり》の生息地《せいそくち》である湿地《しっち》を守《まも》る条約《じょうやく》は？

こたえはつぎのページ

みんなで豆《まめ》をまく節分《せつぶん》の日《ひ》

2月3日

1日 行事

読《よ》んだ日《ひ》にち（　年　月　日）（　年　月　日）（　年　月　日）

「鬼《おに》は外《そと》、福《ふく》は内《うち》」

そう、みなさんが大好《だいす》きなイベントの一《ひと》つ、「豆《まめ》まき」を行《おこな》う二《に》月三日《がつみっか》は「節分《せつぶん》」です。どうして豆《まめ》をまくのでしょうか。

節分《せつぶん》は、本来《ほんらい》は一年《いちねん》に四回《よんかい》あります。春夏秋冬《しゅんかしゅうとう》の季節《きせつ》の変《か》わり目《め》で、二十四節気《にじゅうしせっき》（306ページ）の立《りっ》春《しゅん》、立夏《りっか》、立秋《りっしゅう》、立冬《りっとう》の前日《ぜんじつ》のことをいいますが、今《いま》は「立春《りっしゅん》」の前日《ぜんじつ》だけが節分《せつぶん》としてのこっています。

むかしの人《ひと》は、病気《びょうき》になったり悪《わる》いことが起《お》こったりすると、鬼《おに》のしわざだと考《かんが》えました。そのため、悪《わる》い鬼《おに》が近《ちか》づかないように、いろいろな工夫《くふう》をしたのです。

その一《ひと》つが、「追儺《ついな》」や「鬼《おに》やらい」とよばれる平安時代《へいあんじだい》の宮中《きゅうちゅう》の年中行事《ねんじゅうぎょうじ》で、大《おお》みそかに鬼《おに》を追《お》いはらう儀式《ぎしき》です。この儀式《ぎしき》が庶《しょ》民《みん》に広《ひろ》まり、室町時代《むろまちじだい》から豆《まめ》まきが行《おこな》われるようになったといわれています。豆《まめ》には神様《かみさま》の力《ちから》が宿《やど》っていると信《しん》じられていたのです。

豆《まめ》をまいたあとは、自分《じぶん》の年齢《ねんれい》と同《おな》じ数《かず》か、または一《ひと》つ多《おお》い数《かず》の豆《まめ》を食《た》べます。そうすれば、病気《びょうき》にならないといわれているのです。また、お湯《ゆ》やお茶《ちゃ》に豆《まめ》を入《い》れた「福茶《ふくちゃ》」を飲《の》むこともあります。

節分《せつぶん》には、豆《まめ》まきのほかにもいろいろな風習《ふうしゅう》があります。「恵方巻《えほうま》き」もその一《ひと》つです。その年《とし》の縁起《えんぎ》のよい方角《ほうがく》を「恵方《えほう》」といい、恵方《えほう》を向《む》いて、何《なに》もしゃべらずに、太巻《ふとま》きずしを切《き》らずに丸《まる》のまま食《た》べるのです。本来《ほんらい》は関《かん》西地方《さいちほう》の風習《ふうしゅう》でしたが、今《いま》は全国《ぜんこく》に広《ひろ》まっています。

また、「やいかがし」といって、あぶったイワシの頭《あたま》をヒイラギの枝《えだ》にさしたものを、玄関《げんかん》やドアの近《ちか》くにかざることもあります。鬼《おに》の苦手《にがて》なヒイラギのトゲやイワシのにおいで、追《お》いはらうようにしたのです。

この日《ひ》はほかにも…

★ドイツの作曲家《さっきょくか》、フェリックス・メンデルスゾーンが生《う》まれた日《ひ》（一八〇九年《ねん》）

★明治時代《めいじじだい》の教育家《きょういくか》、福沢諭吉《ふくざわゆきち》（366ページ）が亡《な》くなった日《ひ》（一九〇一年《ねん》）

★イギリスで女性初《じょせいはつ》の医者《いしゃ》、ブラックウェル（176ページ）が生《う》まれた日《ひ》（一八二一年《ねん》）

51ページのこたえ　ラムサール条約《じょうやく》

おはなしクイズ　節分《せつぶん》は、本来《ほんらい》は１年《ねん》に何回《なんかい》ある？　こたえはつぎのページ

2月4日

がんについて考《かんが》える「世界対《せかいたい》がんデー」

読《よ》んだ日《ひ》にち（　　年　　月　　日）（　　年　　月　　日）（　　年　　月　　日）

記念日

二月四日《にがつよっか》は「世界対《せかいたい》がんデー」です。

一九八〇年《ねん》まで、日本人《にほんじん》の死亡《しぼう》原因《げんいん》のトップは、脳出血《のうしゅっけつ》などの脳《のう》の血管《けっかん》にトラブルが起《お》こる脳血管《のうけっかん》疾患《しっかん》でした。しかし、一九八一年《ねん》に「がん（悪性腫瘍《あくせいしゅよう》）」が死亡《しぼう》原《げん》因《いん》のトップになりました。

がんは、体《からだ》をつくる細胞《さいぼう》の一部《いちぶ》に何《なん》らかの異常《いじょう》が起《お》こってがん細《さい》胞《ぼう》ができ、それが腫瘍《しゅよう》（細胞《さいぼう》のかたまり）となって増《ふ》えていく病気《びょうき》です。この腫瘍《しゅよう》は、ほかの正常《せいじょう》な細胞《さいぼう》を傷《きず》つけ、人間《にんげん》に必要《ひつよう》な栄養《えいよう》や酸素《さんそ》をうばい取《と》ります。この悪《あく》性腫瘍《せいしゅよう》が増《ふ》えつづけると、どんどん体《からだ》が弱《よわ》り、死《し》にいたります。

なお、腫瘍《しゅよう》には体《からだ》の働《はたら》きをじゃましない良性《りょうせい》のものもあり、それはがんとはよびません。

がんは日本人《にほんじん》の二人《ふたり》に一人《ひとり》がなるといわれるほど、老化《ろうか》が進《すす》むとだれでもなる可能性《かのうせい》のある病気《びょうき》ですが、定期的《ていきてき》に検査《けんさ》を受《う》け、早期《そうき》に発見《はっけん》できれば、約八割《やくはちわり》が治療《ちりょう》できるといわれています。

現在《げんざい》、がんの主《おも》な治療法《ちりょうほう》としては、がん細胞《さいぼう》を手術《しゅじゅつ》によって取《と》りのぞいたり、放射線《ほうしゃせん》をがん細胞《さいぼう》に当《あ》ててこわしたり、抗《こう》がん剤《ざい》を使《つか》うことで、増《ふ》えるのをおさえたりする方法《ほうほう》があります。

また、ほかにもさまざまな治療《ちりょう》法《ほう》が研究《けんきゅう》されており、たとえば、iPS《アイピーエス》細胞《さいぼう》（体《からだ》のいろいろな細胞《さいぼう》に変《か》わることができる細胞《さいぼう》）を使《つか》い、がん細胞《さいぼう》を殺《ころ》すことができるキラーT細胞《ティーさいぼう》（免疫細胞《めんえきさいぼう》）をつくる研究《けんきゅう》が進《すす》んでいます。将来的《しょうらいてき》にこのキラーT細胞《ティーさいぼう》が使《つか》えるようになれば、がんはもっとかんたんになおせるかもしれないと期待《きたい》されています。

がん（悪性腫瘍《あくせいしゅよう》）ができる仕組《しく》み

この日《ひ》はほかにも…

★アメリカの飛行士《ひこうし》、リンドバーグ（165ページ）の誕生日《たんじょうび》（一九〇二年《ねん》）

★赤穂浪士《あこうろうし》（389ページ）四十六名《よんじゅうろくめい》が切腹《せっぷく》した日《ひ》（一七〇三年《ねん》）

52ページのこたえ　四回《よんかい》

おはなしクイズ　がん（悪性腫瘍《あくせいしゅよう》）が日本人《にほんじん》の死亡原因《しぼうげんいん》のトップになったのは何年《なんねん》？　こたえはつぎのページ

遠《とお》い天竺《てんじく》（インド）へ旅《たび》をした僧《そう》、玄奘《げんじょう》が亡《な》くなった日《ひ》

中国《ちゅうごく》
602ごろ～664年《ねん》

2月5日

読《よ》んだ日《ひ》にち（　　年　　月　　日）（　　年　　月　　日）（　　年　　月　　日）

人物

玄奘《げんじょう》は隋《ずい》（今《いま》の中国《ちゅうごく》）の洛陽《らくよう》に近《ちか》い村《むら》で生《う》まれ、父《ちち》を亡《な》くしてからは、僧《そう》の兄《あに》のもとで仏教《ぶっきょう》を学《まな》んでいました。

ある日《ひ》、僧《そう》になるための試験《しけん》があるというのでその場所《ばしょ》に行《い》き、門《もん》の前《まえ》に立《た》っていると、

「もうすぐ試験《しけん》が始《はじ》まるぞ。きみは試験《しけん》を受《う》けに来《き》たのではないのかね」

と、声《こえ》をかけられました。

「わたしはまだ十三歳《じゅうさんさい》で、試験《しけん》を受《う》けられない年齢《ねんれい》なのです。でも、いつかはお坊様《ぼうさま》になりたいと思《おも》っています」

「お坊様《ぼうさま》になって、何《なに》をしたいんだね」

「ブッダ（119ページ）の教《おし》えを理《り》解《かい》し、それを世《よ》の中《なか》に伝《つた》えたいのです」

声《こえ》をかけた試験官《しけんかん》はその答《こた》えに感心《かんしん》し、特別《とくべつ》に試験《しけん》を受《う》けられるようにしてくれました。

やがて僧《そう》になった玄奘《げんじょう》は、ブッダの本当《ほんとう》の教《おし》えを知《し》るために、仏《ぶっ》教《きょう》がうまれた天竺《てんじく》（インド）への旅《たび》に出《で》ようと考《かんが》えます。しかし、唐《とう》（六一八年《ねん》に隋《ずい》から王朝《おうちょう》が交《こう》代《たい》）では法律《ほうりつ》により、国《くに》の外《そと》に出《で》ることが禁《きん》じられていました。それでも、玄奘《げんじょう》は六二九年《ねん》ごろに天《てん》竺《じく》に向《む》けて旅立《たびだ》ちます。

天竺《てんじく》に向《む》かうとちゅうにあるシルクロード（107ページ）は、砂漠《さばく》が広《ひろ》がり、盗賊《とうぞく》なども出《で》るきびしい道《みち》でしたが、苦労《くろう》を重《かさ》ねてようやく目的《もくてき》の地《ち》へたどり着《つ》きました。

玄奘《げんじょう》は天竺《てんじく》で修行《しゅぎょう》をつみ、仏教《ぶっきょう》の教《おし》えがかかれた「仏典《ぶってん》」をたくさんもって唐《とう》に帰《かえ》ってきます。旅《たび》に出《で》てから十五年《じゅうごねん》以上《いじょう》がたっていました。

玄奘《げんじょう》は、もち帰《かえ》った仏典《ぶってん》を中国《ちゅうごく》語《ご》にほんやくすることに一生《いっしょう》をささげ、六六四年《ねん》二月五日《にがついつか》に亡《な》くなったといわれています。

旅先《たびさき》で見《み》ききしたことをかいた旅行記《りょこうき》『大唐西域記《だいとうさいいきき》』は、孫悟空《そんごくう》が活《かつ》やくする有名《ゆうめい》な小説《しょうせつ》『西遊《さいゆう》記《き》』のもとになりました。

この日《ひ》はほかにも…

★空気《くうき》入《い》りタイヤをつくったイギリスの発明家《はつめいか》、ジョン・ボイド・ダンロップが生《う》まれた日《ひ》（一八四〇年《ねん》）

53ページのこたえ　一九八一年《ねん》

おはなしクイズ　玄奘《げんじょう》はブッダの教《おし》えを知《し》るために、どこへ旅《たび》に出《で》た？　こたえはつぎのページ

伝説《でんせつ》のホームラン王《おう》 ベーブ・ルースの誕生日《たんじょうび》

アメリカ
1895〜1948年《ねん》

読《よ》んだ日《ひ》にち（　　年　　月　　日）（　　年　　月　　日）（　　年　　月　　日）

人物

一八九五年二月六日《ねんにがつむいか》は、アメリカの野球史上《やきゅうしじょう》に名《な》をのこす、偉大《いだい》な選手《せんしゅ》、ベーブ・ルース（本名《ほんみょう》、ジョージ・ハーマン・ルース）の誕生日《たんじょうび》です。

ルースの両親《りょうしん》は、メリーランド州《しゅう》で食堂《しょくどう》をいとなんでおり、一日中《いちにちじゅう》働《はたら》きどおしで、息子《むすこ》の面倒《めんどう》を見《み》ているひまがありません。ルースはそれをいいことに学校《がっこう》にはほとんど行《い》かず、仲間《なかま》と遊《あそ》びまわります。体《からだ》が大《おお》きく、七歳《ななさい》にしてすでに仲間《なかま》うちではボスでした。いたずらやけんかばかりで、どんなにしかられても言《い》うことをききません。こまったお母《かあ》さんは、ルースを寄宿舎《きしゅくしゃ》のある学校《がっこう》に入《い》れました。そこで、マシアス先生《せんせい》という恩師《おんし》に出会《であ》ったことが、ルースの人生《じんせい》を変《か》えたのです。

ルースの野球《やきゅう》の才能《さいのう》を見《み》ぬいたマシアス先生《せんせい》の指導《しどう》により、ルースはめきめきとうでを上《あ》げ、大学《だいがく》生《せい》チームに勝利《しょうり》するほど活《かつ》やくします。これがきっかけとなり、一九一四年《ねん》、十九歳《じゅうきゅうさい》でマイナーリーグのプロ野球《やきゅう》チーム、ボルチモア・オリオールズに入団《にゅうだん》しました。赤《あか》ちゃんのような顔立《かおだ》ちとむじゃきな性格《せいかく》から、「ベーブ（赤《あか》ちゃん）」とあだ名《な》をつけられ、ベーブ・ルースとよばれるようになりました。

その後《ご》、メジャーリーグのボストン・レッドソックスにうつったルースは、投手《とうしゅ》として活《かつ》やくしながらホームラン王《おう》となります。一九二〇年《ねん》にうつったニューヨーク・ヤンキースでもホームラン王《おう》にかがやき、人気者《にんきもの》になりました。

人気《にんき》が高《たか》まるとなまけだすのがルースの悪《わる》いくせで、何度《なんど》も遊《あそ》びやけんかに走《はし》り、スランプにおちいりました。あるとき、友人《ゆうじん》で、のちにニューヨーク市長《しちょう》になるジミー・ウォーカーから、「きみにあこがれている少年《しょうねん》たちをいつまでがっかりさせておくつもりだ」と言《い》われ、子《こ》どもが大好《だいす》きだったルースは心《こころ》を入《い》れかえて、練習《れんしゅう》に打《う》ちこみます。そして、ふたたび成績《せいせき》を上《あ》げて、ファンをよろこばせました。ルースに声《こえ》をかけられ、うれしさのあまり病気《びょうき》がよくなった子《こ》どももいたほどでした。

生涯《しょうがい》、通算七百十四本《つうさんななひゃくじゅうよんほん》のホームランを打《う》ち、何度《なんど》も失敗《しっぱい》しては立《た》ち直《なお》り、だれからも愛《あい》されたルース。今《いま》も永遠《えいえん》のスターとして語《かた》りつがれています。

この日《ひ》はほかにも…

★『アンパンマン』の作者《さくしゃ》、やなせたかしの誕生日《たんじょうび》（一九一九年《ねん》）

54ページのこたえ
天竺《てんじく》（インド）

おはなしクイズ　ルースが生涯《しょうがい》に打《う》ったホームランの数《かず》は何本《なんぼん》？

こたえはつぎのページ

日本《にほん》の近代《きんだい》医学《いがく》を前進《ぜんしん》させた 人体解剖《じんたいかいぼう》がはじめて行《おこな》われた日《ひ》

2月7日

読《よ》んだ日《ひ》にち（　　年　　月　　日）（　　年　　月　　日）（　　年　　月　　日）

はじめて

江戸《えど》時代《じだい》に西洋《せいよう》医学《いがく》が広《ひろ》まるまで、日本《にほん》の医師《いし》は人体《じんたい》のつくりをよくわかっていませんでした。西《せい》洋《よう》の解剖図《かいぼうず》は伝《つた》わっていましたが、実際《じっさい》に人間《にんげん》の内臓《ないぞう》を見《み》た医師《いし》はいなかったからです。当時《とうじ》の東《とう》洋《よう》医学《いがく》では、漢方《かんぽう》でいう「五臓《ごぞう》六《ろっ》腑《ぷ》（内臓《ないぞう》）」の調和《ちょうわ》がくずれた状《じょう》態《たい》を「病気《びょうき》」としていました。医《い》師《し》は患者《かんじゃ》の様子《ようす》を見《み》たり、脈《みゃく》をとったりして診察《しんさつ》したあと、薬《くすり》を調合《ちょうごう》してわたしていました。

そんな中《なか》、山脇東洋《やまわきとうよう》という医師《いし》は、五臓六腑《ごぞうろっぷ》に疑問《ぎもん》をもちました。東洋《とうよう》は丹波国亀山《たんばのくにかめやま》（今《いま》の京都《きょうと》府《ふ》亀岡《かめおか》市）の医師《いし》の子《こ》として生《う》まれ、朝廷《ちょうてい》に仕《つか》える医師《いし》になった人《ひと》です。当時《とうじ》の新《あたら》しい医学《いがく》を学《まな》んでから、「本当《ほんとう》の人体《じんたい》のつくりを見《み》たい」と思《おも》い、人体解剖《じんたいかいぼう》をさせてほしいと役所《やくしょ》に願《ねが》い出《で》ましたが、ことわられました。死者《ししゃ》の体《からだ》を切《き》りきざむことは、とんでもなくひどいことだと考《かんが》えられていたからです。それでも東洋《とうよう》は何度《なんど》も願《ねが》いを出《だ》しつづけ、やっと人体解剖《じんたいかいぼう》のゆるしが出《で》たのは二十年後《にじゅうねんご》、東洋《とうよう》が五十歳《ごじっさい》のときでした。

一七五四年《ねん》（宝暦四年《ほうれきよねん》）二月七《にがつなの》日《か》、首《くび》をきられた罪人《ざいにん》の胴体《どうたい》の解《かい》剖《ぼう》が行《おこな》われました。医師自身《いしじしん》が人《じん》体《たい》を切《き》ることは禁《きん》じられていたので、雑用係《ざつようがかり》の人《ひと》が刀《かたな》を持《も》ち、東洋《とうよう》の指示《しじ》で解剖《かいぼう》をしていきました。東洋《とうよう》ほかに弟子《でし》四人《よにん》が解剖《かいぼう》に立《た》ちあい、スケッチをしました。むねを開《ひら》いて心臓《しんぞう》があらわれたとき、東《とう》洋《よう》は息《いき》をのみました。

「まるで、赤《あか》いはすのつぼみのようだ。今《いま》にもさきそうに見《み》える」

東洋《とうよう》は、この目《め》で人体《じんたい》のつくりを見《み》たいという長年《ながねん》の願《ねが》いがかなったことに感動《かんどう》していたのです。

その五年後《ごねんご》、東洋《とうよう》は解剖書《かいぼうしょ》『蔵《ぞう》志《し》』を出《だ》します。東洋《とうよう》が行《おこな》った解《かい》剖《ぼう》を強《つよ》くせめる意見《いけん》もありましたが、これが土台《どだい》となり、日本《にほん》の近《きん》代《だい》医学《いがく》が前進《ぜんしん》していったのです。

この日《ひ》はほかにも…

★長野《ながの》の日《ひ》（オリンピックメモリアルデー）

一九九八年《ねん》に、長野《ながの》冬季《とうき》オリンピックの開会式《かいかいしき》が行《おこな》われたことにちなむ。

55ページのこたえ 七百十四本《ななひゃくじゅうよんほん》

おはなしクイズ　山脇東洋《やまわきとうよう》が出《だ》した解剖書《かいぼうしょ》の名前《なまえ》は？　こたえはつぎのページ

使《つか》えなくなった針《はり》に感謝《かんしゃ》する針供養《はりくよう》を行《おこな》う日《ひ》

読《よ》んだ日《ひ》にち（　年　月　日）（　年　月　日）（　年　月　日）

日本人《にほんじん》はむかしから「ものにたましいが宿《やど》る」として、ものを大事《だいじ》に使《つか》ってきました。その意識《いしき》のあらわれの一《ひと》つに、「針供養《はりくよう》」があります。

針供養《はりくよう》は明治時代《めいじじだい》の中《なか》ごろまでさかんに行《おこな》われていた行事《ぎょうじ》です。一年間《いちねんかん》、さいほう仕事《しごと》で役立《やくだ》ってくれた針《はり》や、おれたり曲《ま》がったりして使《つか》えなくなった針《はり》を集《あつ》めて感謝《かんしゃ》をささげ、針仕事《はりしごと》の上達《じょうたつ》と安全《あんぜん》をいのります。供養《くよう》の方法《ほうほう》は、豆腐《とうふ》やこんにゃくなどやわらかいものにさしたり、紙《かみ》につつんで寺《てら》や神社《じんじゃ》の針塚《はりづか》にうめたりします。

かつては着《き》るものなどを家庭《かてい》でぬっていたので、針《はり》は生活《せいかつ》にかかせない道具《どうぐ》でした。毎日使《まいにちつか》うものでしたが、針供養《はりくよう》の日《ひ》だけは針仕事《はりしごと》を休《やす》んで、日《ひ》ごろの感謝《かんしゃ》をささげたのです。

針供養《はりくよう》は全国各地《ぜんこくかくち》で行《おこな》われていました。地域《ちいき》によって二月八日《にがつようか》か十二月八日《じゅうにがつようか》のどちらか、もしくは両日《りょうじつ》に行《おこな》われます。二月八日《にがつようか》と十二月八日《じゅうにがつようか》は「事始《ことはじ》め」「事納《ことおさ》め」ともよばれます。二月《にがつ》と十二月《じゅうにがつ》のどちらを「事始《ことはじ》め」とし、どちらを「事納《ことおさ》め」とするかは、地域《ちいき》によってちがいます。

二月八日《にがつようか》を「事納《ことおさ》め」とする地《ち》域《いき》では、正月《しょうがつ》の行事《ぎょうじ》や用事《ようじ》をこの日《ひ》にすっかり終《お》えて、日常《にちじょう》にもどると考《かんが》えてきました。十二月八日《じゅうにがつようか》を「事納《ことおさ》め」とする地域《ちいき》では、二月八日《にがつようか》、農作業《のうさぎょう》をこの日《ひ》に終《お》えて、二月八日《にがつようか》を農作業《のうさぎょう》の「事始《ことはじ》め」としています。

現代《げんだい》は、家庭《かてい》での針仕事《はりしごと》が少《すく》なくなったため、針供養《はりくよう》を行《おこな》う人《ひと》も少《すく》なくなりました。しかし、今《いま》でも洋裁《ようさい》や和裁《わさい》にかかわる仕事《しごと》をしているなど、日《ひ》ごろからさいほうをする人《ひと》たちを中心《ちゅうしん》に針供養《はりくよう》を行《おこな》っています。ものを大事《だいじ》にし、使《つか》えなくなったものにも感謝《かんしゃ》する気持《きも》ちは、これからも引《ひ》きついでいきたいですね。

この日《ひ》はほかにも…

★明治時代《めいじじだい》の小説家《しょうせつか》、長塚節《ながつかたかし》が亡《な》くなった日《ひ》（一九一五年《ねん》）

56ページのこたえ 『蔵志《ぞうし》』

おはなしクイズ　針供養《はりくよう》はいつごろまでさかんに行《おこな》われていた？　こたえはつぎのページ

命《いのち》と平和《へいわ》の大切《たいせつ》さをかいた 手塚治虫《てづかおさむ》が亡《な》くなった日《ひ》

日本《にほん》
1928〜1989年《ねん》

2月9日

読《よ》んだ日《ひ》にち（　　年　　月　　日）（　　年　　月　　日）（　　年　　月　　日）

人物

一九五一年《ねん》、東京《とうきょう》の有楽町《ゆうらくちょう》にある映画館《えいがかん》のスクリーンで、ディズニーアニメの「バンビ」が上映《じょうえい》されていました。座席《ざせき》に一人《ひとり》、朝《あさ》から夜《よる》まですわって、その日《ひ》の上映《じょうえい》を全部《ぜんぶ》見《み》ている男性《だんせい》がいます。

「うん、何回見《なんかいみ》ても発見《はっけん》がある」。何日《なんにち》も通《かよ》いつめ、八十回以上《はちじっかいいじょう》も見《み》たその人《ひと》は、大人気《だいにんき》まんが家《か》の手《て》塚治虫《づかおさむ》（本名《ほんみょう》、治《おさむ》）でした。

治虫《おさむ》は小学生《しょうがくせい》のころからまんがをかくことが大好《だいす》きでした。

「今日《きょう》は何《なに》をかくの？」

「ねえ、早《はや》くつづきをかいて」

休《やす》み時間《じかん》になると、友《とも》だちが治《おさ》虫《む》のまわりに集《あつ》まってきます。

「手塚《てづか》はまんが家《か》になれるぞ」

先生《せんせい》にも太鼓判《たいこばん》をおされて、治《おさ》虫《む》はうれしくてたまりません。

でも、中学生《ちゅうがくせい》になって戦争《せんそう》が始《はじ》まると、工場《こうじょう》にかり出《だ》され、まんがを読《よ》むなどもってのほか、という世《よ》の中《なか》になりました。治虫《おさむ》は、工場《こうじょう》のトイレの壁《かべ》に毎日一枚《まいにちいちまい》ずつまんがのつづきをはって、こっそりみんなをよろこばせました。

一九四五年《ねん》、治虫《おさむ》が住《す》む大阪《おおさか》を大空襲《だいくうしゅう》がおそい、工場《こうじょう》から家《いえ》までの長《なが》い道《みち》のりを歩《ある》いて帰《かえ》ることになります。川《かわ》の中《なか》の死体《したい》、血《ち》だらけの人《ひと》、泣《な》きさけぶ子《こ》ども……。その日《ひ》に見《み》た地獄《じごく》のような光景《こうけい》は、深《ふか》く心《こころ》にきざまれました。

「ぼくはもう、大好《だいす》きな昆虫採集《こんちゅうさいしゅう》はやめよう。ほかの命《いのち》をうばう権《けん》利《り》なんか、だれにもないんだ」

治虫《おさむ》はそう決心《けっしん》しました。

その後《ご》、医者《いしゃ》をこころざし、大《だい》学《がく》の医学部《いがくぶ》に入《はい》ってからも、治虫《おさむ》はまんがをかきつづけ、新聞《しんぶん》に四《よん》コマまんがを連載《れんさい》していました。また、まんが家《か》の酒井七馬《さかいしちま》とつくりあげた長編《ちょうへん》まんが『新宝島《しんたからじま》』は、まるで映画《えいが》のようにいきいきとしたかき方《かた》で、読者《どくしゃ》をおどろかせました。

医者《いしゃ》になるための国家試験《こっかしけん》には合格《ごうかく》しますが、治虫《おさむ》はまんが家《か》の道《みち》を選《えら》びます。『鉄腕《てつわん》アトム』や『ジャングル大帝《たいてい》』『リボンの騎《き》士《し》』……。生物《せいぶつ》や科学《かがく》の知識《ちしき》をもとに、命《いのち》と平和《へいわ》の大切《たいせつ》さをえがく治虫《おさむ》のまんがは、「まんがなんてくだらない」という大人《おとな》たちの考《かんが》えも変《か》えていきました。

一九八九年二月九日《ねんにがつここのか》、六十歳《ろくじっさい》で亡《な》くなるまでに、治虫《おさむ》は約七百《やくななひゃく》もの作品《さくひん》をかきました。治虫《おさむ》は、「まんがの神様《かみさま》」として今《いま》でも人《ひと》びとに親《した》しまれています。

この日《ひ》はほかにも…

★服《ふく》の日《ひ》
二(ふ)九(く)のゴロ合《あ》わせから。

57ページのこたえ
明治時代《めいじじだい》の中《なか》ごろ

おはなしクイズ　手塚治虫《てづかおさむ》は、まんがをかきながら何《なん》になるための勉強《べんきょう》をしていた？　こたえはつぎのページ

2月10日

女性《じょせい》の自立《じりつ》を目指《めざ》した平塚《ひらつか》らいてう《ちょう》の誕生日《たんじょうび》

日本《にほん》
1886～1971年《ねん》

人物

読《よ》んだ日《ひ》にち（　　年　　月　　日）（　　年　　月　　日）（　　年　　月　　日）

現代《げんだい》では、女性《じょせい》でも男性《だんせい》と同《おな》じように仕事《しごと》をもって働《はたら》く人《ひと》がたくさんいます。

けれど、むかしは、親《おや》が決《き》めた人《ひと》と結婚《けっこん》をして家事《かじ》をやり、子《こ》どもをうんで育《そだ》てることが女性《じょせい》の役《やく》目《め》だといわれていました。また、大学《だいがく》に進《すす》んで勉強《べんきょう》をする女性《じょせい》もごくわずかでした。

こうした女性《じょせい》の立場《たちば》を変《か》えたいと立《た》ち上《あ》がったのが、平塚《ひらつか》らいてう《ちょう》です。らいてう《ちょう》は本名《ほんみょう》を明《はる》といい、一八八六年《ねん》二月《にがつ》十日《とおか》に東京《とうきょう》で生《う》まれました。

このころは、小学校《しょうがっこう》にも通《かよ》えない女《おんな》の子《こ》がたくさんいましたが、明《はる》の家《いえ》はお金持《かねも》ちだったので、高校《こう》にも進学《しんがく》することができました。けれども、授業《じゅぎょう》はたいくつでした。

先生《せんせい》は生徒《せいと》に、

「いいおよめさんになって、いいお母《かあ》さんになりなさい」

と、毎日《まいにち》言《い》いきかせます。

「夫《おっと》の帰《かえ》りを毎日《まいにち》家《いえ》で待《ま》っているだけの生活《せいかつ》なんて、わたしには合《あ》わないわ」

「明《はる》ちゃん、わたしも同《おな》じことを思《おも》っていたのよ」

明《はる》は気《き》の合《あ》う友《とも》だちと、自分《じぶん》らしい生《い》き方《かた》をしていこう、とちかい合《あ》い、高校《こうこう》を卒業《そつぎょう》すると、反対《はんたい》する父親《ちちおや》を説得《せっとく》して、大学《だいがく》に進《すす》みました。

明《はる》は大学《だいがく》を卒業《そつぎょう》すると、大学《だいがく》の仲間《なかま》と女性《じょせい》のための雑誌《ざっし》『青鞜《せいとう》』をつくりました。明《はる》はそこではじめて「平塚《ひらつか》らいてう《ちょう》」のペンネームを使《つか》い、女性《じょせい》たちに向《む》けて、古《ふる》い慣習《かんしゅう》にとらわれず強《つよ》く生《い》きていこう、とよびかけました。たくさんの批判《ひはん》も受《う》けましたが、らいてう《ちょう》は決《けっ》してひるみません。

「これからは女性《じょせい》が政治家《せいじか》になってもいいはずよ。でも、今《いま》のままでは政治《せいじ》の集会《しゅうかい》にだって参加《さんか》できない！」

そう考《かんが》えたらいてう《ちょう》は、女性《じょせい》が政治《せいじ》に参加《さんか》することをみとめてもらうために運動《うんどう》を起《お》こしました。こうした働《はたら》きによって、一九四五年《ねん》に女性《じょせい》にも選挙《せんきょ》で投票《とうひょう》する権利《けんり》があたえられたのです（121ページ）。

今《いま》では、女性政治家《じょせいせいじか》が活《かつ》やくしています。

この日《ひ》はほかにも…

★封筒《ふうとう》の日《ひ》
二(ふう)十(とお)のゴロ合《あ》わせから。

★日露戦争《にちろせんそう》が始《はじ》まった日《ひ》（一九〇四年《ねん》）

58ページのこたえ
医者《いしゃ》

おはなしクイズ 平塚《ひらつか》らいてう《ちょう》がつくった雑誌《ざっし》は？ こたえはつぎのページ

国《くに》がつくられたことをしのぶ「建国記念《けんこくきねん》の日《ひ》」

2月11日

読《よ》んだ日《ひ》にち（　　年　　月　　日）（　　年　　月　　日）（　　年　　月　　日）

記念日

　世界《せかい》の国《くに》の多《おお》くに、国《くに》ができたことを祝《いわ》う「建国記念日《けんこくきねんび》」があります。何《なに》をもって国《くに》ができたとするのかは国《くに》によってさまざまで、オーストリアは永世中立《えいせいちゅうりつ》（自《みずか》ら戦争《せんそう》を始《はじ》めず、ほかの国《くに》の戦争《せんそう》に対《たい》しても参加《さんか》しないこと）を宣言《せんげん》した日《ひ》、フランスはフランス革命《かくめい》（バスティーユ牢獄襲撃《ろうごくしゅうげき》）が起《お》こった日《ひ》（343ページ）を建国記念《けんこくきねん》日《び》としています。なお、ほかの国《くに》から独立《どくりつ》した国《くに》では、建国記念日《けんこくきねんび》と独立記念日《どくりつきねんび》が二《ふた》つ制定《せいてい》されているところもあり、建国記念日《けんこくきねんび》とは別《べつ》に独立《どくりつ》を記念《きねん》しても祝《いわ》います。建国記念日《けんこくきねんび》を知《し》ることは、その国《くに》が歩《あゆ》んだ歴史《れきし》を知《し》ることでもあるのです。

　日本《にほん》では、二月十一日《にがつじゅういちにち》が「建国《けんこく》記念《きねん》の日《ひ》」です。この日《ひ》は明治時《めいじじ》代《だい》には「紀元節《きげんせつ》」とよばれ、日本《にほん》の最初《さいしょ》の天皇《てんのう》である神武天皇《じんむてんのう》が即《そく》位《い》した日《ひ》とされていました。神武《じんむ》天皇《てんのう》は、日本《にほん》の古代《こだい》の歴史《れきし》を記録《きろく》した『古事記《こじき》』と『日本書紀《にほんしょき》』に登場《とうじょう》する人物《じんぶつ》で、日本《にほん》を一《ひと》つの国《くに》にしようとして日向国《ひゅうがのくに》（今《いま》の宮崎《みやざき》県《けん》）から軍《ぐん》を進《すす》め、大和国《やまとのくに》（今《いま》の奈良県《ならけん》）で天皇《てんのう》の位《くらい》についたと記《しる》されています。この日《ひ》が「辛酉《かのととり》（紀元前《きげんぜん》六六〇年《ねん》）庚辰朔《かのえたつのついたち》」と記《しる》されており、これを今《いま》の暦《こよみ》におきかえて、みちびき出《だ》された日《ひ》が二《に》月十一日《がつじゅういちにち》だったのです。

　国民《こくみん》にとって重要《じゅうよう》な祝日《しゅくじつ》だった紀元節《きげんせつ》ですが、第二次世界大戦後《だいにじせかいたいせんご》の一九四八年《ねん》に廃止《はいし》されます。しばらくすると、人《ひと》びとの間《あいだ》で紀元《きげん》節《せつ》を「建国《けんこく》の日《ひ》」として復活《ふっかつ》させようという動《うご》きがうまれました。

　しかし、『古事記《こじき》』や『日本書《にほんしょ》紀《き》』にかかれていることは科学的《かがくてき》に史実《しじつ》とはいえないなどの理由《りゆう》から反対《はんたい》する声《こえ》も多《おお》く、なかなか実《じつ》現《げん》しませんでした。何度《なんど》も内閣《ないかく》で話《はな》し合《あ》われ、一九六六年《ねん》に、二月《にがつ》十一日《じゅういちにち》は「建国《けんこく》をしのび、国《くに》を愛《あい》する心《こころ》をやしなう」日《ひ》との考《かんが》えに立《た》って、国民《こくみん》の祝日《しゅくじつ》として制定《せいてい》されたのです。

この日《ひ》はほかにも…

★大日本帝国憲法《だいにっぽんていこくけんぽう》が公布《こうふ》された日《ひ》（一八八九年《ねん》）

★アメリカの発明家《はつめいか》、エジソン（330ページ）が生《う》まれた日《ひ》（一八四七年《ねん》）

59ページのこたえ　『青鞜《せいとう》』

おはなしクイズ　明治時代《めいじじだい》に2月《がつ》11日《にち》は何《なん》とよばれていた？　こたえはつぎのページ

2月12日

「進化論《しんかろん》」で常識《じょうしき》を変《か》えた ダーウィンが生《う》まれた日《ひ》

イギリス
1809〜1882年《ねん》

読《よ》んだ日《ひ》にち（　　年　　月　　日）（　　年　　月　　日）（　　年　　月　　日）

人物

人間《にんげん》はサルから進化《しんか》した生《い》きものだということを、みなさんは知《し》っていますか。サルの中《なか》の一部《いちぶ》の種類《しゅるい》が、何百万年《なんびゃくまんねん》もかけて、人間《にんげん》になったのが、現在《げんざい》のわたしたちです。でも、それがわかったのは、ほんの百五十年《ひゃくごじゅうねん》くらい前《まえ》のことです。発見《はっけん》したのは、イギリスの博物学者《はくぶつがくしゃ》、チャールズ・ダーウィンです。

ダーウィンは、一八〇九年二月《ねんにがつ》十二日《じゅうににち》にイギリスのシュルーズベリーで生《う》まれました。学校《がっこう》で勉強《べんきょう》するよりも、森《もり》で自然《しぜん》を観察《かんさつ》するほうが好《す》きな子《こ》どもでした。ダーウィンが十六歳《じゅうろくさい》のとき、お父《とう》さんはダーウィンを医者《いしゃ》にするために、大学《だいがく》に入《い》れます。ところが、その時代《じだい》には手術《しゅじゅつ》のときに使《つか》う麻酔《ますい》（322ページ）がなかったので、痛《いた》みに苦《くる》しむ人《ひと》たちを見《み》て、ダーウィンはにげ出《だ》しました。

その後《ご》、牧師《ぼくし》になるための大学《だいがく》に入《はい》りましたが、牧師《ぼくし》の勉強《べんきょう》よりも、生《い》きものを採集《さいしゅう》したり調《しら》べたりすることに夢中《むちゅう》でした。

大学《だいがく》を卒業《そつぎょう》したダーウィンは、南半球《みなみはんきゅう》を調査《ちょうさ》するイギリス海軍《かいぐん》の船《ふね》、ビーグル号《ごう》にのるチャンスにめぐり合《あ》い、二十二歳《にじゅうにさい》のときにイギリスを出発《しゅっぱつ》しました。ビーグル号《ごう》は、南《みなみ》アメリカからオーストラリアまで調査《ちょうさ》をして、五年後《ごねんご》にようやくイギリスへもどってきました。

旅《たび》のとちゅう、南《みなみ》アメリカ大陸《たいりく》やガラパゴス諸島《しょとう》で、ダーウィンはゾウガメやイグアナなどの動物《どうぶつ》や植物《しょくぶつ》を観察《かんさつ》しました。

そして、「同《おな》じ種類《しゅるい》の生《い》きものの特徴《とくちょう》が、すむ場所《ばしょ》で少《すこ》しずつちがっているのはなぜだろう。もしかして、最初《さいしょ》は同《おな》じ生《い》きものだったのが、すむ場所《ばしょ》に合《あ》わせて姿《すがた》を変《か》えていったのではないだろうか」と考《かんが》えたのです。

研究《けんきゅう》を重《かさ》ね、ダーウィンは、動物《どうぶつ》と植物《しょくぶつ》の進化《しんか》と自然《しぜん》の選択《せんたく》について『種《しゅ》の起源《きげん》』という本《ほん》で発表《はっぴょう》しました。一八五九年《ねん》、五十歳《ごじっさい》のときです。でも、そのころは、人間《にんげん》は神様《かみさま》によってつくられたと信《しん》じられていたので、多《おお》くの学者《がくしゃ》やえらい人《ひと》たちがダーウィンを批判《ひはん》しました。

しかし、ダーウィンの考《かんが》えた「進化論《しんかろん》」は、世界中《せかいじゅう》の科学者《かがくしゃ》に研究《けんきゅう》されるようになり、今《いま》ではだれもが知《し》る常識《じょうしき》となったのです。

この日《ひ》はほかにも…
★徳川家康《とくがわいえやす》（401ページ）が征夷大将軍《せいいたいしょうぐん》になった日《ひ》（一六〇三年《ねん》）

60ページのこたえ
紀元節《きげんせつ》

おはなしクイズ　ダーウィンがのったイギリス海軍《かいぐん》の船《ふね》の名前《なまえ》は？　こたえはつぎのページ

自分《じぶん》を信《しん》じぬいた音楽家《おんがくか》
ワーグナーが亡《な》くなった日《ひ》

ドイツ
1813〜1883年《ねん》

2月13日

読《よ》んだ日《ひ》にち（　年　月　日）（　年　月　日）（　年　月　日）

人物

一八一三年《ねん》にドイツのライプツィヒで生《う》まれたリヒャルト・ワーグナーは、お父《とう》さんやお姉《ねえ》さんが舞台俳優《ぶたいはいゆう》という家庭《かてい》で育《そだ》ち、小《ちい》さいときから劇場《げきじょう》が遊《あそ》び場《ば》でした。

「将来《しょうらい》は演劇《えんげき》の仕事《しごと》がしたい」と思《おも》っていましたが、十四歳《じゅうよんさい》のころ、ベートーベン（105ページ）の作品《さくひん》に感動《かんどう》して音楽家《おんがくか》をこころざします。はじめは音楽《おんがく》の本《ほん》を読《よ》むだけでしたが、その後《ご》学校《がっこう》の授業《じゅぎょう》やレッスンを受《う》けて音楽《おんがく》を学《まな》ぶようになります。二十歳《はたち》ごろ、はじめてのオペラ「婚礼《こんれい》」につづいて「妖精《ようせい》」を作曲《さっきょく》し、台本《だいほん》までかきましたが、なかなか上演《じょうえん》されませんでした。

「こんなにすばらしい作品《さくひん》なのに。絶対《ぜったい》にあきらめないぞ」

ワーグナーの、自分《じぶん》の表現《ひょうげん》したいものをつらぬき通《とお》す性格《せいかく》は、大《おお》きな個性《こせい》となって作品《さくひん》にあらわれていました。

二十代後半《にじゅうだいこうはん》には、オペラ「リエンツィ」がドイツのドレスデンの宮廷歌劇場《きゅうていかげきじょう》で上演《じょうえん》され、大成功《だいせいこう》をおさめます。このオペラには、登場人物《とうじょうじんぶつ》それぞれに決《き》まったメロディをつけるという新《あたら》しい手法《しゅほう》を考《かんが》え、取《と》り入《い》れました。

「やっと、わたしの時代《じだい》が来《き》た」と思《おも》ったのもつかの間《ま》、一八四九年《ねん》にドレスデンで起《お》こった革命運動《かくめいうんどう》に加《くわ》わった罪《つみ》で国《くに》を追《お》われ、長《なが》い間《あいだ》、逃亡生活《とうぼうせいかつ》を送《おく》ることになります。しかし創作意欲《そうさくいよく》はおとろえず、「ローエングリン」や「ワルキューレ」など、多《おお》くの名作《めいさく》をかき上《あ》げました。

五十一歳《ごじゅういっさい》のとき、大《おお》きな転機《てんき》がやってきます。バイエルン（今《いま》のドイツ南部《なんぶ》）のわかき王《おう》ルートヴィヒ二世《にせい》がワーグナーの大《だい》ファンで、おしみなく援助《えんじょ》をしてくれたのです。

「今度《こんど》こそ運《うん》がめぐってきた！」

ワーグナーは、バイエルンのバイロイトに自分《じぶん》のオペラだけを上演《じょうえん》する劇場《げきじょう》をたて、「ニーベルングの指環《ゆびわ》」を上演《じょうえん》しました。これは全部《ぜんぶ》を上演《じょうえん》するのに四日《よっか》かかるという超大作《ちょうたいさく》です。

自分《じぶん》を信《しん》じつづけたワーグナーは、一八八三年二月十三日《ねんにがつじゅうさんにち》、イタリアのベネチアで亡《な》くなりました。

この日《ひ》はほかにも…

★明治《めいじ》・大正時代《たいしょうじだい》の実業家《じつぎょうか》、渋沢栄《しぶさわえい》一《いち》（76ページ）が生《う》まれた日《ひ》（一八四〇年《ねん》）

61ページのこたえ
ビーグル号《ごう》

おはなしクイズ　ワーグナーの大《だい》ファンだった王《おう》は？　こたえはつぎのページ

2月14日

「トヨタ自動車《じどうしゃ》」の基礎《きそ》をつくった 豊田佐吉《とよださきち》が生《う》まれた日《ひ》

日本《にほん》
1867～1930年《ねん》

読《よ》んだ日《ひ》にち（　　年　　月　　日）（　　年　　月　　日）（　　年　　月　　日）

人物

豊田佐吉《とよださきち》は一八六七年《ねん》（慶応三《けいおうさん》年《ねん》）二月十四日《にがつじゅうよっか》に、遠江国《とおとうみのくに》の山口《やまぐち》村《むら》（今《いま》の静岡県《しずおかけん》湖西市《こさいし》）で生《う》まれました。遠州木綿《えんしゅうもめん》という布《ぬの》の有名《ゆうめい》な産地《さんち》です。佐吉《さきち》は毎日《まいにち》、お母《かあ》さんがはた織《お》り機《き》の前《まえ》にすわり、一生懸命《いっしょうけんめい》に布《ぬの》を織《お》りつづけている姿《すがた》を見《み》ていました。

はた織《お》りは時間《じかん》と労力《ろうりょく》がかかります。一日《いちにち》かけても織《お》れるのはわずかです。

「お母《かあ》さんは大変《たいへん》な苦労《くろう》をして布《ぬの》を織《お》っている。もっとかんたんに、たくさんの布《ぬの》を織《お》れる機械《きかい》をつくれないだろうか」

佐吉《さきち》はいつもお母《かあ》さんを助《たす》けたいと思《おも》っていました。小学校《しょうがっこう》を卒《そつ》業《ぎょう》した佐吉《さきち》は、十三歳《じゅうさんさい》のころから、大工《だいく》であるお父《とう》さんの仕事《しごと》を手伝《てつだ》うようになります。

勉強熱心《べんきょうねっしん》な佐吉《さきち》は、仕事《しごと》のかたわらよく本《ほん》を読《よ》んでいて、サミュエル・スマイルスというイギリス人《じん》のかいた『西国立志編《さいごくりっしへん》』に感激《かんげき》します。それは、自分《じぶん》の力《ちから》で道《みち》を切《き》り開《ひら》いた人《ひと》たちの話《はなし》でした。

「ぼくもがんばって世《よ》の中《なか》の人《ひと》の役《やく》に立《た》つ機械《きかい》をつくろう。自動《じどう》で布《ぬの》を織《お》る機械《きかい》だ！」

こうして佐吉《さきち》は発明家《はつめいか》になりました。夢中《むちゅう》になってはた織《お》り機《き》を研究《けんきゅう》し、とうとう一八九〇年《ねん》、二《に》十三歳《じゅうさんさい》のときにかんたんに布《ぬの》を織《お》ることができる人力《じんりき》はた織《お》り機《き》をつくりました。

これははじめて特許《とっきょ》（129ページ）を取《と》ったもので、その後《ご》は石《せき》油《ゆ》や蒸気《じょうき》の力《ちから》を使《つか》って布《ぬの》を織《お》る機《き》械《かい》を次《つぎ》つぎと発明《はつめい》していきます。そして一九二四年《ねん》、世界《せかい》で一番《いちばん》といわれた自動《じどう》はた織《お》り機《き》を完成《かんせい》させるのです。この自動《じどう》はた織《お》り機《き》では品質《ひんしつ》のよい布《ぬの》をとても速《はや》く、たくさん織《お》ることができました。

やがて、この自動《じどう》はた織《お》り機《き》の特許《とっきょ》をイギリスの会社《かいしゃ》にゆずったことをきっかけに、「今《いま》に自動車《じどうしゃ》の時代《じだい》が来《く》る」と考《かんが》えた佐吉《さきち》は、自動車《じどうしゃ》づくりの研究《けんきゅう》を息子《むすこ》の喜一《きいち》郎《ろう》にたくします。喜一郎《きいちろう》は、佐吉《さきち》の思《おも》いを引《ひ》きついで、自動車《じどうしゃ》の開《かい》発《はつ》を始《はじ》め、「トヨタ自動車《じどうしゃ》」をつくったのです。

この日《ひ》はほかにも…

★バレンタインデー
★平安時代《へいあんじだい》の武将《ぶしょう》、平将門《たいらのまさかど》が亡《な》くなった日《ひ》（九四〇年《ねん》）

62ページのこたえ
ルートヴィヒ二世《にせい》

おはなしクイズ 豊田佐吉《とよださきち》が大《おお》きな影響《えいきょう》を受《う》けた、イギリス人《じん》のスマイルスがかいた本《ほん》とは？ こたえはつぎのページ

地動説《ちどうせつ》を追究《ついきゅう》した ガリレオ・ガリレイの誕生日《たんじょうび》

イタリア 1564～1642年《ねん》

2月15日

読《よ》んだ日《ひ》にち（　年　月　日）（　年　月　日）（　年　月　日）

人物

ガリレオ・ガリレイは、自作《じさく》の天体望遠鏡《てんたいぼうえんきょう》で宇宙《うちゅう》を観察《かんさつ》し、その姿《すがた》をとき明《あ》かすとともに、地球《ちきゅう》が太陽《たいよう》のまわりをまわっているとする「地動説《ちどうせつ》」を支持《しじ》し、宇宙《うちゅう》の本当《ほんとう》の姿《すがた》を追究《ついきゅう》した天文学者《てんもんがくしゃ》、科学《かがく》者《しゃ》です。

ガリレオは、ユリウス暦《れき》一五六四年《ねん》二月十五日《にがつじゅうごにち》に、イタリアのピサで生《う》まれました。ガリレオはお父《とう》さんに医者《いしゃ》になるようすすめられて、ピサ大学《だいがく》に入学《にゅうがく》します。しかし、医者《いしゃ》の勉強《べんきょう》はせず、天文学《てんもんがく》や物理学《ぶつりがく》などに夢中《むちゅう》になります。

大学在学中《だいがくざいがくちゅう》にガリレオは「ふりこはひもの長《なが》さが同《おな》じなら、ゆれるのにかかる時間《じかん》はふれ幅《はば》に関係《かんけい》なく一定《いってい》である」という「ふりこの等時性《とうじせい》」を発見《はっけん》しました。ガリレオは、ピサの礼拝堂《れいはいどう》でゆれるシャンデリアを見《み》たときに、この性質《せいしつ》に気《き》づいたといわれています。

のちに大学《だいがく》の教授《きょうじゅ》となったガリレオは、「ものが落《お》ちる速《はや》さは、ものの重《おも》さに関係《かんけい》なく一定《いってい》である」ということに気《き》づきます。それを証明《しょうめい》するため、ピサの斜塔《しゃとう》から同《おな》じ大《おお》きさの木《き》と鉄《てつ》の球《たま》を落《お》とす実験《じっけん》を行《おこな》ったといわれています。

さらにガリレオは、オランダで望遠鏡《ぼうえんきょう》が発明《はつめい》されたことを知《し》ると、望遠鏡《ぼうえんきょう》を自作《じさく》し、月《つき》を観察《かんさつ》します。そして、月《つき》の表面《ひょうめん》にでこぼこ（クレーター）があること、木《もく》星《せい》に四《よっ》つの衛星《えいせい》があることを発見《はっけん》しました。望遠鏡《ぼうえんきょう》で観察《かんさつ》するうちに、ガリレオはある考《かんが》えにいたります。

「地球《ちきゅう》のまわりを太陽《たいよう》や星《ほし》がまわっているとする天動説《てんどうせつ》が広《ひろ》く信《しん》じられているが、ポーランドのコペルニクス（68ページ）という天《てん》文学者《もんがくしゃ》が七十年《ななじゅうねん》ほど前《まえ》にとなえた地動説《ちどうせつ》のほうが正《ただ》しいのではないだろうか」

ガリレオは地動説《ちどうせつ》をときますが、それは神《かみ》の教《おし》えにそむく考《かんが》えだとして、キリスト教会《きょうかい》のいかりを買《か》います。教会《きょうかい》の中心《ちゅうしん》であるローマ教皇庁《きょうこうちょう》によび出《だ》され、きびしい取《と》り調《しら》べを受《う》けました。そして、グレゴリオ暦《れき》一六三三年《ねん》に開《ひら》かれた二回目《にかいめ》の取《と》り調《しら》べで、死刑《しけい》からのがれるために、地動説《ちどうせつ》がまちがいであるとみとめたのです。

自《みずか》らの考《かんが》えをおし殺《ころ》したガリレオは、書類《しょるい》にサインをしながら「それでも、地球《ちきゅう》は動《うご》いている……」とつぶやいたといわれています。

この日《ひ》はほかにも…

★初《はつ》の人間国宝誕生《にんげんこくほうたんじょう》
歌舞伎《かぶき》の坂東三津五郎《ばんどうみつごろう》(七代目《しちだいめ》)などが指定《してい》された(一九五五年《ねん》)。

63ページのこたえ 『西国立志編《さいごくりっしへん》』

おはなしクイズ　ガリレオが望遠鏡《ぼうえんきょう》で表面《ひょうめん》のでこぼこ（クレーター）を観察《かんさつ》した天体《てんたい》は？　こたえはつぎのページ

2月16日

早稲田大学《わせだだいがく》をつくった大隈重信《おおくましげのぶ》の誕生日《たんじょうび》

日本《にほん》
1838〜1922年《ねん》

読《よ》んだ日《ひ》にち（　　年　　月　　日）（　　年　　月　　日）（　　年　　月　　日）

人物

　一八三八年《ねん》（天保九年《てんぽうくねん》）二月十六日《にがつじゅうろくにち》に肥前国《ひぜんのくに》（今《いま》の佐賀県《さがけん》）で生《う》まれた大隈重信《おおくましげのぶ》は、明治《めいじ》から大正《たいしょう》時代《じだい》に二度《にど》、内閣総理大臣《ないかくそうりだいじん》をつとめました。東京《とうきょう》の早稲田大学《わせだだいがく》をつくったのも重信《しげのぶ》です。その人物像《じんぶつぞう》をよくあらわす話《はなし》があります。

　重信《しげのぶ》はわかいころ、長崎県《ながさきけん》で外国事務局判事《がいこくじむきょくはんじ》という役《やく》についていました。そのころの日本《にほん》は外国《がいこく》との交流《こうりゅう》を始《はじ》めたばかりで、外国《がいこく》の考《かんが》えになじまない日本《にほん》のやり方《かた》に不満《ふまん》をもったイギリスの外交官《がいこうかん》ハリー・スミス・パークスは、日本《にほん》の政府《せいふ》に話《はな》し合《あ》いを申《もう》しこみます。そして、英語《えいご》やヨーロッパの文化《ぶんか》などを学《まな》んでいた重信《しげのぶ》がその相手《あいて》となりました。

　約束《やくそく》の場所《ばしょ》にあらわれたパークスは、重信《しげのぶ》を見《み》ると、とたんにふきげんになりました。

「わたしはもっとえらい代表《だいひょう》と話《はな》したいのだ。こんなに身分《みぶん》のひくい若者《わかもの》が相手《あいて》では話《はなし》にならない」

　重信《しげのぶ》は立《た》ち上《あ》がって言《い》います。

「あなたがイギリスの代表《だいひょう》であるのと同《おな》じように、わたしも日本《にほん》の代表《だいひょう》です。わが国《くに》に意見《いけん》がおありなら、わたしを代表《だいひょう》とみとめてお話《はな》しください」

　パークスがしぶしぶ席《せき》に着《つ》いて抗議《こうぎ》を始《はじ》めると、

「言《い》いたいことはわかります。でも、あなたたちの国《くに》もいつもすべてが正《ただ》しかったわけではないでしょう。われわれの国《くに》のことは、わたしたちでやります」

と、重信《しげのぶ》はきっぱりと言《い》い返《かえ》しました。

　そのころのイギリスは、世界中《せかいじゅう》に勢力《せいりょく》を拡大《かくだい》する強《つよ》い国《くに》でした。その国《くに》の外交官《がいこうかん》に対《たい》して、わかい日本《にほん》の役人《やくにん》が強《つよ》く意見《いけん》を言《い》うことなど、当時《とうじ》では考《かんが》えにくいことでした。

　パークスはおどろきました。

「わかいのに、なんとどうどうとしているのだろう。それに、外国《がいこく》のことも勉強《べんきょう》していて説得力《せっとくりょく》がある。こんな日本人《にほんじん》がいたとは」

　重信《しげのぶ》はその後《ご》もパークスとつき合《あ》いをつづけ、問題《もんだい》にあたったときはパークスが助《たす》けてくれるようになったのです。重信《しげのぶ》はよりよい国《くに》づくりのために力《ちから》を注《そそ》ぎました。

この日《ひ》はほかにも…

★日本《にほん》ではじめて天気図《てんきず》が作成《さくせい》された日《ひ》（一八八三年《ねん》）

64ページのこたえ

月《つき》

おはなしクイズ　大隈重信《おおくましげのぶ》と話《はな》したパークスはどこの国《くに》の人《ひと》？

こたえはつぎのページ

明治《めいじ》から昭和《しょうわ》時代《じだい》の詩人《しじん》、小説家《しょうせつか》
島崎藤村《しまざきとうそん》の誕生日《たんじょうび》

日本《にほん》
1872～
1943年《ねん》

2月17日

読《よ》んだ日《ひ》にち（　年　月　日）（　年　月　日）（　年　月　日）

人物

一八七二年《ねん》（明治五年《めいじごねん》）二月十七日《にがつじゅうしちにち》（新暦三月二十五日《しんれきさんがつにじゅうごにち》）、島崎藤村《しまざきとうそん》（本名《ほんみょう》、春樹《はるき》）は筑摩県馬籠村《ちくまけんまごめむら》（今《いま》の岐阜県中津川市馬籠《ぎふけんなかつがわしまごめ》）の名家《めいか》に生《う》まれました。十歳《じっさい》で学問《がくもん》のために東京《とうきょう》へ行《い》き、十六歳《じゅうろくさい》で明治学院《めいじがくいん》（今《いま》の明治学院大学《めいじがくいんだいがく》）に入学《にゅうがく》してヨーロッパの文学《ぶんがく》にふれてから、しだいに文学《ぶんがく》をこころざすようになっていきました。

二十一歳《にじゅういっさい》で明治女学校《めいじじょがっこう》の英語教師《えいごきょうし》になりますが、教《おし》え子《ご》との恋愛《れんあい》になやんで教師《きょうし》をやめ、旅《たび》に出《で》ます。その旅先《たびさき》で雑誌《ざっし》『文学界《ぶんがくかい》』の創刊《そうかん》にかかわり、多《おお》くの詩《し》やエッセイを発表《はっぴょう》しました。その後《ご》、仙台《せんだい》で教師《きょうし》になりますが、母《はは》を病気《びょうき》で亡《な》くして教師《きょうし》をやめてから、それまでかきためた詩《し》をまとめて、はじめての詩集《ししゅう》『若菜集《わかなしゅう》』を出版《しゅっぱん》します。この詩集《ししゅう》は「新《あたら》しい詩歌《しいか》の始《はじ》まり」と評判《ひょうばん》になり、藤村《とうそん》は詩人《しじん》として知《し》られるようになりました。

藤村《とうそん》は結婚《けっこん》してからも詩集《ししゅう》を出《だ》しましたが、しだいに小説《しょうせつ》の創作《そうさく》に力《ちから》を入《い》れます。そして三十五歳《さんじゅうごさい》のとき、身分差別《みぶんさべつ》をテーマにした初《はつ》の長編小説《ちょうへんしょうせつ》『破戒《はかい》』を、自分《じぶん》のお金《かね》で出版《しゅっぱん》しました。小説《しょうせつ》は高《たか》く評価《ひょうか》されますが、このころ娘三人《むすめさんにん》が病気《びょうき》で亡《な》くなったため、「小説《しょうせつ》のために家族《かぞく》をぎせいにした」というううわさがたちました。

一九一〇年《ねん》に妻《つま》を亡《な》くし、藤村《とうそん》は一九一三年《ねん》にフランスへわたり、三年後《さんねんご》に帰国《きこく》すると、小説《しょうせつ》『新生《しんせい》』をはじめ、自伝的作品《じでんてきさくひん》を次《つぎ》つぎに発表《はっぴょう》します。そして、父《ちち》の正樹《まさき》をモデルにして激変《げきへん》する幕末《ばくまつ》から明治時代《めいじじだい》をえがいた歴史大作《れきしたいさく》『夜明《よあ》け前《まえ》』を発表《はっぴょう》しました。

帝国芸術院《ていこくげいじゅついん》（芸術《げいじゅつ》や文芸《ぶんげい》などの分野《ぶんや》で優《すぐ》れた人《ひと》を世間《せけん》に広《ひろ》く知《し》らせるためにつくられた栄誉機関《えいよきかん》）の会員《かいいん》にすいせんされると、一度《いちど》はことわりますが、六十九歳《ろくじゅうきゅうさい》で会員《かいいん》になります。

藤村《とうそん》はその後《ご》も新《あたら》しい作品《さくひん》に向《む》き合《あ》い、一九四三年《ねん》に七十二歳《ななじゅうにさい》で亡《な》くなる直前《ちょくぜん》まで創作《そうさく》をつづけました。

この日《ひ》はほかにも…

★天使《てんし》のささやきの日《ひ》

「天使《てんし》のささやき」とは、空気中《くうきちゅう》の水蒸気《すいじょうき》がこおってできるダイヤモンドダストのこと。北海道雨竜郡幌加内町母子里《ほっかいどううりゅうぐんほろかないちょうもしり》で氷点下四十一・二度《ひょうてんかよんじゅういちにど》の最低気温《さいていきおん》が記録《きろく》されたこの日《ひ》に、「天使《てんし》のささやきを聴《き》く集《つど》い」というイベントを始《はじ》めたことに由来《ゆらい》。

65ページのこたえ
イギリス

おはなしクイズ　島崎藤村《しまざきとうそん》がはじめて出《だ》した詩集《ししゅう》の名前《なまえ》は？

こたえはつぎのページ

2月18日

準惑星《じゅんわくせい》の冥王星《めいおうせい》が発見《はっけん》された日《ひ》

読《よ》んだ日《ひ》にち（　　年　　月　　日）（　　年　　月　　日）（　　年　　月　　日）

歴史

太陽《たいよう》のまわりには、大《おお》きめの天体《てんたい》が八個《はちこ》まわっています。これを惑星《わくせい》といい、水星《すいせい》、金星《きんせい》、地球《ちきゅう》、火星《かせい》、木星《もくせい》、土星《どせい》、天王星《てんのうせい》、海王星《かいおうせい》です。しかし、かつては九番目《きゅうばんめ》の惑星《わくせい》がありました。それが冥王星《めいおうせい》です。

一九三〇年《ねん》二月十八日《にがつじゅうはちにち》、アメリカの天文学者《てんもんがくしゃ》クライド・トンボーは、夜空《よぞら》の同《おな》じ場所《ばしょ》をちがう日《ひ》に撮影《さつえい》した二枚《にまい》の写真《しゃしん》を見《み》くらべるうち、ほかの星《ほし》とはことなる動《うご》きをしている星《ほし》を見《み》つけました。

トンボーは観測《かんそく》をつづけ、この星《ほし》が太陽《たいよう》のまわりをまわる星《ほし》であることをつきとめます。こうして、冥王星《めいおうせい》は九番目《きゅうばんめ》の惑星《わくせい》とみとめられたのです。アメリカ人《じん》が発見《はっけん》した、はじめての惑星《わくせい》でした。

アメリカの天文学者《てんもんがくしゃ》が惑星《わくせい》を発見《はっけん》したことに、多《おお》くのアメリカ人《じん》がよろこびました。冥王星《めいおうせい》が発見《はっけん》された年《とし》にうまれたディズニーのキャラクターの犬《いぬ》が、冥王星《めいおうせい》にちなんで「プルート（冥王星《めいおうせい》の英語名《えいごめい》）」と名《な》づけられたほどです。

しかし、その後《ご》の観測《かんそく》で、冥王星《めいおうせい》が最初《さいしょ》の予想《よそう》よりも小《ちい》さいことがわかりました。さらに一九九二年《ねん》からは、観測技術《かんそくぎじゅつ》の進歩《しんぽ》により、冥王星《めいおうせい》よりも大《おお》きな天体《てんたい》が次《つぎ》つぎと発見《はっけん》されるようになりました。すると、天文学者《てんもんがくしゃ》の間《あいだ》から疑問《ぎもん》の声《こえ》が上《あ》がるようになります。

「惑星《わくせい》ではない星《ほし》よりも小《ちい》さい冥王星《めいおうせい》が惑星《わくせい》なのはおかしいぞ」

天文学者《てんもんがくしゃ》たちの声《こえ》を受《う》けて、二〇〇六年《ねん》に行《おこな》われた国際的《こくさいてき》な天文学《てんもんがく》の会議《かいぎ》で、それまであいまいだった惑星《わくせい》の定義《ていぎ》を世界《せかい》で統一《とういつ》しました。①太陽《たいよう》のまわりをまわっていること、②十分《じゅうぶん》な重《おも》さがあり、ほぼ球体《きゅうたい》に近《ちか》い形《かたち》であること、③その軌道周辺《きどうしゅうへん》でとびぬけて大《おお》きく、ほかに同《おな》じような大《おお》きさの天体《てんたい》が存在《そんざい》しないこと。冥王星《めいおうせい》は③に当《あ》てはまらないため、惑星《わくせい》である条件《じょうけん》をみたしていない小天体《しょうてんたい》「準惑星《じゅんわくせい》」に分類《ぶんるい》されることになりました。

この日《ひ》はほかにも…

★日本美術《にほんびじゅつ》を世界《せかい》に紹介《しょうかい》したアメリカの美術史家《びじゅつしか》、アーネスト・フェノロサの誕生日《たんじょうび》（一八五三年《ねん》）

66ページのこたえ
『若菜集《わかなしゅう》』

おはなしクイズ　冥王星《めいおうせい》を発見《はっけん》したトンボーはどこの国《くに》の天文学者《てんもんがくしゃ》？

こたえはつぎのページ

地動説《ちどうせつ》をとなえたコペルニクスの誕生日《たんじょうび》

ポーランド 1473～1543年《ねん》

2月19日

人物

読《よ》んだ日《ひ》にち（　年　月　日）（　年　月　日）（　年　月　日）

むかしの人《ひと》びとは、宇宙《うちゅう》の中心《ちゅうしん》は地球《ちきゅう》であり、太陽《たいよう》や星《ほし》が地球《ちきゅう》のまわりをまわっていると考《かんが》えていました。これを、「天動説《てんどうせつ》」といいます。ニコラウス・コペルニクスは、この天動説《てんどうせつ》を否定《ひてい》し、地球《ちきゅう》が太陽《たいよう》のまわりをまわっているとする地動説《ちどうせつ》をとなえた人物《じんぶつ》です。

ユリウス暦《れき》一四七三年《ねん》二月《にがつ》十九《じゅうく》日《にち》に、ポーランドの商人《しょうにん》の家《いえ》に生《う》まれたコペルニクスは、早《はや》くに両《りょう》親《しん》を亡《な》くし、おじの家《いえ》で育《そだ》てられました。おじは、コペルニクスにキリスト教《きょう》の司祭《しさい》になることを望《のぞ》んで大学《だいがく》へ入学《にゅうがく》させましたが、コペルニクスは大学《だいがく》で天文学《てんもんがく》に興味《きょうみ》をもつようになります。そして、司祭《しさい》となったあとも、ひまを見《み》つけては天文学《てんもんがく》の本《ほん》を読《よ》みあさっていました。

当時《とうじ》、多《おお》くの人《ひと》は天動説《てんどうせつ》を信《しん》じていました。しかし、ある日《ひ》、コペルニクスは気《き》づきます。

「天動説《てんどうせつ》よりも地動説《ちどうせつ》のほうが、惑星《わくせい》などの動《うご》きをかんたんに説明《せつめい》できるのではないだろうか」

コペルニクスは、この考《かんが》えにもとづき、地動説《ちどうせつ》に関《かん》する論文《ろんぶん》をかきました。しかし、この論文《ろんぶん》が人《ひと》びとの目《め》にふれることはほとんどなく、地動説《ちどうせつ》が広《ひろ》まることもありませんでした。

その後《ご》も、コペルニクスは仕事《しごと》のかたわら、地動説《ちどうせつ》の研究《けんきゅう》をつづけました。コペルニクスは、地動《ちどう》説《せつ》を広《ひろ》めようとは思《おも》っていませんでしたが、友人《ゆうじん》たちの間《あいだ》では、コペルニクスの研究《けんきゅう》は、広《ひろ》く知《し》られていました。ある日《ひ》、弟子《でし》のゲオルグ・レティクスは考《かんが》えます。

「よし、先生《せんせい》の研究成果《けんきゅうせいか》を、本《ほん》にまとめよう」

こうして、コペルニクスの研究《けんきゅう》成果《せいか》は、レティクスや知人《ちじん》たちの協力《きょうりょく》によって、『天体《てんたい》の回転《かいてん》について』という本《ほん》にまとめられ、一五四三年《ねん》に出版《しゅっぱん》されます。コペルニクスは、この本《ほん》が出版《しゅっぱん》された直《ちょく》後《ご》に、七十歳《ななじっさい》で亡《な》くなりました。

この本《ほん》は、キリスト教会《きょうかい》がみとめる天動説《てんどうせつ》を否定《ひてい》する内容《ないよう》でしたが、大《おお》きな批判《ひはん》はありませんでした。それは、本《ほん》の最初《さいしょ》に「この本《ほん》にかかれている内容《ないよう》は、仮定《かてい》である」とかかれていたためです。しかし、コペルニクスの地動説《ちどうせつ》は、あとにつづく科学者《かがくしゃ》たちの研究《けんきゅう》によって、その正《ただ》しさが少《すこ》しずつ明《あき》らかにされ、天文学上《てんもんがくじょう》の大《おお》きな出《で》来事《きごと》として評価《ひょうか》されるようになったのです。

この日《ひ》はほかにも…

★大坂《おおさか》で大塩平八郎《おおしおへいはちろう》（37ページ）の乱《らん》が起《お》こった日《ひ》（一八三七年《ねん》）

67ページのこたえ　アメリカ

おはなしクイズ　コペルニクスの研究《けんきゅう》をまとめた本《ほん》の名前《なまえ》は？　こたえはつぎのページ

2月20日

日本《にほん》ではじめて、男性《だんせい》による普通選挙《ふつうせんきょ》が実施《じっし》された日《ひ》

読《よ》んだ日《ひ》にち（　　年　　月　　日）（　　年　　月　　日）（　　年　　月　　日）

はじめて

みなさんのクラスでは、何《なに》かを決《き》めるときに学級会《がっきゅうかい》を開《ひら》くでしょう。けれども、国《くに》の大事《だいじ》なことを決《き》めるときに、日本中《にほんじゅう》の人《ひと》が集《あつ》まって話《はな》し合《あ》うのはむずかしいことですよね。そのため、選挙《せんきょ》を行《おこな》って話《はな》し合《あ》いの場《ば》に参加《さんか》する代《だい》表《ひょう》を選《えら》びます。この代表《だいひょう》である「議員《ぎいん》」になりたい人《ひと》は選挙《せんきょ》に立《りっ》候補《こうほ》し、それ以外《いがい》の人《ひと》は立候補者《りっこうほしゃ》の中《なか》から自分《じぶん》の考《かんが》えに近《ちか》い人《ひと》を選《えら》んで、その人《ひと》の名前《なまえ》を紙《かみ》にかいて投票《とうひょう》するのです。

選挙《せんきょ》で投票《とうひょう》することができる権《けん》利《り》を「選挙権《せんきょけん》」といい、今《いま》は十八《じゅうはっ》歳《さい》になったすべての男性《だんせい》と女性《じょせい》に平等《びょうどう》にあたえられます。また二十《にじゅう》五歳《ごさい》（選挙《せんきょ》によっては三十歳《さんじっさい》）以《い》上《じょう》になると、立候補《りっこうほ》することができる「被選挙権《ひせんきょけん》」もあたえられます。

けれども、国民《こくみん》が平等《びょうどう》に参加《さんか》できる選挙《せんきょ》は、百三十年《ひゃくさんじゅうねん》ほど前《まえ》にはありませんでした。日本《にほん》ではじめての選挙《せんきょ》が行《おこな》われたのは、一八九〇年《ねん》のことです。この選挙《せんきょ》は、税《ぜい》金《きん》をたくさんおさめている二十五《にじゅうご》歳《さい》以上《いじょう》の男性《だんせい》だけに参加《さんか》がみとめられていました。そのため、参加《さんか》できたのは、全国民《ぜんこくみん》のおよそ一《いち》パーセントだけでした。これはおかしいと思《おも》った人《ひと》たちが、「だれでも平等《びょうどう》に選挙《せんきょ》に参加《さんか》できるようにすべきだ」とうったえ、一九二五年《ねん》に制度《せいど》が改正《かいせい》されて、一九二八年《ねん》二月《にがつ》二十日《はつか》に二十五歳以上《にじゅうごさいいじょう》のすべての男性《だんせい》が選挙《せんきょ》に参加《さんか》できる普通選挙《ふつうせんきょ》が行《おこな》われました。

女性《じょせい》が投票《とうひょう》できるようになったのは、それから二十年近《にじゅうねんちか》くあとのことです（121ページ）。

今《いま》でも選挙《せんきょ》が行《おこな》われていない国《くに》はあります。そうした国《くに》では力《ちから》をもつ一部《いちぶ》の人《ひと》が自分《じぶん》たちにとって都合《つごう》のよい決《き》まりをつくっているため、いくら働《はたら》いても生活《せいかつ》がよくならない人《ひと》たちもいます。

選挙《せんきょ》は自分《じぶん》たちがくらしやすい社会《しゃかい》をつくるためのチャンスといえます。みなさんも十八歳《じゅうはっさい》になったら、選挙《せんきょ》に参《さん》加《か》してください。

この日《ひ》はほかにも…

★明治《めいじ》から昭和《しょうわ》時代《じだい》の小説家《しょうせつか》、志《し》賀直哉《がなおや》の誕生日《たんじょうび》（一八八三年《ねん》）

68ページのこたえ 『天体《てんたい》の回転《かいてん》について』

おはなしクイズ　1928年《ねん》に普通選挙《ふつうせんきょ》が実現《じつげん》したとき、投票《とうひょう》できるのは何歳以上《なんさいいじょう》の男性《だんせい》だった？　こたえはつぎのページ

インスリンを発見《はっけん》した バンティングが亡《な》くなった日《ひ》

カナダ 1891〜1941年《ねん》

2月21日

読《よ》んだ日《ひ》にち（　年　月　日）（　年　月　日）（　年　月　日）

人物

みなさんは、糖尿病《とうにょうびょう》という病気《びょうき》をきいたことがありますか。

体《からだ》の中《なか》には、すい臓《ぞう》という臓器《ぞうき》があります。そこから分泌《ぶんぴつ》される、「インスリン」というホルモンが不足《ふそく》することによって起《お》きる病気《びょうき》です。

インスリンが足《た》りなくなったり、働《はたら》きが悪《わる》くなったりすると、体《からだ》を動《うご》かすためのエネルギーになるブドウ糖《とう》がうまく使《つか》われません。そうすると、血糖値《けっとうち》（血液中《けつえきちゅう》のブドウ糖《とう》の量《りょう》をあらわす値《あたい》）が高《たか》くなってしまいます。インスリンは、この血糖値《けっとうち》を下《さ》げる働《はたら》きをしているのです。

糖尿病《とうにょうびょう》は、ひどくなると目《め》が見《み》えなくなったり、ねむったまま死《し》んでしまったりすることもあるこわい病気《びょうき》です。そんな病気《びょうき》の治療《ちりょう》法《ほう》を見《み》つけたのが、フレデリック・バンティングです。

バンティングは、一八九一年十《ねんじゅう》一月十四日《いちがつじゅうよっか》にカナダで生《う》まれました。大学《だいがく》で医学《いがく》を学《まな》び、卒業後《そつぎょうご》は開業医《かいぎょうい》やウェスタン・オンタリオ大学《だいがく》の講師《こうし》として働《はたら》きます。ある日《ひ》、バンティングは「ランゲルハンス島《とう》と糖尿病《とうにょうびょう》の関係《かんけい》」という論《ろん》文《ぶん》を読《よ》んで、糖尿病《とうにょうびょう》の研究《けんきゅう》に興味《きょうみ》をもちます。

そして、一九二一年《ねん》のこと。

「これだよ、ベストくん。これが血糖値《けっとうち》を下《さ》げているんだ」

バンティングは、医学生《いがくせい》で助手《じょしゅ》のチャールズ・ベストとともに、犬《いぬ》を使《つか》った実験《じっけん》で、すい臓《ぞう》から分《ぶん》泌《ぴつ》されるインスリンを取《と》り出《だ》すことに、世界《せかい》ではじめて成功《せいこう》したのです。

この発見《はっけん》は、当時《とうじ》回復《かいふく》がむずかしかった糖尿病《とうにょうびょう》の治療《ちりょう》を前進《ぜんしん》させました。インスリンを患者《かんじゃ》にあたえることで、症状《しょうじょう》がよくなったのです。

その功績《こうせき》により、バンティングは、一九二三年《ねん》にノーベル生理《せいり》学《がく》・医学賞《いがくしょう》を受賞《じゅしょう》しました。

その後《ご》、バンティングはトロント大学《だいがく》医学《いがく》研究所《けんきゅうしょ》の所長《しょちょう》になり、がん（53ページ）などの研究《けんきゅう》に力《ちから》を注《そそ》ぎますが、一九四一年《ねん》二月二《にがつに》十一日《じゅういちにち》、飛行機事故《ひこうきじこ》により四十九《よんじゅうく》年《ねん》の生涯《しょうがい》をとじました。

この日《ひ》はほかにも…

★『みつばちマーヤの冒険《ぼうけん》』の作《さく》者《しゃ》、ワルデマル・ボンゼルスが生《う》まれた日《ひ》（一八八一年《ねん》）

69ページのこたえ　二十五歳《にじゅうごさい》

おはなしクイズ　バンティングが発見《はっけん》したインスリンは何《なん》の病気《びょうき》に効果《こうか》がある？　こたえはつぎのページ

2月22日

アメリカの初代《しょだい》大統領《だいとうりょう》 ワシントンの誕生日《たんじょうび》

アメリカ
1732～1799年《ねん》

読《よ》んだ日《ひ》にち（　　年　　月　　日）（　　年　　月　　日）（　　年　　月　　日）

人物

アメリカ合衆国《がっしゅうこく》は、一七七六年《ねん》にイギリスから独立《どくりつ》をはたした国《くに》です（215ページ）。そんなアメリカの初代大統領《しょだいだいとうりょう》として活《かつ》やくしたのが、ジョージ・ワシントンです。

ワシントンは一七三二年《ねん》二月《にがつ》二十二日《じゅうににち》、北《きた》アメリカにあったイギリスの植民地《しょくみんち》（別《べつ》の国《くに》の領土《りょうど》となった地域《ちいき》）バージニアの農園《のうえん》で生《う》まれました。おさないころから好奇心《こうきしん》が強《つよ》く、正直者《しょうじきもの》だったワシントンについて、次《つぎ》のような話《はなし》が伝《つた》わっています。

ある日《ひ》、ワシントンはおのを見《み》つけました。

「一度《いちど》でいいから、これで木《き》を切《き》ってみたいなあ」

そう思《おも》ったワシントンはがまんできずに、庭《にわ》にあったサクラの木《き》を切《き》りたおしてしまいました。その木《き》を大事《だいじ》にしていた父親《ちちおや》はとてもおこりました。

「この木《き》を切《き》ったのは、だれだ？」

父親《ちちおや》のいかりを前《まえ》に、ワシントンはことの重大《じゅうだい》さをはじめて知《し》りましたが、うそをつくわけにはいきません。おこられるのを覚悟《かくご》で、

「ぼくがやりました」

と言《い》いました。すると、父親《ちちおや》はワシントンが正直《しょうじき》に打《う》ち明《あ》けたことで、ゆるしてくれたのです。

やがて大《おお》きな農園《のうえん》を経営《けいえい》するようになったワシントンは、正直《しょうじき》な性格《せいかく》がみとめられて植民地《しょくみんち》を代表《だいひょう》する代議員《だいぎいん》になりました。その後《ご》、一七七五年《ねん》に始《はじ》まったアメリカ独立戦争《どくりつせんそう》では、勇敢《ゆうかん》に戦《たたか》いました。そして、人《ひと》びとの信頼《しんらい》を集《あつ》め、アメリカ独立後《どくりつご》の一七八九年《ねん》に初代大統領《しょだいだいとうりょう》となったのです。

大統領《だいとうりょう》となったワシントンは、戦争《せんそう》によってみだれた国内《こくない》を立《た》て直《なお》し、外交《がいこう》ではイギリスとの関係《かんけい》を修復《しゅうふく》することに成功《せいこう》します。そして、一七九七年《ねん》に大統領《だいとうりょう》をしりぞくと故郷《こきょう》にもどり、一七九九年《ねん》に六十七歳《ろくじゅうななさい》で亡《な》くなりました。

この日《ひ》はほかにも…

★世界友情《せかいゆうじょう》の日《ひ》

ボーイスカウトの創始者《そうししゃ》である、イギリスのベーデン・パウエルの誕生日《たんじょうび》にちなんで制定《せいてい》。

70ページのこたえ　糖尿病《とうにょうびょう》

おはなしクイズ　ワシントンがおので切《き》ってしまったのは何《なん》の木《き》？　こたえはつぎのページ

「漢委奴国王《かんのわのなのこくおう》」の金印《きんいん》が発見《はっけん》された日《ひ》

2月23日

歴史

読《よ》んだ日《ひ》にち（　　年　　月　　日）（　　年　　月　　日）（　　年　　月　　日）

江戸時代《えどじだい》の一七八四年《ねん》（天明四《てんめいよ》年《ねん》）二月二十三日《にがつにじゅうさんにち》、筑前国《ちくぜんのくに》（今《いま》の福岡県《ふくおかけん》）の志賀島《しかのしま》で一人《ひとり》の男性《だんせい》が農作業《のうさぎょう》をしているときに、大《おお》きな石《いし》の間《あいだ》にキラッと光《ひか》るものを見《み》つけました。石《いし》を持《も》ち上《あ》げると、そこには今《いま》まで見《み》たことのない、金《きん》でできた印《いん》がありました。のちに「国宝《こくほう》」に指定《してい》される重要《じゅうよう》な文化《ぶんか》財《ざい》です。

金印《きんいん》はたて、横《よこ》ともにおよそ二《に》・三《さん》センチメートル、高《たか》さ〇《れい》・九《きゅう》センチメートルの上《うえ》に、へびの形《かたち》をしたつまみがあり、印面《いんめん》に「漢委奴国王《かんのわのなのこくおう》」ときざまれています。これは中国《ちゅうごく》の歴史書《れきししょ》『後漢《ごかん》書《じょ》』にかかれている、五七年《ねん》に後《ご》漢《かん》（今《いま》の中国《ちゅうごく》）の皇帝《こうてい》の光武帝《こうぶてい》が日本《にほん》の奴国《なこく》（今《いま》の福岡県《ふくおかけん》）の王《おう》にあたえた「印綬《いんじゅ》」にあたるものでした。このころ、大陸《たいりく》の強《つよ》い国《くに》がほかの国《くに》の王《おう》をみとめて交流《こうりゅう》をゆるす意味《いみ》で、金印《きんいん》や官位《かんい》をあたえる習《なら》わしがあったのです。

中国《ちゅうごく》の歴史書《れきししょ》『三国志《さんごくし》』の『魏《ぎ》志《し》』倭人伝《わじんでん》には、ほかにもう一《ひと》つ金印《きんいん》が日本《にほん》にわたっていたことがかかれています。二三九年《ねん》、日本《にほん》の邪馬台国《やまたいこく》の女王《じょおう》、卑弥呼《ひみこ》が魏《ぎ》（今《いま》の中国《ちゅうごく》）へ使《つか》いを送《おく》ると、魏《ぎ》から「親魏倭王《しんぎわおう》」ときざまれた金《きん》印《いん》やたくさんの銅《どう》の鏡《かがみ》などがおくられたといわれているのです。

卑弥呼《ひみこ》は神様《かみさま》のおつげをきき、邪馬台国《やまたいこく》を平和《へいわ》に治《おさ》めていました。しかし、近《ちか》くの狗奴国《くなこく》の軍隊《ぐんたい》が邪馬台国《やまたいこく》に攻《せ》めてきたため、卑《ひ》弥呼《みこ》は魏《ぎ》に使《つか》いを送《おく》って助《たす》けを求《もと》めました。けれども、魏《ぎ》の役人《やくにん》がやってきて戦《たたか》いをおさめる前《まえ》に、卑弥呼《ひみこ》は亡《な》くなったと記《しる》されています。

ただし、記録《きろく》はあっても、卑《ひ》弥《み》呼《こ》におくられた金印《きんいん》は見《み》つかっていませんし、邪馬台国《やまたいこく》が日本《にほん》のどこにあったかもわかっていません。邪馬台国《やまたいこく》のなぞは多《おお》くの人《ひと》をひきつけ、今《いま》もさかんに研究《けんきゅう》されています。

「漢委奴国王《かんのわのなのこくおう》」の金印《きんいん》

この日《ひ》はほかにも…

★富士山《ふじさん》の日《ひ》

二(ふ)二(じ)三(さん)のゴロ合《あ》わせと、この時期《じき》は雲《くも》が少《すく》なく、富士山《ふじさん》がよく見《み》えることにちなむ。

★ふろしきの日《ひ》

二(つ)二(つ)三(み)のゴロ合《あ》わせから。

71ページのこたえ　サクラ

おはなしクイズ　卑弥呼《ひみこ》が治《おさ》めていた国《くに》の名前《なまえ》は？　こたえはつぎのページ

2月24日

地雷《じらい》をなくそうとうったえるデモが行《おこな》われた日《ひ》

読《よ》んだ日《ひ》にち（　年　月　日）（　年　月　日）（　年　月　日）

歴史

金属探知機《きんぞくたんちき》という特別《とくべつ》な機械《きかい》で地雷《じらい》をさがす

一九九五年《ねん》二月《にがつ》二十四日《にじゅうよっか》、カンボジアで地雷《じらい》をなくそうとうったえる集会《しゅうかい》が開《ひら》かれ、およそ三千人《さんぜんにん》の人《ひと》たちが参加《さんか》して、プノンペン市内《しない》でデモ行進《こうしん》を行《おこな》いました。

地雷《じらい》は、戦車《せんしゃ》や自動車《じどうしゃ》、あるいは人間《にんげん》がふんだり近《ちか》づいたりすると爆発《ばくはつ》するこわい兵器《へいき》です。十九世紀《じゅうきゅうせいき》、アメリカの南北戦争《なんぼくせんそう》（360ページ）ではじめて使用《しよう》され、第《だい》一次世界大戦《いちじせかいたいせん》から本格的《ほんかくてき》に使《つか》われるようになりました。ベトナム戦争《せんそう》では、人間《にんげん》をねらった対人地雷《たいじんじらい》が発達《はったつ》しました。人《ひと》をねらうために大爆発《だいばくはつ》は必要《ひつよう》ありません。そこで形《かたち》も小《ちい》さくなり、地面《じめん》にうめるだけでなく、ヘリコプターを使《つか》って空《そら》からまくことも可能《かのう》になったのです。小型化《こがたか》したといっても、この地雷《じらい》で死《し》ぬこともありますし、大《おお》けがをしますから、とてもおそろしい兵器《へいき》なのです。

今《いま》、世界《せかい》には一億個《いちおくこ》をこえる地雷《じらい》がうまっているといわれています。戦争《せんそう》のときに相手《あいて》をたおすためにうめられましたが、戦争《せんそう》が終《お》わってもそのままになっているのです。どこにあるかわからないので、歩《ある》いている人《ひと》や遊《あそ》んでいる子《こ》どもが、まちがって地雷《じらい》をふんでしまうことがあります。そのため、毎年《まいとし》、世界中《せかいじゅう》でおよそ二万人《にまんにん》が亡《な》くなったり、けがをして苦《くる》しんだりしています。

こうした被害《ひがい》をなくそうと、一九九二年《ねん》に世界中《せかいじゅう》の国際機関《こくさいきかん》とN《エヌ》GO《ジーオー》（非政府組織《ひせいふそしき》）が集《あつ》まり「地雷禁止国際《じらいきんしこくさい》キャンペーン（ICB《アイシービー》L《エル》）」がスタートしました。この動《うご》きが大《おお》きくなり、一九九七年《ねん》には、カナダのオタワで対人地雷《たいじんじらい》をつくること、使《つか》うことなどを禁止《きんし》する「対人地雷全面禁止条約《たいじんじらいぜんめんきんしじょうやく》（オタワ条約《じょうやく》）」が調印《ちょういん》されたのです。日本《にほん》も署名《しょめい》し、今《いま》では百六十《ひゃくろくじゅう》をこえる国《くに》ぐにが参加《さんか》しています。そして、一九九七年《ねん》にはICB《アイシービー》L《エル》と、その代表《だいひょう》ジョディ・ウィリアムズにノーベル平和賞《へいわしょう》がおくられました。

この日《ひ》はほかにも…

★安土桃山時代《あづちももやまじだい》の絵師《えし》、長谷川等伯《はせがわとうはく》が亡《な》くなった日《ひ》（一六一〇年《ねん》）

★グリム兄弟《きょうだい》（19ページ）の弟《おとうと》、ヴィルヘルムが生《う》まれた日《ひ》（一七八六年《ねん》）

72ページのこたえ　邪馬台国《やまたいこく》

おはなしクイズ　「対人地雷全面禁止条約《たいじんじらいぜんめんきんしじょうやく》（オタワ条約《じょうやく》）」は何年《なんねん》に調印《ちょういん》された？

こたえはつぎのページ

印象派《いんしょうは》の画家《がか》として活《かつ》やくした ルノワールが生《う》まれた日《ひ》

フランス
1841～1919年《ねん》

2月25日

読《よ》んだ日《ひ》にち（　年　月　日）（　年　月　日）（　年　月　日）

人物

絵画《かいが》の「印象派《いんしょうは》」というのをみなさんはきいたことがありますか。印象派《いんしょうは》は、十九世紀《じゅうきゅうせいき》に誕生《たんじょう》しました。えがく対象《たいしょう》のりんかくや色《いろ》よりも、まわりの光《ひかり》や空気《くうき》の変《へん》化を絵《え》の中《なか》に取《と》り入《い》れた画家《がか》たちのことをいいます。印象派《いんしょうは》には、たくさんの有名画家《ゆうめいがか》がいますが、とくに有名《ゆうめい》な画家《がか》の一人《ひとり》が、ピエール・オーギュスト・ルノワールです。

ルノワールは一八四一年《ねん》二月《にがつ》二《に》十五日《じゅうごにち》、フランスのリモージュという町《まち》で生《う》まれました。おさないころから手先《てさき》が器用《きよう》だったルノワールは、小学校《しょうがっこう》を卒業《そつぎょう》すると陶《とう》器《き》の絵《え》つけなどの仕事《しごと》をしながら生計《せいけい》を立《た》てます。そして、二十一《にじゅういち》歳《さい》のときに画家《がか》を目指《めざ》して国立美《こくりつび》術学校《じゅつがっこう》に入学《にゅうがく》します。はじめは伝《でん》統的《とうてき》な絵画《かいが》をかいていたルノワールでしたが、印象派《いんしょうは》の創始者《そうししゃ》であるモネ（355ページ）やポール・セザンヌらと出会《であ》い、しだいに印象《いんしょう》派《は》に心《こころ》ひかれていきました。

しかし、印象派《いんしょうは》の画家《がか》は伝統的《でんとうてき》な美術界《びじゅつかい》から評価《ひょうか》されず、サロン（政府《せいふ》が開《ひら》く展覧会《てんらんかい》）に入選《にゅうせん》できません。

「サロンに展示《てんじ》されないなら、自《じ》分《ぶん》たちで展覧会《てんらんかい》を開《ひら》こう」

そう考《かんが》えた印象派《いんしょうは》の画家《がか》たちは、一八七四年《ねん》にパリで自分《じぶん》たちの展覧会《てんらんかい》を開《ひら》きました。のちに「第一回印象派展《だいいっかいいんしょうはてん》」とよばれることになる、歴史的《れきしてき》な展覧会《てんらんかい》でした。しかし、この展覧会《てんらんかい》の評判《ひょうばん》はあまりよくありませんでした。モネの「印象《いんしょう》・日《ひ》の出《で》」という絵《え》のタイトルから引用《いんよう》し、人《ひと》びとはけいべつの意味《いみ》をこめて、ルノワールたちを「印象派《いんしょうは》」とよびました。

しかし、印象派《いんしょうは》の画家《がか》は、自分《じぶん》たちを信《しん》じて作品《さくひん》を発表《はっぴょう》しつづけました。そうした活動《かつどう》により、やがて印象派《いんしょうは》は高《たか》い評価《ひょうか》をえるようになります。そして、その後《ご》の画《が》家《か》たちにも大《おお》きな影響《えいきょう》をあたえることになりました。

ルノワール自身《じしん》は、精力的《せいりょくてき》に絵《え》をかきつづけ、一九一九年《ねん》に七十《ななじゅう》八歳《はっさい》で亡《な》くなりました。

この日《ひ》はほかにも…

★平安時代《へいあんじだい》の学者《がくしゃ》、菅原道真《すがわらのみちざね》が亡《な》くなった日《ひ》（九〇三年《ねん》）

★大正《たいしょう》・昭和時代《しょうわじだい》に活《かつ》やくした歌《か》人《じん》、斎藤茂吉《さいとうもきち》が亡《な》くなった日《ひ》（一九五三年《ねん》）

73ページのこたえ　一九九七年《ねん》

おはなしクイズ　ルノワールはどこの国《くに》で生《う》まれた？　こたえはつぎのページ

2月26日

樺太《からふと》を探検《たんけん》、測量《そくりょう》した間宮林蔵《まみやりんぞう》が亡《な》くなった日《ひ》

日本《にほん》
1780～1844年《ねん》

読《よ》んだ日《ひ》にち（　　年　　月　　日）（　　年　　月　　日）（　　年　　月　　日）

人物

江戸時代《えどじだい》の後期《こうき》、ロシアが力《ちから》を強《つよ》めて日本列島《にほんれっとう》の北《きた》の島《しま》にせまってくるようになりました。北方《ほっぽう》がどのようになっているのか、急《いそ》いで調《しら》べなければなりません。

幕府《ばくふ》の役人《やくにん》だった間宮林蔵《まみやりんぞう》は、幕府《ばくふ》に命《めい》じられ、樺太《からふと》（サハリン）にわたることになりました。樺太《からふと》は蝦夷地《えぞち》（今《いま》の北海道《ほっかいどう》）よりも北《きた》にあり、半島《はんとう》なのか島《しま》なのかもわかりません。

一回目《いっかいめ》の探検《たんけん》は、幕府《ばくふ》の役人《やくにん》の松田伝十郎《まつだでんじゅうろう》といっしょでした。伝《でん》十郎《じゅうろう》は、

「樺太《からふと》はどうやら島《しま》のようだ」

と考《かんが》えましたが、それ以上進《いじょうすす》むことがむずかしかったため、一度《いちど》来《き》た道《みち》を引《ひ》き返《かえ》します。

林蔵《りんぞう》はもっと奥《おく》へ行《い》って、きちんとたしかめたいと思《おも》い、一人《ひとり》で二回目《にかいめ》の探検《たんけん》に出発《しゅっぱつ》します。

おそいかかる吹雪《ふぶき》、身《み》もこおるようなはげしい寒《さむ》さで、食《た》べものもなかなか手《て》に入《はい》りません。樺太《からふと》の海岸線《かいがんせん》を歩《ある》きながら、林蔵《りんぞう》は死《し》を覚悟《かくご》しました。

しかし、そんな林蔵《りんぞう》を救《すく》ったのは現地《げんち》の人《ひと》たちでした。家《いえ》にとめてもらい、船《ふね》をかりて、やっと樺《から》太《ふと》の北部《ほくぶ》ナニオーにたどり着《つ》くことができました。そこは、一回目《いっかいめ》に探検《たんけん》した地点《ちてん》よりももっと奥《おく》です。

樺太《からふと》とその西《にし》にある大陸《たいりく》の間《あいだ》は海《うみ》で、ナニオーよりさらに北《きた》は海《うみ》が広《ひろ》がり、何《なに》もさえぎるものはありません。樺太《からふと》は、まちがいなく島《しま》だったのです。

林蔵《りんぞう》は船《ふね》で大陸《たいりく》にわたり、北方《ほっぽう》についての記録《きろく》をのこしました。また、林蔵《りんぞう》は伊能忠敬《いのうただたか》（130ページ）が行《い》けなかった北蝦夷地《きたえぞち》を測量《そくりょう》し、「伊能図《いのうず》（日本地図《にほんちず》）」の完成《かんせい》の手助《てだす》けもします。樺太《からふと》と大陸《たいりく》の間《あいだ》の海峡《かいきょう》は、医師《いし》として来日《らいにち》していた、ドイツのフィリップ・フランツ・フォン・シーボルトによって「間宮海峡《まみやかいきょう》」と名《な》づけられました。

林蔵《りんぞう》は、一八四四年《ねん》（天保十五《てんぽうじゅうご》年《ねん》）二月二十六日《にがつにじゅうろくにち》に亡《な》くなりました。

この日《ひ》はほかにも…

★「太陽《たいよう》の塔《とう》」をデザインした芸術《げいじゅつ》家《か》、岡本《おかもと》太郎《たろう》が生《う》まれた日（一九一一年《ねん》）

74ページのこたえ　フランス

おはなしクイズ　間宮林蔵《まみやりんぞう》といっしょに探検《たんけん》したのはだれ？　こたえはつぎのページ

日本《にほん》がはじめて万国博覧会《ばんこくはくらんかい》に公式《こうしき》に出展《しゅってん》した日《ひ》

2月27日

読《よ》んだ日《ひ》にち（　年　月　日）（　年　月　日）（　年　月　日）

一八六七年《ねん》（慶応三年《けいおうさんねん》）二月二十七日《にがつにじゅうしちにち》（新暦四月一日《しんれきしがつついたち》）に始《はじ》まった、フランスのパリで行《おこな》われた第《だい》二回《にかい》パリ万国博覧会《ばんこくはくらんかい》でのことです。

「なんて美《うつく》しい器《うつわ》なんだ！」

日本《にほん》の売店《ばいてん》にならべられた品物《しなもの》は、飛《と》ぶように売《う》れていきました。はじめて参加《さんか》した日本《にほん》の展示《てんじ》品《ひん》の和紙《わし》や絹織物《きぬおりもの》、漆器《しっき》、象牙細《ぞうげざい》工《く》、人形《にんぎょう》などはとてもめずらしがられ、大変《たいへん》な人気《にんき》になったのです。また、浮世絵《うきよえ》や陶磁器《とうじき》などはヨーロッパの美術《びじゅつ》に大《おお》きな影響《えいきょう》をあたえ、「ジャポニスム（日本趣《にほんしゅ》味《み》）」とよばれる流行《りゅうこう》がうまれたほどです。

江戸幕府《えどばくふ》が送《おく》ったのは、将軍徳《しょうぐんとく》川慶喜《がわよしのぶ》（323ページ）の弟《おとうと》、徳川民《とくがわみん》部大輔昭武《ぶたいふあきたけ》の一行《いっこう》で、この中《なか》には、のちに日本財界《にほんざいかい》のリーダーとなる渋沢栄一《しぶさわえいいち》もいました。また、幕府《ばくふ》は各藩《かくはん》に参加《さんか》をよびかけ、佐《さ》賀藩《がはん》（今《いま》の佐賀県《さがけん》）が参加《さんか》しました。しかし、幕府《ばくふ》より先《さき》に独自《どくじ》に参加《さんか》を決《き》めていた薩摩藩《さつまはん》（今《いま》の鹿《か》児島県《ごしまけん》）は、幕府《ばくふ》とは別《べつ》のブースで出展《しゅってん》したのです。幕府側《ばくふがわ》は抗議《こうぎ》しましたが、薩摩藩《さつまはん》と対等《たいとう》にあつかわれることになりました。

万国博覧会《ばんこくはくらんかい》（万博《ばんぱく》）とは、自国《じこく》の新《あたら》しい技術《ぎじゅつ》や製品《せいひん》、芸術品《げいじゅつひん》などをほかの国《くに》に見《み》せるための博覧会《はくらんかい》で、第一回《だいいっかい》は一八五一年《ねん》にイギリスのロンドンで開《ひら》かれています。

万博《ばんぱく》のためにうまれたものや、万博《ばんぱく》がきっかけで知《し》られるようになったものもたくさんあります。フランス・パリのエッフェル塔《とう》やアメリカ・シカゴの観覧車《かんらんしゃ》が万博《ばんぱく》のためにつくられ、エレベーター（351ページ）やタイプライター、電話《でんわ》などは万博《ばんぱく》で紹介《しょうかい》されました。

日本《にほん》ではじめて開《ひら》かれたのは、一九七〇年《ねん》の日本万国博覧会《にほんばんこくはくらんかい》（大《おお》阪万博《さかばんぱく》）です。まだ海外旅行《かいがいりょこう》もめずらしく、インターネットなどで外国《がいこく》のことを調《しら》べることもできない時代《じだい》でしたから、世界《せかい》を感《かん》じることのできる万博《ばんぱく》に多《おお》くの人《ひと》がつめかけました。

その後《ご》も万博《ばんぱく》は各地《かくち》で開《ひら》かれ、二〇〇五年《ねん》には愛知県《あいちけん》で「二〇〇五年日本国際博覧会《ねんにほんこくさいはくらんかい》（愛《あい》・地球《ちきゅう》博《はく》）」が開《ひら》かれました。

75ページのこたえ
松田伝十郎《まつだでんじゅうろう》

この日《ひ》はほかにも…

★アメリカの小説家《しょうせつか》、ジョン・アーンスト・スタインベックが生《う》まれた日《ひ》（一九〇二年《ねん》）

おはなしクイズ 日本《にほん》がはじめて参加《さんか》した万博《ばんぱく》はどこで開《ひら》かれた？

こたえはつぎのページ

2月28日

戦国時代《せんごくじだい》の茶人《ちゃじん》 千利休《せんのりきゅう》が亡《な》くなった日《ひ》

日本《にほん》 1522～1591年《ねん》

読《よ》んだ日《ひ》にち（　年　月　日）（　年　月　日）（　年　月　日）

人物

日本《にほん》を代表《だいひょう》する伝統文化《でんとうぶんか》「茶道《ちゃどう》」は、今《いま》では海外《かいがい》でも高《たか》い評価《ひょうか》を受《う》けています。現代《げんだい》に通《つう》じる茶道《ちゃどう》の基本《きほん》をつくったのは、千利休《せんのりきゅう》（幼名《ようみょう》は与四郎《よしろう》）という人《ひと》でした。

一五二二年《ねん》（大永二年《だいえいにねん》）、利休《りきゅう》は、和泉国堺《いずみのくにさかい》（今《いま》の大阪府堺市《おおさかふさかいし》）で魚問屋《さかなどんや》の子《こ》どもとして生《う》まれます。当時《とうじ》の堺《さかい》ではお茶《ちゃ》が流行《りゅうこう》しており、「茶《ちゃ》の湯《ゆ》」とよばれていました。

茶《ちゃ》の湯《ゆ》とは、お茶《ちゃ》でお客《きゃく》さんをもてなしたり、お茶《ちゃ》をたしなんだりするための作法《さほう》です。利休《りきゅう》も、茶《ちゃ》の湯《ゆ》を広《ひろ》めた一人《ひとり》である武野紹鷗《たけのじょうおう》に弟子《でし》入りします。

やがて、茶《ちゃ》の湯《ゆ》のうでを上《あ》げていった利休《りきゅう》は、織田信長《おだのぶなが》（179ページ）に見出《みいだ》され、茶頭《さどう》（茶《ちゃ》の湯《ゆ》をとりしきる役《やく》）をつとめるようになります。一五八二年《ねん》に本能寺《ほんのうじ》の変《へん》で信長《のぶなが》が亡《な》くなると、後継者《こうけいしゃ》となった豊臣秀吉《とよとみひでよし》（216ページ）に仕《つか》えました。

秀吉《ひでよし》は、利休《りきゅう》を大切《たいせつ》にしました。そのおかげで、正親町天皇《おおぎまちてんのう》から「利休居士《りきゅうこじ》」の名前《なまえ》をもらったのです。

利休《りきゅう》は、秀吉《ひでよし》を政治《せいじ》の面《めん》でも支《ささ》えるようになっていきます。そうした中《なか》で、身近《みぢか》なものを茶器《ちゃき》に見立《みた》てて美《うつく》しさを見出《みいだ》すなど、「わび」や「さび」の心《こころ》を大切《たいせつ》にした「わび茶《ちゃ》」をきわめていきました。

一五八七年《ねん》には京都《きょうと》で北野大茶湯《きたのおおちゃのゆ》を行《おこな》います。これは大名《だいみょう》だけでなく、町人《ちょうにん》や農民《のうみん》も参加《さんか》できる茶会《ちゃかい》で、およそ千人《せんにん》が参加《さんか》しました。

しかし、文化人《ぶんかじん》としても政治家《せいじか》としても力《ちから》をつけてきた利休《りきゅう》は、秀吉《ひでよし》にとってじゃまな存在《そんざい》になっていくのです。

一五九一年《ねん》（天正十九年《てんしょうじゅうくねん》）二月《にがつ》二十八日《にじゅうはちにち》、利休《りきゅう》は秀吉《ひでよし》から切腹《せっぷく》を命《めい》じられて、亡《な》くなりました。七十歳《ななじっさい》でした。利休《りきゅう》が追求《ついきゅう》しつづけたわび茶《ちゃ》の美学《びがく》は、その後《ご》も長《なが》く受《う》けつがれ、現在《げんざい》では茶道《ちゃどう》として、日本《にほん》の重要《じゅうよう》な伝統文化《でんとうぶんか》の一《ひと》つになっています。

この日《ひ》はほかにも…

★エッセイ記念日《きねんび》

エッセイストの元祖《がんそ》といわれるフランスの哲学者《てつがくしゃ》、ミシェル・ド・モンテーニュが生《う》まれた日《ひ》にちなむ。

★ビスケットの日《ひ》

水戸藩《みとはん》(今《いま》の茨城県《いばらきけん》)の医者《いしゃ》、柴田《しばた》方庵《ほうあん》が長崎《ながさき》に留学《りゅうがく》していたときに、オランダ人《じん》から学《まな》んだビスケットのつくり方《かた》を手紙《てがみ》にかき、一八五五年《ねん》のこの日《ひ》に水戸藩《みとはん》に送《おく》ったことに由来《ゆらい》。

フランスのパリ
76ページのこたえ

おはなしクイズ　茶《ちゃ》の湯《ゆ》をとりしきる役《やく》を何《なん》とよぶ？

こたえはつぎのページ

四年《よねん》に一度《いちど》しかない うるう日《び》

2月29日

読《よ》んだ日《ひ》にち（　年　月　日）（　年　月　日）（　年　月　日）

地球《ちきゅう》が太陽《たいよう》のまわりをまわる動《うご》き

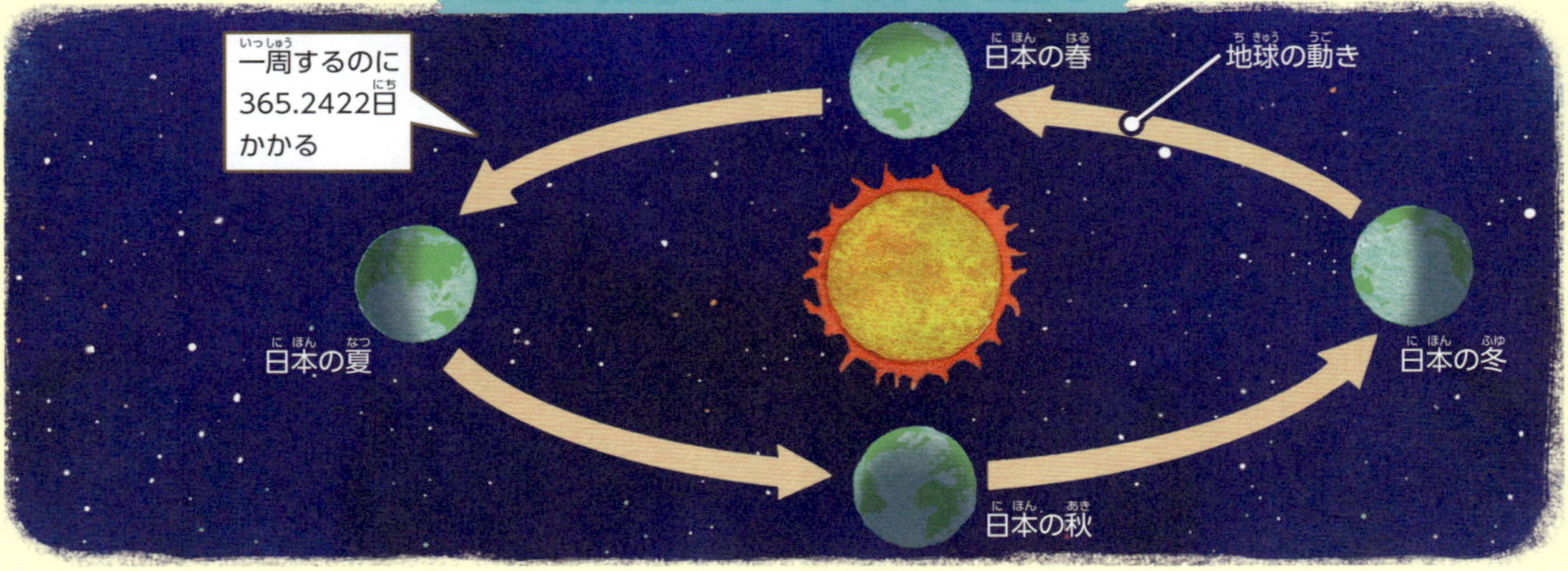

二月《にがつ》二十九日《にじゅうくにち》は、四年《よねん》に一度《いちど》しかありません。この日《ひ》は「うるう日《び》」とされます。うるう日《び》がある年《とし》を「うるう年《どし》」といって、この年《とし》だけは一年《いちねん》が三百六十六日《さんびゃくろくじゅうろくにち》になります。

うるう年《どし》は、なぜつくられたのでしょうか。

今《いま》、世界《せかい》で広《ひろ》く使《つか》われている暦《こよみ》（グレゴリオ暦《れき》、144ページ）は、太陽《たいよう》と地球《ちきゅう》の動《うご》きをもとにつくられ、地球《ちきゅう》が太陽《たいよう》のまわりを一周《いっしゅう》するのにかかる期間《きかん》を一年《いちねん》としています。しかし、一周《いっしゅう》にかかる期間《きかん》は、三百六十五日《さんびゃくろくじゅうごにち》ぴったりではありません。正確《せいかく》には、三百六十五《さんびゃくろくじゅうご》・二四二二日《によんににち》です。このあまった〇《れい》・二四二二日《によんににち》は、およそ六時間《ろくじかん》ですから、四年《よねん》で二十四時間《にじゅうよじかん》、つまりほぼ一日分《いちにちぶん》のずれができます。このずれを修正《しゅうせい》するために、四年《よねん》に一度《いちど》、「西暦《せいれき》の年《とし》が四《よん》でわり切《き》れる年《とし》」がうるう年《どし》とされたのです。でも、〇《れい》・二四二二日《によんににち》はぴったり六時間《ろくじかん》ではありませんから、長《なが》い時間《じかん》がたつと、またずれがうまれます。

このずれをなくすため、うるう年《どし》のうち「西暦《せいれき》の年《とし》が百《ひゃく》でわり切《き》れて、四百《よんひゃく》でわり切《き》れない年《とし》」はうるう年《どし》にはならないと決《き》められているのです。

ところで、二月《にがつ》二十九日《にじゅうくにち》に生《う》まれた人《ひと》の誕生日《たんじょうび》は、うるう年以外《どしいがい》はいつになるのでしょうか。法律《ほうりつ》をもとに、出生日《しゅっせいび》は「生《う》まれた日《ひ》の前日《ぜんじつ》の二十四時《にじゅうよじ》（午後十二時《ごごじゅうにじ》）」とされています。ですから、二月《にがつ》二十九日《にじゅうくにち》生《う》まれの人《ひと》は、二月《にがつ》二十八日《にじゅうはちにち》の二十四時《にじゅうよじ》に一《ひと》つ歳《とし》をとります。つまり、うるう年以外《どしいがい》では、三月一日《さんがつついたち》生《う》まれの人《ひと》と同《おな》じ日《ひ》ということになります。

77ページのこたえ
茶頭《さどう》

この日《ひ》はほかにも…

★イタリアの作曲家《さっきょくか》、ジョアッキーノ・ロッシーニの誕生日《たんじょうび》（一七九二年《ねん》）

おはなしクイズ 1年《ねん》は、地球《ちきゅう》が何《なん》のまわりを一周《いっしゅう》する期間《きかん》？

こたえは80ページ

3月《がつ》のおはなし

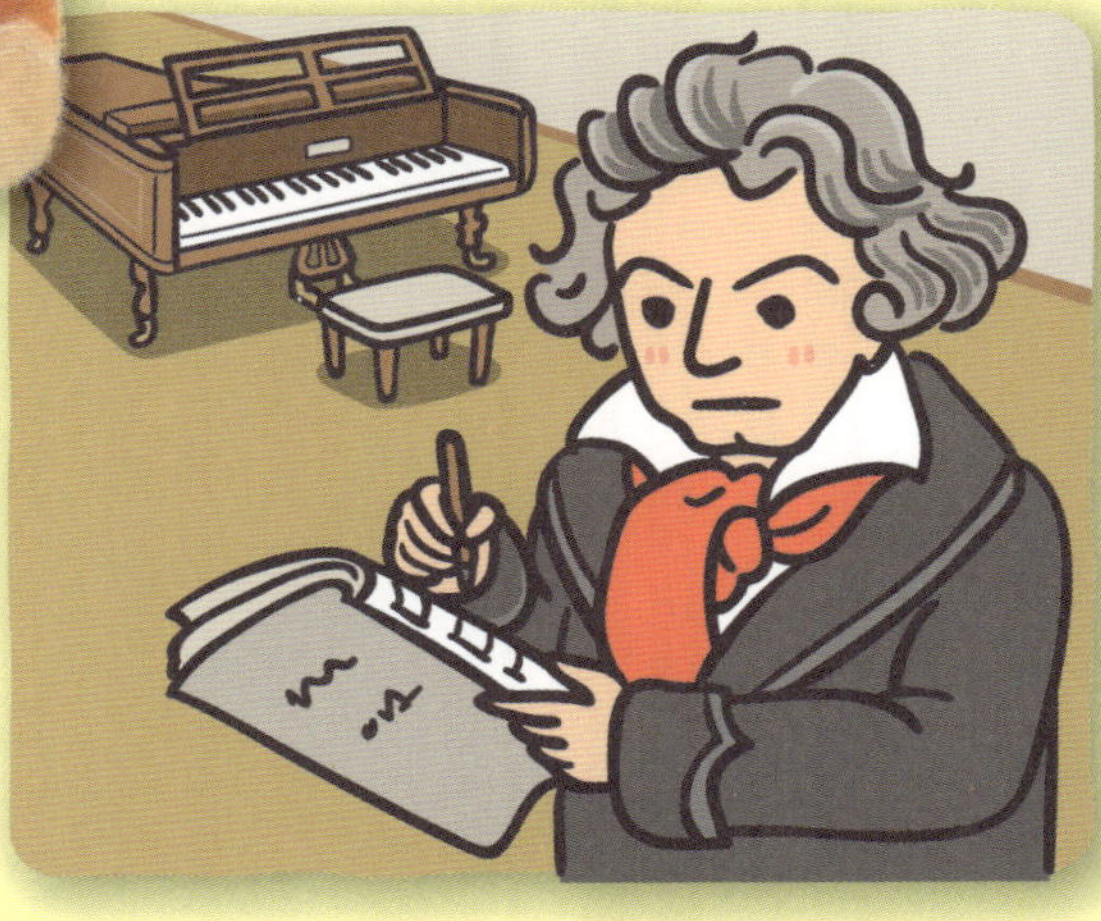

名作《めいさく》を数多《かずおお》くのこした 芥川龍之介《あくたがわりゅうのすけ》が生《う》まれた日《ひ》

日本《にほん》
1892～1927年《ねん》

3月1日

読《よ》んだ日《ひ》にち（　　年　　月　　日）（　　年　　月　　日）（　　年　　月　　日）

人物

芥川龍之介《あくたがわりゅうのすけ》は、一八九二年三月《ねんさんがつ》一日《ついたち》、東京《とうきょう》で生《う》まれました。龍之介《りゅうのすけ》が生《う》まれて一年《いちねん》もたたないときに、お母《かあ》さんが心《こころ》の病《やまい》にかかったため、龍之介《りゅうのすけ》はおじさんの家《いえ》に引《ひ》き取《と》られました。

少年時代《しょうねんじだい》から小説《しょうせつ》や物語《ものがたり》をよく読《よ》み、頭《あたま》もよかった龍之介《りゅうのすけ》は、東京帝国大学《とうきょうていこくだいがく》（今《いま》の東京大学《とうきょうだいがく》）に進《すす》み、このころ知《し》り合《あ》った菊池寛《きくちかん》や久米正雄《くめまさお》らとともに同人誌《どうじんし》をつくりました。そして、「羅生門《らしょうもん》」、つづいて「鼻《はな》」を発表《はっぴょう》します。

「鼻《はな》」については、

「落《お》ち着《つ》きがあって自然《しぜん》そのままのおかしさがおっとり出《で》ているところに上品《じょうひん》なおもむきがあります。文章《ぶんしょう》が要領《ようりょう》をえてよく整《ととの》っています。敬服《けいふく》しました」

と、夏目漱石《なつめそうせき》（20ページ）に絶賛《ぜっさん》されました。このころが、作家《さっか》人生《じんせい》のスタートでした。卒業後《そつぎょうご》も「芋粥《いもがゆ》」「地獄変《じごくへん》」「蜘蛛《くも》の糸《いと》」「杜子春《とししゅん》」「トロッコ」などの短編《たんぺん》の名作《めいさく》を次《つぎ》つぎに発表《はっぴょう》し、人間《にんげん》の本質《ほんしつ》や、さまざまな面《めん》を表現《ひょうげん》しつづけました。

「この世《よ》で信《しん》じられるのは自分《じぶん》の神経《しんけい》だけだ」

と語《かた》った龍之介《りゅうのすけ》ですが、研《と》ぎすまされすぎた心《こころ》はしだいにバランスをくずしていきます。

一九二七年《ねん》、三十五歳《さんじゅうごさい》のときに龍之介《りゅうのすけ》は、自宅《じたく》の書斎《しょさい》で自《みずか》ら命《いのち》を絶《た》ちました。「人間《にんげん》にとって芸術《げいじゅつ》とは何《なに》か」を最期《さいご》まで考《かんが》えつづけた人生《じんせい》でした。

龍之介《りゅうのすけ》の死後《しご》、作家《さっか》であり劇作家《げきさっか》でもあった友人《ゆうじん》の菊池寛《きくちかん》が、龍之介《りゅうのすけ》の業績《ぎょうせき》をたたえて「芥川龍之介賞《あくたがわりゅうのすけしょう》（すぐれた純文学《じゅんぶんがく》の作品《さくひん》を雑誌《ざっし》などで発表《はっぴょう》した新人作家《しんじんさっか》におくられる賞《しょう》）」をつくり、現在《げんざい》でも、受賞《じゅしょう》する新人作家《しんじんさっか》たちが話題《わだい》を集《あつ》めています。

この日《ひ》はほかにも…

★ポーランドの作曲家《さっきょくか》、ショパン（326ページ）が生《う》まれた日《ひ》（一八一〇年《ねん》）

★デコポンの日《ひ》

一九九一年《ねん》のこの日《ひ》に、熊本県《くまもとけん》よりはじめてデコポンが出荷《しゅっか》され、東京《とうきょう》の青果市場《せいかいちば》で取《と》り引《ひ》きされたことに由来《ゆらい》。

78ページのこたえ
太陽《たいよう》

おはなしクイズ　芥川龍之介《あくたがわりゅうのすけ》の短編小説《たんぺんしょうせつ》「鼻《はな》」を絶賛《ぜっさん》したのはだれ？

こたえはつぎのページ

3月2日

「わが祖国《そこく》」をつくった音楽家《おんがくか》
スメタナの誕生日《たんじょうび》

チェコ
1824〜
1884年《ねん》

読《よ》んだ日《ひ》にち（　　年　　月　　日）（　　年　　月　　日）（　　年　　月　　日）

人物

みなさんは、連作交響詩《れんさくこうきょうし》「わが祖国《そこく》」の「モルダウ」という曲《きょく》をきいたことがありますか。日本《にほん》でも親《した》しまれていて、音楽《おんがく》の時間《じかん》などでよくきかれています。三月《さんがつ》二日《ふつか》は、その曲《きょく》をつくったベドルジハ・スメタナの誕生日《たんじょうび》です。

スメタナは一八二四年《ねん》、チェコのボヘミアで生《う》まれました。音楽《おんがく》好《ず》きの父親《ちちおや》に教《おし》えられて、小《ちい》さいころからピアノとバイオリンをひき始《はじ》めます。どんどん上手《じょうず》になり、六歳《ろくさい》のときには人前《ひとまえ》で演奏《えんそう》したといわれています。十九歳《じゅうきゅうさい》のとき、音楽家《おんがくか》になるためにプラハに行《い》き、エクトル・ベルリオーズやシューマン（240ページ）といった音楽家《おんがくか》たちと知《し》り合《あ》いました。

しかし、一八四八年《ねん》に起《お》こったフランスの二月革命《にがつかくめい》の影響《えいきょう》で、チェコでもオーストリアの支配《しはい》からの自由《じゆう》を求《もと》める運動《うんどう》が起《お》こり、プラハで大《おお》きなさわぎになります。その当時《とうじ》、チェコの国民《こくみん》は自由《じゆう》をうばわれ、公《おおやけ》の場《ば》でチェコ語《ご》を話《はな》すことすら禁止《きんし》されていたのです。

スメタナは、チェコの人間《にんげん》として自分《じぶん》も軍隊《ぐんたい》に入《はい》り、そこで「国民軍行進曲《こくみんぐんこうしんきょく》」を作曲《さっきょく》しました。しかし、チェコの自由《じゆう》を求《もと》める運動《うんどう》は失敗《しっぱい》に終《お》わります。そして、オーストリアが自由《じゆう》な音楽《おんがく》の取《と》りしまりを始《はじ》めたため、スメタナはスウェーデンにのがれて音楽学校《おんがくがっこう》をつくり、作曲《さっきょく》やオーケストラの指揮《しき》、教育《きょういく》に力《ちから》を入《い》れます。ピアニストとしても指揮者《しきしゃ》としても成《せい》功《こう》しましたが、祖国《そこく》をはなれたことで、スメタナの故郷《こきょう》への思《おも》いは深《ふか》まっていきました。

その後《ご》、オーストリアの支配《しはい》がゆるんできたことを知《し》ったスメタナは、チェコにもどり、チェコのすばらしさをうったえる音楽《おんがく》をたくさんつくり、活《かつ》やくします。「わが祖国《そこく》」をつくっていたころ、スメタナは病気《びょうき》で耳《みみ》がきこえなくなります。それでも、六年《ろくねん》かけて「わが祖国《そこく》」をかき上《あ》げ、その後《ご》、心《こころ》の病気《びょうき》になって一八八四年《ねん》に亡《な》くなりました。

この日《ひ》はほかにも…
★ロシアの政治家《せいじか》、ミハイル・ゴルバチョフの誕生日《たんじょうび》（一九三一年《ねん》）

80ページのこたえ
夏目漱石《なつめそうせき》

おはなしクイズ　スメタナは1824年《ねん》にどこで生《う》まれた？　こたえはつぎのページ

女《おんな》の子《こ》の成長《せいちょう》と幸《しあわ》せを願《ねが》うひな祭《まつ》り

3月3日

読《よ》んだ日《ひ》にち（　　年　　月　　日）（　　年　　月　　日）（　　年　　月　　日）

1日 行事

三月三日《さんがつみっか》に行《おこな》われるひな祭《まつ》りは「桃《もも》の節句《せっく》」ともよばれ、ひな人形《にんぎょう》や桃《もも》の花《はな》などをかざって、女《おんな》の子《こ》の成長《せいちょう》と幸《しあわ》せを願《ねが》う行事《ぎょうじ》です。

古代《こだい》の中国《ちゅうごく》では、三月最初《さんがつさいしょ》の巳《み》の日《ひ》（上巳《じょうし》）に水辺《みずべ》でわざわいをはらう行事《ぎょうじ》がありました。これが日本《にほん》に伝《つた》わると、もともとあったならわしとむすびつき、紙《かみ》の人形《にんぎょう》で体《からだ》をなで、自分《じぶん》のわざわいを人形《にんぎょう》にうつして川《かわ》に流《なが》すようになりました。これを「流《なが》しびな」といいます。また、貴族《きぞく》の間《あいだ》では「ひいな遊《あそ》び」という人形遊《にんぎょうあそ》びがありました。この流《なが》しびなとひいな遊《あそ》びが合《あ》わさり、ひな祭《まつ》りがうまれたといわれています。室町《むろまち》から江《え》戸時代《どじだい》にかけて美《うつく》しいひな人形《にんぎょう》がつくられるようになり、人形《にんぎょう》はしだいに部屋《へや》にかざられるようになりました。

「ひな人形《にんぎょう》をいつまでもかざっておくと、結婚《けっこん》がおそくなる」という言《い》い伝《つた》えがありますが、これには、ひな人形《にんぎょう》がもともと流《なが》しびなだったことが関係《かんけい》しています。「わざわいを流《なが》す」ことが「片《かた》づける」につながると考《かんが》えられ、わざわいを片《かた》づけずにそのままにしておくと、よくないことがあるという意味《いみ》です。

ひな祭《まつ》りには、ひな人形《にんぎょう》といっしょに、桃《もも》の花《はな》やひなあられなどをかざって、白酒《しろざけ》を飲《の》み、春《はる》らしいごちそうを食《た》べます。これらにも、女《おんな》の子《こ》の幸《しあわ》せを願《ねが》う、特別《とくべつ》な意味《いみ》がこめられています。桃《もも》は花《はな》が魔除《まよ》けに使《つか》われるだけでなく、たくさんの花《はな》や実《み》をつけるため、子宝《こだから》にめぐまれるといわれています。また、白酒《しろざけ》を飲《の》むことで、病《びょう》気《き》やわざわいを取《と》りのぞくと考《かんが》えられていました。

ひな祭《まつ》りのごちそうにつきもののはまぐりのおすいものには、はまぐりの二枚《にまい》の貝《かい》がらがほかの貝《かい》とは決《けっ》して形《かたち》が合《あ》わないことから、将来《しょうらい》の幸《しあわ》せな結婚《けっこん》をいのるという意味《いみ》があるのです。

81ページのこたえ
チェコのボヘミア

この日《ひ》はほかにも…

★日本初《にほんはつ》の女性医師《じょせいいし》、荻野吟子《おぎのぎんこ》（200ページ）が生《う》まれた日《ひ》（一八五一年《ねん》）

★アメリカの発明家《はつめいか》、ベル（245ページ）が生《う》まれた日《ひ》（一八四七年《ねん》）

★耳《みみ》の日《ひ》

三（み）三（み）のゴロ合《あ》わせから。

おはなしクイズ ひな祭《まつ》りには、ある果物《くだもの》の名前《なまえ》のついた別名《べつめい》がありますが、それは何《なに》？ こたえはつぎのページ

3月4日

名曲《めいきょく》「四季《しき》」で有名《ゆうめい》な作曲家《さっきょくか》 ヴィヴァルディの誕生日《たんじょうび》

イタリア 1678～1741年《ねん》

読《よ》んだ日《ひ》にち（　　年　　月　　日）（　　年　　月　　日）（　　年　　月　　日）

人物

アントニオ・ヴィヴァルディは一六七八年三月四日《ねんさんがつよっか》、イタリアのベネチアで生《う》まれました。

「この子《こ》は音楽《おんがく》の才能《さいのう》があるぞ」

理髪店《りはつてん》を経営《けいえい》しており、のちに教会《きょうかい》の大聖堂《だいせいどう》でバイオリン奏者《そうしゃ》になったお父《とう》さんは、おさないヴィヴァルディの才能《さいのう》を見《み》ぬいて、バイオリンのレッスンに通《かよ》わせました。

ヴィヴァルディの上達《じょうたつ》は早《はや》く、十三歳《じゅうさんさい》のときにはお父《とう》さんの代役《だいやく》をつとめるほどでした。

神父《しんぷ》になるために教会《きょうかい》で修業《しゅぎょう》をつんだのち、ピエタ養育院《よういくいん》でバイオリンの先生《せんせい》になりました。ここから、音楽家《おんがくか》としてのヴィヴァルディの活《かつ》やくが始《はじ》まります。

バイオリンの演奏《えんそう》だけではなく、たくさんの曲《きょく》をつくり、芸術《げいじゅつ》の町《まち》、ベネチアで有名《ゆうめい》になり、その名前《なまえ》は外国《がいこく》でも知《し》られるようになります。貴族《きぞく》たちはヴィヴァルディをまねいて、曲《きょく》をつくらせました。

また、ヴィヴァルディは新《あたら》しい音楽《おんがく》にチャレンジするのが好《す》きでした。さまざまな楽器《がっき》を使《つか》った曲《きょく》を発表《はっぴょう》し、また、オペラや協奏曲《きょうそうきょく》の新《あたら》しい時代《じだい》を開《ひら》きます。有名《ゆうめい》な協奏曲集《きょうそうきょくしゅう》「四季《しき》」は四十七歳《よんじゅうななさい》のときに発表《はっぴょう》したものです。その後《ご》も、一七四一年《ねん》に六十三歳《ろくじゅうさんさい》で亡《な》くなるまで、音楽《おんがく》のためだけに生《い》きました。

しかし、当時《とうじ》は音楽家《おんがくか》の身分《みぶん》がひくく、まずしいまま亡《な》くなったヴィヴァルディは共同墓地《きょうどうぼち》に埋葬《まいそう》され、今《いま》ではお墓《はか》ものこっていません。

ヴィヴァルディの音楽《おんがく》は、のちにバッハ（239ページ）やハイドン（110ページ）、ベートーベン（105ページ）などの音楽家《おんがくか》たちに大《おお》きな影響《えいきょう》をあたえましたが、その名前《なまえ》も曲《きょく》も、長《なが》い間《あいだ》わすれられていました。

研究家《けんきゅうか》によってヴィヴァルディの偉大《いだい》さがみとめられたのは、死後《しご》二百年《にひゃくねん》もたった二十世紀《にじっせいき》になってからです。

この日《ひ》はほかにも…

★アメリカの軍人《ぐんじん》、ペリー（180ページ）の命日《めいにち》（一八五八年《ねん》）

★ミシンの日《ひ》

一七九〇年《ねん》にトーマス・セントがイギリスでミシンの特許《とっきょ》（129ページ）を取得《しゅとく》。一九九〇年《ねん》が特許《とっきょ》取得《しゅとく》二百年《にひゃくねん》にあたることを記念《きねん》して制定《せいてい》。

★『或《あ》る女《おんな》』などをかいた小説家《しょうせつか》、有島武郎《ありしまたけお》の誕生日《たんじょうび》（一八七八年《ねん》）

82ページのこたえ 桃《もも》の節句《せっく》

おはなしクイズ ヴィヴァルディが生《う》まれたのはイタリアのどこ？

こたえはつぎのページ

海《うみ》の宝物《たからもの》「サンゴの日《ひ》」

3月5日

読《よ》んだ日《ひ》にち（　　年　　月　　日）（　　年　　月　　日）（　　年　　月　　日）

記念日

三月五日《さんがついつか》は三（サン）五（ゴ）のゴロ合《あ》わせから「サンゴの日《ひ》」とされています。

サンゴ礁《しょう》は熱帯《ねったい》および亜熱帯《あねったい》地域《ちいき》の、水面《すいめん》から五十《ごじゅう》メートルくらいのあさい海《うみ》で見《み》られ、日本《にほん》なら奄美《あまみ》群島《ぐんとう》や沖縄《おきなわ》諸島《しょとう》の海《うみ》で多《おお》く見《み》ることができます。形《かたち》はさまざまで、サンゴ礁《しょう》のまわりを魚《さかな》たちが泳《およ》ぎまわる様子《ようす》はとてもきれいです。サンゴ礁《しょう》は海《うみ》にすむ小《ちい》さな生《せい》物《ぶつ》たちのかくれ家《が》にもなっているので、敵《てき》が来《き》たら、魚《さかな》たちはサンゴの枝《えだ》のかげにかくれます。

サンゴ礁《しょう》とは、サンゴとよばれる、かたい骨《ほね》をもつ生《い》きものの死《し》がいがつみ重《かさ》なり、長《なが》い年月《ねんげつ》をかけてできた地形《ちけい》です。

サンゴは動物《どうぶつ》ですが、動《うご》くことはできないため、触手《しょくしゅ》を使《つか》って海《かい》中《ちゅう》をただようプランクトンをつかまえて食《た》べます。また、サンゴの体内《たいない》には褐虫藻《かっちゅうそう》という微生物《びせいぶつ》がすんでおり、光合成《こうごうせい》によって栄養分《えいようぶん》と酸素《さんそ》をつくり、サンゴにあたえてくれます。

サンゴは、熱帯《ねったい》の温《あたた》かい海《うみ》の浅《あさ》いところでくらしていますが、地《ち》球温暖化《きゅうおんだんか》で海水温度《かいすいおんど》が上《あ》がると、サンゴから褐虫藻《かっちゅうそう》がぬけだし、栄《えい》養不足《ようぶそく》となり、白《しろ》くなって死《し》にます。これをサンゴの「白化《はっか》」といいます。また、サンゴの天敵《てんてき》であるオニヒトデの大発生《だいはっせい》も海《うみ》の汚染《おせん》などによる環境《かんきょう》の変化《へんか》が原因《げんいん》ではないかといわれています。

サンゴ礁《しょう》を守《まも》るために、わたしたちに何《なに》ができるのか考《かんが》えてみましょう。

この日《ひ》はほかにも…

★メルカトル図法《ずほう》を考案《こうあん》したオランダの地理学者《ちりがくしゃ》、ゲラルドゥス・メルカトルの誕生日《たんじょうび》（一五一二年《ねん》）

83ページのこたえ
ベネチア

おはなしクイズ サンゴの天敵《てんてき》は？ こたえはつぎのページ

ルネサンスの大芸術家《だいげいじゅつか》 ミケランジェロの誕生日《たんじょうび》

イタリア
1475〜1564年《ねん》

読《よ》んだ日《ひ》にち（　年　月　日）（　年　月　日）（　年　月　日）

十四世紀《じゅうよんせいき》から十六世紀《じゅうろくせいき》までの西《にし》ヨーロッパでさかんだった「ルネサンス」は、ギリシャやローマ時《じ》代《だい》の文化《ぶんか》を復興《ふっこう》させ、新《あたら》しい文化《ぶんか》をつくろうとする運動《うんどう》です。

中《なか》でも、とくに有名《ゆうめい》な芸術家《げいじゅつか》が、イタリアのフィレンツェ生《う》まれのレオナルド・ダ・ヴィンチ（147ページ）、そしてユリウス暦《れき》一四七五年三月六日《ねんさんがつむいか》、フィレンツェに近《ちか》いカプレーゼという町《まち》で生《う》まれたミケランジェロ・ブオナローティです。

ミケランジェロは小《ちい》さいころ、石《いし》を細工《さいく》する職人《しょくにん》といっしょにくらし、彫刻《ちょうこく》の技術《ぎじゅつ》を身《み》につけました。十三歳《じゅうさんさい》で画家《がか》の弟子《でし》になり、一年《いちねん》で才能《さいのう》をみとめられたミケランジェロは、フィレンツェを支配《しはい》していたお金持《かねも》ちのメディチ家《け》にやとわれ、彫刻作品《ちょうこくさくひん》「階段《かいだん》の聖《せい》母《ぼ》」や「ケンタウロスの戦《たたか》い」などをのこしました。

二十一歳《にじゅういっさい》になるとローマへ行《い》き、その後《ご》はフィレンツェとローマを行《い》き来《き》して、絵《え》や彫刻《ちょうこく》、建築《けんちく》の名作《めいさく》を次《つぎ》つぎとうみ出《だ》しました。聖母子《せいぼし》の大理石像《だいりせきぞう》「ピエタ」やフィレンツェの市庁舎《しちょうしゃ》の前《まえ》にたてられた高《たか》さ約五《やくご》メートルの大理《だいり》石像《せきぞう》「ダビデ」が有名《ゆうめい》です。

三十三歳《さんじゅうさんさい》のときには、ローマ教《きょう》皇《こう》からバチカン宮殿《きゅうでん》にあるシスティーナ礼拝堂《れいはいどう》の天井画《てんじょうが》をかくよう命《めい》じられました。約四年間《やくよねんかん》、昼《ひる》も夜《よる》も上《うえ》を向《む》いたままかきつづけたため、アゴがつき出《で》てしまい、歩《ある》くときに足《あし》が見《み》えなくなったといわれています。

天井画《てんじょうが》が完成《かんせい》して二十数年《にじゅうすうねん》がたったとき、同《おな》じ礼拝堂《れいはいどう》の祭《さい》だんに壁画《へきが》をかくことになりました。ミケランジェロは、約六年《やくろくねん》の年月《ねんげつ》をかけて大壁画《だいへきが》「最後《さいご》の審判《しんぱん》」をかきあげたのです。

その後《ご》も多《おお》くの作品《さくひん》をのこし、ミケランジェロは八十八歳《はちじゅうはっさい》で、自《じ》宅《たく》で友人《ゆうじん》たちに見守《みまも》られながら亡《な》くなりました。情熱《じょうねつ》をこめて完成《かんせい》させたミケランジェロの絵《え》や彫刻《ちょうこく》は、人《ひと》びとを感動《かんどう》させ、永遠《えいえん》にのこる名作《めいさく》となっています。

この日《ひ》はほかにも…

★大正《たいしょう》・昭和時代《しょうわじだい》の作家《さっか》、劇作家《げきさっか》、菊池寛《きくちかん》の命日《めいにち》（一九四八年《ねん》）

84ページのこたえ
オニヒトデ

おはなしクイズ ミケランジェロが約《やく》６年《ねん》かけてかいた大壁画《だいへきが》の名前《なまえ》は？

こたえはつぎのページ

名《めい》曲《きょく》「ボレロ」の作《さっ》曲《きょく》家《か》 ラヴェルが生《う》まれた日《ひ》

フランス
1875〜1937年《ねん》

読《よ》んだ日《ひ》にち（　　年　　月　　日）（　　年　　月　　日）（　　年　　月　　日）

　モーリス・ラヴェルは一八七五年三月七日《ねんさんがつなのか》、スペインの国境《こっきょう》に近《ちか》いフランスのバスク地方《ちほう》で生《う》まれました。

　七歳《ななさい》からピアノを習《なら》い、十四歳《じゅうよんさい》でパリ音楽院《おんがくいん》に入学《にゅうがく》してピアノと作曲《さっきょく》を学《まな》びます。学生《がくせい》のころから「亡《な》き王女《おうじょ》のためのパヴァーヌ」や「水《みず》の戯《たわむ》れ」などを作曲《さっきょく》し、高《たか》く評価《ひょうか》されました。

　しかし、フランスの大《おお》きな芸術《げいじゅつ》賞《しょう》であるローマ大賞《たいしょう》に五回挑戦《ごかいちょうせん》しても、一度《いちど》も賞《しょう》をとることができませんでした。五回目《ごかいめ》は予備審査《よびしんさ》で落《お》とされ、参加《さんか》することさえできなかったのです。

「そんなことってあるの？」

「公平《こうへい》に選《えら》んでいるのか」

　ラヴェルの失格《しっかく》をおかしいと思《おも》う人《ひと》が大《おお》ぜいいて、新聞《しんぶん》でも大《おお》きく取《と》り上《あ》げられました。

　よく調《しら》べてみると、賞《しょう》をとった人《ひと》はみんな審査員《しんさいん》の弟子《でし》だったことがわかったのです。このさわぎで、ラヴェルの名《な》は国中《くにじゅう》に知《し》られるようになりました。

　その後《ご》、バレエ音楽《おんがく》「ダフニスとクロエ」など数《かず》かずの名曲《めいきょく》をうみ出《だ》していきます。

　ラヴェルはドビュッシー（265ページ）とともに印象主義音楽《いんしょうしゅぎおんがく》をきずき上《あ》げました。印象主義音楽《いんしょうしゅぎおんがく》とは、それまでの作曲様式《さっきょくようしき》にとらわれずに、感《かん》じ取《と》った印象《いんしょう》を表現《ひょうげん》する新《あたら》しい音楽《おんがく》のスタイルです。

　しかし、五十七歳《ごじゅうななさい》ごろから体《からだ》の具合《ぐあい》が悪《わる》くなり、ものを思《おも》い出《だ》したり、かいたりすることがむずかしくなります。

「頭《あたま》の中《なか》にはまだたくさんの音楽《おんがく》があるのに、それを伝《つた》えることができないんだ」

　と、ラヴェルはなみだを流《なが》しました。その後《ご》、手術《しゅじゅつ》を受《う》けますが、回復《かいふく》することなく、六十二歳《ろくじゅうにさい》で亡《な》くなりました。

　ラヴェルの代表曲《だいひょうきょく》「ボレロ」は今《いま》でもとても人気《にんき》があり、バレエ音楽《おんがく》やオーケストラ演奏《えんそう》だけではなく、フィギュアスケートやテレビコマーシャルなどにもよく使《つか》われています。

この日《ひ》はほかにも…

★メンチカツの日《ひ》
三(ミ)七(シチ＝ンチ)と読《よ》むゴロ合《あ》わせから。関西《かんさい》ではメンチカツのことをミンチカツとよぶことも多《おお》いため。

★消防記念日《しょうぼうきねんび》
一九四八年《ねん》のこの日《ひ》に、消防組織《しょうぼうそしき》法《ほう》が施行《しこう》されたことから。

85ページのこたえ
「最後《さいご》の審判《しんぱん》」

おはなしクイズ　ラヴェルとともに印象主義音楽《いんしょうしゅぎおんがく》をきずいた人《ひと》は？　こたえはつぎのページ

3月8日

ハチミツを集《あつ》める「ミツバチの日《ひ》」

読《よ》んだ日《ひ》にち（　　年　　月　　日）（　　年　　月　　日）（　　年　　月　　日）

記念日

ホットケーキやヨーグルトにかけてもおいしいハチミツは、栄養《えいよう》豊富《ほうふ》で、抗菌作用《こうきんさよう》もあり、むかしから薬《くすり》のかわりとしても使《つか》われていました。ハチミツは、働《はたら》きバチとよばれるメスのミツバチが、花《はな》から花《はな》へと飛《と》びまわって集《あつ》めた花《はな》のミツからできています。働《はたら》きバチは花《はな》のミツを体内《たいない》にためて巣《す》にもち帰《かえ》り、六角形《ろっかくけい》の小《ちい》さな部屋《へや》にためます。

巣箱《すばこ》でミツバチを飼《か》ってハチミツをとる西洋式《せいようしき》の養蜂《ようほう》がヨーロッパから日本《にほん》に伝《つた》わったのは、明治《めいじ》時代《じだい》のことでした。今《いま》もほとんどの養蜂家《ようほうか》は、飼《か》いやすく、ミツをたくさん集《あつ》めるセイヨウミツバチを飼育《しいく》しています。

日本《にほん》にはもともとニホンミツバチがいましたが、西洋式《せいようしき》の養蜂《ようほう》には性質《せいしつ》が合《あ》いませんでした。しかし、とれるミツの量《りょう》は少《すく》なくても、性格《せいかく》がおとなしく、日本《にほん》の気候《きこう》とも相性《あいしょう》がいいので、最近《さいきん》では、ニホンミツバチに合《あ》った養蜂《ようほう》が研究《けんきゅう》されて、飼《か》う人《ひと》も増《ふ》えています。

働《はたら》きバチの一生《いっしょう》は一《いっ》か月《げつ》ほどです。成虫《せいちゅう》になるとすぐに、幼虫《ようちゅう》や女王《じょおう》バチの世話《せわ》、巣《す》の中《なか》のそうじ、巣《す》づくり、門番《もんばん》などの仕事《しごと》をし、最後《さいご》にようやくミツと花粉集《かふんあつ》めをまかされますが、その期間《きかん》は一週間《いっしゅうかん》ほどです。働《はたら》きどおしで命《いのち》を終《お》える働《はたら》きバチが、一生《いっしょう》の間《あいだ》に集《あつ》めるミツの量《りょう》は、なんとティースプーンに一《いっ》ぱいほどだそうです。ハチミツは、まさに、ミツバチからの貴重《きちょう》なおくりものなのです。

三（ミツ）八（バチ）というゴロ合《あ》わせから、三月八日《さんがつようか》は「ミツバチの日《ひ》」とされています。

この日《ひ》はほかにも…

★『ゲゲゲの鬼太郎《きたろう》』の作者《さくしゃ》、水木《みずき》しげるが生《う》まれた日《ひ》（一九二二年《ねん》）

86ページのこたえ
ドビュッシー

おはなしクイズ　日本《にほん》にもとからいたミツバチの種類《しゅるい》は？　こたえはつぎのページ

植物学《しょくぶつがく》や化学《かがく》の知識《ちしき》を広《ひろ》めた 宇田川榕菴《うだがわようあん》の誕生日《たんじょうび》

日本《にほん》
1798～1846年《ねん》

読《よ》んだ日《ひ》にち（　年　月　日）（　年　月　日）（　年　月　日）

宇田川榕菴《うだがわようあん》は、それまでの日本《にほん》になかった西洋《せいよう》の植物学《しょくぶつがく》や化学《かがく》の知識《ちしき》を本《ほん》にして広《ひろ》めた人《ひと》です。一七九八年《ねん》（寛政十年《かんせいじゅうねん》）三月九日《さんがつここのか》、江戸《えど》（今《いま》の東京《とうきょう》）の医者《いしゃ》の家《いえ》に生《う》まれました。そして、十四《じゅうよん》歳《さい》ごろ、医学《いがく》と蘭学《らんがく》（オランダを通《つう》じてもたらされた西洋《せいよう》の学問《がくもん》や技術《ぎじゅつ》などのこと）で有名《ゆうめい》な、美作《みまさかの》国《くに》（今《いま》の岡山県《おかやまけん》）津山藩《つやまはん》の宇田川《うだがわ》家《け》の養子《ようし》になります。

その後《ご》、榕菴《ようあん》はオランダ語《ご》をはじめ、英語《えいご》やドイツ語《ご》も学《まな》び、養《よう》父《ふ》の玄真《げんしん》のほんやくの仕事《しごと》を手伝《てつだ》いました。そして二十五歳《にじゅうごさい》で、西洋《せいよう》の植物学《しょくぶつがく》を紹介《しょうかい》する本《ほん》『菩多尼訶経《ぼたにかきょう》』を出《だ》しました。お経《きょう》のようにジグザグにおりたたんだ形《かたち》の本《ほん》です。

「人《ひと》びとがよく読《よ》むのはお経《きょう》だ。同《おな》じ形《かたち》にしたら、親《した》しみやすいだろう」

と考《かんが》えたのでしょう。榕菴《ようあん》は頭《あたま》がいいだけではなく、ゆたかな発《はっ》想力《そうりょく》ももっていたのです。

また、そのころ、西洋《せいよう》の国《くに》ぐにが新《あら》たな市場《しじょう》を求《もと》めて日本《にほん》にやってくるようになり、江戸幕府《えどばくふ》はあわて始《はじ》めました。日本《にほん》よりずっと進《すす》んだ技術《ぎじゅつ》におどろき、急《いそ》いで西洋《せいよう》の知識《ちしき》を取《と》り入《い》れようとしたのです。そこで江戸幕府《えどばくふ》では、蕃書《ばんしょ》和解御用《わげごよう》という研究機関《けんきゅうきかん》をつくり、西洋《せいよう》の本《ほん》のほんやくを進《すす》めました。

榕菴《ようあん》は二十九歳《にじゅうきゅうさい》で蕃書和解御用《ばんしょわげごよう》の仕事《しごと》をまかされます。西洋《せいよう》の百科事典《ひゃっかじてん》のほんやくに取《と》り組《く》みました。また、榕菴《ようあん》は絵《え》をかくことも上手《じょうず》で、出版《しゅっぱん》した数《かず》かずの本《ほん》には、実験装置《じっけんそうち》や植物《しょくぶつ》、動物《どうぶつ》の絵《え》がかかれています。さらにすごいのは、榕菴《ようあん》がつくり出《だ》した化学用語《かがくようご》です。「酸素《さんそ》」「水素《すいそ》」「温度《おんど》」「成《せい》分《ぶん》」「物質《ぶっしつ》」「細胞《さいぼう》」「圧力《あつりょく》」……など、榕菴《ようあん》がつくった言葉《ことば》は今《いま》も使《つか》われています。

この日《ひ》はほかにも…

★明治天皇《めいじてんのう》・皇后両陛下《こうごうりょうへいか》のご成婚《せいこん》二十五《にじゅうご》周年《しゅうねん》の祝典《しゅくてん》を記念《きねん》し、日本初《にほんはつ》の記念切手《きねんきって》が発行《はっこう》された日《ひ》（一八九四年《ねん》）

87ページのこたえ　ニホンミツバチ

おはなしクイズ　『菩多尼訶経《ぼたにかきょう》』は何《なに》を紹介《しょうかい》した本《ほん》？　こたえはつぎのページ

「日本《にほん》のゴッホ」とよばれた放浪《ほうろう》の画家《がか》、山下清《やましたきよし》の誕生日《たんじょうび》

日本《にほん》
1922～1971年《ねん》

読《よ》んだ日《ひ》にち（　　年　　月　　日）（　　年　　月　　日）（　　年　　月　　日）

人物

「長岡《ながおか》の花火《はなび》」（はり絵《え》、1950年《ねん》）　©清美社

夜空《よぞら》に打《う》ち上《あ》げられた大輪《たいりん》の花火《はなび》。川面《かわも》に反射《はんしゃ》する美《うつく》しい花火《はなび》の光《ひかり》。河原《かわら》にひしめき合《あ》うたくさんの人《ひと》びと。山下清《やましたきよし》の有名《ゆうめい》な作品《さくひん》「長岡《ながおか》の花火《はなび》」は、はり絵《え》にもかかわらず、今《いま》にもそこから花火《はなび》の音《おと》や人《ひと》びとの声《こえ》がきこえてきそうです。

清《きよし》は花火《はなび》が大好《だいす》きで、花火大会《はなびたいかい》が開《ひら》かれると知《し》ると、遠《とお》いところでも出《で》かけていきました。十五《じゅうご》歳《さい》のときのはり絵《え》「江戸川《えどがわ》の花火《はなび》」、三十三歳《さんじゅうさんさい》のときの油絵《あぶらえ》「両国《りょうごく》の花火《はなび》」など、たくさんの花火《はなび》の作品《さくひん》をのこしています。

清《きよし》は一九二二年三月十日《ねんさんがつとおか》に東京《とうきょう》の浅草《あさくさ》で生《う》まれました。三歳《さんさい》のときの病気《びょうき》がきっかけで、思《おも》うように言葉《ことば》が出《で》なくなり、十二歳《じゅうにさい》のときに千葉県《ちばけん》の養護施設《ようごしせつ》、八幡学園《やわたがくえん》に入園《にゅうえん》します。

ここで出《で》あったのが、はり絵《え》でした。色紙《いろがみ》を指《ゆび》でちぎって、のりで画用紙《がようし》にはりつけていくはり絵《え》を教《おそ》わりながら、清《きよし》はさらに自分独自《じぶんどくじ》のやり方《かた》を工夫《くふう》します。色紙《いろがみ》をよじって立体感《りったいかん》を出《だ》す、色紙《いろがみ》をうらがえして色《いろ》の濃《こ》さをあらわす、切手《きって》や雑誌《ざっし》を使《つか》うなどしながら、自分《じぶん》だけの世界《せかい》を見《み》つけ出《だ》したのです。

その後《ご》、清《きよし》は風呂敷《ふろしき》づつみ一《ひと》つを持《も》って、とつぜん学園《がくえん》から姿《すがた》を消《け》し、気《き》ままな旅《たび》へと出《で》かけます。一九四〇年《ねん》、十八歳《じゅうはっさい》のときのことです。三年後《さんねんご》には学園《がくえん》へもどるものの、そのあともたびたび放浪《ほうろう》の旅《たび》に出《で》ます。

清《きよし》は旅先《たびさき》で見《み》た風景《ふうけい》や、そのときの感動《かんどう》をしっかりと心《こころ》にきざみこみ、自分《じぶん》の中《なか》に取《と》り入《い》れます。そして、学園《がくえん》にもどったとき、そのイメージを絵《え》の中《なか》で表現《ひょうげん》するのです。

清《きよし》の作品《さくひん》と自由《じゆう》な生《い》き方《かた》は、たくさんの人《ひと》たちの心《こころ》をとらえ、「日本《にほん》のゴッホ」「裸《はだか》の大将《たいしょう》」などとよばれました。

「今年《ことし》の花火《はなび》はどこへ行《い》こうかな」という言葉《ことば》をのこし、清《きよし》は四《よん》十九歳《じゅうきゅうさい》のときに病気《びょうき》で亡《な》くなりました。

この日《ひ》はほかにも…

★砂糖《さとう》の日《ひ》
三(さ)十(とう)のゴロ合《あ》わせから。

88ページのこたえ
西洋《せいよう》の植物学《しょくぶつがく》

おはなしクイズ　山下清《やましたきよし》が好《この》んで作品《さくひん》にしたものは？
こたえは つぎのページ

ペニシリンを発見《はっけん》した フレミングが亡《な》くなった日《ひ》

イギリス
1881～1955年《ねん》

読《よ》んだ日《ひ》にち（　年　月　日）（　年　月　日）（　年　月　日）

病気《びょうき》やけがで病院《びょういん》に行《い》くと、薬《くすり》をもらいます。その薬《くすり》の中《なか》に、抗生物質《こうせいぶっしつ》とよばれるものがあるかもしれません。ペニシリンは、病気《びょうき》やけがの治療薬《ちりょうやく》として最初《さいしょ》に使《つか》われた抗生物質《こうせいぶっしつ》です。ペニシリンが発見《はっけん》されるまでは、具合《ぐあい》が悪《わる》くなると、痛《いた》みや苦《くる》しさなどの症状《しょうじょう》をおさえることしかできませんでした。これに対《たい》して抗生物質《こうせいぶっしつ》は、病気《びょうき》の原因《げんいん》となる細菌《さいきん》やウイルスを攻撃《こうげき》し、病気《びょうき》をなおすことができるのです。

ペニシリンを発見《はっけん》したアレクサンダー・フレミングは、一八八一年《ねん》にスコットランド（イギリス北部《ほくぶ》）で生《う》まれました。一九〇一年《ねん》にセントメアリー病院医学校《びょういんいがっこう》に入学《にゅうがく》し、医者《いしゃ》になることを目指《めざ》します。卒業後《そつぎょうご》も病院《びょういん》にのこり、第一次世界大戦《だいいちじせかいたいせん》が始《はじ》まると、イギリス陸軍医学部隊《りくぐんいがくぶたい》に入《はい》って戦地《せんち》に行《い》きました。そこで、傷《きず》から細菌《さいきん》に感染《かんせん》し、亡《な》くなっていく、たくさんの兵士《へいし》たちを見《み》て、

「細菌《さいきん》を殺《ころ》す薬《くすり》をつくりたい」

と決心《けっしん》します。

一九二八年《ねん》のこと、長《なが》い夏休《なつやす》みが終《お》わって研究室《けんきゅうしつ》にもどったフレミングは、細菌《さいきん》を育《そだ》てているガラスケースの中《なか》に青《あお》カビが発生《はっせい》しているのに気《き》がつきました。よく見《み》ると、青《あお》カビのまわりだけ細菌《さいきん》が消《き》えているではありませんか。青《あお》カビから出《で》た物質《ぶっしつ》が細菌《さいきん》を殺《ころ》したのです。青《あお》カビがつくり出《だ》した強《つよ》い殺菌作用《さっきんさよう》をもつ物質《ぶっしつ》は、青《あお》カビの属名《ぞくめい》にちなんで「ペニシリン」と名《な》づけられました。

その後《ご》、病理学者《びょうりがくしゃ》のハワード・フローリーと生化学者《せいかがくしゃ》のエルンスト・チェーンが研究《けんきゅう》を進《すす》め、ついにペニシリンは、病気《びょうき》やけがをなおす薬《くすり》として使《つか》われるようになりました。フレミングの発見《はっけん》から十《じゅう》年以上《ねんいじょう》のときをへて、ペニシリンは多《おお》くの人《ひと》の命《いのち》を救《すく》うことになったのです。フレミングは、一九五五年三月十一日《ねんさんがつじゅういちにち》、七十三歳《ななじゅうさんさい》で亡《な》くなりました。

この日《ひ》はほかにも…

★東日本大震災《ひがしにほんだいしんさい》が発生《はっせい》した日《ひ》（二〇一一年《ねん》）

89ページのこたえ
花火《はなび》

おはなしクイズ　フレミングは、ガラスケースの中《なか》に何《なに》が発生《はっせい》しているのに気《き》がついた？　こたえはつぎのページ

3月12日

子《こ》どもたちに親《した》しまれてきた「だがしの日《ひ》」

読《よ》んだ日《ひ》にち（　　年　　月　　日）（　　年　　月　　日）（　　年　　月　　日）

記念日

現在《げんざい》のようにコンビニエンスストアやスーパーマーケットがない時代《じだい》、子《こ》どもたちがおかしを買《か》うのはだがし屋《や》さんでした。

その店先《みせさき》には、スナックがしやチョコレート、キャラメル、ラムネなど、こまごまとしたおかしがならべられていました。どれも子《こ》どものお小《こ》づかいで買《か》えるくらいの値段《ねだん》です。また、メンコや竹《たけ》とんぼ、コマといった、むかしながらのおもちゃのほか、文房具《ぶんぼうぐ》やプラモデルなども売《う》られていました。くじ引《び》きもあり、子《こ》どもたちにとって小《ちい》さな遊園地《ゆうえんち》のような場所《ばしょ》だったのです。

江戸時代末期《えどじだいまっき》のころ、黒砂糖《くろざとう》が広《ひろ》く使《つか》われるようになったことや、ヨーロッパから入《はい》ってきた洋《よう》がしの影響《えいきょう》もあり、せんべいやあめ、干《ひ》がし（砂糖《さとう》などをかためてつくったおかし）などがつくられ、庶民《しょみん》に広《ひろ》まっていきました。そのような安《やす》いおかしが「だがし」とよばれるようになったのは、明治時代末期《めいじじだいまっき》のころといわれています。

明治時代《めいじじだい》に活《かつ》やくした女性作家《じょせいさっか》の樋口一葉《ひぐちいちよう》（104ページ）は、だがし屋《や》さんを開《ひら》いていたことがあります。一葉《いちよう》の店《みせ》には近所《きんじょ》の子《こ》どもたちがよく集《あつ》まり、遊《あそ》んでいたそうです。

昭和時代《しょうわじだい》になると、さまざまな種類《しゅるい》のだがしがたくさん登場《とうじょう》します。一九五〇年《ねん》から六〇年《ねん》ごろには、だがし屋《や》さんは子《こ》どもたちに人気《にんき》の場所《ばしょ》となっていました。

時代《じだい》の変化《へんか》により、今《いま》では数《かず》がへっているだがし屋《や》さんですが、全国《ぜんこく》のだがしメーカーなどで結成《けっせい》された「ＤＡＧＡＳＨＩ《だがし》で世界《せかい》を笑顔《えがお》にする会《かい》」が、だがしの文化《ぶんか》を守《まも》り、世界《せかい》に広《ひろ》めようと、おかしの神様《かみさま》といわれる田道間守公《たじまもりこう》の命日《めいにち》である三月十二日《さんがつじゅうににち》にちなんで、この日《ひ》を「だがしの日《ひ》」と定《さだ》めました。

この日《ひ》はほかにも…

★サイフの日《ひ》

三（サ）一（イ）二（フ）のゴロ合《あ》わせから。

90ページのこたえ　青《あお》カビ

おはなしクイズ　明治時代《めいじじだい》にだがし屋《や》さんを開《ひら》いていた作家《さっか》はだれ？

こたえはつぎのページ

新選組《しんせんぐみ》の前身《ぜんしん》
壬生浪士組《みぶろうしぐみ》が誕生《たんじょう》した日《ひ》

3月13日

歴史

読《よ》んだ日《ひ》にち（　　年　　月　　日）（　　年　　月　　日）（　　年　　月　　日）

「誠《まこと》」の文字《もじ》がかかれたはたに、あさぎ色《いろ》（緑《みどり》がかったうすいあい色《いろ》）の羽織《はおり》。京都《きょうと》では新選組《しんせんぐみ》にちなんだおみやげが売《う》られています。今《いま》でもファンの多《おお》い新選組《しんせんぐみ》とは、どんな人《ひと》たちだったのでしょうか。

江戸時代《えどじだい》にはきびしい身分制度《みぶんせいど》があり、剣術《けんじゅつ》が得意《とくい》でも農民《のうみん》の子《こ》は武士《ぶし》にはなれませんでした。

しかし一八六二年《ねん》、次《つぎ》の年《とし》に京都《きょうと》へ行《い》く将軍《しょうぐん》の警護《けいご》をする浪士《ろうし》（仕《つか》える主君《しゅくん》をもたない武士《ぶし》）の募集《ぼしゅう》がありました。身分《みぶん》や歳《とし》に関係《かんけい》なく応募《おうぼ》できるというのです。

のちに新選組局長《しんせんぐみきょくちょう》となる近藤勇《こんどういさみ》、「鬼《おに》の副長《ふくちょう》」とよばれた土方歳三《ひじかたとしぞう》、わかくして一番隊組長《いちばんたいくみちょう》として活《かつ》やくした沖田総司《おきたそうじ》など、うでに自信《じしん》のある者《もの》たちがこれに応募《おうぼ》します。彼《かれ》らの多《おお》くは、もとは農民《のうみん》でした。

江戸《えど》（今《いま》の東京《とうきょう》）に集《あつ》まった浪士《ろうし》たちは、京都《きょうと》に向《む》かいます。ところが京都《きょうと》に着《つ》くと、本当《ほんとう》の目的《もくてき》は尊王攘夷《そんのうじょうい》（天皇《てんのう》を尊《とうと》び、外国勢力《がいこくせいりょく》を追《お》いはらうこと）だといわれます。このころ、幕府《ばくふ》が外国《がいこく》に対《たい》して強《つよ》く出《で》ることができなかったため、政権《せいけん》を幕府《ばくふ》から天皇《てんのう》にもどそうという考《かんが》えをもつ人《ひと》が出《で》てきたのです。多《おお》くの浪士《ろうし》は、その目的《もくてき》に賛成《さんせい》し、江戸《えど》にもどります。近藤《こんどう》たち十数名《じゅうすうめい》は、将軍警護《しょうぐんけいご》のために京都《きょうと》にとどまることにしました。

そして、一八六三年《ねん》（文久三年《ぶんきゅうさんねん》）三月十三日《さんがつじゅうさんにち》、幕府《ばくふ》から京都守護職《きょうとしゅごしょく》という京都《きょうと》を守《まも》る役目《やくめ》をまかされていた松平容保《まつだいらかたもり》から「会津藩主《あいづはんしゅ》お預《あず》かり浪士《ろうし》」としてみとめられ、正式《せいしき》に幕府《ばくふ》のために働《はたら》くことができるようになったのです。新選組《しんせんぐみ》の前身《ぜんしん》である「壬生浪士組《みぶろうしぐみ》」の誕生《たんじょう》です。

「よし、幕府《ばくふ》のために戦《たたか》うぞ」

「京《きょう》の町《まち》はわれらが守《まも》るのだ！」

その後《ご》、「新選組《しんせんぐみ》」と名《な》を変《か》え、幕府《ばくふ》をたおそうとする尊王攘夷派《そんのうじょういは》や浪士《ろうし》たちなどを弾圧《だんあつ》し、活《かつ》やくしました。また、大政奉還《たいせいほうかん》（323ページ）のあとも、旧幕府軍《きゅうばくふぐん》に加《くわ》わり、最後《さいご》まで明治新政府《めいじしんせいふ》と戦《たたか》いました（163ページ）。

近藤《こんどう》は処刑《しょけい》され、土方《ひじかた》は戦死《せんし》、沖田《おきた》は病死《びょうし》しましたが、武士《ぶし》としてのこころざしを通《とお》しつづけた若者《わかもの》たちは、今《いま》でも人気《にんき》を集《あつ》めているのです。

この日《ひ》はほかにも…

★本州《ほんしゅう》と北海道《ほっかいどう》をむすぶ青函《せいかん》トンネルが開業《かいぎょう》した日《ひ》（一九八八年《ねん》）

91ページのこたえ
樋口一葉《ひぐちいちよう》

おはなしクイズ　新選組《しんせんぐみ》のはたにかかれている文字《もじ》は？　こたえはつぎのページ

3月14日

「三本《さんぼん》の矢《や》」の話《はなし》で有名《ゆうめい》な 毛利元就《もうりもとなり》の誕生日《たんじょうび》

日本《にほん》
1497～1571年《ねん》

読《よ》んだ日《ひ》にち（　年　月　日）（　年　月　日）（　年　月　日）

人物

毛利元就《もうりもとなり》は、戦国時代《せんごくじだい》に中国地方《ちゅうごくちほう》を治《おさ》めていた武将《ぶしょう》です。

元就《もとなり》は、一四九七年《ねん》（明応六年《めいおうろくねん》）三月十四日《さんがつじゅうよっか》、安芸国《あきのくに》（今《いま》の広島県《ひろしまけん》）の郡山城《こおりやまじょう》を治《おさ》める毛利弘元《もうりひろもと》の子《こ》として生《う》まれました。

そのころの中国地方《ちゅうごくちほう》は、周防国《すおうのくに》（今《いま》の山口県《やまぐちけん》）の大内氏《おおうちし》と、出雲国《いずものくに》（今《いま》の島根県《しまねけん》）の尼子氏《あまこし》が大《おお》きな勢力《せいりょく》をもち、弘元《ひろもと》が治《おさ》めている領地《りょうち》は小《ちい》さなものでした。

元就《もとなり》は長男《ちょうなん》ではありませんでしたが、あと取《と》りである兄《あに》やおいが亡《な》くなったため、二十七歳《にじゅうななさい》のときに領主《りょうしゅ》になります。

領主《りょうしゅ》になった元就《もとなり》は、次男《じなん》の元春《もとはる》を同《おな》じ安芸国《あきのくに》の吉川家《きっかわけ》の養子《ようし》に、三男《さんなん》の隆景《たかかげ》を瀬戸内海《せとないかい》に水軍《すいぐん》をもつ小早川家《こばやかわけ》の養子《ようし》にし、勢力《せいりょく》を広《ひろ》げました。

さらに、一五五七年《ねん》には大内氏《おおうちし》を、一五六六年《ねん》には尼子氏《あまこし》を追《お》いこみ、中国地方《ちゅうごくちほう》の広《ひろ》い範囲《はんい》を治《おさ》めるようになります。

元就《もとなり》は、一族《いちぞく》の結束《けっそく》をとても大切《たいせつ》にしていました。そんな元就《もとなり》の、「三本《さんぼん》の矢《や》」という話《はなし》が伝《つた》わっています。

ある日《ひ》、年老《としお》いた元就《もとなり》は毛利家《もうりけ》をついでいた長男《ちょうなん》の隆元《たかもと》と元春《もとはる》、隆景《たかかげ》をそばによび、矢《や》を一本《いっぽん》ずつわたして、

「これをおってみよ」

と、言《い》いました。

三人《さんにん》が言《い》われたとおりにすると、矢《や》はかんたんにおれてしまいました。すると今度《こんど》は、三本《さんぼん》の矢《や》をまとめてわたして、同《おな》じように、

「今度《こんど》は、これをおってみよ」

と、言《い》いました。

三人《さんにん》は、言《い》われたとおりにおろうとしましたが、今度《こんど》はなかなかおれません。それを見《み》た元就《もとなり》は、三人《さんにん》に言《い》いました。

「一本《いっぽん》の矢《や》はかんたんにおれるが、三本《さんぼん》いっしょにすると、なかなかおれない。おまえたち三人《さんにん》が、この矢《や》のようにいっしょになって力《ちから》を合《あ》わせれば、毛利家《もうりけ》は末永《すえなが》くつづくだろう」

子《こ》どもたちは元就《もとなり》の教《おし》えを守《まも》って協力《きょうりょく》し合《あ》います。毛利家《もうりけ》はその後《ご》、滅亡《めつぼう》の危機《きき》をのりこえ、明治時代《めいじじだい》まで活《かつ》やくしました。

この日《ひ》はほかにも…

★ドイツの物理学者《ぶつりがくしゃ》、アインシュタイン（207ページ）の誕生日《たんじょうび》（一八七九年《ねん》）

92ページのこたえ　誠《まこと》

おはなしクイズ　毛利元就《もうりもとなり》が子《こ》どもたちにおらせたのは何《なに》？

こたえはつぎのページ

3月15日

記念日

日本初《にほんはつ》のくつの工場《こうじょう》が開業《かいぎょう》した「靴《くつ》の記念日《きねんび》」

読《よ》んだ日《ひ》にち（　　年　　月　　日）（　　年　　月　　日）（　　年　　月　　日）

　日本《にほん》に西洋《せいよう》のくつが本格的《ほんかくてき》に入《はい》ってきたのは、江戸《えど》の終《お》わりから明治時代《めいじじだい》のころです。

　しかし、それよりずっとむかしから、日本《にほん》にくつそのものはありました。それは、弥生時代《やよいじだい》に中国《ちゅうごく》から伝《つた》わったものです。以降《いこう》、貴《き》族《ぞく》や豪族《ごうぞく》などが木《き》や革《かわ》でできたくつをはくようになったといわれています。その後《ご》、ぞうりや下駄《げた》も同《おな》じく中国《ちゅうごく》からやってきます。

　といっても、そうしたはきものをはいていたのは一部《いちぶ》の人《ひと》たちだけで、長《なが》い間《あいだ》、多《おお》くの人《ひと》びとは、はだしですごしていました。

　江戸時代《えどじだい》になり、人《ひと》びとのくらしが少《すこ》しゆたかになってくると、ようやくぞうりや下駄《げた》などのはきものが広《ひろ》まっていきます。

　そして、日本人《にほんじん》のくらしが西洋《せいよう》風《ふう》になると、はきものはぞうりや下駄《げた》から、西洋風《せいようふう》のくつに変化《へんか》していきました。

　ところが、そのころの日本《にほん》にはくつをつくる工場《こうじょう》がなかったので、外国《がいこく》から輸入《ゆにゅう》したくつをはくしかありませんでしたが、外国産《がいこくさん》のくつは日本人《にほんじん》の足《あし》には合《あ》わなかったのです。

　そこで、一八七〇年《ねん》三月《さんがつ》十五《じゅうご》日《にち》、東京《とうきょう》の築地入船町《つきじいりふねちょう》に日本初《にほんはつ》の西洋《せいよう》ぐつの工場《こうじょう》「伊勢勝造靴場《いせかつぞうかじょう》」が開業《かいぎょう》しました。

　これにちなんで、この日《ひ》は「靴《くつ》の記念日《きねんび》」とされています。

　日本《にほん》で最初《さいしょ》につくられたくつは、軍隊《ぐんたい》のためのものでしたが、だんだんとおしゃれなくつや、日《に》常生活《じょうせいかつ》で歩《ある》きやすいくつなどがつくられていきます。

　今《いま》の日本《にほん》では、ほとんどの人《ひと》がくつをはいて歩《ある》いていますが、下《げ》駄《た》やぞうりがなくなったわけではありません。和服《わふく》を着《き》た人《ひと》は下駄《げた》やぞうりをはくのがふつうです。また、洋服《ようふく》を着《き》ていても、下駄《げた》やぞうりを好《この》んではく人《ひと》もいるのです。

この日《ひ》はほかにも…

★日本初《にほんはつ》の万国博覧会《ばんこくはくらんかい》「日本万国博覧会《にほんばんこくはくらんかい》（大阪万博《おおさかばんぱく》、76ページ）」が開幕《かいまく》した日《ひ》（一九七〇年《ねん》）

★世界消費者権利《せかいしょうひしゃけんり》デー

アメリカのジョン・F《エフ》・ケネディ大統領《だいとうりょう》（174ページ）が、一九六二年《ねん》に「消費者《しょうひしゃ》の権利《けんり》」を発表《はっぴょう》したことに由来《ゆらい》。国際消費者機構《こくさいしょうひしゃきこう》が一九八三年《ねん》より実施《じっし》。

93ページのこたえ　矢《や》

おはなしクイズ　中国《ちゅうごく》から日本《にほん》にくつが伝《つた》わったのはいつの時代《じだい》？

こたえはつぎのページ

3月16日 日本《にほん》初《はつ》の国立公園《こくりつこうえん》ができた日《ひ》

読《よ》んだ日《ひ》にち（　　年　　月　　日）（　　年　　月　　日）（　　年　　月　　日）

はじめて

国立公園《こくりつこうえん》とは、国《くに》が自然環境《しぜんかんきょう》を守《まも》るために規制《きせい》をかけ、利用《りよう》を進《すす》めるために管理《かんり》を行《おこな》っている自然《しぜん》公園《こうえん》のことです。日本《にほん》にもたくさんの国立公園《こくりつこうえん》があり、そこでは日《に》本《ほん》を代表《だいひょう》するすばらしい自然《しぜん》の風《ふう》景《けい》を楽《たの》しむことができます。

世界初《せかいはつ》の国立公園《こくりつこうえん》は、一八七二年《ねん》にアメリカで誕生《たんじょう》したイエローストーン国立公園《こくりつこうえん》です。この公園《こうえん》には渓谷《けいこく》や温泉《おんせん》があり、グリズリーやバイソンなどの野生動物《やせいどうぶつ》がくらしています。その後《ご》、オーストラリアやカナダにもつくられ、自然《しぜん》を味《あじ》わえる観光地《かんこうち》として人気《にんき》をよぶようになりました。

そして、アメリカの取《と》り組《く》みを参考《さんこう》に、日本《にほん》でも国立公園設立《こくりつこうえんせつりつ》に向《む》けて調査《ちょうさ》が始《はじ》まります。一九三一年《ねん》に国立公園法《こくりつこうえんほう》ができ、一九三四年三月十六日《ねんさんがつじゅうろくにち》に、瀬戸内海《せとないかい》、雲《うん》仙《ぜん》、霧島《きりしま》の三《さん》か所《しょ》が日本初《にほんはつ》の国立《こくりつ》公園《こうえん》に指定《してい》されました。

国立公園《こくりつこうえん》は環境大臣《かんきょうだいじん》によって指《し》定《てい》されます。指定《してい》の条件《じょうけん》の中《なか》には、日本《にほん》を代表《だいひょう》する風景地《ふうけいち》であること、景観《けいかん》が雄大《ゆうだい》で三万《さんまん》ヘクタール（海岸《かいがん》の場合《ばあい》は一万《いちまん》ヘクタール）以上《いじょう》の面積《めんせき》があること、開発《かいはつ》が進《すす》んでいない生態系《せいたいけい》があることなどがあります。また、国立公園《こくりつこうえん》の設置《せっち》のねらいの一《ひと》つは、外国人《がいこくじん》観光客《かんこうきゃく》をよびこむことでした。今《いま》も、国内外《こくないがい》の人《ひと》びとにすばらしい自然環境《しぜんかんきょう》を楽《たの》しんでもらうために取《と》り組《く》みが行《おこな》われています。

雲仙《うんぜん》

写真提供:photolibrary

霧島《きりしま》

写真提供:永友武治

瀬戸内海《せとないかい》

写真提供:環境省中国四国地方環境事務所

自然公園《しぜんこうえん》といっても、人《ひと》の手《て》がまったく加《くわ》わらないわけではありません。自然《しぜん》をより楽《たの》しむために遊歩道《ゆうほどう》やキャンプ場《じょう》、展望台《てんぼうだい》などの施設《しせつ》をつくることもあります。また、これらの自然環境《しぜんかんきょう》を守《まも》るために、国立公園《こくりつこうえん》では環境省《かんきょうしょう》の自然《しぜん》保護官《ほごかん》をはじめ、地域《ちいき》の人《ひと》びとやボランティアなどが活《かつ》やくしています。

二〇一七年三月《ねんさんがつ》に奄美群島《あまみぐんとう》が仲《なか》間入《まい》りし、日本《にほん》の国立公園《こくりつこうえん》は三十《さんじゅう》四《よん》か所《しょ》になりました。

この日《ひ》はほかにも…

★アメリカの学者《がくしゃ》、ロバート・ゴダードが開発《かいはつ》した、液体燃料《えきたいねんりょう》ロケットがマサチューセッツ州上空《しゅうじょうくう》を飛《と》んだ日《ひ》（一九二六年《ねん》）

94ページのこたえ　弥生時代《やよいじだい》

おはなしクイズ　国立公園《こくりつこうえん》を指定《してい》するのはだれ？　こたえはつぎのページ

「自《じ》動《どう》車《しゃ》の父《ちち》」とよばれた ダイムラーが生《う》まれた日《ひ》

ドイツ
1834～1900年《ねん》

3月17日

人物

読《よ》んだ日《ひ》にち（　　年　　月　　日）（　　年　　月　　日）（　　年　　月　　日）

十八世紀以降《じゅうはっせいきいこう》のヨーロッパでは、蒸気機関《じょうききかん》による鉄道《てつどう》や船《ふね》、飛《ひ》行船《こうせん》が行《い》き交《か》うようになりました。また、フランスのジョゼフ・キュニョーが、世界《せかい》ではじめての蒸気自動車《じょうきじどうしゃ》を開発《かいはつ》しましたが、そのスピードはまだまだおそいものでした。

一八七六年《ねん》には、ドイツのニコラス・アウグスト・オットーが、ガスによるエンジンの開発《かいはつ》に成功《せいこう》します。この工場《こうじょう》で働《はたら》いていたのが、のちに「自動車《じどうしゃ》の父《ちち》」とよばれるゴットリープ・ヴィルヘルム・ダイムラーでした。ダイムラーは、一八三四年三月十七日《ねんさんがつじゅうしちにち》にドイツの食料品店《しょくりょうひんてん》の子《こ》どもとして生《う》まれました。一八五七年《ねん》に工芸《こうげい》学校《がっこう》に入学《にゅうがく》し、卒業後《そつぎょうご》は、機械工《きかいこう》場《じょう》などでうでをみがいて、オットーの工場《こうじょう》で働《はたら》くようになりました。

ダイムラーは、オットーのエンジンよりもさらに効率《こうりつ》がよく、小《ち》さくて軽《かる》いエンジンの発明《はつめい》を目指《めざ》して、研究《けんきゅう》を始《はじ》めます。燃料《ねんりょう》として使《つか》ったのはガソリンでした。そして一八八五年《ねん》に、ガソリンエンジンをつんだ二輪車《にりんしゃ》をつくりました。翌年《よくねん》には四輪自動車《よんりんじどうしゃ》を走《はし》らせます。

ダイムラーの四輪自動車《よんりんじどうしゃ》

同《おな》じころ、やはりドイツでガソリンエンジンの研究《けんきゅう》をしていたのが、カール・ベンツでした。彼《かれ》はダイムラーと同《おな》じ一八八五年《ねん》、ガソリンエンジンつきの三輪自動車《さんりんじどうしゃ》の試運転《しうんてん》に成功《せいこう》します。

二人《ふたり》はそれぞれ、一八八九年《ねん》にフランスのパリで開《ひら》かれた万国博《ばんこくはく》覧会《らんかい》に自動車《じどうしゃ》を出品《しゅっぴん》しました。しかし、当時《とうじ》は馬車《ばしゃ》にのる人《ひと》のほうが多《おお》く、自動車《じどうしゃ》への関心《かんしん》はあまり高《たか》くありませんでした。

ところが、一八九四年《ねん》に開《ひら》かれた自動車《じどうしゃ》レースが注目《ちゅうもく》をあびます。そのレースで二人《ふたり》のガソリン自動車《じどうしゃ》は蒸気自動車《じょうきじどうしゃ》をおさえ、ダイムラーが一位《いちい》、ベンツが二位《にい》になったのです。

二人《ふたり》がつくった会社《かいしゃ》は合併《がっぺい》し、一九二六年《ねん》に「ダイムラー・ベンツ社《しゃ》」となりました。この会社《かいしゃ》は、世界的《せかいてき》に有名《ゆうめい》な自動車《じどうしゃ》ブランド「メルセデス・ベンツ」をうみ出《だ》します。

彼《かれ》らの開発《かいはつ》したガソリンエンジンにより、自動車《じどうしゃ》はわたしたちに身近《みぢか》なのりものとなったのです。

この日《ひ》はほかにも…

★国際科学技術博覧会《こくさいかがくぎじゅつはくらんかい》が開幕《かいまく》した日《ひ》（一九八五年《ねん》）

95ページのこたえ
環境大臣《かんきょうだいじん》

おはなしクイズ ダイムラーとベンツが万国博覧会《ばんこくはくらんかい》に自動車《じどうしゃ》を出品《しゅっぴん》したのは何年《なんねん》？ こたえはつぎのページ

3月18日

東京《とうきょう》スカイツリー®が世界一《せかいいち》の六百三十四《ろっぴゃくさんじゅうよん》メートルに達《たっ》した日《ひ》

読《よ》んだ日《ひ》にち（　　年　　月　　日）（　　年　　月　　日）（　　年　　月　　日）

歴史

東京《とうきょう》スカイツリー®の高《たか》さは六《ろっ》百三十四《ぴゃくさんじゅうよん》メートル。東京《とうきょう》のむかしの名前《なまえ》が武蔵国《むさしのくに》であることから、「六（む）三（さ）四（し）」のゴロ合《あ》わせで決《き》められました。電波《でんぱ》を高層《こうそう》ビルにじゃまされずにとどけるために、高《たか》い電波塔《でんぱとう》が必要《ひつよう》となり、この塔《とう》の建設《けんせつ》が計画《けいかく》されたのです。

二〇〇八年七月《ねんしちがつ》につくられ始《はじ》めた塔《とう》は、二〇一一年三月十八日《ねんさんがつじゅうはちにち》に六百三十四《ろっぴゃくさんじゅうよん》メートルに達《たっ》しました。そして、二〇一二年二月《ねんにがつ》に完《かん》成《せい》し、その年《とし》の五月《ごがつ》にオープンとなりました。

使《つか》った鉄骨《てっこつ》のパーツは約三万七《やくさんまんなな》千個《せんこ》といわれ、重《おも》さは地上《ちじょう》に出《で》ている鉄《てつ》の部分《ぶぶん》だけでも約三万六千《やくさんまんろくせん》トンもあります。地震《じしん》や台風《たいふう》などの災害時《さいがいじ》も安全《あんぜん》であるようにさまざまな工夫《くふう》がこらされています。

自立式《じりつしき》の鉄塔《てっとう》としての高《たか》さは、二〇一七年現在《ねんげんざい》で世界一《せかいいち》です。人《じん》工《こう》の建造物《けんぞうぶつ》としては、二〇一〇年《ねん》に完成《かんせい》したアラブ首長国連邦《しゅちょうこくれんぽう》の都《と》市《し》、ドバイにある八百二十八《はっぴゃくにじゅうはち》メートルの超高層《ちょうこうそう》ビル、ブルジュ・ハリファの次《つぎ》で、世界《せかい》で二番目《にばんめ》です。

© TOKYO−SKYTREE

場所《ばしょ》は、東京都墨田区《とうきょうとすみだく》の押上《おしあげ》・業平橋《なりひらばし》エリアで、水族館《すいぞくかん》やプラネタリウムをふくむ観光施設《かんこうしせつ》は「東《とう》京《きょう》スカイツリータウン®」とよばれています。高《たか》さ三百五十《さんびゃくごじゅう》メートルにある天望《てんぼう》デッキへは高速《こうそく》エレベーターで約五十秒《やくごじゅうびょう》。高《たか》さ四百五《よんひゃくご》十《じゅう》メートルにある天望回廊《てんぼうかいろう》は、長《なが》さ約百十《やくひゃくじゅう》メートルのガラス張《ば》りのスロープで三百六十度《さんびゃくろくじゅうど》のパノラマが楽《たの》しめます。最《もっと》も高《たか》い地点《ちてん》はソラカラポイントとよばれ、四百五《よんひゃくご》十一《じゅういち》・二《に》メートルです。

この日《ひ》はほかにも…

★点字《てんじ》ブロックの日《ひ》

目《め》が不自由《ふじゆう》な人《ひと》が安全《あんぜん》に歩《ある》けるように、地面《じめん》にうめこまれた点字《てんじ》ブロックが岡山県《おかやまけん》に世界《せかい》ではじめて設置《せっち》されたことから（一九六七年《ねん》）。

96ページのこたえ　一八八九年《ねん》

おはなしクイズ　東京《とうきょう》スカイツリー®の天望回廊《てんぼうかいろう》の高《たか》さは？　こたえはつぎのページ

アフリカ人《じん》の力《ちから》になろうと活《かつ》やくした リヴィングストンの誕生日《たんじょうび》

イギリス
1813～1873年《ねん》

読《よ》んだ日《ひ》にち（　年　月　日）（　年　月　日）（　年　月　日）

デイヴィッド・リヴィングストンは、一八一三年三月十九日《ねんさんがつじゅうくにち》に、スコットランド（イギリス北部《ほくぶ》）で生《う》まれました。家《いえ》がまずしかったため、リヴィングストンは十歳《じっさい》から糸《いと》をつむぐ工場《こうじょう》で働《はたら》き、夜《よる》は学校《がっこう》に通《かよ》って勉強《べんきょう》しました。

そんなあるとき、キリスト教《きょう》を広《ひろ》める宣教師《せんきょうし》の「不幸《ふこう》な人《ひと》がいる地《ち》にキリスト教《きょう》を広《ひろ》めてもらいたい。病気《びょうき》で苦《くる》しむ人《ひと》を助《たす》けてほしい」という言葉《ことば》に心《こころ》を動《うご》かされ、「ぼくも力《ちから》になりたい」と思《おも》うようになります。

リヴィングストンは働《はたら》きながら勉強《べんきょう》しつづけました。そしてグラスゴー大学《だいがく》で神学《しんがく》を学《まな》び、医者《いしゃ》になる資格《しかく》も取《と》りました。アフリカに病気《びょうき》で苦《くる》しんでいる人《ひと》がたくさんいるときき、二十七歳《にじゅうななさい》のときに船《ふね》でアフリカにわたります。キリスト教《きょう》を伝《つた》える伝道所《でんどうしょ》に着《つ》くと、現地《げんち》の言葉《ことば》をおぼえて、病気《びょうき》の人《ひと》びとの手当《てあ》てをしました。そこから、さらにヨーロッパの人《ひと》びとが足《あし》をふみ入《い》れたことのない地《ち》を探検《たんけん》するようになり、ヨーロッパでは知《し》られていなかった「ヌガミ湖《こ》」をおとずれ、巨大《きょだい》な滝《たき》を見《み》つけて「ヴィクトリアの滝《たき》」と名《な》づけました。

また、奴隷商人《どれいしょうにん》につれていかれそうなアフリカの人《ひと》びとを守《まも》るため、商人《しょうにん》たちと戦《たたか》ったりもしました。いつしか、リヴィングストンはアフリカで「父《ちち》」としたわれ、イギリスでは探検家《たんけんか》として有名《ゆうめい》になっていました。

ところが、リヴィングストンがナイル川《がわ》の水源《すいげん》をさがす探検《たんけん》で「死《し》んだ」といううわさがヨーロッパ中《じゅう》に広《ひろ》まりました。それをたしかめるため、アメリカの新聞《しんぶん》記者《きしゃ》のヘンリー・モートン・スタンリーがアフリカへ行《い》き、やせて弱《よわ》ったリヴィングストンと出会《であ》います。スタンリーはリヴィングストンをイギリスにつれて帰《かえ》りたかったのですが、ことわられました。

一八七三年《ねん》、リヴィングストンは六十歳《ろくじっさい》で亡《な》くなりましたが、スタンリーがあとをつぎ、ナイル川《がわ》の水源《すいげん》を発見《はっけん》しました。

この日《ひ》はほかにも…

★ミュージックの日《ひ》
三一九をミュージックと読《よ》ませるゴロ合《あ》わせから。

97ページのこたえ
四百五十《よんひゃくごじゅう》メートル

おはなしクイズ　リヴィングストンをアフリカまでさがしに来《き》た新聞《しんぶん》記者《きしゃ》の名前《なまえ》は？　こたえはつぎのページ

3月20日

故郷《こきょう》ロシアを思《おも》いつづけた ラフマニノフの誕生日《たんじょうび》

ロシア
1873～1943年《ねん》

読《よ》んだ日《ひ》にち（　　年　　月　　日）（　　年　　月　　日）（　　年　　月　　日）

人物

セルゲイ・ラフマニノフは、ユリウス暦《れき》一八七三年《ねん》三月《さんがつ》二十日《はつか》にロシアで生《う》まれました。おさないころから音楽《おんがく》の才能《さいのう》があったラフマニノフは、ペテルブルク音楽院《おんがくいん》に入学《にゅうがく》しますが、授業《じゅぎょう》をさぼってばかりで、十二歳《じゅうにさい》のとき退学《たいがく》を言《い》いわたされます。しかし、いとこのピアニストから、

「きみには才能《さいのう》がある。すぐに紹介状《しょうかいじょう》をかいてあげよう」

と言《い》われ、モスクワ音楽院《おんがくいん》に転校《てんこう》し、ピアノを学《まな》びます。

「ピョートル・チャイコフスキーのような作品《さくひん》をかく作曲家《さっきょくか》になりたい」という目標《もくひょう》を見《み》つけ、卒業《そつぎょう》制作《せいさく》でかいたオペラ「アレコ」や、その後《ご》のピアノ三重奏曲《さんじゅうそうきょく》は大《たい》変好評《へんこうひょう》でしたが、一八九七年《ねん》に初《しょ》演《えん》した交響曲《こうきょうきょく》が酷評《こくひょう》され、大《おお》きなショックを受《う》けます。

「自分《じぶん》は作曲家《さっきょくか》には向《む》いていない」と思《おも》ったラフマニノフは指揮《しき》者《しゃ》の仕事《しごと》を始《はじ》めますが、心《こころ》を病《や》んでしまいました。そんな彼《かれ》を救《すく》ったのが、親友《しんゆう》でオペラ歌手《かしゅ》のフョードル・シャリアピンでした。

「気《き》にするな、ラフマニノフ。気《き》分転換《ぶんてんかん》に旅行《りょこう》に行《い》かないか」

そうしたシャリアピンのやさしさによって元気《げんき》になったラフマニノフは、愛《あい》する妻《つま》ナターリアにささげた「十二《じゅうに》の歌曲集《かきょくしゅう》」や「交響《こうきょう》曲第二番《きょくだいにばん》」などで作曲家《さっきょくか》としての地位《ちい》を取《と》りもどし、ピアニストとしても有名《ゆうめい》になりました。しかし、四十四歳《よんじゅうよんさい》のときに起《お》こったロシア革命《かくめい》が運命《うんめい》を変《か》えます。

「安全《あんぜん》にくらせる国《くに》へ行《い》こう」

と考《かんが》え、家族《かぞく》とともにアメリカにわたったラフマニノフは、有名《ゆうめい》なピアニストになりますが、作曲《さっきょく》数《すう》はへっていきます。その理由《りゆう》をラフマニノフは友人《ゆうじん》にこう語《かた》っています。

「どうやって作曲《さっきょく》すればいいんだ。ライ麦畑《むぎばたけ》やシラカバ林《ばやし》のささやきは、ここにはない」

ラフマニノフは、故郷《こきょう》ロシアを思《おも》いながら演奏《えんそう》をつづけ、六十九《ろくじゅうきゅう》歳《さい》のとき、アメリカのカリフォルニアで亡《な》くなりました。

「わたしのいとしい手《て》よ。もう、さよならだ」

それが、最後《さいご》の言葉《ことば》だったといわれています。

この日《ひ》はほかにも…

★地下鉄《ちかてつ》サリン事件《じけん》が起《お》こった日《ひ》（一九九五年《ねん》）

98ページのこたえ
ヘンリー・モートン・スタンリー

おはなしクイズ　ラフマニノフはどこの国《くに》で亡《な》くなった？

こたえはつぎのページ

昼《ひる》と夜《よる》の長《なが》さがほぼ同《おな》じになる「春分《しゅんぶん》の日《ひ》」

3月21日

読《よ》んだ日《ひ》にち（　　年　　月　　日）（　　年　　月　　日）（　　年　　月　　日）

1日 行事

みなさんは、冬《ふゆ》は昼《ひる》が短《みじか》く、夏《なつ》は昼《ひる》が長《なが》くなることを知《し》っていますか。

これは、地球《ちきゅう》が少《すこ》しかたむいた状態《じょうたい》で自転《じてん》（北極点《ほっきょくてん》と南極点《なんきょくてん》を中心《ちゅうしん》に一日一回《いちにちいっかい》まわること）しながら、太陽《たいよう》のまわりをまわっているために起《お》こる現象《げんしょう》です。地軸《ちじく》（地球《ちきゅう》が自転《じてん》するときの軸《じく》）が太陽《たいよう》のほうにかたむいている時期《じき》（夏《なつ》）は、日本《にほん》のある北半球《きたはんきゅう》に光《ひかり》が当《あ》たる時間《じかん》が長《なが》くなり、反対側《はんたいがわ》にかたむいている時期《じき》（冬《ふゆ》）は、光《ひかり》が当《あ》たる時間《じかん》が短《みじか》くなるため、昼《ひる》の長《なが》さが短《みじか》くなるのです。

「春分《しゅんぶん》の日《ひ》」は、毎年三月二十一《まいとしさんがつにじゅういち》日《にち》ごろで、昼《ひる》と夜《よる》の長《なが》さがほぼ同《おな》じになる日《ひ》です。この日《ひ》をさかいに、だんだんと昼《ひる》の時間《じかん》が長《なが》くなっていき、あたたかい日《ひ》がつづくようになります。日本《にほん》では、この日《ひ》を「自然《しぜん》をたたえ、生物《せいぶつ》をいつくしむ日《ひ》」として国民《こくみん》の祝日《しゅくじつ》としています。ちなみに、昼《ひる》と夜《よる》がほぼ同《おな》じになる日《ひ》は、一年《いちねん》にもう一度《いちど》あります。こちらは「秋分《しゅうぶん》の日《ひ》」といい、毎年九月二十三日《まいとしくがつにじゅうさんにち》ごろで、この日《ひ》から昼《ひる》がだんだん短《みじか》くなっていきます。

春分《しゅんぶん》の日《ひ》と秋分《しゅうぶん》の日《ひ》がいつなのかは、毎年国立天文台《まいとしこくりつてんもんだい》がつくる「暦象年表《れきしょうねんぴょう》」にもとづいて決定《けってい》されます。このように天文学《てんもんがく》によって祝日《しゅくじつ》が決《き》まるのは、世界的《せかいてき》にも、めずらしいことです。

春分《しゅんぶん》の日《ひ》と秋分《しゅうぶん》の日《ひ》は、太陽《たいよう》は真東《まひがし》からのぼり、真西《まにし》にしずみます。仏教《ぶっきょう》では、ご先祖様《せんぞさま》のいる極楽《ごくらく》は西《にし》にあるとされ、この時期《じき》は極楽《ごくらく》のご先祖様《せんぞさま》と交流《こうりゅう》することができると考《かんが》えられています。そのため、春分《しゅんぶん》の日《ひ》と秋分《しゅうぶん》の日《ひ》をはさんで前後三日《ぜんごみっか》ずつの合計七日間《ごうけいなのかかん》を、それぞれ「春《はる》の彼岸《ひがん》」「秋《あき》の彼岸《ひがん》」といい、仏《ぶつ》だんにお供《そな》えをしたり、お墓参《はかまい》りをしたりして、ご先祖様《せんぞさま》を供養《くよう》するようになりました。

彼岸《ひがん》のお供《そな》えといえば「おはぎ」と「ぼたもち」ですが、これは邪気《じゃき》をはらう「赤《あか》い色《いろ》」の小豆《あずき》と、祝《いわ》いごとにかかせないもち米《ごめ》を組《く》み合《あ》わせたもの。名前《なまえ》はちがいますが、どちらも同《おな》じもので、春《はる》は牡丹《ぼたん》の花《はな》にちなんで「ぼたもち」、秋《あき》は萩《はぎ》の花《はな》にちなんで「おはぎ」と、よび方《かた》が変《か》わります。

この日《ひ》はほかにも…

★ドイツの作曲家《さっきょくか》、バッハ（239ページ）の誕生日《たんじょうび》（一六八五年《ねん》）

99ページのこたえ
アメリカ

おはなしクイズ　春分《しゅんぶん》の日《ひ》をはさんで前後《ぜんご》３日《みっか》の合計《ごうけい》７日間《なのかかん》を何《なん》という？

こたえはつぎのページ

3月22日

童話《どうわ》「ごんぎつね」の作者《さくしゃ》 新美南吉《にいみなんきち》が亡《な》くなった日《ひ》

日本《にほん》
1913〜1943年《ねん》

読《よ》んだ日《ひ》にち（　年　月　日）（　年　月　日）（　年　月　日）

人物

「ごんぎつね」は、いたずらのつぐないにやってきたきつねをかんちがいがもとで、男性《だんせい》が鉄砲《てっぽう》で撃《う》ってしまう悲《かな》しい物語《ものがたり》です。

この童話《どうわ》をかいた新美南吉《にいみなんきち》は一九一三年七月三十日《ねんしちがつさんじゅうにち》、愛知県半田《あいちけんはんだ》町《ちょう》（今《いま》の愛知県半田市《あいちけんはんだし》）で生《う》まれました。本名《ほんみょう》は正八《しょうはち》です。正八《しょうはち》は、四歳《よんさい》で母《はは》を亡《な》くし、八歳《はっさい》のときに母親《ははおや》の実家《じっか》の新美家《にいみけ》に養子《ようし》に出《だ》されます。新美家《にいみけ》はあと取《と》りがほしかったのです。しかし、正八《しょうはち》は祖母《そぼ》になつかず、父親《ちちおや》のもとに帰《かえ》ることになりました。その後《ご》、正八《しょうはち》は小学校《しょうがっこう》を卒業《そつぎょう》し、中学校《ちゅうがっこう》に入学《にゅうがく》します。

最初《さいしょ》、「貧乏人《びんぼうにん》は中学校《ちゅうがっこう》なんて行《い》かんでいい」と父親《ちちおや》は反対《はんたい》しました。そのころの中学校《ちゅうがっこう》は五年制《ごねんせい》で義務教育《ぎむきょういく》ではなかったのです。しかし、小学校《しょうがっこう》の先生《せんせい》の説得《せっとく》で、正八《しょうはち》は中学校《ちゅうがっこう》に進《すす》むことができました。中学時代《ちゅうがくじだい》はたくさんの童話《どうわ》や詩《し》を雑誌《ざっし》に投稿《とうこう》したり、仲間《なかま》と同人誌《どうじんし》をつくったりして、創作活動《そうさくかつどう》にはげみました。

中学校《ちゅうがっこう》を卒業《そつぎょう》して小学校《しょうがっこう》の教員《きょういん》になってからも正八《しょうはち》は作品《さくひん》をかき、それを子《こ》どもたちに読《よ》んできかせていました。そして、北原白秋《きたはらはくしゅう》（40ページ）と鈴木三重吉《すずきみえきち》が選者《せんじゃ》をつとめる童話童謡雑誌《どうわどうようざっし》『赤《あか》い鳥《とり》』（212ページ）に作品《さくひん》が掲載《けいさい》されたのをきっかけに、「新美南吉《にいみなんきち》」というペンネームで紹介《しょうかい》されるようになりました。「ごんぎつね」をかいたのもこのころです。

十八歳《じゅうはっさい》になった南吉《なんきち》は上京《じょうきょう》し、東京外国語学校《とうきょうがいこくごがっこう》（今《いま》の東京外国語大学《とうきょうがいこくごだいがく》）に入学《にゅうがく》します。白秋《はくしゅう》のもとで文学修業《ぶんがくしゅぎょう》をつづけますが、結核《けっかく》にかかり、卒業後《そつぎょうご》は故郷《こきょう》に帰《かえ》りました。一九三八年《ねん》、二十四歳《にじゅうよんさい》で女学校《じょがっこう》の教師《きょうし》になった南吉《なんきち》は、英語《えいご》や国語《こくご》を教《おし》えるかたわら、次《つぎ》つぎに作品《さくひん》を発表《はっぴょう》します。

南吉《なんきち》のはじめての単行本《たんこうぼん》『良寛物語《りょうかんものがたり》　手毬《てまり》と鉢《はち》の子《こ》』が出版《しゅっぱん》されたのは、一九四一年《ねん》でした。翌年《よくねん》には、童話集《どうわしゅう》『おぢいさんのランプ』も出版《しゅっぱん》されました。これらの原稿《げんこう》は、教《おし》え子《ご》が清書《せいしょ》をしてくれたのです。

南吉《なんきち》はその後《ご》、病気《びょうき》が重《おも》くなりますが最期《さいご》までお話《はなし》をかきつづけ、一九四三年三月二十二日《ねんさんがつにじゅうににち》、二十九歳《にじゅうきゅうさい》で亡《な》くなりました。二〇一七年現在《ねんげんざい》、「ごんぎつね」は小学校四年生《しょうがっこうよねんせい》のすべての教科書《きょうかしょ》に採用《さいよう》されています。

この日《ひ》はほかにも…

★ドイツの文学者《ぶんがくしゃ》、ゲーテ（271ページ）が亡《な》くなった日《ひ》（一八三二年《ねん》）

100ページのこたえ
春《はる》の彼岸《ひがん》

おはなしクイズ　小学校《しょうがっこう》の教科書《きょうかしょ》にも採用《さいよう》されている新美南吉《にいみなんきち》の童話《どうわ》は？　こたえはつぎのページ

気象《きしょう》について考《かんが》える
「世界気象《せかいきしょう》デー」

3月23日

読《よ》んだ日《ひ》にち（　　年　　月　　日）（　　年　　月　　日）（　　年　　月　　日）

記念日

雨《あめ》や風《かぜ》、雷《かみなり》など大気中《たいきちゅう》のさまざまな現象《げんしょう》を「気象《きしょう》」といいます。この気象《きしょう》の変化《へんか》は、わたしたちの生活《せいかつ》に大《おお》きな影響《えいきょう》をおよぼしています。

気象学《きしょうがく》は十九世紀《じゅうきゅうせいき》ごろから研究《けんきゅう》が進《すす》みます。また、それ以前《いぜん》の古《こ》代《だい》ギリシャの時代《じだい》から哲学者《てつがくしゃ》たちは天気《てんき》の仕組《しく》みを理解《りかい》しようと調《しら》べていました。そして、一八二〇年《ねん》にはドイツで天気図《てんきず》がつくられ、これが天気予報《てんきよほう》の出発点《しゅっぱつてん》になりました。各地《かくち》の気象《きしょう》を観測《かんそく》して、その結果《けっか》を集《あつ》め、地図《ちず》の上《うえ》にかきこんで広《ひろ》い範囲《はんい》の天気《てんき》の状況《じょうきょう》を見《み》るのです。低気圧《ていきあつ》や高気圧《こうきあつ》などについても明《あき》らかになりました。気圧《きあつ》を知《し》ることで、天気《てんき》がよくなるのか、悪《わる》くなるのかがわかるのです。

第二次世界大戦後《だいにじせかいたいせんご》は、レーダーや気象衛星《きしょうえいせい》が開発《かいはつ》され、さらに広《ひろ》い範囲《はんい》の気象観測《きしょうかんそく》ができるようになりました。また、コンピュータができたことで、気圧配置《きあつはいち》を予想《よそう》することもできるようになったのです。

日本《にほん》の気象観測《きしょうかんそく》の最《もっと》も古《ふる》い記録《きろく》は江戸時代後期《えどじだいこうき》のもので、気温《きおん》や気圧《きあつ》が記《しる》されています。本格的《ほんかくてき》な気象観測《きしょうかんそく》ができるようになったのは、一八七五年《ねん》に東京気象台《とうきょうきしょうだい》ができてからです。今《いま》は気象庁《きしょうちょう》に変《か》わり、各地《かくち》に観測所《かんそくじょ》をもち、天気予《てんきよ》報《ほう》や地震《じしん》の観測《かんそく》を行《おこな》っています。

気象庁《きしょうちょう》が開発《かいはつ》したアメダスという気象《きしょう》を観測《かんそく》するシステムや気象《きしょう》衛星《えいせい》「ひまわり」などを使《つか》って、地上《ちじょう》や海上《かいじょう》、大気中《たいきちゅう》、そして宇宙《うちゅう》空間《くうかん》も観測《かんそく》し、かなり正確《せいかく》な予報《よほう》ができるようになりました。

気象学《きしょうがく》は航空《こうくう》や航海《こうかい》、農業《のうぎょう》などにも関係《かんけい》します。また、科学《かがく》が発《はっ》達《たつ》したため、世界各地《せかいかくち》で発生《はっせい》する台風《たいふう》（301ページ）やたつまき、洪《こう》水《ずい》などの異常気象《いじょうきしょう》をすばやく知《し》ることもできます。そのためには世《せ》界《かい》の国《くに》ぐにが協力《きょうりょく》しなければなりません。

そこで、一九五〇年三月二十三《ねんさんがつにじゅうさん》日《にち》、世界気象機関《せかいきしょうきかん》（ＷＭＯ《ダブリューエムオー》）が国《こく》際連合《さいれんごう》（333ページ）の専門機関《せんもんきかん》として発足《ほっそく》したのです。これを記念《きねん》して、一九六〇年《ねん》にこの日《ひ》が「世《せ》界気象《かいきしょう》デー」と定《さだ》められました。

この日《ひ》はほかにも…

★昭和《しょうわ》・平成時代《へいせいじだい》の映画監督《えいがかんとく》、黒澤《くろさわ》明《あきら》（285ページ）の誕生日《たんじょうび》（一九一〇年《ねん》）

★『赤《あか》と黒《くろ》』をかいたフランスの小《しょう》説家《せっか》、スタンダール（本名《ほんみょう》、マリー・アンリ・ベール）の命日《めいにち》（一八四二年《ねん》）

101ページのこたえ
「ごんぎつね」

おはなしクイズ　東京気象台《とうきょうきしょうだい》は何年《なんねん》につくられた？　こたえはつぎのページ

3月24日

思《おも》いやりやおもてなしの心《こころ》をあらわす「ホスピタリティ・デー」

読《よ》んだ日《ひ》にち（　年　月　日）（　年　月　日）（　年　月　日）

記念日

みなさんは、「ホスピタリティ」という言葉《ことば》を知《し》っていますか。ホスピタリティは、病院《びょういん》（ホスピタル）と同《おな》じ語源《ごげん》をもつ言葉《ことば》で、もとは、旅人《たびびと》に食《た》べものや寝《ね》る場所《ばしょ》を提供《ていきょう》したり、病気《びょうき》やけがの手当《てあ》てをしたりすることを意味《いみ》していました。日本語《にほんご》では、「思《おも》いやり」や「おもてなし」に近《ちか》い意味《いみ》になり、ほかの人《ひと》を思《おも》いやったり、心《こころ》配《くば》りをすることをいいます。

「おもてなし」は今《いま》、日本独特《にほんどくとく》の文化《ぶんか》として注目《ちゅうもく》を集《あつ》めています。日本《にほん》をおとずれた外国人《がいこくじん》は、町中《まちじゅう》がきれいなことや、人《ひと》が親切《しんせつ》で、落《お》としものをしてももどってくることにおどろきます。これは、日《に》本人《ほんじん》におもてなしの心《こころ》が根《ね》づいているためと考《かんが》えられています。

なぜ日本人《にほんじん》に、おもてなしの心《こころ》が根《ね》づいたのでしょう。かつて、日本人《にほんじん》のほとんどは農業《のうぎょう》をいとなんでいて、天候《てんこう》によってくらしが大《おお》きく左右《さゆう》されました。そこで、作物《さくもつ》がぶじに収穫《しゅうかく》できると神様《かみさま》に感謝《かんしゃ》し、お供《そな》えものをささげて次《つぎ》の豊作《ほうさく》をいのりました。こうした神様《かみさま》をうやまう気持《きも》ちが、おもてなしの心《こころ》をうむきっかけになったといわれています。

また、日本《にほん》では古《ふる》くから「礼儀《れいぎ》作法《さほう》」が大事《だいじ》にされてきました。礼儀作法《れいぎさほう》は、相手《あいて》を大切《たいせつ》に思《おも》う気《き》持《も》ちをあらわすためのものです。現代《げんだい》の日本社会《にほんしゃかい》にも、こうした相《あい》手《て》をうやまい、大切《たいせつ》に思《おも》う心《こころ》がのこっているのです。

三月二十四日《さんがつにじゅうよっか》は「ホスピタリティ・デー」とされています。

「三《さん》」は新《あたら》しいものをつくり出《だ》すエネルギーと自己表現《じこひょうげん》、「二《に》」は思《おも》いやりや協力《きょうりょく》、「四《よん》」は全体《ぜんたい》をつくり上《あ》げる基礎《きそ》という意味《いみ》をもつ数字《すうじ》とされ、それらの数字《すうじ》の組《く》み合《あ》わせから、この日《ひ》に制定《せいてい》されました。おもてなしは、お客様《きゃくさま》が来《く》る前《まえ》にそうじをするなどかんたんなことから始《はじ》められます。ぜひみなさんもやってみてください。

この日《ひ》はほかにも…

★ドイツの細菌学者《さいきんがくしゃ》、コッホ（386ページ）が結核菌《けっかくきん》の発見《はっけん》を発表《はっぴょう》した日《ひ》（一八八二年《ねん》）

102ページのこたえ　一八七五年《ねん》

おはなしクイズ　日本独特《にほんどくとく》の文化《ぶんか》として注目《ちゅうもく》を集《あつ》めているのは？

こたえはつぎのページ

3月25日

人物

近代日本《きんだいにほん》の女性作家《じょせいさっか》 樋口一葉《ひぐちいちよう》の誕生日《たんじょうび》

日本《にほん》
1872～1896年《ねん》

読《よ》んだ日《ひ》にち（　　年　　月　　日）（　　年　　月　　日）（　　年　　月　　日）

五千円札《ごせんえんさつ》でおなじみの樋口一葉《ひぐちいちよう》は、一八七二年《ねん》（明治五年《めいじごねん》）三月《さんがつ》二十五日《にじゅうごにち》（新暦五月二日《しんれきごがつふつか》）に東京《とうきょう》で生《う》まれました。本名《ほんみょう》は樋口奈津《ひぐちなつ》です。

奈津《なつ》は小《ちい》さいころから読書《どくしょ》や勉強《べんきょう》が大好《だいす》きな子《こ》どもでした。十二《じゅうに》歳《さい》で学校《がっこう》を卒業《そつぎょう》してからは、歌人《かじん》、中島歌子《なかじまうたこ》が開《ひら》いた和歌《わか》の塾《じゅく》「萩《はぎ》の舎《や》」に入《はい》ります。新年《しんねん》の歌会《うたかい》では、その才能《さいのう》が注目《ちゅうもく》されるほどでした。そんなとき、家《いえ》をついだ兄《あに》が突然《とつぜん》、病気《びょうき》で亡《な》くなります。奈津《なつ》は一家《いっか》の長《ちょう》となり、家族《かぞく》をやしなうことになりました。その後《ご》、父《ちち》も亡《な》くなり、母《はは》と妹《いもうと》とのまずしいくらしが始《はじ》まります。

「なんとかして、お金《かね》をかせがなければ」

そう考《かんが》えた奈津《なつ》でしたが、この時代《じだい》、女性《じょせい》は結婚《けっこん》して家庭《かてい》に入《はい》ることが幸《しあわ》せだとされ、つける職業《しょくぎょう》もかぎられていました。

そこで、「萩《はぎ》の舎《や》」でいっしょに学《まな》んだ仲間《なかま》が作家《さっか》になったのを知《し》り、奈津《なつ》も作家《さっか》の道《みち》をこころざします。新聞《しんぶん》の小説記者《しょうせつきしゃ》（新聞《しんぶん》に連載小説《れんさいしょうせつ》をかく人《ひと》）である半井桃水《なからいとうすい》をたずね、一八九二年《ねん》に雑誌《ざっし》『武蔵野《むさしの》』に「闇桜《やみざくら》」を発表《はっぴょう》します。ペンネームとして「一葉《いちよう》」を名《な》のりました。

しかし、作家《さっか》といっても、毎月《まいつき》原稿料《げんこうりょう》が入《はい》るわけではありません。一葉《いちよう》は生活《せいかつ》のために、下谷区《したやく》龍泉寺町《りゅうせんじまち》（今《いま》の東京都台東区《とうきょうとたいとうく》）でだがし（91ページ）と雑貨《ざっか》のお店《みせ》を始《はじ》めました。

近《ちか》くには吉原《よしわら》の遊郭《ゆうかく》がありました。そこは家《いえ》がまずしくて売《う》られた女性《じょせい》が、男性《だんせい》を相手《あいて》に商売《しょうばい》をするところです。一葉《いちよう》の店《みせ》にも吉原《よしわら》で働《はたら》く女性《じょせい》たちの子《こ》どもや、親《おや》の仕事《しごと》をつぐために小《ちい》さいころから、あたりまえのように親《おや》を助《たす》けて働《はたら》いている子《こ》がたくさん来《き》ました。

その後《ご》、お店《みせ》をしめ、一葉《いちよう》は吉原周辺《よしわらしゅうへん》で懸命《けんめい》に生《い》きる子《こ》どもたちの姿《すがた》をもとに、名作《めいさく》「たけくらべ」をかきました。この作品《さくひん》で、大人《おとな》になっていく子《こ》どもの心《こころ》のゆれを見事《みごと》にえがいたのです。一葉《いちよう》の作品《さくひん》は、多《おお》くの人《ひと》に愛《あい》され、人気《にんき》をよびました。

女性《じょせい》がものをかくことが大変《たいへん》な時代《じだい》に、努力《どりょく》して作家《さっか》になった一葉《いちよう》は、一八九六年《ねん》に二十五歳《にじゅうごさい》のわかさでこの世《よ》を去《さ》りました。

この日《ひ》はほかにも…

★フランスの作曲家《さっきょくか》、ドビュッシー（265ページ）の命日《めいにち》（一九一八年《ねん》）

103ページのこたえ
おもてなし

おはなしクイズ　大人《おとな》になっていく子《こ》どもの心《こころ》のゆれをえがいた樋口一葉《ひぐちいちよう》の名作《めいさく》は？　こたえはつぎのページ

3月26日

耳《みみ》の病気《びょうき》とたたかいつづけた音楽家《おんがくか》
ベートーベンが亡《な》くなった日《ひ》

ドイツ
1770〜1827年《ねん》

読《よ》んだ日《ひ》にち（　　年　　月　　日）（　　年　　月　　日）（　　年　　月　　日）

人物

一八二四年《ねん》五月《ごがつ》、五十三歳《ごじゅうさんさい》のルートヴィヒ・ヴァン・ベートーベンはオーストリアのウィーンの大劇場《だいげきじょう》にいました。ベートーベンが作曲《さっきょく》した交響曲第九番《こうきょうきょくだいきゅうばん》「合唱《がっしょう》つき」が、彼《かれ》の指揮《しき》ではじめて演奏《えんそう》されたのです。劇場《げきじょう》に大合唱《だいがっしょう》がひびきわたります。

演奏《えんそう》が終《お》わると、われるような拍手《はくしゅ》とアンコールの声《こえ》。しかし、ベートーベンは客席《きゃくせき》に背中《せなか》を向《む》けたままじっとしていました。耳《みみ》の病気《びょうき》のため、感動《かんどう》にふるえる人《ひと》びとの声《こえ》も拍手《はくしゅ》も、まったくきこえなかったのです。

ベートーベンは、一七七〇年《ねん》にドイツで生《う》まれました。祖父《そふ》も父《ちち》も音楽家《おんがくか》で、小《ちい》さいころからきびしい音楽教育《おんがくきょういく》を受《う》けました。

家《いえ》がまずしかったベートーベンは、宮廷《きゅうてい》でオルガンをひき、お金《かね》持《も》ちの家《いえ》でピアノを教《おし》えながら、家族《かぞく》を支《ささ》えました。

十六歳《じゅうろくさい》のとき、音楽《おんがく》がさかんなウィーンに行《い》き、モーツァルト（42ページ）に会《あ》います。自由自在《じゆうじざい》に曲《きょく》をつくるベートーベンに、

「きみはすごい作曲家《さっきょくか》になる」

とモーツァルトは言《い》いました。

一度《いちど》は、母《はは》の病気《びょうき》のためにドイツにもどったものの、その後《ご》、ふたたびウィーンの地《ち》をおとずれたベートーベンは、そこで才能《さいのう》の花《はな》をさかせます。二十四歳《にじゅうよんさい》のときには大《おお》きな劇場《げきじょう》で自分《じぶん》のつくったピアノ協奏曲《きょうそうきょく》を発表《はっぴょう》し、天才音楽家《てんさいおんがくか》として広《ひろ》く知《し》られるようになりました。

しかしそんなとき、大《おお》きな苦《くる》しみがベートーベンをおそいます。だんだん耳《みみ》がきこえなくなっていくのです。ベートーベンは、家《いえ》にとじこもったまま、死《し》んだほうがましだと、遺書《いしょ》をかいたほどのショックを受《う》けました。しかし、

「たとえ耳《みみ》がきこえなくなっても、心《こころ》さえあれば音楽《おんがく》はうみ出《だ》せる！」

と、なやみからぬけ出《だ》したベートーベンは、たくさんの名曲《めいきょく》をつくりました。交響曲第三番《こうきょうきょくだいさんばん》「英雄《えいゆう》」や交響曲第五番《こうきょうきょくだいごばん》「運命《うんめい》」など、苦《くる》しみをバネにして数《かず》かずのすばらしい曲《きょく》をのこし、一八二七年三月二十六日《ねんさんがつにじゅうろくにち》に五十六歳《ごじゅうろくさい》でこの世《よ》を去《さ》りました。「楽聖《がくせい》（非常《ひじょう》にすぐれた音楽家《おんがくか》）」とよばれた彼《かれ》のおそうしきには二万人《にまんにん》もの人《ひと》が集《あつ》まり、別《わか》れをおしみました。

この日《ひ》はほかにも…

★ドイツの統計学者《とうけいがくしゃ》、エルンスト・エンゲルが生《う》まれた日《ひ》（一八二一年《ねん》）

104ページのこたえ「たけくらべ」

おはなしクイズ　ベートーベンが16歳《さい》のときにウィーンで会《あ》った音楽家《おんがくか》は？

こたえはつぎのページ

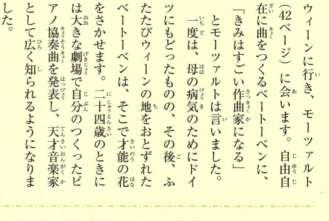

第《だい》一《いっ》回《かい》ノーベル物《ぶつ》理《り》学《がく》賞《しょう》を受《じゅ》賞《しょう》したレントゲンの誕《たん》生《じょう》日《び》

ドイツ
1845〜1923年《ねん》

3月27日

人物

読《よ》んだ日《ひ》にち（　　年　　月　　日）（　　年　　月　　日）（　　年　　月　　日）

ヴィルヘルム・レントゲンは、毎日《まいにち》、空気《くうき》のないところで電気《でんき》を流《なが》すと発生《はっせい》する「陰極線《いんきょくせん》」という電子《でんし》の流《なが》れの実験《じっけん》を重《かさ》ねていました。一八九五年《ねん》のことです。暗《くら》くした部屋《へや》で、空気《くうき》が入《はい》っていない「クルックス管《かん》」というガラス管《かん》を使《つか》って実験《じっけん》をしていたレントゲンは、何《なに》かが光《ひか》っていることに気《き》がつきました。

「あっ、これはなんだ」

光《ひか》っていたのは、蛍光物質《けいこうぶっしつ》をぬった紙《かみ》でした。クルックス管《かん》からなぞの放射線《ほうしゃせん》が出《で》ていて、それが紙《かみ》を光《ひか》らせているようです。クルックス管《かん》と紙《かみ》の間《あいだ》に、ぶあつい本《ほん》や、うすいアルミの板《いた》をおいても、その放射線《ほうしゃせん》は通《とお》りました。おどろいたことに、クルックス管《かん》と紙《かみ》の間《あいだ》に手《て》をおくと、手《て》の骨《ほね》の影《かげ》だけが紙《かみ》にうつし出《だ》されたのです。この大発見《だいはっけん》で、医学《いがく》は大《おお》きな進歩《しんぽ》をとげることになりました。

レントゲンは、一八四五年三月《ねんさんがつ》二十七日《にじゅうしちにち》に、ドイツで生《う》まれました。いくつかの大学《だいがく》で機械工学《きかいこうがく》や物理学《ぶつりがく》を学《まな》んだレントゲンが、なぞの放射線《ほうしゃせん》を発見《はっけん》したのは五十歳《ごじっさい》のときでした。

レントゲンはこの放射線《ほうしゃせん》を「X《エックス》線《せん》」と名《な》づけました。X線《エックスせん》のおかげで、骨折《こっせつ》したり、体《からだ》の中《なか》に異物《いぶつ》が入《はい》ったりしても、くわしく見《み》ることができるようになりました。また、皮膚《ひふ》がん（53ページ）の治《ち》療《りょう》にも使《つか》えることがわかったのです。

今《いま》でも病院《びょういん》で、体《からだ》の中《なか》をうつすために、レントゲン撮影《さつえい》が行《おこな》われています。レントゲンの名前《なまえ》はずっと生《い》きつづけているのです。

レントゲンは、X線《エックスせん》の発見《はっけん》で第《だい》一回《いっかい》ノーベル物理学賞《ぶつりがくしょう》を受賞《じゅしょう》しました。しかし、科学《かがく》や医学《いがく》の発展《はってん》のためにと、X線《エックスせん》に関《かん》する特許《とっきょ》（129ページ）は取《と》りませんでした。その後《ご》も物理学《ぶつりがく》の研究《けんきゅう》をつづけ、一九二三年二月十日《ねんにがつとおか》に亡《な》くなりました。

この日《ひ》はほかにも…

★世界《せかい》ではじめて有人宇宙飛行《ゆうじんうちゅうひこう》に成功《せいこう》したロシアの宇宙飛行士《うちゅうひこうし》、ユーリ・ガガーリンの命日《めいにち》（一九六八年《ねん》）

★さくらの日《ひ》

二十四節気《にじゅうしせっき》（306ページ）をさらに分《わ》けた七十二候《しちじゅうにこう》で、「さくらの花《はな》がさきはじめる」時期《じき》とされ、また、三（さ）と九（く）の二《ふた》つの数字《すうじ》をかけると、三《さん》×九《く》＝二十七《にじゅうしち》になることから。

105ページのこたえ
モーツァルト

おはなしクイズ　レントゲンが発見《はっけん》した放射線《ほうしゃせん》の名前《なまえ》は？　こたえはつぎのページ

3月28日

まぼろしの王国《おうこく》 楼蘭《ろうらん》が見《み》つかった日《ひ》

読《よ》んだ日《ひ》にち（　　年　　月　　日）（　　年　　月　　日）（　　年　　月　　日）

歴史

一九〇〇年三月二十八日《ねんさんがつにじゅうはちにち》に、シルクロード（絹《きぬ》の道《みち》）の古代都《こだいと》市《し》、楼蘭《ろうらん》の遺跡《いせき》が中央《ちゅうおう》アジアで発見《はっけん》されました。

楼蘭《ろうらん》は、砂漠《さばく》の中《なか》のオアシス都市《とし》としてさかえていたことがわかっていましたが、砂《すな》にうもれてしまい、場所《ばしょ》もわからない「まぼろしの王国《おうこく》」とよばれていたのです。

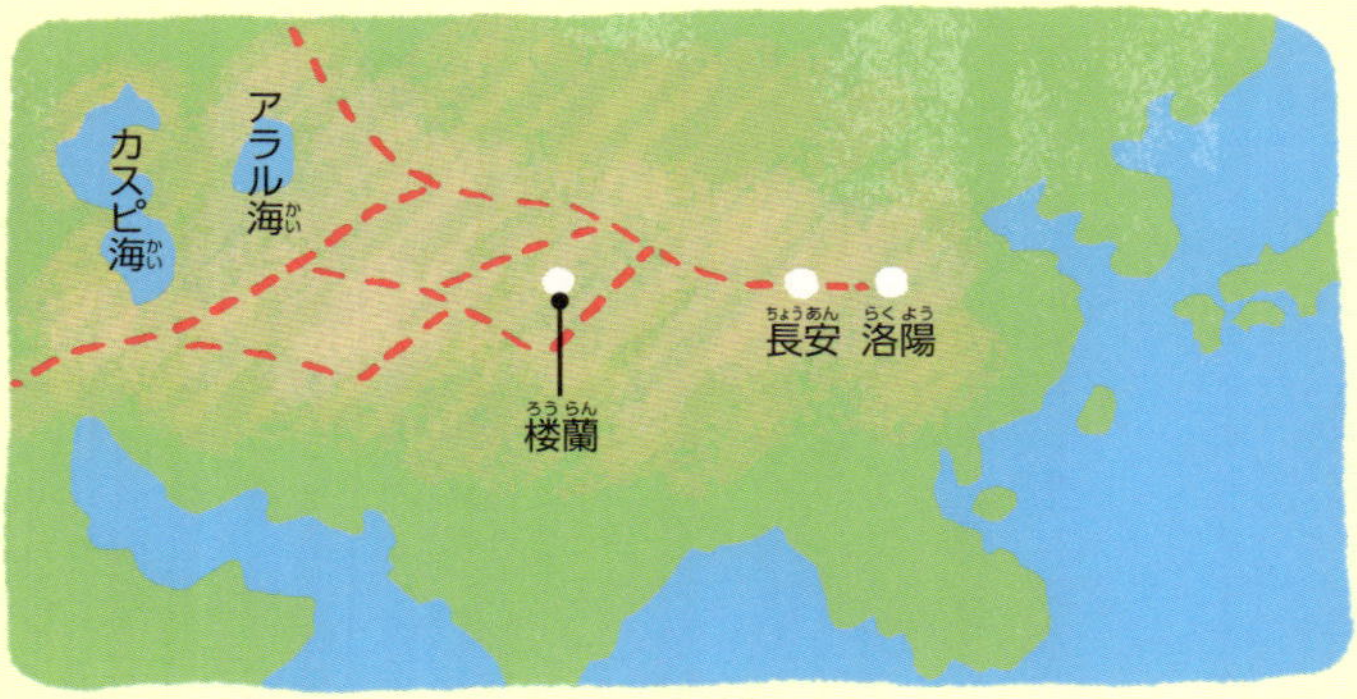

600年《ねん》ごろに使《つか》われていたシルクロードの道《みち》のり（－－－－）

発見《はっけん》したのは、スウェーデンの探検家《たんけんか》スウェン・ヘディンです。ヘディンは、子《こ》どものころから探検《たんけん》にあこがれ、二十歳《はたち》になるとイラン、イラクへ最初《さいしょ》の探検《たんけん》に出《で》かけました。

その後《ご》、中央《ちゅうおう》アジアを探検《たんけん》します。楼蘭《ろうらん》を発見《はっけん》したのは、一《ひと》つのぐうぜんからです。

隊員《たいいん》の一人《ひとり》が探検《たんけん》のとちゅうでシャベルをわすれてきてしまい、あわてて取《と》りにもどったときに、楼蘭《ろうらん》の遺跡《いせき》が見《み》つかったのです。

楼蘭《ろうらん》がさかえていた紀元前《きげんぜん》の時代《じだい》から、シルクロードは中国《ちゅうごく》と西《にし》アジア、ヨーロッパをむすぶ東西《とうざい》交流《こうりゅう》の道《みち》でした。絹《きぬ》やスパイス、茶《ちゃ》、陶磁器《とうじき》、ガラスの器《うつわ》、毛織物《けおりもの》といったものが運《はこ》ばれただけでなく、宗教《しゅうきょう》や文化《ぶんか》、技術《ぎじゅつ》などの交流《こうりゅう》にも大《おお》きな役割《やくわり》をはたしました。

仏典《ぶってん》を求《もと》めてインドに行《い》った唐《とう》（今《いま》の中国《ちゅうごく》）の玄奘《げんじょう》（54ページ）や、十三世紀《じゅうさんせいき》に活《かつ》やくしたイタリアのマルコ・ポーロ（23ページ）が旅《たび》をしたのもこの道《みち》です。

シルクロードという名前《なまえ》は、ドイツの地理学者《ちりがくしゃ》フェルディナント・フォン・リヒトホーフェンが一八七七年《ねん》につけたもので、もともとはオアシスロード（オアシスの道《みち》）とよばれ、砂漠《さばく》とオアシス都市《とし》をつなぐ道《みち》のことを指《さ》していました。

現在《げんざい》では、北方《ほっぽう》のステップロード（草原《そうげん》の道《みち》）や南方《なんぽう》の海路《かいろ》（海《うみ》の道《みち》）もふくめて、「シルクロード」とよばれるようになっています。

この日《ひ》はほかにも…

★明治《めいじ》・大正時代《たいしょうじだい》のキリスト教《きょう》の伝《でん》道者《どうしゃ》、内村鑑三《うちむらかんぞう》が亡《な》くなった日《ひ》（一九三〇年《ねん》）

★ロシアの作曲家《さっきょくか》、モデスト・ムソルグスキーが亡《な》くなった日《ひ》（一八八一年《ねん》）

106ページのこたえ　X線《エックスせん》

おはなしクイズ　中国《ちゅうごく》と西《にし》アジア、ヨーロッパをむすぶ道《みち》を何《なん》とよぶ？

こたえはつぎのページ

マリモが特別《とくべつ》天然《てんねん》記念物《きねんぶつ》になった日《ひ》

読《よ》んだ日《ひ》にち（　　年　　月　　日）（　　年　　月　　日）（　　年　　月　　日）

歴史

みなさんは、マリモを見《み》たことがありますか。丸《まる》くて緑色《みどりいろ》をしたかわいらしい藻《も》です。

一九五二年三月二十九日《ねんさんがつにじゅうくにち》に北海道釧路市《ほっかいどうくしろし》の阿寒湖《あかんこ》の「マリモ」が、日本《にほん》の特別天然記念物《とくべつてんねんきねんぶつ》に指定《してい》されました。

マリモは、日本《にほん》のほかの地域《ちいき》やヨーロッパ、中国《ちゅうごく》などでも見《み》られますが、石《いし》や貝《かい》についたまま育《そだ》つため、阿寒湖《あかんこ》のマリモのように大《おお》きくてきれいな丸《まる》い形《かたち》にはなりません。

では、なぜ阿寒湖《あかんこ》のマリモだけが大《おお》きくて丸《まる》いのでしょう。

阿寒湖《あかんこ》には、水深一《すいしんいち》・五《ご》メートルほどの入《い》り江《え》や湾《わん》があり、湖《みずうみ》の底《そこ》から水《みず》がわき出《で》ていて、あちこちから風《かぜ》がふいてきます。さらに、まわりの山《やま》からミネラルをふくんだ水《みず》が流《なが》れこみ、何本《なんぼん》もの川《かわ》が湖《みずうみ》に栄養《えいよう》を運《はこ》んでくれます。こうした環境《かんきょう》のおかげで、はじめは糸《いと》のようなマリモが、藻《も》のかたまりになっていきます。かたまりは、風《かぜ》にふかれて動《うご》く水《みず》をゆりかごに、ゆらゆらゆれながら、丸《まる》くなっていくのです。

丸《まる》い形《かたち》のため、水中《すいちゅう》にさしてくる日光《にっこう》をまんべんなくあびることができるので、光合成《こうごうせい》をして栄養《えいよう》をつくりだしながら、少《すこ》しずつ大《おお》きくなっていきます。大《おお》きさはさまざまで、直径三《ちょっけいさん》センチメートルから三十《さんじっ》センチメートルほどです。

阿寒湖《あかんこ》には、およそ六億個《ろくおくこ》のマリモが生育《せいいく》しています。しかし、マリモは絶滅《ぜつめつ》の危機《きき》にさらされています。阿寒湖《あかんこ》やそのまわりの環《かん》境《きょう》が、観光開発《かんこうかいはつ》などで変《か》わってしまい、マリモの数《かず》がへってしまったのです。また、法律《ほうりつ》で禁止《きんし》されているにもかかわらず、そのめずらしさから、売《う》るためにぬすむ人《ひと》もいました。マリモが、これから先《さき》も生《い》きつづけていけるように、阿寒湖《あかんこ》のまわりの環境《かんきょう》を丸《まる》ごと守《まも》っていくことが大切《たいせつ》なのです。

107ページのこたえ
シルクロード（絹《きぬ》の道《みち》）

この日《ひ》はほかにも…

★『暁《あかつき》と夕《ゆうべ》の詩《うた》』などをかいた詩《し》人《じん》、立原道造《たちはらみちぞう》が亡《な》くなった日（一九三九年《ねん》）

おはなしクイズ 丸《まる》いマリモが生育《せいいく》している北海道《ほっかいどう》の湖《みずうみ》の名前《なまえ》は？

こたえはつぎのページ

3月30日

絵画《かいが》に情熱《じょうねつ》を注《そそ》いだ天才画家《てんさいがか》
ゴッホの誕生日《たんじょうび》

オランダ
1853〜1890年《ねん》

読《よ》んだ日《ひ》にち（　年　月　日）（　年　月　日）（　年　月　日）

人物

「ひまわり」や「アルルの寝室《しんしつ》」など、フィンセント・ファン・ゴッホの絵《え》を、みなさんもどこかで目《め》にしたことがあるかもしれません。ゴッホは、あざやかな色彩《しきさい》とはげしい筆《ふで》のタッチで、独特《どくとく》の世界《せかい》をキャンバスに表現《ひょうげん》しました。

ゴッホは一八五三年三月三十日《ねんさんがつさんじゅうにち》にオランダで生《う》まれました。十六《じゅうろく》歳《さい》になって画商《がしょう》になりましたが、二十七歳《にじゅうななさい》で画家《がか》になる決意《けつい》をするまで、いろいろな職《しょく》を転《てん》てんとしました。

そのため、ゴッホが画家《がか》として活動《かつどう》していたのは、三十七歳《さんじゅうななさい》で亡《な》くなるまで、たった十年間《じゅうねんかん》です。それにもかかわらず、絵画《かいが》やスケッチなどをふくめると二千点《にせんてん》をこえる作品《さくひん》をのこしました。それらは、今《いま》では高《たか》く評価《ひょうか》されていますが、ゴッホが生《い》きている間《あいだ》には、一枚《いちまい》しか売《う》れませんでした。当時《とうじ》、彼《かれ》はまだ無名《むめい》の画家《がか》で、まわりからあまり評価《ひょうか》されなかったからです。ゴッホはまずしく、画《が》商《しょう》をしていた弟《おとうと》のテオが毎月《まいつき》お金《かね》を送《おく》ってくれるおかげで、生活《せいかつ》することができました。

はじめのころのゴッホの絵《え》は、坑夫《こうふ》（炭鉱《たんこう》や鉱山《こうざん》で働《はたら》く人《ひと》）や農《のう》民《みん》たちの生活《せいかつ》をかいた暗《くら》い色合《いろあ》いの作品《さくひん》が多《おお》かったのですが、一八八六年《ねん》に芸術《げいじゅつ》がさかんなフランスのパリでくらすようになってから、明《あか》るい色彩《しきさい》を使《つか》うようになります。また、日本《にほん》の浮世絵《うきよえ》からも影響《えいきょう》を受《う》けます。

自然《しぜん》が好《す》きなゴッホは都会《とかい》での生活《せいかつ》につかれてしまい、その後《ご》、南《みなみ》フランスのアルルに向《む》かいます。そこで芸術家《げいじゅつか》の町《まち》をつくろうと、何人《なんにん》かの画家《がか》によびかけ、ゴーギャン（184ページ）がそのさそいにのりました。こうして、二人《ふたり》の生活《せいかつ》が始《はじ》まります。二人《ふたり》はおたがいに刺激《しげき》をあたえ合《あ》い、多《おお》くのすばらしい作品《さくひん》をかき上《あ》げます。しかし、絵《え》の好《この》みやかき方《かた》のちがいから、二人《ふたり》はぶつかり、ゴーギャンはアルルを去《さ》り、ゴッホは自分《じぶん》で自分《じぶん》の耳《みみ》を切《き》り落《お》とすという悲《かな》しい結末《けつまつ》をむかえます。

ゴッホは、精神病院《せいしんびょういん》に入院《にゅういん》しながらも、自《みずか》ら死《し》を選《えら》ぶまでに多《おお》くの作品《さくひん》をのこしました。はげしすぎる情熱《じょうねつ》。ざせつの連続《れんぞく》。みたされない思《おも》いをキャンバスにぶつけ、燃《も》えつきたゴッホ。その強《きょう》れつな生《い》き方《かた》と画風《がふう》から「炎《ほのお》の画《が》家《か》」ともよばれています。

この日《ひ》はほかにも…

★スペインの画家《がか》、フランシスコ・デ・ゴヤの誕生日《たんじょうび》（一七四六年《ねん》）

108ページのこたえ
阿寒湖《あかんこ》

おはなしクイズ　アルルでゴッホとともに生活《せいかつ》を送《おく》った画家《がか》の名前《なまえ》は？　こたえはつぎのページ

音楽史《おんがくし》に影響《えいきょう》をあたえた ハイドンが生《う》まれた日《ひ》

オーストリア
1732～1809年《ねん》

3月31日

人物

読《よ》んだ日《ひ》にち（　　年　　月　　日）（　　年　　月　　日）（　　年　　月　　日）

音楽家《おんがくか》のフランツ・ヨーゼフ・ハイドンは、一七三二年三月三十一日《ねんさんがつさんじゅういちにち》に、オーストリアで生《う》まれました。それほどお金持《かねも》ちの家《いえ》ではありませんでしたが、音楽《おんがく》が好《す》きな両親《りょうしん》に育《そだ》てられました。

「この子《こ》には、音楽《おんがく》の才能《さいのう》がある。きっと将来《しょうらい》、偉大《いだい》な音楽家《おんがくか》になるにちがいない。わたしがあずかって、しっかりとした教育《きょういく》を受《う》けさせたい」

学校《がっこう》の校長先生《こうちょうせんせい》をしていたハイドンのおじさんは、まだおさないおいっ子《こ》の才能《さいのう》に気《き》づき、自分《じぶん》で育《そだ》てたいと考《かんが》えます。お父《とう》さん、お母《かあ》さんもわが子《こ》の可能性《かのうせい》を感《かん》じ、おじさんにあずけることにしました。

おじさんのもとで、ハイドンは音楽《おんがく》だけではなく、さまざまなことを勉強《べんきょう》しました。当時《とうじ》のハイドンは、少年聖歌隊《しょうねんせいかたい》の一員《いちいん》として、教会《きょうかい》で歌《うた》を歌《うた》うことが楽《たの》しみでした。変声期《へんせいき》をむかえ、聖歌隊《せいかたい》をやめると、音楽《おんがく》の家庭教師《かていきょうし》をしながら自分《じぶん》で音楽《おんがく》の勉強《べんきょう》を熱心《ねっしん》につづけました。

しばらく、お金《かね》の面《めん》で苦《くる》しい時期《じき》をすごしますが、宮廷楽団《きゅうていがくだん》（貴族《きぞく》の宮殿《きゅうでん》で演奏《えんそう》する楽団《がくだん》）の仕事《しごと》につき、安定《あんてい》した生活《せいかつ》を送《おく》ります。さらに、音楽好《おんがくず》きのエステルハージ侯爵家《こうしゃくけ》に楽団《がくだん》の副楽長《ふくがくちょう》としてむかえられ、ハイドンは、自由《じゆう》に作曲活動《さっきょくかつどう》ができるようになりました。交響曲《こうきょうきょく》やオペラなど、ハイドンの作品《さくひん》は人《ひと》びとに愛《あい》され、外国《がいこく》でも名前《なまえ》が知《し》られるようになっていきます。また、ハイドンは音楽家《おんがくか》として後輩《こうはい》であるモーツァルト（42ページ）に多大《ただい》なる影響《えいきょう》をあたえ、弟子《でし》としてベートーベン（105ページ）を育《そだ》てています。そうした意味《いみ》でも、音楽《おんがく》の歴史《れきし》において大変大《たいへんおお》きな役割《やくわり》をはたしました。

六十歳《ろくじっさい》をすぎても、「天地創造《てんちそうぞう》」や「テレジア・ミサ」などの新《あたら》しい曲《きょく》をつくり、演奏会《えんそうかい》を開《ひら》きました。そんなハイドンは、「古典音楽《こてんおんがく》の父《ちち》」や「交響曲《こうきょうきょく》の父《ちち》」とよばれています。

109ページのこたえ
ゴーギャン

この日《ひ》はほかにも…

★ノーベル物理学賞《ぶつりがくしょう》を受賞《じゅしょう》した物理学者《ぶつりがくしゃ》、朝永振一郎《ともながしんいちろう》が生《う》まれた日《ひ》（一九〇六年《ねん》）

★『ジェーン・エア』などをかいたイギリスの小説家《しょうせつか》、シャーロット・ブロンテが亡《な》くなった日《ひ》（一八五五年《ねん》）

★山菜《さんさい》の日《ひ》
三（さん）三（さ）一（い）のゴロ合《あ》わせから。

おはなしクイズ　ハイドンの弟子《でし》にあたる有名《ゆうめい》な音楽家《おんがくか》は？

こたえは112ページ

4月《がつ》のおはなし

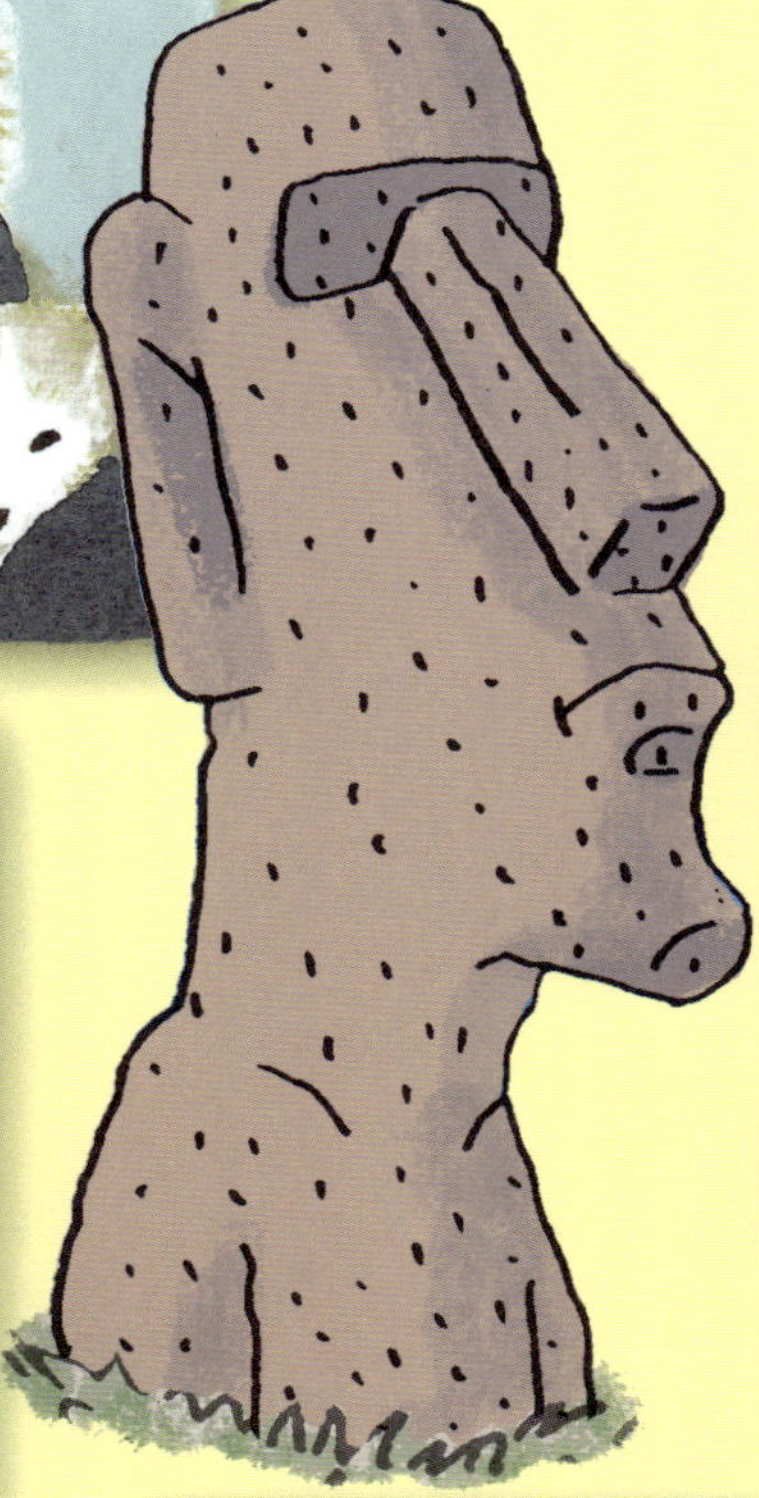

念仏《ねんぶつ》による救《すく》いを広《ひろ》めた 親鸞《しんらん》の誕生日《たんじょうび》

日本《にほん》
1173〜1262年《ねん》

4月1日

人物

読《よ》んだ日《ひ》にち（　　年　　月　　日）（　　年　　月　　日）（　　年　　月　　日）

中国《ちゅうごく》から伝《つた》わってきた仏教《ぶっきょう》は、奈良《なら》から平安時代《へいあんじだい》にかけて日本国内《にほんこくない》に広《ひろ》がっていきます。しかし、出家《しゅっけ》して修行《しゅぎょう》を行《おこな》うことができるのは、ごく一部《いちぶ》の人《ひと》たちだけでした。

鎌倉時代《かまくらじだい》になると、庶民《しょみん》がふだんの生活《せいかつ》の中《なか》で信《しん》じることができる新《あたら》しい仏教《ぶっきょう》、浄土真宗《じょうどしんしゅう》があらわれます。その教《おし》えを広《ひろ》めた親鸞《しんらん》は、一一七三年《ねん》（承安三年《じょうあんさんねん》）四月《しがつ》一日《ついたち》、京都《きょうと》で生《う》まれました。九歳《きゅうさい》で出家《しゅっけ》して僧《そう》になった親鸞《しんらん》は、比叡山《ひえいざん》の寺《てら》で二十年間《にじゅうねんかん》修行《しゅぎょう》をつづけます。しかし、それでもさとりを開《ひら》くことはできませんでした。

「どうしたら、救《すく》いの道《みち》が見《み》つかるのだろうか」

山《やま》をおりた親鸞《しんらん》は、救《すく》いを求《もと》めて、聖徳太子《しょうとくたいし》がたてた六角堂《ろっかくどう》にこもっていのりつづけ、九十五日目《きゅうじゅうごにちめ》に聖徳太子《しょうとくたいし》のおつげを受《う》けます。そして、おつげにしたがって法然《ほうねん》という僧《そう》の弟子《でし》になりました。

「南無阿弥陀仏《なむあみだぶつ》と念仏《ねんぶつ》をとなえれば、だれでも極楽浄土《ごくらくじょうど》に行《い》くことができる」

法然《ほうねん》が説《と》くその教《おし》え（浄土教《じょうどきょう》）を、親鸞《しんらん》は深《ふか》く信《しん》じました。しかし、旧仏教教団《きゅうぶっきょうきょうだん》の僧《そう》たちが、

「仏教《ぶっきょう》の決《き》まりをこわすものだ」

「危険《きけん》な考《かんが》えである」

として朝廷《ちょうてい》を動《うご》かし、流罪《るざい》になった法然《ほうねん》は四国《しこく》、親鸞《しんらん》は越後《えちご》（今《いま》の新潟県《にいがたけん》）に送《おく》られてしまいます。

人《ひと》びとを救《すく》いたいと願《ねが》いつづけた親鸞《しんらん》は、流罪《るざい》がゆるされてからもしばらく越後《えちご》にとどまり、その後《ご》は関東各地《かんとうかくち》で教《おし》えを広《ひろ》めました。

「自分《じぶん》は僧《そう》でもなく、俗人《ぞくじん》でもない」

と言《い》って、ふつうの人《ひと》と同《おな》じようにくらし、当時《とうじ》、僧《そう》にはゆるされていなかった肉食《にくじき》や結婚《けっこん》もしました。最後《さいご》は京都《きょうと》にもどり、九十歳《きゅうじっさい》で亡《な》くなりました。

親鸞《しんらん》の教《おし》えがもとになった「浄土真宗《じょうどしんしゅう》」は、やがて日本《にほん》で信者《しんじゃ》が多《おお》い仏教《ぶっきょう》の宗派《しゅうは》の一《ひと》つとなっていきました。

この日《ひ》はほかにも…
★エイプリルフール
★消費税《しょうひぜい》が始《はじ》まった日《ひ》（一九八九年《ねん》）

110ページのこたえ
ベートーベン

おはなしクイズ　親鸞《しんらん》はだれの弟子《でし》だった？

こたえは つぎのページ

童話《どうわ》の王様《おうさま》 アンデルセンの誕生日《たんじょうび》

デンマーク
1805〜1875年《ねん》

読《よ》んだ日《ひ》にち（　　年　　月　　日）（　　年　　月　　日）（　　年　　月　　日）

ハンス・クリスチャン・アンデルセンは、一八〇五年《ねん》四《し》月《がつ》二日《ふつか》にデンマークで生《う》まれました。

「お父《とう》さん、お話《はなし》きかせて」

「よし。今日《きょう》は人形劇《にんぎょうげき》だよ」

くつ職人《しょくにん》のお父《とう》さんはアンデルセンに物語《ものがたり》をきかせたり、人形《にんぎょう》をつくって劇《げき》をしたりしてくれました。

ところが、アンデルセンが十一《じゅういっ》歳《さい》のときに、お父《とう》さんが亡《な》くなります。アンデルセンは一人《ひとり》で空想《くうそう》にひたることが多《おお》くなり、学校《がっこう》もやめてしまいました。

そんなある日《ひ》、コペンハーゲンの王立劇場《おうりつげきじょう》の団員《だんいん》が町《まち》にやってきました。子役《こやく》が足《た》りないということで、アンデルセンは羊飼《ひつじか》いの少《しょう》年役《ねんやく》で舞台《ぶたい》に立《た》ち、すっかり役者《やくしゃ》にあこがれます。

「お母《かあ》さん。ぼく、役者《やくしゃ》になる」

「何《なに》を言《い》っているの。おまえには仕立《した》て屋《や》になってほしいの」

お母《かあ》さんの反対《はんたい》をおしきり、役《やく》者《しゃ》になることを夢見《ゆめみ》て、アンデルセンはコペンハーゲンに行《い》きました。でも、なかなかうまくいきません。

「役者《やくしゃ》には向《む》いてないね」

と言《い》われ、役者《やくしゃ》になることをあきらめ、次《つぎ》に作家《さっか》になろうと物語《ものがたり》をかきます。しかし、劇場《げきじょう》で上演《じょうえん》してもらおうとかいた物語《ものがたり》も、

「字《じ》がまちがっているよ。学校《がっこう》でちゃんと勉強《べんきょう》したほうがいい」

と言《い》われるしまつでした。

「ああ、もう、だめだ」

ところが、くじけそうなアンデルセンに、まわりの人《ひと》びとが力《ちから》をかしてくれました。国《くに》のお金《かね》でラテン語学校《ごがっこう》に行《い》けるようにしてくれたのです。

「助《たす》けてくれた人《ひと》たちのためにも、ぼくはかならず作家《さっか》になる！」

その言葉《ことば》どおり、アンデルセンが三十歳《さんじっさい》のときにかいた、美《うつく》しい恋物語《こいものがたり》『即興詩人《そっきょうしじん》』は、世界中《せかいじゅう》で大人気《だいにんき》となりました。次《つぎ》にアンデルセンは、子《こ》どもたちに向《む》けて童《どう》話《わ》をかく決心《けっしん》をします。

「子《こ》どもたちが仲《なか》よく、幸《しあわ》せになるように」

という願《ねが》いをこめて、七十歳《ななじっさい》で亡《な》くなるまで、「人魚姫《にんぎょひめ》」や「マッチ売《う》りの少女《しょうじょ》」など、たくさんの童話《どうわ》をかきつづけました。

この日《ひ》はほかにも…

★国際子《こくさいこ》どもの本《ほん》の日《ひ》
国際児童図書評議会《こくさいじどうとしょひょうぎかい》が、アンデルセンの誕生日《たんじょうび》にちなんで制定《せいてい》。

112ページのこたえ　法然《ほうねん》

おはなしクイズ　アンデルセンのお父《とう》さんの仕事《しごと》は何《なに》？　こたえはつぎのページ

新《しん》古《こ》典《てん》派《は》を完成《かんせい》させた音楽家《おんがくか》
ブラームスが亡《な》くなった日《ひ》

ドイツ
1833～1897年《ねん》

4月3日

読《よ》んだ日《ひ》にち（　　年　　月　　日）（　　年　　月　　日）（　　年　　月　　日）

人物

ヨハネス・ブラームスは、一八三三年《ねん》、ドイツのハンブルクで生《う》まれました。コントラバス奏者《そうしゃ》だった父親《ちちおや》の収入《しゅうにゅう》は少《すく》なく、くらしはまずしかったのですが、ブラームスは七歳《ななさい》のころから先生《せんせい》について音楽《おんがく》の勉強《べんきょう》を始《はじ》めます。

「この子《こ》はわたしのひく音《おと》を言《い》い当《あ》てることができる。この才能《さいのう》をのばしてあげたい」

そう思《おも》った父親《ちちおや》が、ピアノの先生《せんせい》をさがしてくれたのです。

ブラームスはめきめきと上達《じょうたつ》し、わずか十歳《じっさい》でピアニストとしてデビューをはたします。

しかし、家計《かけい》を助《たす》けるために、レストランや酒場《さかば》でピアノ演奏《えんそう》をしなければなりませんでした。

そんな人生《じんせい》が大《おお》きく変《か》わったのは、二十歳《はたち》のときです。

尊敬《そんけい》する音楽家《おんがくか》シューマン（240ページ）とその妻《つま》クララに出会《であ》い、彼《かれ》らがブラームスの才能《さいのう》をみとめてくれたのです。

「なんとすばらしい音楽《おんがく》だ！　みんなに紹介《しょうかい》しよう」

そこから、ブラームスの音楽家《おんがくか》への道《みち》が開《ひら》けました。シューマンのおかげで、ブラームスの名《な》はヨーロッパ中《じゅう》に広《ひろ》まり、楽譜《がくふ》が出版《しゅっぱん》されるほどになったのです。

しかし、シューマンは病気《びょうき》で入院《にゅういん》してしまいます。ブラームスはすぐにかけつけて、一人《ひとり》で家族《かぞく》を守《まも》るクララを助《たす》けました。シューマンとクララには七人《しちにん》も子《こ》どもがいたのです。シューマンが亡《な》くなってからも、ブラームスはクララを支《ささ》え、ずっと大切《たいせつ》に思《おも》いつづけました。

作曲家《さっきょくか》としてブラームスは、「ドイツ・レクイエム」や「交響曲第一番《こうきょうきょくだいいちばん》」などによって大成功《だいせいこう》をおさめ、次《つぎ》つぎと名曲《めいきょく》を世《よ》に送《おく》り出《だ》しました。バッハ（239ページ）やベートーベン（105ページ）などの古典的《こてんてき》な音楽《おんがく》に新《あたら》しい要素《ようそ》を取《と》り入《い》れた、新古典派《しんこてんは》を完成《かんせい》させたことでも有名《ゆうめい》です。

ブラームスは前《まえ》の年《とし》に亡《な》くなったクララのあとを追《お》うように、一八九七年《ねん》四月三日《しがつみっか》に病気《びょうき》で息《いき》を引《ひ》き取《と》りました。

113ページのこたえ
くつ職人《しょくにん》

この日《ひ》はほかにも…

★明治時代《めいじじだい》の小説家《しょうせつか》、長塚節《ながつかたかし》が生《う》まれた日《ひ》（一八七九年《ねん》）

おはなしクイズ　ピアニストとしてデビューしたとき、ブラームスは何歳《なんさい》だった？　こたえはつぎのページ

4月4日

人種差別《じんしゅさべつ》とたたかった キング牧師《ぼくし》が亡《な》くなった日《ひ》

アメリカ
1929〜1968年《ねん》

読《よ》んだ日《ひ》にち（　年　月　日）（　年　月　日）（　年　月　日）

人物

「わたしには夢《ゆめ》がある」

　これは、マーティン・ルーサー・キング牧師《ぼくし》が一九六三年《ねん》に行《おこな》った有名《ゆうめい》な演説《えんぜつ》の最初《さいしょ》の言葉《ことば》です。その夢《ゆめ》とは、「いつの日《ひ》か、かつての奴隷《どれい》の子孫《しそん》と、奴隷《どれい》を使《つか》っていた人《ひと》の子孫《しそん》が、同《おな》じテーブルに着《つ》くこと」でした。

　マーティンが生《う》まれたのは一九二九年《ねん》。お父《とう》さんもおじいさんも教会《きょうかい》の牧師《ぼくし》で、二人《ふたり》ともたくさんの人《ひと》から尊敬《そんけい》されていました。

　六歳《ろくさい》になったとき、マーティンはそれまで遊《あそ》んでいた友《とも》だちと遊《あそ》べなくなりました。それどころか、小学校《しょうがっこう》も別《べつ》べつの学校《がっこう》に入《はい》ることになったのです。友《とも》だちは白《はく》人《じん》で、マーティンは黒人《こくじん》だから、という理由《りゆう》でした。そのころ、奴《ど》隷制度《れいせいど》はなくなっていましたが、アメリカ南部《なんぶ》ではまだ人種差別《じんしゅさべつ》が当《あ》たり前《まえ》だったのです。マーティンは、

「はだの色《いろ》がちがうだけで、黒人《こくじん》は白人《はくじん》から差別《さべつ》を受《う》けている。そんな社会《しゃかい》は変《か》えなくてはならない」

と心《こころ》に決《き》めました。

　小《ちい》さなころから本《ほん》が好《す》きだったマーティンは、勉強《べんきょう》を重《かさ》ねて牧師《ぼくし》となり、人《ひと》の心《こころ》を動《うご》かすことが上手《じょうず》になっていきます。そして、ガンジー（311ページ）から影響《えいきょう》を受《う》け、人種差別《じんしゅさべつ》に立《た》ち向《む》かいました。

　一九六三年《ねん》八月《はちがつ》に開《ひら》かれた集会《しゅうかい》でのマーティンの演説《えんぜつ》は、二十万《にじゅうまん》人《にん》の人《ひと》びとを集《あつ》めて行《おこな》われました。その演説《えんぜつ》がアメリカの議会《ぎかい》を動《うご》かし、法律《ほうりつ》を変《か》え、差別《さべつ》をなくしていくことになったのです。中心的存在《ちゅうしんてきそんざい》だったマーティンは、一九六四年《ねん》にノーベル平和賞《へいわしょう》を受賞《じゅしょう》しました。

　しかし、人《ひと》の心《こころ》はすぐに変《か》わるわけではありません。その四年後《よねんご》の一九六八年四月四日《ねんしがつよっか》、マーティンは黒人《こくじん》をにくむ白人男性《はくじんだんせい》に銃《じゅう》で撃《う》たれ、三十九歳《さんじゅうきゅうさい》で亡《な》くなりました。人種差別《じんしゅさべつ》の問題《もんだい》に働《はたら》きかけたマーティンの功績《こうせき》をたたえ、アメリカでは、マーティンの誕生日《たんじょうび》の一月十五日《いちがつじゅうごにち》にちなんで一月《いちがつ》の第三《だいさん》月曜日《げつようび》を「キング牧師《ぼくし》の日《ひ》」として祝日《しゅくじつ》にしています。

この日《ひ》はほかにも…

★ドイツの自動車技術者《じどうしゃぎじゅつしゃ》、カール・ベンツ（96ページ）が亡《な》くなった日《ひ》（一九二九年《ねん》）

114ページのこたえ　十歳《じっさい》

おはなしクイズ　マーティンがノーベル平和賞《へいわしょう》を受賞《じゅしょう》したのは何年《なんねん》？

こたえはつぎのページ

巨《きょ》大《だい》な像《ぞう》、モアイがある島《しま》
イースター島《とう》が発《はっ》見《けん》された日《ひ》

4月5日

読《よ》んだ日《ひ》にち（　　年　　月　　日）（　　年　　月　　日）（　　年　　月　　日）

歴史

　南太平洋《みなみたいへいよう》の東《ひがし》にあるイースター島《とう》は、巨大《きょだい》な石像《せきぞう》モアイがあるふしぎな島《しま》として知《し》られています。

　一七二二年《ねん》四月五日《しがついつか》、オランダの軍人《ぐんじん》ヤコブ・ロッヘフェーンがヨーロッパ人《じん》としてはじめて島《しま》をおとずれました。その年《とし》の四月五《しがついつ》日《か》はキリスト教《きょう》のお祭《まつ》り、イースター（復活祭《ふっかつさい》）だったので、イースター島《とう》と名《な》づけられたのです。でも、それよりずっと前《まえ》から島《しま》に住《す》んでいたポリネシア系《けい》の人《ひと》たちは、この島《しま》を「ラパ・ヌイ」とよんでいました。「大《おお》きい島《しま》」という意味《いみ》です。

　島《しま》のあちこちに、モアイがあり、その数《かず》は、大小合《だいしょうあ》わせるとおよそ千体《せんたい》にもなります。現在《げんざい》、まっすぐに立《た》っているのは四十数《よんじゅうすう》体《たい》で、それらは、二十世紀以降《にじっせいきいこう》に復元《ふくげん》されたものです。ほかのモアイは、つくりかけであったり、こわれて転《ころ》がっていたりします。たおれていたモアイは、どれも顔面《がんめん》を地面《じめん》につけ、うつぶせになっていました。モアイの目《め》にはふしぎな力《ちから》があると考《かんが》えられており、目《め》をふさぐことで、モアイの力《ちから》をふうじこめようとしたのではないかともいわれています。

　モアイは六世紀《ろくせいき》ごろからつくられ始《はじ》め、とくに十二世紀《じゅうにせいき》から十五《じゅうご》世紀《せいき》くらいの間《あいだ》にさかんにつくられていたといわれています。ご先《せん》祖様《ぞさま》をまつったもの、部族《ぶぞく》の守《まも》り神《がみ》としてつくられたものなどがあります。

　むかし、イースター島《とう》は緑《みどり》ゆたかな森《もり》でおおわれていましたが、島民《とうみん》によって木《き》が切《き》りたおされ、土地《とち》が荒《あ》れて食《た》べものがなくなりました。そして、争《あらそ》いの末《すえ》に当時《とうじ》の文明《ぶんめい》がなくなったといわれています。しかし本当《ほんとう》のことはいまだ、なぞのままです。

この日《ひ》はほかにも…
★オーストリアの指揮者《しきしゃ》、ヘルベルト・フォン・カラヤンが生《う》まれた日《ひ》（一九〇八年《ねん》）

115ページのこたえ
一九六四年《ねん》

おはなしクイズ　「大《おお》きい島《しま》」という意味《いみ》をもつ、イースター島《とう》の別名《べつめい》は？　こたえはつぎのページ

4月6日

オリンピックがギリシャのアテネで復活《ふっかつ》した日《ひ》

読《よ》んだ日《ひ》にち（　年　月　日）（　年　月　日）（　年　月　日）

歴史

1896年《ねん》の近代《きんだい》オリンピック大会《たいかい》の様子《ようす》　写真提供:TopFoto／アフロ

古代《こだい》ギリシャでは紀元前《きげんぜん》七七六年《ねん》にオリンピックの大会《たいかい》が行《おこな》われていた、という記録《きろく》がのこっています。オリンピアという都市《とし》で、ゼウスという神様《かみさま》をたたえるための宗教行事《しゅうきょうぎょうじ》として、スポーツの祭《まつ》りを開《ひら》いていたのです。一説《いっせつ》によると、戦争《せんそう》をしていた都市同士《としどうし》が、争《あらそ》いをやめるために始《はじ》められたともいわれています。

しかし、古代《こだい》ギリシャがローマ帝国《ていこく》に支配《しはい》されると、宗教《しゅうきょう》のちがいなどから、紀元《きげん》三九三年《ねん》に行《おこな》われた大会《たいかい》を最後《さいご》に、開催《かいさい》されなくなりました。

時《とき》をへて、十九世紀《じゅうきゅうせいき》の終《お》わりに、この古代《こだい》オリンピックがよみがえります。近代《きんだい》オリンピックとしての復活《ふっかつ》を実現《じつげん》させたのは、フランス人《じん》のピエール・ド・クーベルタンでした。「近代《きんだい》オリンピックの父《ちち》」とよばれる人物《じんぶつ》です。

クーベルタンはフランスの教育改革《きょういくかいかく》のために、スポーツを取《と》り入《い》れたいと考《かんが》えました。その考《かんが》えは、やがて国際《こくさい》交流《こうりゅう》や平和《へいわ》の実現《じつげん》のためにスポーツが役立《やくだ》つという考《かんが》えに変《か》わり、オリンピックの復活《ふっかつ》へとつながっていったのです。

そして、近代《きんだい》オリンピック第一回大会《だいいっかいたいかい》が一八九六年《ねん》にギリシャの首都《しゅと》アテネで開催《かいさい》されました。開会式《かいかいしき》の四月六日《しがつむいか》から十五日《じゅうごにち》まで、欧米《おうべい》の十四《じゅうよん》か国《こく》から二百四十一人《にひゃくよんじゅういちにん》が参加《さんか》しました。ただ、古代《こだい》オリンピックと同様《どうよう》、男性《だんせい》だけでの開催《かいさい》でした。

実施競技《じっしきょうぎ》は、陸上《りくじょう》、水泳《すいえい》、体操《たいそう》、レスリング、フェンシング、射撃《しゃげき》、自転車《じてんしゃ》、テニスの八競技《はちきょうぎ》（ヨットは悪天候《あくてんこう》のため中止《ちゅうし》）でした。最《もっと》も、もり上《あ》がったのは陸上《りくじょう》で、アメリカが多《おお》くの種目《しゅもく》で優勝《ゆうしょう》を手《て》にしました。今《いま》とはちがい、優勝者《ゆうしょうしゃ》には銀《ぎん》のメダルとオリーブの小枝《こえだ》でつくられた冠《かんむり》、二位《にい》の選手《せんしゅ》には銅《どう》のメダルと月桂樹《げっけいじゅ》の小枝《こえだ》でつくられた冠《かんむり》がおくられました。

この日《ひ》はほかにも…

★「火《ひ》の鳥《とり》」で知《し》られるロシアの作曲家《さっきょくか》、イーゴリ・ストラヴィンスキーが亡《な》くなった日《ひ》（一九七一年《ねん》）

116ページのこたえ　ラパ・ヌイ

おはなしクイズ　「近代《きんだい》オリンピックの父《ちち》」とよばれるフランス人《じん》は？　こたえはつぎのページ

日本《にほん》にキリスト教《きょう》を伝《つた》えた ザビエルの誕生日《たんじょうび》

スペイン
1506〜1552年《ねん》

4月7日

人物

読《よ》んだ日《ひ》にち（　　年　　月　　日）（　　年　　月　　日）（　　年　　月　　日）

十六世紀《じゅうろくせいき》、ポルトガルやスペインは、貿易《ぼうえき》とキリスト教《きょう》の布教《ふきょう》（宗教《しゅうきょう》を広《ひろ》めること）のために、世界中《せかいじゅう》に進出《しんしゅつ》していました。そんな中《なか》、日本《にほん》にはじめてキリスト教《きょう》を伝《つた》え、布教活動《ふきょうかつどう》を行《おこな》ったのが、フランシスコ・ザビエルです。

ザビエルは、ユリウス暦《れき》一五〇六年《ねん》四月七日《しがつなのか》に、ナバラ王国《おうこく》（今《いま》のスペイン北部《ほくぶ》）の貴族《きぞく》の家《いえ》に生《う》まれました。十九歳《じゅうきゅうさい》のときにパリ大学《だいがく》に留学《りゅうがく》したザビエルは、熱心《ねっしん》なキリスト教徒《きょうと》であるイグナティウス・デ・ロヨラと出会《であ》います。ロヨラの影響《えいきょう》で聖職者《せいしょくしゃ》になりたいと思《おも》ったザビエルは一五三四年《ねん》、ロヨラらとともにイエズス会《かい》という修道会《しゅうどうかい》をつくりました。

その後《ご》、イエズス会《かい》は、ポルトガル王《おう》からキリスト教《きょう》の布教《ふきょう》をたのまれ、一五四一年《ねん》、ザビエルはインドに行《い》くことになりました。各地《かくち》で布教《ふきょう》をしながら、一五四五年《ねん》にマラッカ（今《いま》のマレーシア）に着《つ》いたザビエルは、一五四七年《ねん》にアンジローという日本人《にほんじん》と出会《であ》いました。アンジローから日本《にほん》の話《はなし》をきいたザビエルは、日本《にほん》に興《きょう》味《み》をもちます。

「礼儀正《れいぎただ》しい日本人《にほんじん》に、ぜひキリスト教《きょう》を伝《つた》えたい」

そう考《かんが》えたザビエルは、一五四九年《ねん》、アンジローとともに薩摩国《さつまのくに》（今《いま》の鹿児島県《かごしまけん》）に上陸《じょうりく》しました。その後《ご》、ザビエルは京都《きょうと》で天皇《てんのう》や将軍《しょうぐん》に布教《ふきょう》の許可《きょか》をもらおうとしましたが、うまくいきませんでした。がっかりしたザビエルは、周《す》防国《おうのくに》（今《いま》の山口県《やまぐちけん》）や九州《きゅうしゅう》などで布教《ふきょう》をつづけ、二年後《にねんご》にインドへ行《い》きます。そして一五五二年《ねん》、中国《ちゅうごく》への入国《にゅうこく》を目指《めざ》すとちゅう、四十六歳《よんじゅうろくさい》で亡《な》くなりました。

ザビエルが去《さ》ったあと、多《おお》くの宣教師《せんきょうし》が日本《にほん》をおとずれるようになり、キリスト教《きょう》が日本《にほん》に広《ひろ》まっていったのです。

この日《ひ》はほかにも…

★明治《めいじ》から昭和時代《しょうわじだい》の農学博士《のうがくはかせ》、鈴木梅太郎《すずきうめたろう》（388ページ）の誕生日《たんじょうび》（一八七四年《ねん》）

★アメリカの実業家《じつぎょうか》、フォード（241ページ）の命日《めいにち》（一九四七年《ねん》）

117ページのこたえ
ピエール・ド・クーベルタン

おはなしクイズ　ザビエルがロヨラらとともにつくった修道会《しゅうどうかい》の名前《なまえ》は？　こたえはつぎのページ

4月8日 釈迦《しゃか》の誕生《たんじょう》を祝《いわ》う 花祭《はなまつ》りの日《ひ》

読《よ》んだ日《ひ》にち（　年　月　日）（　年　月　日）（　年　月　日）

「人《ひと》は苦《くる》しむために生《う》まれたのか」

インドの小《ちい》さな国《くに》の王子《おうじ》シッダールタは、病気《びょうき》に苦《くる》しむ人《ひと》や年《とし》を取《と》った人《ひと》、死《し》んだ人《ひと》を見《み》て思《おも》いました。

そして、その答《こた》えをさがすため、王子《おうじ》の身分《みぶん》をすてて、お坊《ぼう》さんになります。二十九歳《にじゅうきゅうさい》のときでした。シッダールタは釈迦族《しゃかぞく》の王子《おうじ》だったので、釈迦《しゃか》ともよばれています。

釈迦《しゃか》はきびしい修行《しゅぎょう》を行《おこな》いますが、答《こた》えにたどり着《つ》けません。ある日《ひ》、大《おお》きな菩提樹《ぼだいじゅ》の下《した》にすわった釈迦《しゃか》は、深《ふか》く考《かんが》えつづけました。

「そうだ、わかったぞ」。ついに、釈迦《しゃか》はすべての答《こた》えにたどり着《つ》きました。これを「さとり」といいます。釈迦《しゃか》は何《なに》をさとったのでしょう。

それは、どんなことにも原因《げんいん》があるから結果《けっか》がうまれるという「因縁《いんねん》」。きれいにさいた花《はな》もいつかはかれてしまうように、何《なに》もかもうつり変《か》わっていくという「無常《むじょう》」。生《い》きものは死《し》んだあと、生《う》まれ変《か》わることをくり返《かえ》すという「輪廻《りんね》」。そして、生《い》きものを殺《ころ》してはいけない「不殺生《ふせっしょう》」。

これらの答《こた》えにたどり着《つ》き、「さとった人《ひと》」つまり「ブッダ」となった釈迦《しゃか》は、その教《おし》えを広《ひろ》めたのです。そして、釈迦《しゃか》の教《おし》えは仏教《ぶっきょう》としてたくさんの人《ひと》に伝《つた》わっていきました。

釈迦《しゃか》が誕生《たんじょう》したといわれているのが、四月八日《しがつようか》です。この日《ひ》は、多《おお》くの寺《てら》で釈迦《しゃか》の誕生《たんじょう》を祝《いわ》うための「花祭《はなまつ》り」が行《おこな》われます。

花祭《はなまつ》りでは、寺《てら》の中《なか》に屋根《やね》などを花《はな》でかざった「花御堂《はなみどう》」がつくられます。花御堂《はなみどう》の中《なか》には釈迦《しゃか》の像《ぞう》がおかれ、その像《ぞう》にひしゃくで甘茶《あまちゃ》（アマチャまたはアマチャヅルという植物《しょくぶつ》をせんじた飲《の》みもの）をかけます。その甘茶《あまちゃ》を飲《の》むと病気《びょうき》にならないとされています。これは釈迦《しゃか》が生《う》まれたとき、天《てん》から龍《りゅう》がおりてきて、産湯《うぶゆ》のための水《みず》を注《そそ》いだことに由来《ゆらい》しています。

この日《ひ》はほかにも…

★タイヤの日《ひ》

四月《しがつ》に行《おこな》われる春《はる》の全国《ぜんこく》交通《こうつう》安《あん》全運動《ぜんうんどう》（305ページ）とタイヤ（輪《わ》）をイメージした「8」を組《く》み合《あ》わせたもの。

118ページのこたえ
イエズス会《かい》

おはなしクイズ　釈迦《しゃか》がお坊《ぼう》さんになったのは何歳《なんさい》のとき？

こたえはつぎのページ

巨《きょ》大《だい》な仏像《ぶつぞう》にたましいを入《い》れた 東《とう》大《だい》寺《じ》の大《だい》仏《ぶつ》開《かい》眼《げん》供《く》養《よう》の日《ひ》

4月9日

読《よ》んだ日《ひ》にち（　　年　　月　　日）（　　年　　月　　日）（　　年　　月　　日）

歴史

奈良県《ならけん》にある東大寺《とうだいじ》は、高《たか》さおよそ十五《じゅうご》メートルもある大仏《だいぶつ》で有名《ゆうめい》です。

鋳造《ちゅうぞう》（とかした金属《きんぞく》を型《かた》に流《なが》しこんでつくる方法《ほうほう》）の大仏《だいぶつ》としては今《いま》でも世界一《せかいいち》の大《おお》きさですから、むかしの人《ひと》びとはその姿《すがた》にとてもおどろいたことでしょう。

七五二年《ねん》（天平勝宝四年《てんぴょうしょうほうよねん》）四月《しがつ》九日《ここのか》、この大仏《だいぶつ》がほぼできあがり、一万人以上《いちまんにんいじょう》の人《ひと》が参列《さんれつ》して開眼供養《かいげんくよう》が行《おこな》われました。

開眼供養《かいげんくよう》とは、仏像《ぶつぞう》に、最後《さいご》に眼《め》をかくことでたましいを入《い》れる儀式《ぎしき》です。

これほど大《おお》きな仏像《ぶつぞう》は、何《なん》のためにつくられたのでしょうか。

この大仏《だいぶつ》をつくった聖武天皇《しょうむてんのう》は、七二四年《ねん》に天皇《てんのう》になりましたが、そのころ、さまざまなわざわいが国《くに》をおそっていました。

農作物《のうさくもつ》の不作《ふさく》がつづき、大地震《だいじしん》が起《お》こり、天然痘《てんねんとう》というおそろしい伝染病《でんせんびょう》がはやり、たくさんの人《ひと》が命《いのち》を落《お》としたのです。貴族同士《きぞくどうし》の争《あらそ》いも絶《た》えませんでした。

「どうすれば、苦《くる》しみのない世《よ》の中《なか》になるのだろうか」

聖武天皇《しょうむてんのう》は、相談相手《そうだんあいて》であった光明皇后《こうみょうこうごう》にたずねました。

「御仏《みほとけ》のお力《ちから》におすがりするしかありません」

と、光明皇后《こうみょうこうごう》は答《こた》えます。自分《じぶん》自身《じしん》も仏教《ぶっきょう》を深《ふか》く信仰《しんこう》していた聖《しょう》武天皇《むてんのう》は、まず全国《ぜんこく》に国分寺《こくぶんじ》と国《こく》分尼寺《ぶんにじ》をたてさせ、次《つぎ》に大仏《だいぶつ》をつくる決心《けっしん》をします。国《くに》をあげての大事業《だいじぎょう》となった大仏《だいぶつ》づくりには、およそ十年《じゅうねん》の時間《じかん》とのべ二百六十《にひゃくろくじゅう》万人以上《まんにんいじょう》の人《ひと》びとの労働《ろうどう》、そして、多《おお》くの資金《しきん》がかかりました。

開眼供養《かいげんくよう》のとき、大仏《だいぶつ》の一部《いちぶ》は未完成《みかんせい》でしたが、聖武天皇《しょうむてんのう》（そのころはすでに位《くらい》をゆずり、聖武太《しょうむだい》上天皇《じょうてんのう》）の体調《たいちょう》がよくなかったために急《いそ》いだのではないかといわれています。

東大寺《とうだいじ》は、古都奈良《ことなら》の文化財《ぶんかざい》の一《ひと》つとして一九九八年《ねん》にユネスコの世界遺産《せかいいさん》に登録《とうろく》されています。

この日《ひ》はほかにも…

★小説家《しょうせつか》、武者小路実篤《むしゃのこうじさねあつ》が亡《な》くなった日《ひ》（一九七六年《ねん》）

119ページのこたえ　二十九歳《にじゅうきゅうさい》

おはなしクイズ　東大寺《とうだいじ》の大仏《だいぶつ》の開眼供養《かいげんくよう》が行《おこな》われたのは何年《なんねん》？　こたえはつぎのページ

日本《にほん》ではじめて 女性《じょせい》が選挙《せんきょ》に参加《さんか》した日《ひ》

読《よ》んだ日《ひ》にち（　　年　　月　　日）（　　年　　月　　日）（　　年　　月　　日）

もしもみなさんのクラスで、男《だん》子《し》だけが話《はな》し合《あ》い、女子《じょし》は何《なに》も言《い》えないまま、大事《だいじ》なことが決《き》まったらどう思《おも》いますか。不公平《ふこうへい》ですよね。同《おな》じように、町《まち》や国《くに》の大事《だいじ》なことを決《き》める政治《せいじ》の場面《ばめん》でも、男性《だんせい》と女性《じょせい》の両方《りょうほう》が意見《いけん》を言《い》って話《はな》し合《あ》うことが大切《たいせつ》です。

けれどもむかしの日本《にほん》では、女《じょ》性《せい》は政治《せいじ》に参加《さんか》することができませんでした。女性《じょせい》は家《いえ》の中《なか》で家事《かじ》をして、子《こ》どもを育《そだ》てるだけでいいと考《かんが》える人《ひと》が多《おお》く、女性《じょせい》が外《そと》に出《で》て自分《じぶん》の意見《いけん》を言《い》うことは好《この》まれませんでした。そのため、明治《めいじ》時代《じだい》に入《はい》って、日本《にほん》で選挙《せんきょ》が行《おこな》われるようになっても、女性《じょせい》は選挙《せんきょ》に立候補《りっこうほ》することも、自分《じぶん》と同《おな》じ考《かんが》えの候補者《こうほしゃ》に投票《とうひょう》することもできなかったのです。

大正時代《たいしょうじだい》に入《はい》ると、自分《じぶん》たちも政治《せいじ》に参加《さんか》させてほしいとうったえる女性《じょせい》たちが出《で》てきます。市川《いちかわ》房枝《ふさえ》という人《ひと》が、女性《じょせい》の政治参加《せいじさんか》がみとめられていたアメリカにわたって、その様子《ようす》を見《み》ききし、日《に》本《ほん》に伝《つた》えました。男性《だんせい》の国会議員《こっかいぎいん》の中《なか》にも、房枝《ふさえ》たちの意見《いけん》をきいてくれる人《ひと》が出《で》てきましたが、女《じょ》性《せい》が参加《さんか》する選挙《せんきょ》が実現《じつげん》しないうちに、第二次世界大戦《だいにじせかいたいせん》が始《はじ》まりました。

一九四五年《ねん》に日本《にほん》が戦争《せんそう》に負《ま》けると（258ページ）、アメリカの考《かんが》えが次《つぎ》つぎに日本《にほん》に取《と》り入《い》れられるようになりました。そして、女《じょ》性《せい》が政治《せいじ》に参加《さんか》することもみとめられるようになったのです。

一九四六年四月十日《ねんしがつとおか》に行《おこな》われた衆議院議員総選挙《しゅうぎいんぎいんそうせんきょ》で、女性《じょせい》にはじめて投票《とうひょう》する権利《けんり》である選挙権《せんきょけん》と、立候補《りっこうほ》する権利《けんり》である被選挙《ひせんきょ》権《けん》の二《ふた》つがみとめられました。

投票所《とうひょうじょ》は、子《こ》どもをつれて投票《とうひょう》に行《い》く女性《じょせい》たちでにぎわいました。この選挙《せんきょ》では約千三百八十万《やくせんさんびゃくはちじゅうまん》人《にん》の女性《じょせい》が投票《とうひょう》しました。また、七十九人《ななじゅうくにん》の女性《じょせい》が立候補《りっこうほ》し、三十《さんじゅう》九人《くにん》の女性《じょせい》が当選《とうせん》して国会議員《こっかいぎいん》となったのです。

この日《ひ》はほかにも…

★アメリカの軍人《ぐんじん》、ペリー（180ページ）の誕生日《たんじょうび》（一七九四年《ねん》）

120ページのこたえ

七五二年《ねん》（天平勝宝四年《てんぴょうしょうほうよねん》）

おはなしクイズ　1946年《ねん》の選挙《せんきょ》で国会議員《こっかいぎいん》となった女性《じょせい》は何人《なんにん》？

こたえはつぎのページ

世界共通《せかいきょうつう》のメートル法《ほう》が日本《にほん》で公布《こうふ》された日《ひ》

4月11日

歴史

読《よ》んだ日《ひ》にち（　　年　　月　　日）（　　年　　月　　日）（　　年　　月　　日）

むかしの人《ひと》びとは、ものの長《なが》さをはかるときに、手《て》や足《あし》など、体《からだ》の長《なが》さを基準《きじゅん》にしていました。たとえば、欧米《おうべい》で用《もち》いられているフィート（一《いち》フィートは三十《さんじっ》・四《よん》八《はち》センチメートル）という単位《たんい》は、大人《おとな》の足《あし》のうらの長《なが》さが基準《きじゅん》です。また、かつて日本《にほん》で用《もち》いられていた尋《ひろ》（一尋《いちひろ》は一《いち》・五《ご》一《いち》五《ご》または一《いち》・八《はち》一《いち》八《はち》メートル）は、大人《おとな》が両手《りょうて》を左右《さゆう》に広《ひろ》げたときの指先《ゆびさき》から指先《ゆびさき》までの長《なが》さです。

このように、国《くに》や地域《ちいき》によって長《なが》さの基準《きじゅん》はちがいました。しかし、ほかの国《くに》や地域《ちいき》との交流《こうりゅう》が始《はじ》まると、地域《ちいき》によって基準《きじゅん》がことなるのは不便《ふべん》だということになりました。そこで、世界共通《せかいきょうつう》の単位《たんい》をつくることになったのです。

十八世紀《じゅうはっせいき》の末《すえ》、フランスの外交《がいこう》官《かん》だったシャルル・モーリス・ド・タレーランは世界中《せかいじゅう》の人《ひと》びとが同《おな》じように長《なが》さの基準《きじゅん》と考《かんが》えるものとして地球《ちきゅう》をあげました。北《ほっ》極点《きょくてん》と南極点《なんきょくてん》をむすぶ円周《えんしゅう》（子午《しご》線《せん》）の一部分《いちぶぶん》をはかり、それをもとに円周《えんしゅう》を出《だ》し、その四千万分《よんせんまんぶん》の一《いち》の長《なが》さを一《いち》メートルと定《さだ》めたのです。計測《けいそく》には約六年《やくろくねん》もかかりました。

フランスでメートル法《ほう》が使《つか》われるようになったのは一七九九年《ねん》からですが、世界中《せかいじゅう》で使《つか》われるようになったのは、一八七五年《ねん》にメートル条約《じょうやく》ができてからです。現在《げんざい》は、より正確《せいかく》な基準《きじゅん》として、光《ひかり》が真空中《しんくうちゅう》を二億九千九百七十九万二千四百五十八分《におくきゅうせんきゅうひゃくななじゅうきゅうまんにせんよんひゃくごじゅうはちぶん》の一秒《いちびょう》で進《すす》む距離《きょり》が一《いち》メートルと定《さだ》められています。

日本《にほん》でも、長《なが》さの尺《しゃく》、体積《たいせき》の升《しょう》、重《おも》さの貫《かん》を用《もち》いる尺貫法《しゃっかんほう》とともにメートル法《ほう》が使《つか》われるようになります。

そして、一九二一年《ねん》四月十一日《しがつじゅういちにち》に改正《かいせい》された度量衡法《どりょうこうほう》によりメートル法《ほう》が公布《こうふ》されました。しかし、尺貫法《しゃっかんほう》が根《ね》づいていたため、メートル法《ほう》への移行《いこう》はなかなか進《すす》まず、完全《かんぜん》に移行《いこう》されたのは一九五二年《ねん》に改《あらた》めて計量法《けいりょうほう》が施行《しこう》されてからです。

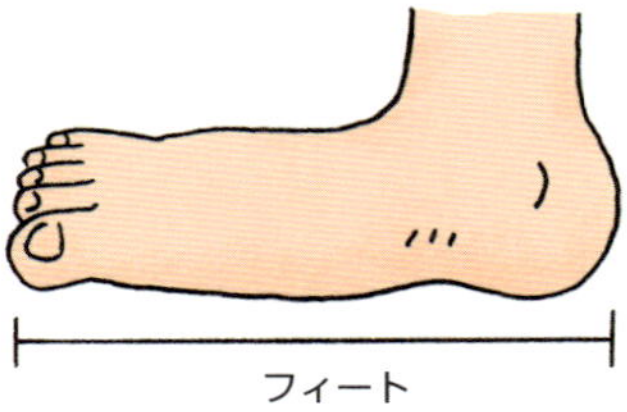

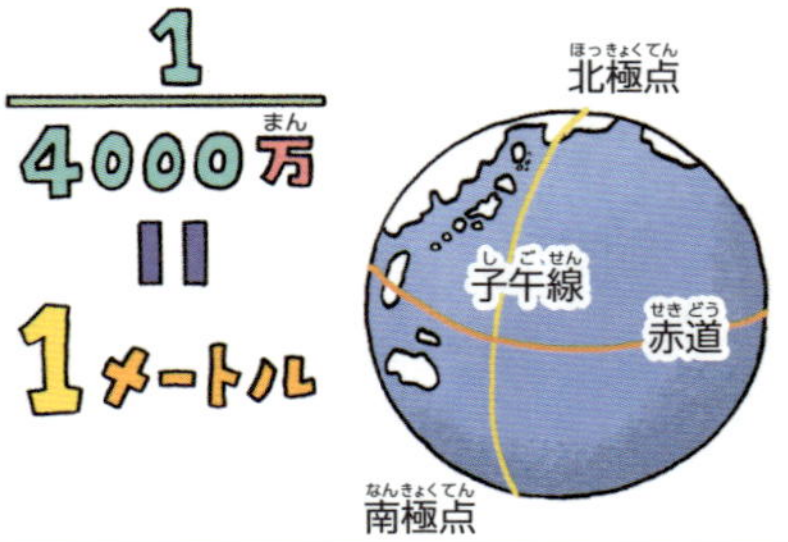

この日《ひ》はほかにも…

★世界《せかい》ではじめて人工的《じんこうてき》に雪《ゆき》の結晶《けっしょう》をつくった物理学者《ぶつりがくしゃ》、中谷宇吉郎《なかやうきちろう》が亡《な》くなった日《ひ》（一九六二年《ねん》）

121ページのこたえ
三十九人《さんじゅうくにん》

おはなしクイズ　メートル法《ほう》は最初《さいしょ》、何《なに》を長《なが》さの基準《きじゅん》にしていた？　こたえはつぎのページ

4月12日

日本人《にほんじん》がはじめてパンを焼《や》いた「パンの記念日《きねんび》」

読《よ》んだ日《ひ》にち（　年　月　日）（　年　月　日）（　年　月　日）

記念日

日本人《にほんじん》がはじめてパンを焼《や》いたのは、江戸時代《えどじだい》のことです。

伊豆《いず》（今《いま》の静岡県《しずおかけん》）韮山《にらやま》の代官《だいかん》だった江川太郎左衛門《えがわたろうざえもん》は、戦争《せんそう》になったときに持《も》ち歩《ある》ける食料《しょくりょう》を考《かんが》え、パンに決《き》めました。そして一八四二年《ねん》（天保十三年《てんぽうじゅうさんねん》）四月十二《しがつじゅうに》日《にち》に、日本《にほん》ではじめてパンを焼《や》いたといわれています。それにちなんで、この日《ひ》は「パンの記念日《きねんび》」とされているのです。

パンは、約六千年前《やくろくせんねんまえ》に古代《こだい》エジプトでつくられるようになりました。日本《にほん》には十六世紀《じゅうろくせいき》に、ポルトガル人《じん》が鉄砲《てっぽう》とともにパンを伝《つた》えましたが、その後《ご》、日本《にほん》が鎖国《さこく》（外国《がいこく》との貿易《ぼうえき》などをやめること）をしたため、いつの間《ま》にか姿《すがた》を消《け》しました。

江戸時代《えどじだい》の終《お》わりに、外国人《がいこくじん》の居留地《きょりゅうち》（外国人《がいこくじん》の居住《きょじゅう》や営業《えいぎょう》のために指定《してい》した地域《ちいき》）が横浜《よこはま》にできました。一八六五年《ねん》、イギリス人《じん》のロバート・クラークが、同《おな》じ外《がい》国人《こくじん》のためにパンの販売《はんばい》を始《はじ》め、翌年《よくねん》には、日本人《にほんじん》も外国人《がいこくじん》のためのパンを焼《や》いて売《う》るようになりました。

また、一八六九年《ねん》、木村安兵衛《きむらやすべえ》が日本人向《にほんじんむ》けのパンの販売《はんばい》を始《はじ》めました。とくに一八七四年《ねん》につくられ、翌年四月《よくねんしがつ》に明治天皇《めいじてんのう》に献上《けんじょう》された「あんぱん」は大《だい》ヒット商《しょう》品《ひん》となり、今《いま》でもたくさんの人《ひと》に食《た》べられています。

それでも、お米《こめ》になれ親《した》しんでいた日本人《にほんじん》には、パンは主食《しゅしょく》というよりもおやつとして受《う》け止《と》められていました。しかし、第二次世《だいにじせ》界大戦《かいたいせん》が終《お》わると食《しょく》パンが食《た》べられるようになり、どこの家庭《かてい》でも食卓《しょくたく》にならぶようになったのです。

この日《ひ》はほかにも…

★戦国時代《せんごくじだい》の武将《ぶしょう》、武田信玄《たけだしんげん》（36ページ）が亡《な》くなった日《ひ》（一五七三年《ねん》）

122ページのこたえ　地球《ちきゅう》

おはなしクイズ　木村安兵衛《きむらやすべえ》が販売《はんばい》して大《だい》ヒットしたパンは？

こたえはつぎのページ

宮本武蔵《みやもとむさし》と佐々木小次郎《ささきこじろう》が巌流島《がんりゅうじま》で決闘《けっとう》した日《ひ》

4月13日

読《よ》んだ日《ひ》にち（　年　月　日）（　年　月　日）（　年　月　日）

歴史

一六一二年《ねん》（慶長十七年《けいちょうじゅうしちねん》）四月《しがつ》十三日《じゅうさんにち》。長門国《ながとのくに》（今《いま》の山口県《やまぐちけん》）の島《しま》で、宮本武蔵《みやもとむさし》と佐々木小次郎《ささきこじろう》という二人《ふたり》の剣《けん》の名人《めいじん》が戦《たたか》ったといわれています。

武蔵《むさし》はおさないころから剣《けん》が強《つよ》く、大名《だいみょう》の家臣《かしん》（家来《けらい》）になりたいと願《ねが》っていました。そのため、二本《にほん》の剣《けん》を持《も》って戦《たたか》う二刀流《にとうりゅう》をあみ出《だ》し、有名《ゆうめい》な武芸者《ぶげいしゃ》に決闘《けっとう》を申《もう》しこんで勝《か》つことで、出世《しゅっせ》しようとしていました。

いっぽう、小次郎《こじろう》は細川家《ほそかわけ》という大名《だいみょう》に剣術《けんじゅつ》の師範《しはん》として仕《つか》えていました。「巌流《がんりゅう》」という流派《りゅうは》をおこし、「ものほしざお」とよばれる約九十《やくきゅうじっ》センチメートルの長《なが》い刀《かたな》をあやつり、「つばめ返《がえ》し」という技《わざ》を使《つか》うことで有名《ゆうめい》でした。

武蔵《むさし》は小次郎《こじろう》をたおして自分《じぶん》が細川家《ほそかわけ》にやとわれたいと思《おも》い、決闘《けっとう》を申《もう》しこんだのです。

決闘《けっとう》の約束《やくそく》は辰《たつ》の刻《こく》（午前八時《ごぜんはちじ》）。小次郎《こじろう》は先《さき》に来《き》て武蔵《むさし》を待《ま》ちますが、武蔵《むさし》はやってきません。巳《み》の刻《こく》（午前十時《ごぜんじゅうじ》）になり、やっと武蔵《むさし》をのせた小舟《こぶね》が島《しま》にやってきました。小次郎《こじろう》は、長《なが》い刀《かたな》をぬいて、そのさやを投《な》げすてます。それを見《み》た武蔵《むさし》は、

「小次郎《こじろう》、やぶれたり！」

とさけび、舟《ふね》から飛《と》びおりました。さやをすてるのは、戦《たたか》いをあきらめた者《もの》のすることだというのです。小次郎《こじろう》はおこりました。

「おくれてきて何《なに》を言《い》うか」

二人《ふたり》は同時《どうじ》に相手《あいて》にきりかかります。一瞬《いっしゅん》、どちらも動《うご》かなくなったかと思《おも》うと、小次郎《こじろう》が先《さき》にばたりとたおれました。

武蔵《むさし》の木刀《ぼくとう》は小次郎《こじろう》の頭《あたま》へふり下《お》ろされ、小次郎《こじろう》の刀《かたな》は武蔵《むさし》のひたいのはちまきを切《き》っただけだったのです。命運《めいうん》を分《わ》けたのは刀《かたな》の長《なが》さでした。武蔵《むさし》は勝《か》つために、小次郎《こじろう》の持《も》つ刀《かたな》よりもさらに長《なが》い木刀《ぼくとう》をつくってきたのです。

負《ま》けはしたものの、正《せい》せいどうどうと勝負《しょうぶ》した小次郎《こじろう》の姿勢《しせい》は人《ひと》びとの共感《きょうかん》をよび、小次郎《こじろう》の剣《けん》の流派《りゅうは》の巌流《がんりゅう》から、決闘《けっとう》の舞台《ぶたい》となった島《しま》は「巌流島《がんりゅうじま》」とよばれるようになりました。

123ページのこたえ
あんぱん

この日《ひ》はほかにも…

★日本初《にほんはつ》の喫茶店《きっさてん》が開店《かいてん》した日《ひ》（一八八八年《ねん》）

おはなしクイズ　宮本武蔵《みやもとむさし》があみ出《だ》した２本《ほん》の刀《かたな》を使《つか》った剣術《けんじゅつ》は？

こたえはつぎのページ

4月14日

土星《どせい》の環《わ》を発見《はっけん》した ホイヘンスの誕生日《たんじょうび》

オランダ
1629〜1695年《ねん》

読《よ》んだ日《ひ》にち（　　年　　月　　日）（　　年　　月　　日）（　　年　　月　　日）

人物

太陽系惑星《たいようけいわくせい》（67ページ）の土星《どせい》は、とても特徴的《とくちょうてき》です。まるでぼうしのつばのような環《わ》が、丸《まる》い星《ほし》のまわりをまわっています。

この「土星《どせい》の環《わ》」を発見《はっけん》したのが、クリスチャン・ホイヘンスです。ホイヘンスは、一六二九年《ねん》四月十四日《しがつじゅうよっか》、オランダのハーグで生《う》まれました。

十六歳《じゅうろくさい》まではお父《とう》さんや家庭教師《かていきょうし》から勉強《べんきょう》を教《おそ》わり、その後《ご》、ライデン大学《だいがく》などで数学《すうがく》や法律《ほうりつ》を学《まな》びます。大学《だいがく》を卒業後《そつぎょうご》は、ハーグの自宅《じたく》で数学《すうがく》や物理学《ぶつりがく》の研究《けんきゅう》をつづけました。

一六五五年《ねん》、ホイヘンスは自作《じさく》の望遠鏡《ぼうえんきょう》で土星《どせい》の衛星《えいせい》（惑星《わくせい》などのまわりをまわっている天体《てんたい》）であるタイタンを観測《かんそく》し、土星《どせい》の環《わ》を発見《はっけん》します。翌年《よくねん》には、オリオン大星雲《だいせいうん》を発見《はっけん》するなど、まだ二《に》十代《じゅうだい》で、天文学《てんもんがく》の世界《せかい》でたくさんの実績《じっせき》をのこしました。その後《ご》、時間《じかん》が大《おお》きくずれない、ふりこ時計《どけい》を考《かんが》えます。

一六六六年《ねん》からはフランスのパリにうつり、活《かつ》やくしつづけます。物理学《ぶつりがく》の世界《せかい》では、光波《こうは》（光《ひかり》の波動《はどう》）の法則性《ほうそくせい》について「ホイヘンスの原理《げんり》」を発表《はっぴょう》します。これは、のちにフランスの物理学者《ぶつりがくしゃ》、オーギュスタン・ジャン・フレネルによって改良《かいりょう》され、今《いま》でも「ホイヘンス・フレネルの原理《げんり》」として用《もち》いられています。

そのほか、微分積分学《びぶんせきぶんがく》など数学《すうがく》の新《あたら》しい分野《ぶんや》の研究《けんきゅう》を行《おこな》い、「サイクロイドふりこの等時性《とうじせい》」なども発見《はっけん》します。

また、現代《げんだい》でも数学《すうがく》の分野《ぶんや》で使《つか》われている「確率論《かくりつろん》」を論文《ろんぶん》としてはじめて発表《はっぴょう》するなど、当時《とうじ》の最先端《さいせんたん》の科学者《かがくしゃ》であり、数学者《すうがくしゃ》だったのです。

一六八一年《ねん》、オランダにもどったホイヘンスは、二年後《にねんご》に、バネをもたない大型時計用《おおがたどけいよう》の新《あたら》しいふりこをつくります。また、「空気《くうき》望遠鏡《ぼうえんきょう》」をつくるなど、技術開発《ぎじゅつかいはつ》者《しゃ》としても一流《いちりゅう》でした。

すばらしい功績《こうせき》をのこしたこれらの研究《けんきゅう》は、一六九五年《ねん》にホイヘンスが亡《な》くなってからも、多《おお》くのわかい科学者《かがくしゃ》によって引《ひ》きつがれ、今《いま》も科学《かがく》や数学《すうがく》の中《なか》で生《い》きているのです。

この日《ひ》はほかにも…

★江戸時代末期《えどじだいまっき》の武士《ぶし》、高杉晋作《たかすぎしんさく》（183ページ）の命日《めいにち》（一八六七年《ねん》）

124ページのこたえ
二刀流《にとうりゅう》

おはなしクイズ　ホイヘンスが衛星《えいせい》タイタンを観測《かんそく》していたときに発見《はっけん》したものは？　こたえはつぎのページ

「歩《ある》く百科事典《ひゃっかじてん》」とよばれた南方熊楠《みなかたくまぐす》が生《う》まれた日《ひ》

日本《にほん》
1867〜1941年《ねん》

4月15日

読《よ》んだ日《ひ》にち（　年　月　日）（　年　月　日）（　年　月　日）

人物

南方熊楠《みなかたくまぐす》は、一八六七年《ねん》（慶応《けいおう》三年《さんねん》）四月《しがつ》十五日《じゅうごにち》に紀伊国《きいのくに》（今《いま》の和歌山県《わかやまけん》）に生《う》まれました。

熊楠《くまぐす》は、野山《のやま》をかけまわるのが好《す》きな元気《げんき》な子《こ》どもでした。また、おさないころから文字《もじ》を読《よ》むのが好《す》きで、小学校一年生《しょうがっこういちねんせい》のころには、むずかしい本《ほん》をスラスラと読《よ》んでいたといわれています。

学《まな》ぶことが好《す》きだった熊楠《くまぐす》は、知《し》りたいことがあると自分《じぶん》で調《しら》べて答《こた》えをみちびき出《だ》していました。中学生《ちゅうがくせい》のころには、先生《せんせい》よりも熊楠《くまぐす》のほうがもの知《し》りになっていたので、学校《がっこう》の授業《じゅぎょう》がたいくつでしかたがありませんでした。

その後《ご》、東京《とうきょう》の大学《だいがく》に入《はい》り、図《と》書館《しょかん》や博物館《はくぶつかん》に通《かよ》いつめ、調《しら》べものをしては、動植物《どうしょくぶつ》や化石《かせき》を集《あつ》めていました。

「外国《がいこく》の大学《だいがく》ならもっとおもしろい授業《じゅぎょう》を受《う》けられるだろう」

と思《おも》った熊楠《くまぐす》は、アメリカの大《だい》学《がく》に入《はい》ります。けれども、その大《だい》学《がく》にも長《なが》くは通《かよ》いませんでした。

「自分《じぶん》でやりたい勉強《べんきょう》は、自分《じぶん》でやるしかないんだ」

そう考《かんが》えた熊楠《くまぐす》は、日本《にほん》に帰《かえ》らずに独学《どくがく》で、キノコなどの菌類《きんるい》やコケの一種《いっしゅ》の地衣類《ちいるい》などを研究《けんきゅう》します。お金《かね》をかせぐために、サーカス団《だん》の一員《いちいん》にもなりました。

サーカス団《だん》は西《にし》インド諸島《しょとう》などを旅《たび》してまわります。そのため、熊楠《くまぐす》はいろいろな場所《ばしょ》でめずらしい動植物《どうしょくぶつ》、石《いし》や土《つち》にふれることができました。そして、知《し》りたいことがあると、それを図書館《としょかん》で調《しら》べて知識《ちしき》を深《ふか》めていったのです。

自分《じぶん》が今《いま》まで学《まな》んできた知識《ちしき》が世界《せかい》で通用《つうよう》するのか、たしかめるために、イギリスにわたった熊楠《くまぐす》は、天文学《てんもんがく》に関《かん》する論文《ろんぶん》を『ネイチャー』（世界中《せかいじゅう》で読《よ》まれている一流科学誌《いちりゅうかがくし》）に送《おく》ったことで、たちまち有名《ゆうめい》になります。

「これほどむずかしい内容《ないよう》を自分《じぶん》で調《しら》べたとは、すごいことだ」

熊楠《くまぐす》の論文《ろんぶん》を読《よ》んだ人《ひと》たちはおどろきました。その後《ご》も数多《かずおお》くの論文《ろんぶん》が『ネイチャー』に取《と》り上《あ》げられた熊楠《くまぐす》は、イギリスの大英博《だいえいはく》物館《ぶつかん》に出入《でい》りすることをゆるされます。ここでもさまざまなことを学《まな》んだ熊楠《くまぐす》は、やがて「歩《ある》く百科《ひゃっか》事典《じてん》」とまでよばれるようになりました。その後《ご》、日本《にほん》にもどった熊楠《くまぐす》は菌類《きんるい》や地衣類《ちいるい》の研究《けんきゅう》をつづけ、自然《しぜん》を守《まも》る運動《うんどう》にも力《ちから》を注《そそ》ぎました。

この日《ひ》はほかにも…

★イタリアの芸術家《げいじゅつか》、レオナルド・ダ・ヴィンチ（147ページ）が生《う》まれた日《ひ》（一四五二年《ねん》）

125ページのこたえ
土星《どせい》の環《わ》

おはなしクイズ　東京《とうきょう》の大学《だいがく》をやめた南方熊楠《みなかたくまぐす》が最初《さいしょ》にわたった国《くに》は？

こたえはつぎのページ

4月16日

映画《えいが》で平和《へいわ》を求《もと》めた 喜劇王《きげきおう》チャップリンの誕生日《たんじょうび》

イギリス
1889～1977年《ねん》

読《よ》んだ日《ひ》にち（　　年　　月　　日）（　　年　　月　　日）（　　年　　月　　日）

人物

「世界《せかい》の喜劇王《きげきおう》」とよばれるチャールズ・チャップリンは、一八八九年四月十六日《ねんしがつじゅうろくにち》に、イギリスのロンドンで生《う》まれました。二十四歳《にじゅうよんさい》でアメリカにわたり、喜劇映画《きげきえいが》に出《で》ることになると、一気《いっき》に才能《さいのう》が花開《はなひら》きます。とくに、トレードマークの山高帽《やまたかぼう》に大《おお》きなくつ、ちょびひげをつけたさえない男《おとこ》の姿《すがた》は、出《で》てくるだけで観客《かんきゃく》の笑《わら》いをさそいました。

やがて、チャップリンは俳優《はいゆう》だけではなく、監督《かんとく》も脚本《きゃくほん》も音楽《おんがく》も一人《ひとり》でこなすようになります。映画《えいが》「サーカス」「街《まち》の灯《ひ》」「モダン・タイムス」などの名作《めいさく》がたくさんうまれました。そうするうちに、ヨーロッパでは第二次世界大戦《だいにじせかいたいせん》が始《はじ》まりました。チャップリンは、ドイツにあらわれた政治家《せいじか》、アドルフ・ヒトラーの独裁的《どくさいてき》な思想《しそう》をおそれます。

そこでチャップリンは、ヒトラーをモデルに「独裁者《どくさいしゃ》」という映画《えいが》をつくりました。チャップリンらしい笑《わら》いがつまっていますが、映画《えいが》の最後《さいご》でチャップリンは長《なが》い演説《えんぜつ》を行《おこな》います。

「人間《にんげん》には幸《しあわ》せをつくる力《ちから》があります。よい世界《せかい》のために戦《たたか》おう！」

しかし、こうしたチャップリンの意見《いけん》に反対《はんたい》する人《ひと》が、アメリカにあらわれました。このころのアメリカは、共産主義《きょうさんしゅぎ》（個人《こじん》の財産《ざいさん》をみとめず、生産利益《せいさんりえき》は国民《こくみん》に平等《びょうどう》に分配《ぶんぱい》するという考《かんが》え）に反対《はんたい》する運動《うんどう》がさかんで、平和主義《へいわしゅぎ》のチャップリンは共産主義者《きょうさんしゅぎしゃ》だとうたがわれたのです。イギリスに一時帰国《いちじきこく》したチャップリンがアメリカにもどろうとしたとき、入国《にゅうこく》を禁止《きんし》されます。しかし、チャップリンはそんな批判《ひはん》にも負《ま》けず、その後《ご》も映画《えいが》をつくりつづけました。

一九七二年《ねん》、映画界最高《えいがかいさいこう》の賞《しょう》であるアカデミー賞《しょう》の特別賞《とくべつしょう》を受《う》けたチャップリンは、二十年《にじゅうねん》ぶりにアメリカをおとずれました。八十三歳《はちじゅうさんさい》のときです。そして、この五年後《ごねんご》に八十八歳《はちじゅうはっさい》で亡《な》くなりました。

この日《ひ》はほかにも…

★大正《たいしょう》・昭和時代《しょうわじだい》の小説家《しょうせつか》、川端康成《かわばたやすなり》（191ページ）の命日《めいにち》（一九七二年《ねん》）

126ページのこたえ　アメリカ

おはなしクイズ　チャップリンのトレードマークにもなっている帽子《ぼうし》は何《なん》という？　こたえはつぎのページ

自由《じゆう》民権《みんけん》運動《うんどう》をおし進《すす》めた 板垣《いたがき》退助《たいすけ》の誕生日《たんじょうび》

日本《にほん》
1837〜1919年《ねん》

4月17日

読《よ》んだ日《ひ》にち（　　年　　月　　日）（　　年　　月　　日）（　　年　　月　　日）

人物

江戸《えど》時代《じだい》が終《お》わり、明治《めいじ》政府《せいふ》ができて数年《すうねん》ほどたつと、国民《こくみん》のための政治《せいじ》の実現《じつげん》を求《もと》める運動《うんどう》が始《はじ》まりました。これを「自由《じゆう》民権《みんけん》運動《うんどう》」といいます。特権的《とっけんてき》な立場《たちば》にある人《ひと》によって行《おこな》われる政治《せいじ》ではなく、国民《こくみん》が選《えら》んだ人《ひと》たちによって行《おこな》われる政治《せいじ》をつくるために、この運動《うんどう》が起《お》こりました。そして、自由《じゆう》民権《みんけん》運動《うんどう》のリーダーとして活《かつ》やくしたのが、板垣《いたがき》退助《たいすけ》です。

退助《たいすけ》は、一八三七年《ねん》（天保《てんぽう》八《はち》年《ねん》）四月十七日《しがつじゅうしちにち》、武士《ぶし》の子《こ》として土佐藩《とさはん》（今《いま》の高知県《こうちけん》）に生《う》まれました。おさないころからわんぱくで行動力《こうどうりょく》があった退助《たいすけ》は、一八五五年《ねん》、十九歳《じゅうきゅうさい》のときに土佐藩士《とさはんし》として江戸《えど》（今《いま》の東京《とうきょう》）へ行《い》き、倒《とう》幕運動《ばくうんどう》（幕府《ばくふ》をたおし、天皇《てんのう》による政治《せいじ》を行《おこな》おうとする運動《うんどう》）に参《さん》加《か》するようになります。そして、江戸《えど》幕府《ばくふ》がたおれ（323ページ）、明治《めいじ》政府《せいふ》が誕生《たんじょう》すると、政府《せいふ》の役人《やくにん》である参議《さんぎ》などになりました。

しかし、政府内《せいふない》で意見《いけん》の対立《たいりつ》があったため、退助《たいすけ》は西郷隆盛《さいごうたかもり》（299ページ）らとともに政府《せいふ》の役人《やくにん》をやめます。そして、多《おお》くの国民《こくみん》をひきいて自由《じゆう》民権《みんけん》運動《うんどう》をおし進《すす》め、政府《せいふ》に国会《こっかい》の開設《かいせつ》を約束《やくそく》させたのです。

一八八二年《ねん》四月六日《しがつむいか》、岐阜県《ぎふけん》で自由《じゆう》民権《みんけん》運動《うんどう》の演説会《えんぜつかい》を開《ひら》いたときのことです。演説《えんぜつ》を終《お》えた退助《たいすけ》が階段《かいだん》を下《お》りようとすると、一人《ひとり》の男性《だんせい》が刃《は》ものを持《も》って退助《たいすけ》に飛《と》びかかりました。さされた退助《たいすけ》は、「板垣《いたがき》死《し》すとも、自由《じゆう》は死《し》せず」とさけんだといわれています。この言葉《ことば》は、退助《たいすけ》の自由《じゆう》民権《みんけん》運動《うんどう》に対《たい》する強《つよ》い意志《いし》をあらわした言《こと》葉《ば》として、有名《ゆうめい》になりました。

一命《いちめい》を取《と》りとめた退助《たいすけ》は、その後《ご》も運動《うんどう》を指導《しどう》し、一九一九年《ねん》、八十三歳《はちじゅうさんさい》でこの世《よ》を去《さ》りました。

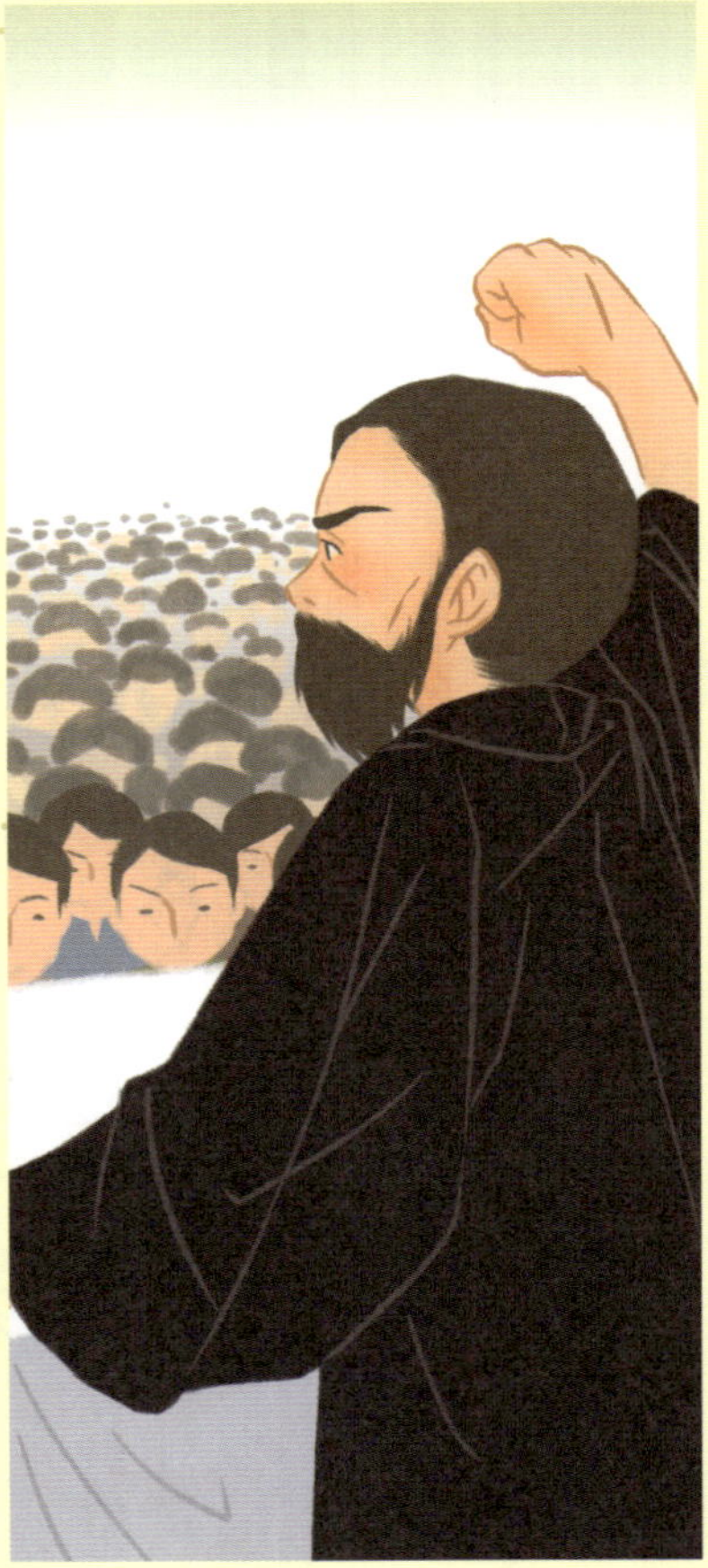

この日《ひ》はほかにも…

★なすび記念日《きねんび》

四(よ)一(い)七(な)すのゴロ合《あ》わせや、なすが好物《こうぶつ》だった徳川家康《とくがわいえやす》（401ページ）の命日《めいにち》であることなどから。

127ページのこたえ
山高帽《やまたかぼう》

おはなしクイズ 板垣退助《いたがきたいすけ》が参加《さんか》した、幕府《ばくふ》をたおす運動《うんどう》を何《なん》という？ こたえはつぎのページ

4月18日

ものをつくる人《ひと》のアイデアを守《まも》る「発明《はつめい》の日《ひ》」

読《よ》んだ日《ひ》にち（　　年　　月　　日）（　　年　　月　　日）（　　年　　月　　日）

記念日

　わたしたちの身《み》のまわりには、たくさんの発明品《はつめいひん》があふれています。スマートフォンやゲームも、だれかが発明《はつめい》したものです。また、あなたが何気《なにげ》なく使《つか》っている冷蔵庫《れいぞうこ》やテレビも、だれかの発明《はつめい》品《ひん》です。

　一生懸命《いっしょうけんめい》つくったものを、ほかの人《ひと》がまねをして売《う》り出《だ》したら、どうなるでしょうか。発明《はつめい》をした人《ひと》は自分《じぶん》の商品《しょうひん》の価値《かち》を世《よ》の中《なか》であまりみとめられず、お金《かね》をかせぐこともできません。まねをした人《ひと》がかんたんにもうければ、だれも発明《はつめい》をしようとは思《おも》わなくなり、社会《しゃかい》も発展《はってん》しなくなってしまいます。

　そこで「特許法《とっきょほう》」という法律《ほうりつ》によって、発明《はつめい》がまねされないように守《まも》ることが必要《ひつよう》になります。この特許法《とっきょほう》の前身《ぜんしん》である「専売特許《せんばいとっきょ》条例《じょうれい》」が交付《こうふ》されたのが、一八八五年《ねん》四月十八日《しがつじゅうはちにち》です。これを記念《きねん》して、この日《ひ》は「発明《はつめい》の日《ひ》」とされているのです。

　特許法《とっきょほう》で守《まも》られる発明《はつめい》は「知的《ちてき》財産権《ざいさんけん》」といいますが、これはいくつかに分《わ》かれています。発明《はつめい》の仕組《しく》みそのものを守《まも》る特許権《とっきょけん》、まんがなどの絵《え》や小説《しょうせつ》、音楽《おんがく》などを守《まも》る著作権《ちょさくけん》、家電《かでん》や服《ふく》といったさまざまなもののデザインを守《まも》る意《い》匠権《しょうけん》、商品《しょうひん》や会社《かいしゃ》をあらわすロゴやブランドを守《まも》る商標権《しょうひょうけん》などです。

　守《まも》ってほしいアイデアを思《おも》いついたら、特許庁《とっきょちょう》に申請《しんせい》をすることができます。世《よ》の中《なか》に今《いま》までになかったもの、もっと生活《せいかつ》が便利《べんり》になるものとして、特許庁《とっきょちょう》にみとめられれば、特許権《とっきょけん》をはじめとする知的財産権《ちてきざいさんけん》が取《と》れるのです。そして一定《いってい》の期間《きかん》、だれにもまねされずに使用《しよう》することができます。

　ふくざつな手続《てつづ》きを弁理士《べんりし》が行《おこな》うことで、特許権《とっきょけん》は子《こ》どもでも取《と》ることができます。実際《じっさい》に小学生《しょうがくせい》で特許《とっきょ》を取《と》った、子《こ》ども発明家《はつめいか》もいます。

この日《ひ》はほかにも…

★ドイツの物理学者《ぶつりがくしゃ》、アインシュタイン（207ページ）の命日《めいにち》（一九五五年《ねん》）

128ページのこたえ　倒幕運動《とうばくうんどう》

おはなしクイズ　特許法《とっきょほう》によって守《まも》られる発明《はつめい》を何《なん》という？　こたえはつぎのページ

伊能忠敬《いのうただたか》が蝦夷地《えぞち》の測量《そくりょう》に出発《しゅっぱつ》した日《ひ》

4月19日

読《よ》んだ日《ひ》にち（　　年　　月　　日）（　　年　　月　　日）（　　年　　月　　日）

歴史

伊能忠敬《いのうただたか》（幼名《ようみょう》は三治郎《さんじろう》）は、一七四五年《ねん》に上総国《かずさのくに》（今《いま》の千葉県《ちばけん》）で生《う》まれました。十八歳《じゅうはっさい》で下《しも》総国《うさのくに》佐原《さわら》（今《いま》の千葉県香取市《ちばけんかとりし》）の伊能家《いのうけ》に婿《むこ》として入《はい》り、それ以来《いらい》、伊能忠敬《いのうただたか》と名《な》のりました。伊能家《いのうけ》は、酒《さけ》としょうゆをつくる大《おお》きな商家《しょうか》です。忠敬《ただたか》は学問《がくもん》をしたいという思《おも》いをもっていましたが、まず商売《しょうばい》をさかんにし、ききん（農作物《のうさくもつ》が十分《じゅうぶん》に実《みの》らず、人《ひと》びとが飢《う》えること）のときには地域《ちいき》の人《ひと》を救《すく》うことに力《ちから》をつくしました。

一七九四年《ねん》、忠敬《ただたか》は家《いえ》の仕事《しごと》を息子《むすこ》にまかせて江戸《えど》（今《いま》の東京《とうきょう》）に出《で》ました。かねてからの夢《ゆめ》であった天文学《てんもんがく》を勉強《べんきょう》するためです。その努力《どりょく》と才能《さいのう》がみとめられ、忠敬《ただたか》は、蝦夷地《えぞち》（今《いま》の北海道《ほっかいどう》）の地図《ちず》をつくる仕事《しごと》をまかされました。

そのころ、蝦夷地《えぞち》にはたびたびロシアの船《ふね》がやってきており、蝦《え》夷地《ぞち》を守《まも》るために、正確《せいかく》な地図《ちず》をつくる必要《ひつよう》があったのです。

一八〇〇年《ねん》（寛政十二年《かんせいじゅうにねん》）四月《しがつ》十九日《じゅうくにち》。忠敬《ただたか》は、一回目《いっかいめ》の測量《そくりょう》に出発《しゅっぱつ》しました。すべての距離《きょり》を同《おな》じ歩幅《ほはば》で歩《ある》いて、その歩数《ほすう》をはかることが、当時《とうじ》の測量《そくりょう》の基本《きほん》です。どんな地形《ちけい》でも、どんな天気《てんき》でも、その歩幅《ほはば》をみだきずに歩《ある》いて数《かぞ》えつづけます。よほどの根気《こんき》と体力《たいりょく》がなければ完成《かんせい》できないむずかしい仕事《しごと》ですが、わずかな人《にん》数《ずう》の弟子《でし》をつれ、忠敬《ただたか》は蝦夷地《えぞち》の地図《ちず》をつくります。

そのあと十六年間《じゅうろくねんかん》、十回《じっかい》にわたって、全国《ぜんこく》の測量《そくりょう》が行《おこな》われ、世界《せかい》もおどろくほど正確《せいかく》な日本地図《にほんちず》が完成《かんせい》しました。忠敬《ただたか》が歩《ある》いた日《にっ》数《すう》はのべ三千七百三十六日《さんぜんななひゃくさんじゅうろくにち》。測量《そくりょう》距離《きょり》はおよそ四万《よんまん》キロメートル。地球一周《ちきゅういっしゅう》に等《ひと》しい距離《きょり》を、同《おな》じ歩《ほ》幅《はば》で歩《ある》きつづけたことになります。

できあがった地図《ちず》は「伊能図《いのうず》」とよばれ、その後《ご》の日本地図《にほんちず》のもととなりました。忠敬《ただたか》が測量《そくりょう》の第《だい》一歩《いっぽ》をふみ出《だ》した四月十九日《しがつじゅうくにち》は「地図《ちず》の日《ひ》」といわれています。

この日《ひ》はほかにも…

★よいきゅうりの日《ひ》
四(よ)一(い)九(きゅう)りと読《よ》むゴロ合《あ》わせから。

★イギリスの博物学者《はくぶつがくしゃ》、ダーウィン（61ページ）が亡《な》くなった日《ひ》（一八八二年《ねん》）

129ページのこたえ
知的財産権《ちてきざいさんけん》

おはなしクイズ　伊能忠敬《いのうただたか》が1800年《ねん》に測量《そくりょう》に行《い》った場所《ばしょ》は？　こたえはつぎのページ

4月20日

青《せい》年《ねん》海《かい》外《がい》協《きょう》力《りょく》隊《たい》が活《かつ》動《どう》を始《はじ》めた日《ひ》

読《よ》んだ日《ひ》にち（　年　月　日）（　年　月　日）（　年　月　日）

歴史

「世界《せかい》を自分《じぶん》の目《め》で見《み》てみたい」「海外《かいがい》でだれかのために働《はたら》きたい」

わかい人《ひと》たちがこんな希望《きぼう》をもったとき、いったい、どうすればいいのでしょうか。

七人《しちにん》の民間人《みんかんじん》が、海外《かいがい》で働《はたら》きたい若者《わかもの》のために道《みち》を開《ひら》こうと努力《どりょく》した結果《けっか》、一九六五年《ねん》四月《しがつ》二十日《はつか》に「日本青年海外協力隊《にほんせいねんかいがいきょうりょくたい》」（今《いま》の青年海外協力隊《せいねんかいがいきょうりょくたい》）が発足《ほっそく》しました。

日本政府《にほんせいふ》の援助《えんじょ》を受《う》けたこの団《だん》体《たい》は、世界各国《せかいかっこく》に専門技術《せんもんぎじゅつ》をもった若者《わかもの》を派遣《はけん》して、その国《くに》の発展《はってん》に役立《やくだ》て、また、参加《さんか》した人《ひと》たちにもさまざまなキャリアをつませることが目的《もくてき》です。ボランティア団体《だんたい》ですが、帰国《きこく》後の就職《しゅうしょく》の支援《しえん》もあるので、海外《かいがい》での仕事《しごと》にあこがれる若者《わかもの》たちの目標《もくひょう》になっています。

では、どうすれば青年海外協力隊《せいねんかいがいきょうりょくたい》に参加《さんか》できるのでしょう。

まず、年齢制限《ねんれいせいげん》があり、二十歳《はたち》から三十九歳《さんじゅうきゅうさい》の日本国籍《にほんこくせき》をもつ人《ひと》が対象《たいしょう》です。英語《えいご》などの語学力《ごがくりょく》も必要《ひつよう》で、そのほか何《なに》か一《ひと》つ以上《いじょう》の専門技術《せんもんぎじゅつ》が求《もと》められます。もちろん、健康《けんこう》であることも条件《じょうけん》です。きびしい審査《しんさ》に合格《ごうかく》すれば、生活《せいかつ》費《ひ》の支援《しえん》を受《う》けながら、原則《げんそく》二年《にねん》間《かん》の活動《かつどう》を行《おこな》うことができるようになります。ただし、派遣《はけん》される国《くに》を自分《じぶん》で決《き》めることはできません。

必要《ひつよう》な専門技術《せんもんぎじゅつ》には、どのようなものがあるのでしょう。

まずは、医学《いがく》や看護《かんご》など、病気《びょうき》をなおしたり、手当《てあ》てをしたりする技術《ぎじゅつ》や知識《ちしき》です。また、学校《がっこう》の先生《せんせい》などの教育者《きょういくしゃ》も求《もと》められます。派遣《はけん》される国《くに》には、医療《いりょう》や教《きょう》育《いく》の支援《しえん》を必要《ひつよう》としているところが多《おお》いのです。

そのほか、農業《のうぎょう》や工業《こうぎょう》の技術指《ぎじゅつし》導《どう》、陶器《とうき》や工芸品《こうげいひん》のつくり方《かた》、自《じ》動車《どうしゃ》の整備《せいび》、道路《どうろ》や電気《でんき》・水道《すいどう》の普及《ふきゅう》、スポーツや料理《りょうり》の指導《しどう》、パソコンの使《つか》い方《かた》、現地《げんち》の人《ひと》に日本《にほん》語《ご》を教《おし》えるなど、細《こま》かい分野《ぶんや》の仕《し》事《ごと》がたくさんあります。

青年海外協力隊《せいねんかいがいきょうりょくたい》は、これまでに八十八《はちじゅうはち》か国《こく》へ、四万人《よんまんにん》以上《いじょう》の隊員《たいいん》が派遣《はけん》されています。身《み》につけた技術《ぎじゅつ》や知識《ちしき》で、将来《しょうらい》みなさんも海《かい》外《がい》で活《かつ》やくできるかもしれません。

この日《ひ》はほかにも…

★日本初《にほんはつ》の女子大学《じょしだいがく》、日本女子大《にほんじょしだい》学校《がっこう》（今《いま》の日本女子大学《にほんじょしだいがく》）が開学《かいがく》した日《ひ》（一九〇一年《ねん》）

130ページのこたえ　蝦夷地《えぞち》

おはなしクイズ　青年海外協力隊《せいねんかいがいきょうりょくたい》に参加《さんか》できる年齢《ねんれい》は？

こたえはつぎのページ

世界初《せかいはつ》の幼稚園《ようちえん》をつくったフレーベルの誕生日《たんじょうび》

ドイツ
1782〜1852年《ねん》

4月21日

読《よ》んだ日《ひ》にち（　　年　　月　　日）（　　年　　月　　日）（　　年　　月　　日）

人物

幼稚園《ようちえん》をつくり、「幼児教育《ようじきょういく》の父《ちち》」とよばれたフリードリヒ・ヴィルヘルム・アウグスト・フレーベルは、一七八二年四月二十一日《ねんしがつにじゅういちにち》、ドイツ中部《ちゅうぶ》で生《う》まれました。生後《せいご》すぐに母《はは》を亡《な》くしたフレーベルは、おさないころは、教会《きょうかい》で本《ほん》を読《よ》むことや、森《もり》や牧草地《ぼくそうち》ですごすことが好《す》きでした。

十歳《じっさい》のとき、おじに引《ひ》き取《と》られ、おじの愛情《あいじょう》のもと、学校《がっこう》の友《とも》だちと楽《たの》しくすごすようになります。しかし、経済的《けいざいてき》な理由《りゆう》から大学《だいがく》に進学《しんがく》できず、十五歳《じゅうごさい》で測量技師《そくりょうぎし》の見習《みなら》いを始《はじ》めます。フレーベルは、寝《ね》る間《ま》をおしんで数学《すうがく》や植物学《しょくぶつがく》の勉強《べんきょう》をしました。

十七歳《じゅうななさい》のとき、二人《ふたり》の兄《あに》が実《じつ》の父《ちち》を説得《せっとく》し、フレーベルはイエナ大学《だいがく》の哲学科《てつがくか》に進学《しんがく》しますが、学費《がくひ》がはらえず、二年《にねん》で退学《たいがく》することになりました。その後《ご》、なかなか仕事《しごと》につくことができませんでしたが、一八〇五年《ねん》、模範学校《もはんがっこう》（市民《しみん》の支援《しえん》によって創設《そうせつ》、運営《うんえい》された学校《がっこう》）の教師《きょうし》になります。子《こ》どもに教《おし》えるよろこびを知《し》ったフレーベルは、兄《あに》への手紙《てがみ》で、

「わたしは心《こころ》から子《こ》どもが好《す》きで、子《こ》どもに教《おし》えたくてしかたがないのです」

とかいています。

教育者《きょういくしゃ》としての意欲《いよく》を高《たか》めたフレーベルは、スイスの教育家《きょういくか》、ヨハン・ハインリッヒ・ペスタロッチから教育方法《きょういくほうほう》の指導《しどう》を受《う》けます。そして、ふたたび大学《だいがく》に入学《にゅうがく》して本格的《ほんかくてき》に教育学《きょういくがく》を学《まな》びました。

一八一六年《ねん》には、子《こ》どもたちが、読《よ》みかきや数学《すうがく》、理科《りか》などを学《まな》べる施設《しせつ》「一般《いっぱん》ドイツ学園《がくえん》（教育所《きょういくじょ》）」を開園《かいえん》します。そして一八四〇年《ねん》、ついに世界初《せかいはつ》の幼稚園《ようちえん》「一般《いっぱん》ドイツ幼稚園《ようちえん》（キンダーガルテン）」をつくりました。

また、フレーベルは、子《こ》どもの創造力《そうぞうりょく》を育《そだ》てることが本当《ほんとう》の教育《きょういく》であると考《かんが》え、子《こ》どもが遊《あそ》びを通《とお》して自然界《しぜんかい》の仕組《しく》みを理解《りかい》し、創造力《そうぞうりょく》をやしなうための遊具《ゆうぐ》も考《かんが》えました。

この日《ひ》はほかにも…

★任天堂《にんてんどう》から携帯型《けいたいがた》ゲーム機《き》「ゲームボーイ」が発売《はつばい》された日《ひ》（一九八九年《ねん》）

131ページのこたえ
二十歳《はたち》から三十九歳《さんじゅうきゅうさい》

おはなしクイズ　世界初《せかいはつ》の幼稚園《ようちえん》、「一般《いっぱん》ドイツ幼稚園《ようちえん》（キンダーガルテン）」ができたのは何年《なんねん》？

こたえはつぎのページ

日本式《にほんしき》の点字《てんじ》がみとめられた日《ひ》

読《よ》んだ日《ひ》にち（　　年　　月　　日）（　　年　　月　　日）（　　年　　月　　日）

歴史

点字《てんじ》は目《め》の不自由《ふじゆう》な人《ひと》が使《つか》う文字《もじ》で、六《むっ》つのもり上《あ》がった点《てん》の組《く》み合《あ》わせでできています。

世界《せかい》で最初《さいしょ》の点字《てんじ》は、一八二五年《ねん》にフランスでうまれました。点字《てんじ》ができる前《まえ》、目《め》の不自由《ふじゆう》な人《ひと》が通《かよ》う盲学校《もうがっこう》では、目《め》の見《み》える人《ひと》が使《つか》うのと同《おな》じ文字《もじ》がうき上《あ》がるように紙《かみ》に印刷《いんさつ》した教科書《きょうかしょ》を使《つか》っていました。

しかし、一《ひと》つひとつの文字《もじ》をさわって読《よ》むのは、とても時間《じかん》がかかります。そこで盲学校《もうがっこう》の生徒《せいと》だったルイ・ブライユは、軍隊《ぐんたい》の暗号《あんごう》で使《つか》われていた十二《じゅうに》の点《てん》でつくられた点字《てんじ》をヒントに、六《むっ》つの点《てん》を組《く》み合《あ》わせてアルファベット二十六文字《にじゅうろくもじ》と数字《すうじ》をあらわす点字《てんじ》を完成《かんせい》させたのです。

ブライユが考《かんが》えた点字《てんじ》は、明治時代《めいじじだい》に日本《にほん》に伝《つた》わりました。これを、日本《にほん》のかな文字《もじ》に合《あ》わせて六《ろく》十三種類《じゅうさんしゅるい》の点字《てんじ》として考案《こうあん》したのが東京盲唖学校《とうきょうもうあがっこう》（今《いま》の筑波大学附属視覚特別支援学校《つくばだいがくふぞくしかくとくべつしえんがっこう》）の教師《きょうし》をしていた石川倉次《いしかわくらじ》です。

アルファベットよりも数《かず》が多《おお》いかな文字《もじ》を、わかりやすく読《よ》み取《と》ってもらうため、倉次《くらじ》ははじめ、八《やっ》つの点《てん》を使《つか》った点字《てんじ》を考《かんが》えました。しかし、すでに開発《かいはつ》されていた六点式《ろくてんしき》の点字《てんじ》タイプライターを使《つか》って打《う》つことができないといった問題《もんだい》があることから、六《むっ》つの点《てん》であらわす方法《ほうほう》を考《かんが》えます。

日本式《にほんしき》の点字《てんじ》は一九〇一年四月《ねんしがつ》二十二日《にじゅうににち》に、目《め》の不自由《ふじゆう》な人《ひと》のための文字《もじ》として国《くに》からみとめられました。日本《にほん》の盲学校《もうがっこう》でも点字《てんじ》が広《ひろ》まり、生徒《せいと》は点字《てんじ》が印刷《いんさつ》された教科書《きょうかしょ》でスムーズに勉強《べんきょう》ができるようになったのです。

今《いま》では、さまざまな本《ほん》が点字《てんじ》にほんやくされています。また、町《まち》の中《なか》では駅《えき》の階段《かいだん》の手《て》すりやエレベーターにも点字《てんじ》があり、安全《あんぜん》な移動《いどう》の手助《てだす》けをしています。ほかにも、ジュースなどの容器《ようき》にも点字《てんじ》がつき、手《て》に取《と》ったときに中身《なかみ》がわかるようになっているものもあり、点字《てんじ》が使《つか》われているところはたくさんあります。

石川倉次《いしかわくらじ》がルイ・ブライユの点字《てんじ》をもとにつくった五十音《ごじゅうおん》

ルイ・ブライユがつくったアルファベットの点字《てんじ》

この日《ひ》はほかにも…

★地球《ちきゅう》の日《ひ》（アースデイ）

アメリカのゲイロード・ネルソン上院議員《じょういんぎいん》が、一九七〇年《ねん》のこの日《ひ》に環境的抗議運動《かんきょうてきこうぎうんどう》を提案《ていあん》したことがきっかけ。地球全体《ちきゅうぜんたい》の環境《かんきょう》を守《まも》るために一人《ひとり》ひとりが行動《こうどう》を起《お》こす日《ひ》。

132ページのこたえ
一八四〇年《ねん》

おはなしクイズ　日本式《にほんしき》の点字《てんじ》で使《つか》われている点《てん》の数《かず》は全部《ぜんぶ》でいくつ？

こたえはつぎのページ

美《び》人《じん》画《が》に生《しょう》涯《がい》をかけた
上《うえ》村《むら》松《しょう》園《えん》の誕《たん》生《じょう》日《び》

日本《にほん》 1875～1949年《ねん》

4月23日

読《よ》んだ日《ひ》にち（　　年　　月　　日）（　　年　　月　　日）（　　年　　月　　日）

人物

上村松園《うえむらしょうえん》は、明治《めいじ》から昭和時代《しょうわじだい》にかけて、美人画《びじんが》をかきつづけた女流画家《じょりゅうがか》です。本名《ほんみょう》を上村津禰《うえむらつね》といい、一八七五年四月二十三日《ねんしがつにじゅうさんにち》、京都《きょうと》で生《う》まれました。誕生《たんじょう》の二《に》か月前《げつまえ》に父《ちち》が亡《な》くなったため、松園《しょうえん》の母《はは》は女手《おんなで》一《ひと》つで松園《しょうえん》とその姉《あね》を育《そだ》てます。

小《ちい》さなころから絵《え》をかくことが大好《だいす》きだった松園《しょうえん》は、茶屋《ちゃや》をいとなむ母《はは》のそばで、いつも絵《え》をかいていました。母《はは》は、そんな松園《しょうえん》を応援《おうえん》し、小学校《しょうがっこう》を卒業《そつぎょう》した松園《しょうえん》を京都府画学校《きょうとふがっこう》に入学《にゅうがく》させます。当時《とうじ》は、「女性《じょせい》は家庭《かてい》が第一《だいいち》」という考《かんが》えが当《あ》たり前《まえ》の時代《じだい》です。親《しん》せきからは「よめのもらい手《て》がなくなる」と反対《はんたい》されますが、母《はは》は松園《しょうえん》に好《す》きな道《みち》を歩《あゆ》ませてくれました。

十五歳《じゅうごさい》のとき、松園《しょうえん》は「四季美《しきび》人図《じんず》」を内国勧業博覧会《ないこくかんぎょうはくらんかい》に出品《しゅっぴん》しました。これが一等《いっとう》を受賞《じゅしょう》し、さらに来日《らいにち》していたイギリスの王族《おうぞく》に買《か》い上《あ》げられると、松園《しょうえん》は天才《てんさい》少女画家《しょうじょがか》として注目《ちゅうもく》されます。その後《ご》も「花《はな》ざかり」「人《じん》生《せい》の花《はな》」「序《じょ》の舞《まい》」など、多《おお》くの美人画《びじんが》を発表《はっぴょう》し、画家《がか》として独自《どくじ》の境地《きょうち》を切《き》り開《ひら》いていきます。そして、七十三歳《ななじゅうさんさい》のときに女性《じょせい》ではじめて文化勲章《ぶんかくんしょう》（344ページ）を受《じゅ》章《しょう》しました。

松園《しょうえん》は、生涯《しょうがい》を通《つう》じていちずに、美人画《びじんが》をかきつづけました。各時代《かくじだい》に流行《りゅうこう》していた着物《きもの》に身《み》をつつんだ女性《じょせい》たちの絵《え》は、当時《とうじ》の風習《ふうしゅう》を知《し》るうえでも興味深《きょうみぶか》いものです。松園《しょうえん》は、

「きれいな女《おんな》の人《ひと》をそのままにかくのではなく、女性《じょせい》の美《び》に対《たい》する理想《りそう》やあこがれをえがきたい」

と語《かた》っています。松園《しょうえん》のかく女《じょ》性《せい》は見《み》た目《め》の美《うつく》しさだけではなく、りんとした内面《ないめん》の強《つよ》さを感《かん》じさせます。女性《じょせい》が社会《しゃかい》に出《で》て働《はたら》くことがむずかしかった時代《じだい》に、女《おん》手《な》一《ひと》つで育《そだ》てられ、きびしい世間《せけん》の風《かぜ》を受《う》けながら、女流画家《じょりゅうがか》として生《い》きた松園《しょうえん》にとって、女性《じょせい》の美《うつく》しさは強《つよ》さと深《ふか》くむすびついていたのです。

この日《ひ》はほかにも…

★イギリスの劇作家《げきさっか》、シェイクスピア（137ページ）の命日《めいにち》（一六一六年《ねん》）

★シジミの日《ひ》

四（シ）二（ジ）三（ミ）のゴロ合《あ》わせから。

133ページのこたえ

六《むっ》つ

おはなしクイズ 上村松園《うえむらしょうえん》がかいたのはどんな絵《え》だった？ こたえはつぎのページ

日本《にほん》の植物学《しょくぶつがく》の父《ちち》 牧野富太郎《まきのとみたろう》の誕生日《たんじょうび》

日本《にほん》
1862〜1957年《ねん》

読《よ》んだ日《ひ》にち（　　年　　月　　日）（　　年　　月　　日）（　　年　　月　　日）

人物

一八八〇年《ねん》ごろ、日本《にほん》の植物《しょくぶつ》を紹介《しょうかい》している本《ほん》はほとんどありませんでした。また当時《とうじ》は、日本《にほん》で発見《はっけん》された植物《しょくぶつ》の学名《がくめい》（世界共通《せかいきょうつう》の学問上《がくもんじょう》の名前《なまえ》）も外国人学者《がいこくじんがくしゃ》につけてもらっていました。そんな中《なか》、日本中《にほんじゅう》の植物《しょくぶつ》を調《しら》べて千種以《せんしゅい》上《じょう》の植物《しょくぶつ》に名前《なまえ》をつけるとともに、本格的《ほんかくてき》な植物図鑑《しょくぶつずかん》をつくり上《あ》げたのが、牧野富太郎《まきのとみたろう》です。

富太郎《とみたろう》は、一八六二年《ねん》（文久二《ぶんきゅうに》年《ねん》）四月二十四日《しがつにじゅうよっか》に土佐国《とさのくに》（今《いま》の高知県《こうちけん》）で生《う》まれました。おさないころから植物《しょくぶつ》が好《す》きだった富太《とみた》郎《ろう》は、植物《しょくぶつ》に熱中《ねっちゅう》するあまり、小《しょう》学校《がっこう》を中退《ちゅうたい》してしまいます。しかし、二十三歳《にじゅうさんさい》になったときに東京《とうきょう》に行《い》き、帝国大学《ていこくだいがく》（今《いま》の東京大《とうきょうだい》学《がく》）で植物学《しょくぶつがく》を研究《けんきゅう》していた教授《きょうじゅ》の矢田部良吉《やたべりょうきち》に出会《であ》います。富太《とみた》郎《ろう》の熱心《ねっしん》さに感心《かんしん》した矢田部《やたべ》は、学生《がくせい》ではない富太郎《とみたろう》に、研究室《けんきゅうしつ》に出入《でい》りすることをゆるしてくれました。

富太郎《とみたろう》は研究室《けんきゅうしつ》の学生《がくせい》たちといっしょに植物学《しょくぶつがく》の雑誌《ざっし》をつくるなど、熱心《ねっしん》に研究《けんきゅう》をつづけました。そんなある日《ひ》、富太郎《とみたろう》は植物《しょくぶつ》図鑑《ずかん》をつくることを決心《けっしん》します。しかし、お金《かね》がありません。そこで富太郎《とみたろう》は、印刷工場《いんさつこうじょう》をおとずれて、こうたのみます。

「使《つか》い方《かた》をおぼえて自分《じぶん》で作業《さぎょう》しますから、印刷機械《いんさつきかい》を安《やす》く使《つか》わせてください」

工場《こうじょう》の人《ひと》はびっくりしましたが、富太郎《とみたろう》があまりにも熱心《ねっしん》なので、この願《ねが》いをきくことにしました。こうして、富太郎《とみたろう》は絵《え》をかく作業《さぎょう》や印刷作業《いんさつさぎょう》を自分《じぶん》で行《おこな》いながら、『日本植物志図篇《にほんしょくぶつしずへん》』の第一巻《だいいっかん》を完成《かんせい》させたのです。

多《おお》くの新種《しんしゅ》を発見《はっけん》し、いくつもの本《ほん》をつくった富太郎《とみたろう》は、一九二七年《ねん》に理学博士《りがくはかせ》となりました。その後《ご》も研究《けんきゅう》をつづけ、一九五七年《ねん》に九十四歳《きゅうじゅうよんさい》で亡《な》くなりました。

この日《ひ》はほかにも…

★蒸気機関《じょうききかん》による はた織《お》り機《き》をつくったイギリスの発明家《はつめいか》、エドモンド・カートライトの誕生日《たんじょうび》（一七四三年《ねん》）

134ページのこたえ
美人画《びじんが》

おはなしクイズ　牧野富太郎《まきのとみたろう》が自分《じぶん》の力《ちから》で刊行《かんこう》した植物図鑑《しょくぶつずかん》の名前《なまえ》は？

こたえはつぎのページ

DNA《ディーエヌエー》の二重《にじゅう》らせん構造《こうぞう》が発表《はっぴょう》された日《ひ》

4月25日

読《よ》んだ日《ひ》にち（　　年　　月　　日）（　　年　　月　　日）（　　年　　月　　日）

歴史

「おい、ワトソン、この写真《しゃしん》を見《み》てみろよ」

フランシス・クリックは、イギリスの生物物理学者《せいぶつぶつりがくしゃ》モーリス・ウィルキンズが撮影《さつえい》したDNA《ディーエヌエー》結晶《けっしょう》のX《エックス》線《せん》回折《かいせつ》写真《しゃしん》をジェームズ・ワトソンに見《み》せました。

「これはもしかしたら……。よし、模型《もけい》をつくってみよう」

二人《ふたり》の頭《あたま》に同時《どうじ》にひらめいたアイデアは、遺伝子《いでんし》の研究《けんきゅう》を大《おお》きく進《すす》めることになるのです。

一八六九年《ねん》、スイスの生理学者《せいりがくしゃ》フリードリッヒ・ミーシェルが細胞内《さいぼうない》の「核《かく》」の中《なか》にある「DNA《ディーエヌエー》」を発見《はっけん》してから、遺伝子《いでんし》についての研究《けんきゅう》が始《はじ》まります。一九四九年《ねん》には、オーストリアの生化学者《せいかがくしゃ》エルヴィン・シャルガフが、生物《せいぶつ》に関係《かんけい》なくDNA《ディーエヌエー》にふくまれる成分《せいぶん》の量《りょう》は等《ひと》しいという「シャルガフの法則《ほうそく》」を発表《はっぴょう》します。

遺伝子《いでんし》とは、生《い》きものが親《おや》から子《こ》どもに生《い》きるための情報《じょうほう》を伝《つた》えていくための物質《ぶっしつ》です。クリックとワトソンは、DNA《ディーエヌエー》がどのような構造《こうぞう》をしているかを明《あき》らかにするために研究《けんきゅう》をつづけました。

クリックは一九一六年《ねん》にイギリスで生《う》まれ、海軍《かいぐん》でレーダーの開発《かいはつ》をしていました。その後《ご》、生物学者《せいぶつがくしゃ》になります。ワトソンは一九二八年《ねん》にアメリカで生《う》まれ、分子《ぶんし》生物学者《せいぶつがくしゃ》となり、イギリスのケンブリッジ大学《だいがく》へ留学《りゅうがく》したとき、クリックと出会《であ》います。二人《ふたり》は研究《けんきゅう》を進《すす》めて、DNA《ディーエヌエー》の二重《にじゅう》らせん構造《こうぞう》を発見《はっけん》し、遺伝子《いでんし》情報《じょうほう》が伝《つた》わる仕組《しく》みを明《あき》らかにしました。

そして、二人《ふたり》によるDNA《ディーエヌエー》の二重《にじゅう》らせん構造《こうぞう》についての論文《ろんぶん》が、一九五三年《ねん》四月《しがつ》二十五日《にじゅうごにち》発行《はっこう》の『ネイチャー』（世界中《せかいじゅう》で読《よ》まれている一流《いちりゅう》科学誌《かがくし》）で発表《はっぴょう》されたのです。この発見《はっけん》により、遺伝子《いでんし》についてなぞだった部分《ぶぶん》の多《おお》くが解明《かいめい》され、研究《けんきゅう》が進《すす》みました。

この大発見《だいはっけん》がみとめられ、二人《ふたり》は、ウィルキンズとともに一九六二年《ねん》にノーベル生理学《せいりがく》・医学賞《いがくしょう》を受賞《じゅしょう》しました。

今《いま》では、DNA《ディーエヌエー》を調《しら》べることで、病気《びょうき》の原因《げんいん》がわかったり、災害《さいがい》や事故《じこ》のときに身元《みもと》を確認《かくにん》したりできるようになったのです。

135ページのこたえ
『日本植物志図篇《にほんしょくぶつしずへん》』

この日《ひ》はほかにも…

★無線電信《むせんでんしん》を発明《はつめい》したイタリアの電気技師《でんきぎし》、グリエルモ・マルコーニの誕生日《たんじょうび》（一八七四年《ねん》）

おはなしクイズ　DNA《ディーエヌエー》の二重《にじゅう》らせん構造《こうぞう》についての論文《ろんぶん》は何《なん》という雑誌《ざっし》で発表《はっぴょう》された？

こたえはつぎのページ

4月26日

イギリスの偉大《いだい》な劇作家《げきさっか》
シェイクスピアの洗礼日《せんれいび》

イギリス
1564〜1616年《ねん》

読《よ》んだ日《ひ》にち（　年　月　日）（　年　月　日）（　年　月　日）

人物

イギリスを代表《だいひょう》する劇作家《げきさっか》であり、詩人《しじん》のウィリアム・シェイクスピアによってかかれた「ロミオとジュリエット」は、敵対《てきたい》する家《いえ》同士《どうし》の娘《むすめ》と息子《むすこ》が恋《こい》に落《お》ち、悲《かな》しい最期《さいご》をとげるお話《はなし》です。今《いま》までに何度《なんど》も映画《えいが》になりました。

「おお、ロミオ、あなたはどうしてロミオなの？」

バルコニーでつぶやくジュリエットに、やみにかくれていたロミオは、

「ただ一言《ひとこと》、ぼくを恋人《こいびと》とよんでください。そうすれば今日《きょう》からもう、ロミオでなくなります」

と、答《こた》えます。ロマンチックなやり取《と》りに、多《おお》くの人《ひと》が心《こころ》をときめかせました。

ほかにも、シェイクスピアの四《よん》大悲劇《だいひげき》（「ハムレット」「オセロー」「マクベス」「リア王《おう》」）の一《ひと》つ、「ハムレット」の「生《い》きるべきか死《し》ぬべきか、それが問題《もんだい》だ」というセリフはとても有名《ゆうめい》です。

シェイクスピアは、ユリウス暦《れき》一五六四年《ねん》四月《しがつ》二十六日《にじゅうろくにち》に洗礼《せんれい》（キリスト教《きょう》に入信《にゅうしん》する儀式《ぎしき》）を受《う》けたと、教会《きょうかい》の記録《きろく》にのこっています。出生地《しゅっしょうち》はイギリスのストラトフォード・アポン・エイボンという小《ちい》さな町《まち》です。

シェイクスピアは十八歳《じゅうはっさい》のときに、二十六歳《にじゅうろくさい》の女性《じょせい》と結婚《けっこん》します。その後《ご》、ロンドンへ行《い》き、演劇《えんげき》の世界《せかい》に身《み》をおくようになります。一六一六年《ねん》に亡《な》くなるまでに、多《おお》くの作品《さくひん》をのこしました。

シェイクスピアは、自然《しぜん》や日常《にちじょう》生活《せいかつ》からえられるたくさんの知識《ちしき》となみはずれた観察眼《かんさつがん》をもとに、ゆたかな想像力《そうぞうりょく》と内面《ないめん》の心《こころ》の表現《ひょうげん》によって、すばらしい作品《さくひん》を次《つぎ》つぎとうみ出《だ》していきました。そして、四百年《よんひゃくねん》以上《いじょう》たった今《いま》でも、作《さく》品《ひん》は色《いろ》あせることなく、最《もっと》もすぐれた劇作家《げきさっか》の一人《ひとり》として語《かた》りつがれています。

この日《ひ》はほかにも…

★昭和時代《しょうわじだい》の映画監督《えいがかんとく》、内田吐夢《うちだとむ》の誕生日《たんじょうび》（一八九八年《ねん》）

★「民衆《みんしゅう》を導《みちび》く自由《じゆう》の女神《めがみ》」で有名《ゆうめい》なフランスの画家《がか》、ウジェーヌ・ドラクロワの誕生日《たんじょうび》（一七九八年《ねん》）

136ページのこたえ
『ネイチャー』

おはなしクイズ　「生《い》きるべきか死《し》ぬべきか、それが問題《もんだい》だ」というセリフが出《で》てくる作品《さくひん》は？　こたえはつぎのページ

京都《きょうと》から東京《とうきょう》まで 世界初《せかいはつ》の駅伝《えきでん》が行《おこな》われた日《ひ》

読《よ》んだ日《ひ》にち（　年　月　日）（　年　月　日）（　年　月　日）

4月27日

はじめて

正月《しょうがつ》の二日《ふつか》と三日《みっか》の朝《あさ》から、日《に》本中《ほんじゅう》のファンが応援《おうえん》する競技《きょうぎ》といえば、東京《とうきょう》から箱根《はこね》の間《あいだ》を一《いち》チーム十人《じゅうにん》で走《はし》る大学対抗《だいがくたいこう》の「箱根駅《はこねえき》伝《でん》（東京箱根間往復大学駅伝競《とうきょうはこねかんおうふくだいがくえきでんきょう》走《そう》）」です。駅伝《えきでん》は、長《なが》い距離《きょり》を走者《そうしゃ》が「たすき」をつなぎながらゴールを目指《めざ》すリレー競技《きょうぎ》です。

この駅伝《えきでん》を始《はじ》めたのは、日本《にほん》ではじめてオリンピック（217ページ）に出場《しゅつじょう》した選手《せんしゅ》の一人《ひとり》、金栗《かなくり》四三《しそう》です。四三《しそう》は一八九一年《ねん》に生《う》まれ、小《ちい》さなころは体《からだ》が弱《よわ》かったのですが、六《ろっ》キロメートル先《さき》の小《しょう》学校《がっこう》に走《はし》って通《かよ》ううちに、走《はし》ることが得意《とくい》になっていきました。

東京高等師範学校《とうきょうこうとうしはんがっこう》（今《いま》の筑波大《つくばだい》学《がく》）に進《すす》むと、校長《こうちょう》の嘉納治五郎《かのうじごろう》（337ページ）にすすめられてマラソンに取《と》り組《く》み、一九一二年《ねん》のストックホルムオリンピックに出場《しゅつじょう》するまでの選手《せんしゅ》になりました。

四三《しそう》は大会《たいかい》を終《お》えて日本《にほん》にもどると、日本《にほん》でマラソンを広《ひろ》めるために何《なに》かをしなければ、と考《かんが》えます。そして、日本中《にほんじゅう》の学校《がっこう》をまわり、マラソンについて話《はな》しました。

また、一九一七年《ねん》は首都《しゅと》が東京《とうきょう》にうつされて五十年目《ごじゅうねんめ》に当《あ》たる年《とし》でした。その記念行事《きねんぎょうじ》として、京《きょう》都《と》から東京《とうきょう》までを走《はし》りぬく大会《たいかい》の計画《けいかく》を相談《そうだん》され、四三《しそう》はマラソンをもり上《あ》げるためになると考《かんが》えて協力《きょうりょく》しました。それがはじめての駅伝《えきでん》です。四月二十七日《しがつにじゅうしちにち》から三日《みっか》間《かん》かけて、約五百《やくごひゃく》キロメートルを二十三区間《にじゅうさんくかん》に分《わ》けてたすきをつなぐ競技《きょうぎ》が行《おこな》われました。関東対中《かんとうたいちゅう》部《ぶ》の対決《たいけつ》となって、四三《しそう》がアンカーをつとめた関東《かんとう》チームが勝《か》ちました。

この三年後《さんねんご》、一九二〇年二月《ねんにがつ》に箱根駅伝《はこねえきでん》が始《はじ》まります。アメリカ大陸《たいりく》を横断《おうだん》する駅伝《えきでん》の予選《よせん》として開《ひら》かれましたが、その大会《たいかい》は開催《かいさい》されず、予選《よせん》の箱根駅伝《はこねえきでん》だけがのこり、今《いま》もつづいているのです。

駅伝《えきでん》は今《いま》や海外《かいがい》でも行《おこな》われるまでになっています。

四三《しそう》は人生《じんせい》で二十五万《にじゅうごまん》キロメートルも走《はし》り、マラソンを広《ひろ》めるために力《ちから》をつくしました。

137ページのこたえ
「ハムレット」

この日《ひ》はほかにも…

★ポルトガルの探検家《たんけんか》、マゼラン（369ページ）の命日《めいにち》（一五二一年《ねん》）

おはなしクイズ　駅伝《えきでん》で走者《そうしゃ》がつなぐものは？　こたえはつぎのページ

4月28日

サンフランシスコ平和条約《へいわじょうやく》が発効《はっこう》され、日本《にほん》の主権《しゅけん》が回復《かいふく》した日《ひ》

読《よ》んだ日《ひ》にち（　　年　　月　　日）（　　年　　月　　日）（　　年　　月　　日）

歴史

日本《にほん》は第二次世界大戦《だいにじせかいたいせん》で、ドイツやイタリアとともに世界《せかい》の五十《ごじゅう》以上《いじょう》の国《くに》と戦争《せんそう》をしました。

一九四五年八月十五日《ねんはちがつじゅうごにち》に日本《にほん》は戦争《せんそう》を終結《しゅうけつ》しますが（258ページ）、負《ま》けた日本《にほん》はアメリカに占領《せんりょう》されることになります。

九月二日《くがつふつか》に降伏《こうふく》（負《ま》けをみとめて戦《たたか》いをやめること）の調印《ちょういん》が行《おこな》われると、アメリカのGHQ《ジーエイチキュー》（連合国軍最高司令官総司令部《れんごうこくぐんさいこうしれいかんそうしれいぶ》）は、日本陸軍《にほんりくぐん》と海軍《かいぐん》をなくし、一九四七年《ねん》に新《あたら》しく日本国憲法《にほんこくけんぽう》（148ページ）をつくらせて、日本《にほん》の民主化《みんしゅか》を進《すす》めました。

当時《とうじ》の日本《にほん》は、政府《せいふ》も民間人《みんかんじん》も、すべてGHQ《ジーエイチキュー》の許可《きょか》を受《う》けなければ何《なに》もできなかったのです。

状況《じょうきょう》が変《か》わったのは、アメリカとソ連《れん》（今《いま》のロシア）による「冷戦《れいせん》」が始《はじ》まってからです。資本主義《しほんしゅぎ》（個人《こじん》の財産《ざいさん》をみとめ、生産利益《せいさんりえき》を自分《じぶん》のものにできるという考《かんが》え）のアメリカと、共産主義《きょうさんしゅぎ》（個人《こじん》の財産《ざいさん》をみとめず、生産利益《せいさんりえき》は国民《こくみん》に平等《びょうどう》に分配《ぶんぱい》するという考《かんが》え）のソ連《れん》の対立《たいりつ》は、二《ふた》つの国《くに》の影響下《えいきょうか》にある国《くに》ぐににもおよびました。アメリカは共産主義《きょうさんしゅぎ》の国《くに》と戦《たたか》う場合《ばあい》にそなえ、日本《にほん》に警察予備隊《けいさつよびたい》（のちの自衛隊《じえいたい》）をつくるよう命《めい》じます。

しかし、この命令《めいれい》は日本国憲法《にほんこくけんぽう》に違反《いはん》しているという声《こえ》も上《あ》がりました。

そんななか、日本《にほん》はアメリカの占領《せんりょう》から独立《どくりつ》し、主権《しゅけん》と平和《へいわ》を取《と》りもどすために、一九五一年九月八日《ねんくがつようか》、アメリカをはじめ第二次世界大戦《だいにじせかいたいせん》で戦《たたか》った四十八《よんじゅうはち》の国《くに》との間《あいだ》で、「サンフランシスコ平和条約《へいわじょうやく》」をむすびました。

一九五二年四月二十八日《ねんしがつにじゅうはちにち》に条約《じょうやく》が発効《はっこう》されると、多《おお》くの国《くに》との国交《こっこう》が回復《かいふく》します。日本《にほん》は主権《しゅけん》を取《と》りもどし、政治《せいじ》や経済《けいざい》なども自由《じゆう》に行《おこな》えるようになり、国際社会《こくさいしゃかい》の仲間入《なかまい》りができたのです。

しかし、沖縄県《おきなわけん》など一部《いちぶ》の領土《りょうど》は占領《せんりょう》されたままでした（160ページ）。また冷戦《れいせん》の影響《えいきょう》で、ソ連《れん》や、サンフランシスコ平和条約《へいわじょうやく》をむすんだときにまねかれなかった中国《ちゅうごく》などの国《くに》とは調印《ちょういん》できませんでした。その後《ご》、ソ連《れん》との国交回復《こっこうかいふく》に関《かん》する共同宣言《きょうどうせんげん》や、中国《ちゅうごく》との平和《へいわ》条約《じょうやく》などで、関係《かんけい》が回復《かいふく》したのです。

この日《ひ》はほかにも…

★日本銀行《にっぽんぎんこう》の開業式《かいぎょうしき》が行《おこな》われた日《ひ》（一八八三年《ねん》）

138ページのこたえ　たすき

おはなしクイズ　アメリカとソ連《れん》との間《あいだ》で起《お》こった対立《たいりつ》を何《なん》という？　こたえはつぎのページ

植村直己《うえむらなおみ》がはじめて犬《いぬ》ぞりで単独《たんどく》で北極点《ほっきょくてん》に到達《とうたつ》した日《ひ》

4月29日

読《よ》んだ日《ひ》にち（　年　月　日）（　年　月　日）（　年　月　日）

はじめて

冒険家《ぼうけんか》の植村直己《うえむらなおみ》は、一九四一年《ねん》二月十二日《にがつじゅうににち》に兵庫県《ひょうごけん》で生《う》まれました。大学《だいがく》の山岳部《さんがくぶ》に入《はい》りたてのころ、体《からだ》も小《ちい》さく、体力《たいりょく》もなく、山《やま》に登《のぼ》ればよく転《ころ》んでいたので、先輩《せんぱい》から「どんぐり」とあだ名《な》をつけられ、からかわれていました。しかし、負《ま》けずぎらいの直己《なおみ》は、ひそかに一人《ひとり》でトレーニングを重《かさ》ね、一年《いちねん》たつころには、だれにも負《ま》けない強《つよ》い体《からだ》と心《こころ》のもち主《ぬし》になっていたのです。

直己《なおみ》は、外国《がいこく》の山《やま》に登《のぼ》ってみたいという夢《ゆめ》をもっていました。大《だい》学卒業《がくそつぎょう》と同時《どうじ》に海外《かいがい》にわたると、働《はたら》いてお金《かね》をためながら山《やま》に登《のぼ》り、夢《ゆめ》に向《む》かってがむしゃらに行《こう》動《どう》します。そして、二十九歳《にじゅうきゅうさい》で世《せ》界初《かいはつ》の※五大陸《ごたいりく》最高峰《さいこうほう》の登頂《とうちょう》に成功《せいこう》しました。エベレスト以外《いがい》はすべて単独《たんどく》での登頂《とうちょう》でした。

グループでの登山《とざん》や冒険《ぼうけん》もきらいではありませんが、直己《なおみ》は一人《ひとり》で冒険《ぼうけん》に立《た》ち向《む》かうよろこびを知《し》っていました。孤独《こどく》も、危険《きけん》と背中合《せなかあ》わせの旅《たび》も、自分《じぶん》と向《む》き合《あ》う大切《たいせつ》なひとときだったのです。

次《つぎ》の目標《もくひょう》を北極圏《ほっきょくけん》の犬《いぬ》ぞり単独《たんどく》行《こう》に決《き》めた直己《なおみ》は、一九七二年《ねん》、準備《じゅんび》のためにグリーンランドの村《むら》をたずねます。きびしい寒《さむ》さの中《なか》でくらしている人《ひと》びとと一年間《いちねんかん》生《せい》活《かつ》をともにしながら、極地《きょくち》で生《い》きぬく方法《ほうほう》や犬《いぬ》ぞりの使《つか》い方《かた》を学《まな》ぶためでした。食《た》べものもすべて村《むら》人《びと》と同《おな》じものを食《た》べ、現地《げんち》にとけこむのが直己《なおみ》のやり方《かた》でした。

翌年《よくねん》には、まずグリーンランドを三千《さんぜん》キロメートル、さらに一九七六年《ねん》には北極圏《ほっきょくけん》一万《いちまん》二千《にせん》キロメートルを犬《いぬ》ぞりで走《はし》り切《き》りました。そして、一九七八年三月《ねんさんがつ》、世《せ》界初《かいはつ》の犬《いぬ》ぞり単独《たんどく》での北極点到達《ほっきょくてんとうたつ》を目指《めざ》し、出発《しゅっぱつ》したのです。

それは命《いのち》がけの道《みち》のりでした。氷《こおり》のジャングルのような大氷原《だいひょうげん》にはばまれ、思《おも》うように進《すす》むことができません。テントをシロクマにおそわれたときは、死《し》を覚悟《かくご》し、日本《にほん》で待《ま》つ妻《つま》の公子《きみこ》さんの顔《かお》を思《おも》いうかべました。

苦《くる》しい旅《たび》の末《すえ》、直己《なおみ》はついに北《ほっ》極点到達《きょくてんとうたつ》に成功《せいこう》します。一九七八年四月二十九日《ねんしがつにじゅうくにち》のことでした。そのあとにつづくグリーンランド単《たん》独縦断《どくじゅうだん》とともに、世界《せかい》をおどろかせる大冒険《だいぼうけん》となりました。

この日《ひ》はほかにも…

★昭和《しょうわ》の日《ひ》

昭和天皇《しょうわてんのう》の誕生日《たんじょうび》（一九〇一年《ねん》）。国民《こくみん》の祝日《しゅくじつ》。

※エベレスト（アジア大陸《たいりく》）、モンブラン（ヨーロッパ大陸《たいりく》）、キリマンジャロ（アフリカ大陸《たいりく》）、デナリ（北《きた》アメリカ大陸《たいりく》）、アコンカグア（南《みなみ》アメリカ大陸《たいりく》）の五《いつ》つの山《やま》。

139ページのこたえ

冷戦《れいせん》

おはなしクイズ　植村直己《うえむらなおみ》が犬《いぬ》ぞり単独《たんどく》での北極点《ほっきょくてん》に到達《とうたつ》したのは何年《なんねん》？

こたえはつぎのページ

平家《へいけ》をほろぼした英雄《えいゆう》 源義経《みなもとのよしつね》が亡《な》くなった日《ひ》

日本《にほん》
1159～1189年《ねん》

読《よ》んだ日《ひ》にち（　年　月　日）（　年　月　日）（　年　月　日）

人物

平安時代《へいあんじだい》の終《お》わり、一一八四年《ねん》のことです。

前《まえ》は海《うみ》、後《うし》ろは山《やま》にかこまれた摂津国《せっつのくに》（今《いま》の大阪府《おおさかふ》と兵庫県《ひょうごけん》の一《いち》部《ぶ》）の一ノ谷《いちのたに》。海《うみ》のほうだけ守《まも》っていればいいと考《かんが》えた平家軍《へいけぐん》は、ここに陣《じん》をつくりました。しかし、急《きゅう》な山《やま》のしゃ面《めん》からいきなりあらわれたのは、源義経《みなもとのよしつね》の軍《ぐん》です。けわしいがけの上《うえ》から、馬《うま》のひづめをとどろかせ、かけおりてきたのです。

平家軍《へいけぐん》は、あわてふためいて、船《ふね》でにげました。この一ノ谷《いちのたに》の戦《たたか》いで、源義経《みなもとのよしつね》の名前《なまえ》は都中《みやこじゅう》に知《し》れわたりました。

その後《ご》、義経《よしつね》は平家《へいけ》を壇ノ浦《だんのうら》（山口県《やまぐちけん》）に追《お》いつめます。海《うみ》での戦《たたか》いが得意《とくい》な平家軍《へいけぐん》に対《たい》し、源《げん》氏軍《じぐん》は敵《てき》の船《ふね》のこぎ手《て》をねらい撃《う》つ戦法《せんぽう》に出《で》ました。さかえていた平家《へいけ》でしたが、この壇ノ浦《だんのうら》の戦《たたか》いでついにほろびます。

そして、義経《よしつね》は戦《たたか》いの天才《てんさい》として、のちの世《よ》まで語《かた》りつがれることとなったのです。

数《かず》かずの英雄伝説《えいゆうでんせつ》をのこす義経《よしつね》は、一一五九年《ねん》（平治元年《へいじがんねん》）に、源義朝《みなもとのよしとも》の子《こ》として生《う》まれました。子《こ》どものころは牛若丸《うしわかまる》とよばれ、義朝《よしとも》が平家《へいけ》に敗《やぶ》れたあと、京都《きょうと》の北《きた》にある鞍馬寺《くらまでら》へあずけられ、きびしい修行《しゅぎょう》をつみました。

このとき、牛若丸《うしわかまる》に武芸《ぶげい》を教《おし》えたのは、鞍馬山《くらまやま》に住《す》むてんぐだったという伝説《でんせつ》があります。また、京都《きょうと》の五条大橋《ごじょうおおはし》で、刀《かたな》を千本《せんぼん》集《あつ》めようとしていた僧《そう》の武蔵坊弁慶《むさしぼうべんけい》をたおして家来《けらい》にしたという言《い》い伝《つた》えはあまりにも有名《ゆうめい》です。

その後《ご》、義経《よしつね》と名《な》のるようになり、一一八〇年《ねん》には、兄《あに》の源頼《みなもとのより》朝《とも》（223ページ）が平家《へいけ》との戦《たたか》いを始《はじ》めたことを知《し》り、かけつけました。二十年以上《にじゅうねんいじょう》はなればなれだった兄弟《きょうだい》は、手《て》を取《と》り合《あ》い、なみだを流《なが》して再会《さいかい》をよろこんだといいます。

源氏《げんじ》のために活《かつ》やくした義経《よしつね》でしたが、朝廷《ちょうてい》の警護役《けいごやく》になったことにより、武士《ぶし》の政権《せいけん》をつくろうとしていた頼朝《よりとも》の反感《はんかん》を買《か》い、追《お》いつめられる身《み》となります。

一一八九年《ねん》（文治五年《ぶんじごねん》）四月三《しがつさん》十日《じゅうにち》、義経《よしつね》はかくれ住《す》んでいた奥《おう》州《しゅう》（今《いま》の岩手県《いわてけん》）の衣川館《ころもがわのたち》で自《みず》ら命《いのち》を絶《た》ちました。

この日《ひ》はほかにも…

★図書館記念日《としょかんきねんび》
「図書館法《としょかんほう》」が公布《こうふ》されたことに由来《ゆらい》。

140ページのこたえ　一九七八年《ねん》

おはなしクイズ　源義経《みなもとのよしつね》は子《こ》どものころ、何《なん》とよばれていた？

こたえは146ページ

時差《じさ》ってなあに？

世界《せかい》にはたくさんの国《くに》があります。国《くに》によって「時差《じさ》（時刻《じこく》の差《さ》）」があり、その時刻《じこく》はばらばらです。日本《にほん》が１月１日《がつついたち》の午前《ごぜん》９時《じ》のとき、世界《せかい》の国《くに》ぐには何時《なんじ》でしょうか。地図《ちず》といっしょに、世界《せかい》の時刻《じこく》を見《み》てみましょう。

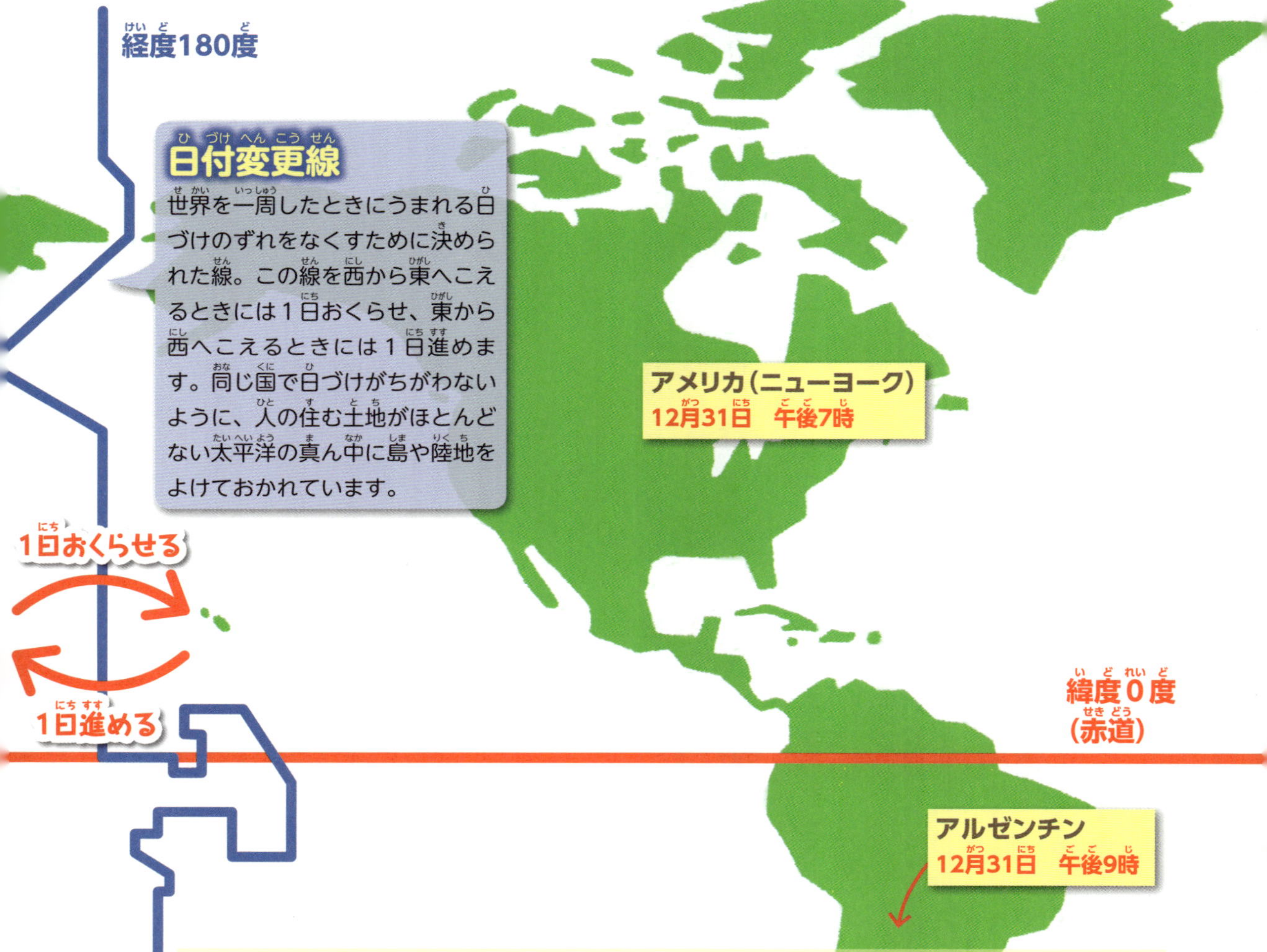

日付変更線《ひづけへんこうせん》

世界《せかい》を一周《いっしゅう》したときにうまれる日《ひ》づけのずれをなくすために決《き》められた線《せん》。この線《せん》を西《にし》から東《ひがし》へこえるときには１日《にち》おくらせ、東《ひがし》から西《にし》へこえるときには１日《にち》進《すす》めます。同《おな》じ国《くに》で日《ひ》づけがちがわないように、人《ひと》の住《す》む土地《とち》がほとんどない太平洋《たいへいよう》の真《ま》ん中《なか》に島《しま》や陸地《りくち》をよけておかれています。

マゼラン（369ページ）の船団《せんだん》が世界《せかい》を一周《いっしゅう》してスペインにもどったとき、毎日《まいにち》つけていた航海日誌《こうかいにっし》の日《ひ》づけと、スペインの日《ひ》づけが１日《にち》ずれていたことに気《き》がつきました。しかし、原因《げんいん》はわかりませんでした。のちに世界一周《せかいいっしゅう》がひんぱんに行《おこな》われるようになり、地球《ちきゅう》を西《にし》に進《すす》むときにはどこかで１日《にち》日《ひ》づけを進《すす》ませ、東《ひがし》に進《すす》むときは１日《にち》おくらせなければ、日《ひ》づけのずれがうまれることが多《おお》くの人《ひと》びとにわかってきました。そのずれをなくすために日付変更線《ひづけへんこうせん》がつくられたのです。

時差《じさ》とは……

世界《せかい》の国《くに》がそれぞれ決《き》めた標準時《ひょうじゅんじ》には、時差《じさ》（時刻《じこく》の差《さ》）があります。たとえば、日本《にほん》が午前《ごぜん》9時《じ》のとき、イギリス（ロンドン）は午前《ごぜん》0時《じ》です。

地球《ちきゅう》は丸《まる》く、1日《にち》に1回自転《かいじてん》しています。一周《いっしゅう》360度《ど》を24時間《じかん》でまわるので、360（度《ど》）÷24（時間《じかん》）＝15（度《ど》）。経度《けいど》15度《ど》おきに1時間《じかん》ずつ時差《じさ》がうまれます。

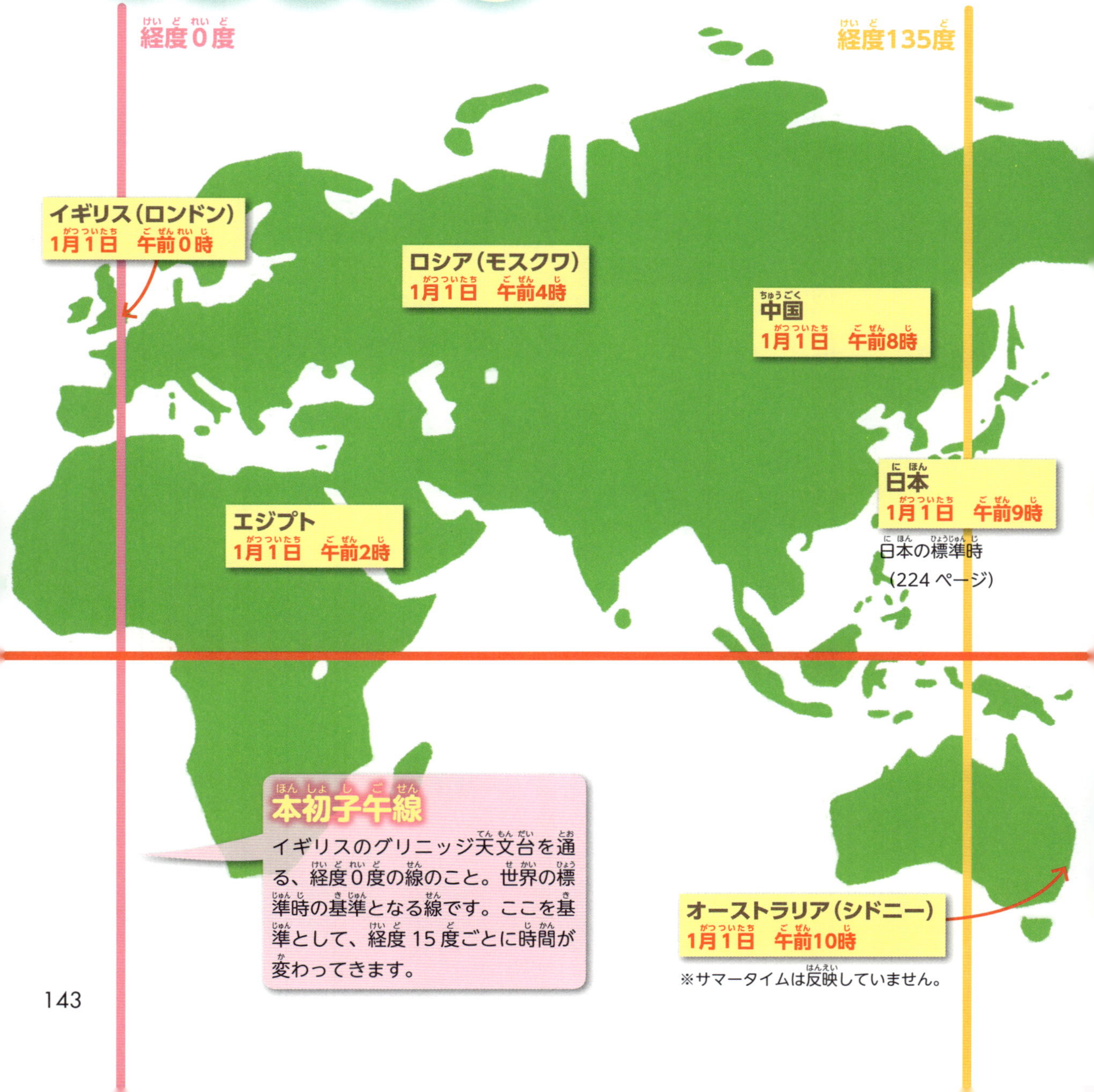

日本《にほん》の標準時《ひょうじゅんじ》（224ページ）

本初子午線《ほんしょしごせん》

イギリスのグリニッジ天文台《てんもんだい》を通《とお》る、経度《けいど》0度《れいど》の線《せん》のこと。世界《せかい》の標準時《ひょうじゅんじ》の基準《きじゅん》となる線《せん》です。ここを基準《きじゅん》として、経度《けいど》15度《ど》ごとに時間《じかん》が変《か》わってきます。

※サマータイムは反映《はんえい》していません。

旧《きゅう》暦《れき》と新《しん》暦《れき》ってなあに？

むかしの日本《にほん》では、今《いま》とはちがう暦《こよみ》が使《つか》われていました。むかしの暦《こよみ》を「旧暦《きゅうれき》」、今《いま》の暦《こよみ》を「新暦《しんれき》」といいます。旧暦《きゅうれき》と新暦《しんれき》はそれぞれどんなものなのか見《み》てみましょう。

旧《きゅう》暦《れき》とは

日本《にほん》は1872年《ねん》まで、「太陰太陽暦《たいいんたいようれき》」という暦《こよみ》を使《つか》っていました。これを「旧暦《きゅうれき》」といいます。新月《しんげつ》を月《つき》の始《はじ》まりとして数《かぞ》え、次《つぎ》の新月《しんげつ》が来《く》ると月《つき》が変《か》わる、といったように、月《つき》のみちかけに日《ひ》にちを当《あ》てはめていました。そのため、季節《きせつ》と暦《こよみ》の間《あいだ》にずれがうまれてしまいます。そのずれをなくすために、2～3年《ねん》に一度《いちど》、1年《ねん》を13か月《げつ》とする「うるう月《づき》」で調節《ちょうせつ》したほか、「二十四節気《にじゅうしせっき》」（306ページ）を使《つか》っていました。

	春《はる》			夏《なつ》			秋《あき》			冬《ふゆ》			1月《がつ》
旧暦《きゅうれき》	1月《がつ》	2月《がつ》	3月《がつ》	4月《がつ》	5月《がつ》	6月《がつ》	7月《がつ》	8月《がつ》	9月《がつ》	10月《がつ》	11月《がつ》	12月《がつ》	
新暦《しんれき》	2月《がつ》	3月《がつ》	4月《がつ》	5月《がつ》	6月《がつ》	7月《がつ》	8月《がつ》	9月《がつ》	10月《がつ》	11月《がつ》	12月《がつ》	1月《がつ》	

※旧暦《きゅうれき》の元日《がんじつ》が、新暦《しんれき》の2月頭《がつあたま》だった場合《ばあい》の一例《いちれい》です。

旧暦《きゅうれき》と約《やく》1か月《げつ》ちがっているよ！

新《しん》暦《れき》とは

日本《にほん》では1873年《ねん》から、新《あたら》しい暦《こよみ》として、西洋《せいよう》で使《つか》っていた「太陽暦《たいようれき》（グレゴリオ暦《れき》）」が使《つか》われるようになりました。これを「新暦《しんれき》」といいます。季節《きせつ》の変化《へんか》に合《あ》わせた暦《こよみ》です。うるう日《び》（78ページ）でずれを調節《ちょうせつ》し、暦《こよみ》と季節《きせつ》がぴったりと合《あ》います。1872年《ねん》（明治《めいじ》5年《ねん》）12月2日《がつふつか》まで旧暦《きゅうれき》が使《つか》われ、次《つぎ》の日《ひ》は12月3日《がつみっか》ではなく、1873年《ねん》（明治《めいじ》6年《ねん》）1月1日《がつついたち》となりました。改暦《かいれき》の発表《はっぴょう》は11月9日《がつここのか》のことで、当時《とうじ》は大変混乱《たいへんこんらん》しました。

明治時代《めいじじだい》

1872年《ねん》（明治《めいじ》5年《ねん》）12月2日《がつふつか》 → 次《つぎ》の日《ひ》新暦《しんれき》へ → 1873年《ねん》（明治《めいじ》6年《ねん》）1月1日《がつついたち》

外国《がいこく》では

ユリウス・カエサル

ユリウス暦《れき》

古代《こだい》ローマ（48ページ）の政治家《せいじか》、ユリウス・カエサルが紀元前《きげんぜん》46年《ねん》に定《さだ》めた暦《こよみ》。ヨーロッパで広《ひろ》く使《つか》われていましたが、しだいに暦《こよみ》と季節《きせつ》のずれがうまれました。

ローマ教皇《きょうこう》グレゴリウス13世《せい》

グレゴリオ暦《れき》

ローマ教皇《きょうこう》グレゴリウス13世《せい》が1582年《ねん》に定《さだ》めた暦《こよみ》。ユリウス暦《れき》の問題《もんだい》を解消《かいしょう》した暦《こよみ》で、現在《げんざい》も世界《せかい》の多《おお》くの国《くに》で使《つか》われています。導入《どうにゅう》した時期《じき》は国《くに》によってさまざまです。

5月《がつ》のおはなし

「写生《しゃせい》の祖《そ》」とよばれた 円山《まるやま》応挙《おうきょ》の誕生日《たんじょうび》

日本《にほん》
1733〜1795年《ねん》

5月1日

読《よ》んだ日《ひ》にち（　　年　　月　　日）（　　年　　月　　日）（　　年　　月　　日）

人物

円山応挙《まるやまおうきょ》は、江戸時代《えどじだい》に京都《きょうと》で一番人気《いちばんにんき》を集《あつ》めた絵師《えし》です。応挙《おうきょ》は、日本《にほん》ではそれまで重視《じゅうし》されていなかった、見《み》たままをえがく「写生《しゃせい》」にもとづく画風《がふう》で日本画《にほんが》に革命《かくめい》を起《お》こしました。

応挙《おうきょ》は一七三三年《ねん》（享保十八《きょうほうじゅうはち》年《ねん》）五月一日《ごがつついたち》、丹波国《たんばのくに》（今《いま》の京都《きょうと》府《ふ》）の農家《のうか》に生《う》まれました。応挙《おうきょ》はおさないころから絵《え》が好《す》きで、畑《はたけ》に出《で》ても竹《たけ》で地面《じめん》に絵《え》をかいていて、ちっとも仕事《しごと》をしません。そこで父《ちち》は、応挙《おうきょ》をお坊《ぼう》さんにするために寺《てら》にあずけましたが、うまくいかず、応挙《おうきょ》が十代半《じゅうだいなか》ばのときに、京都《きょうと》に働《はたら》きに行《い》かせることにしました。

京都《きょうと》に出《で》た応挙《おうきょ》は、尾張屋《おわりや》というおもちゃなどをあつかう店《みせ》で働《はたら》きます。尾張屋《おわりや》の主人《しゅじん》は、応挙《おうきょ》の才能《さいのう》を見《み》ぬき、狩野派《かのうは》の絵師《えし》、石《いし》田幽汀《だゆうてい》に絵《え》を習《なら》わせました。

尾張屋《おわりや》では、レンズでながめると絵《え》がまるで本物《ほんもの》の風景《ふうけい》のように見《み》える「のぞき眼鏡《めがね》」をあつかっていました。のぞき眼鏡《めがね》に使《つか》われる「眼鏡絵《めがねえ》」は、西洋画《せいようが》の遠近法《えんきんほう》や陰影法《いんえいほう》（ものを光《ひかり》で照《て》らしたときにできる影《かげ》をえがく技術《ぎじゅつ》）を使《つか》ってえがかれたもので、応挙《おうきょ》も尾張屋《おわりや》の仕事《しごと》として、京都《きょうと》の風景《ふうけい》をえがいたオリジナルの眼鏡絵《めがねえ》をかいています。応挙独特《おうきょどくとく》の絵画表現《かいがひょうげん》は、こうした経験《けいけん》を通《とお》してみがかれていったのです。

応挙《おうきょ》は、興味《きょうみ》をもったものは何《なん》でも画帳《がちょう》に写生《しゃせい》していました。そして、その写生《しゃせい》をもとにありのままの姿《すがた》を、そこにあるかのようにうつし取《と》った作品《さくひん》をかいていました。この応挙《おうきょ》の新《あたら》しいスタイルは、人《ひと》びとにおどろきをもって受《う》け入《い》れられます。そして絵師《えし》としての評判《ひょうばん》が高《たか》まると、ふすま絵《え》や屏風画《びょうぶが》などの大《おお》きな作品《さくひん》を手《て》がけるようになり、多《おお》くの傑作《けっさく》をのこしました。

応挙《おうきょ》の代表作《だいひょうさく》に国宝《こくほう》「雪松図屏風《ゆきまつずびょうぶ》」があります。これは、紙《かみ》の白《しろ》と墨《すみ》と金《きん》の三色《さんしょく》だけで、雪《ゆき》にきらめく松《まつ》を情感《じょうかん》ゆたかに表現《ひょうげん》し、見《み》る人《ひと》にすがすがしい冬《ふゆ》の朝《あさ》の空気《くうき》を伝《つた》えています。

応挙《おうきょ》は、ただ見《み》たものをそのままかくだけではなく、その筆《ふで》づかいによって、温度《おんど》や湿度《しつど》が伝《つた》わってくるような空気感《くうきかん》まで表現《ひょうげん》したのです。

この日《ひ》はほかにも…

★F1《エフワン》レーサー、アイルトン・セナの命日《めいにち》（一九九四年《ねん》）

141ページのこたえ　牛若丸《うしわかまる》

おはなしクイズ　円山応挙《まるやまおうきょ》が働《はたら》いていた、おもちゃなどをあつかう店《みせ》は何《なん》という名前《なまえ》？　こたえはつぎのページ

5月2日

世界的《せかいてき》な画家《がか》レオナルド・ダ・ヴィンチが亡《な》くなった日《ひ》

イタリア
1452〜1519年《ねん》

読《よ》んだ日《ひ》にち（　　年　　月　　日）（　　年　　月　　日）（　　年　　月　　日）

人物

レオナルド・ダ・ヴィンチは、世界的《せかいてき》に有名《ゆうめい》な絵《え》「モナ・リザ」をかいた人《ひと》として知《し》られていますが、そのほかにもたくさんの科学《かがく》的研究《てきけんきゅう》や発明《はつめい》を行《おこな》い、人《ひと》びとから「万能《ばんのう》の人《ひと》」とよばれた天才《てんさい》でもありました。

レオナルドは、ユリウス暦《れき》一四五二年《ねん》に、イタリアのトスカーナ地方《ちほう》の裕福《ゆうふく》な役人《やくにん》の家《いえ》に生《う》まれました。イタリアではそのころ、新《あたら》しい文化《ぶんか》をつくろうとする「ルネサンス」という運動《うんどう》がさかんになっていました。絵《え》がうまかったレオナルドは、十四歳《じゅうよんさい》のころにルネサンスを代表《だいひょう》するフィレンツェの画家《がか》、アンドレア・デル・ベロッキオに弟子入《でしい》りをします。

ある日《ひ》、師匠《ししょう》のベロッキオは、レオナルドに声《こえ》をかけました。

「きみにこの絵《え》のすみにいる天使《てんし》をかいてもらおう」

レオナルドは、よろこんで筆《ふで》をとり、見事《みごと》な天使《てんし》をかきあげました。

「なんとすばらしいできばえだ」

あまりのできにおどろいたベロッキオは、自信《じしん》をなくし、その日以来《ひいらい》、自分《じぶん》では絵《え》をかかなくなったといわれています。

ベロッキオのもとで修業《しゅぎょう》をしたレオナルドは独立《どくりつ》し、三十歳《さんじっさい》のときにミラノの貴族《きぞく》のもとで働《はたら》きます。ここでレオナルドは、絵《え》だけではなく、大聖堂《だいせいどう》や町《まち》なみの設計《せっけい》、銅像《どうぞう》の制作《せいさく》、武器《ぶき》の設計《せっけい》や空《そら》飛《と》ぶのりものの研究《けんきゅう》など、さまざまな分野《ぶんや》で才能《さいのう》を発揮《はっき》しました。

このころのレオナルドの代表的《だいひょうてき》な絵《え》が、修道院《しゅうどういん》の食堂《しょくどう》にかかれた「最後《さいご》の晩餐《ばんさん》」です。

その後《ご》、レオナルドはフィレンツェにもどります。代表作《だいひょうさく》である「モナ・リザ」は、この時期《じき》にかかれたものです。

その後《ご》、レオナルドはフランス国王《こくおう》フランソワ一世《いっせい》にまねかれてフランスにわたります。そして一五一九年《ねん》五月二日《ごがつふつか》、フランスのアンボワーズで亡《な》くなりました。六十七歳《じゅうななさい》でした。

この日《ひ》はほかにも…

★八十八夜《はちじゅうはちや》
立春《りっしゅん》から数《かぞ》えて八十八日目《はちじゅうはちにちめ》で、種《たね》まきなどを行《おこな》うことが多《おお》い。

146ページのこたえ
尾張屋《おわりや》

おはなしクイズ　レオナルドの師匠《ししょう》の名前《なまえ》は？　こたえはつぎのページ

新《あたら》しい憲法《けんぽう》が施行《しこう》された「憲法記念日《けんぽうきねんび》」

5月3日

読《よ》んだ日《ひ》にち（　　年　　月　　日）（　　年　　月　　日）（　　年　　月　　日）

記念日

五月三日《ごがつみっか》は「憲法記念日《けんぽうきねんび》」です。一九四七年《ねん》に、それまでの大《だい》日本帝国憲法《にっぽんていこくけんぽう》にかわって、日本国《にほんこく》憲法《けんぽう》が施行《しこう》されたことにちなみ、国民《こくみん》の祝日《しゅくじつ》と定《さだ》められました。

一九四五年《ねん》、日本《にほん》は第二次世界《だいにじせかい》大戦《たいせん》に負《ま》けました（258ページ）。アメリカをはじめとするGHQ《ジーエイチキュー》（連合国軍最高司令官総司令部《れんごうこくぐんさいこうしれいかんそうしれいぶ》）が、新《あたら》しい憲法《けんぽう》をつくるようにと、憲法案《けんぽうあん》をしめしました。その案《あん》は議会《ぎかい》で話《はな》し合《あ》われ、可決《かけつ》されて今《いま》の憲法《けんぽう》となったのです。

では、「憲法《けんぽう》」とは何《なん》でしょうか。その国《くに》にとって何《なに》が大切《たいせつ》なのか、そしてそのためにはどんな仕《し》組《く》みをつくったらよいのか。その仕組《しく》みを定《さだ》めた法律《ほうりつ》が「憲法《けんぽう》」です。

日本国憲法《にほんこくけんぽう》が目指《めざ》したものは、三《みっ》つあります。「国民主権《こくみんしゅけん》」「基本《きほん》的人権《てきじんけん》の尊重《そんちょう》」「平和主義《へいわしゅぎ》」です。

前《まえ》の憲法《けんぽう》では主権《しゅけん》は天皇《てんのう》にありました。今《いま》は「国民主権《こくみんしゅけん》」。つまり、これから生《う》まれてくる人《ひと》もふくめて、「国民《こくみん》が主役《しゅやく》」の政治《せいじ》をするということです。

「基本的人権《きほんてきじんけん》の尊重《そんちょう》」は、一人《ひとり》ひとりに人《ひと》としての当然《とうぜん》の権利《けんり》があるということです。自由《じゆう》にものを言《い》える権利《けんり》や、自由《じゆう》に職業《しょくぎょう》を選《えら》ぶ権利《けんり》、自由《じゆう》に結婚《けっこん》できる権利《けんり》、教《きょう》育《いく》を受《う》ける権利《けんり》などです。今《いま》ではすべて当《あ》たり前《まえ》のようですが、学《がっ》校《こう》に行《い》けず働《はたら》かなければならない子《こ》どもがいたり、親《おや》が決《き》めた人《ひと》と結婚《けっこん》しなければならなかったりした時代《じだい》があったのです。

「平和主義《へいわしゅぎ》」は、「平和《へいわ》を守《まも》り、戦争《せんそう》をしません。軍隊《ぐんたい》はもちません」ということです。日本《にほん》では第《だい》二次世界大戦《にじせかいたいせん》により、多《おお》くの人《ひと》の命《いのち》がうばわれました。そこで、もう二度《にど》と戦争《せんそう》はしないということを世界《せかい》に向《む》けて宣言《せんげん》したのです。

みなさんも、日本国憲法《にほんこくけんぽう》を読《よ》んでみましょう。そして、日本《にほん》が大《たい》切《せつ》にしているものが何《なに》かを、考《かんが》えてみてください。

この日《ひ》はほかにも……

★タカラトミーから発売《はつばい》されている人形《にんぎょう》、リカちゃん®の誕生日《たんじょうび》

147ページのこたえ
アンドレア・デル・ベロッキオ

おはなしクイズ　日本国憲法《にほんこくけんぽう》が目指《めざ》しているのは、「国民主権《こくみんしゅけん》」「基本的人権《きほんてきじんけん》の尊重《そんちょう》」と何《なに》？

こたえは つぎのページ

5月4日

「妖精《ようせい》」とよばれた女優《じょゆう》
オードリー・ヘプバーンの誕生日《たんじょうび》

ベルギー 1929〜1993年《ねん》

読《よ》んだ日《ひ》にち（　　年　　月　　日）（　　年　　月　　日）（　　年　　月　　日）

人物

映画《えいが》「ローマの休日《きゅうじつ》」のオードリー・ヘプバーン　写真提供:Photofest/AFLO

六十年《ろくじゅうねん》以《い》上前《じょうまえ》につくられ、今《いま》でも世界中《せかいじゅう》で愛《あい》されている映画《えいが》「ローマの休日《きゅうじつ》」。堅苦《かたくる》しい王室《おうしつ》の仕事《しごと》にしばられて自由《じゆう》な時間《じかん》のない王女様《おうじょさま》が、旅先《たびさき》のローマでこっそり宿泊先《しゅくはくさき》の宮殿《きゅうでん》をぬけ出《だ》して、そこで出会《であ》った新聞記者《しんぶんきしゃ》とローマをめぐりながら恋《こい》に落《お》ちていくというという、とてもロマンティックなお話《はなし》です。

この王女様《おうじょさま》を演《えん》じていたのが、オードリー・ヘプバーンです。上品《じょうひん》でチャーミングなその姿《すがた》に、人《ひと》びとは夢中《むちゅう》になりました。オードリーは背《せ》が高《たか》く、きらきらした大《おお》きな目《め》とほっそりとした姿《すがた》が印象的《いんしょうてき》なことから「妖精《ようせい》」とよばれ、あっという間《ま》に人気女優《にんきじょゆう》となったのです。

オードリーは一九二九年《ねん》五月四日《ごがつよっか》にベルギーで生《う》まれました。十歳《じっさい》のときに第《だい》二次世界大戦《にじせかいたいせん》が始《はじ》まり、おじいさんが住《す》むオランダの町《まち》へうつります。しかし、オランダはドイツ軍《ぐん》に占領《せんりょう》され、飢《う》えや空襲《くうしゅう》におびえながら、死《し》の恐怖《きょうふ》とたたかう毎日《まいにち》を送《おく》ります。そんなオードリーの心《こころ》の支《ささ》えは、子《こ》どものころからつづけていたバレエでした。

戦争《せんそう》が終《お》わるとイギリスの有名《ゆうめい》なバレエ学校《がっこう》へ入《はい》り、バレリーナになる夢《ゆめ》をいだきます。でも、背《せ》が高《たか》すぎたため、あきらめざるをえませんでした。

そんなオードリーを、フランスの作家《さっか》シドニー・ガブリエル・コレットが、舞台《ぶたい》「ジジ」の主役《しゅやく》に選《えら》びます。結果《けっか》は大成功《だいせいこう》。女優《じょゆう》、オードリー・ヘプバーンが誕生《たんじょう》しました。その後《ご》、「ローマの休日《きゅうじつ》」をはじめ、「ティファニーで朝食《ちょうしょく》を」「マイ・フェア・レディ」など多《おお》くの映画《えいが》に出演《しゅつえん》し、ファンの心《こころ》をつかみました。

年《とし》を重《かさ》ねてからは、ユニセフの国際親善大使《こくさいしんぜんたいし》となり、戦争《せんそう》にまきこまれ、食《た》べものもなくて苦《くる》しんでいる人《ひと》たちのために力《ちから》をつくします。そして、一九九三年《ねん》に六十《ろくじゅう》三歳《さんさい》で亡《な》くなりました。

この日《ひ》はほかにも…

★みどりの日《ひ》
自然《しぜん》に親《した》しみ、ゆたかな心《こころ》を育《はぐく》む国民《こくみん》の祝日《しゅくじつ》(二〇〇七年《ねん》から)。

148ページのこたえ
「平和主義《へいわしゅぎ》」

おはなしクイズ　女優《じょゆう》になる前《まえ》のオードリーの夢《ゆめ》は何《なに》？　こたえはつぎのページ

男《おとこ》の子《こ》の成長《せいちょう》を願《ねが》う
端午《たんご》の節句《せっく》

5月5日

読《よ》んだ日《ひ》にち（　　年　　月　　日）（　　年　　月　　日）（　　年　　月　　日）

1日 行事

五月五日《ごがついつか》は「端午《たんご》の節句《せっく》」です。また、国民《こくみん》の祝日《しゅくじつ》である「こどもの日《ひ》」にもなっています。

ひな祭《まつ》り（82ページ）が女《おんな》の子《こ》の祭《まつ》りであるのに対《たい》し、端午《たんご》の節《せっ》句《く》は男《おとこ》の子《こ》の祭《まつ》りとされています。男《おとこ》の子《こ》のいる家《いえ》では、成長《せいちょう》を祝《いわ》い、こいのぼりをあげたり、かぶとやよろいをかざったりして、男《おとこ》の子《こ》が強《つよ》く元気《げんき》に育《そだ》つことを願《ねが》います。

端午《たんご》の節句《せっく》は、もともと中国《ちゅうごく》の行事《ぎょうじ》でした。田植《たう》えが始《はじ》まるこの時期《じき》に、わざわいが起《お》こらないよう、菖蒲《しょうぶ》やヨモギなどの薬草《やくそう》を家《いえ》ののきにつるしたり、菖蒲酒《しょうぶしゅ》を飲《の》んだりしておはらいをしたのです。これが奈良時代《ならじだい》に日本《にほん》に伝《つた》わり、田植《たう》えを行《おこな》う早乙女《さおとめ》（わかい清《きよ》らかな女性《じょせい》）たちが、田植《たう》えの前《まえ》に心身《しんしん》を清《きよ》める風習《ふうしゅう》となりました。

もともとは女性《じょせい》の行事《ぎょうじ》だった端《たん》午《ご》の節句《せっく》が、男《おとこ》の子《こ》の祭《まつ》りになったのは、江戸時代《えどじだい》ごろからです。端午《たんご》の節句《せっく》に使《つか》われる「菖蒲《しょうぶ》」が「尚武《しょうぶ》（武道《ぶどう》を大事《だいじ》にする）」と同《どう》音《おん》であることから、男《おとこ》の子《こ》が強《つよ》くいさましくなるように願《ねが》う日《ひ》として、しだいに定着《ていちゃく》していったのです。

端午《たんご》の節句《せっく》にかかせないものといえば、こいのぼり、かしわもち、菖蒲湯《しょうぶゆ》などです。これらは、江戸時代《えどじだい》に始《はじ》まった日本独自《にほんどくじ》の習《しゅう》慣《かん》です。

こいのぼりは、「滝《たき》をのぼったこいが竜《りゅう》になった」という、中国《ちゅうごく》の登竜門伝説《とうりゅうもんでんせつ》にあやかり、町人《ちょうにん》のアイデアでこいをのぼりにしてかざるようになったことから始《はじ》まりました。子《こ》どもの将来《しょうらい》の出世《しゅっせ》を願《ねが》った縁起《えんぎ》ものです。

かしわもちに使《つか》われるかしわは、新《あたら》しい芽《め》が出《で》るまで古《ふる》い葉《は》を落《お》とさないことから「子孫《しそん》が絶《た》えない」ことに通《つう》じるとして、子孫《しそん》繁栄《はんえい》の願《ねが》いをこめてかしわもちが食《た》べられるようになりました。

菖蒲湯《しょうぶゆ》に使《つか》われる菖蒲《しょうぶ》は、葉《は》の形《かたち》が刀《かたな》ににていることや、強《つよ》い香《かお》りをもつことから、古《ふる》くから悪《わる》いものを追《お》いはらう特別《とくべつ》な力《ちから》があると考《かんが》えられてきました。菖蒲《しょうぶ》を入《い》れた風呂《ふろ》につかることで、体《からだ》がじょうぶになり、病気《びょうき》にならないといわれています。

この日《ひ》はほかにも…

★レゴの日《ひ》

○（レ）五（ゴ）○（レ）五（ゴ）のゴロ合《あ》わせからレゴジャパンが制定《せいてい》。

149ページのこたえ　バレリーナ

おはなしクイズ　5月《がつ》5日《いつか》に、風呂《ふろ》に入《い》れる植物《しょくぶつ》は何《なに》？　こたえはつぎのページ

5月6日

南北朝《なんぼくちょう》を統一《とういつ》し、金閣《きんかく》をたてた 足利義満《あしかがよしみつ》が亡《な》くなった日《ひ》

日本《にほん》
1358〜1408年《ねん》

読《よ》んだ日《ひ》にち（　年　月　日）（　年　月　日）（　年　月　日）

人物

「ごらんください、この美《うつく》しい景《け》色《しき》を」

旅《たび》のとちゅう、おさない足利義《あしかがよし》満《みつ》に家臣《かしん》（家来《けらい》）が声《こえ》をかけました。

「おお、これは見事《みごと》だ。よし、おまえたち、この場所《ばしょ》を丸《まる》ごとかついで京都《きょうと》へ持《も》って帰《かえ》れ」

「こんなにお小《ち》さいのに、なんとだいたんなお考《かんが》えでしょう。きっと、大物《おおもの》になられますな」

周囲《しゅうい》の予想《よそう》どおり、一三六八年《ねん》にわずか十一歳《じゅういっさい》で室町幕府第三代《むろまちばくふだいさんだい》将軍《しょうぐん》となった義満《よしみつ》は、数《かず》かずの大《おお》仕事《しごと》を成《な》しとげていきました。

義満《よしみつ》の祖父《そふ》、足利尊氏《あしかがたかうじ》（254ページ）が開《ひら》いた幕府《ばくふ》は、そのころ、争《あらそ》いが絶《た》えないなどの問題《もんだい》をかかえていました。

命令《めいれい》にしたがわない大名《だいみょう》もたくさんいましたが、義満《よしみつ》はそうした者《もの》たちをおさえ、幕府《ばくふ》の力《ちから》を強《つよ》めていきます。

また、朝廷《ちょうてい》が京都《きょうと》の北朝《ほくちょう》と吉野《よしの》（今《いま》の奈良県吉野郡《ならけんよしのぐん》）の南朝《なんちょう》に分《わ》かれて対立《たいりつ》する、南北朝《なんぼくちょう》とよばれる時代《じだい》が六十年近《ろくじゅうねんちか》くつづいていました。

「これからは、両方《りょうほう》からかわるがわる天皇《てんのう》を出《だ》しましょう」

義満《よしみつ》は二《ふた》つの朝廷《ちょうてい》と交渉《こうしょう》し、南《なん》北朝《ほくちょう》の統一《とういつ》にも成功《せいこう》します。

三十七歳《さんじゅうななさい》になると、将軍《しょうぐん》の座《ざ》を息子《むすこ》にゆずって太政大臣《だいじょうだいじん》（朝廷《ちょうてい》で最《もっと》もえらい役職《やくしょく》）となり、その半《はん》年後《としご》には出家《しゅっけ》して僧《そう》になりますが、政治《せいじ》の実権《じっけん》はにぎりつづけました。

京都《きょうと》に旅行《りょこう》する人《ひと》の多《おお》くがおとずれる金閣《きんかく》というお寺《てら》を知《し》っていますか。あの有名《ゆうめい》な建物《たてもの》をつくったのも義満《よしみつ》です。

「一階《いっかい》は公家風《くげふう》、二階《にかい》は武家風《ぶけふう》、三階《さんがい》が寺風《てらふう》。この建物《たてもの》のように、わしはすべての上《うえ》に立《た》ったのだ」

地位《ちい》と権力《けんりょく》を手《て》にし、美《うつく》しい建《たて》物《もの》をつくりあげた義満《よしみつ》は満足《まんぞく》そうに言《い》いました。しかし、五十一歳《ごじゅういっさい》のとき、急《きゅう》な病気《びょうき》でとつぜん息《いき》を引《ひ》き取《と》ります。一四〇八年《ねん》（応永《おうえい》十五年《じゅうごねん》）五月六日《ごがつむいか》のことでした。

この日《ひ》はほかにも…

★世界《せかい》ではじめて切手《きって》が使《つか》われた日《ひ》（一八四〇年《ねん》）

★コロッケの日《ひ》

五(コ)六(ロ)ッケのゴロ合《あ》わせから。

150ページのこたえ
菖蒲《しょうぶ》

おはなしクイズ 足利義満《あしかがよしみつ》が京都《きょうと》にたてたお寺《てら》は？ こたえはつぎのページ

「日本一《ひのもといち》の兵《つわもの》」とよばれた 真田幸村《さなだゆきむら》が亡《な》くなった日《ひ》

日本《にほん》
1567〜1615年《ねん》

5月7日

読《よ》んだ日《ひ》にち（　年　月　日）（　年　月　日）（　年　月　日）

人物

「どちらにつくべきか……」

真田幸村《さなだゆきむら》は、安土桃山時代《あづちももやまじだい》に活《かつ》やくした武将《ぶしょう》です。幸村《ゆきむら》は大きな戦《たたか》いを前《まえ》に、なやんでいました。

それまで日本《にほん》を支配《しはい》していた豊臣秀吉《とよとみひでよし》（216ページ）が亡《な》くなり、あとをねらう徳川家康《とくがわいえやす》（401ページ）と、豊臣家《とよとみけ》を支持《しじ》する石田三成《いしだみつなり》の間《あいだ》で戦《いくさ》が始《はじ》まろうとしていました。戦上手《いくさじょうず》といわれていた幸村《ゆきむら》は、両方《りょうほう》から味方《みかた》になってほしいとさそわれていたのです。また、幸村《ゆきむら》の父《ちち》と兄《あに》も戦《いくさ》が得意《とくい》だったため、真田家《さなだけ》がついたほうが天下《てんか》を取《と》ることになるかもしれませんでした。ですが問題《もんだい》は、天下《てんか》よりも真田家《さなだけ》のことです。父《ちち》は、

「どちらが勝《か》っても真田家《さなだけ》がこれからもつづくように、二手《ふたて》に分《わ》かれるのが一番《いちばん》の選択《せんたく》だ」

と言《い》い、兄《あに》は家康《いえやす》に、父《ちち》と幸村《ゆきむら》は三成《みつなり》につくことにしました。

こうして始《はじ》まった関ヶ原《せきがはら》の戦《たたか》い（290ページ）で、幸村《ゆきむら》は父《ちち》とともに信濃国《しなののくに》（今《いま》の長野県《ながのけん》）の上田城《うえだじょう》を徳川軍《とくがわぐん》の攻撃《こうげき》から守《まも》りぬきます。約四万人《やくよんまんにん》の徳川軍《とくがわぐん》をわずか三千五百人《さんぜんごひゃくにん》でふせぎ、美濃国《みののくに》（今《いま》の岐阜県南部《ぎふけんなんぶ》）にいる家康《いえやす》への援軍《えんぐん》を止《と》める活《かつ》やくを見《み》せます。しかし、三成《みつなり》が負《ま》けたため、父《ちち》と幸村《ゆきむら》は高野山《こうやさん》（和歌山県《わかやまけん》）に追放《ついほう》されることになりました。

その後《ご》、父《ちち》が亡《な》くなり、十四年間《じゅうよねんかん》も世間《せけん》とはなれてくらしていた幸村《ゆきむら》のもとに、豊臣家《とよとみけ》から使者《ししゃ》がおとずれました。そのころ、すでに天下《てんか》を取《と》っていた徳川家《とくがわけ》との間《あいだ》で戦《いくさ》が始《はじ》まろうとしているので、味方《みかた》をしてほしいとたのみにきたのです。幸村《ゆきむら》は立《た》ち上《あ》がりました。

幸村《ゆきむら》は大坂城《おおさかじょう》に頑丈《がんじょう》なとりでをきずき、家康《いえやす》をむかえうちます。とりでを「真田丸《さなだまる》」と名《な》づけ、兵士《へいし》たちは赤《あか》いよろいかぶとに身《み》をつつみ、徳川《とくがわ》の攻撃《こうげき》から守《まも》りました。

しかし、その後《ご》の戦《たたか》いで家康《いえやす》の本陣《ほんじん》に切《き》りこんだ幸村《ゆきむら》は、一六一五年《ねん》（慶長二十年《けいちょうにじゅうねん》）五月七日《ごがつなのか》、ついに戦死《せんし》しました。その勇猛《ゆうもう》な戦《たたか》いぶりは、今《いま》でも語《かた》りつがれています。

151ページのこたえ
金閣《きんかく》

この日《ひ》はほかにも…
★ドイツの作曲家《さっきょくか》、ブラームス（114ページ）が生《う》まれた日《ひ》（一八三三年《ねん》）

おはなしクイズ 真田幸村《さなだゆきむら》が大坂城《おおさかじょう》につくったとりでを何《なん》という？ こたえはつぎのページ

5月8日

「イタイイタイ病《びょう》」が公害《こうがい》とみとめられた日《ひ》

読《よ》んだ日《ひ》にち（　年　月　日）（　年　月　日）（　年　月　日）

歴史

「イタイイタイ病《びょう》」という病気《びょうき》を知《し》っていますか。

一九二〇年代《ねんだい》から、富山県《とやまけん》の神通川流域《じんづうがわりゅういき》に多《おお》くの患者《かんじゃ》が出始《ではじ》めた病気《びょうき》で、悪化《あっか》すると、せきをしただけで骨折《こっせつ》することもあり、布団《ふとん》の中《なか》で「いたい、いたい」と苦《くる》しみます。その姿《すがた》から、一九五〇年《ねん》代《だい》になってこの名前《なまえ》がつけられました。原因不明《げんいんふめい》の病気《びょうき》であったため、多《おお》くの人《ひと》が苦《くる》しみました。長《なが》年《ねん》の調査《ちょうさ》の末《すえ》、病気《びょうき》の原因《げんいん》は、工場《こうじょう》がすてた水《みず》にふくまれていたカドミウムという有害《ゆうがい》な物質《ぶっしつ》であることがわかりました。この水《みず》が川《かわ》に流《なが》れこんでいたのです。これを、国《くに》が公害《こうがい》としてみとめたのが、一九六八年《ねん》五月八日《ごがつようか》です。

工場《こうじょう》など産業《さんぎょう》の活動《かつどう》により、地域《ちいき》の人《ひと》たちの健康《けんこう》や生活環境《せいかつかんきょう》がそこなわれることを「公害《こうがい》」といいます。大気《たいき》、海《うみ》や川《かわ》、土《つち》などの汚染《おせん》、騒音《そうおん》、地盤沈下《じばんちんか》など、さまざまな種類《しゅるい》の公害《こうがい》があります。日本《にほん》で公害《こうがい》が問題《もんだい》となったのは、一八六八年《ねん》の明治維新以降《めいじいしんいこう》、産業革命《さんぎょうかくめい》が始《はじ》まってからのことです。

一八九〇年代《ねんだい》には、日本《にほん》の公害《こうがい》の原点《げんてん》といわれる足尾鉱毒事件《あしおこうどくじけん》が起《お》こりました。栃木県《とちぎけん》の足尾銅山《あしおどうざん》が、渡良瀬川《わたらせがわ》に銅《どう》や鉛《なまり》をふくんだ排水《はいすい》を流《なが》したことが原因《げんいん》で、川《かわ》から水《みず》が流《なが》れこんだ田《た》んぼや畑《はたけ》をよごし、農作物《のうさくもつ》の収穫《しゅうかく》ができなくなったのです。

国《くに》が産業《さんぎょう》を進《すす》めて強《つよ》い軍隊《ぐんたい》をつくろうと「富国強兵《ふこくきょうへい》」をスローガンにかかげ、銅《どう》の生産《せいさん》を進《すす》めていたため、栃木県出身《とちぎけんしゅっしん》の議員《ぎいん》、田中《たなか》正造《しょうぞう》は、政府《せいふ》の責任《せきにん》を追及《ついきゅう》しました。そして、政府《せいふ》が動《うご》かないとわかると、議員《ぎいん》をやめて農民《のうみん》たちとともに抗議運動《こうぎうんどう》をつづけ、解決《かいけつ》に力《ちから》を注《そそ》ぎました。

その後《ご》、一九六〇年代《ねんだい》の高度経済成長《こうどけいざいせいちょう》のころになると、環境問題《かんきょうもんだい》が多発《たはつ》します。その中《なか》で四大公害《よんだいこうがい》といわれているのが、熊本県《くまもとけん》の水俣病《みなまたびょう》、新潟県《にいがたけん》の新潟水俣病《にいがたみなまたびょう》、三重県《みえけん》の四日市《よっかいち》ぜんそく、そしてイタイイタイ病《びょう》です。社会問題《しゃかいもんだい》として、それぞれの住民《じゅうみん》が抗議運動《こうぎうんどう》をしたり、裁判《さいばん》で争《あらそ》われたりしました。

こうした人《ひと》びとの努力《どりょく》により、公害対策《こうがいたいさく》の法律《ほうりつ》が改定《かいてい》され、今《いま》は「環境基本法《かんきょうきほんほう》」として自然環境《しぜんかんきょう》を大切《たいせつ》にすることが定《さだ》められています。

この日《ひ》はほかにも…

★フランスの画家《がか》、ゴーギャン（184ページ）の命日《めいにち》（一九〇三年《ねん》）

152ページのこたえ　真田丸《さなだまる》

おはなしクイズ　足尾鉱毒事件《あしおこうどくじけん》で解決《かいけつ》に力《ちから》を注《そそ》いだ人《ひと》はだれ？　こたえはつぎのページ

アイスクリームを食《た》べよう！
「アイスクリームの日《ひ》」

5月9日

読《よ》んだ日《ひ》にち（　　年　　月　　日）（　　年　　月　　日）（　　年　　月　　日）

記念日

五月九日《ごがつここのか》は「アイスクリームの日《ひ》」です。一九六四年《ねん》のこの日《ひ》に、東京《とうきょう》アイスクリーム協会《きょうかい》（今《いま》の日本《にほん》アイスクリーム協会《きょうかい》）が、アイスクリームをさらに広《ひろ》めるための記念事業《きねんじぎょう》を開催《かいさい》したことから制定《せいてい》されました。

世界《せかい》ではじめてアイスクリームをつくったのは、紀元前四世紀《きげんぜんよんせいき》に古代《こだい》マケドニア（今《いま》のギリシャやローマ）を支配《しはい》していたアレキサンダー大王《だいおう》といわれています。アレキサンダー大王《だいおう》は、山《やま》から氷《こおり》や雪《ゆき》を運《はこ》ばせ、果汁《かじゅう》やハチミツなどをかけたものを好《この》んで食《た》べたそうです。今《いま》のかき氷《ごおり》によくにています。これをつかれた兵士《へいし》たちにもあたえて、元気《げんき》を出《だ》すようにはげましたとも伝《つた》えられています。

この〝かき氷《ごおり》〟は、インドやアラビア半島《はんとう》などでも食《た》べられていました。『千夜一夜物語《せんやいちやものがたり》』の中《なか》に「シャルバート」というつめたくてあまい飲《の》みものが出《で》てきますが、これが「シャーベット」のもとになったといわれています。シャルバートはやがて、中国《ちゅうごく》やイタリアのシチリア島《とう》を経由《けいゆ》して、フランスに伝《つた》えられました。

十六世紀《じゅうろくせいき》になると、かんたんにものを冷《ひ》やすことのできる寒剤《かんざい》が発見《はっけん》されます。これによって山《やま》から氷《こおり》を取《と》ってくる必要《ひつよう》がなくなり、さまざまなシャーベットがつくられるようになりました。そして、十八世紀《じゅうはっせいき》のフランスで、生《なま》クリームを使《つか》ったアイスクリームがうまれます。

アイスクリームは、ヨーロッパからアメリカにも伝《つた》わっていきます。そのアメリカでアイスクリームのつくり方《かた》を学《まな》んだのが、町田《まちだ》房蔵《ふさぞう》でした。房蔵《ふさぞう》は日本《にほん》に帰国《きこく》したのち、一八六九年《ねん》に、横浜《よこはま》の馬車道通《しゃみちどお》りで、日本《にほん》ではじめてといわれるアイスクリーム店《てん》「氷水《こおりみず》屋《や》」を開《ひら》きました。その当時《とうじ》は「あいすくりん」とよばれ、今《いま》の価格《かかく》でいうと約八千円《やくはっせんえん》もする高級《こうきゅう》品《ひん》だったそうです。

一九七〇年代半《ねんだいなか》ばになり、アイスクリーム製造機《せいぞうき》が輸入《ゆにゅう》されると、アイスクリームはどんどん広《ひろ》まっていきました。

153ページのこたえ
田中正造《たなかしょうぞう》

この日《ひ》はほかにも…

★イギリスの考古学者《こうこがくしゃ》、カーター（345ページ）の誕生日《たんじょうび》（一八七三年《ねん》）

おはなしクイズ　1869年《ねん》の日本《にほん》では、アイスクリームは何《なん》とよばれていた？　こたえはつぎのページ

5月10日

日本《にほん》のお金《かね》の単位《たんい》が「円《えん》」になった日《ひ》

読《よ》んだ日《ひ》にち（　　年　　月　　日）（　　年　　月　　日）（　　年　　月　　日）

歴史

一八七一年《ねん》（明治四年《めいじよねん》）五月十日《ごがつとおか》、日本《にほん》のお金《かね》の単位《たんい》は、今使《いまつか》われている「円《えん》」になりました。

その前《まえ》は何《なん》だったか、知《し》っていますか。時代劇《じだいげき》で「千両箱《せんりょうばこ》」という箱《はこ》を見《み》たことがある人《ひと》もいると思《おも》いますが、「両《りょう》」という単位《たんい》の金貨《きんか》がよく使《つか》われていたのです。ほかにも、いろいろな単位《たんい》の通貨《つうか》が流通《りゅうつう》していました。

まだお金《かね》が存在《そんざい》しなかったころ、人《ひと》びとは「魚一《さかないっ》ぴきと木《き》の実《み》何個《なんこ》」というように、ものとものを交換《こうかん》していました。しかし、交換《こうかん》できる相手《あいて》をさがしているうちに、ものがくさってしまうこともありました。そこで、まずは塩《しお》や米《こめ》、布《ぬの》、貝《かい》などと交換《こうかん》し、それを好《す》きなときにほかのものと交換《こうかん》することにしました。塩《しお》や米《こめ》などは、みんながほしがるので価値《かち》があり、くさりにくかったからです。これがお金《かね》の始《はじ》まりです。

やがて、運《はこ》びやすい金属《きんぞく》のお金《かね》が使《つか》われるようになりました。日本《にほん》でつくられた最《もっと》も古《ふる》いお金《かね》は、飛鳥時代《あすかじだい》の「富本銭《ふほんせん》」だといわれています。奈良《なら》から平安時代《へいあんじだい》には「和同開珎《わどうかいちん》」などがつくられましたが、中国《ちゅうごく》との貿易《ぼうえき》がさかんになると、中国《ちゅうごく》のお金《かね》を使《つか》うようになります。

室町時代《むろまちじだい》には、中国《ちゅうごく》のお金《かね》と、それをまねしてつくった質《しつ》の悪《わる》いお金《かね》が出《で》まわりました。お金《かね》の交換《こうかん》のほか、こうした質《しつ》の悪《わる》いお金《かね》を見《み》つける仕事《しごと》をしていたのが「両替商《りょうがえしょう》」です。江戸時代《えどじだい》に入《はい》ると、お金《かね》は幕府《ばくふ》がつくったものに統一《とういつ》され、両替商《りょうがえしょう》の仕事《しごと》はお金《かね》をかしたりあずかったりすることが中心《ちゅうしん》になって、今《いま》の銀行《ぎんこう》のもとになりました。

そして、明治時代《めいじじだい》に近代化《きんだいか》が進《すす》む中《なか》で、「円《えん》」がうまれたのです。お金《かね》の形《かたち》が円形《えんけい》に統一《とういつ》されたことから、「円《えん》」という名前《なまえ》がついたといわれています。

この日《ひ》はほかにも…

★アメリカの新聞記者《しんぶんきしゃ》で探検家《たんけんか》、スタンリー（98ページ）が亡《な》くなった日《ひ》（一九〇四年《ねん》）

154ページのこたえ　あいすくりん

おはなしクイズ　今《いま》の銀行《ぎんこう》のもとになった職業《しょくぎょう》とは？

こたえはつぎのページ

風《ふう》変《が》わりな芸術家《げいじゅつか》
ダリが生《う》まれた日《ひ》

スペイン
1904～1989年《ねん》

5月11日

読《よ》んだ日《ひ》にち（　年　月　日）（　年　月　日）（　年　月　日）

人物

「記憶《きおく》の固執《こしつ》」（1931年《ねん》）　画像提供:BridemanArtLibrary／アフロ

「サルバドール、何《なに》をしている？先生《せんせい》の話《はなし》をちゃんとききなさい」

一九〇四年五月十一日《ねんごがつじゅういちにち》、スペインで生《う》まれたサルバドール・ダリは、小《ちい》さいころから反抗的《はんこうてき》な面《めん》があり、学校《がっこう》できらいな科目《かもく》の授業《じゅぎょう》では、先生《せんせい》の話《はなし》に耳《みみ》をかたむけようともしませんでした。

勉強《べんきょう》は苦手《にがて》なダリでしたが、絵《え》をかくことは得意《とくい》でした。また、人《ひと》とちがったことをやったり、目立《めだ》ったりすることが好《す》きだったので、まわりの人《ひと》たちからは変《か》わり者《もの》と思《おも》われていました。

十七歳《じゅうななさい》になると、ダリは伝統《でんとう》を重《おも》んじるマドリード王立美術学校《おうりつびじゅつがっこう》に入学《にゅうがく》します。いつも目立《めだ》つ服装《ふくそう》や変《か》わった髪型《かみがた》をしていたので、ここでも問題児《もんだいじ》あつかいされていました。

当時《とうじ》のダリは、美術館《びじゅつかん》に熱心《ねっしん》に通《かよ》っては、いろいろな絵画《かいが》を見《み》て、自分《じぶん》なりに絵《え》の勉強《べんきょう》をしていました。このころは、ふるさとの風景《ふうけい》などをよくえがいています。

だんだんと画家《がか》として評価《ひょうか》されるようになったダリは、二十一歳《にじゅういっさい》ごろ、展覧会《てんらんかい》を開《ひら》きました。それを見《み》に来《き》た有名《ゆうめい》な画家《がか》ピカソ（334ページ）が、ダリの作品《さくひん》を気《き》に入《い》り、「きみはシュルレアリスムが起《お》こっているパリに行《い》くべきだ」とすすめます。

「シュルレアリスム」とは、現実《げんじつ》の世界《せかい》をそのままえがくのではなく、夢《ゆめ》や想像《そうぞう》の世界《せかい》を自由《じゆう》にえがこうという新《あたら》しい芸術運動《げいじゅつうんどう》です。ピカソの言《い》うとおりにパリに引《ひ》っこしたダリは、シュルレアリスムに心《こころ》をうばわれます。

「これだ。これこそぼくがやりたかった絵《え》の世界《せかい》なんだ！」

ダリは自由《じゆう》の翼《つばさ》を手《て》に入《い》れたような気持《きも》ちになりました。

その後《ご》のダリは、見《み》る人《ひと》の印象《いんしょう》にのこる作品《さくひん》を次《つぎ》つぎとうみ出《だ》していきました。そして、それは多《おお》くの人《ひと》たちに評価《ひょうか》されるようになります。世界的《せかいてき》に有名《ゆうめい》な芸術家《げいじゅつか》になっても、ダリは風変《ふうが》わりな格好《かっこう》をしたり、目立《めだ》つことをしたりすることはやめませんでした。

この日《ひ》はほかにも…

★ご当地《とうち》キャラの日《ひ》

五（ご）十（とう）一（ち）のゴロ合《あ》わせから。

155ページのこたえ　両替商《りょうがえしょう》

おはなしクイズ　ダリに、パリに行《い》くようにすすめたのはだれ？　こたえはつぎのページ

5月12日

「看護《かんご》の母《はは》」とよばれた ナイチンゲールの誕生日《たんじょうび》

イギリス 1820～1910年《ねん》

読《よ》んだ日《ひ》にち（　年　月　日）（　年　月　日）（　年　月　日）

人物

フローレンス・ナイチンゲールは、一八二〇年《ねん》五《ご》月《がつ》十二《じゅうに》日《にち》にイタリアで生《う》まれました。両親《りょうしん》はイギリス人《じん》のお金持《かねも》ちで、ナイチンゲールは、自然《しぜん》や生《い》きものを愛《あい》するやさしい少女《しょうじょ》に育《そだ》ちました。

　年《とし》ごろになると、まずしさに苦《くる》しむ人《ひと》たちを見《み》て、ナイチンゲールはとても心《こころ》をいためました。当《とう》時《じ》のイギリスでは、ゆたかな人《ひと》とまずしい人《ひと》の差《さ》は、信《しん》じられないほど大《おお》きかったのです。

「わたしがおかしを食《た》べているときに、食《た》べるものがなく、病気《びょうき》で苦《くる》しんでいる人《ひと》たちがいる」

　ナイチンゲールは、こうした人《ひと》びとの痛《いた》みや苦《くる》しみによりそい、助《たす》けになりたいと、家族《かぞく》の反対《はんたい》をおし切《き》って、看護師《かんごし》の道《みち》に進《すす》みます。

　三十三歳《さんじゅうさんさい》のときには、ロンドンにある慈善病院《じぜんびょういん》をまかされました。そして、よごれ放題《ほうだい》の病院《びょういん》を、見《み》ちがえるほどきれいな場所《ばしょ》に変《か》えたのです。

　患者《かんじゃ》が看護師《かんごし》をよぶために使《つか》うベル、「ナースコール」。患者《かんじゃ》に温《あたた》かい食事《しょくじ》を運《はこ》ぶためのリフト。患《かん》者《じゃ》の体《からだ》をふく、お湯《ゆ》でしぼったタオル。今《いま》では当《あ》たり前《まえ》になっているこれらのことは、すべてナイチンゲールのアイデアです。

　その後《ご》、一八五三年《ねん》にトルコとイギリス、フランスの連合国《れんごうこく》とロシアの間《あいだ》で起《お》こったクリミア戦争《せんそう》が始《はじ》まると、ナイチンゲールは戦《せん》地《ち》の病院《びょういん》へ行《い》きました。そこでは、けがをした兵士《へいし》たちが床《ゆか》に寝《ね》かされ、満足《まんぞく》な手当《てあ》ても受《う》けていませんでした。ナイチンゲールたちは、まずベッドをつくり、床《ゆか》を洗《あら》い、新《あたら》しいシャツを兵士《へいし》たちに着《き》せました。そして、おいしい食《しょく》事《じ》を用意《ようい》し、洗濯用《せんたくよう》のボイラーをおき、服《ふく》やシーツもきれいにしました。

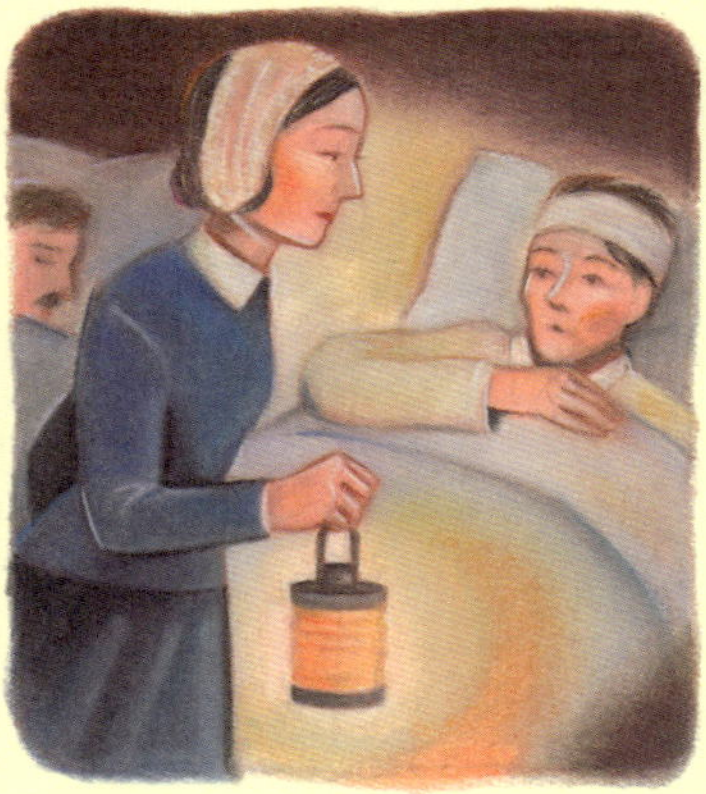

　夜《よる》には、ランプを持《も》って一人《ひとり》ひとりの患者《かんじゃ》の様子《ようす》を見《み》まわり、ナイチンゲールは「ランプを持《も》ったレディ」とよばれました。このような努力《どりょく》があって、たくさんの兵《へい》士《し》の命《いのち》が助《たす》かったのです。

　その後《ご》も、ナイチンゲールは看《かん》護学校《ごがっこう》をつくり、多《おお》くの本《ほん》を出版《しゅっぱん》することによって、看護《かんご》の知識《ちしき》や技術《ぎじゅつ》を広《ひろ》く伝《つた》えました。「看護《かんご》の母《はは》」とよばれ、今《いま》でもたくさんの人《ひと》に尊敬《そんけい》され、愛《あい》されています。

この日《ひ》はほかにも…

★サツマイモを普及《ふきゅう》させた江戸時《えどじ》代中期《だいちゅうき》の役人《やくにん》、青木昆陽《あおきこんよう》の誕生日《たんじょうび》（一六九八年《ねん》）

156ページのこたえ　ピカソ

おはなしクイズ　ナイチンゲールが兵士《へいし》を看護《かんご》することになったのは何《なん》という戦争《せんそう》？

こたえはつぎのページ

お母《かあ》さんに「ありがとう」の気《き》持《も》ちを伝《つた》える、母《はは》の日《ひ》

5月13日

読《よ》んだ日《ひ》にち（　　年　　月　　日）（　　年　　月　　日）（　　年　　月　　日）

1日

行事

母《はは》の日《ひ》は、お母《かあ》さんに感謝《かんしゃ》の気《き》持《も》ちを伝《つた》える日《ひ》です。母《はは》の日《ひ》には、お母《かあ》さんにカーネーションや手紙《てがみ》をおくったり、お母《かあ》さんのお手伝《てつだ》いをしたりします。五月《ごがつ》の第《だい》二日曜日《にちようび》に行《おこな》われ、二〇一八年《ねん》は五月十三日《ごがつじゅうさんにち》が母《はは》の日《ひ》です。日本《にほん》ではおなじみのこの慣習《かんしゅう》。実《じつ》は、アメリカのある一人《ひとり》の女性《じょせい》によって始《はじ》められ、それが日本《にほん》に伝《つた》わったものなのです。

一九〇七年《ねん》五月《ごがつ》、アメリカの教《きょう》会《かい》で、アン・ジャービスという女《じょ》性《せい》の追悼式《ついとうしき》（亡《な》くなった人《ひと》をしのぶ会《かい》）が行《おこな》われました。アンは女《じょ》性《せい》による医療補助活動《いりょうほじょかつどう》に貢献《こうけん》した人《ひと》で、アメリカの南北戦争《なんぼくせんそう》（360ページ）のときは南北《なんぼく》どちらの軍《ぐん》の兵士《へいし》も平等《びょうどう》に手当《てあ》てをし、戦争《せんそう》が終《お》わると、かつての敵同士《てきどうし》をむすぶ平和活動《へいわかつどう》を行《おこな》いました。

追悼式《ついとうしき》では、アンの娘《むすめ》のアンナが尊敬《そんけい》する亡《な》き母《はは》に白《しろ》いカーネーションをささげ、集《あつ》まった人《ひと》びとにも配《くば》りました。これが「母《はは》の日《ひ》」誕生《たんじょう》のきっかけとなります。

アンナはその後《ご》、母《はは》の日《ひ》を広《ひろ》める活動《かつどう》を始《はじ》め、やがてアメリカ全《ぜん》土《ど》で母《はは》の日《ひ》が祝《いわ》われるようになりました。そして一九一四年《ねん》、当時《とうじ》のアメリカ大統領《だいとうりょう》、ウッドロー・ウィルソンが正式《せいしき》に五月《ごがつ》の第二日《だいにに》曜日《ようび》を母《はは》の日《ひ》と決《き》めたのです。

日本《にほん》に母《はは》の日《ひ》が伝《つた》わったのは、大正時代《たいしょうじだい》のはじめのころです。東《とう》京《きょう》の青山学院《あおやまがくいん》にかかわっていたアメリカ人宣教師《じんせんきょうし》の夫人《ふじん》たちによって紹介《しょうかい》され、広《ひろ》まっていきました。

ちなみに、母《はは》の日《ひ》にカーネーションをおくるのは、アンの好《す》きな花《はな》だったためです。アメリカでは亡《な》くなったお母《かあ》さんには白《しろ》いカーネーションが、健在《けんざい》のお母《かあ》さんには赤《あか》いカーネーションがおくられるようになりました。

現在《げんざい》、日本《にほん》ではあまり色《いろ》にこだわらず、ピンクや黄色《きいろ》など、さまざまな色《いろ》のカーネーションがおくられています。

157ページのこたえ
クリミア戦争《せんそう》

この日《ひ》はほかにも…

★イギリスの熱帯病学者《ねったいびょうがくしゃ》、ロナルド・ロスが生《う》まれた日《ひ》（一八五七年《ねん》）

おはなしクイズ　母《はは》の日《ひ》におくる花《はな》は？

こたえはつぎのページ

5月14日

明治新政府《めいじしんせいふ》の中心人物《ちゅうしんじんぶつ》
大久保利通《おおくぼとしみち》が亡《な》くなった日《ひ》

日本《にほん》
1830〜1878年《ねん》

読《よ》んだ日《ひ》にち（　　年　　月　　日）（　　年　　月　　日）（　　年　　月　　日）

人物

薩摩藩《さつまはん》（今《いま》の鹿児島県《かごしまけん》）の身分《みぶん》のひくい武士《ぶし》の家《いえ》に生《う》まれた大久《おおく》保利通《ぼとしみち》は、西郷隆盛《さいごうたかもり》（299ページ）とおさななじみでした。

落《お》ち着《つ》いてものしずかだった隆《たか》盛《もり》に対《たい》して、利通《としみち》はかなりのやんちゃぼうずだったようです。しかし、勉強《べんきょう》はよくできました。

やがて明治新政府《めいじしんせいふ》の中心人物《ちゅうしんじんぶつ》となる隆盛《たかもり》や長州藩《ちょうしゅうはん》（今《いま》の山口県《やまぐちけん》）の木戸孝允《きどたかよし》などとともに幕府《ばくふ》をたおす運動《うんどう》に加《くわ》わります。

幕府《ばくふ》がほろび（323ページ）、明《めい》治政府《じせいふ》の高官《こうかん》となった利通《としみち》は、藩《はん》主《しゅ》の土地《とち》と人民《じんみん》を天皇《てんのう》に返《かえ》す版籍《はんせき》奉還《ほうかん》や、藩《はん》をなくして県《けん》や府《ふ》をおく廃藩置県《はいはんちけん》を進《すす》めます。

一八七一年《ねん》には、海外視察使節《かいがいしさつしせつ》団《だん》の岩倉具視《いわくらともみ》を中心《ちゅうしん》とした「岩倉《いわくら》使節団《しせつだん》」が結成《けっせい》され、利通《としみち》はその一員《いちいん》として、アメリカやイギリス、フランス、ベルギー、オランダ、ドイツ、ロシア、イタリアなどを見《み》てまわりました。

「国《くに》をゆたかにするためには、もっと経済《けいざい》や軍事《ぐんじ》の力《ちから》をのばさなければならない」

そう感《かん》じた利通《としみち》は、産業《さんぎょう》の発展《はってん》と軍事力《ぐんじりょく》の強化《きょうか》（富国強兵《ふこくきょうへい》）を目《め》指《ざ》し、力《ちから》を注《そそ》ぎます。ユネスコの世界遺産《せかいいさん》になった群馬県富岡市《ぐんまけんとみおかし》の富岡製糸場《とみおかせいしじょう》（313ページ）も、このときにつくられたものです。利通《としみち》は、一八七三年《ねん》に内務卿《ないむきょう》（今《いま》の総《そう》理大臣《りだいじん》にあたる地位《ちい》）になりますが、一八七七年《ねん》におさななじみであった隆盛《たかもり》と対立《たいりつ》し、西南戦争《せいなんせんそう》が起《お》こりました。戦《たたか》いに負《ま》けた隆盛《たかもり》は自《みずか》ら命《いのち》を絶《た》ちます。そして利通《としみち》は、日本《にほん》を近代国家《きんだいこっか》にするために政治《せいじ》に取《と》り組《く》んでいきます。

しかし、幕府《ばくふ》や藩《はん》に仕《つか》えていた武士《ぶし》たちの多《おお》くは、生活《せいかつ》ができず、大《おお》きな不満《ふまん》をもつようになっていました。

そうした人《ひと》たちにおそわれ、一八七八年五月十四日《ねんごがつじゅうよっか》、利通《としみち》は役所《やくしょ》に向《む》かうとちゅうで命《いのち》を落《お》とします。四十九歳《よんじゅうきゅうさい》でした。

この日《ひ》はほかにも…

★イギリスの医者《いしゃ》、エドワード・ジェンナーがはじめて、「種痘《しゅとう》（天然《てんねん》痘《とう》の予防接種《よぼうせっしゅ》）」の実験《じっけん》を行《おこな》った日《ひ》（一七九六年《ねん》）

★ごいしの日《ひ》

五（ご）一（い）四（し）のゴロ合《あ》わせから。

158ページのこたえ　カーネーション

おはなしクイズ　大久保利通《おおくぼとしみち》のおさななじみはだれ？

こたえはつぎのページ

沖縄県《おきなわけん》が日本《にほん》にもどってきた「沖縄復帰記念日《おきなわふっききねんび》」

5月15日

記念日

読《よ》んだ日《ひ》にち（　　年　　月　　日）（　　年　　月　　日）（　　年　　月　　日）

かつて、沖縄県《おきなわけん》へ行《い》くためにパスポートが必要《ひつよう》だった時代《じだい》がありました。一九七二年《ねん》に沖縄県《おきなわけん》が日《に》本《ほん》に返還《へんかん》されるまで、外国《がいこく》へ行《い》くのと同《おな》じように、旅券《りょけん》（今《いま》のパスポート）が必要《ひつよう》だったのです。なぜ外国《がいこく》と同《おな》じようなあつかいを受《う》けなければならなかったのでしょうか。

第二次世界大戦《だいにじせかいたいせん》の末期《まっき》、爆撃機《ばくげきき》から落《お》とされた爆弾《ばくだん》によって、日《に》本各地《ほんかくち》でたくさんの人《ひと》が亡《な》くなりました。一九四五年《ねん》、沖縄県《おきなわけん》では、日本《にほん》で唯一《ゆいいつ》の地上戦《ちじょうせん》（陸地《りくち》における戦《たたか》い）である「沖縄戦《おきなわせん》」が起《お》こり、多《おお》くの住民《じゅうみん》がまきぞえになったのです。そのため、男子中《だんしちゅう》学生《がくせい》も兵隊《へいたい》となり、女子学生《じょしがくせい》もけが人《にん》を看護《かんご》する「ひめゆり学徒《がくと》隊《たい》」として戦地《せんち》に向《む》かい、次《つぎ》つぎと命《いのち》を落《お》としました。

十数万人《じゅうすうまんにん》の人《ひと》びとが亡《な》くなったといわれる沖縄戦《おきなわせん》によって、沖縄《おきなわ》県《けん》はアメリカ軍《ぐん》に占領《せんりょう》されることになり、基地《きち》もつくられます。

沖縄復帰記念式典《おきなわふっききねんしきてん》の様子《ようす》（1972年《ねん》）

一九四五年《ねん》の終戦《しゅうせん》（258ページ）後《ご》、日本《にほん》はアメリカを中心《ちゅうしん》とする連合国《れんごうこく》の管理下《かんりか》におかれ、日本政《にほんせい》府《ふ》を通《つう》じた間接統治《かんせつとうち》を受《う》けましたが、沖縄県《おきなわけん》だけはアメリカの直接《ちょくせつ》支配《しはい》がつづきます。そして、一九五二年《ねん》のサンフランシスコ平和条《へいわじょう》約発効《やくはっこう》（139ページ）によって日本《にほん》の主権《しゅけん》が回復《かいふく》しても、沖縄県《おきなわけん》はアメリカに支配《しはい》されたままでした。

なぜなら、沖縄県《おきなわけん》はアメリカ軍《ぐん》がアジアの国《くに》ぐにに影響《えいきょう》をおよぼすためや、有利《ゆうり》な貿易《ぼうえき》を行《おこな》うために重要《じゅうよう》な場所《ばしょ》だったからです。

一九六〇年代《ねんだい》になると、基地《きち》があることによる事故《じこ》の危険《きけん》や騒音《そうおん》などになやまされた沖縄《おきなわ》の人《ひと》びとによって、しだいに日本《にほん》への復帰《ふっき》を求《もと》める運動《うんどう》が高《たか》まります。

そして、一九七二年《ねん》五月《ごがつ》十五《じゅうご》日《にち》、沖縄返還協定《おきなわへんかんきょうてい》によってついに沖縄県《おきなわけん》の日本《にほん》への返還《へんかん》が実現《じつげん》しました。この日《ひ》を記念《きねん》して、「沖縄《おきなわ》復帰記念日《ふっききねんび》」が制定《せいてい》されました。

しかし、沖縄県《おきなわけん》には三十一《さんじゅういち》のアメリカ軍専用施設《ぐんせんようしせつ》があり、その面《めん》積《せき》は沖縄県《おきなわけん》の約八《やくはち》パーセントをしめています（二〇一七年《ねん》）。みんなで沖縄県《おきなわけん》をふくめた日本《にほん》の未来《みらい》について考《かんが》えてみましょう。

159ページのこたえ
西郷隆盛《さいごうたかもり》

この日《ひ》はほかにも…

★J《ジェイ》リーグの日《ひ》

日本《にほん》のプロサッカーリーグであるJ《ジェイ》リーグが一九九三年《ねん》のこの日《ひ》に開幕《かいまく》したことを記念《きねん》して制定《せいてい》。

おはなしクイズ　沖縄県《おきなわけん》はどこの国《くに》から日本《にほん》に返《かえ》された？

こたえはつぎのページ

5月16日

田部井淳子《たべいじゅんこ》が女性《じょせい》で世界初《せかいはつ》のエベレスト登頂《とうちょう》を成《な》しとげた日《ひ》

読《よ》んだ日《ひ》にち（　　年　　月　　日）（　　年　　月　　日）（　　年　　月　　日）

はじめて

「なだれだ！　大《おお》きい！」

　ネパールのエベレスト標高《ひょうこう》六千《ろくせん》四百《よんひゃく》メートル地点《ちてん》。ゴーッという地《じ》ひびきに目《め》をさました次《つぎ》の瞬《しゅん》間《かん》、登山家《とざんか》の田部井淳子《たべいじゅんこ》と仲間《なかま》たちはテントごとなだれにおそわれ、雪《ゆき》と氷《こおり》にうもれました。

　一九七五年《ねん》、淳子《じゅんこ》が三十五歳《さんじゅうごさい》のときに、女性《じょせい》の隊員《たいいん》たちとシェルパ（高地民族《こうちみんぞく》で登山《とざん》の案内人《あんないにん》）たちとともに、女性初《じょせいはつ》のエベレスト登頂《とうちょう》を目指《めざ》していました。淳子《じゅんこ》のいたテントには七名《ななめい》の隊員《たいいん》がいましたが、シェルパたちによる救出《きゅうしゅつ》のおかげで全員《ぜんいん》ぶじでした。しかし食料《しょくりょう》や酸素《さんそ》ボンベは流《なが》され、副《ふく》隊長《たいちょう》の淳子《じゅんこ》もけがをしてしまいました。

「引《ひ》き返《かえ》してください」

　ベースキャンプ（根拠地《こんきょち》としてもうけるキャンプ）にいる宮崎英《みやざきえい》子《こ》隊長《たいちょう》からの指示《しじ》に、淳子《じゅんこ》は答《こた》えました。

「いえ、大丈夫《だいじょうぶ》です！」

　しかし装備《そうび》を流《なが》され、一人《ひとり》しか登頂《とうちょう》できないとわかったのです。

「経験《けいけん》の多《おお》い淳子《じゅんこ》さんが行《い》ったほうが、登頂《とうちょう》を達成《たっせい》できると思《おも》うの。これを持《も》っていって」

　仲間《なかま》の一人《ひとり》が自分《じぶん》のお守《まも》りをさし出《だ》しました。みんなの思《おも》いをせおい、淳子《じゅんこ》はシェルパのアン・ツェリンとともにテントを出発《しゅっぱつ》します。ヒラリー・ステップとよばれる切《き》り立《た》った岩場《いわば》を通《とお》り、一九七五年《ねん》五月《ごがつ》十六日《じゅうろくにち》午後《ごご》十二時《じゅうにじ》三十《さんじっ》分《ぷん》、女性《じょせい》としてはじめて、エベレスト登頂《とうちょう》に成功《せいこう》したのです。

　淳子《じゅんこ》は、登頂者《とうちょうしゃ》だけが注目《ちゅうもく》されることを好《この》まず、講演《こうえん》などでも、「登山《とざん》は一人《ひとり》の力《ちから》ではできない」ということを強《つよ》くのべています。また、「山《やま》に持参《じさん》したものは持《も》ち帰《かえ》る努力《どりょく》を」という環境活動《かんきょうかつどう》にも熱心《ねっしん》に取《と》り組《く》みました。

　淳子《じゅんこ》は福島県出身《ふくしまけんしゅっしん》で、二〇一一年《ねん》の東日本大震災《ひがしにほんだいしんさい》後《ご》は東北《とうほく》の高校生《こうこうせい》と富士山《ふじさん》に登《のぼ》る活動《かつどう》をし、二〇一六年《ねん》十月《じゅうがつ》にがんで亡《な》くなる三《さん》か月前《げつまえ》にも、ともに登山《とざん》をしていました。

「きびしい状況《じょうきょう》にいる高校生《こうこうせい》たちに、一歩《いっぽ》一歩《いっぽ》進《すす》めばいつかは頂上《ちょうじょう》にたどり着《つ》くと実感《じっかん》してもらいたい」。それが淳子《じゅんこ》の願《ねが》いでした。

この日《ひ》はほかにも…

★旅《たび》の日《ひ》

江戸時代《えどじだい》の俳人《はいじん》、松尾芭蕉《まつおばしょう》（317ページ）が一六八九年《ねん》三月《さんがつ》二十七《にじゅうしち》日《にち》に『おくのほそ道《みち》』の旅《たび》に出発《しゅっぱつ》した日《ひ》を新暦《しんれき》におきかえるとこの日《ひ》になることから制定《せいてい》。

160ページのこたえ　アメリカ

おはなしクイズ　田部井淳子《たべいじゅんこ》の出身地《しゅっしんち》は何県《なにけん》？

こたえはつぎのページ

ルネサンスを代表《だいひょう》する画家《がか》
ボッティチェリが亡《な》くなった日《ひ》

イタリア
1445～
1510年《ねん》

5月17日

読《よ》んだ日《ひ》にち（　　年　　月　　日）（　　年　　月　　日）（　　年　　月　　日）

人物

ユリウス暦《れき》一四四五年《ねん》、イタリアのフィレンツェでアレッサンドロ・ディ・マリアーノ・フィリペーピが生《う》まれました。アレッサンドロには三人《さんにん》のお兄《にい》さんがいましたが、一番上《いちばんうえ》のお兄《にい》さんは体格《たいかく》がよく、「小《ちい》さな酒《さか》だる」という意味《いみ》の「ボッティチェリ」とよばれていました。このお兄《にい》さんと仲《なか》がよく、いっしょにいることの多《おお》かったアレッサンドロも、いつからかボッティチェリとよばれるようになったといわれています。

ボッティチェリはおしゃべりといたずらが好《す》きな少年《しょうねん》でしたが、絵《え》をかくと大人《おとな》でもかなわないほど上手《じょうず》でした。ボッティチェリの才能《さいのう》に気《き》づいたお父《とう》さんは、金《きん》にかざりをほる金細工《きんざいく》の仕事《しごと》をすすめ、ボッティチェリはそれでお金《かね》をかせぎました。

けれどもボッティチェリは、それを一生《いっしょう》の仕事《しごと》にしようとは思《おも》っていませんでした。絵《え》をかきたかったのです。そこで十五歳《じゅうごさい》のとき、フィリッポ・リッピという画《が》家《か》に弟子入《でしい》りして絵《え》を学《まな》びます。

そのころフィレンツェでは、「ルネサンス」という新《あたら》しい文化《ぶんか》をつくろうとする運動《うんどう》が注目《ちゅうもく》されるようになっていました。フィレンツェには才能《さいのう》をもった画家《がか》が集《あつ》まっており、貴族《きぞく》たちも芸術《げいじゅつ》への関心《かんしん》が高《たか》く、気《き》に入《い》った画家《がか》にたのんで絵《え》をかいてもらうことがよくありました。

「ヴィーナスの誕生《たんじょう》」（1480年前後《ねんぜんご》）

わかくて明《あか》るい性格《せいかく》のボッティチェリも、メディチ家《け》という貴族《きぞく》から気《き》に入《い》られ、たくさんの仕事《しごと》をまかされました。

遊《あそ》び心《ごころ》のあるボッティチェリは、聖書《せいしょ》の一場面《いちばめん》をかいた絵《え》の中《なか》に、メディチ家《け》の人《ひと》びとや自分《じぶん》の姿《すがた》を登場《とうじょう》させたりしています。また、メディチ家《け》のジュリアーノとその恋人《こいびと》のシモネッタ・ヴェスプッチをモデルに、大作《たいさく》に取《と》り組《く》みました。それが代表作《だいひょうさく》となった「春《はる》」と「ヴィーナスの誕生《たんじょう》」です。

ボッティチェリは一五一〇年《ねん》五月十七日《がつじゅうしちにち》に亡《な》くなりましたが、その作品《さくひん》は今《いま》もフィレンツェの美術館《びじゅつかん》にのこされています。

この日《ひ》はほかにも…

★お茶漬《ちゃづ》けの日《ひ》
江戸時代《えどじだい》にせん茶《ちゃ》を広《ひろ》めた永谷《ながたに》宗七郎《そうしちろう》の命日《めいにち》にちなみ、永谷園《ながたにえん》が制定《せいてい》。

161ページのこたえ
福島県《ふくしまけん》

おはなしクイズ ボッティチェリは少年《しょうねん》のころ、どんな仕事《しごと》をしていた？ こたえはつぎのページ

5月18日

榎本《えのもと》武揚《たけあき》が降伏《こうふく》し五稜郭《ごりょうかく》を開城《かいじょう》した日《ひ》

読《よ》んだ日《ひ》にち（　　年　　月　　日）（　　年　　月　　日）（　　年　　月　　日）

歴史

空《そら》から見《み》た五稜郭《ごりょうかく》

写真提供:函館市教育委員会

北海道函館市《ほっかいどうはこだてし》にある五稜郭《ごりょうかく》は、高《たか》いタワーの上《うえ》から見《み》ると星形《ほしがた》であることがはっきりわかります。この形《かたち》は、どこから攻《せ》められても見《み》えないところがないように考《かんが》えられたもので、日本初《にほんはつ》の西洋式《せいようしき》の城《しろ》でした。

五稜郭《ごりょうかく》は江戸幕府《えどばくふ》が奉行所《ぶぎょうしょ》（今《いま》の役所《やくしょ》）をおいていたところですが、明治新政府軍《めいじしんせいふぐん》と旧幕府軍《きゅうばくふぐん》の最後《さいご》の戦《たたか》いの場所《ばしょ》として有名《ゆうめい》です。

幕府《ばくふ》がたおれ、江戸城《えどじょう》を開城《かいじょう》したとき（45ページ）、軍艦《ぐんかん》はすべて新政府軍《しんせいふぐん》にさし出《だ》すことになっていましたが、

「そんなことはゆるせない。よし、江戸《えど》（今《いま》の東京《とうきょう》）を脱出《だっしゅつ》して蝦夷地《えぞち》（今《いま》の北海道《ほっかいどう》）に向《む》かうぞ」

榎本武揚《えのもとたけあき》は、幕府《ばくふ》の軍艦八《ぐんかんはっ》せきをひきいて、蝦夷地《えぞち》を目指《めざ》します。

武揚《たけあき》は、長崎海軍伝習所《ながさきかいぐんでんしゅうじょ》で地理《ちり》学《がく》や測量学《そくりょうがく》、医学《いがく》、オランダ語《ご》を学《まな》び、オランダ留学《りゅうがく》ののち幕府《ばくふ》の海軍奉行《かいぐんぶぎょう》をつとめました。また、蝦夷地《えぞち》の調査《ちょうさ》をしていたこともあり、蝦夷地《えぞち》のことをよく知《し》っていたのです。とちゅうの仙台《せんだい》で、元《もと》新選組《しんせんぐみ》（92ページ）の土方歳三《ひじかたとしぞう》や、ほかの旧幕府軍《きゅうばくふぐん》の人《ひと》びとも加《くわ》わりました。

武揚《たけあき》たちは、五稜郭《ごりょうかく》に立《た》てこもって新《あたら》しい国《くに》をつくろうとします。しかし明治新政府《めいじしんせいふ》はそれをゆるさず、はげしい戦《たたか》いがつづきました。

新政府軍《しんせいふぐん》は新《あたら》しい軍艦《ぐんかん》を手《て》に入《い》れていたので、兵力《へいりょく》には大《おお》きな差《さ》があり、武揚《たけあき》たちは追《お》いつめられていきます。

新政府軍《しんせいふぐん》をひきいていた黒田清隆《くろだきよたか》は、「榎本《えのもと》は日本《にほん》に必要《ひつよう》なすぐれた人物《じんぶつ》だ。死《し》なせてはいけない」と考《かんが》え、降伏《こうふく》（負《ま》けをみとめて戦《たたか》いをやめること）をすすめます。最初《さいしょ》はそれをことわった武揚《たけあき》ですが、一八六九年《ねん》（明治二年《めいじにねん》）五月十八日《ごがつじゅうはちにち》、ついに降伏《こうふく》し、五稜郭《ごりょうかく》を開城《かいじょう》しました。

一八六八年《ねん》の鳥羽《とば》・伏見《ふしみ》の戦《たたか》いからつづいた、新政府軍《しんせいふぐん》と旧幕府軍《きゅうばくふぐん》の戦争《せんそう》は、ここでついに終《お》わりをつげたのです。

この日《ひ》はほかにも…

★イギリスの哲学者《てつがくしゃ》、バートランド・ラッセルが生《う》まれた日《ひ》（一八七二年《ねん》）

162ページのこたえ
金細工《きんざいく》の仕事《しごと》

おはなしクイズ　五稜郭《ごりょうかく》はどんな形《かたち》をしている？　こたえはつぎのページ

織田信長《おだのぶなが》、天下取《てんかと》りへの第一歩《だいいっぽ》
桶狭間《おけはざま》の戦《たたか》い

5月19日

読《よ》んだ日《ひ》にち（　　年　　月　　日）（　　年　　月　　日）（　　年　　月　　日）

歴史

織田信長《おだのぶなが》（179ページ）が尾張国《おわりのくに》（今《いま》の愛知県西部《あいちけんせいぶ》）のほとんどを治《おさ》めていた一五五〇年《ねん》ごろ、となりの駿河国《するがのくに》（今《いま》の静岡県中部《しずおかけんちゅうぶ》）、遠江国《とおとうみのくに》（今《いま》の静岡県西部《しずおかけんせいぶ》）、三河国《みかわのくに》（今《いま》の愛知県東部《あいちけんとうぶ》）で勢力《せいりょく》をふるっていたのは今川義元《いまがわよしもと》でした。

東海一《とうかいいち》といわれたその義元《よしもと》が、一五六〇年《ねん》に二万五千《にまんごせん》の軍勢《ぐんぜい》をひきつれ、尾張国《おわりのくに》に向《む》けて軍《ぐん》を進《すす》めてきたのです。かたや信長《のぶなが》の兵力《へいりょく》はおよそ三千《さんぜん》。だれの目《め》にも勝敗《しょうはい》は明《あき》らかに思《おも》えました。

信長《のぶなが》がいる清洲城《きよすじょう》は大《おお》さわぎとなり、家臣《かしん》（家来《けらい》）たちが城《しろ》にこもるようすすめる中《なか》で、信長《のぶなが》は幸《こう》若舞《わかまい》（室町時代《むろまちじだい》にはやった芸能《げいのう》の一《ひと》つ）の「敦盛《あつもり》」を演《えん》じます。

「人間五十年《にんげんごじゅうねん》　下天《げてん》の内《うち》をくらぶれば　夢《ゆめ》まぼろしのごとくなり（人《ひと》の命《いのち》はせいぜい五十年《ごじゅうねん》、天《てん》の世界《せかい》とくらべれば、夢《ゆめ》やまぼろしのようにはかない）」

演《えん》じ終《お》わるとよろいを身《み》に着《つ》け、立《た》ったまま湯《ゆ》づけ（ご飯《はん》にお湯《ゆ》をかけたもの）をかきこんで、今川軍《いまがわぐん》のもとへかけ出《だ》したのです。家臣《かしん》たちもあわてて信長《のぶなが》のあとを追《お》いかけます。

実《じつ》は信長《のぶなが》は、家臣《かしん》を使《つか》ってひそかに敵《てき》の動《うご》きをさぐらせていました。今川《いまがわ》の本隊《ほんたい》へ奇襲《きしゅう》（相手《あいて》の不意《ふい》をついて攻撃《こうげき》すること）をかけるためです。奇襲《きしゅう》を成功《せいこう》させるためには、敵《てき》だけではなく味方《みかた》の家臣《かしん》たちもあざむく必要《ひつよう》があったのです。

「今川《いまがわ》の本隊《ほんたい》は、今《いま》、桶狭間《おけはざま》で休《やす》んでいます」

そこは、せまい谷間《たにま》で、大勢《おおぜい》の軍《ぐん》で戦《たたか》うには動《うご》きが取《と》りにくい地形《ちけい》です。また、義元《よしもと》は織田軍《おだぐん》を何度《なんど》もうちやぶっていたので、安心《あんしん》して休《やす》んでいました。

天《てん》も信長《のぶなが》に味方《みかた》して、前《まえ》が見《み》えないほどの雨《あめ》となりました。織田軍《おだぐん》は雨《あめ》にまぎれ、気《き》づかれることなく、義元《よしもと》の近《ちか》くまでせまります。

あわてふためく今川軍《いまがわぐん》をけちらし、信長《のぶなが》の家臣《かしん》は総大将《そうだいしょう》、義元《よしもと》のところにまっしぐら。見事《みごと》、義元《よしもと》をうち取《と》ります。

一五六〇年《ねん》（永禄三年《えいろくさんねん》）五月十九日《ごがつじゅうくにち》、桶狭間《おけはざま》の戦《たたか》いは、織田軍《おだぐん》の大勝利《だいしょうり》に終《お》わりました。

そして、信長《のぶなが》は今川家《いまがわけ》から独立《どくりつ》した徳川家康《とくがわいえやす》（401ページ）と、おたがいの領地《りょうち》を攻《せ》めない約束《やくそく》をしたうえで、いよいよ天下取《てんかと》りにのり出《だ》したのです。

この日《ひ》はほかにも…

★江戸時代《えどじだい》の学者《がくしゃ》（儒学者《じゅがくしゃ》）・政治家《せいじか》、新井白石《あらいはくせき》の命日《めいにち》（一七二五年《ねん》）

163ページのこたえ　星形《ほしがた》

おはなしクイズ　桶狭間《おけはざま》の戦《たたか》いで敗《やぶ》れた軍《ぐん》の総大将《そうだいしょう》はだれ？　こたえはつぎのページ

リンドバーグが小型《こがた》飛行機《ひこうき》で大西洋横断《たいせいようおうだん》に出発《しゅっぱつ》した日《ひ》

読《よ》んだ日《ひ》にち（　　年　　月　　日）（　　年　　月　　日）（　　年　　月　　日）

歴史

一九一九年《ねん》、あるお金持《かねも》ちがこんなよびかけをしました。

「飛行機《ひこうき》で大西洋《たいせいよう》をわたって、アメリカのニューヨークからフランスのパリまで一度《いちど》も着陸《ちゃくりく》せず飛《と》びつづけられた人《ひと》には、賞金《しょうきん》をあげましょう」

ニューヨークからパリまでは、およそ五千八百《ごせんはっぴゃく》キロメートル。しかも、大西洋《たいせいよう》という海《うみ》をこえなければなりません。何人《なんにん》もの飛行士《ひこうし》たちが大西洋横断《たいせいようおうだん》に挑戦《ちょうせん》しました。ところが成功《せいこう》する人《ひと》はあらわれず、事故《じこ》で命《いのち》を落《お》とす飛行士《ひこうし》もいました。当時《とうじ》はまだ、今《いま》のようなジェット機《き》がうまれる前《まえ》で、飛《ひ》行機《こうき》といえばプロペラつきの小型《こがた》機《き》が主流《しゅりゅう》でした。また、スピードもおそかったのです。

「ぼくも挑戦《ちょうせん》してみたい」

そう考《かんが》えたのは、アメリカの飛《ひ》行士《こうし》、チャールズ・リンドバーグでした。

二十五歳《にじゅうごさい》のリンドバーグは、一九二七年五月二十日午前七時五十二分《ねんごがつはつかごぜんしちじごじゅうにふん》、「スピリット・オブ・セントルイス号《ごう》」と名《な》づけた小《ちい》さな飛《ひ》行機《こうき》でニューヨークを飛《と》び立《た》ちました。のっているのはリンドバーグ、ただ一人《ひとり》です。

出発《しゅっぱつ》から時間《じかん》がたち、空《そら》は暗《くら》くなっていきます。ねむけとたたかいながら、夜間飛行《やかんひこう》は十時間近《じゅうじかんちか》くつづきました。夜《よる》が明《あ》けてきたころ、リンドバーグはさけびます。

「陸地《りくち》が見《み》えてきたぞ！」

そして、また日《ひ》がくれて夜《よる》になりました。

「大丈夫《だいじょうぶ》。きっと着《つ》けるぞ」

しばらくすると、やみの中《なか》にあかりがいくつか見《み》えてきました。リンドバーグは、飛行機《ひこうき》にこう話《はな》しかけました。

「翼《つばさ》よ、あれがパリのあかりだ」

こうして、五月二十一日《ごがつにじゅういちにち》に、およそ三十三時間半《さんじゅうさんじかんはん》の飛行《ひこう》の末《すえ》、リンドバーグはぶじにパリに到着《とうちゃく》し、世界的《せかいてき》な大《だい》ニュースとなりました。

この日《ひ》はほかにも…

★新東京国際空港《しんとうきょうこくさいくうこう》（今《いま》の成田国際《なりたこくさい》空港《くうこう》）が開港《かいこう》した日《ひ》（一九七八年《ねん》）

★東海道新幹線《とうかいどうしんかんせん》（310ページ）のうみの親《おや》、島秀雄《しまひでお》が生《う》まれた日《ひ》（一九〇一年《ねん》）

164ページのこたえ　今川義元《いまがわよしもと》

おはなしクイズ　リンドバーグがニューヨークから飛行機《ひこうき》で向《む》かった都市《とし》は？　こたえはつぎのページ

京《きょう》都《と》に日《に》本《ほん》で最《さい》初《しょ》の小《しょう》学《がっ》校《こう》が開《かい》校《こう》した日《ひ》

5月21日

はじめて

読《よ》んだ日《ひ》にち（　　年　　月　　日）（　　年　　月　　日）（　　年　　月　　日）

今《いま》につながる学校制度《がっこうせいど》は、一八七二年《ねん》に発布《はっぷ》された「学制《がくせい》」がもとになっています。これは「六歳《ろくさい》以上《いじょう》の国民男女《こくみんだんじょ》すべてに学校教育《がっこうきょういく》を受《う》けさせる」という理想《りそう》をしめした制度《せいど》でした。しかし、日本初《にほんはつ》の小学校《しょうがっこう》はそれより三年前《さんねんまえ》の一八六九年《ねん》（明治《めいじ》二年《にねん》）五月《ごがつ》二十一日《にじゅういちにち》に、京都《きょうと》で誕生《たんじょう》しています。

日本《にほん》には、奈良時代《ならじだい》から学校《がっこう》のようなものがありました。でも、それは貴族《きぞく》の子《こ》どものための学校《がっこう》で、ふつうの家《いえ》の子《こ》どもは入学《にゅうがく》できませんでした。江戸時代《えどじだい》には、武士《ぶし》の子《こ》どもが学《まな》ぶ「藩校《はんこう》」のほかに、庶民《しょみん》の子《こ》どもが学《まな》ぶ「寺子屋《てらこや》」ができます。寺子屋《てらこや》では、商売《しょうばい》などの基本《きほん》になる「読《よ》み・かき・そろばん」が教《おし》えられていました。

明治維新《めいじいしん》のころから、寺子屋《てらこや》にかわって、地域《ちいき》の人《ひと》びとによって共同経営《きょうどうけいえい》される学校《がっこう》がつくられました。貧富《ひんぷ》や身分《みぶん》で区別《くべつ》することなく、平等《びょうどう》に学問《がくもん》を教《おし》えようとする動《うご》きが全国的《ぜんこくてき》に出《で》てきたのです。その始《はじ》まりが、京都《きょうと》にできた日本初《にほんはつ》の小学校《しょうがっこう》「上京第二十七番《かみぎょうだいにじゅうななばん》組小学校《ぐみしょうがっこう》」と「下京第十四番組小《しもぎょうだいじゅうよんばんぐみしょう》学校《がっこう》」です。番組《ばんぐみ》とは学区《がっく》のことで、今《いま》のように地域《ちいき》ごとに小学校《しょうがっこう》がつくられたのです。

その後《ご》、学制《がくせい》の発布《はっぷ》によって、二万五千近《にまんごせんちか》くの小学校《しょうがっこう》がうまれました。しかし、授業料《じゅぎょうりょう》がはらえなかったり、家《いえ》の仕事《しごと》を手伝《てつだ》ったりで、学校《がっこう》に通《かよ》えない子《こ》どもがほとんどでした。そこで一八八六年《ねん》に「学校令《がっこうれい》」が発布《はっぷ》され、子《こ》どもに義務教育《ぎむきょういく》を受《う》けさせることが法律《ほうりつ》で決《き》まったのです。

一九〇〇年《ねん》には、「小学校令《しょうがっこうれい》」により義務教育《ぎむきょういく》の授業料《じゅぎょうりょう》がなくなります。これによって就学率《しゅうがくりつ》はおよそ九十《きゅうじっ》パーセントにまで上《あ》がりました。こうして、ようやく今《いま》のように、子《こ》どもたちが平等《びょうどう》に学校《がっこう》で学《まな》べるようになったのです。

この日《ひ》はほかにも…

★日本初《にほんはつ》の歴史書《れきししょ》『日本書紀《にほんしょき》』が完成《かんせい》した日《ひ》（七二〇年《ねん》）

★明治《めいじ》・大正時代《たいしょうじだい》の細菌学者《さいきんがくしゃ》、野口《のぐち》英世《ひでよ》（350ページ）が亡《な》くなった日《ひ》（一九二八年《ねん》）

165ページのこたえ
パリ

おはなしクイズ 江戸時代《えどじだい》、庶民《しょみん》の子《こ》どもに「読《よ》み・かき・そろばん」を教《おし》えたところは？ こたえはつぎのページ

5月22日

記念日

障《しょう》がいのある人《ひと》を助《たす》ける「ほじょ犬《けん》の日《ひ》」

読《よ》んだ日《ひ》にち（　　年　　月　　日）（　　年　　月　　日）（　　年　　月　　日）

五月二十二日《ごがつにじゅうににち》は「身体障害者補《しんたいしょうがいしゃほ》助犬法《じょけんほう》」という法律《ほうりつ》がつくられた日《ひ》です。この法律《ほうりつ》は二〇〇二年《ねん》に成立《せいりつ》し、二〇一三年《ねん》にはこの日《ひ》が「ほじょ犬《けん》の日《ひ》」に制定《せいてい》されました。

補助犬《ほじょけん》とは、盲導犬《もうどうけん》（目《め》が不自《ふじ》由《ゆう》な人《ひと》を助《たす》ける犬《いぬ》）、聴導犬《ちょうどうけん》（耳《みみ》が不自由《ふじゆう》な人《ひと》を助《たす》ける犬《いぬ》）、そして介助犬《かいじょけん》（手《て》や足《あし》が不自由《ふじゆう》な人《ひと》を助《たす》ける犬《いぬ》）のことです。どの犬《いぬ》も、特別《とくべつ》な訓練《くんれん》を受《う》け、補助犬《ほじょけん》として働《はたら》いています。

体《からだ》に不自由《ふじゆう》なところがある人《ひと》びとは、こうした犬《いぬ》といっしょに生《せい》活《かつ》することで、ふだんの生活《せいかつ》の中《なか》でできないこと、やりづらいことをこくふくしています。つまり、補助犬《ほじょけん》は障《しょう》がい者《しゃ》の体《からだ》の一部《いちぶ》といってていいほどの役割《やくわり》をはたしているのです。

でも、「犬《いぬ》をつれて入《はい》ることは禁止《きんし》」という建物《たてもの》があったらどうなるでしょう。そうしたことにならないように取《と》り決《き》めたのが、この身体障害者補助犬法《しんたいしょうがいしゃほじょけんほう》なのです。

おもな内容《ないよう》は、①補助犬《ほじょけん》を育成《いくせい》する団体《だんたい》は、よりよい補助犬《ほじょけん》の育《いく》成《せい》と指導《しどう》をしなくてはならない。②補助犬《ほじょけん》のユーザーは補助犬《ほじょけん》をきちんとしつけたり健康状態《けんこうじょうたい》のチェックをしたりしなければならない。③公共《こうきょう》の施設《しせつ》や交通機関《こうつうきかん》、スーパーマーケット、飲食店《いんしょくてん》、ホテル、病院《びょういん》、仕事場《しごとば》などは、障《しょう》がい者《しゃ》が補助犬《ほじょけん》といっしょに利用《りよう》することを禁止《きんし》してはならない、などです。

声《こえ》をかけたり、なでたり、えさをあげたりすることは、一生懸命《いっしょうけんめい》に仕事《しごと》をしている補助犬《ほじょけん》の気持《きも》ちをそらし、その結果《けっか》、ユーザーが危険《きけん》な目《め》にあうかもしれません。もし、どこかで補助犬《ほじょけん》を見《み》かけたときは、そっと見守《みまも》るようにしましょう。

この日《ひ》はほかにも…

★ドイツの作曲家《さっきょくか》、ワーグナー（62ページ）が生《う》まれた日《ひ》（一八一三年《ねん》）

★『レ・ミゼラブル』などをかいたフランスの作家《さっか》、ヴィクトル・ユゴーが亡《な》くなった日《ひ》（一八八五年《ねん》）

166ページのこたえ 寺子屋《てらこや》

おはなしクイズ　補助犬《ほじょけん》を見《み》かけたらどうすればいい？　こたえはつぎのページ

陸奥国《むつのくに》をしずめた武将《ぶしょう》
坂上田村麻呂《さかのうえのたむらまろ》が亡《な》くなった日《ひ》

日本《にほん》
758〜811年《ねん》

5月23日

読《よ》んだ日《ひ》にち（　年　月　日）（　年　月　日）（　年　月　日）

人物

「田村麻呂《たむらまろ》よ、蝦夷《えみし》との戦《たたか》いに力《ちから》をかしてくれ」

七九一年《ねん》、坂上田村麻呂《さかのうえのたむらまろ》は、桓武天皇《かんむてんのう》に命《めい》じられ、蝦夷《えみし》と戦《たたか》うため、陸奥国《むつのくに》（今《いま》の東北地方《とうほくちほう》）に行《い》きました。三十四歳《さんじゅうよんさい》のときです。

陸奥国《むつのくに》には、朝廷《ちょうてい》の支配《しはい》を受《う》けずに、自由《じゆう》に生活《せいかつ》をしている蝦夷《えみし》とよばれる人《ひと》たちがいて、朝廷《ちょうてい》は、これを支配《しはい》するために、兵《へい》をあげていました。

ところが、戦《たたか》いになれていない貴族《きぞく》を中心《ちゅうしん》とする軍隊《ぐんたい》は、蝦夷軍《えみしぐん》に負《ま》けてしまいます。蝦夷軍《えみしぐん》をひきいるアテルイは、とても強《つよ》く、軍《ぐん》の指揮《しき》もすぐれていました。

そこで、桓武天皇《かんむてんのう》は武人《ぶじん》として武術《ぶじゅつ》のうでをみがいた田村麻呂《たむらまろ》に、蝦夷《えみし》をしずめることを命《めい》じたのです。

田村麻呂《たむらまろ》が戦《たたか》いに加《くわ》わってからは、朝廷軍《ちょうていぐん》はしだいに勝《か》ち進《すす》むようになりました。

田村麻呂《たむらまろ》は、赤《あか》ら顔《がお》に黄金色《こがねいろ》のふさふさしたあごひげをのばし、りっぱな体格《たいかく》で、武術《ぶじゅつ》にたけて勇気《ゆうき》がありました。アテルイも「今《いま》までの敵《てき》とはちがうぞ」とおそれます。しかし田村麻呂《たむらまろ》は、蝦夷《えみし》の村《むら》を焼《や》いたり、女性《じょせい》や子《こ》どもをおそったりすることには反対《はんたい》でした。決《けっ》して蝦夷《えみし》をほろぼしたいわけではなかったのです。

七九七年《ねん》、征夷大将軍《せいいたいしょうぐん》に任命《にんめい》された田村麻呂《たむらまろ》は、朝廷軍《ちょうていぐん》の総指揮《そうしき》をとることになりました。遠征《えんせい》は成功《せいこう》をおさめ、蝦夷軍《えみしぐん》が敗《やぶ》れると、胆沢《いさわ》（今《いま》の岩手県奥州市《いわてけんおうしゅうし》）の地《ち》に城《しろ》をきずきます。

とうとう、アテルイは降伏《こうふく》（負《ま》けをみとめて戦《たたか》いをやめること）し、都《みやこ》につれていかれました。田村麻呂《たむらまろ》はアテルイとその部下《ぶか》である蝦夷軍《えみしぐん》をかばいますが、貴族《きぞく》たちの意見《いけん》によりアテルイの死刑《しけい》が決《き》まりました。田村麻呂《たむらまろ》は、蝦夷《えみし》をしずめたものの、アテルイの命《いのち》を救《すく》えず、くやしい思《おも》いをします。

功績《こうせき》も人柄《ひとがら》も、すぐれた武将《ぶしょう》として人《ひと》びとに尊敬《そんけい》されながら、田村麻呂《たむらまろ》は八一一年《ねん》（弘仁二年《こうにんにねん》）五月二十三日《ごがつにじゅうさんにち》に亡《な》くなりました。

この日《ひ》はほかにも…

★はじめて人《ひと》がのれるグライダーを開発《かいはつ》したドイツの機械製作者《きかいせいさくしゃ》、オットー・リリエンタールが生《う》まれた日《ひ》（一八四八年《ねん》）

★「近代演劇《きんだいえんげき》の父《ちち》」といわれるノルウェーの劇作家《げきさっか》、ヘンリック・イプセンが亡《な》くなった日《ひ》（一九〇六年《ねん》）

167ページのこたえ　そっと見守《みまも》る

おはなしクイズ　797年《ねん》に坂上田村麻呂《さかのうえのたむらまろ》は何《なに》に任命《にんめい》された？

こたえはつぎのページ

5月24日

日本《にほん》初《はつ》の特別《とくべつ》支援《しえん》学校《がっこう》「京都《きょうと》盲唖院《もうあいん》」が開校《かいこう》した日《ひ》

読《よ》んだ日《ひ》にち（　　年　　月　　日）（　　年　　月　　日）（　　年　　月　　日）

はじめて

五月二十四日《ごがつにじゅうよっか》は、明治時代《めいじじだい》に日本《にほん》ではじめて「特別支援学校《とくべつしえんがっこう》」が開校《かいこう》した日《ひ》です。この学校《がっこう》をつくったのは、手話《しゅわ》（耳《みみ》や口《くち》が不自由《ふじゆう》な人《ひと》のための手《て》を使《つか》ったコミュニケーション）を考案《こうあん》した人物《じんぶつ》としても知《し》られる古河太四郎《ふるかわたしろう》です。太四郎《たしろう》は、さまざまな工夫《くふう》をしながら子《こ》どもたちを指導《しどう》し、日本《にほん》の特別支援教育《とくべつしえんきょういく》の原点《げんてん》をつくりました。

太四郎《たしろう》は一八四五年《ねん》、江戸時代《えどじだい》の終《お》わりに、京都《きょうと》の寺子屋《てらこや》の家《いえ》に生《う》まれました。そして、二十四歳《にじゅうよんさい》で小学校《しょうがっこう》の教師《きょうし》になり、働《はたら》いていた小学校《しょうがっこう》で障《しょう》がいのある子《こ》どもたちのための教育《きょういく》を始《はじ》めます。

一八七八年《ねん》、太四郎《たしろう》は京都《きょうと》に、日本初《にほんはつ》の目《め》や耳《みみ》が不自由《ふじゆう》な子《こ》どもたちのための学校《がっこう》「京都盲唖院《きょうともうあいん》」をつくりました。太四郎《たしろう》は、子《こ》どもたちに必要《ひつよう》な教育方法《きょういくほうほう》や教材《きょうざい》を自《みずか》ら考《かんが》え出《だ》しました。

たとえば、点字《てんじ》（133ページ）のようにでこぼこで文字《もじ》を伝《つた》える「木刻文字《もっこくもじ》」や、五十音《ごじゅうおん》を指《ゆび》であらわす「手勢《しかた》」、絵《え》で言葉《ことば》をおぼえる「単語図《たんごず》あわせ」などです。

太四郎《たしろう》は、「ろう者《しゃ》（耳《みみ》が不自《ふじ》由《ゆう》な人《ひと》）は教育《きょういく》を受《う》けられない不《ふ》幸《こう》をせおっている。それは、教育《きょういく》をしない者《もの》の責任《せきにん》である」と手記《しゅき》にかいています。これは、二〇〇六年《ねん》に国連総会《こくれんそうかい》で採択《さいたく》された「障《しょう》害者権利条約《がいしゃけんりじょうやく》」に通《つう》じる考《かんが》え方《かた》でした。この条約《じょうやく》の大《おお》きな特徴《とくちょう》は、「障《しょう》がいは社会《しゃかい》がつくり出《だ》している」という考《かんが》え方《かた》です。たとえば、足《あし》が不自由《ふじゆう》な人《ひと》が行動《こうどう》しづらいのは、足《あし》に原因《げんいん》があるのではなく、段差《だんさ》があったり、エレベーターがなかったりする環境《かんきょう》に原因《げんいん》があるというものです。

太四郎《たしろう》は、障《しょう》がいがあっても不《ふ》自由《じゆう》を感《かん》じることなく、自分《じぶん》らしくいきいきと活《かつ》やくできる社会《しゃかい》をつくろうと、障《しょう》がいのある子《こ》どもたちの教育《きょういく》に力《ちから》をつくしたのでした。

この日《ひ》はほかにも…

★明治《めいじ》・大正時代《たいしょうじだい》に活《かつ》やくした婦《ふ》人活動家《じんかつどうか》、平塚《ひらつか》らいてう《ちょう》（59ページ）が亡《な》くなった日《ひ》（一九七一年《ねん》）

★仙台藩《せんだいはん》の初代藩主《しょだいはんしゅ》、伊達政宗《だてまさむね》（246ページ）が亡《な》くなった日《ひ》（一六三六年《ねん》）

168ページのこたえ
征夷大将軍《せいいたいしょうぐん》

おはなしクイズ 2006年《ねん》に国連総会《こくれんそうかい》で採択《さいたく》された条約《じょうやく》は？ こたえはつぎのページ

「走《はし》るレストラン」食堂車《しょくどうしゃ》が日本《にほん》ではじめて運行《うんこう》された日《ひ》

5月25日

読《よ》んだ日《ひ》にち（　　年　　月　　日）（　　年　　月　　日）（　　年　　月　　日）

はじめて

食堂車《しょくどうしゃ》とは、列車《れっしゃ》にのって、窓《まど》から外《そと》の景色《けしき》をながめながら、食《しょく》事《じ》を楽《たの》しむことができる車両《しゃりょう》です。窓《まど》ぎわに四人《よにん》がけや二人《ふたり》がけのテーブルがならべられ、レストランのようにスタッフがサービスをしてくれる車両《しゃりょう》が、むかしの長《ちょう》距離《きょり》列車《れっしゃ》の一部《いちぶ》に連結《れんけつ》されていました。

日本《にほん》ではじめて食堂車《しょくどうしゃ》が登場《とうじょう》したのは、一八九九年五月二十五日《ねんごがつにじゅうごにち》です。山陽鉄道《さんようてつどう》（今《いま》のJR《ジェイアール》山陽本《さんようほん》線《せん》）の、京都《きょうと》から三田尻《みたじり》（今《いま》の山《やま》口県防府市《ぐちけんほうふし》）の間《あいだ》を運行《うんこう》する急行《きゅうこう》列車《れっしゃ》に取《と》り入《い》れられました。提供《ていきょう》される料理《りょうり》は洋食《ようしょく》でした。

戦時中《せんじちゅう》は一時期《いちじき》姿《すがた》を消《け》した食堂《しょくどう》車《しゃ》ですが、戦後《せんご》しばらくして復活《ふっかつ》します。その後《ご》は、鉄道旅行《てつどうりょこう》の楽《たの》しみの一《ひと》つとして多《おお》くの人《ひと》に親《した》しまれました。

さまざまな特急列車《とっきゅうれっしゃ》や急行列車《きゅうこうれっしゃ》に食堂車《しょくどうしゃ》が連結《れんけつ》されるようになり、やがて新幹線《しんかんせん》にも取《と》り入《い》れられます。とくに東海道《とうかいどう》・山陽《さんよう》新幹線《しんかんせん》の「ひかり」には二階《にかい》だての食堂車《しょくどうしゃ》があり、富士山《ふじさん》が見《み》えるすばらしいながめが評判《ひょうばん》をよびました。

また、青函《せいかん》トンネルを通《とお》って東京《とうきょう》の上野《うえの》から北海道《ほっかいどう》の札《さっ》幌《ぽろ》の間《あいだ》を走《はし》る特急列車《とっきゅうれっしゃ》「北斗《ほくと》星《せい》」などの食堂車《しょくどうしゃ》では、フルコースのディナーを提供《ていきょう》することが話題《わだい》となりました。

その後《ご》、鉄道技術《てつどうぎじゅつ》の発達《はったつ》によって目的地《もくてきち》まで早《はや》く到着《とうちゃく》できるようになると、食堂車《しょくどうしゃ》で本格的《ほんかくてき》な食事《しょくじ》を楽《たの》しむ時間《じかん》はだんだんなくなっていきます。また、航空網《こうくうもう》が整備《せいび》され、長距離《ちょうきょり》移《い》動《どう》は飛行機《ひこうき》の利用《りよう》が主流《しゅりゅう》になっていったこともあり、一般《いっぱん》の鉄道《てつどう》から食堂車《しょくどうしゃ》はほとんど姿《すがた》を消《け》しました。

しかし今《いま》では、移動手段《いどうしゅだん》ではなく、列車《れっしゃ》の旅《たび》そのものを楽《たの》しむ食《しょく》堂車《どうしゃ》つきの観光列車《かんこうれっしゃ》が運行《うんこう》されるようになりました。スイーツや地《ち》域《いき》の食材《しょくざい》を使《つか》った食事《しょくじ》などを売《う》りにした観光列車《かんこうれっしゃ》がたくさん走《はし》っています。

特急列車《とっきゅうれっしゃ》「へいわ」の食堂車《しょくどうしゃ》

この日《ひ》はほかにも…

★『泣《な》いた赤《あか》おに』をかいた作家《さっか》、浜田広介《はまだひろすけ》が生《う》まれた日《ひ》（一八九三年《ねん》）

169ページのこたえ
障害者権利条約《しょうがいしゃけんりじょうやく》

おはなしクイズ　東海道《とうかいどう》・山陽新幹線《さんようしんかんせん》の「ひかり」の食堂車《しょくどうしゃ》は何《なに》が見《み》えることで評判《ひょうばん》だった？

こたえはつぎのページ

5月26日

東名高速道路《とうめいこうそくどうろ》が全線開通《ぜんせんかいつう》した日《ひ》

読《よ》んだ日《ひ》にち（　　年　　月　　日）（　　年　　月　　日）（　　年　　月　　日）

歴史

東名高速道路《とうめいこうそくどうろ》は、東京《とうきょう》から愛知《あいち》県《けん》小牧市《こまきし》までつづく全長三百四十《ぜんちょうさんびゃくよんじゅう》六《ろく》・七《なな》キロメートルの高速道路《こうそくどうろ》です。高速道路《こうそくどうろ》とは、歩行者《ほこうしゃ》が通行《つうこう》できない自動車専用《じどうしゃせんよう》の道路《どうろ》で、信《しん》号《ごう》や横断歩道《おうだんほどう》などがなく、速《はや》いスピードで走《はし》ることがゆるされています。そのため、高速道路《こうそくどうろ》をつくると、人《ひと》やものを速《はや》く運《はこ》ぶことができ、人《ひと》びとの生活《せいかつ》は便利《べんり》になります。

日本全国《にほんぜんこく》を高速道路《こうそくどうろ》でむすぶ計《けい》画《かく》は、第二次世界大戦《だいにじせかいたいせん》の前《まえ》からありました。しかし、計画《けいかく》が進《すす》められたものの、戦争《せんそう》がはげしくなったために実現《じつげん》はしませんでした。

第二次世界大戦後《だいにじせかいたいせんご》、日本《にほん》が敗戦《はいせん》のショックをのりこえて経済成長《けいざいせいちょう》を始《はじ》めると、ふたたび高速道路《こうそくどうろ》の建設《けんせつ》が求《もと》められるようになります。そこで、政府《せいふ》はコースや工事《こうじ》の方法《ほうほう》などの調査《ちょうさ》を進《すす》め、まず愛《あい》知《ち》県《けん》の名古屋《なごや》と兵庫県《ひょうごけん》の神戸《こうべ》をむすぶ名神高速道路《めいしんこうそくどうろ》、東京《とうきょう》と小牧《こまき》をむすぶ東名高速道路《とうめいこうそくどうろ》を建設《けんせつ》することに決《き》めました。

東名高速道路《とうめいこうそくどうろ》の工事《こうじ》は、一九六二年《ねん》に開始《かいし》されました。今《いま》までの道路工事《どうろこうじ》にくらべて規模《きぼ》が大《おお》きく、長《なが》いトンネルをほったり、さまざまな地盤《じばん》の場所《ばしょ》にじょうぶな高架橋《こうかきょう》（道路《どうろ》をまたぐように、地《ち》上《じょう》に高《たか》くかけた橋《はし》）をつくったりしなければならないため、技術的《ぎじゅつてき》にむずかしい点《てん》がたくさんありました。また、道路《どうろ》をつくる土地《とち》をもち主《ぬし》から買《か》い上《あ》げる作業《さぎょう》にも、大変《たいへん》な手間《てま》と時間《じかん》がかかりました。しかし、関係者《かんけいしゃ》の努力《どりょく》によって工事《こうじ》はどんどん進《すす》みました。

そして、一九六九年五月二十六《ねんごがつにじゅうろく》日《にち》、東名高速道路《とうめいこうそくどうろ》は全線開通《ぜんせんかいつう》をはたしたのです。すでに完成《かんせい》していた名神高速道路《めいしんこうそくどうろ》とつながることで、東京《とうきょう》から神戸《こうべ》まで高速道路《こうそくどうろ》でむすばれました。

高速道路《こうそくどうろ》の開通《かいつう》によって、物資《ぶっし》の輸送時間《ゆそうじかん》は大《おお》きく短縮《たんしゅく》されました。また、まわりの地域《ちいき》の工業化《こうぎょうか》や人口増加《じんこうぞうか》も進《すす》みました。東名高《とうめいこう》速道路《そくどうろ》は、完成《かんせい》から五十年近《ごじゅうねんちか》くたった今《いま》も、日本《にほん》の経済《けいざい》を支《ささ》えつづけています。

この日《ひ》はほかにも…

★明治時代《めいじじだい》の政治家《せいじか》、木戸孝允《きどたかよし》が亡《な》くなった日《ひ》（一八七七年《ねん》）

170ページのこたえ
富士山《ふじさん》

おはなしクイズ 東名高速道路《とうめいこうそくどうろ》とつながり、名古屋《なごや》と神戸《こうべ》をむすぶ高速道路《こうそくどうろ》の名前《なまえ》は？ こたえはつぎのページ

人物

環境《かんきょう》問題《もんだい》を世界《せかい》にうったえた レイチェル・カーソンの誕生日《たんじょうび》

アメリカ 1907〜1964年《ねん》

5月27日

読《よ》んだ日《ひ》にち（　年　月　日）（　年　月　日）（　年　月　日）

一九〇七年《ねん》五月《ごがつ》二十七日《にじゅうしちにち》に、アメリカのペンシルベニア州《しゅう》の農園《のうえん》に生《う》まれたレイチェル・カーソンは、自然《しぜん》と本《ほん》が大好《だいす》きな女《おんな》の子《こ》でした。

「このめずらしいお花《はな》は何《なん》という名前《なまえ》なのかな？」

「この虫《むし》は何《なに》を食《た》べるのかな？」

いつも植物《しょくぶつ》や動物《どうぶつ》、虫《むし》を観察《かんさつ》し、知《し》りたいことがあると本《ほん》で調《しら》べていました。また、自分《じぶん》で物語《ものがたり》をかくことも好《す》きで、作家《さっか》になる夢《ゆめ》をもつようになります。

その後《ご》、作家《さっか》になるために大学《だいがく》に進《すす》んだレイチェルは、生物学《せいぶつがく》の授業《じゅぎょう》を受《う》けたときにそのおもしろさに目《め》ざめ、こう考《かんが》えるようになりました。

「作家《さっか》もすてきだけれど、科学者《かがくしゃ》にもなってみたいな」

レイチェルは漁業局《ぎょぎょうきょく》に水生生物《すいせいせいぶつ》学者《がくしゃ》として採用《さいよう》され、科学《かがく》の研究《けんきゅう》の仕事《しごと》に取《と》り組《く》みます。当時《とうじ》、女性《じょせい》の科学者《かがくしゃ》は大変《たいへん》めずらしい存在《そんざい》でした。

そして、三十歳《さんじっさい》のときにチャンスがおとずれました。雑誌《ざっし》に発表《はっぴょう》した「海《うみ》のなか」という文章《ぶんしょう》が評判《ひょうばん》をよび、出版《しゅっぱん》されることになったのです。

それがきっかけで、レイチェルは自然《しぜん》や科学《かがく》に関《かん》する本《ほん》を何冊《なんさつ》も出《だ》すことになります。その中《なか》でもとくに、『われらをめぐる海《うみ》』という本《ほん》はベストセラーになりました。

こうして、作家《さっか》になりたいというレイチェルの子《こ》どものころの夢《ゆめ》もかないます。ところが、いいことばかりはつづきませんでした。レイチェルはそのころ、がんをわずらっていたのです。

レイチェルは病気《びょうき》に苦《くる》しみながらも、『沈黙《ちんもく》の春《はる》』という本《ほん》をかきあげました。それは、当時《とうじ》は関心《かんしん》をもつ人《ひと》が少《すく》なかった環境問題《かんきょうもんだい》についてくわしくかいたもので、世界的《せかいてき》に大《おお》きな話題《わだい》になります。

五十六歳《ごじゅうろくさい》でレイチェルは亡《な》くなりましたが、その後《ご》も環境問題《かんきょうもんだい》は人《ひと》びとの大《おお》きな関心事《かんしんじ》となっていったのです。

この日《ひ》はほかにも…

★ドイツの細菌学者《さいきんがくしゃ》、コッホ（386ページ）の命日《めいにち》（一九一〇年《ねん》）

171ページのこたえ　名神高速道路《めいしんこうそくどうろ》

おはなしクイズ　レイチェルの子《こ》どものころの夢《ゆめ》は何《なに》？　こたえはつぎのページ

5月28日

日本《にほん》ではじめて花火大会《はなびたいかい》が開《ひら》かれた日《ひ》

読《よ》んだ日《ひ》にち（　　年　　月　　日）（　　年　　月　　日）（　　年　　月　　日）

はじめて

夏《なつ》の楽《たの》しみの一《ひと》つに花火大会《はなびたいかい》があります。日本人《にほんじん》が大好《だいす》きなイベントですが、花火大会《はなびたいかい》は、悲《かな》しい歴史《れきし》から始《はじ》まったのです。

一七三三年《ねん》（享保十八年《きょうほうじゅうはちねん》）五月《ごがつ》二十八日《にじゅうはちにち》に隅田川《すみだがわ》（東京《とうきょう》）の両岸《りょうぎし》で、日本《にほん》ではじめての花火大会《はなびたいかい》が行《おこな》われました。そのころは凶作《きょうさく》がつづき、またコレラが流行《りゅうこう》して、たくさんの人《ひと》が亡《な》くなりました。亡《な》くなった人《ひと》をとむらうために、江戸幕府第八代将軍徳川吉宗《えどばくふだいはちだいしょうぐんとくがわよしむね》が、花火《はなび》を打《う》ち上《あ》げたのです。これ以来《いらい》、花火大会《はなびたいかい》は江戸《えど》の名物行事《めいぶつぎょうじ》となりました。今《いま》は「隅田川花火大会《すみだがわはなびたいかい》」という名前《なまえ》で、多《おお》くの人《ひと》に楽《たの》しまれています。

花火大会《はなびたいかい》が始《はじ》まったころは、鍵屋《かぎや》とよばれる花火製造元《はなびせいぞうもと》が主流《しゅりゅう》でしたが、のちに鍵屋《かぎや》から独立《どくりつ》した玉屋《たまや》という花火製造元《はなびせいぞうもと》も登場《とうじょう》し、うでをきそうようになると、花火《はなび》もどんどん進化《しんか》していきます。

その花火《はなび》をつくったり、打《う》ち上《あ》げたりする人《ひと》を花火師《はなびし》といいます。毎年《まいとし》、新《あたら》しい花火《はなび》を考《かんが》えて、日本中《にほんじゅう》で行《おこな》われている花火大会《はなびたいかい》で活《かつ》やくしています。

現代《げんだい》の花火《はなび》は、直径六《ちょっけいろく》センチメートル以下《いか》の小《ちい》さなものから一《いち》メートル以上《いじょう》の大《おお》きなものまでさまざまな種類《しゅるい》がある「花火玉《はなびだま》」を、「打《う》ち上《あ》げ筒《づつ》」で空高《そらたか》く打《う》ち上《あ》げます。

花火玉《はなびだま》にも種類《しゅるい》があり、その代表《だいひょう》が、花火玉《はなびだま》の爆発《ばくはつ》と同時《どうじ》に火薬《かやく》がいきおいよく広《ひろ》がって大輪《たいりん》の花《はな》のように見《み》える「割物《わりもの》」です。ほかにも、花火玉《はなびだま》が割《わ》れて、中《なか》からいろいろな色彩《しきさい》の光《ひかり》が流《なが》れ落《お》ちてやなぎのように見《み》える「ポカ物《もの》」などがあります。

花火《はなび》の種類《しゅるい》は打《う》ち上《あ》げ花火以外《はなびいがい》にも、まわりながら火花《ひばな》が出《で》る「回転物《かいてんもの》」や、水上《すいじょう》でしかける水中《すいちゅう》（水上《すいじょう》）花火《はなび》などのしかけ花火《はなび》があり、ふしぎな光《ひかり》の芸術《げいじゅつ》で楽《たの》しませてくれます。

この日《ひ》はほかにも…

★平安時代《へいあんじだい》の歌人《かじん》、在原業平《ありわらのなりひら》が亡《な》くなった日《ひ》（八八〇年《ねん》）

172ページのこたえ
作家《さっか》

おはなしクイズ　花火大会《はなびたいかい》を最初《さいしょ》に行《おこな》った人《ひと》は？

こたえは つぎのページ

わかく、力《ちから》にあふれた大統領《だいとうりょう》
ジョン・F《エフ》・ケネディの誕生日《たんじょうび》

アメリカ
1917〜1963年《ねん》

5月29日

読《よ》んだ日《ひ》にち（　　年　　月　　日）（　　年　　月　　日）（　　年　　月　　日）

人物

アメリカの第三十五代大統領《だいさんじゅうごだいだいとうりょう》ジョン・F《エフ》・ケネディは、一九一七年五月二十九日《ねんごがつにじゅうくにち》、ボストン郊外《こうがい》で生《う》まれました。ジョンは二番目《にばんめ》の子《こ》どもでしたが、そのあとに弟《おとうと》や妹《いもうと》が生《う》まれ、九人《くにん》きょうだいの中《なか》で育《そだ》ちました。父《ちち》は、「ケネディ家《け》から大統領《だいとうりょう》を出《だ》すんだ」というのが口《くち》ぐせで、子《こ》どもたちの教育費《きょういくひ》や交際費《こうさいひ》はいくらでも出《だ》してくれました。

ジョンは、大統領《だいとうりょう》になるなど自分《じぶん》にはむりなことだと思《おも》っていましたし、父《ちち》も長男《ちょうなん》のジョセフに期待《きたい》をしていました。ジョンとは二歳《にさい》ちがいで、ジョセフはいっしょに遊《あそ》んだり勉強《べんきょう》をきそい合《あ》ったりしていました。

一九四一年《ねん》、アメリカが第二次《だいにじ》世界大戦《せかいたいせん》に加《くわ》わると、大学《だいがく》を卒業《そつぎょう》したジョンはジョセフとともに海軍《かいぐん》に入隊《にゅうたい》します。ジョンは魚雷艇《ぎょらいてい》の艦長《かんちょう》として活《かつ》やくし、アメリカの英雄《えいゆう》としてその名《な》を知《し》られるようになります。ところが、兄《あに》のジョセフは海軍《かいぐん》の飛行機事故《ひこうきじこ》で戦死《せんし》しました。このとき、ジョンは兄《あに》のかわりに大統領《だいとうりょう》になろうと決意《けつい》したのです。

戦争《せんそう》が終《お》わった翌年《よくねん》の一九四六年《ねん》、ジョンは地元《じもと》の下院議員選挙《かいんぎいんせんきょ》に立候補《りっこうほ》し、政治家《せいじか》の道《みち》を歩《あゆ》み始《はじ》めます。そして三十五歳《さんじゅうごさい》で上院議員《じょういんぎいん》になりました。

ジョンがアメリカの第三十五代《だいさんじゅうごだい》大統領《だいとうりょう》になったのは四十三歳《よんじゅうさんさい》のことです。

ジョンは、いつも自分《じぶん》の言葉《ことば》で国民《こくみん》に語《かた》りかけました。
「国《くに》がみなさんに何《なに》をしてくれるかではなく、みなさんが国《くに》のために何《なに》ができるかを考《かんが》えましょう」
大統領《だいとうりょう》の就任演説《しゅうにんえんぜつ》ではこう話《はな》しました。
「世界中《せかいじゅう》の人《ひと》たちといっしょになって、人類《じんるい》の自由《じゆう》のために何《なに》ができるか考《かんが》えましょう」

ジョンは、まずしい人《ひと》びとを救《すく》う政策《せいさく》や人種差別《じんしゅさべつ》をなくすことに力《ちから》を注《そそ》ぎ、わかく、力《ちから》にあふれた大統領《だいとうりょう》としてほかの国《くに》でも人気《にんき》となりましたが、一九六三年十一月《ねんじゅういちがつ》二十二日《にじゅうににち》に、パレード中《ちゅう》に何者《なにもの》かに撃《う》たれて亡《な》くなりました。ジョン・F《エフ》・ケネディ大統領《だいとうりょう》の任期《にんき》はわずか千日《せんにち》ほどでした。

173ページのこたえ
徳川吉宗《とくがわよしむね》

この日《ひ》はほかにも…

★明治時代《めいじじだい》の歌人《かじん》、与謝野晶子《よさのあきこ》（382ページ）の命日《めいにち》（一九四二年《ねん》）

おはなしクイズ ジョン・F《エフ》・ケネディはアメリカ合衆国《がっしゅうこく》の何代目《なんだいめ》の大統領《だいとうりょう》？ こたえはつぎのページ

5月30日

フランスを救《すく》った少女《しょうじょ》 ジャンヌ・ダルクが亡《な》くなった日《ひ》

フランス 1412〜1431年《ねん》

人物

読《よ》んだ日《ひ》にち（　年　月　日）（　年　月　日）（　年　月　日）

フランスのドンレミという小《ちい》さな村《むら》で、十三歳《じゅうさんさい》の少女《しょうじょ》ジャンヌ・ダルクはこんな声《こえ》をききました。

「ジャンヌ、戦《たたか》いなさい。フランスを救《すく》えるのは、おまえだけです」

ジャンヌは明《あか》るく元気《げんき》なふつうの少女《しょうじょ》でしたが、毎日《まいにち》のようにこの声《こえ》がきこえるようになります。

「神様《かみさま》のおつげにちがいないわ」

十七歳《じゅうななさい》になったジャンヌは、シャルル王太子《おうたいし》に会《あ》うために旅立《たびだ》ちます。そのころフランスは、百《ひゃく》年《ねん》もの間《あいだ》イギリスと戦争《せんそう》をしていました。国《くに》のあちこちで村《むら》が焼《や》かれ、ジャンヌの育《そだ》ったドンレミ村《むら》も例外《れいがい》ではありませんでした。

「どうか、わたしを軍隊《ぐんたい》に入《い》れてください。王太子《おうたいし》を国王《こくおう》にし、フランスにふたたび平和《へいわ》をもたらしたいのです」

髪《かみ》を切《き》り、男性《だんせい》の服《ふく》を着《き》たジャンヌの覚悟《かくご》に心《こころ》を動《うご》かされ、シャルル王太子《おうたいし》は願《ねが》いをきき入《い》れます。

ジャンヌは司令官《しれいかん》として、イギリスに攻《せ》められ、領土《りょうど》を取《と》られそうになっていたオルレアンという町《まち》を救《すく》うよう命《めい》じられました。オルレアンはすでに七千人《ななせんにん》ものイギリス兵《へい》にかこまれていましたが、ジャンヌはよろいを着《き》て、神様《かみさま》と天使《てんし》、それにフランス王家《おうけ》の紋章《もんしょう》である百合《ゆり》の花《はな》がかかれたはたをかかげ、先頭《せんとう》に立《た》ちました。

「勇気《ゆうき》を出《だ》して進《すす》むのです！」

そのいさましい姿《すがた》にフランス軍《ぐん》は一気《いっき》に力《ちから》を取《と》りもどし、オルレアンは救《すく》われました。そして、ジャンヌがひきいる大軍《たいぐん》は、ついにシャルル王太子《おうたいし》をフランス国王《こくおう》に即位《そくい》させたのです。

「これからは心配《しんぱい》しないでください。かならずわたしたちがかけつけて、村《むら》を守《まも》ります」

心《こころ》やさしいジャンヌは、民衆《みんしゅう》からの手紙《てがみ》にもそう返事《へんじ》をかきました。さらにジャンヌは、イギリスに支配《しはい》されているパリを取《と》りもどそうと戦《たたか》いに行《い》きます。しかし、イギリス軍《ぐん》につかまり、ユリウス暦《れき》一四三一年《ねん》五月《ごがつ》三十日《さんじゅうにち》、火《ひ》あぶりの刑《けい》となり、十九歳《じゅうきゅうさい》で亡《な》くなりました。

「ジャンヌ・ダルク。民衆《みんしゅう》とともに戦《たたか》う」とオルレアンにあるジャンヌ像《ぞう》には、きざまれています。

この日《ひ》はほかにも…

★明治《めいじ》・大正時代《たいしょうじだい》の軍人《ぐんじん》、東郷平八郎《とうごうへいはちろう》（397ページ）が亡《な》くなった日《ひ》（一九三四年《ねん》）

174ページのこたえ 第三十五代《だいさんじゅうごだい》

おはなしクイズ ジャンヌは何歳《なんさい》のときに村《むら》を出《で》てシャルル王太子《おうたいし》に会《あ》いに行《い》った？ こたえはつぎのページ

世界《せかい》ではじめての女性医師《じょせいいし》
ブラックウェルが亡《な》くなった日《ひ》

イギリス
1821～1910年《ねん》

5月31日

読《よ》んだ日《ひ》にち（　　年　　月　　日）（　　年　　月　　日）（　　年　　月　　日）

人物

エリザベス・ブラックウェルは一八二一年《ねん》にイギリスで生《う》まれました。当時《とうじ》、女性《じょせい》は勉強《べんきょう》をするよりも結婚《けっこん》して家庭《かてい》に入《はい》ることが幸《しあわ》せだとされていましたが、学《まな》ぶことが好《す》きだったエリザベスはおさないころから父《ちち》に教育《きょういく》を受《う》けていました。

「エリザベス、お医者《いしゃ》さんになる気《き》はないの？」

二十四歳《にじゅうよんさい》のとき、病気《びょうき》の友人《ゆうじん》にたずねられたエリザベスはびっくりしました。

「わたしが医者《いしゃ》に？　なぜ？」

「女性《じょせい》のお医者《いしゃ》さんがいたら、もっと早《はや》く相談《そうだん》できて、こんなに病気《びょうき》が重《おも》くならずにすんだもの」

その日《ひ》の会話《かいわ》が、エリザベスに医者《いしゃ》への道《みち》を決心《けっしん》させたのです。男女差別《だんじょさべつ》が根強《ねづよ》く、女性《じょせい》が医者《いしゃ》になるなど、ほとんど想像《そうぞう》もできない時代《じだい》のことでした。

二十六歳《にじゅうろくさい》で、医学校《いがっこう》に入《はい》るためアメリカのフィラデルフィアに行《い》きます。いくつもの学校《がっこう》からことわられ、ようやくニューヨークのジェニーバ医学校《いがっこう》に入学《にゅうがく》をゆるされました。研修《けんしゅう》でおとずれたまずしい人《ひと》たちのための施設《しせつ》では、チフスが大流行《だいりゅうこう》していました。効果《こうか》のない古《ふる》い治療法《ちりょうほう》で多《おお》くの人《ひと》が死《し》んでいくのを見《み》て、エリザベスはなげき悲《かな》しみました。

「不潔《ふけつ》な環境《かんきょう》が原因《げんいん》だわ」

エリザベスはすぐに論文《ろんぶん》をかき、予防医学《よぼういがく》の大切《たいせつ》さをうったえました。そして二十八歳《にじゅうはっさい》のときに、ついに医師免許《いしめんきょ》を取《と》り、フランスのパリの産科病院《さんかびょういん》で働《はたら》きますが、重《おも》い目《め》の病気《びょうき》によって左目《ひだりめ》を失明《しつめい》します。しかし、エリザベスはいつまでも失望《しつぼう》してはいませんでした。

「女性医師《じょせいいし》を増《ふ》やすこと、そして病気《びょうき》の予防《よぼう》を教《おし》えることがわたしの使命《しめい》よ」

そう決意《けつい》し、同《おな》じく医師《いし》になった妹《いもうと》のエミリーらとともに、女性《じょせい》と子《こ》どものための病院《びょういん》をつくりました。また、ニューヨーク、つづいてイギリスのロンドンに女子医学校《じょしいがっこう》を設立《せつりつ》し、自《みずか》ら学生《がくせい》を教《おし》え育《そだ》てました。

エリザベスは、あとにつづく女性医師《じょせいいし》たちを育《そだ》てつづけ、一九一〇年《ねん》五月三十一日《ごがつさんじゅういちにち》に八十九歳《はちじゅうきゅうさい》で亡《な》くなりました。

175ページのこたえ
十七歳《じゅうななさい》

この日《ひ》はほかにも…

★オーストリアの作曲家《さっきょくか》、ハイドン（110ページ）が亡《な》くなった日《ひ》（一八〇九年《ねん》）

おはなしクイズ　エリザベスは、最初《さいしょ》の女子医学校《じょしいがっこう》をどこの都市《とし》につくった？

こたえは178ページ

6月《がつ》のおはなし

徳川将軍《とくがわしょうぐん》に氷《こおり》を献上《けんじょう》した「氷《こおり》の日《ひ》」

6月1日

記念日

読《よ》んだ日《ひ》にち（　　年　　月　　日）（　　年　　月　　日）（　　年　　月　　日）

今《いま》は冷蔵庫《れいぞうこ》の冷凍室《れいとうしつ》を開《あ》ければ、いつでも氷《こおり》ができています。しかし、一九三〇年《ねん》に国産第一号《こくさんだいいちごう》の電気冷蔵庫《でんきれいぞうこ》が完成《かんせい》するまで、氷《こおり》は貴重品《きちょうひん》でした。各家庭《かくかてい》に氷屋《こおりや》さんが氷《こおり》を売《う》りに来《き》て、氷《こおり》をのこぎりで切《き》り分《わ》けます。その氷《こおり》を木製《もくせい》の氷冷蔵庫《こおりれいぞうこ》に入《い》れて、食品《しょくひん》の保存《ほぞん》に使《つか》っていました。もちろん、かき氷《ごおり》や、風邪《かぜ》をひいたときなどに熱《ねつ》を冷《さ》ます氷《ひょう》のうにも使《つか》われました。

氷冷蔵庫《こおりれいぞうこ》

むかしは、冬《ふゆ》の間《あいだ》に氷《こおり》づくり専《せん》用《よう》の池《いけ》で天然《てんねん》の氷《こおり》をつくっていました。それを氷室《ひむろ》という氷《こおり》の貯蔵庫《ちょぞうこ》に保存《ほぞん》しておくのです。奈良時代《ならじだい》の歴史書《れきししょ》『日本書紀《にほんしょき》』には、夏《なつ》になるまで自然《しぜん》の氷《こおり》を氷室《ひむろ》の中《なか》に保存《ほぞん》しておき、それで水《みず》や酒《さけ》を冷《ひ》やしたことが記《しる》されています。現在《げんざい》の氷室《ひむろ》は保冷力《ほれいりょく》も高《たか》く、電気《でんき》で冷《ひ》やすこともできますが、奈良時代《ならじだい》の氷室《ひむろ》は日《ひ》の当《あ》たらない山《やま》かげにあなをほってススキなどをしいただけのものでした。この氷《こおり》を夏《なつ》に取《と》り出《だ》すのです。夏《なつ》につめたい飲《の》みものやかき氷《ごおり》を口《くち》にできたのは、皇族《こうぞく》など位《くらい》の高《たか》い人《ひと》たちだけでした。

平安時代《へいあんじだい》には、冬《ふゆ》の氷《こおり》の厚《あつ》さを宮中《きゅうちゅう》に報告《ほうこく》し、その年《とし》の運勢《うんせい》をうらなう「氷《ひ》の様《ためし》の奏《そう》」という儀式《ぎしき》が正月《しょうがつ》に行《おこな》われていました。

江戸時代《えどじだい》には、加賀藩《かがはん》（今《いま》の石川県《いしかわけん》）が毎年六月一日《まいとしろくがつついたち》（旧暦《きゅうれき》）に徳川将軍《とくがわしょうぐん》に氷《こおり》を献上《けんじょう》しました。五月末日《ごがつまつじつ》の夜《よる》、静岡県富士宮市《しずおかけんふじのみやし》の浅間神社《せんげんじんじゃ》から一里《いちり》（約四《やくよん》キロメートル）ほど入《はい》ったところの氷室《ひむろ》に貯蔵《ちょぞう》しておいた富士山《ふじさん》の氷《こおり》を切《き》り出《だ》しましたが、約一《やくいち》メートル角《かく》だった氷《こおり》のブロックが、翌朝《よくあさ》、江戸城《えどじょう》に着《つ》くころには約六《やくろく》センチメートル角《かく》になっていたといいます。その献上《けんじょう》された日《ひ》から、六月一日《ろくがつついたち》が「氷《こおり》の日《ひ》」とされたのです。

冷蔵庫《れいぞうこ》が普及《ふきゅう》した今《いま》でも、自然《しぜん》の寒《さむ》さを利用《りよう》した天然氷《てんねんごおり》がつくられています。冷蔵庫《れいぞうこ》でつくられる氷《こおり》とはちがい、ゆっくりこおるため、結晶《けっしょう》が大《おお》きくてかたいのが特徴《とくちょう》で、鮮魚店《せんぎょてん》や飲食店《いんしょくてん》などで好《この》んで使《つか》われるのです。かき氷《ごおり》にすると、口《くち》どけのよさは絶品《ぜっぴん》。江戸《えど》の将軍《しょうぐん》が好《この》んだのもうなずけます。

176ページのこたえ
ニューヨーク

この日《ひ》はほかにも…

★気象記念日《きしょうきねんび》
東京気象台《とうきょうきしょうだい》（今《いま》の気象庁《きしょうちょう》、102ページ）がもうけられ、観測《かんそく》が開始《かいし》された（一八七五年《ねん》）。

おはなしクイズ 氷《こおり》を保存《ほぞん》するための貯蔵庫《ちょぞうこ》を何《なん》という？ こたえはつぎのページ

6月2日

天下取《てんかと》りのとちゅう、本能寺《ほんのうじ》の変《へん》で 織田信長《おだのぶなが》が亡《な》くなった日《ひ》

日本《にほん》
1534～1582年《ねん》

読《よ》んだ日《ひ》にち（　　年　　月　　日）（　　年　　月　　日）（　　年　　月　　日）

人物

京都《きょうと》の本能寺《ほんのうじ》、夜明《よあ》け前《まえ》。ねむっていた織田信長《おだのぶなが》は、とつぜんのさけび声《ごえ》に飛《と》び起《お》きました。

「殿《との》！　明智光秀《あけちみつひで》の謀反《むほん》です！」

謀反《むほん》とは、家臣《かしん》（家来《けらい》）が主人《しゅじん》にそむいて兵《へい》をあげることです。

信長《のぶなが》の味方《みかた》の軍勢《ぐんぜい》は数十人《すうじゅうにん》しかいません。信長《のぶなが》は覚悟《かくご》を決《き》めました。自《みずか》ら弓矢《ゆみや》を取《と》り、明智軍《あけちぐん》と戦《たたか》いますが力《ちから》つき、燃《も》えさかる本能寺《ほんのうじ》に消《き》えたのです。

一五八二年《ねん》（天正十年《てんしょうじゅうねん》）六月《ろくがつ》二日《ふつか》、本能寺《ほんのうじ》の変《へん》。信長《のぶなが》はこのとき四十九歳《よんじゅうきゅうさい》。天下統一《てんかとういつ》を目前《もくぜん》にして、無念《むねん》の最期《さいご》でした。

信長《のぶなが》は、一五三四年《ねん》、尾張国《おわりのくに》（今《いま》の愛知県《あいちけん》）で織田信秀《おだのぶひで》の子《こ》として生《う》まれました。子どものころから気性《きしょう》がはげしく、いつも乳母《うば》（母親《ははおや》にかわって赤《あか》ちゃんにお乳《ちち》をあげて面倒《めんどう》を見《み》る人《ひと》）をこまらせていました。

十九歳《じゅうきゅうさい》のとき、信秀《のぶひで》が亡《な》くなると、信長《のぶなが》が織田家《おだけ》をつぎ、自分《じぶん》にはむかうものを次《つぎ》つぎとたおし、尾張国《おわりのくに》の大部分《だいぶぶん》を統一《とういつ》します。一五六〇年《ねん》の桶狭間《おけはざま》の戦《たたか》い（164ページ）では今川軍《いまがわぐん》をやぶり、その後《ご》、松平元康《まつだいらもとやす》（のちの徳川家康《とくがわいえやす》、401ページ）と同盟《どうめい》をむすびます。この同盟《どうめい》により、信長《のぶなが》は元康《もとやす》を気《き》にすることなく、美濃国《みののくに》（今《いま》の岐阜県《ぎふけん》）を攻《せ》めることができるようになりました。

こうして、勢力《せいりょく》をのばし、ついに室町幕府《むろまちばくふ》までもほろぼします。長篠《ながしの》の戦《たたか》いでは、鉄砲隊《てっぽうたい》を上手《じょうず》に利用《りよう》した戦法《せんぽう》で、武田信玄《たけだしんげん》（36ページ）のあとをついだ息子《むすこ》の勝頼《かつより》の騎馬軍団《きばぐんだん》をやぶりました。

そして、近江国《おうみのくに》（今《いま》の滋賀県《しがけん》）の琵琶湖《びわこ》のほとりに安土城《あづちじょう》をきずきます。そこでは、だれでも自由《じゆう》に商売《しょうばい》ができました。

その後《ご》、信長《のぶなが》は中国地方《ちゅうごくちほう》を支配《しはい》していた毛利氏《もうりし》を攻《せ》めるため、備中国《びっちゅうのくに》（今《いま》の岡山県《おかやまけん》）へと向《む》かいます。そのとちゅうで立《た》ちよった本《ほん》能寺《のうじ》で、信長《のぶなが》は最期《さいご》をむかえることになったのです。

この日《ひ》はほかにも…

★日米修好通商条約《にちべいしゅうこうつうしょうじょうやく》（205ページ）にもとづき、横浜港《よこはまこう》と長崎港《ながさきこう》が開港《かいこう》した日《ひ》（一八五九年《ねん》）

178ページのこたえ　氷室《ひむろ》

おはなしクイズ　本能寺《ほんのうじ》の変《へん》のとき、織田信長《おだのぶなが》は何歳《なんさい》だった？　こたえはつぎのページ

アメリカの艦隊《かんたい》をひきいた ペリーが浦賀沖《うらがおき》にあらわれた日《ひ》

6月3日

読《よ》んだ日《ひ》にち（　　年　　月　　日）（　　年　　月　　日）（　　年　　月　　日）

歴史

十九世紀《じゅうきゅうせいき》半《なか》ば、アメリカやヨーロッパの国《くに》ぐには、中国《ちゅうごく》との貿易《ぼうえき》のとちゅうに立《た》ちよる場所《ばしょ》として、日本《にほん》に注目《ちゅうもく》していました。しかしそのころの日本《にほん》は、江戸幕府《えどばくふ》の方針《ほうしん》で、二百年《にひゃくねん》以上《いじょう》もの間《あいだ》、一部《いちぶ》の例外《れいがい》をのぞき、外国《がいこく》との貿易《ぼうえき》などをやめていました。これを「鎖国《さこく》」といいます。そんな状況《じょうきょう》の中《なか》、アメリカの東《ひがし》インド艦隊《かんたい》の司令官《しれいかん》として日本《にほん》をおとずれ、開国《かいこく》をせまったのが、アメリカの軍人《ぐんじん》マシュー・カルブレイス・ペリーです。

ペリーは、一七九四年《ねん》にアメリカのロードアイランド州《しゅう》で生《う》まれました。十五歳《じゅうごさい》のときに海軍《かいぐん》に入《はい》ったペリーは、蒸気船《じょうきせん》の開発《かいはつ》などで実績《じっせき》をつみ、順調《じゅんちょう》に出世《しゅっせ》しました。

貿易《ぼうえき》をさらに発展《はってん》させるために、日本《にほん》の開国《かいこく》の重要性《じゅうようせい》を感《かん》じたアメリカ政府《せいふ》は、一八五二年《ねん》、ペリーを東《ひがし》インド艦隊《かんたい》の司令官《しれいかん》に指名《しめい》します。ペリーは、開国《かいこく》を求《もと》めるアメリカ大統領《だいとうりょう》の書類《しょるい》を日本《にほん》へとどけるように指令《しれい》を受《う》け、日本《にほん》に向《む》けて出発《しゅっぱつ》しました。そして一八五三年《ねん》（嘉永六年《かえいろくねん》）六月三日《ろくがつみっか》、神奈川県《かながわけん》の浦賀《うらが》に入港《にゅうこう》します。

浦賀沖《うらがおき》にとつぜんあらわれた巨大《きょだい》な四《よん》せきの軍艦《ぐんかん》を前《まえ》に、日本《にほん》は大《おお》さわぎになりました。これらの軍艦《ぐんかん》は船体《せんたい》が真《ま》っ黒《くろ》だったことから、「黒船《くろふね》」とよばれました。

幕府《ばくふ》から返事《へんじ》を待《ま》ってほしいとたのまれたペリーは、

「来年《らいねん》、今度《こんど》はさらに多《おお》くの軍艦《ぐんかん》をひきいてきます」

と言《い》って、いったん琉球《りゅうきゅう》（今《いま》の沖縄県《おきなわけん》）に行《い》くと、翌《よく》一八五四年《ねん》、ふたたび入港《にゅうこう》します。もはやアメリカの要求《ようきゅう》をことわれなくなっていた幕府《ばくふ》は、下田港《しもだこう》と箱館港《はこだてこう》（今《いま》の函館港《はこだてこう》）の開港《かいこう》や、アメリカの軍艦《ぐんかん》に対《たい》して食料《しょくりょう》や燃料《ねんりょう》を提供《ていきょう》することなどをみとめた「日米和親条約《にちべいわしんじょうやく》」をむすびました。

この条約《じょうやく》により、日本《にほん》は開国《かいこく》することになり、二百年《にひゃくねん》以上《いじょう》つづいた鎖国《さこく》は終《お》わりをむかえたのです。

この日《ひ》はほかにも…

★測量《そくりょう》の日《ひ》

「測量法《そくりょうほう》」が公布《こうふ》されたことにちなみ、測量《そくりょう》への関心《かんしん》を高《たか》める日《ひ》として制定《せいてい》された（一九四九年《ねん》）。

179ページのこたえ
四十九歳《よんじゅうきゅうさい》

おはなしクイズ　ペリーがのってきた船《ふね》は何《なん》とよばれた？　こたえはつぎのページ

6月4日

震災《しんさい》の復興《ふっこう》につくした 後藤新平《ごとうしんぺい》が生《う》まれた日《ひ》

日本《にほん》
1857～1929年《ねん》

読《よ》んだ日《ひ》にち（　　年　　月　　日）（　　年　　月　　日）（　　年　　月　　日）

人物

後藤新平《ごとうしんぺい》は、今《いま》からおよそ百年《ひゃくねん》前《まえ》に、現在《げんざい》の東京《とうきょう》の基礎《きそ》をつくりあげた政治家《せいじか》であり、官僚《かんりょう》であり、また医師《いし》でもあります。

新平《しんぺい》は一八五七年《ねん》（安政四年《あんせいよねん》）六月四日《ろくがつよっか》、陸中国《りくちゅうのくに》の塩釜村《しおがまむら》（今《いま》の岩手県《いわてけん》奥州市《おうしゅうし》水沢区《みずさわく》）で生《う》まれました。子《こ》どものころから勉強《べんきょう》はできたのですが、わがままなところがあり、何《なに》をしてもあまり長《なが》つづきはしませんでした。

それでも医学《いがく》を学《まな》び、医者《いしゃ》として活《かつ》やくするようになりますが、「人《ひと》の病気《びょうき》をなおすのもすばらしいが、もっと大《おお》きな、国家《こっか》の病気《びょうき》をなおしたい」と考《かんが》えつづけていました。

外科医《げかい》としてみとめられ、愛知病院《あいちびょういん》（今《いま》の名古屋大学医学部附属病院《なごやだいがくいがくぶふぞくびょういん》）の病院長《びょういんちょう》になった新平《しんぺい》のもとに、けがをした患者《かんじゃ》が運《はこ》ばれてきます。その患者《かんじゃ》は、自由民権運動《じゆうみんけんうんどう》をおし進《すす》めていた政治家《せいじか》の板垣退助《いたがきたいすけ》（128ページ）でした。治療《ちりょう》にあたった新平《しんぺい》と板垣《いたがき》は意気投合《いきとうごう》します。これがきっかけで、新平《しんぺい》は政治《せいじ》の道《みち》をこころざすようになりました。

まず内務省衛生局《ないむしょうえいせいきょく》（伝染病《でんせんびょう》を予防《よぼう》したり、病院《びょういん》の制度《せいど》を整《ととの》えたりしていた役所《やくしょ》）につとめます。

その後《ご》も、外国《がいこく》での都市《とし》づくりで力《ちから》を発揮《はっき》しました。そして内務大臣《ないむだいじん》や外務大臣《がいむだいじん》など、政府《せいふ》の重要《じゅうよう》な役職《やくしょく》をつとめたのち、一九二〇年《ねん》に東京市長《とうきょうしちょう》になります。

一九二三年《ねん》に発生《はっせい》した関東大震災《かんとうだいしん さい》（276ページ）によって、東京《とうきょう》は焼《や》け野原《のはら》となりました。

「今《いま》こそ、首都東京《しゅととうきょう》を治療《ちりょう》するときだ！」

と立《た》ち上《あ》がり、新平《しんぺい》は新《あたら》しい都市計画《としけいかく》を進《すす》めていきます。新《あたら》しい大通《おおどお》りをいくつもつくったり、交通機関《こうつうきかん》を見直《みなお》したり、公園《こうえん》や公共施設《こうきょうしせつ》を整備《せいび》したりして、震災《しんさい》からの復興《ふっこう》と、新《あたら》しい都市《とし》づくりを同時《どうじ》に進《すす》めました。

現代《げんだい》の近代的《きんだいてき》な東京《とうきょう》の姿《すがた》は、この時期《じき》にきずかれたのです。

この日《ひ》はほかにも…

★天台宗《てんだいしゅう》を開《ひら》いた平安時代《へいあんじだい》の僧《そう》、最澄《さいちょう》（192ページ）が亡《な》くなった日《ひ》（八二二年《ねん》）

★真田幸村《さなだゆきむら》（152ページ）の父《ちち》、真田昌幸《さなだまさゆき》が亡《な》くなった日《ひ》（一六一一年《ねん》）

180ページのこたえ　黒船《くろふね》

おはなしクイズ　後藤新平《ごとうしんぺい》が政治《せいじ》の道《みち》をこころざすきっかけとなった人物《じんぶつ》は？

こたえはつぎのページ

『国富論《こくふろん》』をかいた近代経済学《きんだいけいざいがく》の父《ちち》
アダム・スミスの誕生日《たんじょうび》

イギリス
1723〜1790年《ねん》

6月5日

読《よ》んだ日《ひ》にち（　年　月　日）（　年　月　日）（　年　月　日）

人物

アダム・スミスは、一七七六年《ねん》に『国富論《こくふろん》』という経済《けいざい》についての本《ほん》を発表《はっぴょう》しました。スミスはここで、「富《とみ》とは何《なに》か、その富《とみ》はどうやって増《ふ》えていくのか、みんながゆたかになるには、どうすればいいか」をのべています。

当時《とうじ》、最《もっと》も一般的《いっぱんてき》な経済《けいざい》の考《かんが》え方《かた》は、「重商主義《じゅうしょうしゅぎ》」というものでした。輸出《ゆしゅつ》によって、金《きん》や銀《ぎん》などの貴金属《ききんぞく》をためることこそ国《くに》をゆたかにし、反対《はんたい》に、輸入《ゆにゅう》をすると支払《しはら》いで貴金属《ききんぞく》がへってしまうので、輸入《ゆにゅう》はよくないという考《かんが》え方《かた》です。このころ、「富《とみ》とは貴金属《ききんぞく》である」と考《かんが》えられていました。

これに対《たい》して、スミスは「富《とみ》とは消費財《しょうひざい》である」といったのです。消費財《しょうひざい》とは、生活《せいかつ》のための必需品《ひつじゅひん》や、ほどほどに必要《ひつよう》なぜいたく品《ひん》のことです。輸入《ゆにゅう》をすることは、消費財《しょうひざい》が国内《こくない》に入《はい》ることですから、国民《こくみん》の生活《せいかつ》がゆたかになるという考《かんが》え方《かた》です。

したがって、富《とみ》を増《ふ》やすためには、海外《かいがい》と自由《じゆう》な貿易《ぼうえき》を行《おこな》い、国《こく》内《ない》でも自由《じゆう》な経済活動《けいざいかつどう》をすることがよいとスミスは考《かんが》えます。

また、富《とみ》を増《ふ》やすための具体的《ぐたいてき》な方法《ほうほう》として、「分業《ぶんぎょう》」ということを考《かんが》えました。すべての作業《さぎょう》を一人《ひとり》でやるよりも、作業《さぎょう》の役割《やくわり》を分担《ぶんたん》することによって、生産性《せいさんせい》が高《たか》まると指摘《してき》したのです。この社《しゃ》会的《かいてき》な分業《ぶんぎょう》ができるのは人間《にんげん》だけで、みんなそれぞれ、自分《じぶん》のためにすることなのです。

自分《じぶん》の利益《りえき》のためにみんなが働《はたら》き、それが社会的分業《しゃかいてきぶんぎょう》になっていると、結果的《けっかてき》に「見《み》えざる手《て》」にみちびかれて経済《けいざい》がうまくまわっていくというのです。

スミスは、一七二三年《ねん》六月《ろくがつ》五《いつ》日《か》、スコットランド（イギリス北《ほく》部《ぶ》）で生《う》まれました。グラスゴー大学《だいがく》で学《まな》び、のちに、そこで道徳《どうとく》哲学《てつがく》の教授《きょうじゅ》となります。人間《にんげん》の感《かん》情《じょう》などを研究《けんきゅう》した『道徳感情論《どうとくかんじょうろん》』を出版《しゅっぱん》し、高《たか》い評価《ひょうか》をえました。

その後《ご》、フランスの思想《しそう》を学《まな》び、『国富論《こくふろん》』を発表《はっぴょう》しました。その考《かんが》えは世界《せかい》に影響《えいきょう》をあたえ、今《いま》では「近代経済学《きんだいけいざいがく》の父《ちち》」とよばれています。

分業《ぶんぎょう》

一人《ひとり》ですべての作業《さぎょう》をするよりも、多《おお》くのものをうみ出《だ》せる

この日《ひ》はほかにも…

★世界環境《せかいかんきょう》デー、環境《かんきょう》の日《ひ》
国際《こくさい》デーの一《ひと》つ。日本《にほん》では「環境《かんきょう》の日《ひ》」と定《さだ》められている。

181ページのこたえ　板垣退助《いたがきたいすけ》

おはなしクイズ　スミスが1776年《ねん》に出版《しゅっぱん》した本《ほん》は？　こたえはつぎのページ

6月6日

高杉晋作《たかすぎしんさく》が、新《あたら》しい軍隊《ぐんたい》である奇兵隊《きへいたい》をつくった日《ひ》

読《よ》んだ日《ひ》にち（　　年　　月　　日）（　　年　　月　　日）（　　年　　月　　日）

歴史

「きいておそろし　見《み》ていやらしい　そうてうれしい　奇兵隊《きへいたい》（奇《き》兵隊《へいたい》はきこえや見《み》た目《め》はよくないが、いざというときにはたよりになる）」

これは、高杉晋作《たかすぎしんさく》が奇兵隊《きへいたい》をつくるときによんだといわれる歌《うた》です。奇兵隊《きへいたい》は、一八六三年《ねん》（文久《ぶんきゅう》三年《さんねん》）六月六日《ろくがつむいか》ごろに長州藩《ちょうしゅうはん》（今《いま》の山口県《やまぐちけん》）でつくられた軍隊《ぐんたい》です。武士《ぶし》のみでつくられる軍隊《ぐんたい》が多《おお》い中《なか》、晋作《しんさく》は、身分《みぶん》を問《と》わず、こころざしのある人《ひと》ならだれでも入隊《にゅうたい》させました。結成当初《けっせいとうしょ》は、武《ぶ》士《し》や町人《ちょうにん》、農民《のうみん》などがそれぞれの服《ふく》で参加《さんか》していました。

晋作《しんさく》は一八三九年《ねん》、長州藩士《ちょうしゅうはんし》の家《いえ》に生《う》まれました。十九歳《じゅうきゅうさい》のとき、吉田松陰《よしだしょういん》（247ページ）が主宰《しゅさい》する松下村塾《しょうかそんじゅく》に通《かよ》い、人間《にんげん》の能力《のうりょく》は地位《ちい》や身分《みぶん》とは関係《かんけい》ないことや、能力《のうりょく》をのばすにはやる気《き》を起《お》こさせることが大切《たいせつ》であるということを学《まな》びます。

江戸時代《えどじだい》の末期《まっき》、ペリーの来航《らいこう》（180ページ）をきっかけに二百年《にひゃくねん》以上《いじょう》つづいた鎖国《さこく》（外国《がいこく》との貿易《ぼうえき》などをやめること）が終《お》わると、天皇《てんのう》を中心《ちゅうしん》に新《あたら》しい政治《せいじ》を行《おこな》おうとする「尊王運動《そんのううんどう》」や、外国人《がいこくじん》を追《お》いはらおうとする「攘夷運動《じょういうんどう》」がさかんになりました。

その中《なか》で、晋作《しんさく》は中国《ちゅうごく》の上海《シャンハイ》をおとずれ、西洋人《せいようじん》の言《い》いなりになっている中国人《ちゅうごくじん》たちを見《み》ます。江戸幕府《えどばくふ》にまかせていては日本《にほん》も同《おな》じ運命《うんめい》になると考《かんが》え、幕府《ばくふ》をたおす決意《けつい》をするのです。

一八六三年《ねん》、長州藩《ちょうしゅうはん》は沿岸《えんがん》を通《とお》る外国船《がいこくせん》を攻撃《こうげき》し、下関戦争《しものせきせんそう》が始《はじ》まりました。しかし、近代的《きんだいてき》な兵《へい》器《き》をもつ外国軍《がいこくぐん》に、長州藩《ちょうしゅうはん》は圧倒《あっとう》的《てき》な力《ちから》の差《さ》を見《み》せつけられます。このままではいけないと考《かんが》えた長《ちょう》州藩主《しゅうはんしゅ》は、晋作《しんさく》に下関《しものせき》を守《まも》るように命《めい》じました。

「こころざしのある者《もの》は集《あつ》まれ！」

晋作《しんさく》のよびかけに応《おう》じ、身分《みぶん》のわくをこえて、人《ひと》びとが集《あつ》まりました。奇兵隊《きへいたい》の誕生《たんじょう》です。この流《なが》れは、やがて日本全体《にほんぜんたい》を動《うご》かす力《ちから》に変《か》わっていったのです。

よりよい日本《にほん》をつくろうと活《かつ》やくした晋作《しんさく》は、一八六七年《ねん》、二十《にじゅう》九歳《きゅうさい》のわかさで病気《びょうき》で亡《な》くなります。明治維新《めいじいしん》は目《め》の前《まえ》でした。

この日《ひ》はほかにも…

★リュミエール兄弟《きょうだい》（328ページ）の弟《おとうと》、ルイの命日《めいにち》（一九四八年《ねん》）

182ページのこたえ
『国富論《こくふろん》』

おはなしクイズ　奇兵隊《きへいたい》はどこの藩《はん》でつくられた軍隊《ぐんたい》？

こたえはつぎのページ

南《みなみ》の島《しま》を愛《あい》した画家《がか》 ゴーギャンが生《う》まれた日《ひ》

フランス
1848〜1903年《ねん》

6月7日

読《よ》んだ日《ひ》にち（　　年　　月　　日）（　　年　　月　　日）（　　年　　月　　日）

人物

むかしの画家《がか》の中《なか》には、生《い》きているときはあまりめぐまれず、亡《な》くなってから作品《さくひん》が高《たか》く評価《ひょうか》される人物《じんぶつ》がいました。ポール・ゴーギャンもその一人《ひとり》です。

一八四八年六月七日《ねんろくがつなのか》にフランスのパリで生《う》まれたゴーギャンは、南《みなみ》アメリカのペルーで育《そだ》ちました。自由《じゆう》な生《い》き方《かた》をのぞんだゴーギャンは、中学《ちゅうがく》を卒業《そつぎょう》すると船《ふな》のりになったり、海軍《かいぐん》に入《はい》ったりしたあと、パリで会社《かいしゃ》につとめます。

二十代《にじゅうだい》のころには結婚《けっこん》して子《こ》どもも生《う》まれ、幸《しあわ》せにくらします。そしてそのころから、絵《え》をかくようになりました。

「まだおそくない。ぼくは画家《がか》になるぞ」

三十五歳《さんじゅうごさい》のとき、ゴーギャンは、仕事《しごと》をやめて画家《がか》になる決意《けつい》をするのです。

しかし、待《ま》っていたのはまずしいくらしでした。奥《おく》さんはそのつらさから、家《いえ》を出《で》ていってしまいました。

四十三歳《よんじゅうさんさい》のとき、ゴーギャンは南太平洋《みなみたいへいよう》の島《しま》タヒチへ向《む》かいます。そこには、まだ近代化《きんだいか》されていない人《ひと》びとの、明《あか》るくたくましいくらしがありました。その姿《すがた》を美《うつく》しく感《かん》じたゴーギャンは、それを自由《じゆう》にえがき、満足《まんぞく》できる作品《さくひん》をのこします。

体《からだ》を悪《わる》くしてパリにもどったゴーギャンは、パリで絵《え》の展覧会《てんらんかい》を開《ひら》きますが、絵《え》はまったく売《う》れません。そして何《なに》より、タヒチのことがわすれられませんでした。

「もう一度《いちど》、あの島《しま》に行《い》きたい」

ずっとそう考《かんが》えていたゴーギャンは、二年後《にねんご》にもう一度《いちど》タヒチに行《い》き、絵《え》をかいてくらします。

しかしそのとき、ゴーギャンの体《からだ》は病《やまい》におかされていました。そして、一九〇三年《ねん》に五十四歳《ごじゅうよんさい》で亡《な》くなりました。

南《みなみ》の島《しま》を愛《あい》したゴーギャンの作《さく》品《ひん》は、その後《ご》、多《おお》くの人《ひと》にみとめられるようになっていくのです。

「タヒチの女《おんな》たち」(1891年《ねん》)

183ページのこたえ
長州藩《ちょうしゅうはん》

この日《ひ》はほかにも…

★第一回日本母親大会《だいいっかいにほんははおやたいかい》が開催《かいさい》され、平和《へいわ》や子《こ》どもと教育《きょういく》、女性《じょせい》の地位向上《ちいこうじょう》などを考《かんが》える講演会《こうえんかい》などを行《おこな》った日《ひ》（一九五五年《ねん》）

★第二次世界大戦《だいにじせかいたいせん》のミッドウェー海戦《かいせん》が終《お》わった日《ひ》（一九四二年《ねん》）

おはなしクイズ　ゴーギャンが愛《あい》した南太平洋《みなみたいへいよう》の島《しま》は？　こたえはつぎのページ

6月8日

地球《ちきゅう》をつつむ大気《たいき》の層《そう》「成層圏《せいそうけん》」発見《はっけん》のきっかけとなった日《ひ》

読《よ》んだ日《ひ》にち（　　年　　月　　日）（　　年　　月　　日）（　　年　　月　　日）

歴史

わたしたちが住《す》む地球《ちきゅう》は、大気《たいき》という空気《くうき》の層《そう》におおわれています。地面《じめん》から高《たか》さ約十一《やくじゅういち》から約五《やくご》十《じっ》キロメートルの大気《たいき》の層《そう》を「成《せい》層圏《そうけん》」といいます。そこは雲《くも》がなく、いつも晴《は》れています。

成層圏《せいそうけん》を発見《はっけん》したのは、フランスのレオン・ティスラン・ド・ボールという気象学者《きしょうがくしゃ》です。ド・ボールは、一八九六年《ねん》ごろから、人《ひと》がのっていない気球《ききゅう》を使《つか》って、高《たか》い空《そら》の上《うえ》のことを調《しら》べました。実験《じっけん》をくり返《かえ》す中《なか》で、一八九八年《ねん》六月八日《ろくがつようか》に気球《ききゅう》がとても高《たか》く上《あ》がったので、その記録《きろく》を調《しら》べてみました。すると、地上約十一《ちじょうやくじゅういち》キロメートルまでは高度《こうど》が上《あ》がるにしたがって気温《きおん》が下《さ》がっていくのに対《たい》して、それより高《たか》いところまでのぼると気温《きおん》に変化《へんか》がなくなることに気《き》づきました。ド・ボールはそれがまちがいではないことを確《かく》認《にん》するために、さらに何度《なんど》も実験《じっけん》をくり返《かえ》します。

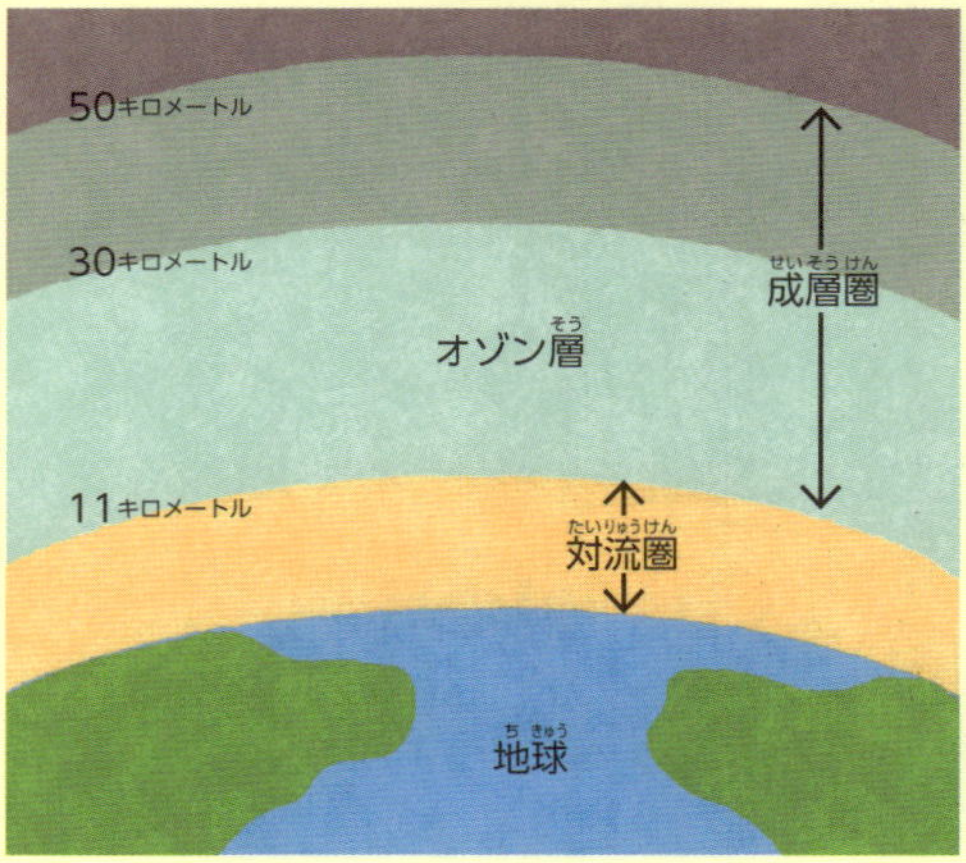

そして、大気《たいき》の層《そう》は性質《せいしつ》のちがう二《ふた》つの層《そう》に分《わ》かれているという実験結果《じっけんけっか》を一九〇二年《ねん》に発表《はっぴょう》するのです。地上約十一《ちじょうやくじゅういち》キロメートルまでの層《そう》は「対流圏《たいりゅうけん》」、そこから約五十《やくごじっ》キロメートルまでの気温《きおん》の変化《へんか》がない層《そう》は「成層圏《せいそうけん》」と名《な》づけられました。

成層圏《せいそうけん》が発表《はっぴょう》されてから、地球《ちきゅう》の大気《たいき》にまつわるさまざまなことがわかってきました。成層圏《せいそうけん》の高《たか》さ約三十《やくさんじっ》キロメートルあたりまでを「オゾン層《そう》」といいます。オゾン層《そう》は、太陽《たいよう》が発《はっ》する有害《ゆうがい》な紫外《しがい》線《せん》を吸収《きゅうしゅう》することで、地球《ちきゅう》の生《い》きものを守《まも》っています。

ところが一九七〇年《ねん》ごろから、人間《にんげん》がつくった「フロン」という化学物質《かがくぶっしつ》により、オゾン層《そう》がこわされていることがわかってきました。フロンは一部《いちぶ》の冷蔵庫《れいぞうこ》やエアコン、スプレー缶《かん》などに使《つか》われていました。

オゾン層《そう》がこわれると、紫外線《しがいせん》が直接当《ちょくせつあ》たることになり、人間《にんげん》に皮《ひ》ふがんなどの病気《びょうき》にかかりやすくなることがわかっています。

オゾン層《そう》を守《まも》るために、日本《にほん》では一九八八年《ねん》に「オゾン層保護《そうほご》法《ほう》」が定《さだ》められ、オゾン層《そう》をこわす物質《ぶっしつ》の生産《せいさん》や使用《しよう》が禁止《きんし》されたり、規制《きせい》されたりしています。

この日《ひ》はほかにも…

★世界海《せかいうみ》の日《ひ》
国際《こくさい》デーの一《ひと》つ。海《うみ》の環境保護《かんきょうほご》や安全《あんぜん》についての活動《かつどう》が行《おこな》われる。

184ページのこたえ　タヒチ

おはなしクイズ　オゾン層《そう》は、太陽《たいよう》が発《はっ》する何《なに》を吸収《きゅうしゅう》する？　こたえはつぎのページ

たまごで健康《けんこう》になってもらう願《ねが》いをこめた「たまごの日《ひ》」

6月9日

記念日

読《よ》んだ日《ひ》にち（　年　月　日）（　年　月　日）（　年　月　日）

みなさんは、たまごが好《す》きですか。たまごには、わたしたち人間《にんげん》の体《からだ》の筋肉《きんにく》や内臓《ないぞう》をつくるうえでかかせないたんぱく質《しつ》が、たくさんふくまれています。また、消化《しょうか》、吸収《きゅうしゅう》されやすい脂質《ししつ》や、多《おお》くの種類《しゅるい》のビタミンもふくまれているため、とても栄養《えいよう》がある食品《しょくひん》の一《ひと》つといわれています。

そんなたまごをたくさん食《た》べてもらい、人《ひと》びとに健康《けんこう》になってもらおうという願《ねが》いをこめて、有限会社鈴木養鶏場《ゆうげんがいしゃすずきようけいじょう》が六月九日《ろくがつここのか》を「たまごの日《ひ》」としました。この日《ひ》になったのは、数字《すうじ》の「6」と「9」が漢字《かんじ》の「卵《たまご》」の字《じ》ににているからです。

日本《にほん》でたまごがいつごろから食《た》べられるようになったのかは、よくわかっていません。ニワトリは、縄文時代後期《じょうもんじだいこうき》に中国《ちゅうごく》から伝《つた》わったと考《かんが》えられています。千五百年以上前《せんごひゃくねんいじょうまえ》の古墳時代半《こふんじだいなか》ばごろの古墳《こふん》（身分《みぶん》の高《たか》い人《ひと》のお墓《はか》）からニワトリ型《がた》のはにわ（土《つち》の人形《にんぎょう》）が出《で》てきたことから、そのころには食《た》べられていたのかもしれません。

その後《ご》、日本《にほん》で仏教《ぶっきょう》が広《ひろ》まると、生《い》きものを殺《ころ》してはいけないという考《かんが》えから、たまごは食《た》べられなくなります。しかし、室町時代末期《むろまちじだいまっき》に、ポルトガルやオランダからカステラやボーロなど、たまごを使《つか》ったおかしが入《はい》ってくると、日本人《にほんじん》も少《すこ》しずつたまごを食《た》べるようになりました。

江戸時代《えどじだい》には、たまご酒《ざけ》やたまごそうめん、オムレツ、たまご焼《や》きによくにた料理《りょうり》などがつくられるようになり、江戸《えど》（今《いま》の東京《とうきょう》）の町《まち》ではゆでたまご売《う》りが「たまご、たまご」と売《う》って歩《ある》くほど身近《みぢか》なものとなりました。そして明治時代《めいじじだい》になると、ヨーロッパやアメリカの食文化《しょくぶんか》の影響《えいきょう》で、日本人《にほんじん》も日常的《にちじょうてき》にたまごを食《た》べるようになったのです。

今《いま》の日本《にほん》では、一人《ひとり》あたり年間《ねんかん》約三百三十個《やくさんびゃくさんじっこ》のたまごを食《た》べています（二〇一五年《ねん》）。この一人《ひとり》あたりの消費量《しょうひりょう》は、世界《せかい》でも上位《じょうい》に入《はい》る多《おお》さです。

この日《ひ》はほかにも…

★イギリスの発明家《はつめいか》、スティーブンソン（302ページ）が生《う》まれた日《ひ》（一七八一年《ねん》）

185ページのこたえ
紫外線《しがいせん》

おはなしクイズ たまごにふくまれる、人間《にんげん》の体《からだ》の筋肉《きんにく》や内臓《ないぞう》をつくる栄養素《えいようそ》は？ こたえはつぎのページ

6月10日

時間《じかん》の大切《たいせつ》さを感《かん》じる「時《とき》の記念日《きねんび》」

読《よ》んだ日《ひ》にち（　　年　　月　　日）（　　年　　月　　日）（　　年　　月　　日）

記念日

　ふだんの生活《せいかつ》の中《なか》で時間《じかん》を守《まも》ることは大切《たいせつ》なことです。みんなが学校《がっこう》に来《く》る時間《じかん》がバラバラだったら、いつまでたっても授業《じゅぎょう》を始《はじ》められません。しかし大正時代《たいしょうじだい》のはじめごろまでは、世《よ》の中《なか》がのんびりと動《うご》いていたので、集会《しゅうかい》などが始《はじ》まる時間《じかん》になっても人《ひと》が集《あつ》まらないことがありました。

　そこで、これではいけないと、一九二〇年《ねん》、生活改善同盟会《せいかつかいぜんどうめいかい》が六《ろく》月十日《がつとおか》を「時《とき》の記念日《きねんび》」と決《き》め、「時間《じかん》を大切《たいせつ》に」「時間《じかん》を守《まも》ろう」とよびかけました。

　なぜ六月十日《ろくがつとおか》にしたのでしょう。それは、奈良時代《ならじだい》にかかれた歴史書《れきししょ》『日本書紀《にほんしょき》』に、六七一年《ねん》四月二十五日《しがつにじゅうごにち》（新暦六月十日《しんれきろくがつとおか》）に、中大兄皇子《なかのおおえのおうじ》（のちの天智天皇《てんじてんのう》）がはじめて「漏刻《ろうこく》」という時計《とけい》で時刻《じこく》をはかり、鐘《かね》やたいこで人《ひと》びとに知《し》らせたとかかれているからです。

　漏刻《ろうこく》は、水《みず》の流《なが》れが一定《いってい》であることを利用《りよう》した、中国《ちゅうごく》の「水時計《みずどけい》」を見本《みほん》につくられた時計《とけい》です。階段状《かいだんじょう》にならべられた水《すい》そうの一番上《いちばんうえ》に水《みず》を入《い》れると、水《みず》は細《ほそ》い管《くだ》を通《とお》って一定《いってい》の速度《そくど》で順番《じゅんばん》に下《した》の水《すい》そうに落《お》ちていきます。一番下《いちばんした》の水《すい》そうにたまった水《みず》の量《りょう》をめもりから読《よ》んで、時刻《じこく》を知《し》りました。

　世界《せかい》ではじめての時計《とけい》は、今《いま》から五千《ごせん》から六千年前《ろくせんねんまえ》、エジプトで登場《とうじょう》した「日時計《ひどけい》」です。これは太陽《たいよう》の高《たか》さや動《うご》きによって、影《かげ》の長《なが》さや方向《ほうこう》が変《か》わることを利用《りよう》した時計《とけい》です。その後《ご》も火縄時計《ひなわどけい》やろうそく時計《どけい》、線香《せんこう》を燃《も》やして時《じ》間《かん》をはかる香時計《こうどけい》などがつくられました。

　十五世紀《じゅうごせいき》になると、ヨーロッパで時計《とけい》の動力《どうりょく》としてゼンマイが開《かい》発《はつ》され、持《も》ち運《はこ》びのできる機械式《きかいしき》時計《どけい》が開発《かいはつ》されました。その後《ご》、ふりこ時計《どけい》や懐中時計《かいちゅうどけい》、うで時計《どけい》などがつくられます。

　さらに二十世紀《にじっせいき》に入《はい》ると、電池《でんち》で動《うご》いて時間《じかん》もほぼ正確《せいかく》なクォーツ時計《どけい》（水晶《すいしょう》がゆれ動《うご》く運動《うんどう》を利《り》用《よう》したもの）が日本《にほん》で開発《かいはつ》されました。

漏刻《ろうこく》

この日《ひ》はほかにも…

★江戸時代《えどじだい》の水戸藩主《みとはんしゅ》、徳川光圀《とくがわみつくに》（381ページ）の誕生日《たんじょうび》（一六二八年《ねん》）

★ミルクキャラメルの日《ひ》
森永製菓株式会社《もりながせいかかぶしきがいしゃ》がはじめてミルクキャラメルを発売《はつばい》したことにちなむ（一九一三年《ねん》）。

186ページのこたえ　たんぱく質《しつ》

おはなしクイズ　漏刻《ろうこく》は、中国《ちゅうごく》の何《なん》という時計《とけい》を見本《みほん》にした？　こたえはつぎのページ

世《せ》界《かい》初《はつ》の海《かい》底《てい》トンネル
関《かん》門《もん》トンネルが開《かい》通《つう》した日《ひ》

6月11日

読《よ》んだ日《ひ》にち（　　年　　月　　日）（　　年　　月　　日）（　　年　　月　　日）

はじめて

山《やま》が多《おお》い日本《にほん》では、各地《かくち》でトンネルが建設《けんせつ》されてきました。けわしい山岳地帯《さんがくちたい》で工事《こうじ》を行《おこな》い、一九三〇年代《ねんだい》には九千七百二《きゅうせんななひゃくに》メートルの清水《しみず》トンネルや、七千八百四《ななせんはっぴゃくよん》メートル（現在《げんざい》は七千八百四十《ななせんはっぴゃくよんじゅう》メートル）の丹那《たんな》トンネルなど、長大《ちょうだい》なトンネルが開通《かいつう》し、建設技《けんせつぎ》術《じゅつ》も発達《はったつ》しました。

そんな日本《にほん》にとって、本州《ほんしゅう》と九《きゅう》州《しゅう》をむすぶトンネルをつくり、鉄《てつ》道《どう》を走《はし》らせることは長年《ながねん》の課題《かだい》でした。山口県《やまぐちけん》の下関《しものせき》と福岡県《ふくおかけん》の門《も》司《じ》の間《あいだ》には関門海峡《かんもんかいきょう》があり、当時《とうじ》は鉄道《てつどう》でここまできたあとは、船《ふね》にのりかえなければなりませんでした。しかし潮流《ちょうりゅう》が速《はや》いため、危《き》険《けん》をともなっていました。そこで、関門海峡《かんもんかいきょう》の下《した》をほりぬく関門《かんもん》トンネルを建設《けんせつ》することが決《き》まり、一九三六年《ねん》に工事《こうじ》が始《はじ》まります。

当時《とうじ》、日本《にほん》は戦争《せんそう》をしていたため、資金《しきん》や資材《しざい》が不足《ふそく》する中《なか》での工《こう》事《じ》でした。それでも、これまでのトンネル建設《けんせつ》でつちかった技術《ぎじゅつ》によって、工事《こうじ》は進《すす》んでいきます。

下関側《しものせきがわ》からはトンネルを直接《ちょくせつ》ほり進《すす》めていく「山岳工法《さんがくこうほう》」、門司《もじ》側《がわ》からは日本《にほん》ではじめての本格的《ほんかくてき》な「シールド工法《こうほう》」という技術《ぎじゅつ》が使《つか》われました。シールド工法《こうほう》とは、シールドマシンという鋼製《こうせい》の巨大《きょだい》な筒《つつ》を前進《ぜんしん》させてほりながら、同時《どうじ》にほり終《お》えた部分《ぶぶん》にコンクリートのブロックをはりつけていくものです。海底《かいてい》の岩《いわ》や、やわらかい土《つち》のある場所《ばしょ》でもほり進《すす》められる方法《ほうほう》でした。

一九四二年六月十一日《ねんろくがつじゅういちにち》、下《くだ》り線《せん》に試運転《しうんてん》の列車《れっしゃ》が走《はし》りました。世《せ》界《かい》ではじめての海底《かいてい》トンネルが、とうとう開通《かいつう》したのです。工事開《こうじかい》始《し》から六年《ろくねん》という短《みじか》い期間《きかん》での完《かん》成《せい》でした。さらに二年後《にねんご》には上《のぼ》り線《せん》も開通《かいつう》します。

関門《かんもん》トンネルが開通《かいつう》したことにより、本州《ほんしゅう》と九州《きゅうしゅう》の行《い》き来《き》の時間《じかん》が大幅《おおはば》に短縮《たんしゅく》されました。

開通《かいつう》から七十年《ななじゅうねん》以上《いじょう》たった今《いま》は、九州旅客鉄道《きゅうしゅうりょかくてつどう》が管轄《かんかつ》し、山陽《さんよう》本線《ほんせん》の在来線《ざいらいせん》の列車《れっしゃ》が関門《かんもん》トンネルを通《とお》っています。

この日《ひ》はほかにも…

★戦国時代《せんごくじだい》の武将《ぶしょう》、茶人《ちゃじん》の古田織《ふるたおり》部《べ》が亡《な》くなった日《ひ》（一六一五年《ねん》）

★日本《にほん》ではじめての銀行《ぎんこう》である第《だい》一国立銀行《いちこくりつぎんこう》（今《いま》のみずほ銀行《ぎんこう》）が設《せつ》立《りつ》された日《ひ》（一八七三年《ねん》）

187ページのこたえ　水時計《みずどけい》

おはなしクイズ　山口県《やまぐちけん》の下関《しものせき》と福岡県《ふくおかけん》の門司《もじ》の間《あいだ》にある海峡《かいきょう》は？　こたえはつぎのページ

かくれ家《が》で希望《きぼう》の日記《にっき》をかきつづけた
アンネ・フランクの誕生日《たんじょうび》

ドイツ
1929〜1945年《ねん》

読《よ》んだ日《ひ》にち（　　年　　月　　日）（　　年　　月　　日）（　　年　　月　　日）

人物

アンネ・フランクの日記《にっき》は「大《だい》好《す》きなキティーへ」で始《はじ》まります。十三歳《じゅうさんさい》の誕生日《たんじょうび》にもらった日《にっ》記帳《きちょう》にキティーと名前《なまえ》をつけ、友《とも》だちに手紙《てがみ》をかくように日記《にっき》をつけていたのです。

けれども、学校《がっこう》のことや、飼《か》っているネコの話《はなし》などをかくことができたのはほんの数日《すうじつ》でした。すぐに、かくれ家《が》に身《み》をかくさなければならなくなったからです。

アンネは、一九二九年六月十二《ねんろくがつじゅうに》日《にち》、ドイツに住《す》むユダヤ人《じん》の家《いえ》に生《う》まれました。

そのころ、ユダヤ人《じん》を差別《さべつ》するナチスという政党《せいとう》が力《ちから》をもち始《はじ》め、一九三三年《ねん》には代表《だいひょう》のアドルフ・ヒトラーが首相《しゅしょう》になって、ドイツ全体《ぜんたい》を支配《しはい》するようになります。

アンネと両親《りょうしん》、姉《あね》のマルゴーはオランダににげますが、やがて戦《せん》争《そう》が始《はじ》まり、オランダもドイツに支配《しはい》されました。

ユダヤ人《じん》は、公共《こうきょう》の施設《しせつ》への出《で》入《い》りなどさまざまなことを禁止《きんし》されただけでなく、つかまえられて収容所《しゅうようじょ》へ送《おく》られました。

「収容所《しゅうようじょ》に送《おく》られたらおしまいだ」

アンネの父《ちち》は、家族《かぞく》を守《まも》るためにかくれ家《が》の準備《じゅんび》を始《はじ》めます。そして一九四二年七月《ねんしちがつ》、そこに行《い》くことを決《き》めたのです。

かくれ家《が》では三家族《さんかぞく》がいっしょにくらしました。音《おと》を立《た》てないように気《き》をつかい、窓《まど》も開《あ》けられず、食《た》べものもあまりありません。

それでもアンネは希望《きぼう》をうしなわず、夢《ゆめ》をもちつづけます。作家《さっか》になりたいという夢《ゆめ》や、こんなささやかな願《ねが》いもありました。

「戦争《せんそう》が終《お》わったら、公園《こうえん》をさんぽしたい。思《おも》いっきり風《かぜ》にふかれて、アイスクリームを食《た》べたい」

しかし、それがかなうことはありませんでした。一九四四年《ねん》八《はち》月《がつ》、かくれ家《が》が発見《はっけん》され、全員《ぜんいん》がつかまって収容所《しゅうようじょ》に送《おく》られたのです。

アンネは収容所《しゅうようじょ》でチフスという病気《びょうき》にかかり亡《な》くなりました。戦《せん》争《そう》が終《お》わってユダヤ人《じん》が自由《じゆう》になる、わずか二《に》か月前《げつまえ》のことです。

日記《にっき》は、一人生《ひとりい》きのこったアンネの父《ちち》によって出版《しゅっぱん》され、世界中《せかいじゅう》で読《よ》まれました。戦争《せんそう》や人種差別《じんしゅさべつ》のことなど、アンネの思《おも》いを今《いま》も伝《つた》えてくれています。

この日《ひ》はほかにも…

★東京都恩賜上野動物園《とうきょうとおんしうえのどうぶつえん》で飼育《しいく》しているジャイアントパンダの力力《リーリー》と真真《シンシン》の子《こ》ども、香香《シャンシャン》の誕生日《たんじょうび》（二〇一七年《ねん》）

188ページのこたえ　関門海峡《かんもんかいきょう》

おはなしクイズ　アンネは日記帳《にっきちょう》にどんな名前《なまえ》をつけた？　こたえはつぎのページ

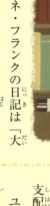

小《しょう》惑《わく》星《せい》探《たん》査《さ》機《き》はやぶさが地《ち》球《きゅう》に帰《き》還《かん》した日《ひ》

読《よ》んだ日《ひ》にち（　　年　　月　　日）（　　年　　月　　日）（　　年　　月　　日）

6月13日

歴史

二〇一〇年《ねん》六《ろく》月《がつ》十《じゅう》三《さん》日《にち》、ＪＡＸＡ《ジャクサ》（宇宙航空研究開発機構《うちゅうこうくうけんきゅうかいはつきこう》）の相模原《さがみはら》キャンパスは、よろこびにみちあふれていました。

「やった、わたしたちの『はやぶさ』が帰《かえ》ってきた！」

小惑星探査機《しょうわくせいたんさき》はやぶさが、だれも行《い》ったことのない宇宙空間《うちゅうくうかん》を七《しち》年《ねん》もかけて調査《ちょうさ》し、地球《ちきゅう》へもどってきたのです。その総移動距離《そういどうきょり》は約六十億《やくろくじゅうおく》キロメートルになります。

宇宙《うちゅう》から小惑星《しょうわくせい》のかけらをもって帰《かえ》る計画《けいかく》が考《かんが》えられたのは一九八五年《ねん》でした。なぜ、小惑星《しょうわくせい》を調《ちょう》査《さ》しようと考《かんが》えたのでしょうか。

小惑星《しょうわくせい》は、太陽系《たいようけい》（太陽《たいよう》を中心《ちゅうしん》とする天体《てんたい》の集《あつ》まり）ができあがるころ、惑星同士《わくせいどうし》がぶつかったり、ちりやガスが集《あつ》まったりしてできたと考《かんが》えられています。宇宙《うちゅう》ができたときの状態《じょうたい》を保《たも》っていると考《かんが》えられているため、そのかけらを調《しら》べることで、宇宙誕生《うちゅうたんじょう》のひみつを知《し》ることができるかもしれないのです。

そして、太陽系《たいようけい》にある小惑星《しょうわくせい》の中《なか》から「イトカワ」を調《しら》べることに決《き》まりました。

日本独自《にほんどくじ》の技術《ぎじゅつ》でつくられたはやぶさには、太陽《たいよう》の光《ひかり》から電気《でんき》をつくる太陽電池《たいようでんち》パネルや、少《すく》ない燃料《ねんりょう》でも動《うご》かせるイオンエンジンなど、長《なが》い時間《じかん》宇宙《うちゅう》を航海《こうかい》するための装置《そうち》がそなえられました。この計画《けいかく》には、約二百億円《やくにひゃくおくえん》の費用《ひよう》がかかりました。

そして二〇〇三年五月九日《ねんごがつここのか》、鹿児島県《かごしまけん》の内之浦宇宙空間観測所《うちのうらうちゅうくうかんかんそくじょ》からはやぶさが打《う》ち上《あ》げられます。はやぶさは二年半《にねんはん》かけてイトカワに近《ちか》づくと、地球《ちきゅう》から送《おく》る命令《めいれい》にしたがって、イトカワへ着陸《ちゃくりく》し、岩《いわ》や砂《すな》のかけらを採取《さいしゅ》しました。

その後《ご》、さまざまな故障《こしょう》や通信《つうしん》障害《しょうがい》が起《お》こり、一度《いちど》は失敗《しっぱい》かと思《おも》われましたが、打《う》ち上《あ》げから七年《ななねん》後《ご》、ついにはやぶさは地球《ちきゅう》に帰還《きかん》しました。大切《たいせつ》なイトカワのかけらをつんだ地球帰還《ちきゅうきかん》カプセルを打《う》ち出《だ》すと、役目《やくめ》を終《お》えた本体《ほんたい》は、地球《ちきゅう》の大気圏《たいきけん》に突入《とつにゅう》して燃《も》えつきたのです。

189ページのこたえ
キティー

この日《ひ》はほかにも…

★昭和時代《しょうわじだい》の小説家《しょうせつか》、太宰治《だざいおさむ》（196ページ）の命日《めいにち》（一九四八年《ねん》）

★南極大陸《なんきょくたいりく》にはじめて上陸《じょうりく》した日《に》本人《ほんじん》、白瀬矗《しらせのぶ》の誕生日《たんじょうび》（一八六一年《ねん》）

おはなしクイズ　はやぶさが調査《ちょうさ》した小惑星《しょうわくせい》の名前《なまえ》は？

こたえはつぎのページ

日本人初《にほんじんはつ》のノーベル文学賞受賞者《ぶんがくしょうじゅしょうしゃ》
川端康成《かわばたやすなり》の誕生日《たんじょうび》

日本《にほん》
1899～1972年《ねん》

読《よ》んだ日《ひ》にち（　　年　　月　　日）（　　年　　月　　日）（　　年　　月　　日）

人物

大正《たいしょう》から昭和時代《しょうわじだい》にかけて活《かつ》やくした小説家《しょうせつか》、川端康成《かわばたやすなり》は、一八九九年六月十四日《ねんろくがつじゅうよっか》、大阪《おおさか》で生《う》まれました。おさないうちに、両親《りょうしん》をはじめ家族《かぞく》を次《つぎ》つぎに亡《な》くし、十五歳《じゅうごさい》のときには一人《ひとり》きりになります。

親《しん》せきの世話《せわ》になりながら学校《がっこう》に通《かよ》い、よく読書《どくしょ》をしてすごしていました。学校《がっこう》の図書館《としょかん》にある本《ほん》はすべて読《よ》んでしまったといいます。中学生《ちゅうがくせい》のときには、小説家《しょうせつか》になるという目標《もくひょう》をもっていました。

一生懸命勉強《いっしょうけんめいべんきょう》をした康成《やすなり》は、東京帝国大学《とうきょうていこくだいがく》（今《いま》の東京大学《とうきょうだいがく》）の文学部《ぶんがくぶ》に入学《にゅうがく》します。

その後《ご》、作家《さっか》の横光利一《よこみつりいち》たちとともに雑誌《ざっし》『文芸時代《ぶんげいじだい》』を創刊《そうかん》し、新時代《しんじだい》の文学《ぶんがく》として注目《ちゅうもく》を集《あつ》めます。これまでになかった表現方法《ひょうげんほうほう》から「新感覚派《しんかんかくは》」とよばれた『文芸時代《ぶんげいじだい》』のかき手《て》たちですが、康成《やすなり》はその代表的《だいひょうてき》な存在《そんざい》でした。

一九二六年《ねん》には、静岡県《しずおかけん》の伊豆《いず》を旅《たび》したときの体験《たいけん》をもとにかいた「伊豆《いず》の踊子《おどりこ》」を発表《はっぴょう》します。

一九三四年《ねん》から約十三年《やくじゅうさんねん》かけてかかれた『雪国《ゆきぐに》』は、康成《やすなり》ののこした数多《かずおお》くの作品《さくひん》の中《なか》でも、とくに傑作《けっさく》といわれています。雪国《ゆきぐに》の美《うつく》しい描写《びょうしゃ》や、人間《にんげん》の悲《かな》しさやさびしさがえがかれたこの小説《しょうせつ》は、今《いま》も多《おお》くの読者《どくしゃ》をひきつけています。

数《かず》かずの小説《しょうせつ》をかき進《すす》めるいっぽうで、一九四八年《ねん》からは日本《にほん》ペンクラブの会長《かいちょう》を十七年《じゅうしちねん》にわたってつとめました。ペンクラブとは、文学《ぶんがく》や文化《ぶんか》にかかわる人《ひと》びとが、表現《ひょうげん》の自由《じゆう》や世界平和《せかいへいわ》を願《ねが》って活動《かつどう》する団体《だんたい》です。日本《にほん》ではじめての国際《こくさい》ペンクラブ東京大会開《とうきょうたいかいかい》催《さい》のために、ヨーロッパ各国《かっこく》をおとずれるなど、康成《やすなり》は日本《にほん》の文学《ぶんがく》を発展《はってん》させるために努力《どりょく》しました。

一九六八年《ねん》には、日本人《にほんじん》としてはじめてノーベル文学賞《ぶんがくしょう》を受賞《じゅしょう》します。世界的《せかいてき》な作家《さっか》となった康成《やすなり》ですが、七十二歳《ななじゅうにさい》のときに自《みずか》ら命《いのち》を絶《た》ち、亡《な》くなりました。

この日《ひ》はほかにも…

★世界献血者《せかいけんけつしゃ》デー
A《エー》、B《ビー》、O型《オーがた》の血液《けつえき》を発見《はっけん》したカール・ラントシュタイナーの誕生日《たんじょうび》（一八六八年《ねん》）。献血《けんけつ》（264ページ）の大切《たいせつ》さを知《し》ってもらう活動《かつどう》が各地《かくち》で行《おこな》われる。

★ドイツの社会学者《しゃかいがくしゃ》であり、経済学者《けいざいがくしゃ》でもある、マックス・ウェーバーの命日《めいにち》（一九二〇年《ねん》）

190ページのこたえ　イトカワ

おはなしクイズ　川端康成《かわばたやすなり》たちが創刊《そうかん》して注目《ちゅうもく》された雑誌《ざっし》の名前《なまえ》は？　こたえはつぎのページ

平安時代《へいあんじだい》の新《あたら》しい仏教《ぶっきょう》の一《ひと》つ 真言宗《しんごんしゅう》を広《ひろ》めた空海《くうかい》の誕生日《たんじょうび》

日本《にほん》
774～835年《ねん》

6月15日

読《よ》んだ日《ひ》にち（　　年　　月　　日）（　　年　　月　　日）（　　年　　月　　日）

人物

空海《くうかい》は弘法大師《こうぼうだいし》ともよばれています。「大師《だいし》」とはりっぱな僧《そう》に朝廷《ちょうてい》からおくられる称号《しょうごう》で、何人《なんにん》もの僧《そう》がさずけられていますが、ふつう「お大師様《だいしさま》」といえば空海《くうかい》をさすほど、特別《とくべつ》に親《した》しまれています。

空海《くうかい》は、七七四年《ねん》（宝亀五年《ほうきごねん》）六月十五日《ろくがつじゅうごにち》に生《う》まれたとされています。讃岐国《さぬきのくに》（今《いま》の香川県《かがわけん》）の役人《やくにん》の家《いえ》に生《う》まれ、子《こ》どものころの名前《なまえ》は真魚《まお》といいます。おさないころから勉強《べんきょう》が好《す》きで、中国《ちゅうごく》の本《ほん》をたくさん読《よ》み、習字《しゅうじ》もとても上手《じょうず》でした。

十五歳《じゅうごさい》で都《みやこ》に出《で》て勉強《べんきょう》をして、十八歳《じゅうはっさい》で役人《やくにん》になるための大学《だいがく》に入《はい》ります。そして、人《ひと》びとのくらしをよくする役人《やくにん》になるために、一生懸命勉強《いっしょうけんめいべんきょう》しました。しかしあるとき修行僧《しゅぎょうそう》に会《あ》い、「人《ひと》びとを救《すく》う方法《ほうほう》を知《し》りたければ、真言《しんごん》（仏《ほとけ》が話《はな》した真実《しんじつ》の言葉《ことば》）を百万《ひゃくまん》回《かい》となえなさい」と教《おそ》わります。すると空海《くうかい》は大学《だいがく》をやめ、四国《しこく》の山《やま》の中《なか》で修行《しゅぎょう》をつみ始《はじ》めました。

そして八〇四年《ねん》、三十一歳《さんじゅういっさい》のときに遣唐使《けんとうし》（214ページ）の一員《いちいん》に選《えら》ばれ、唐《とう》（今《いま》の中国《ちゅうごく》）の都《みやこ》、長安《ちょうあん》で恵果和尚《けいかおしょう》から密教《みっきょう》を学《まな》びます。これまでの仏教《ぶっきょう》は読《よ》んで学《まな》ぶことが中心《ちゅうしん》のため、さとりを開《ひら》くことがむずかしかったのですが、密教《みっきょう》は教《おし》えにしたがって修行《しゅぎょう》をつめば、仏《ほとけ》になることもできるという考《かんが》え方《かた》の仏教《ぶっきょう》です。

空海《くうかい》はこれをおどろくほどの速《はや》さで学《まな》び取《と》って日本《にほん》に帰《かえ》り、高野山《こうやさん》（和歌山県《わかやまけん》）を中心《ちゅうしん》に真言宗《しんごんしゅう》を広《ひろ》めます。同《おな》じときに遣唐使《けんとうし》となって学《まな》んだ最澄《さいちょう》が広《ひろ》めた天台宗《てんだいしゅう》とともに、平安時代《へいあんじだい》の二《ふた》つの新《あたら》しい仏教《ぶっきょう》として人《ひと》びとに受《う》け入《い》れられました。

空海《くうかい》は真言宗《しんごんしゅう》を広《ひろ》めること以外《いがい》にも、まずしい人《ひと》たちが学《まな》べる学校《がっこう》をつくったり、四国《しこく》の満濃池《まんのういけ》や、現在《げんざい》、神戸港《こうべこう》となっている港《みなと》を整《ととの》えたりもしました。

191ページのこたえ
『文芸時代《ぶんげいじだい》』

この日《ひ》はほかにも…

★しょうがの日《ひ》
奈良時代《ならじだい》から、しょうがを神様《かみさま》へのお供《そな》えものとする感謝《かんしゃ》の祭《まつ》りが、この日《ひ》に行《おこな》われてきたことから。

おはなしクイズ　空海《くうかい》は、ほかに何《なん》とよばれている？　こたえはつぎのページ

6月16日

幸《しあわ》せをいのった日《ひ》にちなんだ「わがしの日《ひ》」

読《よ》んだ日《ひ》にち（　　年　　月　　日）（　　年　　月　　日）（　　年　　月　　日）

記念日

わがしとは、米《こめ》や大豆《だいず》、小豆《あずき》、砂糖《さとう》などを使《つか》ってつくる、日本伝統《にほんでんとう》のおかしです。その起源《きげん》はくわしくはわかっていませんが、今《いま》から二千三百年以上前《にせんさんびゃくねんいじょうまえ》の縄文時代《じょうもんじだい》には、すでに木《き》の実《み》などをだんごのようにして食《た》べていたといわれています。

今《いま》から千三百年《せんさんびゃくねん》ほど前《まえ》には、唐《とう》（今《いま》の中国《ちゅうごく》）から「唐《から》がし」とよばれるあまいおかしが伝《つた》わり、日本《にほん》で独自《どくじ》に発展《はってん》することで、わがしの原型《げんけい》ができました。その後《ご》、わがしは茶道《ちゃどう》とともに発展《はってん》し、今《いま》ではさまざまなわがしが手軽《てがる》に楽《たの》しめるようになっています。

現在《げんざい》、六月十六日《ろくがつじゅうろくにち》は「わがしの日《ひ》」に制定《せいてい》されています。なぜ、この日《ひ》なのでしょうか。

平安時代《へいあんじだい》のはじめごろ、政治《せいじ》はみだれ、地震《じしん》や伝染病《でんせんびょう》の流行《りゅうこう》などがつづいていました。そこで、仁明天皇《にんみょうてんのう》は八四八年《ねん》（承和十五年《じょうわじゅうごねん》）六月十六日《ろくがつじゅうろくにち》、伝染病《でんせんびょう》がおさまることや、みんなが健康《けんこう》で幸《しあわ》せになることを願《ねが》い、おかしやおもちなどを神様《かみさま》に供《そな》えるとともに、元号《げんごう》を「嘉祥《かじょう》」と改《あらた》めました。

このできごとにならい、六月十六日《ろくがつじゅうろくにち》には、やくよけなどのために「嘉祥《かじょう》がし」を食《た》べる習慣《しゅうかん》が広《ひろ》まります。江戸時代《えどじだい》には、この日《ひ》、江戸城《えどじょう》の大広間《おおひろま》に大名《だいみょう》などを集《あつ》め、おかしを配《くば》りました。一人《ひとり》に八種類《はちしゅるい》ずつ、その数《かず》は合計二万個《ごうけいにまんこ》をこえたといわれています。また、庶民《しょみん》の間《あいだ》では十六文《じゅうろくもん》（今《いま》の約《やく》二百円《にひゃくえん》）で十六個《じゅうろっこ》のおかしを買《か》うなど、十六《じゅうろく》にちなんだおかしが食《た》べられていました。

その後《ご》、明治時代《めいじじだい》に入《はい》ると嘉祥《かじょう》がしの習慣《しゅうかん》はすたれましたが、一九七九年《ねん》、全国和菓子協会《ぜんこくわがしきょうかい》が、わがしの文化《ぶんか》やみりょくを多《おお》くの人《ひと》に伝《つた》えるために、六月十六日《ろくがつじゅうろくにち》を「わがしの日《ひ》」としました。

わがしの日《ひ》の前後《ぜんご》には、手《て》づくりわがし教室《きょうしつ》や、わがしを無料《むりょう》で配布《はいふ》するなど、各地《かくち》でイベントが行《おこな》われています。

この日《ひ》はほかにも…

★ソ連《れん》（今《いま》のロシア）の宇宙飛行士《うちゅうひこうし》ワレンチナ・テレシコワが、女性《じょせい》ではじめて宇宙飛行《うちゅうひこう》を行《おこな》った日《ひ》（一九六三年《ねん》）

★新潟県沖《にいがたけんおき》で新潟地震《にいがたじしん》が発生《はっせい》した日《ひ》（一九六四年《ねん》）

192ページのこたえ
弘法大師《こうぼうだいし》（お大師様《だいしさま》）

おはなしクイズ　むかし、6月《がつ》16日《にち》に、やくよけなどを願《ねが》って食《た》べたおかしを何《なん》という？　こたえはつぎのページ

お父《とう》さんに感謝《かんしゃ》の気持《きも》ちをしめす

父《ちち》の日《ひ》

読《よ》んだ日《ひ》にち（　　年　　月　　日）（　　年　　月　　日）（　　年　　月　　日）

父《ちち》の日《ひ》とは、お父《とう》さんに対《たい》して、日《ひ》ごろ伝《つた》えきれていない感謝《かんしゃ》の気持《きも》ちをしめす日《ひ》です。父《ちち》の日《ひ》は、アメリカでうまれました。

十九世紀後半《じゅうきゅうせいきこうはん》、アメリカのワシントン州《しゅう》に住《す》んでいたウィリアム・ジャクソン・スマートという男性《だんせい》は、奥《おく》さんが亡《な》くなってから、男手《おとこで》一《ひと》つで六人《ろくにん》の子《こ》どもたちを育《そだ》てました。ウィリアムの娘《むすめ》であるドットは、すでにあった母《はは》の日《ひ》（158ページ）と同《おな》じように、お父《とう》さんにも感謝《かんしゃ》の思《おも》いを伝《つた》える「父《ちち》の日《ひ》」もつくるべきだと考《かんが》え、牧師協会《ぼくしきょうかい》に父《ちち》の日《ひ》の制定《せいてい》を働《はたら》きかけました。そのかいあって、一九一〇年《ねん》六月《ろくがつ》十九日《じゅうくにち》、地元《じもと》の教会《きょうかい》ではじめての父《ちち》の日《ひ》の式典《しきてん》が行《おこな》われたのです。

その後《ご》、一九一六年《ねん》にアメリカ大統領《だいとうりょう》ウッドロー・ウィルソンが、ドットたちの故郷《こきょう》で父《ちち》の日《ひ》に関《かん》する演説《えんぜつ》を行《おこな》い、父《ちち》の日《ひ》が世間《せけん》にみとめられるようになりました。

そして六月《ろくがつ》の第三日曜日《だいさんにちようび》が父《ちち》の日《ひ》と決《き》められ、一九七二年《ねん》に国民《こくみん》の祝日《しゅくじつ》となりました。ドットが自分《じぶん》のお父《とう》さんの墓《はか》に白《しろ》いバラの花《はな》を供《そな》えたことから、アメリカでは、父《ちち》の日《ひ》に白《しろ》いバラをプレゼントするのが習慣《しゅうかん》となっています。

父《ちち》の日《ひ》が日本《にほん》に伝《つた》わったのは、一九五〇年《ねん》ごろといわれています。日本《にほん》でも、六月《ろくがつ》の第三日曜日《だいさんにちようび》と決《き》められ、二〇一八年《ねん》は六月十七日《ろくがつじゅうしちにち》が父《ちち》の日《ひ》です。

父《ちち》の日《ひ》には、みなさんもぜひ自分《じぶん》なりの方法《ほうほう》で、お父《とう》さんに日《ひ》ごろの感謝《かんしゃ》の気持《きも》ちを伝《つた》えましょう。愛《あい》や信頼《しんらい》、尊敬《そんけい》をあらわすといわれる黄色《きいろ》のリボンをつけて、おくりものをしてもいいですね。

この日《ひ》はほかにも…

★フランスの作曲家《さっきょくか》、シャルル・グノーの誕生日《たんじょうび》（一八一八年《ねん》）

193ページのこたえ　嘉祥《かじょう》がし

おはなしクイズ　アメリカでは、父《ちち》の日《ひ》に何《なん》の花《はな》をおくる習慣《しゅうかん》がある？　こたえはつぎのページ

日本《にほん》の考古学《こうこがく》の基礎《きそ》をきずいた モースが生《う》まれた日《ひ》

アメリカ
1838～1925年《ねん》

読《よ》んだ日《ひ》にち（　年　月　日）（　年　月　日）（　年　月　日）

アメリカの動物学者《どうぶつがくしゃ》、エドワード・シルヴェスター・モースは、一八七七年六月十八日《ねんろくがつじゅうはちにち》にはじめて日本《にほん》の地《ち》をふみました。サンフランシスコから船《ふね》で横浜港《よこはまこう》に着《つ》き、汽車《きしゃ》で新橋《しんばし》に向《む》かいます。そのとちゅう、東京《とうきょう》の大森停車場《おおもりていしゃじょう》を出《で》たあたりで、線路《せんろ》わきのがけに白《しろ》い層《そう》を見《み》つけました。

「おっ、あれは貝塚《かいづか》だ。発掘調査《はっくつちょうさ》をしたら、日本《にほん》のむかしの人《ひと》びとのくらしがわかるだろう」

このころの日本《にほん》には考古学《こうこがく》という学問《がくもん》がなく、貝塚《かいづか》がむかしの人《にん》間《げん》が貝《かい》を食《た》べてすてたあとだということも、知《し》られていませんでした。

一八三八年六月十八日《ねんろくがつじゅうはちにち》に生《う》まれたモースは、少年《しょうねん》のころから貝《かい》が好《す》きで、海岸《かいがん》の貝《かい》やカタツムリを集《あつ》めるのに夢中《むちゅう》でした。いっぽうで学校《がっこう》の授業《じゅぎょう》はさぼってばかり。ふまじめなため、小学校《しょうがっこう》を退学《たいがく》させられ、高校《こうこう》も中退《ちゅうたい》します。

その後《ご》、鉄道会社《てつどうがいしゃ》で製図《せいず》の仕事《しごと》につくと、仕事《しごと》の合間《あいま》に貝《かい》の研究《けんきゅう》をつづけ、新種《しんしゅ》のカタツムリを発《はっ》見《けん》しました。それが博物学協会《はくぶつがくきょうかい》にみとめられ、ハーバード大学《だいがく》で動《どう》物学者《ぶつがくしゃ》の助手《じょしゅ》になります。その後《ご》も熱心《ねっしん》に研究《けんきゅう》をつづけ、三十三歳《さんじゅうさんさい》でボウディン大学《だいがく》の動物学教授《どうぶつがくきょうじゅ》になりました。

モースが日本《にほん》に来《き》たのも、貝《かい》の調査《ちょうさ》をするためです。来日《らいにち》してすぐ、創立《そうりつ》されたばかりの東京大学《とうきょうだいがく》で動物学《どうぶつがく》や人類学《じんるいがく》を教《おし》えるようにたのまれました。そして、授業《じゅぎょう》の合間《あいま》に、学生《がくせい》といっしょに大森貝《おおもりかい》塚《づか》の発掘調査《はっくつちょうさ》や研究《けんきゅう》を行《おこな》ったのです。

モースの信念《しんねん》は「物事《ものごと》を正《ただ》しいかどうか判定《はんてい》するのは、宗教《しゅうきょう》の教《おし》えや学者《がくしゃ》の言葉《ことば》ではなく、観察《かんさつ》と実験《じっけん》だ」というものでした。

モースは、土《つち》にうもれたものを調査《ちょうさ》して、むかしの人《ひと》びとの生活《せいかつ》や物事《ものごと》を調《しら》べる考古学《こうこがく》という学問《がくもん》が日本《にほん》で発展《はってん》するきっかけをつくり、神話《しんわ》とされていた日本《にほん》の古代《こだい》の見方《みかた》をあらためたのです。

この日《ひ》はほかにも…

★海外移住《かいがいいじゅう》の日《ひ》
一九〇八年《ねん》のこの日《ひ》、ブラジル移《い》住《じゅう》の人《ひと》びとをのせた移民船《いみんせん》が、はじめてブラジルのサントス港《こう》に到《とう》着《ちゃく》したことにちなむ。

★イギリスのミュージシャン、ポール・マッカートニーが生《う》まれた日《ひ》（一九四二年《ねん》）

194ページのこたえ
白《しろ》いバラ

おはなしクイズ 土《つち》にうもれたものを調査《ちょうさ》して、むかしの人《ひと》びとの生活《せいかつ》や物事《ものごと》を調《しら》べる学問《がくもん》を何《なん》という？ こたえはつぎのページ

人間《にんげん》の弱《よわ》さやもろさを小説《しょうせつ》にかき上《あ》げた太宰治《だざいおさむ》の誕生日《たんじょうび》

日本《にほん》
1909～1948年《ねん》

6月19日

読《よ》んだ日《ひ》にち（　　年　　月　　日）（　　年　　月　　日）（　　年　　月　　日）

人物

殺《ころ》されることがわかっていながら、友情《ゆうじょう》のために約束《やくそく》を守《まも》ったメロスが、人《ひと》の心《こころ》を信《しん》じられない王《おう》の心《こころ》を動《うご》かす……。太宰治《だざいおさむ》の短編《たんぺん》小説《しょうせつ》「走《はし》れメロス」は、古代《こだい》ギリシャの伝承《でんしょう》とドイツのフリードリヒ・フォン・シラーの詩《し》がもとになっています。

治《おさむ》はこの小説《しょうせつ》の中《なか》で、信頼《しんらい》し合《あ》っているはずのメロスと親友《しんゆう》セリヌンティウスでさえも、一度《いちど》は自分《じぶん》に負《ま》けそうになる、人間《にんげん》の心《こころ》の弱《よわ》さをえがいています。うたがったり、卑怯《ひきょう》なことを考《かんが》えたりするのも人間《にんげん》で、メロスがそれをのりこえたからこそ、王《おう》も信頼《しんらい》することの大切《たいせつ》さに気《き》づいたのでしょう。

治《おさむ》は、一九〇九年《ねん》六月《ろくがつ》十九日《じゅうくにち》、青森県《あおもりけん》北津軽郡《きたつがるぐん》金木村《かなぎむら》（今《いま》の青森《あおもり》県《けん》五所川原市《ごしょがわらし》）で、津島家《つしまけ》の十番《じゅうばん》目《め》の子《こ》どもとして生《う》まれました。本名《ほんみょう》は津島修治《つしましゅうじ》です。りっぱな家《いえ》柄《がら》で、父《ちち》は議員《ぎいん》などをつとめた地《じ》元《もと》の有名人《ゆうめいじん》でした。

治《おさむ》の小学校《しょうがっこう》での成績《せいせき》はばつぐんで、冗談《じょうだん》を言《い》って人《ひと》を笑《わら》わせるのが大好《だいす》きな子《こ》どもでした。一九三〇年《ねん》に上京《じょうきょう》し、東京帝国大学《とうきょうていこくだいがく》（今《いま》の東京大学《とうきょうだいがく》）に入学《にゅうがく》しますが、治《おさむ》自身《じしん》は、めぐまれた環境《かんきょう》に育《そだ》ったことをむしろはずかしいと感《かん》じ、政治活動《せいじかつどう》にかかわったり、自殺《じさつ》をしようとしたり、苦《くる》しい毎日《まいにち》を送《おく》ります。そうした中《なか》で、「山椒魚《さんしょううお》」などで知《し》られる井伏鱒二《いぶせますじ》の弟子《でし》になり、「斜陽《しゃよう》」や「人間失格《にんげんしっかく》」など、たくさんの小説《しょうせつ》を世《よ》に送《おく》り出《だ》しました。

人間《にんげん》の中《なか》にある弱《よわ》さやずるさ、むなしさを受《う》け入《い》れ、孤独《こどく》の中《なか》にあるもろい自分《じぶん》を見《み》つめながら、それでも美《うつく》しく生《い》きたいと願《ねが》う治《おさむ》の作品《さくひん》は、今《いま》でも多《おお》くのファンをひきつけています。

この日《ひ》はほかにも…

★朗読《ろうどく》の日《ひ》
六(ろう)十(ど)九(く)のゴロ合《あ》わせから。

★「人間《にんげん》は考《かんが》える葦《あし》である」の言葉《ことば》が有名《ゆうめい》なフランスの哲学者《てつがくしゃ》、ブレーズ・パスカルの誕生日《たんじょうび》（一六二三年《ねん》）

195ページのこたえ
考古学《こうこがく》

おはなしクイズ メロスと親友《しんゆう》セリヌンティウスの友情《ゆうじょう》をえがいた、太宰治《だざいおさむ》の短編小説《たんぺんしょうせつ》は？

こたえはつぎのページ

難民《なんみん》への関心《かんしん》を深《ふか》める「世界難民《せかいなんみん》の日《ひ》」

読《よ》んだ日《ひ》にち（　　年　　月　　日）（　　年　　月　　日）（　　年　　月　　日）

記念日

六月二十日《ろくがつはつか》は、難民《なんみん》の保護《ほご》や援助《えんじょ》に対《たい》する関心《かんしん》を高《たか》めることを目的《もくてき》として国際連合《こくさいれんごう》（333ページ）が制定《せいてい》した「世界難民《せかいなんみん》の日《ひ》」です。

今《いま》、世界《せかい》には、住《す》む場所《ばしょ》をうばわれ、難民《なんみん》、国内避難民《こくないひなんみん》になった人《ひと》が約六千五百六十万人《やくろくせんごひゃくろくじゅうまんにん》もいます（二〇一六年《ねん》）。「難民《なんみん》」とは、国境《こっきょう》をこえて避難《ひなん》している人《ひと》のことです。国境《こっきょう》をこえることができず、国内《こくない》で避難生活《ひなんせいかつ》を送《おく》る人《ひと》を「国内避難民《こくないひなんみん》」といいます。なぜ、難民《なんみん》や国内避難民《こくないひなんみん》がうまれるのでしょうか。五十年以上《ごじゅうねんいじょう》にわたり避難生活《ひなんせいかつ》をしている、「パレスチナ難民《なんみん》」を例《れい》に見《み》てみましょう。

パレスチナとは、アジアの西《にし》のはしにある土地《とち》の名前《なまえ》で、そこに住《す》む人《ひと》びとはパレスチナ人《じん》とよばれていました。ここに、一九四八年《ねん》、イスラエルというユダヤ人国家《じんこっか》がつくられました。すると、イスラエルとまわりの国《くに》の間《あいだ》で戦争《せんそう》（中東戦争《ちゅうとうせんそう》）が起《お》こり、多《おお》くの町《まち》や村《むら》が破壊《はかい》されて、パレスチナ人《じん》は住《す》んでいた場所《ばしょ》を追《お》い出《だ》されてしまいます。これがパレスチナ難民《なんみん》です。

イスラエルの国《くに》をつくったユダヤ人《じん》も、約千八百八十年前《やくせんはっぴゃくはちじゅうねんまえ》にパレスチナに住《す》んでいた人《ひと》びとです。ローマ帝国《ていこく》の支配《しはい》に反抗《はんこう》したために、追放《ついほう》されたのです。難民《なんみん》の多《おお》くは、このように人種《じんしゅ》や宗教《しゅうきょう》のちがいによって起《お》こる戦争《せんそう》によってうまれています。現在《げんざい》、最《もっと》も多《おお》くの難民《なんみん》がうまれているのは、二〇一一年《ねん》に内戦《ないせん》が起《お》こったシリアです。南《みなみ》スーダンでも、二〇一三年《ねん》に内戦《ないせん》が起《お》こり、急速《きゅうそく》に難民《なんみん》が増《ふ》えています。

難民《なんみん》や国内避難民《こくないひなんみん》の多《おお》くは、「難民《なんみん》キャンプ」で生活《せいかつ》しています。難民《なんみん》キャンプの人《ひと》びとは、そまつなテントや木《き》や布《ぬの》などでおおっただけの場所《ばしょ》などに住《す》み、きびしい生活《せいかつ》を強《し》いられています。十分《じゅうぶん》な栄養《えいよう》をとれず、病気《びょうき》や栄養《えいよう》失調《しっちょう》になる子《こ》どもたちもたくさんいます。

このような人《ひと》びとのために、わたしたちにできるのは、まず、難民《なん》民《みん》についてよく知《し》ることです。そして募金《ぼきん》をしたり、小《ちい》さくなった服《ふく》や使《つか》わない日用品《にちようひん》を寄付《きふ》したりと、自分《じぶん》にできることから支援《しえん》を始《はじ》めてみましょう。

この日《ひ》はほかにも…

★江戸幕府《えどばくふ》の第八代将軍《だいはちだいしょうぐん》、徳川吉宗《とくがわよしむね》が亡《な》くなった日《ひ》（一七五一年《ねん》）

196ページのこたえ

「走《はし》れメロス」

おはなしクイズ 国外《こくがい》にのがれた難民《なんみん》に対《たい》し、国内《こくない》で避難生活《ひなんせいかつ》を送《おく》る人《ひと》びとを何《なん》という？

こたえはつぎのページ

『赤毛《あかげ》のアン』をほんやくした 村岡花子《むらおかはなこ》が生《う》まれた日《ひ》

日本《にほん》
1893～1968年《ねん》

6月21日

読《よ》んだ日《ひ》にち（　　年　　月　　日）（　　年　　月　　日）（　　年　　月　　日）

人物

一九三九年《ねん》、第二次世界大戦《だいにじせかいたいせん》が始《はじ》まると、敵対関係《てきたいかんけい》となった国《くに》の人《ひと》たちは日本《にほん》から自分《じぶん》の国《くに》に帰《かえ》っていきました。村岡花子《むらおかはなこ》がつとめる出版社《しゅっぱんしゃ》にいたカナダ人《じん》のミス・ショーは、わかれるとき、同《おな》じカナダ人《じん》のモンゴメリ（371ページ）がかいた『アン・オブ・グリン・ゲイブルス』という本《ほん》を花子《はなこ》にわたします。その本《ほん》を読《よ》んだ花子《はなこ》は、自分《じぶん》が女学校《じょがっこう》の寄宿舎《きしゅくしゃ》ですごした十年間《じゅうねんかん》のなつかしい毎日《まいにち》を思《おも》い出《だ》し、日本語《にほんご》に訳《やく》すことを決心《けっしん》するのです。

花子《はなこ》（本名《ほんみょう》、はな）は、一八九三年六月二十一日《ねんろくがつにじゅういちにち》、山梨県甲府市《やまなしけんこうふし》で生《う》まれます。

十歳《じっさい》になるとき、東京《とうきょう》にある東洋英和女学校《とうようえいわじょがっこう》（今《いま》の東洋英和女学院《とうようえいわじょがくいん》）に入《はい》りました。そこは、カナダ人《じん》が設立《せつりつ》したミッション・スクールでした。身分《みぶん》の高《たか》い家柄《いえがら》や裕福《ゆうふく》な家《いえ》の生徒《せいと》ばかりの中《なか》で、熱心《ねっしん》な父親《ちちおや》の願《ねが》いにより、花子《はなこ》は学費《がくひ》をはらわずに特別《とくべつ》に入学《にゅうがく》がゆるされます。

周囲《しゅうい》にくらべ、身《み》なりがまずしくても、はずかしさをこらえる花子《はなこ》ですが、はじめは英語《えいご》もわからず、失敗《しっぱい》だらけでした。しかし、へこたれません。本《ほん》が大好《だいす》きだったので、英語《えいご》の小説《しょうせつ》がたくさんある図書室《としょしつ》に通《かよ》いつめ、夢中《むちゅう》になっていくうちに、「英語《えいご》のお花《はな》ちゃん」とよばれるほどになりました。

また、生涯《しょうがい》の親友《しんゆう》、柳原燁子《やなぎわらあきこ》との出会《であ》いもありました。二人《ふたり》は、よろこびも悲《かな》しみもわかち合《あ》う「腹心《ふくしん》の友《とも》」でいようと約束《やくそく》します。

周囲《しゅうい》の愛《あい》につつまれ、永遠《えいえん》の友《ゆう》情《じょう》をちかい合《あ》う友《とも》との毎日《まいにち》は、『アン・オブ・グリン・ゲイブルス』の話《はなし》とよくにています。

花子《はなこ》は、戦争中《せんそうちゅう》もかくれてほんやくをつづけ、空襲《くうしゅう》から避難《ひなん》するときにも、かきかけの原稿用紙《げんこうようし》と本《ほん》はいっしょでした。この本《ほん》は戦《せん》争《そう》が終《お》わると、一九五二年《ねん》に『赤《あか》毛《げ》のアン』として出版《しゅっぱん》され、わかい女性《じょせい》たちの心《こころ》をつかみます。

花子《はなこ》はまた、『フランダースの犬《いぬ》』など、数《かず》かずの海外文学《かいがいぶんがく》をほんやくし、少年少女《しょうねんしょうじょ》たちに夢《ゆめ》と希《き》望《ぼう》をあたえました。

この日《ひ》はほかにも…

★スナックの日《ひ》
夏至《げし》（199ページ）のお祝《いわ》いとして、「カクショ」（ちまきによくにたもの）や正月《しょうがつ》（16ページ）のおもちをかたくして食《た》べる「歯固《はがため》」という習《しゅう》慣《かん》があったことから。

197ページのこたえ
国内避難民《こくないひなんみん》

おはなしクイズ 村岡花子《むらおかはなこ》がほんやくした『アン・オブ・グリン・ゲイブルス』は、日本《にほん》では何《なん》という書名《しょめい》で出版《しゅっぱん》された？ こたえはつぎのページ

日《ひ》の出《で》から日没《にちぼつ》までの時間《じかん》が一年《いちねん》で最《もっと》も長《なが》い、夏至《げし》

読《よ》んだ日《ひ》にち（　　年　　月　　日）（　　年　　月　　日）（　　年　　月　　日）

地球《ちきゅう》が北極点《ほっきょくてん》と南極点《なんきょくてん》を中心《ちゅうしん》に一日一回《いちにちいっかい》まわることを「自転《じてん》」といい、自転《じてん》をつづけながら太陽《たいよう》のまわりを一年《いちねん》に一周《いっしゅう》することを「公転《こうてん》」といいます。

公転《こうてん》の軸《じく》に対《たい》して、自転《じてん》の軸《じく》は少《すこ》しかたむいています。そのかたむきによって、地球《ちきゅう》が太陽《たいよう》に照《て》らされている時間《じかん》の長《なが》さに少《すこ》しずつ変化《へんか》がうまれます。

日本《にほん》では、夏《なつ》は昼《ひる》が長《なが》く、夜《よる》が短《みじか》くなります。そして、一年《いちねん》のうち、日《ひ》の出《で》から日没《にちぼつ》までの時間《じかん》が最《もっと》も長《なが》い日《ひ》が「夏至《げし》」です。

夏至《げし》は六月二十一日《ろくがつにじゅういちにち》であることが多《おお》いですが、六月二十二日《ろくがつにじゅうににち》の年《とし》もあり、きわめてまれに六月《ろくがつ》二十日《はつか》、二十三日《にじゅうさんにち》になることもあります。

冬《ふゆ》は夏《なつ》とは反対《はんたい》に、夜《よる》が長《なが》くなります。また、日《ひ》の出《で》から日没《にちぼつ》までが最《もっと》も短《みじか》い日《ひ》である「冬至《とうじ》」は、十二月二十一日《じゅうにがつにじゅういちにち》か二十二日《にじゅうににち》であることがほとんどです。

季節《きせつ》で変《か》わる太陽《たいよう》の動《うご》き（日本《にほん》）

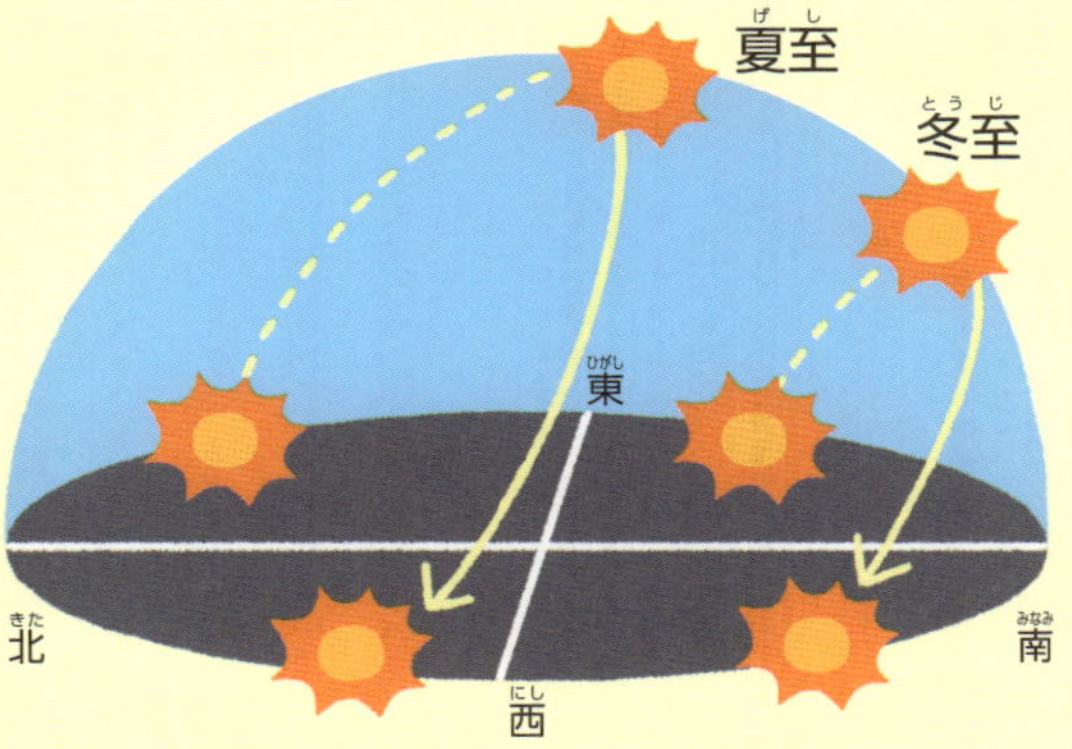

なお、日本《にほん》のある北半球《きたはんきゅう》が夏至《げし》の日《ひ》、南半球《みなみはんきゅう》は正反対《せいはんたい》の状況《じょうきょう》になります。南半球《みなみはんきゅう》では、その日《ひ》は一《いち》年《ねん》で日《ひ》の出《で》から日没《にちぼつ》までが最《もっと》も短《みじか》い、つまり、北半球《きたはんきゅう》での冬至《とうじ》にあたる日《ひ》になるのです。

日本《にほん》では、「二十四節気《にじゅうしせっき》」（306ページ）といって、一年《いちねん》を二十四《にじゅうよん》の期間《きかん》に分《わ》け、その区切《くぎ》りとなる日《ひ》に名前《なまえ》をつけています。夏至《げし》、冬至《とうじ》というよび方《かた》は、どちらもその中《なか》の一《ひと》つです。それぞれ、「夏《なつ》になる日《ひ》」「冬《ふゆ》になる日《ひ》」といった意味《いみ》があります。

夏至《げし》の風習《ふうしゅう》は、地域《ちいき》によってちがいます。たとえば大阪《おおさか》あたりでは、夏至《げし》から十一日目《じゅういちにちめ》までにタコを食《た》べる習慣《しゅうかん》が伝《つた》えられています。これは、タコの足《あし》のように、稲《いね》の根《ね》が地面《じめん》に広《ひろ》がるようにという願《ねが》いがこめられています。

また、冬至《とうじ》には、縁起《えんぎ》がよいといわれるかぼちゃの煮物《にもの》を食《た》べたり、ゆずをうかべた風呂《ふろ》「ゆず湯《ゆ》」に入《はい》ったりするなど、全国《ぜんこく》で広《ひろ》く知《し》られた風習《ふうしゅう》があります。

この日《ひ》はほかにも…

★ボウリングの日《ひ》

一八六一年《ねん》のこの日《ひ》、長崎《ながさき》で発行《はっこう》された英字新聞《えいじしんぶん》に、日本初《にほんはつ》と思《おも》われるボウリング場開業《じょうかいぎょう》の告知《こくち》が掲載《けいさい》されたことから。

★『赤《あか》ひげ診療譚《しんりょうたん》』などの小説《しょうせつ》をかいた作家《さっか》、山本周五郎《やまもとしゅうごろう》の誕生日《たんじょうび》（一九〇三年《ねん》）

198ページのこたえ
『赤毛《あかげ》のアン』

おはなしクイズ　1年《ねん》のうち、日《ひ》の出《で》から日没《にちぼつ》までの時間《じかん》が最《もっと》も短《みじか》い日《ひ》は？

こたえはつぎのページ

日本《にほん》ではじめての女医《じょい》となった荻野吟子《おぎのぎんこ》が亡《な》くなった日《ひ》

日本《にほん》
1851～1913年《ねん》

6月23日

人物

読《よ》んだ日《ひ》にち（　年　月　日）（　年　月　日）（　年　月　日）

荻野吟子《おぎのぎんこ》は、一八五一年《ねん》（嘉永《かえい》四年《よねん》）、武蔵国《むさしのくに》（今《いま》の埼玉県《さいたまけん》）の農家《のうか》に生《う》まれました。女性《じょせい》には学《がく》問《もん》は必要《ひつよう》ないといわれた時代《じだい》ですが、吟子《ぎんこ》は少女《しょうじょ》のころから勉強《べんきょう》が大好《だいす》きでした。十八歳《じゅうはっさい》で結婚《けっこん》しましたが、重《おも》い婦人病《ふじんびょう》にかかり、二《に》年《ねん》ほどで離婚《りこん》します。

治療《ちりょう》のため、東京《とうきょう》の病院《びょういん》に入院《にゅういん》したとき、吟子《ぎんこ》は大《おお》きなショックを受《う》けました。

「たとえ診察《しんさつ》でも、男性《だんせい》に下半身《かはんしん》を見《み》せるなんてたえられない。なぜ女性《じょせい》の医者《いしゃ》がいないのかしら」

今《いま》では男性《だんせい》の医者《いしゃ》にみてもらうことも多《おお》くありますが、このころは、女《おんな》の人《ひと》が自分《じぶん》のはだを見《み》せるのをためらう時代《じだい》です。しかも当《とう》時《じ》は、医者《いしゃ》になれるのは男性《だんせい》だけと決《き》まっていました。

「そうだ、わたしが医者《いしゃ》になって、女性《じょせい》をみてあげればいい」

そのときから、吟子《ぎんこ》のひたむきな努力《どりょく》が始《はじ》まります。女性《じょせい》が医学《いがく》を学《まな》ぶこと自体《じたい》が、とてもむずかしい時代《じだい》でした。

「わたしは絶対《ぜったい》にあきらめない」

苦労《くろう》の末《すえ》、ようやく医学校《いがっこう》を卒《そつ》業《ぎょう》し、日本《にほん》の公許女性医師第一号《こうきょじょせいいしだいいちごう》として東京《とうきょう》に医院《いいん》を開業《かいぎょう》したとき、吟子《ぎんこ》は三十五歳《さんじゅうごさい》になっていました。

「安心《あんしん》して体《からだ》をみてもらえる」

と、医院《いいん》には多《おお》くの女性《じょせい》がおとずれました。しかし、「女《おんな》のくせになまいきだ」と言《い》われることもありました。それでも吟子《ぎんこ》は負《ま》けずに女性《じょせい》の地位向上《ちいこうじょう》をうったえ、どうどうと意見《いけん》をのべます。

「明治政府《めいじせいふ》の政策《せいさく》は、女性《じょせい》に差別《さべつ》的《てき》です。女性《じょせい》がはたす役割《やくわり》はとても大《おお》きいのです」

一八九〇年《ねん》には結婚《けっこん》して、その後北海道《ごほっかいどう》にうつり、地域《ちいき》の人《ひと》びとを診察《しんさつ》し、働《はたら》きつづけました。夫《おっと》を亡《な》くしてからは東京《とうきょう》にもどり、一九〇八年《ねん》にふたたび医院《いいん》を開《ひら》きます。医学《いがく》はどんどん進歩《しんぽ》し、このころには日本《にほん》の女医《じょい》の数《かず》も二百《にひゃく》人《にん》をこえていました。

「医者《いしゃ》になれたのは、先生《せんせい》が道《みち》を切《き》り開《ひら》いてくださったおかげです」

後輩《こうはい》の言葉《ことば》は、吟子《ぎんこ》のはげみでした。

一九一三年六月二十三日《ねんろくがつにじゅうさんにち》、吟子《ぎんこ》は六十三歳《ろくじゅうさんさい》で亡《な》くなりました。

この日《ひ》はほかにも…

★「赤《あか》とんぼ」を作詞《さくし》した詩人《しじん》、三木露風《みきろふう》が生《う》まれた日《ひ》（一八八九年《ねん》）

199ページのこたえ
冬至《とうじ》

おはなしクイズ　荻野吟子《おぎのぎんこ》は何歳《なんさい》で日本初《にほんはつ》の女医《じょい》になった？

こたえはつぎのページ

6月24日

秀吉《ひでよし》に仕《つか》え、熊本城《くまもとじょう》を設計《せっけい》した 加藤清正《かとうきよまさ》が亡《な》くなった日《ひ》

日本《にほん》
1562〜1611年《ねん》

読《よ》んだ日《ひ》にち（　　年　　月　　日）（　　年　　月　　日）（　　年　　月　　日）

人物

加藤清正《かとうきよまさ》は尾張国《おわりのくに》（今《いま》の愛知《あいち》県《けん》）に生《う》まれた武将《ぶしょう》です。虎之助《とらのすけ》とよばれていた子《こ》どものころから、羽柴秀吉《はしばひでよし》（のちの豊臣秀吉《とよとみひでよし》、216ページ）の忠実《ちゅうじつ》な家臣《かしん》（家来《けらい》）として仕《つか》え、秀吉《ひでよし》の天下統一《てんかとういつ》の道《みち》のりを支《ささ》えつづけました。

十五歳《じゅうごさい》のときには、秀吉《ひでよし》が親《おや》がわりとなり、元服《げんぷく》の儀式《ぎしき》（30ページ）が行《おこな》われました。

「虎之助《とらのすけ》、元服《げんぷく》の歳《とし》になった。おまえは今日《きょう》から清正《きよまさ》と名《な》のれ」

「秀吉様《ひでよしさま》、ありがたき幸《しあわ》せにぞんじます」

一五八三年《ねん》の賤ヶ岳《しずがたけ》の合戦《かっせん》での活《かつ》やくでは、清正《きよまさ》は「七本槍《しちほんやり》（七《しち》人《にん》のすぐれた家臣《かしん》）」の一人《ひとり》といわれました。秀吉《ひでよし》の死後《しご》、徳川家《とくがわけ》の時代《じだい》になっても、徳川家《とくがわけ》との間《あいだ》を取《と》りもちながら、豊臣家《とよとみけ》がつづくように努力《どりょく》します。

清正《きよまさ》のもう一《ひと》つの顔《かお》は、「土木《どぼく》の神様《かみさま》」といわれるほどの城《しろ》をきずくうで前《まえ》です。わかいころから城《しろ》の設計《せっけい》に興味《きょうみ》をもっていた清正《きよまさ》は、肥後国《ひごのくに》（今《いま》の熊本県《くまもとけん》）に領土《りょうど》をあたえられると、一六〇一年《ねん》から熊本城《くまもとじょう》をつくり始《はじ》めました。扇《おうぎ》のようなカーブの石垣《いしがき》や複雑《ふくざつ》にめぐらされた通路《つうろ》など、敵《てき》からの攻《こう》撃《げき》に徹底的《てっていてき》にそなえ、難攻不落《なんこうふらく》（攻撃《こうげき》することがむずかしく、なかなか落《お》ちないこと）の名城《めいじょう》といわれています。

「たとえ城《しろ》の中《なか》に立《た》てこもることになっても、生《い》きのこれるようにしなければならない」

過去《かこ》に、戦《いくさ》で城《しろ》に閉《と》じこめられ、食《た》べものがつきて死《し》にそうになった経験《けいけん》がある清正《きよまさ》は、城《しろ》のまわりにイチョウなど実《み》のなる木《き》を植《う》えたり、壁《かべ》やたたみに乾燥《かんそう》させた食《た》べものをうめこんだり、井戸《いど》をたくさんほったりするなど、さまざまな工夫《くふう》をしました。また、

「国《くに》を治《おさ》めるには、民衆《みんしゅう》の生活《せいかつ》と心《こころ》を安定《あんてい》させることが第一《だいいち》」

と、ただ城《しろ》をつくるだけではなく、洪水《こうずい》が起《お》こらないように河川《かせん》を整《とのえ》えたり、用水路《ようすいろ》を引《ひ》いて田畑《たはた》をうるおしたり、人《ひと》びとがくらしやすい国《くに》づくりをしました。

一六一一年《ねん》（慶長十六年《けいちょうじゅうろくねん》）六月《ろくがつ》二十四日《にじゅうよっか》に亡《な》くなった清正《きよまさ》は、熊《くま》本《もと》では今《いま》も「清正公《せいしょこ》さん」とよばれ、親《した》しまれています。

この日《ひ》はほかにも…
★昭和時代《しょうわじだい》の歌手《かしゅ》、美空《みそら》ひばりが亡《な》くなった日《ひ》（一九八九年《ねん》）

200ページのこたえ
三十五歳《さんじゅうごさい》

おはなしクイズ　加藤清正《かとうきよまさ》が最初《さいしょ》に仕《つか》えた武将《ぶしょう》は？　こたえはつぎのページ

スペインの天才建築家《てんさいけんちくか》ガウディが生《う》まれた日《ひ》

スペイン
1852〜1926年《ねん》

6月25日

読《よ》んだ日《ひ》にち（　年　月　日）（　年　月　日）（　年　月　日）

人物

ビルや家《いえ》などの建物《たてもの》は、どれもまっすぐたった柱《はしら》や平《たい》らな壁《かべ》からできています。ところが、グニャグニャと曲《ま》がった壁《かべ》や柱《はしら》で建物《たてもの》をつくった人《ひと》がいました。それは、スペインの建築家《けんちくか》、アントニオ・ガウディです。ガウディは、「自《し》然《ぜん》の世界《せかい》にはまっすぐなものなんてない。だからわたしは、自然《しぜん》と調和《ちょうわ》するように、建物《たてもの》も自然《しぜん》の曲《きょく》線《せん》に近《ちか》づけていているんだ」と言《い》ったのです。

一八五二年六月二十五日《ねんろくがつにじゅうごにち》、スペインのカタルーニャ地方《ちほう》で生《う》まれたガウディは、小《ちい》さいころは体《からだ》が弱《よわ》く、空《そら》にうかぶ雲《くも》や草原《そうげん》の小《ちい》さな花《はな》、小川《おがわ》の流《なが》れをじっと観察《かんさつ》するのが好《す》きでした。

お父《とう》さんは銅《どう》の細工《さいく》をする仕事《しごと》をしていました。銅《どう》の板《いた》からいろいろなものができていくのを見《み》て、ガウディはものをつくることに興味《きょうみ》をもちます。そして一八七四年《ねん》に建築学校《けんちくがっこう》へ入《はい》り、設計《せっけい》や建《けん》築《ちく》を学《まな》びます。しかし、ガウディのかく設計図《せっけいず》はふつうとちがいました。曲《ま》がりくねっていたり、かざりがついていたりしていたのです。どうにか卒業《そつぎょう》することはできたのですが、校長先生《こうちょうせんせい》は「天才《てんさい》なのか、おろか者《もの》なのか、よくわからない者《もの》が建築家《けんちくか》になったぞ」と言《い》ったそうです。

建築家《けんちくか》になったガウディには、最初《さいしょ》は広場《ひろば》の街灯《がいとう》やショーケースの設計《せっけい》の仕事《しごと》しかありませんでしたが、そのデザインはしだいに注《ちゅう》目《もく》を集《あつ》めていきます。そして、ある実業家《じつぎょうか》に気《き》に入《い》られ、家《いえ》の建築《けんちく》をまかされました。ガウディはアーチ状《じょう》の門《もん》や、きのこ型《がた》のえんとつをもつ建物《たてもの》を設計《せっけい》し、みんなをおどろかせました。

一八八三年《ねん》、ガウディが三十一《さんじゅういっ》歳《さい》のとき、バルセロナにあるサグラダ・ファミリアという大《おお》きな教《きょう》会《かい》の設計《せっけい》を引《ひ》きつぎます。ガウディは設計《せっけい》を変《か》えて、大《おお》きく、高《たか》くしていきますが、教会《きょうかい》の建築費《けんちくひ》用《よう》は寄付《きふ》から出《で》ていたために、お金《かね》がなくなって工事《こうじ》が止《と》まることもしばしば。しかし、ガウディはこの工事《こうじ》を自分《じぶん》の生涯《しょうがい》の仕事《しごと》として、教会《きょうかい》の事務所《じむしょ》に住《す》みながら仕《し》事《ごと》をつづけ、七十三歳《ななじゅうさんさい》で亡《な》くなります。サグラダ・ファミリアはガウディが引《ひ》きついでから約百三十《やくひゃくさんじゅう》年《ねん》たった今《いま》でも工事《こうじ》はつづいていて、まだ完成《かんせい》していません。

この日《ひ》はほかにも…

★平安時代《へいあんじだい》の学者《がくしゃ》、菅原道真《すがわらのみちざね》が生《う》まれた日《ひ》（八四五年《ねん》）

201ページのこたえ
羽柴秀吉《はしばひでよし》（豊臣秀吉《とよとみひでよし》）

おはなしクイズ ガウディが1883年《ねん》に設計《せっけい》を引《ひ》きついだ教会《きょうかい》の名前《なまえ》は？ こたえはつぎのページ

6月26日

本当《ほんとう》にあったふしぎな出来事《できごと》が起《お》こった日《ひ》
「ハーメルンの笛《ふえ》ふき男《おとこ》」

読《よ》んだ日《ひ》にち（　年　月　日）（　年　月　日）（　年　月　日）

歴史

ドイツのハーメルンという都市《とし》には、ふしぎな伝説《でんせつ》があります。ユリウス暦《れき》一二八四年六月二十六日《ねんろくがつにじゅうろくにち》、百三十人《ひゃくさんじゅうにん》の子《こ》どもたちが、笛《ふえ》ふき男《おとこ》につれ去《さ》られ、こつぜんと姿《すがた》を消《け》したというのです。これは、実際《じっさい》に起《お》こった出来事《できごと》として、ハーメルンの市《し》の記録簿《きろくぼ》にのこされています。

グリム兄弟《きょうだい》（19ページ）がまとめた『グリム童話《どうわ》』には、この伝説《でんせつ》をもとにした「ハーメルンの笛《ふえ》ふき男《おとこ》」というお話《はなし》があります。

むかし、ハーメルンの人《ひと》びとは、増《ふ》えすぎたネズミにこまりはてていました。ある日《ひ》、さまざまな色《いろ》がまじった布《ぬの》の服《ふく》を着《き》た、風《ふう》変《が》わりな男《おとこ》がやってきて言《い》いました。

「金貨《きんか》一《ひと》ふくろをもらえるなら、わたしが一匹《いっぴき》のこらず退治《たいじ》してみせましょう」

「いいとも。お願《ねが》いするよ」

町《まち》の人《ひと》は男《おとこ》に約束《やくそく》しました。

男《おとこ》が小《ちい》さな笛《ふえ》を取《と》り出《だ》してふき鳴《な》らすと、家《いえ》という家《いえ》からネズミが出《で》てきて、男《おとこ》についていきます。男《おとこ》が笛《ふえ》をふきながら川《かわ》に入《はい》っていくと、むれになったネズミも次《つぎ》つぎと川《かわ》に入《はい》り、一匹《いっぴき》のこらずおぼれ死《し》んでしまいました。

「さあ、約束《やくそく》の代金《だいきん》をはらってもらおう」

男《おとこ》はそう言《い》いました。ところが、町《まち》の人《ひと》びとは急《きゅう》にお金《かね》がおしくなり、言《い》いがかりをつけて男《おとこ》を追《お》い返《かえ》したのです。

「おぼえていろよ」

男《おとこ》はふたたび姿《すがた》をあらわしました。六月二十六日《ろくがつにじゅうろくにち》のことです。赤《あか》い奇妙《きみょう》なぼうしをかぶり、おそろしい顔《かお》つきをしています。男《おとこ》が笛《ふえ》をふくと、今度《こんど》はネズミではなく町中《まちじゅう》の子《こ》どもたちが家《いえ》から出《で》てきて、男《おとこ》についていきました。男《おとこ》は子《こ》どもたちを町《まち》の外《そと》につれ出《だ》し、とある山《やま》のほらあなに入《はい》っていくと、百三十人《ひゃくさんじゅうにん》の子《こ》どもたちとともに姿《すがた》を消《け》しました。

あなの入口《いりぐち》は中《なか》からふさがれ、子《こ》どもたちは二度《にど》ともどらなかったということです。

この日《ひ》はほかにも…

★小笠原諸島《おがさわらしょとう》がアメリカから日本《にほん》に返還《へんかん》された日《ひ》（一九六八年《ねん》）

★江戸《えど》・明治時代《めいじじだい》の政治家《せいじか》、木戸孝允《きどたかよし》の誕生日《たんじょうび》（一八三三年《ねん》）

202ページのこたえ　サグラダ・ファミリア

おはなしクイズ　笛《ふえ》ふき男《おとこ》が退治《たいじ》した動物《どうぶつ》は？　こたえはつぎのページ

困難《こんなん》をのりこえ、人《ひと》びとに希望《きぼう》をあたえた
ヘレン・ケラーが生《う》まれた日《ひ》

アメリカ
1880～1968年《ねん》

6月27日

読《よ》んだ日《ひ》にち（　　年　　月　　日）（　　年　　月　　日）（　　年　　月　　日）

人物

ヘレン・ケラーは、一八八〇年《ねん》六月《ろくがつ》二十七日《にじゅうしちにち》にアメリカのアラバマ州《しゅう》で生《う》まれました。

一歳半《いっさいはん》のころの病気《びょうき》が原因《げんいん》で、しだいに目《め》が見《み》えなくなり、耳《みみ》もきこえなくなったヘレンは、かわいそうな子《こ》として、あまやかされて育《そだ》ちました。言葉《ことば》や文字《もじ》を知《し》らないヘレンは、思《おも》いをうまく伝《つた》えられません。気《き》に入《い》らないことがあるとかんしゃくを起《お》こし、けもののようにあばれるだけでした。

ヘレンが六歳《ろくさい》のとき、家庭教師《かていきょうし》としてアン・サリバン先生《せんせい》がやってきました。先生《せんせい》は、ヘレンをあまやかしませんでした。物事《ものごと》のよしあしを、そして、生《い》きることのすばらしさを、愛情《あいじょう》をもって伝《つた》えようとします。

ある日《ひ》、花《はな》の香《かお》りにさそわれて、サリバン先生《せんせい》とヘレンが井戸《いど》に行《い》ったときのことです。ヘレンが井戸《いど》の水《みず》にさわると、先生《せんせい》はもう片《かた》ほうの小《ちい》さな手《て》を取《と》り、そこに「水《みず》」という字《じ》をかきました。

はじめはゆっくり。そして、だんだん速《はや》く、何度《なんど》もかきました。ヘレンは片手《かたて》でつめたい水《みず》を感《かん》じ、もう片《かた》ほうの手《て》のひらで先生《せんせい》の指《ゆび》の動《うご》きを追《お》いました。そして、ヘレンは気《き》づいたのです。

（ものには名前《なまえ》がある！　手《て》にかかるつめたいものは「水《みず》」なんだ）

真《ま》っ暗《くら》だったヘレンの心《こころ》に、希《き》望《ぼう》の光《ひかり》がさしこみました。ヘレンは次《つぎ》つぎと言葉《ことば》をおぼえました。

人形《にんぎょう》、父《ちち》、母《はは》、妹《いもうと》、先生《せんせい》……。それはもう楽《たの》しくてたまりません。

人《ひと》の口《くち》に指《ゆび》でふれ、くちびると舌《した》の動《うご》きを感《かん》じ取《と》る訓練《くんれん》をして、自分《じぶん》の声《こえ》でしゃべれるようにもなりました。ヘレンはたくさんのことを知《し》り、生《い》きていることのよろこびを感《かん》じました。

こうしてサリバン先生《せんせい》によって光《ひかり》の世界《せかい》へとみちびかれたヘレンは、その後《ご》、一生懸命《いっしょうけんめい》勉強《べんきょう》をして大学《だいがく》に入《はい》り、本《ほん》をかき、さまざまな場所《ばしょ》で人《ひと》をはげます話《はなし》をしました。

たくさんの人《ひと》たちに夢《ゆめ》と希望《きぼう》と勇気《ゆうき》をあたえたヘレンは、八十七《はちじゅうなな》歳《さい》で亡《な》くなりました。

203ページのこたえ
ネズミ

この日《ひ》はほかにも…

★ちらし寿司《ずし》の日《ひ》

ちらし寿司《ずし》誕生《たんじょう》のきっかけをつくった、備前藩《びぜんはん》（今《いま》の岡山県《おかやまけん》）の藩主《はんしゅ》、池田光政《いけだみつまさ》が亡《な》くなった日《ひ》にちなむ。

おはなしクイズ　ヘレンの家庭教師《かていきょうし》の名前《なまえ》は？

こたえはつぎのページ

自由《じゆう》な貿易《ぼうえき》が行《おこな》われた日《ひ》にちなんだ「貿易記念日《ぼうえききねんび》」

読《よ》んだ日《ひ》にち（　年　月　日）（　年　月　日）（　年　月　日）

「貿易《ぼうえき》」という言葉《ことば》をきいたことがある人《ひと》も多《おお》いでしょう。貿易《ぼうえき》とは、商品《しょうひん》やサービスなどを外国《がいこく》との間《あいだ》で売《う》り買《か》いすることです。

江戸時代《えどじだい》、幕府《ばくふ》は鎖国《さこく》（外国《がいこく》との貿易《ぼうえき》などをやめること）によって、外国《がいこく》とのかかわりを制限《せいげん》していました。しかし、一八五四年《ねん》にアメリカとの間《あいだ》で「日米和親条約《にちべいわしんじょうやく》」をむすんだことによって、二《に》百年以上《ひゃくねんいじょう》つづいた鎖国《さこく》は終《お》わりをつげました（180ページ）。

日本《にほん》の貿易《ぼうえき》

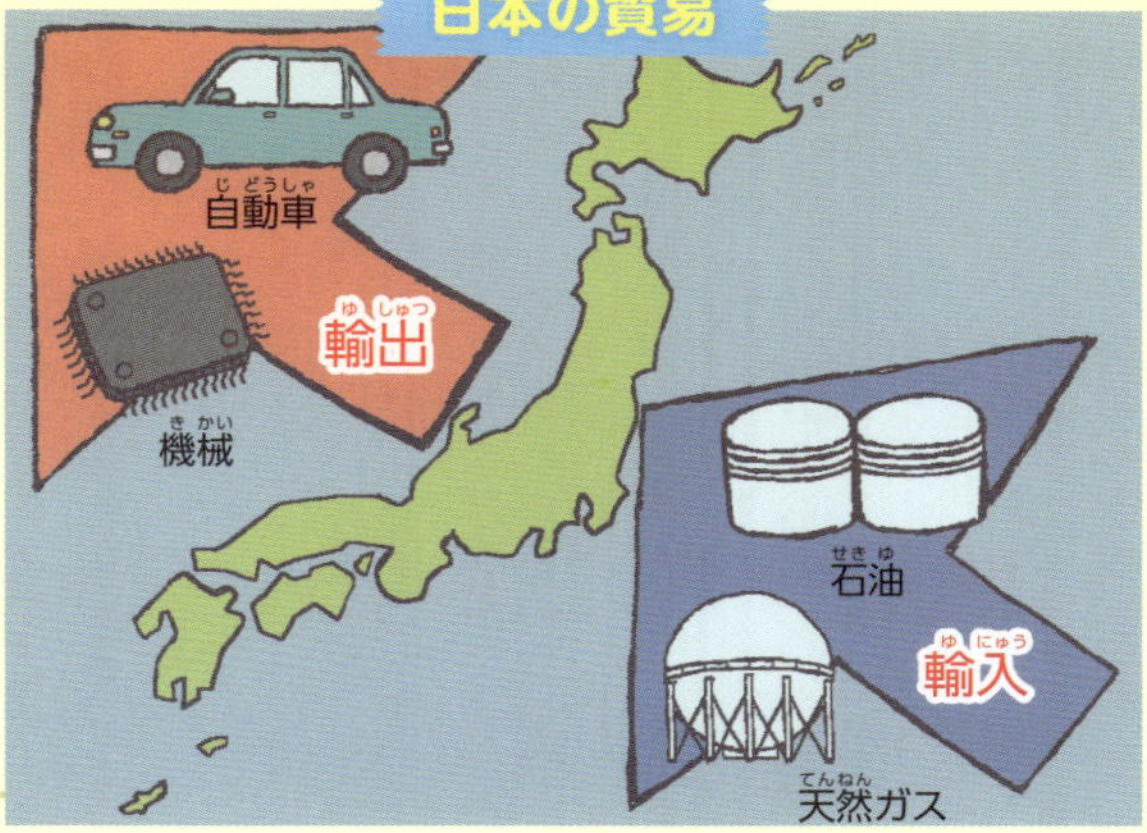

その後《ご》、アメリカをはじめイギリス、フランス、オランダ、ロシアは、貿易《ぼうえき》のルールを決《き》めるため、日本《にほん》に「修好通商条約《しゅうこうつうしょうじょうやく》」をむすぶように求《もと》めてきました。

一八五八年《ねん》、幕府《ばくふ》はこれらの国《くに》と修好通商条約《しゅうこうつうしょうじょうやく》をむすび、翌年《よくねん》の一八五九年《ねん》（安政六年《あんせいろくねん》）五月二十《ごがつにじゅう》八日《はちにち》（新暦六月二十八日《しんれきろくがつにじゅうはちにち》）、横浜《よこはま》港《こう》と長崎港《ながさきこう》、箱館港《はこだてこう》（今《いま》の函館《はこだて》港《こう》）で自由《じゆう》な貿易《ぼうえき》を許可《きょか》することを公布《こうふ》します。このことを記念《きねん》して、約百年後《やくひゃくねんご》の一九六三年《ねん》に六月《ろくがつ》二十八日《にじゅうはちにち》が「貿易記念日《ぼうえききねんび》」に制定《せいてい》されました。

しかし、当時幕府《とうじばくふ》がむすんだ条《じょう》約《やく》は、「関税《かんぜい》（海外《かいがい》から輸入《ゆにゅう》される商品《しょうひん》にかかる税金《ぜいきん》）を決《き》める権《けん》利《り》が日本《にほん》にない」「外国人《がいこくじん》が罪《つみ》をおかしても、日本《にほん》の決《き》まりでさばくことができない」など、日本《にほん》にとって不利《ふり》な内容《ないよう》でした。その後《ご》、明治時代《めいじじだい》に条約改正《じょうやくかいせい》のため多《おお》くの人《ひと》が力《ちから》をつくし、開国《かいこく》から約《やく》六十年後《ろくじゅうねんご》に外国《がいこく》と対等《たいとう》の立場《たちば》に立《た》てるようになったのです。

開国後《かいこくご》、資源《しげん》にあまりめぐまれない日本《にほん》は、主《おも》に貿易《ぼうえき》によって経《けい》済成長《ざいせいちょう》をとげました。日本《にほん》の貿易《ぼうえき》は、石油《せきゆ》などの燃料《ねんりょう》と鉄《てつ》などの原《げん》料《りょう》を輸入《ゆにゅう》し、自動車《じどうしゃ》や機械《きかい》などの工業製品《こうぎょうせいひん》に加工《かこう》して輸出《ゆしゅつ》する、「加工貿易《かこうぼうえき》」として発展《はってん》します。

現在《げんざい》、日本《にほん》の貿易《ぼうえき》による輸出入《ゆしゅつにゅう》額《がく》は、アメリカ、中国《ちゅうごく》、ドイツについで世界第四位《せかいだいよんい》です。貿易総額《ぼうえきそうがく》は約百三十六兆円《やくひゃくさんじゅうろくちょうえん》にものぼり、国《こっ》家予算《かよさん》を大《おお》きく上《うわ》まわっているのです（二〇一六年《ねん》）。

この日《ひ》はほかにも…

★『社会契約論《しゃかいけいやくろん》』をかいた思想家《しそうか》、ジャン・ジャック・ルソーの誕生日《たんじょうび》（一七一二年《ねん》）

★原子《げんし》の正《ただ》しいつくりをとなえた物理学者《ぶつりがくしゃ》、長岡半太郎《ながおかはんたろう》の誕生日《たんじょうび》（一八六五年《ねん》）

204ページのこたえ　アン・サリバン

おはなしクイズ　1854年《ねん》にアメリカと日本《にほん》の間《あいだ》でむすばれた条約《じょうやく》は？　こたえはつぎのページ

『星《ほし》の王子《おうじ》さま』の作者《さくしゃ》
サン・テグジュペリの誕生日《たんじょうび》

フランス
1900〜1944年《ねん》

6月29日

人物

読《よ》んだ日《ひ》にち（　　年　　月　　日）（　　年　　月　　日）（　　年　　月　　日）

アントワーヌ・ド・サン・テグジュペリは一九〇〇年六月二十九日《ねんろくがつにじゅうくにち》、フランスで生《う》まれました。三歳《さんさい》で父《ちち》が亡《な》くなり、母《はは》が五人《ごにん》の子《こ》どもたちを育《そだ》てました。

「お母《かあ》さん、今日《きょう》のお話《はなし》、なあに？　ねえ、お母《かあ》さん！」

サン・テグジュペリは、母《はは》のお話《はなし》が大好《だいす》きで、自分《じぶん》でも詩《し》や物語《ものがたり》をかいては家族《かぞく》に読《よ》んできかせました。

当時《とうじ》、サン・テグジュペリの家《いえ》の近《ちか》くには飛行場《ひこうじょう》がありました。まだ飛行機《ひこうき》がめずらしかった時代《じだい》です。

母《はは》は、飛行機《ひこうき》に目《め》をかがやかせる息子《むすこ》に、何度《なんど》も言《い》いました。

「いいこと。絶対《ぜったい》に飛行機《ひこうき》にのってはいけませんよ」

ところが、十二歳《じゅうにさい》のサン・テグジュペリは、がまんできません。

ある日《ひ》、母《はは》にないしょでパイロットにたのんで飛行機《ひこうき》にのせてもらいました。そのときの感動《かんどう》といったら！

エンジン音《おん》は体《からだ》をふるわせ、風《かぜ》は心《こころ》をふるわせました。

「空《そら》を飛《と》ぶって、すごいことだ！　ぼく、パイロットになる！」

そう心《こころ》に決《き》めたサン・テグジュペリは、本当《ほんとう》にその十年後《じゅうねんご》、軍用《ぐんよう》機《き》を皮切《かわき》りに、郵便物《ゆうびんぶつ》を運《はこ》ぶ飛行《ひこう》機《き》や長距離偵察機《ちょうきょりていさつき》のパイロットになったのです。

さらに、サン・テグジュペリは空《そら》を飛《と》ぶかたわら、多《おお》くの小説《しょうせつ》をかきます。今《いま》、世界中《せかいじゅう》で読《よ》まれている名作《めいさく》『星《ほし》の王子《おうじ》さま』もサン・テグジュペリの作品《さくひん》の一《ひと》つです。このお話《はなし》には、砂漠《さばく》に不時着《ふじちゃく》したパイロットが登場《とうじょう》します。

サン・テグジュペリ自身《じしん》も、サハラ砂漠《さばく》に不時着《ふじちゃく》したことがありました。このとき、砂漠《さばく》の美《うつく》しい星空《ほしぞら》に感動《かんどう》したサン・テグジュペリは、「この清《きよ》らかな夜《よる》が千年《せんねん》つづきますように」と願《ねが》ったそうです。

空《そら》へのあこがれとゆたかな想像《そうぞう》力《りょく》をもちつづけたサン・テグジュペリ。『星《ほし》の王子《おうじ》さま』を発表《はっぴょう》した次《つぎ》の年《とし》の一九四四年《ねん》に、偵察飛《ていさつひ》行《こう》に飛《と》び立《た》ったまま、もどってくることはありませんでした。

この日《ひ》はほかにも…
★明治時代《めいじじだい》の作曲家《さっきょくか》、瀧廉太郎《たきれんたろう》（267ページ）の命日《めいにち》（一九〇三年《ねん》）

205ページのこたえ
日米和親条約《にちべいわしんじょうやく》

おはなしクイズ　サン・テグジュペリが亡《な》くなる前《まえ》の年《とし》に発表《はっぴょう》した作品《さくひん》は？

こたえはつぎのページ

6月30日

「特殊相対性理論《とくしゅそうたいせいりろん》」をアインシュタインが発表《はっぴょう》した日《ひ》

読《よ》んだ日《ひ》にち（　　年　　月　　日）（　　年　　月　　日）（　　年　　月　　日）

歴史

一九〇五年六月三十日《ねんろくがつさんじゅうにち》、二十六《にじゅうろく》歳《さい》のアルベルト・アインシュタインがかいた「特殊相対性理論《とくしゅそうたいせいりろん》」に関《かん》する論文《ろんぶん》が、有名《ゆうめい》な科学雑誌《かがくざっし》『物理学年報《ぶつりがくねんぽう》』編集部《へんしゅうぶ》に受理《じゅり》されました。その論文《ろんぶん》では、「光《ひかり》の速《はや》さは変《か》わらないこと」。また、「時間《じかん》や空間《くうかん》は、のびちぢみする。ものが光《ひかり》に近《ちか》い速《はや》さで動《うご》くと、時間《じかん》はゆっくり進《すす》み、ものは運動《うんどう》する方向《ほうこう》にちぢみ、重《おも》くなる」など、これまでにない考《かん》え方《かた》がのべられていました。

同《おな》じ年《とし》、アインシュタインはほかに二本《にほん》の論文《ろんぶん》を発表《はっぴょう》し、これらの理論《りろん》は世界中《せかいじゅう》の科学者《かがくしゃ》をおどろかせました。「特殊相対性理論《とくしゅそうたいせいりろん》」と合《あ》わせて三大科学論文《さんだいかがくろんぶん》とよばれ、一九〇五年《ねん》は科学史上《かがくしじょう》で「アインシュタイン奇跡《きせき》の年《とし》」といわれるようになります。

いちやく有名人《ゆうめいじん》となったアインシュタインは、一八七九年《ねん》にドイツで生《う》まれます。子《こ》どものころは一人《ひとり》で考《かんが》えごとにふけっては、大人《おとな》を質問攻《しつもんぜ》めにするので「変《か》わり者《もの》」といわれていました。

アインシュタインはおさないころ、方位磁石《ほういじしゃく》の針《はり》がいつも同《おな》じ方《ほう》向《こう》を指《さ》すことに、目《め》には見《み》えない力《ちから》が働《はたら》いているとおどろき、「物事《ものごと》の裏側《うらがわ》には、深《ふか》くかくされた何《なに》かがあるはずだ」と思《おも》うようになります。

大学卒業後《だいがくそつぎょうご》、本当《ほんとう》は大学《だいがく》の講師《こうし》になりたかったのですが、特許局《とっきょきょく》で働《はたら》くようになります。その仕事《しごと》の合間《あいま》に物理学《ぶつりがく》の研究《けんきゅう》をして三大《さんだい》科学論文《かがくろんぶん》を発表《はっぴょう》したのです。その後《ご》、アインシュタインは大学《だいがく》の教授《きょうじゅ》となり、三十七歳《さんじゅうななさい》で特殊相対性《とくしゅそうたいせい》理論《りろん》に重力《じゅうりょく》についての問題《もんだい》も加《くわ》えた「一般相対性理論《いっぱんそうたいせいりろん》」を完成《かんせい》させ、四十三歳《よんじゅうさんさい》でノーベル物理学賞《ぶつりがくしょう》を受賞《じゅしょう》しました。

ところが、第二次世界大戦中《だいにじせかいたいせんちゅう》、アインシュタインの理論《りろん》をもとにして開発《かいはつ》された原子爆弾《げんしばくだん》が、日本《にほん》に落《お》とされます（249ページ）。大《おお》きなショックを受《う》けたアインシュタインは、それ以後《いご》、科学《かがく》を平和《へいわ》のために利用《りよう》することをうったえつづけ、七十六歳《ななじゅうろくさい》で亡《な》くなりました。

この日《ひ》はほかにも…

★夏越《なごし》のはらえ
半年間《はんとしかん》のけがれを落《お》とすため、チガヤという草《くさ》であんだ輪《わ》をくぐりぬける伝統行事《でんとうぎょうじ》が、六月三十日《ろくがつさんじゅうにち》ごろに各地《かくち》の神社《じんじゃ》で行《おこな》われる。

★イギリスにおける日本学《にほんがく》の基礎《きそ》をきずいた外交官《がいこうかん》、アーネスト・サトウが生《う》まれた日《ひ》（一八四三年《ねん》）

206ページのこたえ
『星《ほし》の王子《おうじ》さま』

おはなしクイズ　「アインシュタイン奇跡《きせき》の年《とし》」はいつ？

こたえは212ページ

日本《にほん》と世界《せかい》の行事《ぎょうじ》

日本《にほん》で行《おこな》われている行事《ぎょうじ》が、世界《せかい》ではどんなふうに行《おこな》われているのか見《み》てみましょう。

正月《しょうがつ》

日本《にほん》では、正月行事《しょうがつぎょうじ》は1月1日《がつついたち》から3日《みっか》までつづきます。新年《しんねん》のあいさつをしたり、おせち料理《りょうり》や雑煮《ぞうに》を食《た》べたりして、1年《ねん》の幸《しあわ》せを願《ねが》います（16ページ）。

中国《ちゅうごく》

中国《ちゅうごく》の正月《しょうがつ》は「春節《しゅんせつ》」とよばれ、旧暦《きゅうれき》の1月1日《がつついたち》にあたる2月半《がつなか》ばあたりに行《おこな》われます。町《まち》では、おめでたい色《いろ》とされる赤色《あかいろ》のちょうちんがかざられたり、ししまいが舞《ま》ったりします。また、遠《とお》くにいる家族《かぞく》や親《しん》せきが暮《く》れから集《あつ》まってギョーザなどを食《た》べ、とてもにぎやかに旧暦《きゅうれき》の新年《しんねん》を祝《いわ》います。

Saigonese Photographer / Shutterstock.com

タイ

4月《がつ》ごろに、水《みず》をかけ合《あ》って新年《しんねん》を祝《いわ》う「ソンクラーン」というお祭《まつ》りがあります。町中《まちじゅう》の人《ひと》びとが水鉄砲《みずでっぽう》などで水《みず》をかけ合《あ》ってわざわいを洗《あら》い流《なが》し、1年《ねん》の幸運《こううん》をいのります。消防車《しょうぼうしゃ》が出動《しゅつどう》して放水《ほうすい》したり、ゾウも参加《さんか》して人《ひと》びとに水《みず》をかけたりします。

Sanit Fuangnakhon / Shutterstock.com

世界《せかい》のおもしろい大《おお》みそかのすごし方《かた》

世界《せかい》の少《すこ》し変《か》わった大《おお》みそかの様子《ようす》を紹介《しょうかい》します。

ブドウを12つぶ食《た》べる【スペイン・メキシコ】

新《あたら》しい年《とし》をつげる時計《とけい》の鐘《かね》の音《おと》に合《あ》わせて、ブドウを1《ひと》つぶずつ、全部《ぜんぶ》で12つぶ食《た》べると12か月《げつ》を幸《しあわ》せにすごせるという言《い》い伝《つた》えがあります。年末《ねんまつ》には、ブドウの缶《かん》づめがお店《みせ》にならびます。

赤《あか》い下着《したぎ》を身《み》につける【イタリア】

年《とし》をこすときに赤《あか》いものを身《み》につけていると、幸《しあわ》せになれるといわれています。年末《ねんまつ》になると赤《あか》い下着《したぎ》がたくさん売《う》られるようになり、家族《かぞく》や恋人同士《こいびとどうし》でプレゼントし合《あ》います。

母《はは》の日《ひ》&《アンド》父《ちち》の日《ひ》

お母《かあ》さんやお父《とう》さんに日《ひ》ごろの感謝《かんしゃ》の気持《きも》ちを伝《つた》える日《ひ》です。思《おも》いをこめて、花《はな》や手紙《てがみ》などのおくりものをすることもあります（「母《はは》の日《ひ》」158ページ、「父《ちち》の日《ひ》」194ページ）。

母《はは》の日《ひ》　イギリス

イギリスでは、復活祭《ふっかつさい》とよばれるお祭《まつ》りの２週間前《しゅうかんまえ》の日曜日《にちようび》が母《はは》の日《ひ》です。むかしは、家《いえ》をはなれて働《はたら》いている子《こ》どもが家《いえ》に帰《かえ》り、家族《かぞく》といっしょにすごす日《ひ》でした。今《いま》では日本《にほん》と同《おな》じように、お母《かあ》さんに花《はな》やカードをおくったり、ケーキを食《た》べたりします。

父《ちち》の日《ひ》　イタリア

イタリアでは、３月《がつ》19日《にち》が父《ちち》の日《ひ》です。この日《ひ》は、イエス・キリスト（399ページ）の母《はは》マリアの夫《おっと》、聖《せい》ヨセフの日《ひ》でもあります。自分《じぶん》のお父《とう》さんだけではなく、ほかのお父《とう》さんにも「おめでとう！」と声《こえ》をかけます。

お盆《ぼん》

亡《な》くなったご先祖様《せんぞさま》の霊《れい》が帰《かえ》ってくる時期《じき》といわれています。盆踊《ぼんおど》りや送《おく》り火《び》などをして、ご先祖様《せんぞさま》の霊《れい》をうやまいます（256ページ）。

メキシコ

11月《がつ》1日《ついたち》と11月《がつ》2日《ふつか》の2日間《ふつかかん》は「死者《ししゃ》の日《ひ》」とよばれるイベントがあり、家族《かぞく》でご先祖様《せんぞさま》の墓《はか》をおとずれて花《はな》や食《た》べものを供《そな》えます。また、町《まち》には死者《ししゃ》をあらわすガイコツがかざられます。パレードを行《おこな》うこともあり、にぎやかに死者《ししゃ》のたましいをむかえます。

Byelikova Oksana / Shutterstock.com

クリスマス

日本《にほん》では、クリスマスツリーをかざったり、ケーキやごちそうを食《た》べたり、クリスマス・イブの夜《よる》にはプレゼントをもらったりする習慣《しゅうかん》があります（399ページ）。

ドイツ

クリスマス前《まえ》の４週間《しゅうかん》を「アドベント」といい、クリスマスの準備《じゅんび》をします。ツリーやろうそくなどクリスマスに関係《かんけい》するものが売《う》られるクリスマス・マーケットも開《ひら》かれ、町中《まちじゅう》がクリスマスムードにつつまれます。

Shutterstock.com

世界《せかい》の祝日《しゅくじつ》

国《くに》によって祝日《しゅくじつ》はさまざま。日本《にほん》にはない、世界《せかい》の祝日《しゅくじつ》を紹介《しょうかい》します。

3月《がつ》ごろ

ニュピの日《ひ》

(インドネシア共和国《きょうわこく》バリ島《とう》)

※毎年《まいとし》変《か》わります。

バリ島《とう》で使《つか》われている暦《こよみ》「サカ暦《れき》」の新年《しんねん》にあたる日《ひ》です。この日《ひ》は、バリ島《とう》から悪霊《あくりょう》が去《さ》るのを待《ま》つ日《ひ》とされ、観光客《かんこうきゃく》もふくめてバリ島内《とうない》にいるすべての人《ひと》が火《ひ》や電気《でんき》を使《つか》わず、外出《がいしゅつ》や仕事《しごと》もせず、しずかにすごします。お店《みせ》もすべて休《やす》みになります。

3月《がつ》17日《にち》

セント・パトリックス・デー

(アイルランド)

アイルランド中《じゅう》を旅《たび》しながらキリスト教《きょう》を広《ひろ》め、各地《かくち》に修道院《しゅうどういん》や学校《がっこう》、教会《きょうかい》をたてたといわれるセント・パトリックの命日《めいにち》。町中《まちじゅう》に、セント・パトリックのシンボルであるクローバーがかざられます。また、幸《しあわ》せをあらわす色《いろ》といわれる緑《みどり》の服《ふく》を着《き》たり、緑《みどり》の食《た》べものを食《た》べたりしてお祝《いわ》いをします。

Olivier Juneau / Shutterstock.com

10月《がつ》9《ここの》日《か》

ハングルの日《ひ》

(韓国《かんこく》)

朝鮮《ちょうせん》の第《だい》4代国王《だいこくおう》であった世宗大王《セジョンだいおう》が、人《ひと》びとが文《も》字《じ》を学《まな》びやすいようにと、のちにハングルとよばれるようになる「訓民正音《フンミンジョンウム》(国民《こくみん》に教《おし》える正《ただ》しい音《おと》)」を正式《せいしき》に公布《こうふ》したことにちなんだ祝日《しゅくじつ》です。この日《ひ》は、韓国各地《かんこくかくち》でハングルに関連《かんれん》するイベントが行《おこな》われます。

11月《がつ》第《だい》4木曜日《もくようび》

サンクスギビング・デー(感謝祭《かんしゃさい》)

(アメリカ・カナダ)

※カナダは10月第《がつだい》2月曜日《げつようび》。

秋《あき》の収穫《しゅうかく》を祝《いわ》う日《ひ》です。もともとは、アメリカに移住《いじゅう》した人《ひと》びとが、苦難《くなん》をのりこえて収穫《しゅうかく》できたことを神様《かみさま》に感謝《かんしゃ》したことが始《はじ》まりといわれています。今《いま》では、ふだんはなれてくらしている家族《かぞく》が全員集《ぜんいんあつ》まり、七面鳥《しちめんちょう》の丸焼《まるや》きなどの大皿料理《おおざらりょうり》をかこみ、みんなで楽《たの》しみながら、収穫《しゅうかく》のめぐみに感謝《かんしゃ》してすごします。この日《ひ》は、基本的《きほんてき》にお店《みせ》も休《やす》みになります。

Shutterstock.com

7月《がつ》のおはなし

ゆたかな創造力《そうぞうりょく》を育《はぐく》んだ 童話童謡雑誌《どうわどうようざっし》『赤《あか》い鳥《とり》』の創刊日《そうかんび》

7月1日

読《よ》んだ日《ひ》にち（　　年　　月　　日）（　　年　　月　　日）（　　年　　月　　日）

歴史

一八八二年《ねん》、広島県広島市《ひろしまけんひろしまし》に生《う》まれた鈴木三重吉《すずきみえきち》は、東京帝国大学《とうきょうていこくだいがく》（今《いま》の東京大学《とうきょうだいがく》）英文科《えいぶんか》に在学《ざいがく》中《ちゅう》に小説《しょうせつ》をかき始《はじ》めました。このころにかいた作品《さくひん》が夏目漱石《なつめそうせき》（20ページ）に高《たか》く評価《ひょうか》され、小説家《しょうせつか》としてデビューすることになります。

教師《きょうし》として働《はたら》きながら、さまざまな作品《さくひん》を発表《はっぴょう》してきた三重吉《みえきち》でしたが、やがて童話《どうわ》を手《て》がけるようになっていきます。三十五歳《さんじゅうごさい》のときに長女《ちょうじょ》が生《う》まれ、子《こ》どもの心《こころ》をゆたかにするような本《ほん》をつくりたいという思《おも》いからでした。

そして一九一八年七月一日《ねんしちがつついたち》、雑誌《ざっし》『赤《あか》い鳥《とり》』を創刊《そうかん》しました。芥川龍之介《あくたがわりゅうのすけ》（80ページ）の名作《めいさく》の一《ひと》つといわれる「蜘蛛《くも》の糸《いと》」は、この創刊号《そうかんごう》に掲載《けいさい》されました。

ほかにも有島武郎《ありしまたけお》や菊池寛《きくちかん》、島崎藤村《しまざきとうそん》（66ページ）など、有名《ゆうめい》な作家《さっか》の作品《さくひん》を掲載《けいさい》します。『赤《あか》い鳥《とり》』は、芸術性《げいじゅつせい》と文学性《ぶんがくせい》が高《たか》く、これまでにない児童文学《じどうぶんがく》の世界《せかい》をつくっていったのです。

この雑誌《ざっし》を持《も》って、三重吉《みえきち》は全国《ぜんこく》の小学校《しょうがっこう》をまわりました。子《こ》どもたちに詩《し》や文章《ぶんしょう》をかく楽《たの》しさを伝《つた》えて、創造力《そうぞうりょく》をのばしてもらいたいと考《かんが》えたのです。そんな三重吉《みえきち》の思《おも》いを受《う》けて、『赤《あか》い鳥《とり》』には子《こ》どもたちから毎月二千《まいつきにせん》もの作品《さくひん》が送《おく》られるようになります。

子《こ》どもたちの投稿《とうこう》の中《なか》には「雑誌《ざっし》にのっている詩《し》に曲《きょく》をつけて、みんなで歌《うた》っています」という手紙《てがみ》がありました。三重吉《みえきち》はこれに注目《ちゅうもく》し、西条八十《さいじょうやそ》の詩《し》に、成田為三《なりたためぞう》が曲《きょく》をつけて、その楽譜《がくふ》とともに『赤《あか》い鳥《とり》』に掲載《けいさい》したのです。この「かなりや」という歌《うた》は、大《おお》きな反響《はんきょう》をよび、全国《ぜんこく》の学校《がっこう》で歌《うた》われるようになりました。そして、子《こ》どもたちのためにつくられた芸術性《げいじゅつせい》ゆたかな歌《うた》のことを「童謡《どうよう》」とよぶようになったのです。

この日《ひ》はほかにも…

★東京《とうきょう》の新橋《しんばし》から兵庫県《ひょうごけん》の神戸《こうべ》まで、東海道本線《とうかいどうほんせん》の全線《ぜんせん》が開通《かいつう》した日《ひ》（一八八九年《ねん》）

207ページのこたえ

一九〇五年《ねん》

おはなしクイズ　西条八十《さいじょうやそ》の詩《し》に成田為三《なりたためぞう》が曲《きょく》をつけて『赤《あか》い鳥《とり》』に掲載《けいさい》したのは何《なん》という歌《うた》？　こたえはつぎのページ

7月2日

大西洋横断飛行《たいせいようおうだんひこう》に成功《せいこう》した女性《じょせい》アメリアが消息《しょうそく》を絶《た》った日《ひ》

読《よ》んだ日《ひ》にち（　　年　　月　　日）（　　年　　月　　日）（　　年　　月　　日）

歴史

「このほうがスピードが出《で》るわ」

そりにはらばいになって、頭《あたま》から坂道《さかみち》をすべりおりている女《おんな》の子《こ》がいました。そのおてんばな女《おんな》の子《こ》は、のちに女性《じょせい》ではじめて単独《たんどく》で大西洋横断飛行《たいせいようおうだんひこう》を成《な》しとげた、アメリア・イアハートです。

アメリカのカンザス州《しゅう》で生《う》まれたアメリアは、二十三歳《にじゅうさんさい》のときに見《み》に行《い》った航空《こうくう》ショーで、はじめて飛行機《ひこうき》にのりました。

「まるで鳥《とり》になったみたい。わたし、パイロットになりたい！」

アメリアは働《はたら》きながら飛行訓練所《ひこうくんれんじょ》に通《かよ》い、二十六歳《にじゅうろくさい》でパイロットの国際免許《こくさいめんきょ》を取《と》りました。

当時《とうじ》、男性《だんせい》パイロットのリンドバーグ（165ページ）が、はじめて大西洋単独無着陸横断飛行《たいせいようたんどくむちゃくりくおうだんひこう》に成功《せいこう》したニュースが世間《せけん》をさわがせていました。その約一年後《やくいちねんご》、アメリアのもとに一本《いっぽん》の電話《でんわ》がかかってきます。

「大西洋横断飛行《たいせいようおうだんひこう》をする、世界初《せかいはつ》の女性《じょせい》になりませんか？」

ただしパイロットは男性《だんせい》で、アメリアは記録係《きろくがかり》として同乗《どうじょう》するという条件《じょうけん》でした。飛行《ひこう》は成功《せいこう》し、「大西洋《たいせいよう》を横断《おうだん》した女性《じょせい》」として有名《ゆうめい》になりましたが、アメリアにとっては、自分《じぶん》の操縦《そうじゅう》でなければ意味《いみ》がありません。そして一九三二年《ねん》、ついに女性《じょせい》ではじめての大西洋単独横断飛行《たいせいようたんどくおうだんひこう》に成功《せいこう》しました。

アメリアの次《つぎ》の目標《もくひょう》は、世界一周《せかいいっしゅう》です。三十九歳《さんじゅうきゅうさい》のときに、アメリカを出発《しゅっぱつ》して、アフリカを横断《おうだん》し、さらに太平洋《たいへいよう》を横断中《おうだんちゅう》のことでした。給油《きゅうゆ》に立《た》ちよるはずの小《ちい》さな島《しま》にたどり着《つ》くことがないまま、アメリアの飛行機《ひこうき》は消息《しょうそく》を絶《た》ったのです。一九三七年《ねん》七月《しちがつ》二日《ふつか》のことでした。

「なぜ冒険《ぼうけん》をするのですか？」という質問《しつもん》に、アメリアはかつてこう答《こた》えていました。

「やりたいから、やるのです」

「一番大切《いちばんたいせつ》なのは行動《こうどう》する決意《けつい》。あとは、ねばり強《づよ》くやることよ」

自分《じぶん》の夢《ゆめ》をどこまでも追《お》い求《もと》めたアメリアの生《い》き方《かた》は、夢《ゆめ》をもつ多《おお》くの人《ひと》びとに希望《きぼう》をあたえています。

この日《ひ》はほかにも…

★たわしの日《ひ》

亀《かめ》の子束子西尾商店《こたわしにしおしょうてん》の「亀《かめ》の子束《こたわ》子《し》」が特許《とっきょ》（129ページ）を取《と》ったことから制定《せいてい》。

212ページのこたえ　「かなりや」

おはなしクイズ　世界《せかい》ではじめて大西洋単独無着陸横断飛行《たいせいようたんどくむちゃくりくおうだんひこう》に成功《せいこう》したのはだれ？　こたえはつぎのページ

小野《おのの》妹子《いもこ》が遣隋使《けんずいし》として送《おく》られた日《ひ》

7月3日

読《よ》んだ日《ひ》にち（　　年　　月　　日）（　　年　　月　　日）（　　年　　月　　日）

歴史

日本《にほん》ではじめての女性天皇《じょせいてんのう》といわれる推古天皇《すいこてんのう》は、その地位《ちい》につくと、おいの聖徳太子《しょうとくたいし》を摂政《せっしょう》という重要《じゅうよう》な職《しょく》につけ、これまでにない国《くに》づくりを目指《めざ》しました。

国内《こくない》においては天皇《てんのう》を中心《ちゅうしん》とした政治《せいじ》の仕組《しく》みをつくりあげ、国外《こくがい》に対《たい》しては隋《ずい》（今《いま》の中国《ちゅうごく》）に使者《しし ゃ》を送《おく》って関係《かんけい》をむすぶと同時《どうじ》に、進《すす》んだ制度《せいど》や文化《ぶんか》を学《まな》ぼうとしました。この使者《ししゃ》のことを「遣隋使《けんずいし》」といいます。

日本《にほん》にのこっている最《もっと》も古《ふる》い記録《きろく》は『日本書紀《にほんしょき》』にあり、六〇七年《ねん》（推古十五年《すいこじゅうごねん》）に小野妹子《おののいもこ》が送《おく》られたとあります。

「妹子《いもこ》」という名前《なまえ》ですが、小野《おの》妹子《いもこ》は男《おとこ》の役人《やくにん》です。小野家《おのけ》は近江国《おうみのくに》（今《いま》の滋賀県《しがけん》）の豪族《ごうぞく》で、妹子《いもこ》は学問《がくもん》にすぐれた人格者《じんかくしゃ》だったため、この役《やく》をまかされました。

大国《たいこく》である隋《ずい》に日本《にほん》の地位《ちい》をみとめさせたいという聖徳太子《しょうとくたいし》の願《ねが》いをたくされた妹子《いもこ》は、七月三日《しちがつみっか》に出発《しゅっぱつ》し、「日出《ひい》づる処《ところ》の天子《てんし》、書《しょ》を日没《ひぼっ》する処《ところ》の天子《てんし》に致《いた》す（日《ひ》ののぼる国《くに》の皇帝《こうてい》から日《ひ》のしずむ国《くに》の皇帝《こうてい》へ）」とかかれた手紙《てがみ》をとどけました。

これは両皇帝《りょうこうてい》の立場《たちば》が対等《たいとう》であるとするかき方《かた》だったため、隋《ずい》の皇帝《こうてい》がひどくおこったとされています。それでも妹子《いもこ》は国交《こっこう》をむすぶことに成功《せいこう》し、帰国《きこく》しました。

六一八年《ねん》に隋《ずい》がほろび、唐《とう》の時代《じだい》になると、使者《ししゃ》は「遣唐使《けんとうし》」とよばれるようになります。

遣唐使《けんとうし》は、書籍《しょせき》や経典《きょうてん》、仏像《ぶつぞう》、錦《にしき》、楽器類《がっきるい》や工芸品《こうげいひん》をもち帰《かえ》ってきました。空海《くうかい》（192ページ）も遣唐使《けんとうし》の一人《ひとり》で、多《おお》くの経典《きょうてん》をもち帰《かえ》り、日本《にほん》の仏教《ぶっきょう》に多大《ただい》な影響《えいきょう》をあたえました。

なお、日本《にほん》のよび名《な》は、遣隋使《けんずいし》のころは隋《ずい》に名《な》づけられた「倭国《わこく》」でしたが遣唐使《けんとうし》のころには「日本《にほん》」とよぶように変《か》わってきました。

213ページのこたえ
リンドバーグ

この日《ひ》はほかにも…

★『変身《へんしん》』をかいた小説家《しょうせつか》、フランツ・カフカの誕生日《たんじょうび》（一八八三年《ねん》）

★ソフトクリームの日《ひ》
日本《にほん》ではじめてソフトクリームが販売《はんばい》されたことから。

おはなしクイズ　小野妹子《おののいもこ》を遣隋使《けんずいし》として派遣《はけん》した摂政《せっしょう》は？　こたえはつぎのページ

7月4日

「独立宣言《どくりつせんげん》」が発表《はっぴょう》された「アメリカ独立記念日《どくりつきねんび》」

読《よ》んだ日《ひ》にち（　　年　　月　　日）（　　年　　月　　日）（　　年　　月　　日）

記念日

アメリカ合衆国《がっしゅうこく》では、毎年七月《まいとししちがつ》四日《よっか》になると、花火《はなび》やパレードなど、独立記念日《どくりつきねんび》を祝《いわ》うイベントがにぎやかに行《おこな》われます。アメリカは、いつ、どこの国《くに》から独立《どくりつ》したのでしょうか。

十七世紀《じゅうななせいき》の北《きた》アメリカでは、イギリスとフランスが植民地《しょくみんち》（別《べつ》の国《くに》の領土《りょうど》となった地域《ちいき》）を広《ひろ》げていました。十八世紀《じゅうはっせいき》にヨーロッパで戦争《せんそう》が起《お》こると、イギリスとフランスは植民地《しょくみんち》でも対立《たいりつ》します。

その戦《たたか》いはイギリスが勝利《しょうり》しましたが、戦争《せんそう》によってイギリスは財政《ざいせい》が苦《くる》しくなります。

そこで、すべての印刷物《いんさつぶつ》に課税《かぜい》をする印紙法《いんしほう》という法律《ほうりつ》をつくり、植民地《しょくみんち》の住民《じゅうみん》から税金《ぜいきん》を集《あつ》めようとしました。

「議会《ぎかい》にわれわれの代表《だいひょう》がいないのに、勝手《かって》に決《き》めさせるものか」

住民《じゅうみん》のはげしい反対《はんたい》により、この法律《ほうりつ》は廃止《はいし》されましたが、イギリスはその後《ご》もさまざまな税《ぜい》を課《か》します。

一七七三年《ねん》、植民地《しょくみんち》での茶《ちゃ》の販《はん》売《ばい》をイギリス東《ひがし》インド会社《がいしゃ》に独占《どくせん》させるという、茶税法《ちゃぜいほう》が出《だ》されました。

「茶葉《ちゃば》を全部《ぜんぶ》すててしまえ！」

おこったアメリカの住民《じゅうみん》はボストン港《こう》でイギリス東《ひがし》インド会社《がいしゃ》の船《ふね》をおそい、荷物《にもつ》を海《うみ》に投《な》げすてました。これを「ボストン茶会事件《ちゃかいじけん》」といいます。これに対《たい》して、イギリスは軍隊《ぐんたい》をアメリカに送《おく》りこみ、十三《じゅうさん》に分《わ》けられていた植民《しょくみん》地《ち》は大陸会議《たいりくかいぎ》を開《ひら》いて団結《だんけつ》しました。

一七七五年《ねん》、ついにアメリカ独《どく》立戦争《りつせんそう》が始《はじ》まります。一七八一年《ねん》に植民地軍《しょくみんちぐん》が勝利《しょうり》し、その二年後《にねんご》にアメリカ合衆国《がっしゅうこく》が誕生《たんじょう》しました。

一七七六年七月四日《ねんしちがつよっか》は、戦《たたか》いの中《なか》で、大陸会議《たいりくかいぎ》が「独立宣言《どくりつせんげん》」を発表《はっぴょう》した日《ひ》です。フランクリン（21ページ）たちが考《かんが》えた「独立《どくりつ》宣言《せんげん》」には、基本的人権《きほんてきじんけん》や革命権《かくめいけん》などがうたわれており（ただし黒《こく》人《じん》や女性《じょせい》など、一部《いちぶ》の人《ひと》びとの権《けん》利《り》はみとめていない）、フランス革命《かくめい》（269ページ）にも影響《えいきょう》をあたえたといわれています。

この日《ひ》はほかにも…

★ポーランドの物理学者《ぶつりがくしゃ》、マリー・キュリー（348ページ）が亡《な》くなった日《ひ》（一九三四年《ねん》）

214ページのこたえ
聖徳太子《しょうとくたいし》

おはなしクイズ　1775年《ねん》に起《お》こった戦争《せんそう》は？　こたえはつぎのページ

豊臣秀吉《とよとみひでよし》が天下《てんか》を統一《とういつ》した日《ひ》

7月5日

読《よ》んだ日《ひ》にち（　年　月　日）（　年　月　日）（　年　月　日）

歴史

　豊臣秀吉《とよとみひでよし》は、一五三七年《ねん》（天文《てんぶん》六年《ろくねん》）二月《にがつ》に、尾張国《おわりのくに》（今《いま》の愛知《あいち》県《けん》）で生《う》まれました。その時代《じだい》の日本《にほん》は、いくつもの小《ちい》さな国《くに》に分《わ》かれて争《あらそ》い、戦《いくさ》をくり返《かえ》していました。

　小《ちい》さいころの秀吉《ひでよし》は日吉丸《ひよしまる》という名前《なまえ》でした。小柄《こがら》で、すばしこくわんぱくで、頭《あたま》もよく、ついたあだ名《な》は「さる」でした。

　父親《ちちおや》が亡《な》くなったのち、お寺《てら》にあずけられた日吉丸《ひよしまる》は、きびしい修行《しゅぎょう》にたえられず、飛《と》び出《だ》してしまいます。そこで侍《さむらい》になることを思《おも》いつき、織田信長《おだのぶなが》（179ページ）に仕《つか》えることになりました。

　はじめは信長《のぶなが》の身《み》のまわりの世《せ》話《わ》をする役《やく》でした。ある寒《さむ》い日《ひ》のこと、出《で》かけようとする信長《のぶなが》に、日吉丸《ひよしまる》はぞうりをさし出《だ》します。

「殿《との》、これをおはきください」

　それは信長《のぶなが》の足《あし》が冷《ひ》えないようにと、自《みずか》らのふところで温《あたた》めていたぞうりでした。

「うむ、見《み》どころのあるやつだ」

と、こうした気《き》づかいをする日《ひ》吉丸《よしまる》を、信長《のぶなが》も信頼《しんらい》するようになっていきます。

　大雨《おおあめ》で信長《のぶなが》の城《しろ》がくずれて、修《しゅう》理《り》がはかどらないときも、日吉丸《ひよしまる》が、工事《こうじ》をする人《ひと》たちをいくつかの組《くみ》に分《わ》け、

「仕事《しごと》を早《はや》く終《お》わらせた組《くみ》にはほうびをあたえよう」

と競争《きょうそう》させたところ、わずか三《みっ》日《か》で終《お》わったのです。日吉丸《ひよしまる》は次《つぎ》つぎに手柄《てがら》を立《た》てて、出世《しゅっせ》していきました。名前《なまえ》も木下藤吉郎秀吉《きのしたとうきちろうひでよし》と改《あらた》めます。

　主君《しゅくん》の信長《のぶなが》もまわりの国《くに》をどんどん征服《せいふく》して、天下統一《てんかとういつ》まであと少《すこ》しとなりました。秀吉《ひでよし》はその手《て》助《だす》けをしようと戦《たたか》っているときに、信長《のぶなが》の死《し》を知《し》ります。秀吉《ひでよし》と同《おな》じく信長《のぶなが》の家臣《かしん》（家来《けらい》）だった明智光秀《あけちみつひで》が裏切《うらぎ》ったのでした。

　おこった秀吉《ひでよし》はすぐに引《ひ》き返《かえ》し、光秀《みつひで》をたおします。その後《ご》は信長《のぶなが》のあとをついで各地《かくち》を支配《しはい》していき、名前《なまえ》も改《あらた》め、豊臣秀吉《とよとみひでよし》となりました。そして一五九〇年《ねん》（天正十八年《てんしょうじゅうはちねん》）七月五日《しちがついつか》に、とうとう天下《てんか》を統一《とういつ》し、日本一《にほんいち》の大名《だいみょう》になったのです。

この日《ひ》はほかにも…

★江戸切子《えどきりこ》の日《ひ》

日本《にほん》の伝統的《でんとうてき》なガラス工芸品《こうげいひん》、江《え》戸切子《どきりこ》の代表的《だいひょうてき》な柄《がら》、魚子《ななこ》（七五）のゴロ合《あ》わせから。

215ページのこたえ
アメリカ独立戦争《どくりつせんそう》

おはなしクイズ　豊臣秀吉《とよとみひでよし》の子《こ》どものころの名前《なまえ》は何《なに》？　こたえはつぎのページ

7月6日

日本《にほん》がはじめて出場《しゅつじょう》したオリンピックの入場《にゅうじょう》行進《こうしん》が行《おこな》われた日《ひ》

読《よ》んだ日《ひ》にち（　　年　　月　　日）（　　年　　月　　日）（　　年　　月　　日）

はじめて

オリンピック入場行進《にゅうじょうこうしん》の様子《ようす》（1912年《ねん》）

写真提供:読売新聞／アフロ

オリンピックを平和《へいわ》のために開《ひら》こうと提案《ていあん》したフランスの教育家《きょういくか》クーベルタン（117ページ）が、オリンピックをより世界的《せかいてき》なものにしようと、一九〇九年《ねん》、アジアからのはじめての参加国《さんかこく》となるように日本《にほん》に声《こえ》をかけました。これにこたえて、同年《どうねん》に、東京高等師範《とうきょうこうとうしはん》学校《がっこう》（今《いま》の筑波大学《つくばだいがく》）校長《こうちょう》で、スポーツと語学《ごがく》が得意《とくい》な嘉納治五郎《かのうじごろう》（337ページ）が国際《こくさい》オリンピック委員会《いいんかい》（IOC《アイオーシー》）委員《いいん》になり、日《に》本《ほん》が参加《さんか》する準備《じゅんび》が進《すす》められました。

治五郎《じごろう》は一九一一年《ねん》に大日本《だいにほん》体育協会《たいいくきょうかい》をつくり、十一月《じゅういちがつ》にオリンピック予選《よせん》会《かい》を東京《とうきょう》の羽田《はねだ》で開《ひら》き、翌《よく》一九一二年《ねん》の第五回《だいごかい》オリンピック、ストックホルム大《たい》会《かい》への出場《しゅつじょう》の準備《じゅんび》を整《ととの》えました。出場《しゅつじょう》する選手《せんしゅ》は二人《ふたり》。参加費《さんかひ》は選《せん》手《しゅ》の負担《ふたん》だったため、募金《ぼきん》によってやっとのことで会場《かいじょう》であるスウェーデンの都市《とし》ストックホルムへたどり着《つ》きました。

七月六日《しちがつむいか》はそのオリンピックの入場行進《にゅうじょうこうしん》が行《おこな》われた日《ひ》です。国旗《こっき》を持《も》って歩《ある》いたのは、当時《とうじ》二十六《にじゅうろく》歳《さい》の東京帝国大学《とうきょうていこくだいがく》（今《いま》の東京大《とうきょうだい》学《がく》）の学生《がくせい》、三島弥彦《みしまやひこ》です。東京《とうきょう》高等師範学校《こうとうしはんがっこう》の学生《がくせい》で当時《とうじ》二十歳《はたち》の金栗四三《かなくりしそう》（138ページ）は、「NIPPON《ニッポン》」とかかれたプラカードを持《も》って歩《ある》きました。

弥彦《やひこ》は陸上競技《りくじょうきょうぎ》の男子短距離走《だんしたんきょりそう》に出場《しゅつじょう》。百《ひゃく》メートル、二百《にひゃく》メートルは予選落《よせんお》ちし、四百《よんひゃく》メートルでは予選《よせん》で棄権《きけん》が多《おお》く出《で》たため準決《じゅんけつ》勝《しょう》まで進《すす》みましたが、弥彦自身《やひこじしん》も右脚《みぎあし》をいため、棄権《きけん》することになりました。

マラソンに出場《しゅつじょう》した四三《しそう》も熱中《ねっちゅう》症《しょう》でたおれ、二十六《にじゅうろく》・七《なな》キロメートル付近《ふきん》で近《ちか》くの民家《みんか》に運《はこ》びこまれ、次《つぎ》の日《ひ》に目覚《めざ》めたそうです。

大会《たいかい》から五十五年後《ごじゅうごねんご》の一九六七年《ねん》、七十五歳《ななじゅうごさい》になった四三《しそう》は、このオリンピックの記念行事《きねんぎょうじ》に招待《しょうたい》され、ストックホルムでゴールのテープを切《き》りました。五十四年八《ごじゅうよねんはっ》か月《げつ》と六日五時間三十二分二十秒《むいかごじかんさんじゅうにふんにじゅうびょう》三《さん》で、世界《せかい》で最《もっと》もおそいマラソン記録《きろく》とアナウンスされました。

この日《ひ》はほかにも…

★ナンの日《ひ》

七(ナ)六(ン)のゴロ合《あ》わせから。

216ページのこたえ
日吉丸《ひよしまる》

おはなしクイズ　日本《にほん》がはじめて出場《しゅつじょう》したオリンピックが行《おこな》われた都市《とし》は？

こたえはつぎのページ

年《ねん》に一度《いちど》、織姫《おりひめ》と彦星《ひこぼし》が会《あ》える七夕《たなばた》の日《ひ》

7月7日

読《よ》んだ日《ひ》にち（　年　月　日）（　年　月　日）（　年　月　日）

1日
行事

中国《ちゅうごく》にこんな伝説《でんせつ》があります。

天空《てんくう》を支配《しはい》する一番《いちばん》えらい神様《かみさま》の天帝《てんてい》には、神様《かみさま》たちのために着《き》物《もの》の布《ぬの》を織《お》る仕事《しごと》をしている織女《しょくじょ》という娘《むすめ》がいました。天帝《てんてい》は織女を、天《あま》の川《がわ》の向《む》こう岸《ぎし》に住《す》むまじめな牛飼《うしか》いの青年《せいねん》、牽牛《けんぎゅう》と結婚《けっこん》させることにしました。

ところが、結婚《けっこん》した二人《ふたり》は仲《なか》がいいあまりに、だんだん仕事《しごと》をなまけるようになります。

これにおこった天帝《てんてい》は、二人《ふたり》を天《あま》の川《がわ》の両岸《りょうぎし》に引《ひ》きはなし、年《ねん》に一度《いちど》、七月七日《しちがつなのか》の夜《よる》にしか会《あ》えないようにしました。

いっぽう、日本《にほん》には毎年《まいとし》、「棚《たな》機津女《ばたつめ》」として選《えら》ばれた女《おんな》の人《ひと》が、七月七日《しちがつなのか》の夕方《ゆうがた》までに神様《かみさま》に供《そな》える布《ぬの》を織《お》り、神様《かみさま》の妻《つま》となることで豊作《ほうさく》にめぐまれる、という言《い》い伝《つた》えがありました。

日本《にほん》の七月七日《しちがつなのか》の「七夕《たなばた》」は、この二《ふた》つの伝説《でんせつ》が合《あ》わさることでうまれました。「七夕」とかいて「たなばた」と読《よ》むのはそのためです。また、日本《にほん》では織女《しょくじょ》は「織《おり》姫《ひめ》」、牽牛《けんぎゅう》は「彦星《ひこぼし》」とよばれています。

この日《ひ》は、笹《ささ》に願《ねが》いごとをかいた短冊《たんざく》をかざる風習《ふうしゅう》があります。これは江戸時代《えどじだい》に始《はじ》まったものですが、むかしはちがう風習《ふうしゅう》がありました。もともと、旧暦《きゅうれき》（144ページ）では七月七日《しちがつなのか》はお盆《ぼん》（256ページ）の時期《じき》と近《ちか》かったため、祭壇《さいだん》を組《く》み、お供《そな》えものをしてご先祖《せんぞ》様《さま》の霊《れい》をむかえ入《い》れる日《ひ》だったのです。ところが、暦《こよみ》が変《か》わり、七夕《たなばた》はお盆《ぼん》の約《やく》一《いっ》か月前《げつまえ》になったことから、お盆《ぼん》との関連性《かんれんせい》がうすれてしまいました。ただ、全国《ぜんこく》各《かく》地《ち》で行《おこな》われる七夕祭《たなばたまつ》りは、旧暦《きゅうれき》にならい、お盆《ぼん》に近《ちか》い八月七日《はちがつなのか》ごろに行《おこな》われる場合《ばあい》が多《おお》いようです。

みなさんも、七夕《たなばた》の夜《よる》には、ぜひ織姫《おりひめ》と彦星《ひこぼし》のことを思《おも》いながら夜空《よぞら》を見上《みあ》げてみてください。

この日《ひ》はほかにも…

★『シャーロック・ホームズ』をかいた小説家《しょうせつか》、コナン・ドイルが亡《な》くなった日《ひ》（一九三〇年《ねん》）

217ページのこたえ　ストックホルム

おはなしクイズ　彦星《ひこぼし》（牽牛《けんぎゅう》）の職業《しょくぎょう》は何《なに》？

こたえはつぎのページ

7月8日

大空《おおぞら》を自由《じゆう》に飛《と》べる飛行船《ひこうせん》をつくった、ツェッペリンの誕生日《たんじょうび》

ドイツ
1838～1917年《ねん》

読《よ》んだ日《ひ》にち（　　年　　月　　日）（　　年　　月　　日）（　　年　　月　　日）

人物

世界中《せかいじゅう》の空《そら》を、たくさんの飛行《ひこう》機《き》が毎日《まいにち》行《い》き来《き》しています。

飛行機《ひこうき》がうまれるより前《まえ》、人類《じんるい》がはじめて空《そら》を飛《と》んだのは一七八三年《ねん》のことでした。フランスのモンゴルフィエ兄弟《きょうだい》が熱気球《ねつききゅう》を発明《はつめい》したのです（362ページ）。

この気球《ききゅう》にエンジンをつけて、自由《じゆう》に動《うご》かせるようにしようと多《おお》くの人《ひと》が工夫《くふう》をつづけました。フェルディナント・フォン・ツェッペリンもその一人《ひとり》です。

一八三八年七月八日《ねんしちがつようか》にドイツのコンスタンツで生《う》まれたツェッペリンは、子《こ》どものころから理科《りか》が得意《とくい》でした。

士官学校《しかんがっこう》を卒業後《そつぎょうご》は陸軍《りくぐん》に入《はい》りますが、軍人《ぐんじん》として働《はたら》きながら大《だい》学《がく》にも通《かよ》い、機械工学《きかいこうがく》を熱心《ねっしん》に学《まな》んでいました。

そんなツェッペリンが空《そら》を目指《めざ》すきっかけとなったのは、アメリカの南北戦争《なんぼくせんそう》（360ページ）でした。戦《たたか》いに参加《さんか》していたツェッペリンは、偵察用《ていさつよう》の気球《ききゅう》にのって、大空《おおぞら》にまい上《あ》がったのです。

「これからは空《そら》の時代《じだい》がきっとくる。しかし、うかんでいるだけではなく、自由《じゆう》に操縦《そうじゅう》できるものをつくらなくては」

そう決意《けつい》したツェッペリンは軍《ぐん》隊《たい》をやめて、「自由《じゆう》に動《うご》かせる気《き》球《きゅう》」である、飛行船《ひこうせん》をつくり始《はじ》めます。

そして一九〇〇年七月《ねんしちがつ》、ツェッペリン一号《いちごう》が、はじめて空《そら》を飛《と》びました。全長二十八《ぜんちょうにじゅうはち》メートル、直《ちょっ》径十一《けいじゅういち》・六五《ろくご》メートル、機体《きたい》につめるのは水素《すいそ》ガスで、時速二十八《じそくにじゅうはち》キロメートルで空《そら》を飛《と》ぶ、当時《とうじ》の世界最先端《せかいさいせんたん》であり、世界最大《せかいさいだい》の飛《ひ》行船《こうせん》でした。

その後《ご》も、ツェッペリン号《ごう》は改《かい》良《りょう》を重《かさ》ねられました。飛行機《ひこうき》の登《とう》場《じょう》によって飛行船《ひこうせん》はあまり使《つか》われなくなりましたが、ツェッペリンは空《そら》に革命《かくめい》を起《お》こしたのです。

この日《ひ》はほかにも…

★日本初《にほんはつ》の女性宇宙飛行士《じょせいうちゅうひこうし》、向井《むかい》千秋《ちあき》が宇宙《うちゅう》に飛《と》び立《た》った日《ひ》（一九九四年《ねん》）

218ページのこたえ
牛飼《うしか》い

おはなしクイズ 1900年《ねん》7月《がつ》にはじめて空《そら》を飛《と》んだ、当時《とうじ》の世界最大《せかいさいだい》の飛行船《ひこうせん》の名前《なまえ》は？

こたえはつぎのページ

日本《にほん》ではじめての ジェットコースターがうまれた日《ひ》

7月9日

読《よ》んだ日《ひ》にち（　　年　　月　　日）（　　年　　月　　日）（　　年　　月　　日）

はじめて

世界初《せかいはつ》のジェットコースターは、一八八四年《ねん》にアメリカでつくられたといわれています。

なお、「ジェットコースター」というのは日本独自《にほんどくじ》のよび方《かた》で、外国《がいこく》では「ローラーコースター」とよぶのが一般的《いっぱんてき》です。

一九五五年七月九日《ねんしちがつここのか》に開園《かいえん》した東京《とうきょう》の「後楽園《こうらくえん》ゆうえんち（今《いま》の東京《とうきょう》ドームシティ　アトラクションズ）」が、ジェット機《き》にちなんで、ローラーコースターを「ジェットコースター」と名《な》づけました。スピードが速《はや》く、本格的《ほんかくてき》なローラーコースターは大人気《だいにんき》となり、その名前《なまえ》が広《ひろ》まります。それ以前《いぜん》にも、日本《にほん》にはローラーコースターはありましたが、ジェットコースターというよび名《な》はここでうまれました。

その後《ご》、スリル満点《まんてん》のジェットコースターは、遊園地《ゆうえんち》になくてはならない人気《にんき》アトラクションとなっていきます。そして、各遊園《かくゆうえん》地《ち》は、走《はし》る距離《きょり》が長《なが》いもの、「ループ」といって三百六十度回転《さんびゃくろくじゅうどかいてん》するもの、立《た》ってのるものなど、よりスリルを味《あじ》わえる新《あたら》しいタイプを開発《かいはつ》していきます。

どんなジェットコースターでも基本的《きほんてき》な構造《こうぞう》は同《おな》じです。車両《しゃりょう》には動力《どうりょく》がついておらず、まずはチェーンにまき上《あ》げられることで、急《きゅう》な坂《さか》をゆっくりとのぼっていきます。そして、一番高《いちばんたか》いところまで行《い》ったらチェーンがはずれて、車両《しゃりょう》はいきおいよく進《すす》んでいきます。

つまり、ジェットコースターは、車両《しゃりょう》が下《した》に落《お》ちるエネルギーのみで動《うご》くのです。そのいきおいでまた高《たか》いところに上《あ》がり、そこからくだるエネルギーでまた進《すす》みます。進《すす》むにしたがい、空気抵抗《くうきていこう》などでいきおいが弱《よわ》くなっていくので、たとえば、ループがいくつもある場合《ばあい》は、だんだん輪《わ》が小《ちい》さくなっていくのです。

後楽園《こうらくえん》ゆうえんち　ジェットコースター（1955年《ねん》）　写真提供：(株)東京ドーム

219ページのこたえ
ツェッペリン一号《いちごう》

この日《ひ》はほかにも…

★明治時代《めいじじだい》の小説家《しょうせつか》、森鷗外《もりおうがい》が亡《な》くなった日《ひ》（一九二二年《ねん》）

★日本科学未来館《にっぽんかがくみらいかん》が開館《かいかん》した日《ひ》（二〇〇一年《ねん》）

おはなしクイズ　世界初《せかいはつ》のジェットコースターはどこの国《くに》でつくられたといわれている？　こたえはつぎのページ

7月10日

大豆《だいず》と納豆菌《なっとうきん》がつくる納豆《なっとう》パワー
「納豆《なっとう》の日《ひ》」

読《よ》んだ日《ひ》にち（　　年　　月　　日）（　　年　　月　　日）（　　年　　月　　日）

記念日

七月十日《しちがつとおか》は、七（なっ）十（とう）のゴロ合《あ》わせから、「納豆《なっとう》の日《ひ》」とされています。

納豆《なっとう》は、日本《にほん》にむかしからあるおなじみの食《た》べものです。

材料《ざいりょう》は、基本的《きほんてき》には「大豆《だいず》」と「納豆菌《なっとうきん》」です。菌《きん》といっても、人《ひと》に悪《わる》さをする菌《きん》ではなく、牛乳《ぎゅうにゅう》をヨーグルトにする乳酸菌《にゅうさんきん》や、みそをつくるこうじ菌《きん》と同《おな》じで、人《ひと》の役《やく》に立《た》つ菌《きん》です。

納豆《なっとう》の起源《きげん》にはいろいろな説《せつ》がありますが、その中《なか》の一《ひと》つを紹介《しょうかい》しましょう。平安時代《へいあんじだい》、源義家《みなもとのよしいえ》が奥州《おうしゅう》（今《いま》の東北地方《とうほくちほう》の一部《いちぶ》）に戦《たたか》いに行《い》くとちゅう、水戸《みと》（今《いま》の茨城県《いばらきけん》）で休《やす》んでいると、わらの上《うえ》で発酵《はっこう》した大豆《だいず》を見《み》つけました。食《た》べてみたら、とてもおいしかったので、義家《よしいえ》が家臣《かしん》（家来《けらい》）に命《めい》じて同《おな》じものをつくらせてみた、というものです。

納豆菌《なっとうきん》は植物《しょくぶつ》や土《つち》など、自然《しぜん》の中《なか》にいます。とくに好《す》きな場所《ばしょ》は水田《すいでん》で、稲《いな》わら一本《いっぽん》に約一千万個《やくいっせんまんこ》の納豆菌《なっとうきん》がついているそうです。義家《よしいえ》がたまたま食《た》べたわらの上《うえ》の大豆《だいず》も、納豆菌《なっとうきん》の働《はたら》きで自然《しぜん》に納豆《なっとう》になっていたのでしょう。

ですから、むかしの納豆《なっとう》はわらでつつまれていました。このつつみを「わらづと」といい、今《いま》でも一部《いちぶ》のお店《みせ》で売《う》られています。

納豆《なっとう》の材料《ざいりょう》である大豆《だいず》は、たんぱく質《しつ》が多《おお》いので「畑《はたけ》の肉《にく》」といわれています。人間《にんげん》が生《い》きていくためには、「たんぱく質《しつ》」「炭水化物《たんすいかぶつ》」「脂質《ししつ》」「ビタミン」「ミネラル」などの栄養《えいよう》が必要《ひつよう》ですが、大豆《だいず》にはそのすべてがふくまれているのです。

納豆《なっとう》は、大豆《だいず》を洗《あら》ってむして、納豆菌《なっとうきん》をかけてから、容器《ようき》に入《い》れて温《あたた》めて発酵《はっこう》させてつくります。

大豆《だいず》の栄養《えいよう》は納豆菌《なっとうきん》の働《はたら》きで消化《しょうか》しやすくなり、さらに骨《ほね》をじょうぶにするビタミンなどの栄養《えいよう》もパワーアップします。納豆《なっとう》のネバネバもうまみのもとですから、よくかきまぜて食《た》べましょう。

この日《ひ》はほかにも…

★実用的《じつようてき》なカメラを完成《かんせい》させた、ダゲール（262ページ）の命日《めいにち》（一八五一年《ねん》）

220ページのこたえ　アメリカ

おはなしクイズ　納豆《なっとう》をくるむわらのつつみを何《なん》という？　こたえはつぎのページ

「尼将軍《あましょうぐん》」とよばれた北条政子《ほうじょうまさこ》が亡《な》くなった日《ひ》

日本《にほん》
1157～1225年《ねん》

7月11日

人物

読《よ》んだ日《ひ》にち（　　年　　月　　日）（　　年　　月　　日）（　　年　　月　　日）

戦国武将《せんごくぶしょう》、北条時政《ほうじょうときまさ》の娘《むすめ》として一一五七年《ねん》に生《う》まれた政子《まさこ》は、父《ちち》が治《おさ》める伊豆蛭ヶ小島《いずひるがこじま》（今《いま》の静岡県伊豆《しずおかけんいず》の国市《くにし》）でくらしていました。

そこに流《なが》されてきたのが、源頼朝《みなもとのよりとも》（223ページ）でした。源氏《げんじ》と平氏《へいし》の争《あらそ》いに敗《やぶ》れ、追放《ついほう》されたのです。そんな頼朝《よりとも》の世話《せわ》をするうちに親《した》しくなり、時政《ときまさ》の反対《はんたい》をおし切《き》って二人《ふたり》は結婚《けっこん》します。政子《まさこ》は、頼朝《よりとも》が源氏《げんじ》の力《ちから》を取《と》りもどして、武士《ぶし》の世《よ》の中《なか》をつくるという夢《ゆめ》についていこうと決《き》めたのです。

その後《ご》、その夢《ゆめ》どおりに平氏《へいし》をほろぼした頼朝《よりとも》は、一一九二年《ねん》に征夷大将軍《せいいたいしょうぐん》となり、鎌倉幕府《かまくらばくふ》の実権《じっけん》をにぎります。しかし、一一九九年《ねん》に頼朝《よりとも》が亡《な》くなると、政子《まさこ》は出家《しゅっけ》して尼《あま》となりました。

第二代将軍《だいにだいしょうぐん》は、息子《むすこ》の頼家《よりいえ》でした。しかし人《ひと》の上《うえ》に立《た》つにはたよりなく、また第三代将軍《だいさんだいしょうぐん》となった次男《じなん》の実朝《さねとも》は暗殺《あんさつ》されてしまいます。

将軍家《しょうぐんけ》の権力争《けんりょくあらそ》いがつづくなかで、政子《まさこ》は自《みずか》ら源氏《げんじ》を守《まも》っていく決意《けつい》をかためました。

第四代将軍《だいよんだいしょうぐん》としてむかえられた九条頼経《くじょうよりつね》はまだ二歳《にさい》だったため、政子《まさこ》はその後見人《こうけんにん》（補佐《ほさ》や世話《せわ》を行《おこな》う人《ひと》）となって幕府《ばくふ》の実権《じっけん》をにぎり、「尼将軍《あましょうぐん》」とよばれるようになりました。

一二二一年《ねん》、京都《きょうと》では朝廷《ちょうてい》の後《ご》鳥羽上皇《とばじょうこう》が鎌倉幕府《かまくらばくふ》をたおそうと、立《た》ち上《あ》がります。後鳥羽上皇《ごとばじょうこう》は、武士《ぶし》ではなく貴族《きぞく》が政治《せいじ》を行《おこな》うべきだと考《かんが》えたのです。これに鎌倉《かまくら》の武士《ぶし》たちはあわてましたが、政子《まさこ》は言《い》い放《はな》ちます。

「武士《ぶし》の世《よ》になって、あなたたちを引《ひ》き上《あ》げてくれたのはだれでしょうか。今《いま》は亡《な》き源頼朝《みなもとのよりとも》でしょう。では今《いま》こそ、その恩《おん》を返《かえ》すときではないのですか！」

その言葉《ことば》に、武士《ぶし》たちは立《た》ち上《あ》がり、上皇《じょうこう》の軍《ぐん》をたおして鎌倉幕《かまくらばく》府《ふ》を守《まも》ったのです。

政子《まさこ》は一二二五年《ねん》（嘉禄元年《かろくがんねん》）七月十一日《しちがつじゅういちにち》、六十九歳《ろくじゅうきゅうさい》でこの世《よ》を去《さ》りました。

221ページのこたえ
わらづと

この日《ひ》はほかにも…

★世界人口《せかいじんこう》デー
一九八七年《ねん》のこの日《ひ》に、世界《せかい》の人口《じんこう》が五十億人《ごじゅうおくにん》をこえたことをきっかけに制定《せいてい》。

★江戸時代《えどじだい》の思想家《しそうか》、佐久間象山《さくましょうざん》が亡《な》くなった日《ひ》（一八六四年《ねん》）

おはなしクイズ　北条政子《ほうじょうまさこ》はだれの娘《むすめ》？

こたえはつぎのページ

7月12日

源《みなもとの》頼《より》朝《とも》が征《せい》夷《い》大《たい》将《しょう》軍《ぐん》に任《にん》命《めい》された日《ひ》

読《よ》んだ日《ひ》にち（　　年　　月　　日）（　　年　　月　　日）（　　年　　月　　日）

歴史

平安時代《へいあんじだい》の終《お》わりごろ、武士《ぶし》たちが活《かつ》やくするようになります。貴族《きぞく》の用心棒《ようじんぼう》であった武士《ぶし》たちは、やがて政治的《せいじてき》な力《ちから》をもつようになりますが、中《なか》でも有力《ゆうりょく》だったのは源氏《げんじ》と平氏《へいし》です。

源氏《げんじ》の源頼朝《みなもとのよりとも》は、朝廷内《ちょうていない》の権《けん》力争《りょくあらそ》いがもとで起《お》こった戦《いくさ》に、父《ちち》である義朝《よしとも》とともに出陣《しゅつじん》します。まだ十三歳《じゅうさんさい》のときでした。しかし、平氏《へいし》のリーダーである平清盛《たいらのきよもり》の前《まえ》に敗《やぶ》れ、父《ちち》は亡《な》くなり、頼朝《よりとも》はとらわれてしまいます。死罪《しざい》を言《い》いわたされましたが、清盛《きよもり》の義《ぎ》理《り》の母《はは》が救《すく》ってくれました。

「まだ小《ちい》さいのにあわれなことです。どうか死罪《しざい》だけはおゆるしください」

と清盛《きよもり》にたのみ、伊豆蛭ヶ小島《いずひるがこじま》（今《いま》の静岡県伊豆《しずおかけんいず》の国市《くにし》）へ追放《ついほう》されることになったのです。

頼朝《よりとも》は伊豆《いず》で北条政子《ほうじょうまさこ》（222ページ）と結婚《けっこん》し、二十年《にじゅうねん》ほど平和《へいわ》にすごします。

いっぽう、都《みやこ》では平氏《へいし》が力《ちから》を拡《かく》大《だい》し、天皇《てんのう》に影響《えいきょう》をおよぼすまでになっていました。これを見《み》た後《ご》白河天皇《しらかわてんのう》の子《こ》、以仁王《もちひとおう》が「平氏《へいし》をうつべし」と命令《めいれい》を出《だ》したのです。頼朝《よりとも》はついに立《た》ち上《あ》がりました。約五万《やくごまん》の大軍《たいぐん》が頼朝《よりとも》にしたがい、鎌倉《かまくら》に入《はい》りましたが、その中《なか》にはおさないころにわかれた弟《おとうと》の義経《よしつね》（141ページ）の姿《すがた》もありました。

いきおいにのった源氏《げんじ》の軍《ぐん》は、一一八五年《ねん》に壇ノ浦《だんのうら》の戦《たたか》いでとうとう平氏《へいし》をほろぼします。

その後《ご》、後白河天皇《ごしらかわてんのう》が亡《な》くなると、頼朝《よりとも》は一一九二年《ねん》（建久三《けんきゅうさん》年《ねん》）七月十二日《しちがつじゅうににち》に朝廷《ちょうてい》から征夷大《せいいたい》将軍《しょうぐん》に任命《にんめい》され、鎌倉幕府《かまくらばくふ》の実権《じっけん》をにぎります。鎌倉幕府《かまくらばくふ》は武士《ぶし》が統治《とうち》するはじめての政府《せいふ》となりました。

この日《ひ》はほかにも…

★マララ・デー
ノーベル平和賞受賞者《へいわしょうじゅしょうしゃ》、マララ・ユスフザイの誕生日《たんじょうび》にちなみ、すべての子《こ》どもたちが教育《きょういく》を受《う》ける権《けん》利《り》をうったえる日《ひ》。

★大正《たいしょう》・昭和時代《しょうわじだい》の画家《がか》、山下清《やましたきよし》（89ページ）の命日《めいにち》（一九七一年《ねん》）

222ページのこたえ
北条時政《ほうじょうときまさ》

おはなしクイズ　1185年《ねん》に源氏《げんじ》が平氏《へいし》をほろぼした戦《たたか》いは？

こたえはつぎのページ

明石《あかし》（兵庫県《ひょうごけん》）が日本《にほん》の標準時《ひょうじゅんじ》として国民《こくみん》に知《し》られた日《ひ》

7月13日

読《よ》んだ日《ひ》にち（　年　月　日）（　年　月　日）（　年　月　日）

歴史

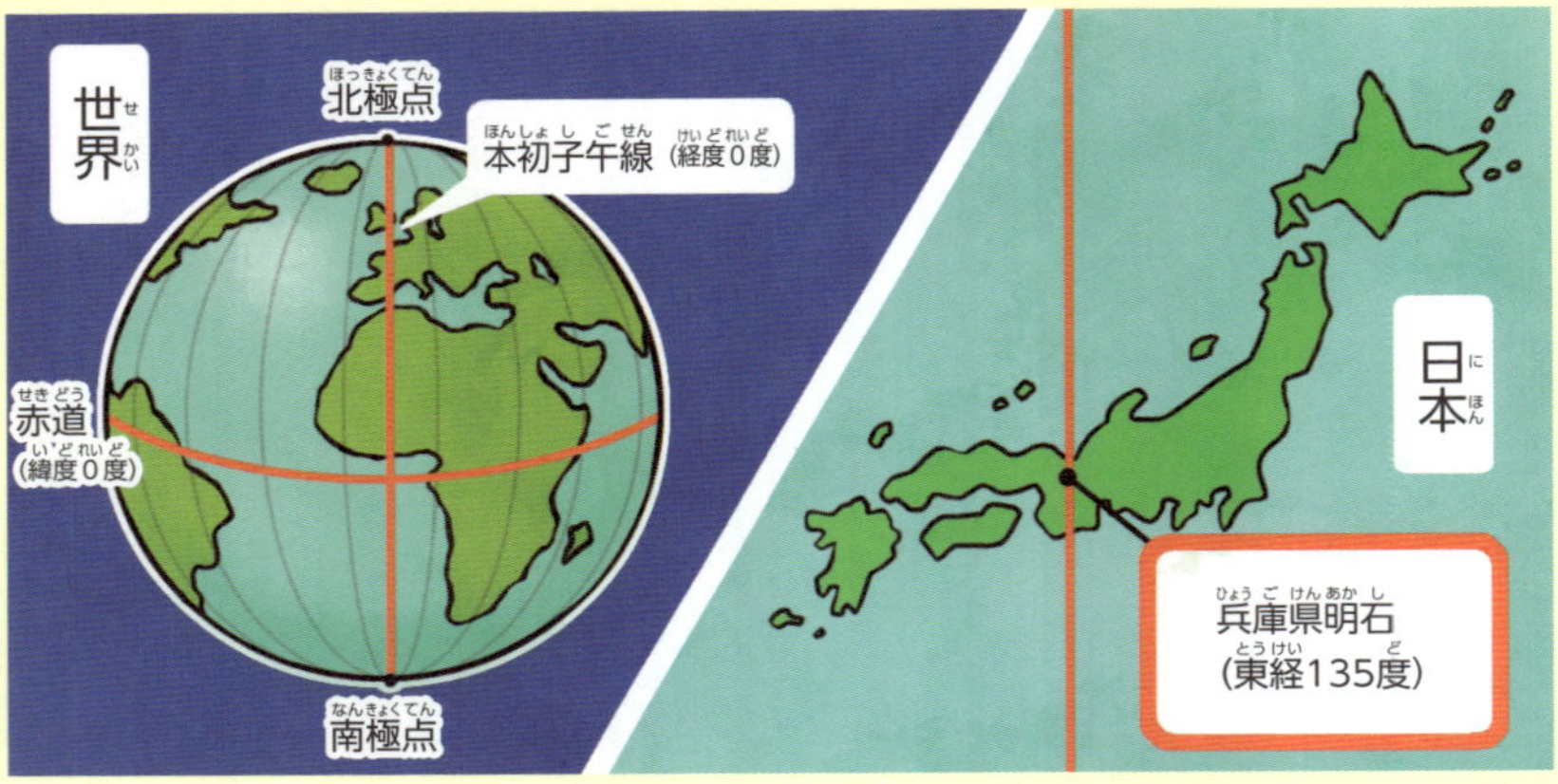

成田国際空港《なりたこくさいくうこう》には大《おお》きな世界《せかい》時計《とけい》があります。世界《せかい》の主《おも》な都市《とし》の現在《げんざい》の時刻《じこく》がしめされていて、東京《とうきょう》は正午《しょうご》なのに、アメリカは夜《よる》だったり、イギリスは夜《よ》が明《あ》けていなかったりします。

飛行機《ひこうき》が発達《はったつ》し、経済《けいざい》が活発《かっぱつ》になると、多《おお》くの人《ひと》が世界中《せかいじゅう》を移動《いどう》するようになりました。そこで国《くに》ごとの時差《じさ》（時刻《じこく》の差《さ》、142ページ）を整理《せいり》する必要《ひつよう》が出《で》てきました。

まず、世界《せかい》の標準時《ひょうじゅんじ》（世界時《せかいじ》）の基本《きほん》をどこにおくかです。「緯度《いど》」と「経度《けいど》」という言葉《ことば》をきいたことがありますか。地球上《ちきゅうじょう》の位置《いち》を知《し》るためのものです。

緯度《いど》は赤道《せきどう》に平行《へいこう》な線《せん》で、赤道《せきどう》を〇度《れいど》として南北《なんぼく》それぞれ九十度《きゅうじゅうど》にいたります。経度《けいど》は北極点《ほっきょくてん》と南極点《なんきょくてん》をむすんだ線《せん》で、イギリスのグリニッジ天文台《てんもんだい》を通《とお》る線《せん》が〇《れい》度《ど》。その東西《とうざい》それぞれ百八十度《ひゃくはちじゅうど》にいたります。

地球《ちきゅう》は北極点《ほっきょくてん》と南極点《なんきょくてん》をむすぶ軸《じく》を中心《ちゅうしん》に、一日《いちにち》（二十四時間《にじゅうよじかん》）で一回自転《いっかいじてん》しているので、時刻《じこく》に関係《かんけい》があるのは経度《けいど》です。そこで一八八四年《ねん》、グリニッジ天文台《てんもんだい》を通《とお》る線《せん》（本初子午線《ほんしょしごせん》）が標準時《ひょうじゅんじ》の基準《きじゅん》とされました。

では、それぞれの国《くに》の時刻《じこく》はどうやって決《き》めたのでしょう。

地球《ちきゅう》は、一周三百六十度《いっしゅうさんびゃくろくじゅうど》を、二十四時間《にじゅうよじかん》でまわるので、三百六十《さんびゃくろくじゅう》（度《ど》）÷二十四《にじゅうよん》（時間《じかん》）＝十五《じゅうご》（度《ど》）。つまり経度十五度《けいどじゅうごど》おきに、一時間《いちじかん》ずつ時差《じさ》がうまれることになります。そこで、十五度《じゅうごど》の整数《せいすう》倍《ばい》の地点《ちてん》の時刻《じこく》を、国際的《こくさいてき》な取《と》り決《き》めで各国《かっこく》の時刻《じこく》とすることになりました。

日本《にほん》では、一八八六年七月十二日《ねんしちがつじゅうににち》に、十五度《じゅうごど》の九倍《きゅうばい》、東経百三十五度《とうけいひゃくさんじゅうごど》の地点《ちてん》にある「明石《あかし》（兵庫県《ひょうごけん》）」の時刻《じこく》を日本標準時《にほんひょうじゅんじ》にするという勅令《ちょくれい》（天皇《てんのう》による命令《めいれい》のこと）が出《だ》され、翌日《よくじつ》の十三日《じゅうさんにち》に国民《こくみん》に知《し》らされました。

この日《ひ》はほかにも…

★サッカーのワールドカップがはじめて開催《かいさい》された日《ひ》（一九三〇年《ねん》）

223ページのこたえ　壇《だん》ノ浦《うら》の戦《たたか》い

おはなしクイズ　「明石《あかし》（兵庫県《ひょうごけん》）」は東経何度《とうけいなんど》の位置《いち》にある？　こたえはつぎのページ

7月14日

ゼリーづくりにかかせない「ゼラチンの日《ひ》」

読《よ》んだ日《ひ》にち（　　年　　月　　日）（　　年　　月　　日）（　　年　　月　　日）

記念日

ゼリーやババロアなどはぷるぷるした食感《しょっかん》が特徴《とくちょう》です。このぷるぷる感《かん》をつくりだすのは、原料《げんりょう》をかためる「ゼラチン」というたんぱく質《しつ》です。いっぽう、ようかんやところてんなどに使《つか》われる「寒天《かんてん》」はゼラチンよりしっかりかたまり、歯切《はぎ》れがよいのが特徴《とくちょう》といえます。

どちらも、白《しろ》い粉《こな》の状態《じょうたい》で売《う》られているものが多《おお》いので同《おな》じように見《み》えますが、水《みず》を入《い》れて火《ひ》にかけると、ゼラチンは七十《ななじゅう》から八十《はちじゅう》度《ど》でとけて十五《じゅうご》から二十《にじゅう》度《ど》まで冷《ひ》やすとかたまり、寒天《かんてん》は沸騰《ふっとう》させるととけて三十《さんじゅう》から三十五《さんじゅうご》度《ど》、つまり室温《しつおん》でかたまります。かたまったあとのゼラチンは体温《たいおん》と同《おな》じくらいの温度《おんど》でとけ、やわらかな食感《しょっかん》に仕上《しあ》がります。

この二《ふた》つの原料《げんりょう》は、栄養分《えいようぶん》がまったくちがいます。牛《うし》やブタなどの骨《ほね》や皮《かわ》を原料《げんりょう》としているゼラチンには、コラーゲンという栄養《えいよう》分《ぶん》がふくまれています。いっぽう、天草《てんぐさ》などの海草《かいそう》を原料《げんりょう》とする寒天《かんてん》は食物繊維《しょくもつせんい》をふくみ、カロリーはほとんどありません。

ゼラチンがおかしづくりに多用《たよう》されるようになったのは十八世紀《じゅうはっせいき》ごろです。フランスで「国王《こくおう》のシェフ」とよばれた料理家《りょうりか》、アントナン・カレームは積極的《せっきょくてき》にゼラチンを使《つか》い、ババロアなどのスイーツをつくりました。ゼラチンはあわをだきこむ力《ちから》があるので、ムースやマシュマロのふわふわ感《かん》も出《だ》せるのです。

一七八九年七月十四日《ねんしちがつじゅうよっか》、パリ市《し》民《みん》がバスティーユ牢獄《ろうごく》を襲撃《しゅうげき》し、フランス革命《かくめい》が始《はじ》まりました（269ページ）。

（269ページ）

フランスのおかしや料理《りょうり》にゼラチンがよく使《つか》われることにちなんで、フランス革命記念日《かくめいきねんび》のこの日《ひ》が「ゼラチンの日《ひ》」、また「ゼリーの日《ひ》」と決《き》められました。

ゼラチンは、美容《びよう》や健康《けんこう》などにもよいとされています。また、薬《くすり》を飲《の》むときのカプセルなど、意外《いがい》なところでも使《つか》われています。

この日《ひ》はほかにも…

★江戸時代《えどじだい》の医者《いしゃ》、緒方洪庵《おがたこうあん》の誕《たん》生日《じょうび》（一八一〇年《ねん》）

224ページのこたえ　百三十五度《ひゃくさんじゅうごど》

おはなしクイズ　ゼラチンの原料《げんりょう》は何《なに》？　こたえはつぎのページ

「ファミリーコンピュータ」が発売《はつばい》された日《ひ》

7月15日

読《よ》んだ日《ひ》にち（　　年　　月　　日）（　　年　　月　　日）（　　年　　月　　日）

はじめて

一九八三年七月十五日《ねんしちがつじゅうごにち》は任天堂《にんてんどう》から「ファミコン」が発売《はつばい》された日《ひ》です。「ファミコン」というのは、家庭用《かていよう》ゲーム機《き》「ファミリーコンピュータ」を略《りゃく》したよび方《かた》です。今《いま》ではいくつもの家庭用《かていよう》ゲーム機《き》がありますが、ファミコンはそれを日本中《にほんじゅう》に、そして世界各地《せかいかくち》に広《ひろ》めた歴史的《れきしてき》な大《だい》ヒット商品《しょうひん》でした。

ファミコン以前《いぜん》にも、テレビにつないでゲームをする機械《きかい》はありました。日本《にほん》での第一号《だいいちごう》は、一九七五年《ねん》にうまれた「テレビテニス」というものです。

ただ、当時《とうじ》のゲーム機《き》にはソフトが内蔵《ないぞう》されており、「テレビテニス」はテニスのゲームしかできませんでした。また、内容《ないよう》も単純《たんじゅん》なものだったので、あまり広《ひろ》まらなかったのです。

ファミリーコンピュータ

写真提供:任天堂(株)

同《おな》じころ、お金《かね》を入《い》れてゲームを楽《たの》しむ「アーケードゲーム機《き》」も発展《はってん》します。ゲームセンターの数《かず》が増《ふ》えただけではなく、喫茶店《きっさてん》やだがし屋《や》さん（91ページ）など、いろいろなところに設置《せっち》されていきます。

そんな一九七〇年代後半《ねんだいこうはん》、カートリッジをかえればいろいろなゲームを楽《たの》しめる家庭用《かていよう》ゲーム機《き》が登場《とうじょう》しますが、当時《とうじ》の価格《かかく》で三《さん》万円以上《まんえんいじょう》と、高価《こうか》なものがほとんどでした。

ファミコンが発売《はつばい》されるのは、それからしばらくたってからです。それまでのゲーム機《き》より性能《せいのう》が高《たか》く、ソフトの種類《しゅるい》も豊富《ほうふ》で値《ね》段《だん》も手頃《てごろ》だったことから、大《だい》ヒットとなりました。「スーパーマリオブラザーズ」や「ドラゴンクエスト」など、今《いま》も親《した》しまれているソフトがたくさんあります。

その後《ご》、コンピュータゲーム機《き》はどんどん進化《しんか》をとげていきます。テレビにつなぐものだけではなく、持《も》ち運《はこ》べる小型《こがた》のゲーム機《き》も登場《とうじょう》し、最近《さいきん》ではスマートフォンで遊《あそ》べるゲームが大人気《だいにんき》です。

この日《ひ》はほかにも…

★明治《めいじ》・大正時代《たいしょうじだい》の画家《がか》、黒田清輝《くろだせいき》の命日《めいにち》（一九二四年《ねん》）

225ページのこたえ
牛《うし》やブタなどの骨《ほね》や皮《かわ》

おはなしクイズ　「ファミリーコンピュータ」を略《りゃく》して何《なん》とよばれている？　こたえはつぎのページ

7月16日

南極点《なんきょくてん》に世界《せかい》で一番《いちばん》最初《さいしょ》に到達《とうたつ》したアムンセンの誕生日《たんじょうび》

ノルウェー
1872〜1928年《ねん》

読《よ》んだ日《ひ》にち（　　年　　月　　日）（　　年　　月　　日）（　　年　　月　　日）

人物

一八七二年《ねん》七《しち》月《がつ》十六《じゅうろく》日《にち》にノルウェーで生《う》まれたロアール・アムンセンは、子《こ》どものころから探検《たんけん》家《か》になるのが夢《ゆめ》でした。

大学《だいがく》をとちゅうでやめて航海士《こうかいし》になったあと、アムンセンは数《かず》かずの冒険《ぼうけん》に出《で》かけ、三十三歳《さんじゅうさんさい》で「北西航路《ほくせいこうろ》」（アメリカ大陸《たいりく》の北《きた》を大西洋《たいせいよう》から太平洋《たいへいよう》にぬける航路《こうろ》）を世界《せかい》ではじめて通過《つうか》して、探検《たんけん》家《か》として名前《なまえ》を知《し》られるようになりました。

そして、長年《ながねん》の夢《ゆめ》だった北極点《ほっきょくてん》に最初《さいしょ》に行《い》く冒険《ぼうけん》に出発《しゅっぱつ》する直前《ちょくぜん》のことです。アムンセンは、アメリカの探検家《たんけんか》ロバート・ピアリーが北極点《ほっきょくてん》に到着《とうちゃく》したという知《し》らせをきいて、くやしがりました。

でも、アムンセンはあきらめません。北極《ほっきょく》の調査《ちょうさ》に行《い》くと言《い》って船《ふね》を出《だ》し、とちゅうで仲間《なかま》の隊員《たいいん》たちにこう言《い》ったのです。

「これから南極点《なんきょくてん》を目指《めざ》す」

急《きゅう》な変更《へんこう》でしたが、みんな大《おお》よろこびでついてきました。

南極点《なんきょくてん》には、イギリスの探検家《たんけんか》ロバート・スコットも向《む》かっていましたが、たくさんの冒険《ぼうけん》を経験《けいけん》したアムンセンは、勝《か》つ自信《じしん》がありました。アムンセンはスコットよりも南極点《なんきょくてん》に近《ちか》い場所《ばしょ》に基地《きち》をつくり、たくさんの犬《いぬ》にソリを引《ひ》かせました。

「隊長《たいちょう》、ここです。南極点《なんきょくてん》です」

「ついにやったぞ。一番《いちばん》のりだ」

はげしいふぶきや落《お》ちたら助《たす》からない氷《こおり》のあなに苦《くる》しめられながら、アムンセンたちが南極点《なんきょくてん》に着《つ》いたのは一九一一年《ねん》十二《じゅうに》月《がつ》十四日《じゅうよっか》でした。基地《きち》を出《で》てからおよそ六《ろく》十日《じゅうにち》後《ご》に、世界《せかい》ではじめて南極点《なんきょくてん》に立《た》ったのです。

スコットたちがたどり着《つ》いたのは、その約一《やくいっ》か月後《げつご》のことでした。そして南極点《なんきょくてん》からの帰路《きろ》、スコットたちは遭難《そうなん》し、亡《な》くなりました。

アムンセンはその後《ご》も飛行船《ひこうせん》で冒険《ぼうけん》をするなど活《かつ》やくします。しかし、一九二八年《ねん》六月《ろくがつ》、北極《ほっきょく》で遭《そう》難《なん》したイタリアの飛行船《ひこうせん》をさがしに向《む》かったまま、行方不明《ゆくえふめい》になりました。五十五歳《ごじゅうごさい》でした。

この日《ひ》はほかにも…

★虹《にじ》の日《ひ》
七(なな)一(い)六(ろ)のゴロ合《あ》わせから。

226ページのこたえ
ファミコン

おはなしクイズ　アムンセンと同《おな》じ時期《じき》に南極点《なんきょくてん》に向《む》かっていた探険家《たんけんか》は？

こたえはつぎのページ

戦国時代《せんごくじだい》の花《はな》
細川《ほそかわ》ガラシャが亡《な》くなった日《ひ》

日本《にほん》
1563〜1600年《ねん》

7月17日

人物

読《よ》んだ日《ひ》にち（　　年　　月　　日）（　　年　　月　　日）（　　年　　月　　日）

玉子《たまこ》（細川《ほそかわ》ガラシャの本名《ほんみょう》）は、一五六三年《ねん》（永禄六年《えいろくろくねん》）に越前国《えちぜんのくに》（今《いま》の福井県《ふくいけん》）で、戦国時代《せんごくじだい》の武将《ぶしょう》、明智光秀《あけちみつひで》の娘《むすめ》として生《う》まれました。十六歳《じゅうろくさい》のときに同《おな》じ年《とし》の武将《ぶしょう》、細川忠興《ほそかわただおき》と結婚《けっこん》します。明智家《あけちけ》と細川家《ほそかわけ》は、どちらも織田《おだ》信長《のぶなが》（179ページ）の家臣《かしん》（家来《けらい》）で、親《した》しい間柄《あいだがら》でした。子《こ》どもも生《う》まれ、玉子《たまこ》と忠興《ただおき》は仲《なか》むつまじくくらしていましたが、一五八二年《ねん》に大変《たいへん》なことが起《お》こりました。

玉子《たまこ》の父《ちち》、光秀《みつひで》が主君《しゅくん》、信長《のぶなが》が宿《やど》としていた本能寺《ほんのうじ》に焼《や》きうちをかけ、謀反《むほん》（家臣《かしん》が主君《しゅくん》にそむくこと）を起《お》こしたのです。その後《ご》、光秀《みつひで》は豊臣秀吉《とよとみひでよし》（216ページ）との戦《たたか》いに敗《やぶ》れて亡《な》くなります。

この謀反《むほん》により、細川家《ほそかわけ》と明智《あけち》家《け》は対立《たいりつ》し、玉子《たまこ》は深《ふか》く悲《かな》しみました。そして、心《こころ》の救《すく》いをキリスト教《きょう》に求《もと》めて、洗礼《せんれい》（キリスト教《きょう》徒《と》になるための儀式《ぎしき》）を受《う》け、ガラシャという洗礼名《せんれいめい》をもらいます。キリスト教《きょう》は室町時代《むろまちじだい》に日本《にほん》に入《はい》ってきましたが、信長《のぶなが》の死《し》後《ご》、天下《てんか》を取《と》った秀吉《ひでよし》は、キリスト教徒《きょうと》を迫害《はくがい》しました。しかし玉《たま》子《こ》は、キリストの教《おし》えを信《しん》じつづけます。

秀吉《ひでよし》が亡《な》くなると、のこされた豊臣方《とよとみがた》の武士《ぶし》と、徳川家康《とくがわいえやす》（401ページ）方《がた》の武士《ぶし》が対立《たいりつ》しました。忠興《ただおき》は徳川方《とくがわがた》です。

一六〇〇年《ねん》（慶長五年《けいちょうごねん》）七月十《しちがつじゅう》七日《しちにち》。忠興《ただおき》が戦場《せんじょう》に出《で》たあと、玉《たま》子《こ》は豊臣方《とよとみがた》の武士《ぶし》に人質《ひとじち》にされそうになりました。しかし、玉子《たまこ》は少《すこ》しもあわてず、家老《かろう》（家臣《かしん》の長《ちょう》）に命《めい》じて自分《じぶん》の命《いのち》を絶《た》ったのです。細川《ほそかわ》ガラシャは、戦国《せんごく》を生《い》きた女性《じょせい》として、最期《さいご》まで美《うつく》しく、ほこり高《たか》い貴婦人《きふじん》でありつづけました。

その年《とし》の九月《くがつ》、関《せき》ヶ《が》原《はら》の戦《たたか》い（290ページ）で徳川方《とくがわがた》が勝《か》ち、新《あら》たな時代《じだい》が始《はじ》まったのです。

この日《ひ》はほかにも…

★明治天皇《めいじてんのう》が発《はっ》した公文書《こうぶんしょ》により「江戸《えど》」が「東京《とうきょう》」と改称《かいしょう》された日《ひ》（一八六八年《ねん》）

227ページのこたえ
ロバート・スコット

おはなしクイズ　細川《ほそかわ》ガラシャの父《ちち》はだれ？　こたえはつぎのページ

7月18日

日本初《にほんはつ》の女優《じょゆう》 川上貞奴《かわかみさだやっこ》の誕生日《たんじょうび》

日本《にほん》 1871〜1946年《ねん》

人物

読《よ》んだ日《ひ》にち（　　年　　月　　日）（　　年　　月　　日）（　　年　　月　　日）

川上貞奴《かわかみさだやっこ》は、一八七一年《ねん》（明治《めいじ》四年《よねん》）七月十八日《しちがつじゅうはちにち》、東京《とうきょう》の日本橋《にほんばし》で生《う》まれました。売《う》れっ子《こ》の芸者《げいしゃ》になりましたが、芸者《げいしゃ》をやめ、二《に》十三歳《じゅうさんさい》のとき役者《やくしゃ》の川上音二郎《かわかみおとじろう》と結婚《けっこん》します。音二郎《おとじろう》らの海外公演《かいがいこうえん》についてアメリカに行《い》ったとき、貞奴《さだやっこ》ははられていた公演《こうえん》ポスターを見《み》てびっくりしました。

「どうして、わたしの芸者姿《げいしゃすがた》がかかれているの？　役者《やくしゃ》でもないのに！」

そのころ日本《にほん》では、劇《げき》に出演《しゅつえん》できるのは男性《だんせい》だけ、というしきたりがあり、女性《じょせい》の役《やく》も「女形《おやま》」といって男性《だんせい》が演《えん》じていました。

ところが、アメリカのプロデューサーは、

「女性《じょせい》の役《やく》は女性《じょせい》がやるのが当《あ》たり前《まえ》。あなたが出《で》ないなら公演《こうえん》は中止《ちゅうし》だ」

と言《い》います。覚悟《かくご》をきめ、貞奴《さだやっこ》は舞台《ぶたい》に立《た》ちましたが、何《なん》と売上《うりあげ》金《きん》をプロデューサーに持《も》ちにげされ、一行《いっこう》はお金《かね》がなくなってしまいました。必死《ひっし》に公演先《こうえんさき》をさがし、ようやく芝居《しばい》をさせてもらえることになったものの、おなかが空《す》いた役者《やくしゃ》たちは、今《いま》にもたおれそうです。

「がんばれ。この公演《こうえん》がうまくいけば、食《た》べものにありつけるぞ！」

しかし、恋《こい》にくるう女《おんな》を演《えん》じていた貞奴《さだやっこ》は、クライマックスで空《くう》腹《ふく》のあまり目《め》をまわしてたおれます。客席《きゃくせき》はシーンとしずまりかえりました。

「もうだめだわ！　公演《こうえん》は失敗《しっぱい》よ」

貞奴《さだやっこ》がそう思《おも》ったときです。大《だい》歓声《かんせい》とともに、観客《かんきゃく》はみんな立《た》ち上《あ》がりました。

「迫真《はくしん》の演技《えんぎ》だ。すばらしい！」

貞奴《さだやっこ》はまたたく間《ま》に有名《ゆうめい》になり、ニューヨークやイギリスのロンドン、フランスのパリでも公演《こうえん》して帰国《きこく》しました。そして、日本《にほん》ではじめての女優《じょゆう》としてさまざまな作品《さくひん》に出演《しゅつえん》し、女優《じょゆう》の育成《いくせい》のためにも働《はたら》きました。

「機会《きかい》さえあれば、女性《じょせい》も男性《だんせい》と同《おな》じようにいろいろなことができる」。それが貞奴《さだやっこ》の信念《しんねん》でした。

この日《ひ》はほかにも…

★ノーベル平和賞《へいわしょう》を受賞《じゅしょう》した南《みなみ》アフリカ共和国《きょうわこく》の元大統領《もとだいとうりょう》、ネルソン・マンデラの誕生日《たんじょうび》（一九一八年《ねん》）

228ページのこたえ　明智光秀《あけちみつひで》

おはなしクイズ　川上貞奴《かわかみさだやっこ》がはじめて劇《げき》に出演《しゅつえん》した国《くに》は？　こたえはつぎのページ

地道《じみち》に努力《どりょく》をした芸術家《げいじゅつか》
ドガが生《う》まれた日《ひ》

フランス
1834〜1917年《ねん》

7月19日

読《よ》んだ日《ひ》にち（　　年　　月　　日）（　　年　　月　　日）（　　年　　月　　日）

人物

エドガー・ドガは、十九世紀後《じゅうきゅうせいきこう》半《はん》のフランスで活《かつ》やくした芸術家《げいじゅつか》の一人《ひとり》です。一八三四年七月十九日《ねんしちがつじゅうくにち》にパリで生《う》まれ、芸術《げいじゅつ》を愛《あい》する家族《かぞく》の中《なか》で育《そだ》ちました。

絵《え》や彫刻《ちょうこく》にふれることが多《おお》かったことから、ドガはこんな夢《ゆめ》をもつようになりました。

「芸術家《げいじゅつか》になりたいな」

しかし、お父《とう》さんは反対《はんたい》します。

「芸術家《げいじゅつか》になっても貧乏《びんぼう》なくらしが待《ま》っているだけだぞ。それより法律《ほうりつ》を勉強《べんきょう》したほうがいい」

結局《けっきょく》、ドガはパリの大学《だいがく》に入《はい》り、法律《ほうりつ》の勉強《べんきょう》を始《はじ》めます。しかし、夢《ゆめ》をすてることはなく、絵《え》の勉強《べんきょう》も本格的《ほんかくてき》に始《はじ》めることにしました。お父《とう》さんも、そんなドガをいつの間《ま》にか理解《りかい》してくれるようになります。

ドガは真剣《しんけん》でした。パリにあるルーブル美術館《びじゅつかん》でいろいろな作品《さくひん》を見《み》たり、有名《ゆうめい》な作品《さくひん》を本物《ほんもの》そっくりにまねしてえがいたりと、努力《どりょく》を重《かさ》ねました。イタリアに修業《しゅぎょう》に行《い》ったこともあります。

そうした地道《じみち》な努力《どりょく》のおかげで、ドガの作品《さくひん》は人《ひと》びとにみとめられるようになり、芸術家《げいじゅつか》として有名《ゆうめい》になっていきました。ドガは、代表作《だいひょうさく》「踊《おど》りの花形《はながた》」にえがかれているような踊《おど》り子《こ》や、競馬場《けいばじょう》の馬《うま》、町《まち》の人《ひと》びとのくらしなどをくり返《かえ》しえがきつづけました。

ドガは、人《ひと》づき合《あ》いがあまりうまくなく、気《き》むずかしいところもあったといわれています。ただ、芸術《げいじゅつ》を愛《あい》する心《こころ》や、そのためにまじめに努力《どりょく》することだけは、だれにも負《ま》けませんでした。

しかし、五十歳《ごじっさい》をすぎたころから、目《め》が悪《わる》くなります。自然《しぜん》や人《ひと》びとの姿《すがた》を見《み》て、それを絵《え》や彫刻《ちょうこく》にしてきたドガにとって、視力《しりょく》を失《うしな》うことは、とてもつらいことでした。ほとんど目《め》が見《み》えなくなってからも、ドガは記憶《きおく》をたよりに絵《え》をかき、彫刻《ちょうこく》をつくりました。

229ページのこたえ　アメリカ

この日《ひ》はほかにも…

★中山《なかやま》マサが日本初《にほんはつ》の女性大臣《じょせいだいじん》になった日《ひ》（一九六〇年《ねん》）

★二千円札《にせんえんさつ》が発行《はっこう》された日《ひ》（二〇〇〇年《ねん》）

おはなしクイズ　ドガがいろいろな作品《さくひん》を見《み》たパリの美術館《びじゅつかん》は？

こたえはつぎのページ

人類《じんるい》がはじめて月面《げつめん》を歩《ある》いた日《ひ》

読《よ》んだ日《ひ》にち（　　年　　月　　日）（　　年　　月　　日）（　　年　　月　　日）

一九六九年七月二十日《ねんしちがつはつか》は、はじめて人類《じんるい》が月面《げつめん》を歩《ある》いた日《ひ》です。

一九六一年《ねん》に、当時《とうじ》のアメリカ大統領《だいとうりょう》のケネディ（174ページ）が「一九六〇年代《ねんだい》が終《お》わるまでに人類《じんるい》を月《つき》に立《た》たせる」と宣言《せんげん》し、世《せ》界中《かいじゅう》をおどろかせました。それまで宇宙《うちゅう》に人工衛星《じんこうえいせい》を飛《と》ばすことができても、人間《にんげん》を飛《と》ばすことはできなかったのです。

計画《けいかく》はなかなか進《すす》みませんでした。まずは、人間《にんげん》を宇宙《うちゅう》まで打《う》ち上《あ》げるロケットの開発《かいはつ》です。飛行《ひこう》中《ちゅう》、ある高《たか》さまで行《い》ったら下《した》の段《だん》、またある高《たか》さでその次《つぎ》の段《だん》を切《き》りはなす。これをくり返《かえ》し、最《さい》後《ご》は人間《にんげん》ののる部分《ぶぶん》をのこして、あとはすててしまう。そうすることで、遠《とお》い月《つき》までロケットを飛《と》ばすことができるようになりました。最初《さいしょ》は、切《き》りはなしてロケットが飛《と》ぶかどうか、そして月《つき》まで行《い》けるかどうか、最後《さいご》に月《つき》に着陸《ちゃくりく》船《せん》を飛《と》ばせるかどうかをたしかめるため、実験《じっけん》がくり返《かえ》されました。

そして、一九六九年七月十六日《ねんしちがつじゅうろくにち》に三人《さんにん》の宇宙飛行士《うちゅうひこうし》、ニール・アームストロング、バズ・オルドリン、マイケル・コリンズをのせたアポロ十一号《じゅういちごう》が発射《はっしゃ》されました。ごう音《おん》をひびかせて一段目《いちだんめ》、二段目《にだんめ》と切《き》りはなして月《つき》に向《む》かっていきます。四日目《よっかめ》の七月二十日《しちがつはつか》、着陸船《ちゃくりくせん》は月《つき》に着地《ちゃくち》しました。

そして、ついに宇宙服《うちゅうふく》に身《み》をつつんだアームストロングがはしごをおり、ゆっくりと一歩《いっぽ》をふみ出《だ》しました。そして、軽《かる》い足《あし》どりで月《つき》の表面《ひょうめん》をとんだりはねたりしながら歩《ある》き、国旗《こっき》を月《つき》に立《た》てたり岩《がん》石《せき》をとったりしました。

「一人《ひとり》の人間《にんげん》にとっては小《ちい》さな一《いっ》歩《ぽ》だが、人類《じんるい》にとっては偉大《いだい》な飛《ひ》躍《やく》である」

アームストロングはそう言葉《ことば》をのこしています。

この日《ひ》はほかにも…

★海《うみ》の日《ひ》（二〇〇二年《ねん》まで）

国民《こくみん》の祝日《しゅくじつ》の一《ひと》つ。海《うみ》の恩恵《おんけい》に感《かん》謝《しゃ》する日《ひ》。もともとはこの日《ひ》だったが、今《いま》は七月《しちがつ》の第三月曜日《だいさんげつようび》となっている。

230ページのこたえ　ルーブル美術館《びじゅつかん》

おはなしクイズ　一番最初《いちばんさいしょ》に月面《げつめん》を歩《ある》いた人物《じんぶつ》の名前《なまえ》は？

こたえはつぎのページ

日本《にほん》を代表《だいひょう》する三《みっ》つの美《うつく》しい景観《けいかん》「日本三景《にほんさんけい》の日《ひ》」

読《よ》んだ日《ひ》にち（　　年　　月　　日）（　　年　　月　　日）（　　年　　月　　日）

美《うつく》しい国土《こくど》の広《ひろ》がる日本《にほん》ですが、とりわけ見事《みごと》な景色《けしき》といわれる場所《ばしょ》が、三《みっ》つあります。それを「日本三景《にほんさんけい》」とよんでいます。

一《ひと》つ目《め》は、宮城県《みやぎけん》の松島《まつしま》です。松島湾《まつしまわん》におよそ二百六十《にひゃくろくじゅう》の島《しま》がうかび、幻想的《げんそうてき》な景色《けしき》が広《ひろ》がっています。海岸線《かいがんせん》と海《うみ》、島《しま》が複雑《ふくざつ》に入《い》り組《く》む美《うつく》しい様子《ようす》を見《み》て、戦国時《せんごくじ》代《だい》の武将《ぶしょう》、伊達政宗《だてまさむね》（246ページ）など、多《おお》くの人《ひと》が歌《うた》や句《く》をのこしています。

二《ふた》つ目《め》の天橋立《あまのはしだて》は、京都府《きょうとふ》にある砂嘴《さし》です。砂嘴《さし》とは海流《かいりゅう》によって砂《すな》がおしかためられてできた細《ほそ》長《なが》い地形《ちけい》のことです。まるで宮津《みやづ》湾《わん》にかかる橋《はし》のように、南北《なんぼく》およそ三《さん》・六《ろく》キロメートルにわたってのびる砂地《すなち》には、五千本《ごせんぼん》もの松《まつ》が生《お》いしげっています。天《てん》へとのびていく龍《りゅう》のようにも、橋《はし》のようにも見《み》えることからその名《な》がついたといわれています。

そして、三《みっ》つ目《め》の広島県《ひろしまけん》の宮島《みやじま》は、海《うみ》の上《うえ》にたつ厳島神社《いつくしまじんじゃ》で有名《ゆうめい》です。巨大《きょだい》な鳥居《とりい》も、どうどうとした社《やしろ》も、あざやかな朱色《しゅいろ》でいろどられており、潮《しお》がみちてくるとその足元《あしもと》は海《うみ》に飲《の》みこまれていきます。まるで、海《うみ》にうかんでいるように見《み》えるのです。建物《たてもの》はいずれも平安時代末期《へいあんじだいまっき》の建築様式《けんちくようしき》で、国宝《こくほう》に指定《してい》されています。

三景《さんけい》はどれも海《うみ》が見《み》える場所《ばしょ》にあります。また、松《まつ》の林《はやし》が見事《みごと》にしげり、青《あお》い海《うみ》との対比《たいひ》をなしています。海《うみ》にかこまれ、山《やま》の緑《みどり》にめぐまれた日本《にほん》をあらわしているかのような景色《けしき》なのです。

日本《にほん》のさまざまな景観《けいかん》の中《なか》から、この三《さん》か所《しょ》をはじめに取《と》り上《あ》げたのは、江戸時代《えどじだい》に活《かつ》やくした儒学者《じゅがくしゃ》である林春斎《はやししゅんさい》です。彼《かれ》は一六四三年《ねん》に「日本国事跡考《にほんこくじせきこう》」を発《はっ》表《ぴょう》します。この中《なか》で、松島《まつしま》、天橋《あまのはし》立《だて》、宮島《みやじま》を絶賛《ぜっさん》しました。そんな春斎《しゅんさい》の誕生日《たんじょうび》の七月二十一日《しちがつにじゅういちにち》にちなみ、この日《ひ》は「日本三景《にほんさんけい》の日《ひ》」と定《さだ》められました。

この日《ひ》はほかにも…

★全国《ぜんこく》の国立公園《こくりつこうえん》（95ページ）や国《こく》定公園《ていこうえん》を保護《ほご》するための自然公園《しぜんこうえん》法《ほう》が制定《せいてい》された日《ひ》（一九五七年《ねん》）

231ページのこたえ
ニール・アームストロング

おはなしクイズ　日本三景《にほんさんけい》をはじめに取《と》り上《あ》げた人物《じんぶつ》はだれ？

こたえはつぎのページ

7月22日 エンドウ豆《まめ》を研究《けんきゅう》し、遺伝《いでん》の法則《ほうそく》を発見《はっけん》したメンデルの誕生日《たんじょうび》

オーストリア
1822〜1884年《ねん》

読《よ》んだ日《ひ》にち（　　年　　月　　日）（　　年　　月　　日）（　　年　　月　　日）

人物

植物学者《しょくぶつがくしゃ》のグレゴール・ヨハン・メンデルは、一八二二年七月《ねんしちがつ》二十二日《にじゅうににち》に、オーストリアの小《ちい》さな村《むら》のまずしい農家《のうか》に生《う》まれたといわれています。メンデルは勉強《べんきょう》は好《す》きでしたが、農作業《のうさぎょう》は苦手《にがて》でした。父親《ちちおや》は「この子《こ》は農場《のうじょう》の仕事《しごと》には向《む》かない」と思《おも》い、メンデルが二十一歳《にじゅういっさい》のとき、修道院《しゅうどういん》に入《い》れました。当時《とうじ》の修道院《しゅうどういん》は、宗教《しゅうきょう》だけではなく文化《ぶんか》や芸術《げいじゅつ》、学問《がくもん》を学《まな》ぶことができたからです。

メンデルは修道院《しゅうどういん》の庭《にわ》に高山植物《こうざんしょくぶつ》を植《う》えたり、ハツカネズミを飼《か》ったりしました。そして、土地《とち》や気候《きこう》など環境《かんきょう》が変《か》わると植物《しょくぶつ》の見《み》かけが変《か》わること、ネズミの親《おや》と子《こ》の毛《け》の色《いろ》がちがうことなどに疑問《ぎもん》をいだき、実験《じっけん》をするようになりました。しかし、神父《しんぷ》たちは「修道士《しゅうどうし》が動物実験《どうぶつじっけん》をするなんて」と反対《はんたい》します。

そこでメンデルは、今度《こんど》はエンドウ豆《まめ》を使《つか》って実験《じっけん》を始《はじ》めました。

そして七年間《しちねんかん》で約二万八千株《やくにまんはっせんかぶ》のエンドウ豆《まめ》を育《そだ》て、緑《みどり》の種《たね》と黄色《きいろ》の種《たね》をかけあわせると、その子《こ》どもはすべて黄色《きいろ》になることを発見《はっけん》したのです。子《こ》どもにあらわれない緑《みどり》の種《たね》を「劣性《れっせい》」、黄色《きいろ》を「優性《ゆうせい》」とし、メンデルはこの法則《ほうそく》を「優《ゆう》性《せい》の法則《ほうそく》」とよびました。

そのほかにもいくつかの法則《ほうそく》を発見《はっけん》し、一八六五年《ねん》、メンデルは研究結果《けんきゅうけっか》を植物学《しょくぶつがく》の研究会《けんきゅうかい》に発表《はっぴょう》します。しかし、これらの法則《ほうそく》はみとめられませんでした。なぜなら数年前《すうねんまえ》、自然科学者《しぜんかがくしゃ》のダーウィン（61ページ）が「生物《せいぶつ》は環境《かんきょう》に適《てき》したものが生《い》きのこり、適《てき》さないものは消《き》えていく」という進化《しんか》論《ろん》を発表《はっぴょう》し、学会《がっかい》ではこの説《せつ》に注目《ちゅうもく》が集《あつ》まっていたからです。また、メンデルが修道士《しゅうどうし》で、正式《せいしき》に生物学《せいぶつがく》を学《まな》んだ学者《がくしゃ》ではなかったことも関係《かんけい》していました。

メンデルの論文《ろんぶん》がみとめられたのは、最初《さいしょ》の発表《はっぴょう》から三十五年《さんじゅうごねん》後《ご》、メンデルの死後十六年《しごじゅうろくねん》がたった一九〇〇年《ねん》のことです。今《いま》では、彼《かれ》の考《かんが》えた法則《ほうそく》は、「メンデルの法則《ほうそく》」とよばれ、近代遺伝学《きんだいいでんがく》の出発点《しゅっぱつてん》といわれています。

この日《ひ》はほかにも…

★ザビエル（118ページ）がキリスト教《きょう》を布教《ふきょう》するために薩摩国《さつまのくに》（今《いま》の鹿児《かご》島県《しまけん》）に上陸《じょうりく》した日《ひ》（一五四九年《ねん》）

232ページのこたえ　林春斎《はやししゅんさい》

おはなしクイズ　「メンデルの法則《ほうそく》」の研究《けんきゅう》に使《つか》われた植物《しょくぶつ》は？　こたえはつぎのページ

知恵《ちえ》と努力《どりょく》で人《ひと》びとを助《たす》けた 二宮金次郎《にのみやきんじろう》の誕生日《たんじょうび》

日本《にほん》
1787～1856年《ねん》

7月23日

読《よ》んだ日《ひ》にち（　　年　　月　　日）（　　年　　月　　日）（　　年　　月　　日）

人物

二宮金次郎《にのみやきんじろう》は、一七八七年《ねん》（天明七年《てんめいしちねん》）七月二十三日《しちがつにじゅうさんにち》に相模国足柄上郡栢山村《さがみのくにあしがらかみぐんかやまむら》（今《いま》の神奈川県小田原市《かながわけんおだわらし》）で生《う》まれました。三人兄弟《さんにんきょうだい》の長男《ちょうなん》です。広《ひろ》い田畑《たはた》をもつ家《いえ》でしたが、金次郎《きんじろう》が五歳《ごさい》のとき、台風《たいふう》で川《かわ》の水《みず》があふれ、田畑《たはた》がだめになってしまいました。お父《とう》さんとお母《かあ》さんは田畑《たはた》をもとにもどそうと働《はたら》き、金次郎《きんじろう》はよその家《いえ》の子守《こも》りや雑用《ざつよう》をしてお金《かね》をかせぎました。

「川《かわ》の土手《どて》がくずれないようにするには、どうしたらいいだろう」

そう考《かんが》えた金次郎《きんじろう》は、こつこつためたお金《かね》で二百本《にひゃっぽん》の松《まつ》のなえ木《ぎ》を買《か》い、川《かわ》の土手《どて》に植《う》えました。松《まつ》の根《ね》っこがはれば、土手《どて》はくずれないからです。

金次郎《きんじろう》が十四歳《じゅうよんさい》のときに、お父《とう》さんが亡《な》くなりました。金次郎《きんじろう》は、朝《あさ》は山《やま》でたきぎを拾《ひろ》って町《まち》に売《う》りに行《い》き、昼《ひる》は田畑《たはた》で働《はたら》き、夜《よる》はわらじをつくって、家族《かぞく》を支《ささ》えます。勉強《べんきょう》する時間《じかん》がないので、たきぎ拾《ひろ》いのときに本《ほん》を持《も》って出《で》かけ、歩《ある》きながら読《よ》みました。

十六歳《じゅうろくさい》のときにお母《かあ》さんが亡《な》くなると、田畑《たはた》は人手《ひとで》にわたり、弟《おとうと》たちはお母《かあ》さんの実家《じっか》に、金次郎《きんじろう》はおじさんにあずけられます。

「いつの日《ひ》か必《かなら》ず田畑《たはた》を取《と》りもどして、自分《じぶん》の家《いえ》に帰《かえ》る」

金次郎《きんじろう》は決心《けっしん》し、おじさんの家《いえ》の農作業《のうさぎょう》を手伝《てつだ》い、のちに名主《なぬし》の屋敷《やしき》で働《はたら》きながら、仕事《しごと》の合間《あいま》に荒地《あれち》をたがやして田《た》んぼをつくりました。こうした努力《どりょく》が実《みの》り、金次郎《きんじろう》は田畑《たはた》を買《か》いもどして自分《じぶん》の家《いえ》にもどることができたのです。

その後《ご》も金次郎《きんじろう》は、荒《あ》れた土地《とち》をさがしては田畑《たはた》にしました。

三十五歳《さんじゅうごさい》のとき、小田原藩《おだわらはん》（今《いま》の神奈川県小田原市《かながわけんおだわらし》）の藩主《はんしゅ》から、桜町領《さくらまちりょう》（今《いま》の栃木県真岡市《とちぎけんもおかし》）の財政《ざいせい》の立《た》て直《なお》しをたのまれたことがきっかけとなり、金次郎《きんじろう》はあちこちの村《むら》の立《た》て直《なお》しをたのまれるようになります。金次郎《きんじろう》は、今《いま》までの経験《けいけん》をいかし、先頭《せんとう》に立《た》って働《はたら》きました。一八四二年《ねん》には幕府《ばくふ》の役人《やくにん》に取《と》り立《た》てられ、二宮尊徳《にのみやそんとく》と名《な》のることになったのです。

尊徳《そんとく》は一八五六年《ねん》、日光領《にっこうりょう》（今《いま》の栃木県日光市《とちぎけんにっこうし》）の立《た》て直《なお》しの最中《さいちゅう》に亡《な》くなりました。最後《さいご》まで学《まな》ぶことを忘《わす》れず、どんなときもあきらめず働《はたら》きつづけ、今《いま》でも尊敬《そんけい》を集《あつ》めています。

この日《ひ》はほかにも…

★文月《ふみづき》ふみの日《ひ》
七月《しちがつ》は文月《ふみづき》(47ページ)といい、文《ふみ》とは手紙《てがみ》のこと。二(ふ)三(み)のゴロ合《あ》わせから。

233ページのこたえ
エンドウ豆《まめ》

おはなしクイズ　二宮金次郎《にのみやきんじろう》は川《かわ》の土手《どて》に何本《なんぼん》の松《まつ》のなえ木《ぎ》を植《う》えた？　こたえはつぎのページ

7月24日

インカ帝国《ていこく》のなぞの都市《とし》
マチュピチュが発見《はっけん》された日《ひ》

読《よ》んだ日《ひ》にち（　　年　　月　　日）（　　年　　月　　日）（　　年　　月　　日）

歴史

今《いま》から約六百年前《やくろっぴゃくねんまえ》、南《みなみ》アメリカ大陸北西部《たいりくほくせいぶ》に、「インカ帝国《ていこく》」という大陸最大《たいりくさいだい》の国家《こっか》がありました。その領地《りょうち》は、今《いま》のコロンビア、エクアドル、ペルー、ボリビア、アルゼンチン、チリの六《ろっ》か国《こく》に広《ひろ》がり、高度《こうど》な農耕技術《のうこうぎじゅつ》や大《おお》きな石造建築《せきぞうけんちく》、国中《くにじゅう》にめぐらされた道路《どうろ》など、高《たか》い文明《ぶんめい》をもってさかえていました。

マチュピチュ　　写真提供:PROMPERU　ペルー政府観光庁

しかし、ユリウス暦《れき》一五三三年《ねん》に、たった百八十人《ひゃくはちじゅうにん》のスペイン軍《ぐん》によって、あっけなくほろぼされてしまいます。

インカ帝国《ていこく》には文字《もじ》がなかったため、その存在《そんざい》は多《おお》くのなぞにつつまれています。しかも、スペイン軍《ぐん》はインカ帝国《ていこく》のあらゆる都市《とし》を荒《あ》らしつくし、その文明《ぶんめい》をあとかたもなく消《け》し去《さ》りました。しかし、インカ帝国滅亡《ていこくめつぼう》から四百年近《よんひゃくねんちか》くたった一九一一年《ねん》、インカ帝国《ていこく》の都市《とし》「マチュピチュ」が発見《はっけん》されたのです。

そのとき、アメリカの考古学者《こうこがくしゃ》ハイラム・ビンガムは、インカ帝《てい》国《こく》の最後《さいご》の都市《とし》「ビルカバンバ」をさがしてアンデスの山奥《やまおく》にわけ入《い》っていました。探索《たんさく》を始《はじ》めてしばらくたった七月二十四日《しちがつにじゅうよっか》に、ビンガムは現地《げんち》の少年《しょうねん》に案内《あんない》されて、目《め》もくらむような絶壁《ぜっぺき》の頂上《ちょうじょう》に石《いし》の町《まち》を発見《はっけん》します。これがマチュピチュの遺跡《いせき》でした。マチュピチュは、高《たか》い山《やま》の上《うえ》にあり、下《した》からはその存在《そんざい》を確認《かくにん》できません。そのため、スペイン人《じん》に荒《あ》らされることなく、当時《とうじ》の姿《すがた》をのこすことができたのです。

その後《ご》の研究《けんきゅう》によって、マチュピチュはビンガムのさがしていたビルカバンバではなかったことがわかりましたが、山奥《やまおく》の不便《ふべん》な場《ば》所《しょ》に、なぜこのような都市《とし》がつくられたのか、その理由《りゆう》はまだわかっていません。

しかし、マチュピチュにのこされた石《いし》づくりの神殿《しんでん》や住居《じゅうきょ》、道《どう》路《ろ》、水路《すいろ》、だんだん畑《ばたけ》などは、インカ帝国《ていこく》にすぐれた文明《ぶんめい》と技術《ぎじゅつ》があったことをわたしたちに伝《つた》えてくれています。

この日《ひ》はほかにも…

★『細雪《ささめゆき》』などをかいた小説家《しょうせつか》、谷《たに》崎潤一郎《ざきじゅんいちろう》の誕生日《たんじょうび》（一八八六年《ねん》）

★明治時代《めいじじだい》の小説家《しょうせつか》、芥川龍之介《あくたがわりゅうのすけ》（80ページ）の命日《めいにち》（一九二七年《ねん》）

234ページのこたえ　二百本《にひゃっぽん》

おはなしクイズ　マチュピチュは何《なん》という国家《こっか》の都市遺跡《としいせき》？　こたえはつぎのページ

池田《いけだ》菊苗《きくなえ》が開発《かいはつ》し特許《とっきょ》を取《と》った「うま味《み》調《ちょう》味《み》料《りょう》の日《ひ》」

7月25日

読《よ》んだ日《ひ》にち（　　年　　月　　日）（　　年　　月　　日）（　　年　　月　　日）

記念日

明治時代《めいじじだい》の終《お》わりごろまで、味覚《みかく》には、甘味《かんみ》、酸味《さんみ》、塩味《えんみ》、苦味《にがみ》の四《よっ》つしかなく、そのほかの味《あじ》はこの四《よっ》つの内《うち》のどれかの組《く》み合《あ》わせだと思《おも》われていました。

しかし、化学者《かがくしゃ》の池田菊苗《いけだきくなえ》は、「かつおぶしや昆布《こんぶ》のだしには、その四《よっ》つでは説明《せつめい》できない別《べつ》の味覚《みかく》がある」と感《かん》じていました。

だしを口《くち》にしたときに感《かん》じるおいしい味《あじ》のことです。菊苗《きくなえ》は、その味覚《みかく》を「うま味《み》」とよんで、ほかの四《よっ》つと区別《くべつ》しました。そして、苦労《くろう》して実験《じっけん》を重《かさ》ねた結果《けっか》、「うま味《み》」の成分《せいぶん》がアミノ酸《さん》の一《いっ》種《しゅ》、グルタミン酸《さん》であることをつきとめたのです。

「これを調味料《ちょうみりょう》として開発《かいはつ》したら、日本人《にほんじん》の栄養摂取《えいようせっしゅ》を促進《そくしん》することができるかもしれないぞ」

そう考《かんが》えた菊苗《きくなえ》は、一九〇八年《ねん》、グルタミン酸《さん》ナトリウムでつくる調味料《ちょうみりょう》の製造法《せいぞうほう》で特許《とっきょ》（129ページ）を取《と》りました。翌年《よくねん》の一九〇九年《ねん》には、調味料《ちょうみりょう》として商品《しょうひん》化《か》され、発売《はつばい》されます。菊苗《きくなえ》は、国内外《こくないがい》で五十件《ごじっけん》近《ちか》くの特許《とっきょ》を取《と》っていますが、この発明《はつめい》はその中《なか》でも最《もっと》も有名《ゆうめい》なものです。

うま味調味料《みちょうみりょう》は、かつおぶしや昆布《こんぶ》でだしをとる手間《てま》がはぶけて便利《べんり》であると、料理本《りょうりぼん》に紹介《しょうかい》されたり、食通《しょくつう》の作家《さっか》が記事《きじ》にしたりしたおかげで、ロングセラーとなり、日本《にほん》の食卓《しょくたく》で大活《だいかつ》やくしました。一九八五年《ねん》には、菊苗《きくなえ》は、特《とっ》許庁《きょちょう》から日本《にほん》の十大発明家《じゅうだいはつめいか》の一人《ひとり》に選《えら》ばれています。

菊苗《きくなえ》の特許取得《とっきょしゅとく》の日《ひ》にちなみ、七月二十五日《しちがつにじゅうごにち》は「うま味調味料《みちょうみりょう》の日《ひ》」と制定《せいてい》されました。

味《あじ》の素《もと》®

グルタミン酸《さん》ナトリウムが主成分《しゅせいぶん》のうま味調《みちょう》味料《みりょう》として、味《あじ》の素株《もとかぶ》式会社《しきがいしゃ》の前身《ぜんしん》の会社《かいしゃ》が発売《はつばい》

写真提供:味の素（株）

この日《ひ》はほかにも…

★ドイツの音楽家《おんがくか》、フェルディナント・バイエルの誕生日《たんじょうび》（一八〇三年《ねん》）

235ページのこたえ
インカ帝国《ていこく》

おはなしクイズ　うま味以外《みいがい》の基本的《きほんてき》な４つ《よっ》の味覚《みかく》は何《なに》？　こたえはつぎのページ

7月26日

「四谷怪談《よつやかいだん》」がはじめて上演《じょうえん》された日《ひ》

読《よ》んだ日《ひ》にち（　　年　　月　　日）（　　年　　月　　日）（　　年　　月　　日）

はじめて

怪談《かいだん》といえば、夫《おっと》に毒《どく》を飲《の》まされて殺《ころ》されたお岩《いわ》が、ゆうれいになって復《ふく》しゅうをはたす「東海道《とうかいどう》四谷怪談《よつやかいだん》」が有名《ゆうめい》です。

これをかいたのは、江戸時代後期《えどじだいこうき》に活《かつ》やくした歌舞伎《かぶき》の脚本家《きゃくほんか》、四代目鶴屋南北《よんだいめつるやなんぼく》です。物語《ものがたり》は、江戸《えど》（今《いま》の東京《とうきょう》）の四谷《よつや》にあるお岩《いわ》稲荷《いなり》に伝《つた》わる話《はなし》がもとになっています。

江戸《えど》の四谷《よつや》に住《す》んでいたお岩《いわ》は、民谷伊右衛門《たみやいえもん》の妻《つま》となり、子《こ》どもをうみました。しかし、出世《しゅっせ》のために高野家《こうのけ》の家臣《かしん》（家来《けらい》）だった伊藤喜兵衛《いとうきへえ》の孫娘《まごむすめ》、お梅《うめ》と結婚《けっこん》したい伊右衛門《いえもん》は、新妻《にいづま》のお岩《いわ》に毒《どく》をもります。髪《かみ》がぬけ、顔《かお》がくずれたお岩《いわ》はショックを受《う》けて自殺《じさつ》してしまいます。伊右衛門《いえもん》は、民谷家《たみやけ》から薬《くすり》をぬすんだ小仏《こぼとけ》小平《こへい》を、お岩《いわ》を殺《ころ》した犯人《はんにん》に仕立《した》て上《あ》げます。

ここからお岩《いわ》の復《ふく》しゅうが始《はじ》まるのです。伊右衛門《いえもん》はお岩《いわ》のゆうれいに取《と》りつかれ、お梅《うめ》、その祖父《そふ》、母親《ははおや》、乳母《うば》を次《つぎ》つぎに殺《ころ》します。お岩《いわ》の妹《いもうと》のお袖《そで》も、かたきうちのまきぞえで死《し》んでしまいます。そして伊右衛門《いえもん》は、お袖《そで》の夫《おっと》の与茂七《よもしち》によって命《いのち》を絶《た》たれ、この物語《ものがたり》は終《お》わるのです。

一八二五年《ねん》（文政八年《ぶんせいはちねん》）七月《しちがつ》二《に》十六日《じゅうろくにち》に、「東海道四谷怪談《とうかいどうよつやかいだん》」は江戸《えど》の中村座《なかむらざ》ではじめて上演《じょうえん》されました。

三代目尾上菊五郎《さんだいめおのえきくごろう》が、お岩《いわ》・与茂七《よもしち》・小平《こへい》の三役《さんやく》を、七代目市川《しちだいめいちかわ》團十郎《だんじゅうろう》が伊右衛門《いえもん》を演《えん》じて評判《ひょうばん》となりました。ちょうちんから飛《と》び出《だ》すお岩《いわ》、お岩《いわ》と小平《こへい》の遺体《いたい》が瞬時《しゅんじ》に入《い》れかわる演出《えんしゅつ》など、大《おお》がかりなしかけは観客《かんきゃく》をおどろかせました。

この物語《ものがたり》はただの怪談《かいだん》というだけではなく、人《ひと》びとに語《かた》りつがれるみりょくがある、すばらしい芸術作品《げいじゅつさくひん》なのです。そのため今《いま》も歌舞伎《かぶき》はもちろん、落語《らくご》や映画《えいが》などさまざまな形《かたち》で伝《つた》えられています。

この日《ひ》はほかにも…

★アメリカ、イギリス、中国《ちゅうごく》が日本《にほん》に無条件降伏《むじょうけんこうふく》をよびかけた、ポツダム宣言《せんげん》（258ページ）が出《だ》された日《ひ》（一九四五年《ねん》）

236ページのこたえ
甘味《かんみ》、酸味《さんみ》、塩味《えんみ》、苦味《にがみ》

おはなしクイズ　「東海道四谷怪談《とうかいどうよつやかいだん》」をかいた脚本家《きゃくほんか》は？　こたえはつぎのページ

近代化学《きんだいかがく》の基礎《きそ》をつくった化学者《かがくしゃ》
ドルトンが亡《な》くなった日《ひ》

イギリス
1766～1844年《ねん》

7月27日

読《よ》んだ日《ひ》にち（　　年　　月　　日）（　　年　　月　　日）（　　年　　月　　日）

人物

イギリス人《じん》のジョン・ドルトンは、「原子説《げんしせつ》」を発表《はっぴょう》した化学者《かがくしゃ》として知《し》られています。すべての物質《ぶっしつ》は原子《げんし》という小《ちい》さいつぶからできているのではないか、という考《かんが》えはむかしからありましたが、ドルトンは実験《じっけん》の結果《けっか》から原子《げんし》をしめし、こう言《い》いました。

「すべての物質《ぶっしつ》は、その物質《ぶっしつ》に特《とく》有《ゆう》の大《おお》きさや重《おも》さをもった、同《おな》じような性質《せいしつ》の小《ちい》さいつぶからできている。このつぶが原子《げんし》だ」

ドルトンは、一七六六年《ねん》にイギリスの小《ちい》さな村《むら》で生《う》まれました。勉強好《べんきょうず》きなドルトンは十二歳《じゅうにさい》のときに自分《じぶん》で学校《がっこう》を開《ひら》き、自分《じぶん》よりも年上《としうえ》の生徒《せいと》も教《おし》えるようになります。二年後《にねんご》には村《むら》をはなれて町《まち》の学校《がっこう》の先生《せんせい》となり、二十七歳《にじゅうななさい》のときに大学《だいがく》の先生《せんせい》になりました。

わかいころ、ドルトンが夢中《むちゅう》になったのは気象研究《きしょうけんきゅう》でした。二十《にじゅう》一歳《いっさい》から毎日決《まいにちき》まった時間《じかん》に、自《じ》分《ぶん》でつくった測定器《そくていき》で気象観測《きしょうかんそく》をし、一八四四年七月二十七日《ねんしちがつにじゅうしちにち》に亡《な》くなる前日《ぜんじつ》まで五十七年《ごじゅうしちねん》も気象観《きしょうかん》測《そく》をつづけました。気象研究《きしょうけんきゅう》の中《なか》で空気《くうき》の成分《せいぶん》に疑問《ぎもん》をもち、気体《きたい》の実験《じっけん》をしたことが原子説《げんしせつ》の発表《はっぴょう》につながったのです。

また、ドルトンは色覚異常《しきかくいじょう》（色《いろ》の見《み》え方《かた》がちがうこと）についても研究《けんきゅう》しました。ドルトンが二十《にじゅう》六歳《ろくさい》のとき、自分《じぶん》には青緑《あおみどり》に見《み》えるものが、ほかの人《ひと》には赤《あか》く見《み》えていることに気《き》がついたのがきっかけです。ドルトンは自分《じぶん》を実験《じっけん》材料《ざいりょう》にして研究《けんきゅう》し、色覚異常《しきかくいじょう》に関《かん》する論文《ろんぶん》を発表《はっぴょう》しました。

この論文《ろんぶん》をきっかけに、化学者《かがくしゃ》や医師《いし》が色覚異常《しきかくいじょう》といわれる見《み》え方《かた》に関心《かんしん》をもつようになり、さらに研究《けんきゅう》が進《すす》んでいきました。今《いま》では色覚異常《しきかくいじょう》は血液型《けつえきがた》のように、人《ひと》それぞれがもつ特性《とくせい》の一《ひと》つと考《かんが》えられています。

ドルトンは偉大《いだい》な化学者《かがくしゃ》として、今《いま》も多《おお》くの人《ひと》びとに影響《えいきょう》をあたえているのです。

この日《ひ》はほかにも…

★スイカの日《ひ》
スイカのたてじま模様《もよう》を綱《つな》にたとえ、七(な)つの二(つ)七(な)のゴロ合《あ》わせから。

★岩崎恭子《いわさききょうこ》が日本人《にほんじん》として競泳史《きょうえいし》上最年少《じょうさいねんしょう》で金《きん》メダルを獲得《かくとく》した日《ひ》（一九九二年《ねん》）

237ページのこたえ
四代目鶴屋南北《よんだいめつるやなんぼく》

おはなしクイズ　ドルトンが57年間《ねんかん》、毎日《まいにち》つづけたことは？　こたえはつぎのページ

7月28日

音楽《おんがく》の父《ちち》、バッハが亡《な》くなった日《ひ》

ドイツ
1685〜1750年《ねん》

読《よ》んだ日《ひ》にち（　　年　　月　　日）（　　年　　月　　日）（　　年　　月　　日）

人物

　ヨハン・セバスチャン・バッハは、一六八五年《ねん》にドイツで生《う》まれました。教会《きょうかい》の楽士《がくし》をしていた父《ちち》は、バッハにオルガンやバイオリンを教《おし》えました。ところが悲《かな》しいことに、バッハが九歳《きゅうさい》のときに母《はは》が、次《つぎ》の年《とし》に父《ちち》が亡《な》くなりました。

　バッハは、十四歳《じゅうよんさい》年上《としうえ》の兄《あに》の家《いえ》でくらすことになります。オルガン奏者《そうしゃ》の兄《あに》は、弟《おとうと》に音楽教育《おんがくきょういく》を受《う》けさせてくれました。バッハは、もっといろいろな曲《きょく》をひいてみたくなり、ある日《ひ》、兄《あに》にたのみました。

「兄《にい》さんの楽譜《がくふ》を見《み》せて」
「だめだ。まだ早《はや》い」

　ことわられても、バッハはあきらめません。こっそり楽譜《がくふ》をかきうつすなど、「音楽《おんがく》を学《まな》びたい」という強《つよ》い気持《きも》ちをもっている少年《しょうねん》でした。

　十五歳《じゅうごさい》になったバッハは、教会《きょうかい》附属学校《ふぞくがっこう》の生徒《せいと》となり、多《おお》くの礼拝音楽《れいはいおんがく》を学《まな》び、オルガン演奏《えんそう》の技術《ぎじゅつ》をみがきました。バッハがひくオルガンの音色《ねいろ》は、まるで天《てん》からふり注《そそ》ぐ光《ひかり》のように人《ひと》びとの心《こころ》にしみ入《い》りました。

　その後《ご》も、各地《かくち》の教会《きょうかい》や宮廷《きゅうてい》で、数多《かずおお》くのオルガン曲《きょく》を作曲《さっきょく》し、演奏《えんそう》しました。

　そして三十八歳《さんじゅうはっさい》で、ライプツィヒの聖《せい》トーマス教会《きょうかい》の教会音楽家《きょうかいおんがくか》と音楽監督《おんがくかんとく》になります。さらに、トーマス学校《がっこう》での教育《きょういく》、そして市《し》の四《よっ》つの教会《きょうかい》の礼拝《れいはい》で毎週上演《まいしゅうじょうえん》される教会音楽《きょうかいおんがく》の作曲《さっきょく》や演奏《えんそう》と、大《おお》いそがしの毎日《まいにち》が始《はじ》まりました。

　まじめなバッハは、自分《じぶん》が正《ただ》しいと思《おも》うことは、教会《きょうかい》のえらい人《ひと》にもはっきりと言《い》ったため、とうとう給料《きゅうりょう》をへらされてしまいました。たくさんの子《こ》どもがいたバッハの生活《せいかつ》は苦《くる》しいものでしたが、妻《つま》のアンナが夫《おっと》を支《ささ》え、家庭《かてい》を守《まも》りました。

　そんな中《なか》で作曲《さっきょく》された「マタイ受難曲《じゅなんきょく》」は、のちにバッハの名《な》を広《ひろ》く世界《せかい》に知《し》らしめることになります。

　西洋音楽《せいようおんがく》の基礎《きそ》をつくり、「音《おん》楽《がく》の父《ちち》」とよばれたバッハは、一七五〇年七月二十八日《ねんしちがつにじゅうはちにち》、アンナに見守《みまも》られ、息《いき》を引《ひ》き取《と》りました。

この日《ひ》はほかにも…

★『ピーター・ラビット』の作者《さくしゃ》、ビアトリクス・ポターが生《う》まれた日《ひ》（一八六六年《ねん》）

238ページのこたえ　気象観測《きしょうかんそく》

おはなしクイズ　バッハが教会音楽家《きょうかいおんがくか》、音楽監督《おんがくかんとく》としてつとめた教会《きょうかい》は？　こたえはつぎのページ

「トロイメライ」を作曲《さっきょく》した
シューマンが亡《な》くなった日《ひ》

ドイツ
1810〜
1856年《ねん》

7月29日

読《よ》んだ日《ひ》にち（　　年　　月　　日）（　　年　　月　　日）（　　年　　月　　日）

人物

シューマンは一八一〇年六月八日《ねんろくがつようか》にドイツで生《う》まれました。お父《とう》さんは出版社《しゅっぱんしゃ》と書店《しょてん》を経営《けいえい》し、お母《かあ》さんは歌《うた》の上手《じょうず》な人《ひと》でした。両親《りょうしん》のすぐれた才能《さいのう》を受《う》けつぎ、シューマンは子《こ》どものころから自己流《じこりゅう》で作曲《さっきょく》をし、本《ほん》もかいていました。

シューマンが十六歳《じゅうろくさい》のときにお父《とう》さんが亡《な》くなります。その後《ご》、シューマンは大学《だいがく》で法律《ほうりつ》の勉強《べんきょう》をしますが、どうしてもピアニストになりたいと思《おも》い、有名《ゆうめい》なピアノ教師《きょうし》であるフリードリヒ・ヴィークに弟子入《でしい》りします。しかし、練習《れんしゅう》のしすぎで一本《いっぽん》の指《ゆび》が動《うご》かなくなり、ピアニストをあきらめなくてはならなかったシューマンは、作曲家《さっきょくか》を目指《めざ》しました。

また、音楽《おんがく》の評論誌《ひょうろんし》『音楽新報《おんがくしんぽう》』を出版《しゅっぱん》し、評論家《ひょうろんか》としても活《かつ》やくしました。この評論誌《ひょうろんし》では、ショパン（326ページ）やブラームス（114ページ）、フェリックス・メンデルスゾーン、シューベルト（46ページ）といった作曲家《さっきょくか》たちを紹介《しょうかい》しました。

ヴィーク先生《せんせい》にはクララという娘《むすめ》がいて、彼女《かのじょ》は天才的《てんさいてき》なピアニストといわれていました。シューマンは、ヴィーク先生《せんせい》の大反対《だいはんたい》をおし切《き》ってクララと結婚《けっこん》します。当時《とうじ》は、作曲《さっきょく》だけではお金《かね》をかせぐことができませんでした。クララは子《こ》どもを育《そだ》てながら演奏旅行《えんそうりょこう》をし、ピアノの個人《こじん》レッスンをしてシューマンを支《ささ》えました。

妻《つま》に負担《ふたん》をかけているのは、シューマンにとってつらいことだったのでしょう。体《からだ》と心《こころ》を病《や》んだシューマンは、一八五六年七月《ねんしちがつ》二十九日《にじゅうくにち》、四十六歳《よんじゅうろくさい》というわかさで亡《な》くなりました。

つらい思《おも》いをかかえていたからこそ、シューマンの曲《きょく》はやさしく、きく人《ひと》の心《こころ》をいやしてくれます。「トロイメライ」は、シューマンの最高傑作《さいこうけっさく》の一《ひと》つです。

239ページのこたえ
聖《せい》トーマス教会《きょうかい》

この日《ひ》はほかにも…

★福神漬《ふくじんづけ》の日《ひ》
福神漬《ふくじんづけ》の名前《なまえ》の由来《ゆらい》である「七福神《しちふくじん》」のゴロ合《あ》わせで、七(しち)二(ふ)九(く)にちなんで制定《せいてい》。

おはなしクイズ シューマンがピアニストをあきらめたときに、次《つぎ》に目指《めざ》した職業《しょくぎょう》は？

こたえは つぎのページ

7月30日

自動車《じどうしゃ》を世界《せかい》に広《ひろ》めた フォードの誕生日《たんじょうび》

アメリカ
1863～1947年《ねん》

読《よ》んだ日《ひ》にち（　年　月　日）（　年　月　日）（　年　月　日）

人物

一八六三年七月三十日《ねんしちがつさんじゅうにち》に、アメリカのミシガン州《しゅう》で農家《のうか》の子《こ》として生《う》まれたヘンリー・フォードは、小《ちい》さなころから機械《きかい》いじりが大好《だいす》きでした。学校《がっこう》では友《とも》だちの時計《とけい》を直《なお》したこともあります。

十六歳《じゅうろくさい》になったフォードは、デトロイトの工場《こうじょう》で機械工《きかいこう》として働《はたら》き始《はじ》めます。そして一八九一年《ねん》には、発明家《はつめいか》エジソン（330ページ）の経営《けいえい》する電灯会社《でんとうがいしゃ》に入《はい》って、主任技師《しゅにんぎし》になりました。

そのかたわらで、ガソリンエンジンの研究《けんきゅう》に夢中《むちゅう》になっていました。一八九六年《ねん》には四輪自動車《よんりんじどうしゃ》の開発《かいはつ》に成功《せいこう》し、会社《かいしゃ》をやめてデトロイト自動車会社《じどうしゃがいしゃ》を設立《せつりつ》し、自動《じどう》車《しゃ》づくりの世界《せかい》に入《はい》っていきます。

フォードが目指《めざ》したのは、だれにでも買《か》える、大衆的《たいしゅうてき》な自動車《じどうしゃ》をつくることでした。そのころの自《じ》動車《どうしゃ》は高級品《こうきゅうひん》で、一部《いちぶ》のお金持《かねも》ちだけのものでした。注文《ちゅうもん》を受《う》けてから一台《いちだい》ずつつくっていくため、時間《じかん》もお金《かね》もかかっていたのです。しかし、フォードは「一台《いちだい》ずつではなく、大量生産《たいりょうせいさん》すれば費用《ひよう》も安《やす》くなるはずだ」と考《かんが》えました。

1915年《ねん》ごろのT型《ティーがた》フォード

そして一九一三年《ねん》、ベルトコンベアを工場《こうじょう》に取《と》り入《い》れます。自動《じどう》車《しゃ》を幅《はば》が広《ひろ》いラインにのせ、回転《かいてん》させて動《うご》かしていくというものです。流《なが》れていく自動車《じどうしゃ》に工員《こういん》が組《く》み立《た》てや部品《ぶひん》の取《と》りつけなどを順《じゅん》番《ばん》に行《おこな》っていく画期的《かっきてき》な方法《ほうほう》でした。

これによって、生産《せいさん》にかかる時《じ》間《かん》がとても短《みじか》くなり、費用《ひよう》も下《さ》がり、自動車《じどうしゃ》は一般《いっぱん》の人《ひと》たちにも手《て》がとどくものになったのです。

一九〇八年《ねん》に発売《はつばい》された新型《しんがた》自《じ》動車《どうしゃ》T型《ティーがた》フォードは、世界各地《せかいかくち》で千五百万台《せんごひゃくまんだい》も売《う》れる大《だい》ヒットとなりました。

自動車《じどうしゃ》が普及《ふきゅう》したことで、世界《せかい》中《じゅう》で道路《どうろ》の整備《せいび》が進《すす》み、また新《あたら》しい産業《さんぎょう》もうまれていきます。大衆《たいしゅう》車《しゃ》によって社会《しゃかい》の仕組《しく》みを大《おお》きく変《か》えたフォードは「自動車王《じどうしゃおう》」とよばれるようになりました。

この日《ひ》はほかにも…

★梅干《うめぼし》の日《ひ》
梅干《うめぼし》を食《た》べると難《なん》が去《さ》る、七（なん）三〇（さる）というゴロ合《あ》わせから。

240ページのこたえ
作曲家《さっきょくか》

おはなしクイズ　フォードが工場《こうじょう》に取《と》り入《い》れた、自動車《じどうしゃ》をラインにのせて動《うご》かしていくものは何《なに》？　こたえはつぎのページ

およそ六千人《ろくせんにん》のユダヤ人《じん》を救《すく》った 杉原千畝《すぎはらちうね》が亡《な》くなった日《ひ》

日本《にほん》
1900～1986年《ねん》

7月31日

読《よ》んだ日《ひ》にち（　年　月　日）（　年　月　日）（　年　月　日）

人物

杉原千畝《すぎはらちうね》は、一九〇〇年《ねん》一月《いちがつ》一日《ついたち》に岐阜県《ぎふけん》で生《う》まれました。お父《とう》さんは役人《やくにん》で、千畝《ちうね》には医者《いしゃ》になることを望《のぞ》んでいましたが、千畝《ちうね》の夢《ゆめ》は、外国語《がいこくご》を学《まな》んで英語《えいご》の教師《きょうし》になることでした。

千畝《ちうね》は家出《いえで》をして早稲田大学《わせだだいがく》に入学《にゅうがく》します。けれど学費《がくひ》をはらうことができません。そんなときに目《め》に入《はい》ったのが、外務省《がいむしょう》による留《りゅう》学生募集《がくせいぼしゅう》の記事《きじ》でした。試験《しけん》に合格《ごうかく》すれば、お金《かね》を気《き》にせずに勉強《べんきょう》できます。千畝《ちうね》はこれに応募《おうぼ》し、そのことがきっかけとなって、のちに外交官《がいこうかん》になりました。

一九三九年《ねん》、千畝《ちうね》は家族《かぞく》をつれ、外交官《がいこうかん》としてリトアニアという国《くに》にある領事館《りょうじかん》で働《はたら》きました。このころ、ナチス・ドイツ軍《ぐん》はリトアニアのとなりの国《くに》、ポーランドを侵略《しんりゃく》し、ポーランドにいるユダヤ人《じん》の迫害《はくがい》を始《はじ》めていました。

リトアニアは、ナチス・ドイツ軍《ぐん》の攻撃《こうげき》から国《くに》を守《まも》るためにソ連《れん》（今《いま》のロシア）に併合《へいごう》されることを選《えら》んだので、領事館《りょうじかん》はしめられることになり、千畝一家《ちうねいっか》は次《つぎ》の赴任地《ふにんち》に向《む》かう準備《じゅんび》を始《はじ》めました。

ある朝《あさ》、千畝《ちうね》は領事館《りょうじかん》の前《まえ》に、ポーランドからにげてきたユダヤ人《じん》の難民《なんみん》（197ページ）たちがつめかけていることに気《き》がつきます。ユダヤ人《じん》たちはまず日本《にほん》に行《い》き、そこからアメリカやカナダなどににげることを望《のぞ》んでいました。

日本《にほん》に行《い》くためには、日本《にほん》のビザを領事館《りょうじかん》から発給《はっきゅう》してもらわなければなりません。ですが、日本《にほん》政府《せいふ》の許可《きょか》なく、勝手《かって》にビザを発《はっ》給《きゅう》することは禁《きん》じられています。

「それでも、ユダヤの人《ひと》たちを見《み》殺《ごろ》しにすることはできない」

千畝《ちうね》は、それから一《いっ》か月《げつ》ほどの間《あいだ》、許可《きょか》のないままビザを発給《はっきゅう》しつづけ、およそ六千人《ろくせんにん》のユダヤ人《じん》を助《たす》けました。そして、日本《にほん》にもどった千畝《ちうね》は、責任《せきにん》をとって外務《がい》省《しょう》をやめなくてはなりませんでした。

ですがその後《ご》、ユダヤ人《じん》の命《いのち》を救《すく》ったことがみとめられ、千畝《ちうね》はイスラエル政府《せいふ》から「諸国民《しょこくみん》の中《なか》の正義《せいぎ》の人賞《ひとしょう》」がおくられました。世界中《せかいじゅう》が千畝《ちうね》の勇敢《ゆうかん》な行動《こうどう》に拍手《はくしゅ》を送《おく》ったのです。

一九八六年七月三十一日《ねんしちがつさんじゅういちにち》、千畝《ちうね》は、八十六歳《はちじゅうろくさい》でその生涯《しょうがい》を終《お》えました。

241ページのこたえ
ベルトコンベア

この日《ひ》はほかにも…
★日本民俗学《にほんみんぞくがく》の創始者《そうししゃ》、柳田國男《やなぎたくにお》が生《う》まれた日《ひ》（一八七五年《ねん》）

おはなしクイズ 杉原千畝《すぎはらちうね》はどこの国《くに》でおよそ6千人《せんにん》のユダヤ人《じん》のためにビザを発給《はっきゅう》しつづけた？ こたえは244ページ

8月《がつ》のおはなし

当《あ》たり前《まえ》にある大切《たいせつ》さを考《かんが》え直《なお》す「水《みず》の日《ひ》」

8月1日

記念日

読《よ》んだ日《ひ》にち（　　年　　月　　日）（　　年　　月　　日）（　　年　　月　　日）

水《みず》について考《かんが》え、大切《たいせつ》さを知《し》るきっかけにしようと、二〇一四年《ねん》に国土交通省《こくどこうつうしょう》が、八月一日《はちがつついたち》を「水《みず》の日《ひ》」としました。

みなさんは、水道《すいどう》のじゃぐちを開《ひら》けば水《みず》は出《で》てくるものだと思《おも》っていませんか。しかし本当《ほんとう》は、水《みず》はかぎりあるものなのです。地球《ちきゅう》にある水《みず》は、海《うみ》や川《かわ》などから蒸発《じょうはつ》して雲《くも》になり、雨《あめ》や雪《ゆき》となって、川《かわ》や池《いけ》、湖《みずうみ》をつくりながら、また海《うみ》にもどっていきます。つまり、水《みず》は地球上《ちきゅうじょう》をぐるぐるとまわっているのです。

では、もし水《みず》が全部《ぜんぶ》なくなったらどうでしょう。人間《にんげん》の体《からだ》はおよそ六十《ろくじゅう》から八十《はちじっ》パーセントが水分《すいぶん》でできており、その二十《にじっ》パーセントをうしなうと死《し》ぬといわれています。多《おお》くの動物《どうぶつ》や植物《しょくぶつ》も同《おな》じように、水《みず》がなければ死《し》んだりかれたりしてしまいます。かぎりある水《みず》を、人間《にんげん》や動物《どうぶつ》、植物《しょくぶつ》で分《わ》け合《あ》っているのです。

日本《にほん》は水《みず》にめぐまれている国《くに》です。しかし世界《せかい》を見《み》ると、飲《の》む水《みず》さえ足《た》りていない人《ひと》たちが、十億《じゅうおく》人以上《にんいじょう》もいるといわれます。また、「水質汚染《すいしつおせん》」や「砂漠化《さばくか》」など、水《みず》の問題《もんだい》はたくさんあります。

そこで、かぎりある水《みず》をみんなでうまく使《つか》うために、世界中《せかいじゅう》でいろいろな活動《かつどう》が行《おこな》われています。たとえば、木《き》を植《う》えて森《もり》をつくることです。木《き》は、雨《あめ》を葉《は》やみきにためることができます。こうして、大《おお》きなダムのような森《もり》ができ、そこから水《みず》がうまれます。また、海《うみ》をよごさないように、工場《こうじょう》や家庭《かてい》から出《で》たよごれを取《と》りのぞく機械《きかい》や施設《しせつ》もつくられています。

しかし一番大《いちばんおお》きな力《ちから》になるのは、一人《ひとり》ひとりが水《みず》の使《つか》い方《かた》に気《き》をつけることなのです。「水《みず》の日《ひ》」にはぜひ、お風呂《ふろ》ののこり湯《ゆ》を洗濯《せんたく》に使《つか》う、水《みず》を使《つか》ったあとはじゃぐちをきちんとしめる、食器《しょっき》についた油《あぶら》よごれをふいてから洗《あら》うなど、自分《じぶん》にできることをさがしてみてください。

水《みず》を大切《たいせつ》にするために

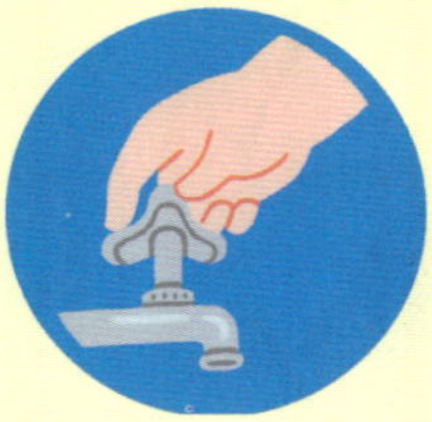

じゃぐちを
きちんとしめる

木《き》を植《う》える

この日《ひ》はほかにも…

★カフェオーレの日《ひ》

六月一日《ろくがつついたち》が「世界牛乳《せかいぎゅうにゅう》の日《ひ》」、十月《じゅうがつ》一日《ついたち》が「コーヒーの日《ひ》」なので、その真《ま》ん中《なか》の日《ひ》として制定《せいてい》。

242ページのこたえ
リトアニア

おはなしクイズ　木《き》は、雨《あめ》をどこにためることができる？　こたえはつぎのページ

8月2日

電話機《でんわき》を発明《はつめい》した ベルが亡《な》くなった日《ひ》

アメリカ
1847～1922年《ねん》

読《よ》んだ日《ひ》にち（　年　月　日）（　年　月　日）（　年　月　日）

人物

「わっ、大変《たいへん》だ！　ワトソンくん、すぐに来《き》てくれ」

世界《せかい》ではじめて電話機《でんわき》からきこえてきたのは、こんな言葉《ことば》でした。実験《じっけん》に使《つか》う強《つよ》い薬《くすり》をうっかりこぼしたアレクサンダー・グラハム・ベルが、あわてて助手《じょしゅ》のトマス・ワトソンをよんだのです。電話機《でんわき》をつくるために、長《なが》い間《あいだ》、研究《けんきゅう》をしてきた二人《ふたり》は、この成功《せいこう》にだき合《あ》ってよろこびました。

一八四七年《ねん》、ベルはスコットランド（イギリス北部《ほくぶ》）のエジンバラで生《う》まれました。お父《とう》さんは耳《みみ》の不自由《ふじゆう》な人《ひと》たちに話《はな》し方《かた》を教《おし》える研究者《けんきゅうしゃ》でした。口《くち》の形《かたち》や舌《した》の動《うご》かし方《かた》から、正確《せいかく》な声《こえ》を出《だ》す方法《ほうほう》を考《かんが》え出《だ》した人《ひと》です。

ベルもおさないころから声《こえ》や音《おと》の仕組《しく》みに興味《きょうみ》がありました。どこから音《おと》が出《で》てくるのか気《き》になって、たいこをこわして中《なか》をのぞいてみたこともあります。

ベルは成長《せいちょう》すると、「なんとかして、声《こえ》を電流《でんりゅう》で送《おく》れないものだろうか」と考《かんが》え、電話機《でんわき》の研究《けんきゅう》を始《はじ》めます。なかなかうまくいきませんでしたが、アメリカで耳《みみ》の不自由《ふじゆう》な人《ひと》が通《かよ》う、ろう学校《がっこう》の先生《せんせい》になってからも、仕事《しごと》をしながら実験《じっけん》をつづけました。

そして一八七六年《ねん》、ついにワトソンが電話機《でんわき》を通《とお》してベルの声《こえ》をきいたのです。

この便利《べんり》な機械《きかい》は、すぐに世界《せかい》中《じゅう》に広《ひろ》まり、電話機《でんわき》の発明《はつめい》は、人《ひと》びとの生活《せいかつ》を大《おお》きく変《か》えていきました。それによって手《て》に入《い》れたお金《かね》を、ベルは科学《かがく》の発展《はってん》や教育《きょういく》のために使《つか》いました。とくに、耳《みみ》の不自由《ふじゆう》な人《ひと》たちの教育《きょういく》には力《ちから》を注《そそ》ぎ、ヘレン・ケラー（204ページ）と家庭教師《かていきょうし》サリバン先生《せんせい》が出会《であ》うきっかけをつくったのもベルだったのです。

一九二二年八月二日《ねんはちがつふつか》、七十五歳《ななじゅうごさい》でベルが亡《な》くなった日《ひ》、アメリカやカナダでは一分間電話《いっぷんかんでんわ》を止《と》めて、いのりをささげたということです。

この日《ひ》はほかにも…

★カレーうどんの日《ひ》

六月二日《ろくがつふつか》が以前《いぜん》「横浜《よこはま》カレー記念《きねん》日」だったこと、七月二日《しちがつふつか》が「うどんの日《ひ》」であることから制定《せいてい》。

244ページのこたえ　葉《は》やみき

おはなしクイズ　ベルはサリバン先生《せんせい》とだれが出会《であ》うきっかけをつくった？　こたえはつぎのページ

「独眼竜《どくがんりゅう》」とよばれた戦国大名《せんごくだいみょう》
伊達政宗《だてまさむね》の誕生日《たんじょうび》

日本《にほん》
1567～1636年《ねん》

8月3日

人物

読《よ》んだ日《ひ》にち（　　年　　月　　日）（　　年　　月　　日）（　　年　　月　　日）

宮城県《みやぎけん》仙台市《せんだいし》の仙台城《せんだいじょう》に大《おお》きな像《ぞう》がたっています。戦国時代《せんごくじだい》、奥羽《おうう》（今《いま》の東北地方《とうほくちほう》の一部《いちぶ》）で広《ひろ》い領地《りょうち》を治《おさ》めた伊達政宗《だてまさむね》の像《ぞう》です。

どうどうとした姿《すがた》ですが、実《じつ》は、政宗《まさむね》は片方《かたほう》の目《め》が使《つか》えませんでした。おさないころ、右目《みぎめ》を病気《びょうき》でなくしたのです。その姿《すがた》と活《かつ》やくぶりから、独眼竜《どくがんりゅう》（一《ひと》つ目《め》の竜《りゅう》）とよばれていました。

政宗《まさむね》は一五六七年《ねん》（永禄十年《えいろくじゅうねん》）八月三日《はちがつみっか》、出羽国《でわのくに》（今《いま》の山形県《やまがたけん》）で米沢城《よねざわじょう》の主《あるじ》、伊達輝宗《だててるむね》の長男《ちょうなん》として生《う》まれました。子《こ》どものころの名前《なまえ》を「梵天丸《ぼんてんまる》」といい、心《こころ》のやさしい少年《しょうねん》でした。

戦国時代《せんごくじだい》の奥羽《おうう》には強《つよ》い国《くに》がたくさんあり、伊達家《だてけ》も戦《いくさ》をくり返《かえ》していました。その中《なか》で政宗《まさむね》は家臣《かしん》（家来《けらい》）にも助《たす》けられて成長《せいちょう》し、十八歳《じゅうはっさい》のときに父親《ちちおや》から伊達家《だてけ》をまかされます。

戦乱《せんらん》の中《なか》で、政宗《まさむね》は着《ちゃく》ちゃくと領土《りょうど》を広《ひろ》げていきます。ところが、一五九〇年《ねん》に豊臣秀吉《とよとみひでよし》（216ページ）が大軍《たいぐん》で小田原城《おだわらじょう》（神奈川県《かながわけん》小田原市《おだわらし》）を攻《せ》めました。次《つぎ》は奥羽《おうう》が攻《せ》められるかもしれません。さすがに秀吉《ひでよし》と戦《たたか》う力《ちから》はないとわかっていた政宗《まさむね》は、小田原《おだわら》に出向《でむ》いて秀吉《ひでよし》の家臣《かしん》になりたいと申《もう》し入《い》れ、秀吉《ひでよし》も、有能《ゆうのう》な政宗《まさむね》を気《き》に入《い》りました。秀吉《ひでよし》の死後《しご》は、政宗《まさむね》は大《おお》きな力《ちから》をもった徳川家康《とくがわいえやす》（401ページ）につくことになります。これは、政宗《まさむね》の娘《むすめ》と家康《いえやす》の息子《むすこ》が結婚《けっこん》したためでした。

あと十年早《じゅうねんはや》く生《う》まれていれば、秀吉《ひでよし》、家康《いえやす》に先《さき》んじて天下《てんか》を取《と》っただろうといわれた政宗《まさむね》は、自分《じぶん》の領土《りょうど》でいろいろなことを成《な》しとげています。まず、仙台城《せんだいじょう》をつくり、今《いま》の仙台市《せんだいし》の基礎《きそ》をきずきました。また、洪水《こうずい》をふせぐ工事《こうじ》で領土《りょうど》を安定《あんてい》させ、できた米《こめ》を江戸《えど》（今《いま》の東京《とうきょう》）に運《はこ》ぶ海路《かいろ》をつくったのでした。

心《こころ》のやさしい少年《しょうねん》だった政宗《まさむね》は、領土《りょうど》をゆたかにすることをたくさん行《おこな》い、今《いま》でもその名《な》は語《かた》りつがれています。

この日《ひ》はほかにも…

★イタリアの冒険家《ぼうけんか》、コロンブス（321ページ）が第一回目《だいいっかいめ》の航海《こうかい》に出発《しゅっぱつ》した日《ひ》（一四九二年《ねん》）

245ページのこたえ
ヘレン・ケラー

おはなしクイズ　伊達政宗《だてまさむね》がつくった城《しろ》は？　こたえはつぎのページ

8月4日

幕末《ばくまつ》から明治時代《めいじじだい》に多《おお》くの人物《じんぶつ》を育《そだ》てた吉田松陰《よしだしょういん》の誕生日《たんじょうび》

日本《にほん》
1830～1859年《ねん》

読《よ》んだ日《ひ》にち（　　年　　月　　日）（　　年　　月　　日）（　　年　　月　　日）

人物

吉田松陰《よしだしょういん》は、一八三〇年《ねん》（文政《ぶんせい》十三年《じゅうさんねん》）八月四日《はちがつよっか》、長州藩《ちょうしゅうはん》（今《いま》の山口県《やまぐちけん》）の家《いえ》に生《う》まれました。とても頭《あたま》のよかった松陰《しょういん》は、おさないころから兵学《へいがく》（戦《たたか》い方《かた》を学《まな》ぶ学問《がくもん》）を勉強《べんきょう》していました。わずか九歳《きゅうさい》で明倫館《めいりんかん》（長州藩《ちょうしゅうはん》の学校《がっこう》）で講義《こうぎ》をするなど、おさないころからその秀才《しゅうさい》ぶりを発揮《はっき》していました。

しかし、中国《ちゅうごく》がイギリスとの戦争《せんそう》で負《ま》けたのを知《し》ると、松陰《しょういん》は自分《じぶん》が学《まな》んできた兵学《へいがく》が時代《じだい》おくれであることを強《つよ》く感《かん》じました。そこで、西洋《せいよう》の兵学《へいがく》を学《まな》ぶために、九州《きゅうしゅう》をまわって勉強《べんきょう》をしたのち、江戸《えど》（今《いま》の東京《とうきょう》）で佐久間象山《さくましょうざん》という思想家《しそうか》の弟子《でし》になります。

当時《とうじ》の日本《にほん》は鎖国《さこく》（外国《がいこく》との貿易《ぼうえき》などをやめること）をしていましたが、象山《しょうざん》の影響《えいきょう》でますます西洋文化《せいようぶんか》に興味《きょうみ》をもった松陰《しょういん》は、何度《なんど》も密航《みっこう》をしようとします。しかし失敗《しっぱい》に終《お》わり、長州藩《ちょうしゅうはん》に送《おく》り返《かえ》されてとらわれの身《み》となりました。家《いえ》から出《で》ることを禁止《きんし》された松陰《しょういん》は、おじが開《ひら》いていた「松下村塾《しょうかそんじゅく》」を引《ひ》きつぎ、若者《わかもの》に学問《がくもん》を教《おし》え始《はじ》めます。生徒《せいと》には、初代内閣総理大臣《しょだいないかくそうりだいじん》の伊藤博文《いとうひろぶみ》（277ページ）のほか、のちに内閣総理大臣《ないかくそうりだいじん》をつとめた山県有朋《やまがたありとも》や、幕府《ばくふ》をたおす運動《うんどう》で活躍《かつや》くした高杉晋作《たかすぎしんさく》（183ページ）など、多《おお》くの人物《じんぶつ》が育《そだ》っていきました。

松下村塾《しょうかそんじゅく》で若者《わかもの》たちに学問《がくもん》を教《おし》えていたある日《ひ》、天皇《てんのう》のゆるしをえないまま、江戸幕府《えどばくふ》がアメリカと条約《じょうやく》をむすんだ（205ページ）ことを知《し》り、松陰《しょういん》ははげしくおこります。天皇《てんのう》を大切《たいせつ》に思《おも》う松陰《しょういん》には、天皇《てんのう》の許可《きょか》を無視《むし》した幕府《ばくふ》がゆるせなかったのです。

この事件《じけん》をきっかけに、松陰《しょういん》は幕府《ばくふ》の重要《じゅうよう》な人物《じんぶつ》（老中《ろうじゅう》）の暗殺《あんさつ》を計画《けいかく》し、江戸幕府《えどばくふ》によばれたさいに、自《みずか》ら計画《けいかく》を話《はな》しました。これは、信念《しんねん》をもって話《はな》せば、相手《あいて》はかならずわかってくれるという、松陰《しょういん》の考《かんが》えにもとづいた行動《こうどう》でした。ところが、おどろいた幕府《ばくふ》は、すぐに松陰《しょういん》をとらえて処刑《しょけい》しました。一八五九年《ねん》のことでした。

しかし、松陰《しょういん》の教《おし》えは弟子《でし》たちに引《ひ》きつがれ、その後《ご》の明治維新《めいじいしん》の大《おお》きな活力《かつりょく》となったのです。

この日《ひ》はほかにも…

★デンマークの作家《さっか》、アンデルセン（113ページ）の命日《めいにち》（一八七五年《ねん》）

246ページのこたえ
仙台城《せんだいじょう》

おはなしクイズ　吉田松陰《よしだしょういん》の教《おし》えを受《う》け、のちに初代内閣総理大臣《しょだいないかくそうりだいじん》になった人物《じんぶつ》は？　こたえはつぎのページ

日本初《にほんはつ》のタクシー会社《がいしゃ》の営業《えいぎょう》が始《はじ》まった日《ひ》

8月5日

読《よ》んだ日《ひ》にち（　年　月　日）（　年　月　日）（　年　月　日）

はじめて

日本初《にほんはつ》のタクシーが誕生《たんじょう》したのは一九一二年八月五日《ねんはちがついつか》のことです。それにちなみ、この日《ひ》は「タクシーの日《ひ》」とされています。

タクシー会社第一号《がいしゃだいいちごう》は、東京《とうきょう》の麹町区有楽町《こうじまちくゆうらくちょう》（今《いま》の千代田区有楽町《ちよだくゆうらくちょう》）に設立《せつりつ》された「タクシー自働車株式会社《じどうしゃかぶしきがいしゃ》」で、車両六台《しゃりょうろくだい》でのスタートでした。

日本《にほん》にはそれ以前《いぜん》に、事前《じぜん》に予約《よやく》を受《う》けて人《ひと》や荷物《にもつ》を運《はこ》ぶ自動車《じどうしゃ》「ハイヤー」がありました。タクシーがハイヤーと大《おお》きくちがうのは、料金《りょうきん》を計算《けいさん》するときにタクシーメーターを採用《さいよう》したことです。

料金《りょうきん》は最初《さいしょ》の一《いち》マイル（約千六百《やくせんろっぴゃく》メートル）が六十銭《ろくじっせん》で、以降二分《いこうにぶん》の一《いち》マイル増《ま》すごとに十銭《じっせん》が加算《かさん》されました。それを機械《きかい》が表示《ひょうじ》したのです。また、夜《よる》おそくや雨《あめ》の日《ひ》などは別《べつ》に料金《りょうきん》が足《た》されるなど、当時《とうじ》のタクシーはかなり高価《こうか》なのりものでした。

最初《さいしょ》は、町中《まちなか》を走《はし》りまわって、のりたい人《ひと》が手《て》をあげるのを待《ま》つ「流《なが》し」という形《かたち》ではなく、決《き》められた駅《えき》の近《ちか》くでお客《きゃく》さんを待《ま》ちました。大正時代《たいしょうじだい》は景気《けいき》がよかったこともあり、タクシーは人気《にんき》をよび、業者《ぎょうしゃ》が増《ふ》えて「流《なが》し」のタクシーも登場《とうじょう》します。

その後《ご》、第二次世界大戦《だいにじせかいたいせん》の影響《えいきょう》で数《かず》がへったタクシー会社《がいしゃ》ですが、戦後《せんご》の復興《ふっこう》でふたたび増《ふ》えていきました。また、システムがどんどん整備《せいび》され、全国《ぜんこく》のタクシー会社《がいしゃ》が協力《きょうりょく》して、タクシーを発展《はってん》させることを目的《もくてき》とした団体《だんたい》もうまれます。こうして、タクシーは安全《あんぜん》で信頼《しんらい》できるのりものとして、人《ひと》びとのくらしにかかせないものになっていくのです。

今《いま》では、タクシーの種類《しゅるい》は多様化《たようか》しています。通常《つうじょう》より多《おお》くの人数《にんずう》や大《おお》きな荷物《にもつ》を運《はこ》べる「ワゴンタクシー」、また、体《からだ》が不自由《ふじゆう》な人《ひと》や病気《びょうき》の人《ひと》やけがをした人《ひと》を運《はこ》ぶことが目的《もくてき》の「介護《かいご》タクシー」「寝台《しんだい》タクシー」などがあり、いろいろな種類《しゅるい》の車両《しゃりょう》が使《つか》われています。

大正時代《たいしょうじだい》のタクシー

この日《ひ》はほかにも…

★アメリカの宇宙飛行士《うちゅうひこうし》、アームストロング（231ページ）の誕生日《たんじょうび》（一九三〇年《ねん》）

247ページのこたえ　伊藤博文《いとうひろぶみ》

おはなしクイズ　タクシーより前《まえ》からあった、事前《じぜん》に予約《よやく》を受《う》けて人《ひと》や荷物《にもつ》を運《はこ》ぶ自動車《じどうしゃ》は？

こたえはつぎのページ

8月6日

広島《ひろしま》に原子爆弾《げんしばくだん》が投下《とうか》された日《ひ》

読《よ》んだ日《ひ》にち（　　年　　月　　日）（　　年　　月　　日）（　　年　　月　　日）

歴史

第二次世界大戦《だいにじせかいたいせん》の末期《まっき》、日本《にほん》の戦況《せんきょう》はどんどん悪化《あっか》していきました。占領地《せんりょうち》を次《つぎ》つぎにうしない、アメリカの爆撃機《ばくげきき》が日本《にほん》の各地《かくち》を攻撃《こうげき》するようになりました。

そのころアメリカは、かねてから準備《じゅんび》していた計画《けいかく》を進《すす》めていきます。これは「マンハッタン計《けい》画《かく》」とよばれ、原子力《げんしりょく》による新型《しんがた》爆弾《ばくだん》（原子爆弾《げんしばくだん》）を開発《かいはつ》するものでした。そして一九四五年七月《ねんしちがつ》に、アメリカは原子爆弾《げんしばくだん》の実験《じっけん》に世界《せかい》ではじめて成功《せいこう》します。

こうして完成《かんせい》した原子爆弾《げんしばくだん》が、一九四五年八月六日午前八時十五《ねんはちがつむいかごぜんはちじじゅうご》分《ふん》、アメリカの爆撃機《ばくげきき》B《ビー》－29エノラ・ゲイから、広島市《ひろしまし》に投下《とうか》されました。

高度六百《こうどろっぴゃく》メートルで原子爆弾《げんしばくだん》が爆発《ばくはつ》し、その瞬間《しゅんかん》、広島《ひろしま》の町《まち》は炎《ほのお》につつまれました。巨大《きょだい》なきのこ雲《ぐも》が立《た》ち上《あ》がり、空《そら》をおおいつくします。数千度《すうせんど》という熱風《ねっぷう》がふき荒《あ》れ、多《おお》くの建物《たてもの》がくずれるか、燃《も》えてなくなりました。

人《ひと》びともまた熱線《ねっせん》をあびて燃《も》え上《あ》がり、次《つぎ》つぎと命《いのち》を落《お》としていきました。およそ八万人《はちまんにん》の人《ひと》びとが、一瞬《いっしゅん》のうちに亡《な》くなったといわれています。広島《ひろしま》は、この一発《いっぱつ》の原子爆弾《げんしばくだん》で壊滅《かいめつ》しました。

原子爆弾《げんしばくだん》の特徴《とくちょう》は、強力《きょうりょく》な爆発《ばくはつ》や高温《こうおん》の熱風《ねっぷう》だけではありませんでした。放射線《ほうしゃせん》を、広《ひろ》い範囲《はんい》に放《ほう》出《しゅつ》したのです。それによって亡《な》くなった人《ひと》も大勢《おおぜい》いました。また、生《い》きのこった人《ひと》びともこの放射線《ほうしゃせん》をあびたために、さまざまな病気《びょうき》や症状《しょうじょう》にずっと苦《くる》しみつづけています。

アメリカは同年八月九日《どうねんはちがつここのか》の午前《ごぜん》十一時二分《じゅういちじにふん》に、今度《こんど》は長崎市《ながさきし》に原《げん》子爆《しばく》弾《だん》を投下《とうか》します。七万人《ななまんにん》をこえる犠牲者《ぎせいしゃ》を出《だ》し、長崎《ながさき》もまた壊《かい》滅《めつ》しました。

日本《にほん》は世界《せかい》でただ一《ひと》つ、原子爆《げんしばく》弾《だん》による攻撃《こうげき》を受《う》けた国《くに》です。その悲惨《ひさん》さを世界《せかい》に伝《つた》え、平和《へいわ》をいのるために、毎年八月六日《まいとしはちがつむいか》は広島《ひろしま》で、九日《ここのか》には、長崎《ながさき》で式典《しきてん》が行《おこな》われています。

この日《ひ》はほかにも…

★アメリカの画家《がか》、アンディ・ウォーホルの誕生日《たんじょうび》（一九二八年《ねん》）

248ページのこたえ　ハイヤー

おはなしクイズ　アメリカによる原子爆弾《げんしばくだん》の開発計画《かいはつけいかく》を何《なん》という？

こたえはつぎのページ

エネルギーたっぷり「バナナの日《ひ》」

8月7日

読《よ》んだ日《ひ》にち（　　年　　月　　日）（　　年　　月　　日）（　　年　　月　　日）

記念日

バナナは一年中《いちねんじゅう》食《た》べられて人気《にんき》のある果物《くだもの》です。バナナには糖質《とうしつ》（砂糖《さとう》やイモ類《るい》などにふくまれるエネルギー源《げん》）がたくさんふくまれています。そこで、バナナをたくさん食《た》べてエネルギーをたくわえようと、日本《にほん》バナナ輸入組合《ゆにゅうくみあい》により、八（バ）七（ナナ）のゴロ合《あ》わせから、八月七日《はちがつなのか》は「バナナの日《ひ》」とされています。

日本《にほん》にはじめてバナナが入《はい》ってきたのは百年以上前《ひゃくねんいじょうまえ》、台湾《たいわん》からだといわれています。今《いま》も台湾《たいわん》やフィリピン、エクアドルなどから輸入《ゆにゅう》しています。

バナナは熟《じゅく》すのが早《はや》いので、まだ緑色《みどりいろ》のうちに収穫《しゅうかく》して、冷蔵船《れいぞうせん》にのせて日本《にほん》に運《はこ》びます。それを人工的《じんこうてき》に熟《じゅく》させ、黄色《きいろ》くなったバナナを市場《しじょう》に出《だ》しているのです。

バナナが育《そだ》つ自然条件《しぜんじょうけん》は、一年《いちねん》を通《とお》して平均気温《へいきんきおん》が二十度以上《にじゅうどいじょう》あり、雨量《うりょう》が年間二千《ねんかんにせん》ミリ以上《いじょう》、茎《くき》がおれるような強《つよ》い風《かぜ》がふかないこと、などがあります。これに当《あ》てはまるのがアジアではインドネシアやタイ、フィリピン、台湾《たいわん》。中南米《ちゅうなんべい》ではメキシコやブラジル、エクアドル。アフリカでは、ソマリアやコンゴ、ウガンダ、タンザニアなどの地域《ちいき》です。これらの国《くに》ぐにを地図上《ちずじょう》でむすんでみると、赤道《せきどう》をはさんで南緯三十度《なんいさんじゅうど》から北《ほく》緯三十度《いさんじゅうど》の範囲《はんい》に入《はい》っています。それを「バナナベルト」とよんでいます。

さて、バナナはどうやってなるのでしょう。バナナの実《み》は木《き》ではなく、草《くさ》のような植物《しょくぶつ》の茎《くき》になるのです。大《おお》きなバナナの茎《くき》から小《ちい》さなバナナの芽《め》が顔《かお》を出《だ》し、それが生長《せいちょう》して花《はな》をつけます。その花《はな》の一《ひと》つ一《ひと》つが、バナナになります。一本《いっぽん》のバナナの茎《くき》に、七個《ななこ》から十二個《じゅうにこ》の房《ふさ》ができて、一《ひと》つの房《ふさ》におよそ二十本《にじっぽん》のバナナができるのです。

今《いま》のバナナは種《たね》もなくてやわらかいのですが、大《おお》むかしのバナナは種《たね》があってかたかったので、実《み》はあまり食《た》べられていませんでした。茎《くき》や葉《は》から繊維《せんい》をとり、布《ぬの》などにしていたそうです。その後《ご》、品種改良《ひんしゅかいりょう》を行《おこな》って今《いま》の食用《しょくよう》バナナができあがり、世界中《せかいじゅう》へ広《ひろ》まったのです。スポーツのときの栄養補給《えいようほきゅう》や、美容《びよう》にもよいとされ、多《おお》くの人《ひと》に愛《あい》されている果物《くだもの》です。

この日《ひ》はほかにも…

★『竜馬《りょうま》がゆく』をかいた作家《さっか》、司《し》馬遼太郎《ばりょうたろう》の誕生日《たんじょうび》（一九二三年《ねん》）

249ページのこたえ
マンハッタン計画《けいかく》

おはなしクイズ　バナナが育《そだ》つ、赤道《せきどう》をはさんで南緯《なんい》30度《ど》から北緯《ほくい》30度《ど》の範囲《はんい》を何《なん》という？

こたえはつぎのページ

8月8日

水墨画《すいぼくが》の天才《てんさい》 雪舟《せっしゅう》が亡《な》くなった日《ひ》

日本《にほん》
1420〜1506年《ねん》

読《よ》んだ日《ひ》にち（　年　月　日）（　年　月　日）（　年　月　日）

人物

雪舟《せっしゅう》は、一四二〇年《ねん》（応永《おうえい》二十《にじゅう》七年《ななねん》）に備中国《びっちゅうのくに》（今《いま》の岡山県《おかやまけん》）で生《う》まれました。おさないころ、宝福寺《ほうふくじ》というお寺《てら》にあずけられ、お坊《ぼう》さんになる修行《しゅぎょう》を始《はじ》めましたが、まったく身《み》が入《はい》りません。雪舟《せっしゅう》は絵《え》をかくことが好《す》きで、絵《え》のことばかり考《かんが》えていたのです。

和尚《おしょう》さんはあきれて、絵《え》をかくことをやめさせようとしましたが、雪舟《せっしゅう》は言《い》うことをききませんでした。

「また絵《え》をかいてなまけていたな」

とおこった和尚《おしょう》さんは、雪舟《せっしゅう》をお寺《てら》の柱《はしら》にしばりつけました。

「ごめんなさい。和尚《おしょう》さん」

雪舟《せっしゅう》は、泣《な》いてあやまりましたが、和尚《おしょう》さんはゆるしてくれません。

しばらくして、和尚《おしょう》さんが雪舟《せっしゅう》の様子《ようす》を見《み》に行《い》くと、しばりつけた雪舟《せっしゅう》の足元《あしもと》にネズミがいます。それは、雪舟《せっしゅう》が床《ゆか》に落《お》ちた自分《じぶん》のなみだを足《あし》の指《ゆび》につけてかいた、ネズミの絵《え》でした。

「なんと見事《みごと》な絵《え》だ」

和尚《おしょう》さんは、雪舟《せっしゅう》の絵《え》におどろき、絵《え》をかくことをみとめてくれるようになりました。

大人《おとな》になった雪舟《せっしゅう》は、墨《すみ》でかく水墨画《すいぼくが》の名人《めいじん》として有名《ゆうめい》になり、周防国《すおうのくに》（今《いま》の山口県《やまぐちけん》）の殿様《とのさま》にめしかかえられました。そして、四《よん》十八歳《じゅうはっさい》で明《みん》（今《いま》の中国《ちゅうごく》）に行《い》き、さらに絵《え》のうでをみがきます。一四六九年《ねん》、日本《にほん》にもどった雪舟《せっしゅう》は、日本各地《にほんかくち》を旅《たび》しながら、すばらしい作品《さくひん》をのこしていきました。

その後《ご》も、一五〇六年《ねん》（永正三《えいしょうさん》年《ねん》）八月八日《はちがつようか》、八十七歳《はちじゅうななさい》で亡《な》くなるまで雪舟《せっしゅう》は絵《え》をかきつづけました。雪舟《せっしゅう》のかいた絵《え》は国宝《こくほう》や重要《じゅうよう》文化財《ぶんかざい》になり、日本《にほん》のほこりとして大切《たいせつ》にされています。

この日《ひ》はほかにも…

★そろばんの日《ひ》

八（パチ）八（パチ）とそろばんをはじく音《おと》になぞらえて制定《せいてい》。

250ページのこたえ
バナナベルト

おはなしクイズ　雪舟《せっしゅう》が自分《じぶん》のなみだでかいた動物《どうぶつ》は何《なに》？

こたえはつぎのページ

文明開化《ぶんめいかいか》を進《すす》めた法律《ほうりつ》「断髪令《だんぱつれい》」が出《だ》された日《ひ》

8月9日

読《よ》んだ日《ひ》にち（　　年　　月　　日）（　　年　　月　　日）（　　年　　月　　日）

歴史

テレビの時代劇《じだいげき》などには、ちょんまげを結《ゆ》って刀《かたな》を持《も》った「武士《ぶし》」が出《で》てきます。でも、現代《げんだい》では、ちょんまげの人《ひと》はお相撲《すもう》さんくらいしかいません。では、いつ、どうして、ちょんまげや武士《ぶし》の姿《すがた》が消《き》えたのでしょう。

江戸時代《えどじだい》、日本人《にほんじん》の男性《だんせい》はみんなちょんまげを結《ゆ》っていました。その結《ゆ》い方《かた》で身分《みぶん》がわかるようになっていたのです。

しかし、明治時代《めいじじだい》になって、日《に》本《ほん》の国際化《こくさいか》が必要《ひつよう》になると、日本《にほん》だけでしか通用《つうよう》しない髪型《かみがた》は、文《ぶん》明的《めいてき》ではないと考《かんが》えられるようになります。それまでのように極端《きょくたん》な身分《みぶん》の差《さ》はなくなり、また、江《え》戸幕府《どばくふ》がたおれて（323ページ）、武士《ぶし》もいなくなったので、ちょんまげは必要《ひつよう》なくなったのです。

明治政府《めいじせいふ》は、一八七一年《ねん》（明治《めいじ》四年《よねん》）八月九日《はちがつここのか》に「断髪令《だんぱつれい》」を公《こう》布《ふ》しました。これは、髪型《かみがた》を自由《じゆう》に変《か》えてもかまわないという法律《ほうりつ》です。

以後《いご》、明治天皇《めいじてんのう》をはじめとし、日本人《にほんじん》のほとんどが、現代《げんだい》と変《か》わらないような髪型《かみがた》になりました。

同時《どうじ》に、新《あたら》しい髪型《かみがた》に合《あ》う「洋《よう》服《ふく》」も、日本人《にほんじん》の生活《せいかつ》に定着《ていちゃく》していきます。とくに軍隊《ぐんたい》は、イギリスやフランスに軍事訓練《ぐんじくんれん》を受《う》けたため、江戸時代末期《えどじだいまっき》から洋服《ようふく》や帽《ぼう》子《し》などを取《と》り入《い》れていました。

髪型《かみがた》やファッションが欧米風《おうべいふう》になるのと同時《どうじ》に、「文明開化《ぶんめいかいか》」という言葉《ことば》をスローガンに、日本《にほん》の近代化《きんだいか》は進《すす》んでいきます。

お金《かね》の単位《たんい》が円《えん》に変《か》わり（155ページ）、それまでは食《た》べてはいけなかった牛肉《ぎゅうにく》を食《た》べるようになり（39ページ）、また群馬県《ぐんまけん》には富岡製糸場《とみおかせいしじょう》（313ページ）がたてられて、生糸《きいと》の輸出《ゆしゅつ》が始《はじ》まりました。鉄道《てつどう》や電信《でんしん》、郵便《ゆうびん》（318ページ）も整《ととの》えられます。

江戸時代《えどじだい》までの習慣《しゅうかん》を変《か》え、近《きん》代化《だいか》を進《すす》める文明開化《ぶんめいかいか》は、都市《とし》から全国《ぜんこく》へだんだんと広《ひろ》まっていきました。

この日《ひ》はほかにも…
★長崎市《ながさきし》に原子爆弾《げんしばくだん》が落《お》とされた日《ひ》（一九四五年《ねん》）

251ページのこたえ
ネズミ

おはなしクイズ 日本《にほん》の近代化《きんだいか》を進《すす》めるスローガンになった言葉《ことば》は何《なに》？ こたえはつぎのページ

8月10日

江戸時代前期《えどじだいぜんき》の大作家《だいさっか》 井原西鶴《いはらさいかく》が亡《な》くなった日《ひ》

日本《にほん》
1642～1693年《ねん》

読《よ》んだ日《ひ》にち（　　年　　月　　日）（　　年　　月　　日）（　　年　　月　　日）

人物

江戸時代《えどじだい》の十七世紀後半《じゅうななせいきこうはん》から十《じゅう》八世紀《はっせいき》はじめごろ、大坂《おおさか》（今《いま》の大《おお》阪《さか》）や京都《きょうと》を中心《ちゅうしん》に経済《けいざい》が発展《はってん》して裕福《ゆうふく》な商人《しょうにん》が多《おお》くなったことで、町人《ちょうにん》の間《あいだ》に新《あたら》しい文化《ぶんか》がうまれました。これを「元禄文化《げんろくぶんか》」といいます。

一六四二年《ねん》（寛永十九年《かんえいじゅうくねん》）、井《い》原西鶴《はらさいかく》は大坂《おおさか》の商人《しょうにん》の家《いえ》に生《う》まれました。少年《しょうねん》のころから俳諧《はいかい》といって、おもしろみのある和歌《わか》をつくるようになりました。父《ちち》が亡《な》くなると、奉行人《ほうこうにん》（他人《たにん》の家《いえ》にやとわれ、働《はたら》く人《ひと》）に家業《かぎょう》をゆずり、俳諧《はいかい》に専念《せんねん》します。

二十一歳《にじゅういっさい》のときには、俳句《はいく》の優《ゆう》劣《れつ》を評価《ひょうか》して点数《てんすう》をつける点者《てんじゃ》になりました。そして、一日《いちにち》にどれだけ多《おお》くの句《く》をよむことができるかをきそう俳諧興行《はいかいこうぎょう》で活《かつ》やくし、大坂《おおさか》の住吉神社《すみよしじんじゃ》で二万三千五百句《にまんさんぜんごひゃっく》をよむという大記録《だいきろく》を打《う》ち立《た》て、有名《ゆうめい》になりました。

その後《ご》、西鶴《さいかく》は字数《じすう》などの制限《せいげん》のある俳諧《はいかい》よりも、のびのびと表《ひょう》現《げん》できるものとして、新《あたら》しい文学《ぶんがく》の形《かたち》の「浮世草子《うきよぞうし》」をかき始《はじ》めます。それまでの文学《ぶんがく》は貴族《きぞく》や武家《ぶけ》社会《しゃかい》をえがいたものばかりでしたが、このころから庶民《しょみん》の様子《ようす》をえがくようになったのです。

西鶴《さいかく》が四十一歳《よんじゅういっさい》で発表《はっぴょう》した浮世《うきよ》草子《ぞうし》『好色一代男《こうしょくいちだいおとこ》』は、町人《ちょうにん》の男《だん》女《じょ》の恋愛《れんあい》をえがいた物語《ものがたり》として評《ひょう》判《ばん》になりました。その後《ご》も、商人《しょうにん》の成功《せいこう》をえがいた『日本永代蔵《にっぽんえいたいぐら》』や、武家《ぶけ》のかたきうちをえがいた『武道伝来記《ぶどうでんらいき》』などが人気《にんき》になり、お金《かね》にふりまわされる商人《しょうにん》の姿《すがた》をえがいた『世間胸算用《せけんむねさんよう》』はベストセラーになりました。

西鶴《さいかく》は、人形浄瑠璃《にんぎょうじょうるり》や歌舞伎《かぶき》などの芝居《しばい》の台本《だいほん》をかいた近松門左《ちかまつもんざ》衛門《えもん》や、『おくのほそ道《みち》』で知《し》られる松尾芭蕉《まつおばしょう》（317ページ）とともに、元禄文化《げんろくぶんか》を代表《だいひょう》する文学者《ぶんがくしゃ》といわれています。一六九三年《ねん》（元《げん》禄六年《ろくろくねん》）八月十日《はちがつとおか》に亡《な》くなりましたが、西鶴《さいかく》の作品《さくひん》は、後世《こうせい》の作家《さっか》にも影響《えいきょう》をあたえました。

この日《ひ》はほかにも…

★道《みち》の日《ひ》
最初《さいしょ》の道路整備《どうろせいび》に関《かん》する長期計画《ちょうきけいかく》である、第一次道路改良計画《だいいちじどうろかいりょうけいかく》が実施《じっし》されたことから（一九二〇年《ねん》）。

252ページのこたえ
文明開化《ぶんめいかいか》

おはなしクイズ　井原西鶴《いはらさいかく》がかいていた、庶民《しょみん》の様子《ようす》をえがいた文学《ぶんがく》を何《なん》という？

こたえはつぎのページ

鎌倉幕府《かまくらばくふ》をたおした足利尊氏《あしかがたかうじ》が征夷大将軍《せいいたいしょうぐん》になった日《ひ》

読《よ》んだ日《ひ》にち（　　年　　月　　日）（　　年　　月　　日）（　　年　　月　　日）

足利尊氏《あしかがたかうじ》は下野国《しもつけのくに》（今《いま》の栃木《とちぎ》県《けん》）足利《あしかが》で生《う》まれたといわれています。鎌倉時代《かまくらじだい》の終《お》わりごろのことでした。

源頼朝《みなもとのよりとも》（223ページ）によって開《ひら》かれた武士《ぶし》の政権《せいけん》である鎌倉幕府《かまくらばくふ》ですが、そのころの実権《じっけん》は北条氏《ほうじょうし》がにぎっていました。

源氏《げんじ》の家系《かけい》である足利家《あしかがけ》に育《そだ》った尊氏《たかうじ》は、

「いつかきっと、源氏《げんじ》の世《よ》にもどしてみせる」

と考《かんが》えていました。それは日本全国《にほんぜんこく》の武士《ぶし》たちも同《おな》じでした。北条氏《ほうじょうし》に支配《しはい》されていた鎌倉幕府《かまくらばくふ》をたおすときを、だれもがうかがっていたのです。

そして一三三三年《ねん》、後醍醐《ごだいご》天皇《てんのう》が兵《へい》をあげ、幕府《ばくふ》に戦《たたか》いをいどみます。尊氏《たかうじ》も北条氏《ほうじょうし》をうつべく立《た》ち上《あ》がりました。尊氏《たかうじ》の軍勢《ぐんぜい》は、鎌倉幕府《かまくらばくふ》の役所《やくしょ》を攻《せ》め落《お》とすなど、活《かつ》やくしました。

「木造足利尊氏坐像《もくぞうあしかがたかうじざぞう》」　大分県国東市　安国寺蔵

こうして鎌倉幕府《かまくらばくふ》はほろびましたが、後醍醐天皇《ごだいごてんのう》が武士《ぶし》たちにあたえたほうびは、ほんのわずかでした。

「これでは何《なん》のために戦《たたか》ったのかわからない」

不満《ふまん》をもった武士《ぶし》たちをひきいて、尊氏《たかうじ》は鎌倉《かまくら》に向《む》かいます。後醍醐天皇《ごだいごてんのう》は、ともに戦《たたか》っていた武将《ぶしょう》の新田義貞《にったよしさだ》に尊氏《たかうじ》をたおすことを命《めい》じます。

一度《いちど》は追《お》いつめられた尊氏《たかうじ》ですが、そこへ光厳上皇《こうごんじょうこう》（前《まえ》の天皇《てんのう》）から「新田《にった》をたおせ」という命令《めいれい》がとどきました。

上皇《じょうこう》が味方《みかた》につき、いきおいづいた足利軍《あしかがぐん》に攻《せ》められて、後醍醐天皇《ごだいごてんのう》と新田義貞《にったよしさだ》はにげていきます。尊氏《たかうじ》は光厳上皇《こうごんじょうこう》の弟《おとうと》を光明天皇《こうみょうてんのう》として立《た》て、京都《きょうと》に朝廷《ちょうてい》を開《ひら》きました（北朝《ほくちょう》）。

一三三八年《ねん》（建武五年《けんむごねん》）八月十一日《はちがつじゅういちにち》に、尊氏《たかうじ》は征夷大将軍《せいいたいしょうぐん》（幕府《ばくふ》の将軍《しょうぐん》）に任《にん》ぜられます。

いっぽう、吉野《よしの》（今《いま》の奈良県吉野郡《ならけんよしのぐん》）ににげた後醍醐天皇《ごだいごてんのう》は北朝《ほくちょう》をみとめず、南朝《なんちょう》を開《ひら》いて対立《たいりつ》します。これが二《ふた》つの朝廷《ちょうてい》が争《あらそ》う南北朝時代《なんぼくちょうじだい》の始《はじ》まりでした。

この日《ひ》はほかにも…

★山《やま》の日《ひ》
国民《こくみん》の祝日《しゅくじつ》の一《ひと》つ。山《やま》に親《した》しむ機会《きかい》をもって、山《やま》に感謝《かんしゃ》する日《ひ》。

253ページのこたえ　浮世草子《うきよぞうし》

おはなしクイズ　幕府《ばくふ》の将軍《しょうぐん》のことを別《べつ》の名前《なまえ》で何《なん》という？

こたえはつぎのページ

8月12日

エジプト最後《さいご》の女王《じょおう》
クレオパトラが亡《な》くなった日《ひ》

エジプト
紀元前《きげんぜん》69ごろ～前《ぜん》30年《ねん》

読《よ》んだ日《ひ》にち（　年　月　日）（　年　月　日）（　年　月　日）

人物

古代《こだい》エジプト最後《さいご》の女王《じょおう》、クレオパトラ七世《ななせい》は絶世《ぜっせい》の美女《びじょ》であったといわれています。エジプトの王家《おうけ》に生《う》まれたクレオパトラは、子《こ》どものころから頭《あたま》がよく、成長《せいちょう》するにしたがって美《うつく》しさを増《ま》していったといいます。

そのころ地中海《ちちゅうかい》のまわりは、ほとんどがローマ帝国《ていこく》の支配下《しはいか》にありましたが、エジプトだけが独立《どくりつ》した国《くに》として成《な》り立《た》っていました。

紀元前一世紀《きげんぜんいっせいき》になると、ローマの将軍《しょうぐん》たちの間《あいだ》で、まわりの地域《ちいき》をまきこんだ権力争《けんりょくあらそ》いが次《つぎ》つぎに起《お》こります。クレオパトラは十八《じゅうはっ》歳《さい》のときに女王《じょおう》になり、その知性《ちせい》と美《び》ぼうをもって、ローマの指導《しどう》者《しゃ》たちを自分《じぶん》のとりこにしながら、エジプトの独立《どくりつ》を守《まも》ろうとしたのです。

二十一歳《にじゅういっさい》のころ、クレオパトラは勢力争《せいりょくあらそ》いによって一時追放《いちじついほう》されていましたが、ローマの指導者《しどうしゃ》で、「英雄《えいゆう》」とよばれたユリウス・カエサルがエジプトをおとずれたときに、こっそりと面会《めんかい》しました。カエサルはおどろくと同時《どうじ》に「なんと美《うつく》しい人《ひと》なんだろう」とクレオパトラに恋《こい》をし、彼女《かのじょ》を王《おう》座《ざ》にもどすようエジプトの王宮《おうきゅう》に働《はたら》きかけました。

その後《ご》、紀元前《きげんぜん》四四年《ねん》にカエサルが殺《ころ》されたのち、同《おな》じくローマの指導者《しどうしゃ》であるマルクス・アントニウスもクレオパトラに恋《こい》をします。カエサルの死《し》を悲《かな》しんでいたクレオパトラも、しだいにアントニウスのことが好《す》きになっていきました。

しかし、その後《ご》のローマ内《ない》の戦《たたか》いでアントニウスは負《ま》け、エジプトに追《お》い返《かえ》されます。混乱《こんらん》の中《なか》で、「クレオパトラが死《し》んだ」というまちがった情報《じょうほう》が耳《みみ》に入《はい》ると、アントニウスは絶望《ぜつぼう》し、自殺《じさつ》を図《はか》りました。

そしてその知《し》らせがクレオパトラにとどくと、紀元前《きげんぜん》三〇年《ねん》八月《はちがつ》十二日《じゅうににち》（いくつか説《せつ》があります）に、彼女《かのじょ》も自《みずか》ら命《いのち》を絶《た》ったのでした。毒《どく》ヘビに胸《むね》をかませたか、毒《どく》を飲《の》んだといわれています。

この日《ひ》はほかにも…

★アルプスの少女《しょうじょ》ハイジの日《ひ》

八(ハ)一(イ)二(ジ)のゴロ合《あ》わせから。

254ページのこたえ
征夷大将軍《せいいたいしょうぐん》

おはなしクイズ　クレオパトラに恋《こい》をしたローマの指導者《しどうしゃ》はアントニウスとだれ？　こたえはつぎのページ

ご先祖様《せんぞさま》の霊《れい》をむかえる行事《ぎょうじ》
お盆《ぼん》

読《よ》んだ日《ひ》にち（　　年　　月　　日）（　　年　　月　　日）（　　年　　月　　日）

一年《いちねん》に一度《いちど》、亡《な》くなったご先祖《せんぞ》様《さま》の霊《れい》が帰《かえ》ってくる時期《じき》があります。その時期《じき》を「盆《ぼん》」といいます。盆《ぼん》はご先祖様《せんぞさま》を供養《くよう》する行事《ぎょうじ》で、帰《かえ》ってくる日《ひ》の八月十三日《はちがつじゅうさんにち》を「迎《むか》え盆《ぼん》」、あの世《よ》にもどっていく日《ひ》の八月十六日《はちがつじゅうろくにち》ごろを「送《おく》り盆《ぼん》」といいます。

もともとは旧暦《きゅうれき》（144ページ）の七月《しちがつ》が盆《ぼん》の時期《じき》でしたが、新暦《しんれき》になって一《いっ》か月《げつ》ほど暦《こよみ》がずれると、それにならって八月《はちがつ》を盆《ぼん》とするところが多《おお》くなりました。

迎《むか》え盆《ぼん》には、ご先祖様《せんぞさま》の霊《れい》がまよわないように「迎《むか》え火《び》」といって、家《いえ》の入《い》り口《ぐち》付近《ふきん》で小《ちい》さな火《ひ》を燃《も》やします。ご先祖様《せんぞさま》の霊《れい》がやってきている間《あいだ》は、お花《はな》や果物《くだもの》を供《そな》え、お坊《ぼう》さんにお経《きょう》をあげてもらい、キュウリで馬《うま》を、ナスで牛《うし》の形《かたち》をつくってお供《そな》えもします。これはただのかざりではなく、馬《うま》は足《あし》が速《はや》いことからご先祖様《せんぞさま》がキュウリの馬《うま》にのって早《はや》く帰《かえ》ってこられるように、牛《うし》は足《あし》がおそいことからナスの牛《うし》にのってゆっくりもどっていくように、との意味《いみ》があります。いずれもできるだけ長《なが》くいてほしい、という願《ねが》いがこめられているのです。

また、この時期《じき》には盆踊《ぼんおど》りも行《おこな》われます。もともとはご先祖様《せんぞさま》たちによろこんでもらうために始《はじ》まったものです。

そして送《おく》り盆《ぼん》には、ご先祖様《せんぞさま》の霊《れい》を送《おく》り出《だ》すために「送《おく》り火《び》」を燃《も》やします。これは迎《むか》え火《び》と同《おな》じ場所《ばしょ》で行《おこな》うとされていますが、河原《かわら》や山《やま》で行《おこな》われることもあります。有名《ゆうめい》な「大文字《だいもんじ》焼《や》き」や、川《かわ》にちょうちんを流《なが》す「精霊流《しょうろうなが》し」も送《おく》り火《び》の一種《いっしゅ》です。

盆《ぼん》はもとは仏教《ぶっきょう》の儀式《ぎしき》の一《ひと》つで、お釈迦様《しゃかさま》（119ページ）の弟子《でし》の目連《もくれん》というお坊《ぼう》さんが、地獄《じごく》へ落《お》ちた母《はは》を救《すく》うために、食《た》べものをお供《そな》えした「盂蘭盆会《うらぼんえ》」がちぢまり、「盆《ぼん》」とよばれるようになりました。

この日《ひ》はほかにも…

★イギリスの看護師《かんごし》、ナイチンゲール（157ページ）が亡《な》くなった日《ひ》（一九一〇年《ねん》）

255ページのこたえ
ユリウス・カエサル

おはなしクイズ 迎《むか》え盆《ぼん》のときに供《そな》えるキュウリは、何《なん》の動物《どうぶつ》ににせてつくったもの？

こたえは つぎのページ

8月14日

自然《しぜん》と動物《どうぶつ》の大切《たいせつ》さを うったえたシートンの誕生日《たんじょうび》

アメリカ
1860〜1946年《ねん》

読《よ》んだ日《ひ》にち（　　年　　月　　日）（　　年　　月　　日）（　　年　　月　　日）

人物

　今《いま》から百年《ひゃくねん》以上前《いじょうまえ》のことです。アメリカのニューヨークのはずれにある小学校《しょうがっこう》に、見知《みし》らぬ男性《だんせい》がやってきました。

「みなさん、休《やす》みの日《ひ》にぼくの村《むら》に来《き》てください。キャンプをしましょう」

　さっそく子《こ》どもたちは、出《で》かけていきました。「わあ、湖《みずうみ》だ！」とよろこび、はだかになって湖《みずうみ》に飛《と》びこみます。男性《だんせい》は、うれしそうにそれを見《み》つめました。

　この男性《だんせい》は、アーネスト・トンプソン・シートンという、たくさんの動物《どうぶつ》の物語《ものがたり》をかいた作家《さっか》でした。一八六〇年《ねん》八月十四日《はちがつじゅうよっか》にイギリスで生《う》まれたシートンは、動物《どうぶつ》が大好《だいす》きな子《こ》どもでした。博物学者《はくぶつがくしゃ》になることをのぞんでいましたが、お父《とう》さんのすすめで絵《え》の道《みち》に進《すす》みます。それでも思《おも》いはさめることがなく、自分《じぶん》で動物《どうぶつ》の観察《かんさつ》をつづけ、絵《え》と物語《ものがたり》にして発表《はっぴょう》したのです。

　シートンがかいた物語《ものがたり》に「ロボ」というオオカミの王様《おうさま》の話《はなし》があります。この話《はなし》は、実際《じっさい》にシートンが体験《たいけん》したことをもとにかかれました。

　一八九四年《ねん》、ニューメキシコ州《しゅう》では人間《にんげん》の狩《か》りによって野牛《やぎゅう》が絶《ぜっ》めつしかけていたため、野牛《やぎゅう》をえさとしていたオオカミが牧場《ぼくじょう》の牛《うし》をおそいました。牧場《ぼくじょう》ではあらゆる方法《ほうほう》でオオカミをとらえようとしましたが、かしこいロボはいつもそれを見《み》ぬいていました。

　シートンは牧場《ぼくじょう》の主《あるじ》にたのまれて、ロボの足取《あしど》りをさぐります。すると、ブランカというロボの妻《つま》ともいえるメスのオオカミがいることがわかりました。シートンはブランカをおとりにしてロボをつかまえましたが、ブランカが死《し》ぬと、ロボは人間《にんげん》にあたえられたえさには見向《みむ》きもせず死《し》にました。その姿《すがた》に、シートンはこうなげきました。

「ロボたちは生《い》きるために牛《うし》をおそったんだ。動物《どうぶつ》は悪《わる》くない」

　動物《どうぶつ》の愛《いと》おしさと自然《しぜん》の大切《たいせつ》さをたくさんの人《ひと》に知《し》ってほしい。その思《おも》いから、シートンはゆたかな自然《しぜん》がのこる広大《こうだい》な土地《とち》を買《か》い、子《こ》どもたちをよび、自然《しぜん》や動物《どうぶつ》にふれる機会《きかい》をつくりました。

この日《ひ》はほかにも…

★日本《にほん》ではじめて特許《とっきょ》が交付《こうふ》された日《ひ》（一八八五年《ねん》）（129ページ）

256ページのこたえ
馬《うま》

おはなしクイズ　シートンの物語《ものがたり》の中《なか》に出《で》てくるオオカミの王様《おうさま》の名前《なまえ》は？

こたえは つぎのページ

第《だい》二《に》次《じ》世《せ》界《かい》大《たい》戦《せん》が終《お》わった「終《しゅう》戦《せん》記《き》念《ねん》日《び》」

8月15日

記念日

読《よ》んだ日《ひ》にち（　年　月　日）（　年　月　日）（　年　月　日）

日本《にほん》はポツダム宣言《せんげん》（日本《にほん》の戦争《せんそう》終結《しゅうけつ》を要求《ようきゅう》した宣言《せんげん》）を受《う》け入《い》れ、一九四五年八月十五日《ねんはちがつじゅうごにち》に、連合国《れんごうこく》に無条件降伏《むじょうけんこうふく》をして第二次世界大戦《だいにじせかいたいせん》が終《お》わりました。

この戦争《せんそう》が最初《さいしょ》に起《お》こったのは、ヨーロッパでのことでした。一九三九年《ねん》に、ナチス・ドイツがポーランドを攻撃《こうげき》したことがきっかけです。その後《ご》、世界各地《せかいかくち》で争《あらそ》いが起《お》こり、日本《にほん》も戦争《せんそう》に参加《さんか》することになります。

日本軍《にほんぐん》は一九三七年《ねん》の日中戦争《にっちゅうせんそう》以来《いらい》、中国《ちゅうごく》にとどまりつづけていました。これを非難《ひなん》するアメリカは、日本《にほん》への石油《せきゆ》の輸出《ゆしゅつ》を禁止《きんし》しました。またイギリスや中国《ちゅうごく》、オランダとともに物資《ぶっし》の輸出《ゆしゅつ》を制限《せいげん》し、日本《にほん》の経済《けいざい》に打撃《だげき》をあたえようとします。

さらにアメリカは、日本《にほん》が中国《ちゅうごく》から手《て》を引《ひ》くよう、きびしい要求《ようきゅう》をつきつけてきました。そのため日本《にほん》はアメリカとの戦争《せんそう》を決断《けつだん》します。一九四一年十二月八日《ねんじゅうにがつようか》、日本軍《にほんぐん》はアメリカ・ハワイの真珠湾《しんじゅわん》を攻撃《こうげき》し、太平洋戦争《たいへいようせんそう》が始《はじ》まりました。

戦争《せんそう》が始《はじ》まってすぐのころは、日本軍《にほんぐん》は勝《か》ちつづけていましたが、しだいにアメリカのまき返《かえ》しが始《はじ》まります。

やがて日本《にほん》の上空《じょうくう》を、アメリカ軍《ぐん》の爆撃機《ばくげきき》が飛《と》び交《か》うようになります。そして、アメリカをはじめとする連合国《れんごうこく》は、日本《にほん》に対《たい》してポツダム宣言《せんげん》を受《う》け入《い》れるようせまってきました。これは日本《にほん》の無条件降伏《むじょうけんこうふく》と、戦後《せんご》の占領《せんりょう》などを求《もと》めたものです。日本《にほん》はこの提案《ていあん》に返答《へんとう》をしませんでした。

その後《ご》、広島《ひろしま》と長崎《ながさき》に原子爆弾《げんしばくだん》が落《お》とされました（249ページ）。原子爆弾《げんしばくだん》により多《おお》くの命《いのち》がうばわれたことから、日本《にほん》はポツダム宣言《せんげん》を受《う》け入《い》れることにしたのです。

一九四五年八月十五日《ねんはちがつじゅうごにち》に、昭和天皇《しょうわてんのう》による太平洋戦争終結《たいへいようせんそうしゅうけつ》を伝《つた》えるラジオ放送《ほうそう》が行《おこな》われ、それとともに多《おお》くの犠牲者《ぎせいしゃ》を出《だ》した第二次世界大戦《だいにじせかいたいせん》が終《お》わりました。

戦争《せんそう》が終《お》わった八月十五日《はちがつじゅうごにち》は「終戦記念日《しゅうせんきねんび》」とされています。戦争《せんそう》による犠牲《ぎせい》を二度《にど》と出《だ》さないようにするため、戦争《せんそう》を知《し》らない世代《せだい》にも戦争《せんそう》の経験《けいけん》と平和《へいわ》の意義《いぎ》を伝《つた》えつづける日《ひ》となっています。

この日《ひ》はほかにも…

★フランスの皇帝《こうてい》、ナポレオン（377ページ）の誕生日《たんじょうび》（一七六九年《ねん》）

257ページのこたえ　ロボ

おはなしクイズ　日本軍《にほんぐん》がアメリカ・ハワイの真珠湾《しんじゅわん》を攻撃《こうげき》して始《はじ》まった戦争《せんそう》は何《なに》？　こたえはつぎのページ

8月16日

東《とう》北《ほく》帝《てい》国《こく》大《だい》学《がく》にはじめて女《じょ》性《せい》が合《ごう》格《かく》した日《ひ》

読《よ》んだ日《ひ》にち（　年　月　日）（　年　月　日）（　年　月　日）

はじめて

一九一三年八月十六日《ねんはちがつじゅうろくにち》に、東北《とうほく》帝国大学《ていこくだいがく》（今《いま》の東北大学《とうほくだいがく》）が、女性《じょせい》の受験生三人《じゅけんせいさんにん》の合格《ごうかく》を発表《はっぴょう》しました。

黒田《くろだ》チカ、丹下《たんげ》ウメ、牧田《まきた》らく。日本《にほん》ではじめての女子大生《じょしだいせい》の誕生《たんじょう》です。

当時《とうじ》、日本《にほん》の帝国大学《ていこくだいがく》（今《いま》の国立大学《こくりつだいがく》）には女性《じょせい》は入学《にゅうがく》できず、学生《がくせい》はすべて男性《だんせい》だったのです。

このとき入学《にゅうがく》した黒田《くろだ》チカは、その後《ご》、紫根《しこん》（ムラサキという植物《しょくぶつ》の根《ね》）やベニバナなど、天然物《てんねんぶつ》の色素研究《しきそけんきゅう》をする化学者《かがくしゃ》になりました。大学《だいがく》では有機化学《ゆうきかがく》を専攻《せんこう》し、紫根《しこん》の色素《しきそ》「シコニン」の研究《けんきゅう》に取《と》り組《く》んで、その構造《こうぞう》を学会《がっかい》で発表《はっぴょう》し、卒業後《そつぎょうご》も研究《けんきゅう》をつづけ、大学教授《だいがくきょうじゅ》になりました。

チカは、一九二九年《ねん》には、ベニバナの色素《しきそ》「カーサミン」の研究《けんきゅう》で理学博士《りがくはかせ》の学位《がくい》を受《う》けます。さらに、その後《ご》も研究《けんきゅう》をつづけ、六十九歳《ろくじゅうきゅうさい》のときにタマネギの外皮《がいひ》に血圧《けつあつ》を下《さ》げる効用《こうよう》があることに気《き》づき、「ケルチンC《シー》」という名前《なまえ》の薬《くすり》を完成《かんせい》させました。

丹下《たんげ》ウメは、卒業後《そつぎょうご》、アメリカの大学《だいがく》に留学《りゅうがく》し、栄養化学《えいようかがく》を学《まな》んで、優秀《ゆうしゅう》な成績《せいせき》をおさめました。帰国後《きこくご》は、ビタミンB_2《ビーツー》の研究《けんきゅう》により、農学博士《のうがくはかせ》の学位《がくい》も受《う》けています。

牧田《まきた》らくは、卒業《そつぎょう》したのち、母校《ぼこう》である東京女子高等師範学校《とうきょうじょしこうとうしはんがっこう》（今《いま》のお茶《ちゃ》の水女子大学《みずじょしだいがく》）で数学《すうがく》を教《おし》えましたが、結婚《けっこん》を機《き》に退職《たいしょく》しました。

当時《とうじ》、はじめての女子大生《じょしだいせい》の誕生《たんじょう》は広《ひろ》く報道《ほうどう》され、大《おお》きな反響《はんきょう》をよびました。いっぽうで、批判的《ひはんてき》な意見《いけん》もあり、まだまだ女性《じょせい》の大学進学《だいがくしんがく》が手放《てばな》しで歓迎《かんげい》される雰囲《ふんい》気《き》ではありませんでした。

しかし、三人《さんにん》は、周囲《しゅうい》のきびしい目《め》にさらされながらも学問《がくもん》をきわめ、わが道《みち》を歩《あゆ》んで新《あたら》しい時代《じだい》の先《さき》がけとなったのです。

この日《ひ》はほかにも…

★明治時代《めいじじだい》の教育者《きょういくしゃ》、津田梅子《つだうめこ》（378ページ）が亡《な》くなった日《ひ》（一九二九年《ねん》）

★アメリカのプロ野球選手《やきゅうせんしゅ》、ベーブ・ルース（55ページ）が亡《な》くなった日《ひ》（一九四八年《ねん》）

258ページのこたえ　太平洋戦争《たいへいようせんそう》

おはなしクイズ　黒田《くろだ》チカが完成《かんせい》させた薬《くすり》の名前《なまえ》は？　こたえはつぎのページ

「王《おう》の果物《くだもの》」とよばれた「パイナップルの日《ひ》」

8月17日

読《よ》んだ日《ひ》にち（　　年　　月　　日）（　　年　　月　　日）（　　年　　月　　日）

記念日

八月十七日《はちがつじゅうしちにち》は、八（パ）一（イ）七（ナ）ップルのゴロ合《あ》わせから、「パイナップルの日《ひ》」とされています。

パイナップルのルーツはブラジルにあります。野生《やせい》のパイナップルは実《み》が小《ちい》さいだけではなく、種《たね》が多《おお》くてあまみも少《すく》なく、すっぱかったといいます。ですから、実《み》は火《ひ》であぶったり乾燥《かんそう》させたりして食《た》べ、繊維《せんい》の強《つよ》い葉《は》は、ひもやあみに加工《かこう》されていました。種《たね》なしのパイナップルが誕生《たんじょう》したのは、突然変異《とつぜんへんい》と考《かんが》えられています。

アメリカ大陸《たいりく》を発見《はっけん》したコロンブス（321ページ）は、西《にし》インド諸《しょ》島《とう》からヨーロッパへ種《たね》なしのパイナップルをもち帰《かえ》ります。それが十六世紀《じゅうろくせいき》はじめにスペインに、十《じゅう》七世紀中《ななせいきなか》ごろにイギリスに伝《つた》わり、十八世紀《じゅうはっせいき》はじめのオランダでは温室栽培《おんしつさいばい》が始《はじ》まります。

その後《ご》、約百年《やくひゃくねん》でヨーロッパ中《じゅう》に温室栽培《おんしつさいばい》が広《ひろ》まり、パイナップルは王室《おうしつ》や貴族《きぞく》などが食《た》べる「王《おう》の果物《くだもの》」としての地位《ちい》を確立《かくりつ》しました。

日本《にほん》で最初《さいしょ》にパイナップルが植《う》えられたのは一八三〇年《ねん》、小笠原《おがさわら》諸島《しょとう》の父島《ちちじま》といわれていますが、現在広《げんざいひろ》く栽培《さいばい》されている種類《しゅるい》のパイナップルが長崎県《ながさきけん》や沖縄県《おきなわけん》にオランダから伝《つた》わったのは十九世紀《じゅうきゅうせいき》半《なか》ばです。

そして、日本《にほん》で広《ひろ》まったのは二《に》十世紀《じっせいき》に入《はい》ってからで、最初《さいしょ》は缶《かん》づめ用《よう》の品種《ひんしゅ》が台湾《たいわん》から沖縄《おきなわ》に輸《ゆ》入《にゅう》されました。

パイナップルは、二年以上《にねんいじょう》つづけて育生《いくせい》できる多年草《たねんそう》とよばれる植物《しょくぶつ》です。木《き》になるのではなく、草《くさ》の真《ま》ん中《なか》にできるのです。

食用《しょくよう》になる松《まつ》かさのような実《み》の上《うえ》に生《は》えているトサカのような部《ぶ》分《ぶん》は花《はな》の集《あつ》まりなのですが、実《じつ》は、その下《した》の松《まつ》かさのうろこのような部分《ぶぶん》も花《はな》のあとです。下《した》から順番《じゅんばん》にさいてきて、一《ひと》つのパイナップルに百以上《ひゃくいじょう》の花《はな》をつけます。黒《くろ》くて小《ちい》さな種《たね》は実《み》の真《ま》ん中《なか》ではなく、うろこのような部分《ぶぶん》の近《ちか》くにできます。

この日《ひ》はほかにも…

★日本《にほん》ではじめてプロ野球《やきゅう》のナイターが行《おこな》われた日《ひ》（一九四八年《ねん》）

259ページのこたえ
ケルチンC

おはなしクイズ　パイナップルがなるのは木《き》？　それとも草《くさ》？　こたえはつぎのページ

8月18日

モンゴル帝国《ていこく》の王《おう》
チンギス・ハンが亡《な》くなった日《ひ》

モンゴル
1162ごろ～1227年《ねん》

読《よ》んだ日《ひ》にち（　　年　　月　　日）（　　年　　月　　日）（　　年　　月　　日）

人物

十二世紀半《じゅうにせいきなか》ば、モンゴル高原《こうげん》では、遊牧民《ゆうぼくみん》たちがいくつもの部族《ぶぞく》に分《わ》かれて、争《あらそ》いをくり返《かえ》していました。

テムジン（のちのチンギス・ハン）は、部族長《ぶぞくちょう》の子《こ》として生《う》まれますが、父《ちち》は敵《てき》に毒《どく》を飲《の》まされ亡《な》くなります。

部族長《ぶぞくちょう》をうしなった一族《いちぞく》はバラバラになり、父《ちち》の部下《ぶか》だったものたちも、テムジンの家族《かぞく》を見《み》すてて去《さ》っていきました。

「いいですか、だれも助《たす》けてはくれません。生《い》きぬくためには、家《か》族《ぞく》みんなで力《ちから》を合《あ》わせるのですよ」

「はい、母上《ははうえ》。そしていつかきっと、父上《ちちうえ》のかたきをうちます」と、テムジンは母《はは》にちかいます。

草原《そうげん》の自然《しぜん》はきびしく、家族《かぞく》だけで生《い》きていくのはとても大変《たいへん》です。敵《てき》がおそってくることもあります。子《こ》ども時代《じだい》はつらい毎日《まいにち》がつづきますが、やがてたくましい若者《わかもの》になったテムジンは、バラバラになった一族《いちぞく》をふたたびまとめて長《おさ》（リーダー）になりました。

父《ちち》を殺《ころ》した敵《てき》をほろぼし、ほかの部族《ぶぞく》も次《つぎ》つぎとやぶって、ユリウス暦《れき》一二〇六年《ねん》、ついに遊牧民《ゆうぼくみん》を統一《とういつ》します。

テムジンは全部族《ぜんぶぞく》を集《あつ》めてクリルタイ（国会《こっかい》）を開《ひら》き、モンゴル帝国《ていこく》の王《おう》に選《えら》ばれてチンギス・ハンと名《な》のるようになりました。「ハン」は「王《おう》」という意味《いみ》です。

政治《せいじ》や軍隊《ぐんたい》の仕組《しく》みを整《ととの》え、さらに力《ちから》をつけたチンギス・ハンは、ほかの国《くに》ぐにをも征服《せいふく》していき、今《いま》の中国《ちゅうごく》から西《にし》アジアまでの広《ひろ》い地域《ちいき》を支配《しはい》しました。そして、一二二七年《ねん》八月十八日《はちがつじゅうはちにち》に亡《な》くなったといわれていますが、正確《せいかく》なことはわかっていません。

モンゴル帝国《ていこく》はその後《ご》も広《ひろ》がり、チンギス・ハンの孫《まご》のフビライ・ハンのときには、東南《とうなん》アジアから東《ひがし》ヨーロッパまでの大帝国《だいていこく》となりました。

この日《ひ》はほかにも…

★安土桃山時代《あづちももやまじだい》の武将《ぶしょう》、豊臣秀吉《とよとみひでよし》（216ページ）が亡《な》くなった日（一五九八年《ねん》）

★第一回全国中等学校優勝野球大会《だいいっかいぜんこくちゅうとうがっこうゆうしょうやきゅうたいかい》が開会《かいかい》した日《ひ》（一九一五年《ねん》）

260ページのこたえ　草《くさ》

おはなしクイズ　チンギス・ハンの子《こ》どものころの名前《なまえ》は？　こたえはつぎのページ

世界《せかい》ではじめて実用的《じつようてき》なカメラが発表《はっぴょう》された日《ひ》

8月19日

読《よ》んだ日《ひ》にち（　　年　　月　　日）（　　年　　月　　日）（　　年　　月　　日）

はじめて

世界《せかい》ではじめて実用的《じつようてき》なカメラが発表《はっぴょう》されたのは、一八三九年八《ねんはち》月十九日《がつじゅうくにち》のことです。これは、フランスのルイ・ジャック・マンデ・ダゲールが手《て》がけたものです。

しかし、そのずっと前《まえ》からカメラの原型《げんけい》はありました。十六《じゅうろく》から十七世紀《じゅうななせいき》には、箱《はこ》に空《あ》けた小《ち》さなあなにレンズをつけ、内側《うちがわ》に設置《せっち》したガラスに外側《そとがわ》の風景《ふうけい》をうつし出《だ》す「カメラ・オブスキュラ」という道具《どうぐ》が発明《はつめい》されています。ただ当時《とうじ》は、それを紙《かみ》などに焼《や》きつける技術《ぎじゅつ》は発明《はつめい》されていませんでした。

これを成功《せいこう》に近《ちか》づけたのが、十九世紀《じゅうきゅうせいき》のフランスの科学者《かがくしゃ》、ジョセフ・ニセフォール・ニエプスです。ニエプスは、光《ひかり》に当《あ》たるとかたまるアスファルトの性質《せいしつ》を使《つか》い、それをぬった金属《きんぞく》の板《いた》などを「カメラ・オブスキュラ」に入《い》れることで、風景《ふうけい》を板《いた》に焼《や》きつけることに成功《せいこう》したのです。

ダゲレオタイプ

しかし、アスファルトをかたまらせる必要《ひつよう》があったので、撮影《さつえい》に何時間《なんじかん》もかかり、実用的《じつようてき》ではありませんでした。

ニエプスが風景《ふうけい》を板《いた》に焼《や》きつけることに成功《せいこう》したことを知《し》り、ともに研究《けんきゅう》を行《おこな》ったのがダゲールでした。

「もっと短《みじか》い時間《じかん》で美《うつく》しく風景《ふうけい》を焼《や》きつけられるように、改良《かいりょう》のお手伝《てつだ》いをさせてください」

もともとダゲールは風景画家《ふうけいがか》であり、成功《せいこう》すれば絵《え》をかくのに役《やく》に立《た》つと考《かんが》えました。そして、ニエプスにいっしょに研究《けんきゅう》することを申《もう》し出《で》たのです。とちゅうでニエプスは亡《な》くなりますが、ダゲールはそれからも研究《けんきゅう》をつづけました。そして、アスファルトではなく、水銀《すいぎん》を使《つか》えばうまくいくことに気《き》づき、ついに実用的《じつようてき》なカメラを完成《かんせい》させたのです。

このカメラは「ダゲレオタイプ」と名《な》づけられ、これをもとに現在《げんざい》使《つか》われているカメラができあがっていきました。

この日《ひ》はほかにも…

★フランスのファッションデザイナー、ココ・シャネルが生《う》まれた日《ひ》（一八八三年《ねん》）

★俳句記念日《はいくきねんび》

八(は)一(い)九(く)のゴロ合《あ》わせから。

261ページのこたえ　テムジン

おはなしクイズ　ダゲールはどこの国《くに》の人《ひと》？

こたえはつぎのページ

8月20日

小倉《おぐら》百人《ひゃくにん》一首《いっしゅ》の和歌《わか》を選《えら》んだ 藤原《ふじわらの》定家《さだいえ》が亡《な》くなった日《ひ》

日本《にほん》
1162〜1241年《ねん》

読《よ》んだ日《ひ》にち（　　年　　月　　日）（　　年　　月　　日）（　　年　　月　　日）

人物

藤原定家《ふじわらのさだいえ》は、一一六二年《ねん》（応保《おうほう》二年《にねん》）に歌人《かじん》の父《ちち》のもとに生《う》まれました。定家《さだいえ》も和歌《わか》の名人《めいじん》として知《し》られるようになり、とくに後鳥《ごと》羽上皇《ばじょうこう》に歌《うた》の才能《さいのう》をかわれ、多《おお》くの歌《うた》をよみました。

一二〇五年《ねん》には、後鳥羽上皇《ごとばじょうこう》の命令《めいれい》で『新古今和歌集《しんこきんわかしゅう》』をつくりますが、歌《うた》の選《えら》び方《かた》で上皇《じょうこう》と意見《いけん》が分《わ》かれ、納得《なっとく》のいくものはできませんでした。

定家《さだいえ》は、ほかにも紫式部《むらさきしきぶ》がかいた『源氏物語《げんじものがたり》』（404ページ）や紀貫之《きのつらゆき》がかいた『土佐日記《とさにっき》』などの古典《こてん》の研究《けんきゅう》や、漢文体《かんぶんたい》の日記《にっき》『明月記《めいげつき》』など、すぐれた書物《しょもつ》をたくさんのこしていますが、「自分《じぶん》の思《おも》うように和歌《わか》を選《えら》んで歌集《かしゅう》をつくりたい」という思《おも》いは変《か》わりませんでした。そうした思《おも》いが通《つう》じてか、定家《さだいえ》が七十歳《ななじっさい》をすぎたころ、親《しん》せきの僧侶《そうりょ》、宇都宮頼綱《うつのみやよりつな》から、「京都《きょうと》の小倉山《おぐらやま》の山荘《さんそう》のふすまに和歌《わか》の色紙《しきし》をはってかざりたいのだが、和歌《わか》を選《えら》んでくれないか」とたのまれます。

「願《ねが》ってもないことだ。よし、すぐれた百人《ひゃくにん》の歌人《かじん》から、一首《いっしゅ》ずつ歌《うた》を選《えら》ぼう」

定家《さだいえ》は自分《じぶん》の思《おも》いのままに歌《うた》を選《えら》び、ふすま絵《え》を完成《かんせい》させました。これは「小倉百人一首《おぐらひゃくにんいっしゅ》」とよばれ、今《いま》も親《した》しまれています。

百人一首《ひゃくにんいっしゅ》は、『万葉集《まんようしゅう》』のうまれた奈良時代《ならじだい》から、定家《さだいえ》の生《い》きた鎌倉時代《かまくらじだい》まで、約六百年《やくろっぴゃくねん》もの間《あいだ》によまれた和歌《わか》の中《なか》から選《えら》ばれており、百首《ひゃくしゅ》のうち、四十三首《よんじゅうさんしゅ》は恋《こい》の歌《うた》です。

とくに平安時代《へいあんじだい》には、和歌《わか》は男《だん》女《じょ》がおたがいの思《おも》いをたしかめ合《あ》う、ラブレターのような役割《やくわり》をはたしていました。また、月《つき》や桜《さくら》、鳥《とり》、虫《むし》の音《ね》など、自然《しぜん》になぞらえて、恋心《こいごころ》やはかない人生《じんせい》の悲《かな》しさなどを歌《うた》った和歌《わか》もたくさんあります。

たくさんの歌集《かしゅう》や書物《しょもつ》をのこした定家《さだいえ》は、一二四一年《ねん》（仁治《にんじ》二《に》年《ねん》）八月二十日《はちがつはつか》にこの世《よ》を去《さ》りました。

この日《ひ》はほかにも…
★幕末《ばくまつ》の武士《ぶし》、高杉晋作《たかすぎしんさく》が生《う》まれた日《ひ》（一八三九年《ねん》）（183ページ）

262ページのこたえ
フランス

おはなしクイズ　藤原定家《ふじわらのさだいえ》が選《えら》んだ百人一首《ひゃくにんいっしゅ》のうち、43首《しゅ》は何《なん》の歌《うた》だった？ こたえはつぎのページ

安全《あんぜん》な血液《けつえき》を集《あつ》めるための「献血《けんけつ》の日《ひ》」

8月21日

読《よ》んだ日《ひ》にち（　　年　　月　　日）（　　年　　月　　日）（　　年　　月　　日）

記念日

一九六四年八月二十一日《ねんはちがつにじゅういちにち》に、日《に》本《ほん》の政府《せいふ》は「輸血《ゆけつ》に使《つか》う血液《けつえき》を献《けん》血《けつ》によって確保《かくほ》する体制《たいせい》をつくっていく」ことを閣議決定《かくぎけってい》しました。閣議決定《かくぎけってい》というのは、大事《だいじ》な法律《ほうりつ》や取《と》り決《き》めを大臣全員《だいじんぜんいん》で話《はな》し合《あ》い、「これで進《すす》めよう」と決《き》めることです。その後《ご》、国会《こっかい》などで話《はな》し合《あ》われることになります。「献血《けんけつ》の推進《すいしん》」という大切《たいせつ》なことを閣議《かくぎ》で決《き》めたことから、この日《ひ》が「献血《けんけつ》の日《ひ》」になりました。

では、どうして献血《けんけつ》は大切《たいせつ》なのでしょうか。それには、まず血液《けつえき》について知《し》らなければなりません。血液《けつえき》は、人間《にんげん》の体内《たいない》でとても重要《じゅうよう》な働《はたら》きをしています。血液《けつえき》は心臓《しんぞう》というポンプにより、体中《からだじゅう》にはりめぐらされた血管《けっかん》を通《とお》って頭《あたま》のてっぺんから足《あし》の先《さき》まで流《なが》れています。体中《からだじゅう》の細胞《さいぼう》に酸素《さんそ》や栄養《えいよう》分《ぶん》を運《はこ》んだり、体《からだ》に必要《ひつよう》のなくなった二酸化炭素《にさんかたんそ》や老廃物《ろうはいぶつ》を運《はこ》んだりするためです。

また、体《からだ》に入《はい》ってきたウイルスなどとたたかったり、けがをしたときの傷口《きずぐち》をふさいだりもします。酸素《さんそ》や栄養《えいよう》を運《はこ》ぶのが赤血《せっけつ》球《きゅう》、ウイルスなどとたたかうのが白血球《はっけっきゅう》です。大人《おとな》は体重《たいじゅう》の十三分《じゅうさんぶん》の一《いち》が血液《けつえき》といわれ、そのうちの二十《にじゅう》から三十《さんじっ》パーセントがうしなわれると出血多量《しゅっけつたりょう》で死《し》ぬ危険性《きけんせい》があります。

けがや手術《しゅじゅつ》によってたくさん出《しゅっ》血《けつ》すると、輸血《ゆけつ》で新《あら》たな血液《けつえき》を体《からだ》に入《い》れなくてはなりません。その輸血《ゆけつ》のための血液《けつえき》を集《あつ》めるのが献《けん》血《けつ》なのです。実《じつ》は、むかしは「売《ばい》血《けつ》」といって、お金《かね》で売《う》られた血《けつ》液《えき》を輸血《ゆけつ》に使《つか》っていました。しかし、ウイルスに感染《かんせん》した血液《けつえき》を輸《ゆ》血《けつ》され、患者《かんじゃ》が肝炎《かんえん》などの病気《びょうき》になることもありました。そこで、安全《あんぜん》な血液《けつえき》を集《あつ》めるため、政府《せいふ》が献血《けんけつ》を広《ひろ》めようとしたのが、一九六四年《ねん》の閣議決定《かくぎけってい》だったのです。

現在《げんざい》、輸血《ゆけつ》が必要《ひつよう》な人《ひと》は、一日《いちにち》に約三千人《やくさんぜんにん》いるといわれています。献血《けんけつ》された血液《けつえき》は、輸血《ゆけつ》の目《もく》的《てき》に合《あ》わせて保存《ほぞん》され、患者《かんじゃ》にとどけられます。献血《けんけつ》は、多《おお》くの命《いのち》を救《すく》うことにつながるのです。

263ページのこたえ
恋《こい》の歌《うた》

この日《ひ》はほかにも…

★生麦事件《なまむぎじけん》の起《お》こった日《ひ》

薩英戦争《さつえいせんそう》のきっかけとなった事件《じけん》（一八六二年《ねん》）。

おはなしクイズ　血液《けつえき》の中《なか》で酸素《さんそ》や栄養《えいよう》を運《はこ》ぶ血球《けっきゅう》の名《な》は？

こたえはつぎのページ

8月22日

病気《びょうき》とたたかいながら作曲《さっきょく》しつづけた ドビュッシーの誕生日《たんじょうび》

フランス 1862～1918年《ねん》

読《よ》んだ日《ひ》にち（　年　月　日）（　年　月　日）（　年　月　日）

人物

クロード・アシル・ドビュッシーは、一八六二年《ねん》八月《はちがつ》二十二日《にじゅうににち》にフランスの小《ちい》さな町《まち》で生《う》まれました。家《いえ》は陶器《とうき》を売《う》る店《みせ》でしたが、仕事《しごと》がうまくいかず、弟《おとうと》や妹《いもうと》が四人《よにん》も生《う》まれたため、長男《ちょうなん》のドビュッシーは、あちこちの親《しん》せきにあずけられました。

ドビュッシーは、人《ひと》と話《はな》すことをあまりしないので、風変《ふうが》わりな子《こ》どもだと思《おも》われていました。実《じつ》は、それにはわけがあり、生《う》まれつきひたいにある大《おお》きなはれものを気《き》にして、顔《かお》を上《あ》げたり、人《ひと》と話《はな》したりすることがいやだったのです。

しかし、カンヌに住《す》むおばさんがおさないドビュッシーをあずかったときに、彼《かれ》のすばらしいピアノの才能《さいのう》に気《き》づいたことで、その後《ご》の人生《じんせい》が変《か》わります。パリに帰《かえ》ったドビュッシーはお父《とう》さんの知《し》り合《あ》いにピアノを教《おそ》わり、十歳《じっさい》でパリ音楽院《おんがくいん》に合格《ごうかく》しました。二十二歳《にじゅうにさい》のときには、フランス芸術院《げいじゅついん》が主催《しゅさい》する伝統的《でんとうてき》なコンクールで「ローマ大賞《たいしょう》」を受賞《じゅしょう》してイタリアのローマに留学《りゅうがく》し、創作活動《そうさくかつどう》にはげみます。

一八八九年《ねん》にパリで万国博覧会《ばんこくはくらんかい》が開《ひら》かれたとき、アジアの音楽《おんがく》に出《で》あい、ドビュッシーは新《あたら》しい音《おん》楽《がく》をつくろうと考《かんが》えるようになりました。

その後《ご》、フランスの詩人《しじん》、ステファヌ・マラルメの詩《し》を曲《きょく》にした「牧神《ぼくしん》の午後《ごご》への前奏曲《ぜんそうきょく》」や、ベルギーの詩人《しじん》、モーリス・メーテルリンクの台本《だいほん》からうまれたオペラ「ペレアスとメリザンド」をつくるなど、文学《ぶんがく》の世界《せかい》を音楽《おんがく》で表《ひょう》現《げん》することをこころみ、ドビュッシーは高《たか》く評価《ひょうか》されました。

しかし、一九〇九年《ねん》ごろからドビュッシーは体調《たいちょう》をくずします。薬《くすり》でははげしい痛《いた》みをおさえながら、演奏旅行《えんそうりょこう》や作曲《さっきょく》をつづけていたといいます。

一九一八年《ねん》三月《さんがつ》二十五日《にじゅうごにち》、ドビュッシーは五十五歳《ごじゅうごさい》で直腸《ちょくちょう》がんにより亡《な》くなりました。

この日《ひ》はほかにも…

★明治《めいじ》・大正時代《たいしょうじだい》の詩人《しじん》、島崎藤村《しまざきとうそん》（66ページ）の命日《めいにち》（一九四三年《ねん》）

264ページのこたえ

赤血球《せっけっきゅう》

おはなしクイズ　1889年《ねん》に、パリで何《なに》が行《おこな》われた？　こたえはつぎのページ

少年隊士《しょうねんたいし》たちの悲劇《ひげき》
白虎隊《びゃっこたい》の命《いのち》が飯盛山《いいもりやま》に消《き》えた日《ひ》

8月23日

読《よ》んだ日《ひ》にち（　年　月　日）（　年　月　日）（　年　月　日）

歴史

長《なが》くつづいた江戸幕府《えどばくふ》の時代《じだい》が終《お》わる（323ページ）と、明治新政府《めいじしんせいふ》が世《よ》の中《なか》を治《おさ》めるようになります。しかし、すんなりとうつっていったわけではありません。

明治《めいじ》に入《はい》ってからも、新政府軍《しんせいふぐん》と旧幕府軍《きゅうばくふぐん》の戦《たたか》いはつづきました。その戦《たたか》いが戊辰戦争《ぼしんせんそう》で、旧幕府軍《きゅうばくふぐん》の中心《ちゅうしん》となったのが会津藩《あいづはん》（今《いま》の福島県《ふくしまけん》）です。

会津藩《あいづはん》では、フランスの軍《ぐん》を参考《さんこう》にして年齢別《ねんれいべつ》に軍隊《ぐんたい》をつくりました。十六歳《じゅうろくさい》から十七歳《じゅうななさい》の白虎隊《びゃっこたい》、十八歳《じゅうはっさい》から三十五歳《さんじゅうごさい》の朱雀隊《すざくたい》、三十六歳《さんじゅうろくさい》から四十九歳《よんじゅうきゅうさい》の青龍隊《せいりゅうたい》、五十歳以上《ごじっさいいじょう》の玄武隊《げんぶたい》です。

戦況《せんきょう》がきびしくなってくると、会津藩《あいづはん》の城《しろ》、鶴ヶ城《つるがじょう》の中《なか》で藩主《はんしゅ》を守《まも》っていた白虎隊《びゃっこたい》にも出陣《しゅつじん》の命令《めいれい》がくだされました。

白虎士中二番隊《びゃっこしちゅうにばんたい》とよばれる三十七人《さんじゅうしちにん》は、戸ノ口原《とのぐちはら》というところではげしい戦《たたか》いに参加《さんか》します。

「力《ちから》のかぎりに戦《たたか》いぬくぞ」

少年《しょうねん》たちは、かたく決意《けつい》して出発《しゅっぱつ》していきました。しかし、新政府軍《しんせいふぐん》は強《つよ》く、隊士《たいし》たちは追《お》いつめられていきます。

ひとまず退却《たいきゃく》し、飯盛山《いいもりやま》という、城下町《じょうかまち》を見《み》わたせる山《やま》にたどり着《つ》いたときには、二十人《にじゅうにん》になっていました。山《やま》からは、鶴ヶ城《つるがじょう》が見《み》えます。

「なんということだ。城《しろ》が……城《しろ》が燃《も》えている」

実際《じっさい》には、城《しろ》は燃《も》えていませんでしたが、まわりの建物《たてもの》が燃《も》える火《ひ》につつまれて、燃《も》えているように見《み》えたのです。

「もはやこれまでか……」と絶望《ぜつぼう》した隊士《たいし》たちは、次《つぎ》つぎと自《みずか》ら命《いのち》を絶《た》ち、十九人《じゅうくにん》が亡《な》くなります。一八六八年《ねん》（慶応四年《けいおうよねん》）八月二十三日《はちがつにじゅうさんにち》のことでした。今《いま》でも、白虎隊《びゃっこたい》の悲《かな》しい最期《さいご》は語《かた》りつがれています。

この日《ひ》はほかにも…

★日英和親条約《にちえいわしんじょうやく》に調印《ちょういん》した日《ひ》（一八五四年《ねん》）

★マリー・アントワネット（343ページ）の夫《おっと》、フランス国王《こくおう》ルイ十六世《じゅうろくせい》の誕生日《たんじょうび》（一七五四年《ねん》）

265ページのこたえ
万国博覧会《ばんこくはくらんかい》

おはなしクイズ　会津藩《あいづはん》の城《しろ》の名前《なまえ》は？

こたえはつぎのページ

8月24日

わかくして亡《な》くなった天才音楽家《てんさいおんがくか》

瀧廉太郎《たきれんたろう》の誕生日《たんじょうび》

日本《にほん》
1879～1903年《ねん》

読《よ》んだ日《ひ》にち（　　年　　月　　日）（　　年　　月　　日）（　　年　　月　　日）

人物

日本《にほん》を代表《だいひょう》する音楽家《おんがくか》の一人《ひとり》、瀧廉太郎《たきれんたろう》は、一八七九年八月二十《ねんはちがつにじゅう》四日《よっか》に東京《とうきょう》で生《う》まれました。廉太郎《れんたろう》が育《そだ》ったのは裕福《ゆうふく》な家庭《かてい》で、お姉《ねえ》さんたちは、バイオリンやアコーディオンなど、当時《とうじ》はとてもめずらしかった西洋《せいよう》の楽器《がっき》を習《なら》っていました。

小学生《しょうがくせい》になった廉太郎《れんたろう》は、家《いえ》の中《なか》にあるそうした楽器《がっき》をさわるのが好《す》きでした。そして、いつの間《ま》にか上手《じょうず》に演奏《えんそう》できるようになっていたのです。

「だれに楽器《がっき》を習《なら》ったの？」

お姉《ねえ》さんがききました。

「だれにも習《なら》っていないよ。姉《ねえ》さんたちのまねをしただけだよ」

廉太郎《れんたろう》には、天才的《てんさいてき》な音楽《おんがく》の才《さい》能《のう》があったのでした。そして、音《おん》楽家《がくか》になる夢《ゆめ》をもつようになります。お父《とう》さんは、最初《さいしょ》は反対《はんたい》していましたが、だんだんと応援《おうえん》してくれるようになり、十五歳《じゅうごさい》になった廉太郎《れんたろう》は東京音楽学校《とうきょうおんがくがっこう》（今《いま》の東《とう》京芸術大学音楽学部《きょうげいじゅつだいがくおんがくがくぶ》）に入学《にゅうがく》しました。

そこで本格的《ほんかくてき》にピアノを勉強《べんきょう》した廉太郎《れんたろう》は、才能《さいのう》を開花《かいか》させます。当時《とうじ》、日本《にほん》で歌《うた》われていた歌《うた》の多《おお》くは、外国《がいこく》の曲《きょく》に日本語《にほんご》の詞《し》をつけたものでした。そこで、廉《れん》太郎《たろう》は日本独自《にほんどくじ》の歌《うた》をつくります。「花《はな》」「お正月《しょうがつ》」「箱根八里《はこねはちり》」「荒城《こうじょう》の月《つき》」などの楽曲《がっきょく》は、高《たか》い評価《ひょうか》をえました。

才能《さいのう》がみとめられた廉太郎《れんたろう》は、ドイツに留学《りゅうがく》することになりました。ところが、ドイツにわたって五《ご》か月《げつ》ほどたったころ、結核《けっかく》をわずらい、やむをえず帰国《きこく》。しかし、病状《びょうじょう》は一向《いっこう》によくなりません。そして、約半年後《やくはんとしご》の一九〇三年《ねん》、二十三歳《にじゅうさんさい》のわかさで亡《な》くなりました。

それから百年以上《ひゃくねんいじょう》たった今《いま》でも、彼《かれ》がのこした曲《きょく》は多《おお》くの人《ひと》びとに親《した》しまれています。

この日《ひ》はほかにも…

★歯《は》ブラシの日《ひ》
八(は)二(ブラ)四(シ)のゴロ合《あ》わせから。

266ページのこたえ
鶴《つる》ケ《が》城《じょう》

おはなしクイズ　瀧廉太郎《たきれんたろう》が留学《りゅうがく》した国《くに》は？

こたえはつぎのページ

世界《せかい》ではじめて缶《かん》づめがうまれた日《ひ》

8月25日

読《よ》んだ日《ひ》にち（　　年　　月　　日）（　　年　　月　　日）（　　年　　月　　日）

はじめて

ブリキやアルミニウムなどのうすい板《いた》でつくられた缶《かん》に食品《しょくひん》をつめて密閉《みっぺい》し、加熱殺菌《かねつさっきん》することで、長《なが》く保存《ほぞん》できるようにしたものを「缶《かん》づめ」といいます。

缶《かん》づめの原理《げんり》ができたのは、十九世紀《じゅうきゅうせいき》のフランスでした。そのころフランスではナポレオン（377ページ）が皇帝《こうてい》になり、ほかの国《くに》に軍隊《ぐんたい》を送《おく》りこんでいましたが、兵士《へいし》の食《た》べものにこまっていました。保存《ほぞん》ができる塩《しお》づけやくんせいの食品《しょくひん》だけでは栄養《えいよう》にかたよりが出《で》て、病気《びょうき》になりやすかったのです。

そこで、フランス政府《せいふ》は、食品《しょくひん》を長《なが》く保存《ほぞん》できる新《あたら》しい方法《ほうほう》を賞金《しょうきん》つきで募集《ぼしゅう》しました。これにこたえたのが、フランスで食品加工《しょくひんかこう》業《ぎょう》をしていたニコラ・アペールです。アペールは、熱《あつ》い料理《りょうり》をびんに入《い》れ、びんごと熱《ねっ》してコルクでせんをし、とかしたロウで密閉《みっぺい》する方法《ほうほう》を発明《はつめい》して、見事賞金《みごとしょうきん》をもらいました。

ただ、びんは重《おも》く、われやすいため、持《も》ち運《はこ》ぶには不便《ふべん》です。その問題《もんだい》を解決《かいけつ》したのが、イギリスのピーター・デュランドでした。一八一〇年八月二十五日《ねんはちがつにじゅうごにち》、デュランドは、びんのかわりにブリキの缶《かん》に食品《しょくひん》をつめて密閉《みっぺい》する方法《ほうほう》を考《かんが》え、缶《かん》づめがうまれたのです。

缶《かん》づめのうつりかわり

一八二〇年《ねん》ごろにはイギリス海軍《かいぐん》でも食料《しょくりょう》が缶《かん》づめで配《くば》られるようになり、一八二四年《ねん》にはエドワード・パリーが缶《かん》づめを持《も》って北極《ほっきょく》探検《たんけん》に行《い》きました。ところが、当《とう》時《じ》はまだ缶切《かんき》りがなかったため、ノミやオノで缶《かん》づめを開《あ》けなければなりませんでした。缶切《かんき》りが発《はつ》明《めい》されたのは、およそ五十年後《ごじゅうねんご》のことです。

日本《にほん》では一八七一年《ねん》に、長崎県《ながさきけん》の松田雅典《まつだまさのり》がフランス人教師《じんきょうし》レオン・ジュリーに教《おし》えてもらい、イワシの油《あぶら》づけ缶《かん》づめをつくったのが始《はじ》まりとされています。本格的《ほんかくてき》に缶《かん》づめがつくられるようになったのは、一八七七年《ねん》ごろに北海道《ほっかいどう》の工場《こうじょう》でつくられたサケの缶《かん》づめが最初《さいしょ》です。

この日《ひ》はほかにも…

★東京国際空港《とうきょうこくさいくうこう》（羽田空港《はねだくうこう》）が開港《かいこう》した日《ひ》（一九三一年《ねん》）

267ページのこたえ　ドイツ

おはなしクイズ　松田雅典《まつだまさのり》がはじめてつくったのは何《なん》の缶《かん》づめ？　こたえはつぎのページ

8月26日

人間《にんげん》の権利《けんり》を考《かんが》えるフランス人権宣言《じんけんせんげん》が採択《さいたく》された日《ひ》

読《よ》んだ日《ひ》にち（　　年　　月　　日）（　　年　　月　　日）（　　年　　月　　日）

歴史

十八世紀《じゅうはっせいき》のフランスには、第一《だいいち》身分《みぶん》が僧侶《そうりょ》、第二《だいに》身分《みぶん》が貴族《きぞく》、第三《だいさん》身分《みぶん》が農民《のうみん》や商工業者《しょうこうぎょうしゃ》である平《へい》民《みん》、という身分制度《みぶんせいど》がありました。平民《へいみん》は重《おも》い税金《ぜいきん》に苦《くる》しんでいるのに、僧侶《そうりょ》と貴族《きぞく》は税金《ぜいきん》をはらわなくていいという不公平《ふこうへい》な社会《しゃかい》だったのです。

一七八九年《ねん》、相次《あいつ》ぐ戦争《せんそう》や王宮《おうきゅう》のぜいたくなくらしによって財政《ざいせい》が苦《くる》しくなると、国王《こくおう》のルイ十六《じゅうろく》世《せい》は、増税《ぞうぜい》するために三部会《さんぶかい》（身《み》分制会議《ぶんせいかいぎ》）を開《ひら》きますが、国民《こくみん》の九割《きゅうわり》をしめる第三身分《だいさんみぶん》の意見《いけん》はまったく通《とお》りませんでした。

「こんな会議《かいぎ》はおかしい！　われわれこそ国民《こくみん》の代表《だいひょう》だ」

おこった人《ひと》びとは新《あたら》しく国民議《こくみんぎ》会《かい》をつくり、憲法《けんぽう》の制定《せいてい》を求《もと》めました。国王《こくおう》がこれを武力《ぶりょく》でおさえようとしたため、民衆《みんしゅう》は武器《ぶき》を取《と》って、フランス王政《おうせい》の象徴《しょうちょう》であったバスティーユ牢獄《ろうごく》をおそい、フランス革命《かくめい》が始《はじ》まります。

アメリカ独立戦争《どくりつせんそう》（215ページ）の影響《えいきょう》もあり、人《ひと》びとは社会《しゃかい》を変《か》えようと立《た》ち上《あ》がったのです。

そして、一七八九年八月二十六《ねんはちがつにじゅうろく》日《にち》、国民議会《こくみんぎかい》は「フランス人権宣《じんけんせん》言《げん》」（正式《せいしき》には「人間《にんげん》および市民《しみん》の権利《けんり》の宣言《せんげん》」）を採択《さいたく》しました。この宣言《せんげん》には、自由《じゆう》と平等《びょうどう》、国民《こくみん》主権《しゅけん》、圧政《あっせい》（権力《けんりょく》や武力《ぶりょく》でおさえつける政治《せいじ》）に抵抗《ていこう》する権利《けんり》、所《しょ》有権《ゆうけん》の不可侵《ふかしん》（財産《ざいさん》を勝手《かって》にうばわれたりしないこと）などが定《さだ》められています。

こうした人間《にんげん》の権利《けんり》に関《かん》する考《かんが》え方《かた》は、このあと世界各国《せかいかっこく》でつくられた憲法《けんぽう》に大《おお》きな影響《えいきょう》をあたえました。

また、それぞれの国《くに》の憲法《けんぽう》だけではなく、一九四八年《ねん》に国連総会《こくれんそうかい》で採択《さいたく》された「世界人権宣言《せかいじんけんせんげん》」にもつながっていきます。第二次世《だいにじせ》界大戦《かいたいせん》の反省《はんせい》からつくられたこの宣言《せんげん》は、人種《じんしゅ》のちがう人《ひと》びとや女《じょ》性《せい》、子《こ》どもなど、さらに広《ひろ》く人権《じんけん》について考《かんが》えられたものになっています。

この日《ひ》はほかにも…

★東京《とうきょう》・お台場《だいば》のレインボーブリッジが開通《かいつう》した日《ひ》（一九九三年《ねん》）

★アメリカの飛行士《ひこうし》、リンドバーグ（165ページ）が亡《な》くなった日《ひ》（一九七四年《ねん》）

268ページのこたえ　イワシの油《あぶら》づけ

おはなしクイズ　18世紀《せいき》のフランスで９割《わり》をしめた身分《みぶん》は第何身分《だいなんみぶん》？　こたえはつぎのページ

まずしい人《ひと》たちに愛《あい》をささげた マザー・テレサの洗礼日《せんれいび》

インド
1910〜1997年《ねん》

読《よ》んだ日《ひ》にち（　年　月　日）（　年　月　日）（　年　月　日）

マザー・テレサは、一九一〇年《ねん》八月《はちがつ》二十六日《にじゅうろくにち》にユーゴスラビア（今《いま》のマケドニア）の商人《しょうにん》の家庭《かてい》に生《う》まれました。マザー・テレサという名前《なまえ》はのちによばれた名前《なまえ》で、本名《ほんみょう》はアグネス・ゴンジャ・ボヤジュといいます。両親《りょうしん》が熱心《ねっしん》なカトリックの信者《しんじゃ》だったため、誕生《たんじょう》した次《つぎ》の日《ひ》の二十七日《にじゅうしちにち》に、アグネスは洗礼《せんれい》（キリスト教《きょう》に入信《にゅうしん》する儀式《ぎしき》）を受《う》けました。

アグネスはおさないころから教会《きょうかい》に通《かよ》い、神父様《しんぷさま》のお話《はなし》をききました。インドのまずしい人《ひと》たちが住《す》む家《いえ》も食《た》べるものもなく、道《みち》ばたで死《し》んでいくという話《はなし》をきいてからは、いつか神様《かみさま》にお仕《つか》えする修道女《しゅうどうじょ》になって、まずしい人《ひと》たちのために働《はたら》きたい、と願《ねが》うようになります。

その願《ねが》いがかない、修道女《しゅうどうじょ》としてインドにわたったのは、アグネスが十八歳《じゅうはっさい》のときでした。シスター・テレサとよばれ、神様《かみさま》の教《おし》えを伝《つた》える仕事《しごと》をしましたが、その仕事《しごと》では救《すく》えない人《ひと》びとがいました。インドにはまずしさに飢《う》え、病気《びょうき》になっても治療《ちりょう》を受《う》けられないまま、道《みち》ばたで死《し》んでいく人《ひと》たちがたくさんいたのです。

そんなある日《ひ》、テレサは神様《かみさま》の声《こえ》をききました。

「あなたは、最《もっと》もまずしい人《ひと》たちのために働《はたら》きなさい」

テレサはたった一人《ひとり》で、道《みち》ばたにたおれている人《ひと》を助《たす》け、すてられた赤《あか》ちゃんを救《すく》う活動《かつどう》を始《はじ》めます。しだいに活動《かつどう》に協力《きょうりょく》する人《ひと》が増《ふ》えていったため、「神《かみ》の愛《あい》の宣《せん》教者会《きょうしゃかい》」をつくり、みんなのリーダーとなったテレサは、「マザー・テレサ」とよばれるようになります。

「この世《よ》に生《う》まれた人《ひと》は、みんな大切《たいせつ》な人《ひと》。必要《ひつよう》でない人《ひと》などいない」という信念《しんねん》による活動《かつどう》は世界《せかい》中《じゅう》に広《ひろ》まっていき、一九七九年《ねん》、テレサはノーベル平和賞《へいわしょう》を受賞《じゅしょう》しました。

この日《ひ》はほかにも…

★ジェラートの日《ひ》

主人公《しゅじんこう》がジェラートを食《た》べるシーンが印象的《いんしょうてき》な映画《えいが》「ローマの休日《きゅうじつ》」(149ページ)が、一九五三年《ねん》のこの日《ひ》に公開《こうかい》されたことから制定《せいてい》。

269ページのこたえ　第三身分《だいさんみぶん》

おはなしクイズ　マザー・テレサがノーベル平和賞《へいわしょう》を受賞《じゅしょう》したのは何年《なんねん》？　こたえはつぎのページ

8月28日

世界的《せかいてき》な文学者《ぶんがくしゃ》 ゲーテが生《う》まれた日《ひ》

ドイツ 1749～1832年《ねん》

読《よ》んだ日《ひ》にち（　年　月　日）（　年　月　日）（　年　月　日）

人物

「シャルロッテよ……。ぼくはきみなしでは生《い》きていけない。ああ、どうしたらいいのだ」

青年《せいねん》は恋《こい》になやんでいました。

シャルロッテ・ブフという女性《じょせい》にはげしい恋《こい》をしていましたが、それはかなわぬ恋《こい》でした。

なぜなら彼女《かのじょ》には婚約者《こんやくしゃ》がいて、しかもそれは、青年《せいねん》の友《とも》だちだったのです……。

この青年《せいねん》は、世界的《せかいてき》に知《し》られている作家《さっか》で詩人《しじん》のヨハン・ヴォルフガング・フォン・ゲーテです。

一七四九年《ねん》八月《はちがつ》二十八日《にじゅうはちにち》にドイツで生《う》まれたゲーテは、きびしいお父《とう》さんの考《かんが》えで、子《こ》どものころから勉強《べんきょう》ばかりしていました。十《じゅう》六歳《ろくさい》で入学《にゅうがく》した大学《だいがく》では、一生懸《いっしょうけん》命《めい》、法律《ほうりつ》の勉強《べんきょう》をしました。一《いち》度《ど》、病気《びょうき》になって大学《だいがく》を休《やす》んでいた時期《じき》もありましたが、病気《びょうき》がなおってからは別《べつ》の大学《だいがく》にうつり、またむずかしい法律《ほうりつ》の勉強《べんきょう》に取《と》り組《く》んだのです。

ところが、その大学《だいがく》でヨハン・ヘルダーという文学《ぶんがく》の先生《せんせい》と出《で》会《あ》ったことが、ゲーテの運命《うんめい》を変《か》えました。

「わたしもヘルダー先生《せんせい》のような文学者《ぶんがくしゃ》になりたい。でも、せっかく法律《ほうりつ》を勉強《べんきょう》したのだから、まずは弁護士《べんごし》になろう」

こうしてゲーテは、弁護士《べんごし》として働《はたら》きながら小説《しょうせつ》や詩《し》をコツコツとかくことにします。

そんなあるとき、一人《ひとり》の女性《じょせい》が目《め》の前《まえ》にあらわれたのです。それが、シャルロッテでした。ゲーテは、彼女《かのじょ》が友《とも》だちの婚約者《こんやくしゃ》であることになやみ、苦《くる》しみました。

そして、その思《おも》いを『若《わか》きウェルテルの悩《なや》み』という小説《しょうせつ》にしました。すると、これが大評判《だいひょうばん》になります。それをきっかけにゲーテは、有名《ゆうめい》な文学者《ぶんがくしゃ》になっていき、八十二歳《はちじゅうにさい》で亡《な》くなるまで、数多《かずおお》くの文学作品《ぶんがくさくひん》をのこしました。

この日《ひ》はほかにも…

★『モモ』や『はてしない物語《ものがたり》』の作者《さくしゃ》、ミヒャエル・エンデが亡《な》くなった日《ひ》（一九九五年《ねん》）

270ページのこたえ

一九七九年《ねん》

おはなしクイズ　ゲーテが最初《さいしょ》にしていた仕事《しごと》は？

こたえはつぎのページ

日本《にほん》初《はつ》のケーブルカーが開通《かいつう》した日《ひ》

8月29日

読《よ》んだ日《ひ》にち（　　年　　月　　日）（　　年　　月　　日）（　　年　　月　　日）

はじめて

八月二十九日《はちがつにじゅうくにち》は、日本初《にほんはつ》のケーブルカー、近畿日本鉄道《きんきにほんてつどう》の「生駒《いこま》鋼索線《こうさくせん》」が開通《かいつう》した日《ひ》です。これは、一九一八年《ねん》に、奈良県《ならけん》にある生駒山《いこまやま》の中腹《ちゅうふく》にある「宝山寺《ほうざんじ》」というお寺《てら》に行《い》くためにつくられたものです。

ケーブルカーとは、山《やま》や高原《こうげん》などの急《きゅう》な坂道《さかみち》をのぼりおりするために使《つか》うのりものです。急《きゅう》な坂《さか》をふつうの電車《でんしゃ》がのぼるのはむずかしいものですが、ケーブルカーならそれができるのです。

ケーブルカーの車両《しゃりょう》は線路《せんろ》の上《うえ》を走《はし》りますが、電車《でんしゃ》のように動力《どうりょく》はついていません。そのかわり、車両《しゃりょう》にとてもじょうぶな長《なが》いケーブルがついています。これは金属《きんぞく》を複雑《ふくざつ》にあみこんでつくるもので、切《き》れることはまずありません。そのケーブルを機械《きかい》で坂《さか》の上《うえ》から引《ひ》っぱることで車両《しゃりょう》はのぼり、だんだんとゆるめることで坂《さか》の下《した》におりていきます。

上《うえ》でケーブルを引《ひ》っぱっているのは、機械《きかい》で動《うご》く滑車《かっしゃ》です。車両《しゃりょう》がのぼるときはケーブルがまかれるように滑車《かっしゃ》がまわり、車両《しゃりょう》をくだらせるときは反対側《はんたいがわ》に滑車《かっしゃ》をまわします。

日本《にほん》のケーブルカーは「つるべ式《しき》」とよばれるもので、車両《しゃりょう》が二《に》台《だい》あり、それぞれが長《なが》いケーブルの両《りょう》はしについていて、片方《かたほう》がのぼると、もう片方《かたほう》がくだる動《うご》きを交互《こうご》にくり返《かえ》す形式《けいしき》のものがほとんどです。

ただ最近《さいきん》は、坂《さか》をのぼるだけではなく、町《まち》の中《なか》での移動《いどう》や、空港《くうこう》の中《なか》での移動《いどう》を目的《もくてき》としたケーブルカーも増《ふ》えてきました。

ケーブルカーとにたものに「ロープウエー」があります。ケーブルカーとはちがい、線路《せんろ》の上《うえ》を走《はし》るのではなく、車両《しゃりょう》はロープにつるされています。そして、同《おな》じようにそのロープを坂《さか》の上《うえ》にある機械《きかい》でまきあげることで動《うご》きます。ロープウエーもケーブルカーと同《おな》じで、車両《しゃりょう》に動力《どうりょく》はついていません。

この日《ひ》はほかにも…

★「文化財保護法《ぶんかざいほごほう》」（41ページ）が施行《しこう》された日《ひ》（一九五〇年《ねん》）

★焼《や》き肉《にく》の日《ひ》

八（や き）二（に）九（く）のゴロ合《あ》わせから。

271ページのこたえ
弁護士《べんごし》

おはなしクイズ　日本初《にほんはつ》のケーブルカーがつくられた都道府県《とどうふけん》は？　こたえはつぎのページ

8月30日

堀江《ほりえ》謙一《けんいち》が、世界最小《せかいさいしょう》のヨットによる太平洋横断《たいへいようおうだん》に成功《せいこう》した日《ひ》

読《よ》んだ日《ひ》にち（　　年　　月　　日）（　　年　　月　　日）（　　年　　月　　日）

歴史

　堀江謙一《ほりえけんいち》は、エンジンなどの動力《どうりょく》をもたないヨットなどの船《ふね》で、何度《なんど》も太平洋《たいへいよう》を横断《おうだん》した世界的《せかいてき》な海洋冒険家《かいようぼうけんか》です。

　謙一《けんいち》は一九三八年《ねん》、大阪府《おおさかふ》で自動車部品《じどうしゃぶひん》を販売《はんばい》していた両親《りょうしん》のもとに生《う》まれました。好奇心《こうきしん》が強《つよ》く、冒険《ぼうけん》に興味《きょうみ》をもった少年《しょうねん》だった謙一《けんいち》は、ある日《ひ》考《かんが》えます。

「だれも成《な》しとげていない、だれもがびっくりするような冒険《ぼうけん》をしてみたい」

　謙一《けんいち》は、太平洋《たいへいよう》をヨットで横断《おうだん》するという冒険《ぼうけん》を、ひそかに計画《けいかく》し、自分《じぶん》でヨットの製作《せいさく》に取《と》りかかります。ヨットの製作《せいさく》には資金《しきん》が必要《ひつよう》なので、帆《ほ》に会社《かいしゃ》のマークを入《い》れて寄付《きふ》してもらうなど、苦労《くろう》を重《かさ》ねながらヨットを完成《かんせい》させました。ヨットは、帆《ほ》にかかれた人魚《にんぎょ》のマークにちなんで「マーメイド号《ごう》」と名《な》づけられました。

　一九六二年《ねん》、二十三歳《にじゅうさんさい》のときに、謙一《けんいち》は完成《かんせい》したマーメイド号《ごう》で兵庫県西宮市《ひょうごけんにしのみやし》を出発《しゅっぱつ》します。当時《とうじ》は、ヨットによる出国《しゅっこく》がみとめられていなかったため、謙一《けんいち》の出航《しゅっこう》は密出国《みつしゅっこく》でした。太平洋《たいへいよう》の荒波《あらなみ》をのりこえたマーメイド号《ごう》は、およそ三《さん》か月《げつ》の航海《こうかい》ののち、アメリカのサンフランシスコに到着《とうちゃく》します。たった一人《ひとり》で、一度《いちど》も港《みなと》によらない太平洋横断《たいへいようおうだん》（往路《おうろ》）を、世界《せかい》ではじめて成功《せいこう》させた瞬間《しゅんかん》でした。

　その後《ご》も、謙一《けんいち》はヨットで世界《せかい》一周《いっしゅう》をするなどの冒険《ぼうけん》をつづけました。

　そして、一九八九年《ねん》には全長《ぜんちょう》二《に》・八《はち》メートルという世界最小《せかいさいしょう》のヨット「ミニマーメイド号《ごう》」での太平洋横断《たいへいようおうだん》（復路《ふくろ》）を成功《せいこう》させます。四月《しがつ》にサンフランシスコを出港《しゅっこう》したミニマーメイド号《ごう》が、ゴールである西宮市《にしのみやし》に到着《とうちゃく》したのは、出発《しゅっぱつ》から四《よん》か月半後《げつはんご》の八月三十日《はちがつさんじゅうにち》のことでした。

　謙一《けんいち》は二〇〇八年《ねん》には、波《なみ》の力《ちから》で動《うご》く波浪推進船《はろうすいしんせん》で、日本《にほん》からハワイへの航海《こうかい》にも成功《せいこう》しています。

この日《ひ》はほかにも…

★ＧＨＱ《ジーエイチキュー》（連合国軍最高司令官総司令部《れんごうこくぐんさいこうしれいかんそうしれいぶ》）の最高司令官《さいこうしれいかん》ダグラス・マッカーサーが神奈川県《かながわけん》の厚木飛行場《あつぎひこうじょう》におり立《た》った日《ひ》（一九四五年《ねん》）

272ページのこたえ　奈良県《ならけん》

おはなしクイズ　堀江謙一《ほりえけんいち》が太平洋横断《たいへいようおうだん》を成功《せいこう》させた世界最小《せかいさいしょう》のヨットの名前《なまえ》は？

こたえはつぎのページ

おいしくて栄養《えいよう》がいっぱい「野菜《やさい》の日《ひ》」

読《よ》んだ日《ひ》にち（　　年　　月　　日）（　　年　　月　　日）（　　年　　月　　日）

記念日

八月三十一日《はちがつさんじゅういちにち》は、八（や）三（さ）一（い）のゴロ合《あ》わせから、「野菜《やさい》の日《ひ》」とされています。

日本人《にほんじん》（一歳以上《いっさいいじょう》）の野菜摂取《やさいせっしゅ》量《りょう》は、上位《じょうい》からだいこん、玉《たま》ねぎ、キャベツ、白菜《はくさい》、にんじん、ほうれん草《そう》、トマト……とつづきます（二〇一二年《ねん》）。日本《にほん》では現《げん》在《ざい》、百種類以上《ひゃくしゅるいいじょう》の野菜《やさい》が栽培《さいばい》されていますが、日本原産《にほんげんさん》の野菜《やさい》はミツバやウド、フキ、セリなどごくわずかです。摂取量《せっしゅりょう》の上位《じょうい》にある野菜《やさい》のほとんどは、外国《がいこく》から伝《つた》わってきたものなのです。

野菜《やさい》が伝《つた》わった時期《じき》は、種類《しゅるい》によって大《おお》きくちがいます。たとえば、だいこんの伝来《でんらい》は早《はや》く、弥生《やよい》時代《じだい》に伝《つた》わったようです。ききん（農作物《のうさくもつ》が十分《じゅうぶん》に実《みの》らずに、人《ひと》びとが飢《う》えること）で米《こめ》が不足《ふそく》したときは、主食《しゅしょく》のかわりになりました。日本人《にほんじん》にとって、なくてはならない野菜《やさい》ですね。玉《たま》ねぎは、江《え》戸時代《どじだい》の終《お》わりに中央《ちゅうおう》アジアから伝《つた》わり、明治時代以降《めいじじだいいこう》にさかんにつくられるようになりました。玉《たま》ねぎのように、明治時代以降《めいじじだいいこう》に栽《さい》培《ばい》されるようになった野菜《やさい》を「西《せい》洋野菜《ようやさい》」といいます。じゃがいも、キャベツ、レタスなどがこれにあたります。白菜《はくさい》の伝来《でんらい》も比較《ひかく》的最近《てきさいきん》のことで、明治時代《めいじじだい》に伝《つた》わり、つくられるようになったのは昭和《しょうわ》に入《はい》ってからです。にんじんには、江戸時代《えどじだい》に中国《ちゅうごく》から伝《つた》わった東洋系《とうようけい》と、明治時代《めいじじだい》にヨーロッパから伝《つた》わった西洋系《せいようけい》がありま す。現在《げんざい》、流通《りゅうつう》しているのは主《おも》に西洋系《せいようけい》のにんじんです。

最近《さいきん》では、日本《にほん》の特定《とくてい》の土地《とち》で古《ふる》くからつくられてきた「伝統野《でんとうや》菜《さい》」も見直《みなお》されています。賀茂《かも》ナスや九条《くじょう》ネギなどの京野菜《きょうやさい》（京都《きょうと》府《ふ》）、加賀太《かがふと》キュウリなどの加賀《かが》野菜《やさい》（石川県《いしかわけん》）などが有名《ゆうめい》で、その土地《とち》の郷土料理《きょうどりょうり》と深《ふか》くむすびついています。

この日《ひ》はほかにも…

★宿題《しゅくだい》の日《ひ》
学《まな》べるよろこびに気《き》づいてもらうことを目的《もくてき》に制定《せいてい》。

273ページのこたえ
ミニマーメイド号《ごう》

おはなしクイズ　明治時代以降《めいじじだいいこう》に栽培《さいばい》が始《はじ》まった野菜《やさい》を何《なん》という？
こたえは276ページ

9月《がつ》のおはなし

災害《さいがい》について考《かんが》える
「防災《ぼうさい》の日《ひ》」

9月1日

記念日

読《よ》んだ日《ひ》にち（　年　月　日）（　年　月　日）（　年　月　日）

一九二三年《ねん》九月一日《くがつついたち》、約三百四十万人《やくさんびゃくよんじゅうまんにん》の被災者《ひさいしゃ》を出《だ》した関東大震災《かんとうだいしんさい》が起《お》こりました。お昼《ひる》どきの午前十一時五十八分《ごぜんじゅういちじごじゅうはちふん》、食事《しょくじ》の用意《ようい》で火《ひ》を使《つか》っていた人《ひと》も多《おお》く、百三十四《ひゃくさんじゅうよん》か所《しょ》で火事《かじ》が発生《はっせい》しました。火《ひ》が消《き》えるまで二日《ふつか》かかったといいます。

東京市《とうきょうし》（今《いま》の東京二十三区《とうきょうにじゅうさんく》）では住民《じゅうみん》の約七十五《やくななじゅうご》パーセントの人《ひと》びとが、亡《な》くなったり、けがをしたり、家《いえ》をうしなったりしました。また、東京《とうきょう》や横浜《よこはま》の工場《こうじょう》なども大《おお》きな被害《ひがい》を受《う》け、立《た》ち直《なお》るまでに長《なが》い年月《ねんげつ》と多《おお》くのお金《かね》が必要《ひつよう》となりました。その後《ご》一九六〇年《ねん》に、この大災害《だいさいがい》をわすれないよう、九月一日《くがつついたち》が「防災《ぼうさい》の日《ひ》」と定《さだ》められました。

防災《ぼうさい》というのは、過去《かこ》の災害《さいがい》から、どのようなことが起《お》こったのか、どうすれば被害《ひがい》が大《おお》きくならないかを考《かんが》え、準備《じゅんび》しておくことです。一口《ひとくち》に災害《さいがい》といっても、地震《じしん》や津波《つなみ》（346ページ）、火山《かざん》の噴火《ふんか》（27ページ）、台風《たいふう》（301ページ）や大雨《おおあめ》、洪水《こうずい》、大雪《おおゆき》など、いろいろな種類《しゅるい》があります。こうした災害《さいがい》は、自然《しぜん》に起《お》こることですから、いつ、どんな形《かたち》でわたしたちにふりかかってくるかわかりません。だからこそ、いつ、どんな災害《さいがい》が起《お》こっても大丈夫《だいじょうぶ》なように、準備《じゅんび》しておく必要《ひつよう》があるのです。

みなさんも学校《がっこう》で避難訓練《ひなんくんれん》をしたことがあるでしょう。災害《さいがい》が起《お》こったときにどんな行動《こうどう》をとればいいか、安全《あんぜん》な場所《ばしょ》はどこで、どうやって行《い》けばあぶなくないかなどの、災害《さいがい》から身《み》を守《まも》る方法《ほうほう》をしっかり身《み》につける訓練《くんれん》です。くり返《かえ》し訓練《くんれん》しておくことで、いざというときにあわてずに行動《こうどう》できるようになります。

家族《かぞく》の間《あいだ》で、災害《さいがい》が起《お》こったときにどうするのかを話《はな》し合《あ》っておくことも大切《たいせつ》です。どうやって連絡《れんらく》を取《と》り合《あ》うのか、どこに避難《ひなん》するかなどを、確認《かくにん》しましょう。また、非常食《ひじょうしょく》や水《みず》、ライトなどの防災《ぼうさい》セットも、家族《かぞく》みんなで準備《じゅんび》しておきましょう。

274ページのこたえ
西洋野菜《せいようやさい》

この日《ひ》はほかにも…

★与謝野晶子《よさのあきこ》（382ページ）が「君死《きみし》にたまふ《もう》ことなかれ」を発表《はっぴょう》した日《ひ》（一九〇四年《ねん》）

おはなしクイズ　「防災《ぼうさい》の日《ひ》」のきっかけになった、1923年《ねん》の災害《さいがい》は？　こたえはつぎのページ

9月2日

初代《しょだい》内閣《ないかく》総理《そうり》大臣《だいじん》となった伊藤《いとう》博文《ひろぶみ》の誕生日《たんじょうび》

日本《にほん》
1841～1909年《ねん》

読《よ》んだ日《ひ》にち（　　年　　月　　日）（　　年　　月　　日）（　　年　　月　　日）

人物

明治時代《めいじじだい》のはじめのころは、太政官制《だじょうかんせい》とよばれる政治《せいじ》が行《おこな》われていました。この制度《せいど》は、えらい政治家《せいじか》たちだけで政治《せいじ》を動《うご》かすという、古《ふる》い政治《せいじ》の仕組《しく》みをそのまま引《ひ》きついだものでした。この政治《せいじ》を終《お》わらせ、国民《こくみん》が広《ひろ》く政治《せいじ》に参加《さんか》できる議会政治《ぎかいせいじ》を実現《じつげん》させるとともに、初代内閣総理大臣《しょだいないかくそうりだいじん》になったのが、伊藤博文《いとうひろぶみ》です。

博文《ひろぶみ》は、一八四一年《ねん》（天保十二年《てんぽうじゅうにねん》）九月二日《くがつふつか》、周防国《すおうのくに》（今《いま》の山口県《やまぐちけん》）の農民《のうみん》の家《いえ》に生《う》まれました。十七歳《じゅうななさい》で吉田松陰《よしだしょういん》（247ページ）が主宰《しゅさい》する松下村塾《しょうかそんじゅく》に入《はい》った博文《ひろぶみ》は、外国《がいこく》のことを学《まな》ぶことの大切《たいせつ》さを知《し》り、のちの明治政府《めいじせいふ》でさまざまな大臣《だいじん》をつとめることになる井上馨《いのうえかおる》らとともに、イギリスに留学《りゅうがく》します。そして、外国《がいこく》で身《み》につけた英語力《えいごりょく》や、時代《じだい》の流《なが》れを読《よ》むすぐれた能力《のうりょく》を発揮《はっき》し、江戸幕府《えどばくふ》がたおれたあと（323ページ）、明治政府《めいじせいふ》の中《なか》で大《おお》きな力《ちから》をもつようになりました。

そのころ、国内《こくない》では自由民権運動《じゆうみんけんうんどう》が広《ひろ》がりを見《み》せ、議会《ぎかい》をつくって庶民《しょみん》が参加《さんか》する政治《せいじ》を実現《じつげん》させようという声《こえ》が高《たか》まっていました。博文《ひろぶみ》は、民衆《みんしゅう》の声《こえ》に耳《みみ》をかたむけて国会《こっかい》の開設《かいせつ》を約束《やくそく》するとともに、ヨーロッパにわたって憲法《けんぽう》の研究《けんきゅう》を行《おこな》います。そして、帰国《きこく》後《ご》の一八八五年《ねん》、博文《ひろぶみ》が四十五歳《よんじゅうごさい》のとき、日本《にほん》ではじめての内閣総理大臣《ないかくそうりだいじん》になりました。

その後《ご》も、博文《ひろぶみ》は大日本帝国憲法《だいにっぽんていこくけんぽう》の発布《はっぷ》や議会《ぎかい》の開催《かいさい》などに深《ふか》くかかわりながら、合計四回《ごうけいよんかい》も内閣総理大臣《ないかくそうりだいじん》になるなど、明治政府《めいじせいふ》の中《なか》で長《なが》く活動《かつどう》したのです。

しかし一九〇九年《ねん》に、朝鮮《ちょうせん》の独立運動《どくりつうんどう》を進《すす》める若者《わかもの》によって、中国北部《ちゅうごくほくぶ》のハルビン駅《えき》で暗殺《あんさつ》され、六十九歳《ろくじゅうきゅうさい》で亡《な》くなりました。

この日《ひ》はほかにも…

★子《こ》どもたちが幸《しあわ》せに生《い》きる権利《けんり》を保障《ほしょう》する「子《こ》どもの権利条約《けんりじょうやく》」が発効《はっこう》された日《ひ》（一九九〇年《ねん》）

★宝《たから》くじの日《ひ》

九（く）二（じ）のゴロ合《あ》わせから。

276ページのこたえ
関東大震災《かんとうだいしんさい》

おはなしクイズ 1885年《ねん》、伊藤博文《いとうひろぶみ》は日本初《にほんはつ》の何《なに》に就任《しゅうにん》した？

こたえはつぎのページ

あきらめなかった女性《じょせい》実業家《じつぎょうか》
広岡浅子《ひろおかあさこ》の誕生日《たんじょうび》

日本《にほん》
1849〜1919年《ねん》

9月3日

読《よ》んだ日《ひ》にち（　　年　　月　　日）（　　年　　月　　日）（　　年　　月　　日）

人物

「浅子《あさこ》、その髪《かみ》はどうしたの！」

お母《かあ》さんが目《め》を丸《まる》くして言《い》いました。

「自分《じぶん》で切《き》っちゃったわ。お相撲《すもう》や木登《きのぼ》りにじゃまなんだもの」

一八四九年《ねん》（嘉永二年《かえいにねん》）九月三日《くがつみっか》（新暦十月十八日《しんれきじゅうがつじゅうはちにち》）、山城国《やましろのくに》（今《いま》の京都府《きょうとふ》）の大商人《だいしょうにん》である三井家《みついけ》に生《う》まれた浅子《あさこ》（のちの広岡《ひろおか》浅子《あさこ》）は、おさないころから大《だい》のおてんば娘《むすめ》でした。

「本《ほん》を読《よ》むことは禁止《きんし》だ。女《おんな》は、さいほうや生《い》け花《ばな》をたしなみなさい」

と、お父《とう》さんに言《い》われても、

「どうして女《おんな》だからって、学問《がくもん》に興味《きょうみ》をもってはいけないの」と、商家《しょうか》の習《なら》わしに少女《しょうじょ》のころから疑問《ぎもん》をもっていました。

十七歳《じゅうななさい》のころ、親《おや》の決《き》めた相手《あいて》である大坂《おおさか》（今《いま》の大阪《おおさか》）の両替商《りょうがえしょう》（手数料《てすうりょう》をとって貨幣《かへい》の両替《りょうがえ》をする商売《しょうばい》、155ページ）、加島屋久右衛門家《かじまやきゅうえもんけ》の次男《じなん》、広岡信五郎《ひろおかしんごろう》にとつぎますが、しゅみに夢中《むちゅう》な夫《おっと》を見《み》かねて経営《けいえい》を勉強《べんきょう》し、かたむきかけた店《みせ》を見事《みごと》に立《た》て直《なお》します。浅子《あさこ》には、実業家《じつぎょうか》の才能《さいのう》がそなわっていたのです。

「これからは、日本《にほん》も石炭《せきたん》の時代《じだい》だわ」

天性《てんせい》の商売《しょうばい》のかんで、浅子《あさこ》は炭鉱《たんこう》の開発《かいはつ》にのり出《だ》しますが、なかなか石炭《せきたん》が出《で》ません。

「じれったい。わたしが指揮《しき》をとるわ」

浅子《あさこ》は護身用《ごしんよう》のピストルを持《も》ち、自《みずか》ら炭鉱《たんこう》にのりこみました。

「とんでもない女主人《おんなしゅじん》が来《き》た」

と、炭鉱夫《たんこうふ》たちはびっくりしましたが、数年後《すうねんご》、ついに石炭《せきたん》をほり当《あ》て、事業《じぎょう》は成功《せいこう》しました。

その後《ご》は、銀行《ぎんこう》を設立《せつりつ》したり、女子大学《じょしだいがく》の創立《そうりつ》に協力《きょうりょく》したりしました。また、「人《ひと》びとの生活《せいかつ》を安定《あんてい》させ、よりよい社会《しゃかい》をつくりたい」という思《おも》いから、生命保険会社《せいめいほけんがいしゃ》（今《いま》の大同生命《だいどうせいめい》）をつくりました。

浅子《あさこ》の信念《しんねん》は「九転十起《きゅうてんじっき》」。その信念《しんねん》のとおり、困難《こんなん》があっても決《けっ》してあきらめず、つねに前向《まえむ》きで行動的《こうどうてき》な浅子《あさこ》の姿《すがた》は、多《おお》くの人《ひと》をはげまし、動《うご》かしたのです。

277ページのこたえ
内閣総理大臣《ないかくそうりだいじん》

この日《ひ》はほかにも…

★ノーベル化学賞《かがくしょう》を受賞《じゅしょう》した化学者《かがくしゃ》、野依良治《のよりりょうじ》の誕生日《たんじょうび》（一九三八年《ねん》）

おはなしクイズ　広岡浅子《ひろおかあさこ》の信念《しんねん》は？

こたえはつぎのページ

9月4日

アフリカの人《ひと》びとにつくした シュバイツァーが亡《な》くなった日《ひ》

ドイツ
1875〜1965年《ねん》

読《よ》んだ日《ひ》にち（　　年　　月　　日）（　　年　　月　　日）（　　年　　月　　日）

人物

一八七五年《ねん》一月《いちがつ》十四日《じゅうよっか》、アルベルト・シュバイツァーはドイツのアルザス地方《ちほう》に生《う》まれました。

父親《ちちおや》が牧師《ぼくし》だったこともあり、シュバイツァーは小《ちい》さいころから教会《きょうかい》に通《かよ》い、神様《かみさま》を信《しん》じる、熱心《ねっしん》なキリスト教徒《きょうと》でした。

ある日《ひ》、シュバイツァーは友《とも》だちに鳥打《とりう》ちにさそわれました。かわいそうだと思《おも》いましたが、弱虫《よわむし》だとは思《おも》われたくありません。仕《し》方《かた》なくパチンコをかまえて木《き》の上《うえ》の鳥《とり》にねらいを定《さだ》めたとき、教会《きょうかい》から鐘《かね》が鳴《な》りひびきます。その音《おと》はまるで「打《う》ってはいけない、殺《ころ》してはいけない！」と言《い》っているようでした。とっさにシュバイツァーは「にげろ、早《はや》く！」と大《おお》声《ごえ》を上《あ》げ、鳥《とり》をにがしてあげたのです。このときからシュバイツァーは、生《い》きものの命《いのち》を大切《たいせつ》にするようになります。

二十一歳《にじゅういっさい》のころ、「三十歳《さんじっさい》までは勉強《べんきょう》や音楽《おんがく》に取《と》り組《く》み、それからは苦《くる》しんでいる人《ひと》のために生《い》きよう」と決意《けつい》します。そして大学《だいがく》の先生《せんせい》になり、二十九歳《にじゅうきゅうさい》のときに、アフリカでは医者《いしゃ》が少《すく》なく、病気《びょうき》が流行《りゅうこう》して多《おお》くの人《ひと》がこまっていることを知《し》りました。

シュバイツァーは「アフリカの人《ひと》びとのために医者《いしゃ》になろう！」と勉強《べんきょう》を始《はじ》めます。三十八歳《さんじゅうはっさい》のときに医学博士《いがくはかせ》になり、アフリカにわたりました。

原始林《げんしりん》にかこまれたランバレネというところに着《つ》くと、シュバイツァーは大歓迎《だいかんげい》されます。こうしてアフリカの人《ひと》びとを診察《しんさつ》し、治《ち》療《りょう》する毎日《まいにち》が始《はじ》まりました。現地《げんち》の人《ひと》びとは、シュバイツァーのことを「オガンガ」（魔法使《まほうつか》い）とよんで尊敬《そんけい》しました。

シュバイツァーは第一次世界大《だいいちじせかいたい》戦《せん》が始《はじ》まるとフランス軍《ぐん》にとらえられますが、その後《ご》はまたアフリカにもどって治療《ちりょう》をつづけます。アフリカの人《ひと》びとにつくした活動《かつどう》が評価《ひょうか》されて、一九五二年《ねん》にはノーベル平和賞《へいわしょう》を受賞《じゅしょう》しました。「この賞金《しょうきん》を使《つか》えば、こまっている人《ひと》たちをもっと助《たす》けられる」と、賞金《しょうきん》で新《あたら》しい病院《びょういん》をたてました。ヨーロッパで講演《こうえん》をしたり、本《ほん》をかいたりして、そのお金《かね》も病院《びょういん》のために使《つか》いました。

そして、シュバイツァーは一九六五年《ねん》九月《くがつ》四日《よっか》、九十歳《きゅうじっさい》で亡《な》くなりました。

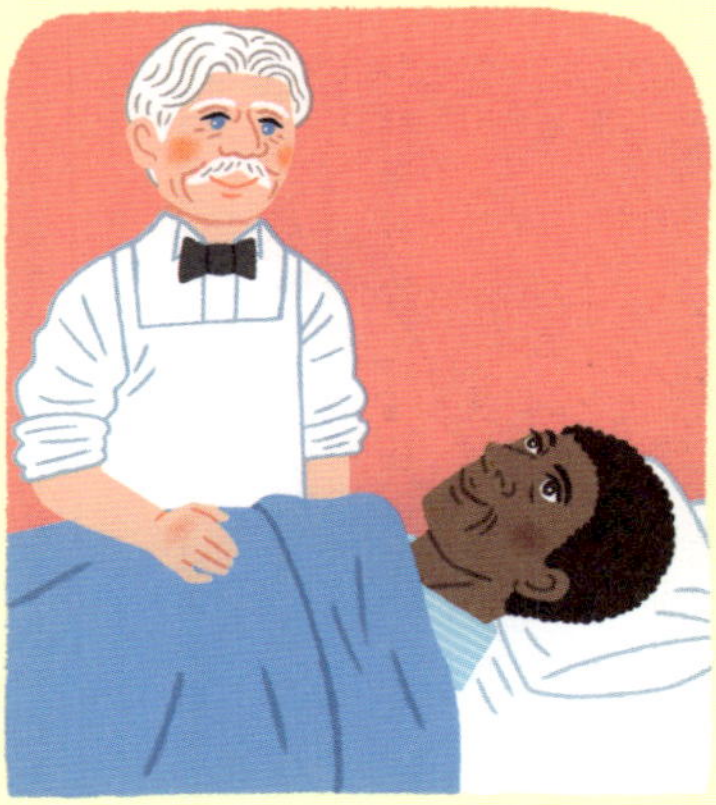

この日《ひ》はほかにも…

★公害《こうがい》（153ページ）とたたかった政《せい》治家《じか》、田中正造《たなかしょうぞう》が亡《な》くなった日《ひ》（一九一三年《ねん》）

278ページのこたえ
九転十起《きゅうてんじゅっき》

おはなしクイズ　シュヴァイツァーが受賞《じゅしょう》した賞《しょう》は？　こたえはつぎのページ

「バベルの塔《とう》」をえがいた画家《がか》 ブリューゲルが亡《な》くなった日《ひ》

オランダ
1525ごろ～1569年《ねん》

9月5日

人物

読《よ》んだ日《ひ》にち（　　年　　月　　日）（　　年　　月　　日）（　　年　　月　　日）

ピーテル・ブリューゲルは、十《じゅう》六世紀《ろくせいき》に活《かつ》やくした、フランドル地方《ちほう》（オランダ、ベルギー、フランスにかけての地域《ちいき》）を代表《だいひょう》する画家《がか》です。神話《しんわ》や宗教《しゅうきょう》をモチーフにしたものや、フランドルの美《うつく》しい風景《ふうけい》、いきいきとした民衆《みんしゅう》の姿《すがた》をえがきました。作品《さくひん》の一《ひと》つ「バベルの塔《とう》」は、画面《がめん》いっぱいに塔《とう》をえがいた壮大《そうだい》な構図《こうず》でありながら、当時《とうじ》の建築技術《けんちくぎじゅつ》などが細《こま》やかにえがかれ、代表作《だいひょうさく》ともいわれています。

また、ブリューゲルの息子《むすこ》たちも画家《がか》となり、四世代《よんせだい》にわたってつづく画家一族《がかいちぞく》のいしずえをきずきました。

ブリューゲルの生涯《しょうがい》については、ブリューゲル自身《じしん》が何《なに》もかきのこしていないことから、あまり多《おお》くのことはわかっていません。ふだんはものしずかですが、人《ひと》といるときはよく冗談《じょうだん》を言《い》い、気味《きみ》の悪《わる》い物音《ものおと》で人《ひと》をこわがらせるのが好《す》きな人《ひと》だったそうです。

生《う》まれた年《とし》はユリウス暦《れき》一五二五年《ねん》から一五三〇年《ねん》の間《あいだ》で、一五四五年《ねん》ごろにブリュッセルの画家《がか》、ピーテル・クックの見習《みなら》いとなったことが、画家《がか》としての始《はじ》まりだったと考《かんが》えられています。画家《がか》としてひとり立《だ》ちすると、ブリューゲルはイタリアを旅《たび》し、とちゅうの景色《けしき》を絵《え》にのこしました。そのときのスケッチが、生涯《しょうがい》にわたって作品《さくひん》に使《つか》われることになります。

旅《たび》からもどったブリューゲルは、版画《はんが》の下絵《したえ》をかく仕事《しごと》につきます。風景《ふうけい》のほか、宗教《しゅうきょう》や教訓《きょうくん》をテーマに、空想《くうそう》から写実《しゃじつ》まで幅広《はばひろ》い作風《さくふう》の下絵《したえ》は評判《ひょうばん》を集《あつ》めました。

そして一五六二年《ねん》ごろから、絵《かい》画《が》の制作《せいさく》に取《と》り組《く》むようになります。

ブリューゲルは、社会批判《しゃかいひはん》を交《まじ》えながら、ユーモラスだったり、不気味《ぶきみ》だったり、人《ひと》びとをおどろかせる絵《え》をかきました。

しかし、画家《がか》としてブリューゲルの絵画《かいが》が世界的《せかいてき》に有名《ゆうめい》になるのは、一五六九年《ねん》、九月五日《くがついつか》（九日《ここのか》という説《せつ》もあり）に亡《な》くなったあとのことでした。

この日《ひ》はほかにも…

★アメリカが無人惑星探査機《むじんわくせいたんさき》「ボイジャー一号《いちごう》」の打《う》ち上《あ》げに成功《せいこう》した日《ひ》（一九七七年《ねん》）

★ノーベル生理学《せいりがく》・医学賞《いがくしょう》を受賞《じゅしょう》した生物学者《せいぶつがくしゃ》、利根川進《とねがわすすむ》が生《う》まれた日《ひ》（一九三九年《ねん》）

279ページのこたえ
ノーベル平和賞《へいわしょう》

おはなしクイズ 旅《たび》からもどったブリューゲルがついたのは、何《なに》をかく仕事《しごと》？ こたえはつぎのページ

9月6日

「東海道五十三次《とうかいどうごじゅうさんつぎ》」が大《だい》ヒットした 歌川広重《うたがわひろしげ》が亡《な》くなった日《ひ》

日本《にほん》
1797〜1858年《ねん》

読《よ》んだ日《ひ》にち（　　年　　月　　日）（　　年　　月　　日）（　　年　　月　　日）

人物

浮世絵師《うきよえし》、歌川広重《うたがわひろしげ》の代表作《だいひょうさく》といえば、東海道《とうかいどう》の宿場《しゅくば》（街道《かいどう》の拠点《きょてん》となったところ）の様子《ようす》をえがいた浮世絵《うきよえ》「東海道五十三次《とうかいどうごじゅうさんつぎ》」。これは、江戸《えど》（今《いま》の東京《とうきょう》）と京都《きょうと》をむすぶ東海道《とうかいどう》の五十三《ごじゅうさん》の宿場《しゅくば》と、三《みっ》つの風景《ふうけい》をえがいたシリーズです。

この中《なか》の「庄野《しょうの》　白雨《はくう》」という作品《さくひん》には、急《きゅう》にふってきたはげしい雨《あめ》に、坂道《さかみち》を行《い》き交《か》う人《ひと》びとのあわてた姿《すがた》がいきいきとえがかれています。白雨《はくう》とは、明《あか》るい空《そら》からふる雨《あめ》、夕立《ゆうだち》やにわか雨《あめ》のこと。無数《むすう》の細《ほそ》い線《せん》で、雨《あめ》の向《む》きやいきおいを見事《みごと》に表現《ひょうげん》しています。背景《はいけい》の竹《たけ》やぶは、りんかくをとらずに、色《いろ》の濃《こ》さを変《か》えることで奥行《おくゆ》きをもたせています。

広重《ひろしげ》は、雪《ゆき》や雨《あめ》など天気《てんき》の変化《へんか》を細《こま》かくかきわけ、自然《しぜん》の中《なか》でくらす人《ひと》びとの様子《ようす》を、ていねいにえがき出《だ》しました。この風景画《ふうけいが》に多《おお》くの人《ひと》がひきつけられ、「東海道五十三次《とうかいどうごじゅうさんつぎ》」は、たちまち大人気《だいにんき》になりました。もとの版木《はんぎ》がすりへり、新《あたら》しくつくり直《なお》したものもあるほどです。

「東海道五十三次《とうかいどうごじゅうさんつぎ》　庄野《しょうの》　白雨《はくう》」（1833年《ねん》ごろ）　国立国会図書館蔵

広重《ひろしげ》は一七九七年《ねん》（寛政九年《かんせいきゅうねん》）、火消同心《ひけしどうしん》（城《しろ》や市中《しちゅう》の消防組織《しょうぼうそしき》）の子《こ》どもとして生《う》まれました。姓《せい》は安藤《あんどう》です。

十三歳《じゅうさんさい》のときに両親《りょうしん》を亡《な》くしたため、親《おや》のあとをつがなければなりませんでした。しかし、絵《え》をかくことが好《す》きだったので、火消同心《ひけしどうしん》をつとめながら浮世絵師《うきよえし》、歌川豊広《うたがわとよひろ》のもとで絵《え》を学《まな》びます。浮世絵《うきよえ》の仕事《しごと》だけに打《う》ちこめるようになったのは、二十七歳《にじゅうななさい》のときでした。

一八五八年《ねん》（安政五年《あんせいごねん》）九月六日《くがつむいか》、六十二歳《ろくじゅうにさい》でこの世《よ》を去《さ》るまで、「名所江戸百景《めいしょえどひゃっけい》」など数《かず》かずの名作《めいさく》をのこしています。

この日《ひ》はほかにも…

★イギリスの化学者《かがくしゃ》、ドルトン（238ページ）が生《う》まれた日《ひ》（一七六六年《ねん》）
★昭和《しょうわ》・平成時代《へいせいじだい》の映画監督《えいがかんとく》、黒澤明《くろさわあきら》（285ページ）が亡《な》くなった日《ひ》（一九九八年《ねん》）

280ページのこたえ
版画《はんが》の下絵《したえ》

おはなしクイズ　「東海道五十三次《とうかいどうごじゅうさんつぎ》」にえがかれている宿場《しゅくば》の数《かず》は？　こたえはつぎのページ

イギリスを大国《たいこく》へとみちびいた エリザベス一世《いっせい》の誕生日《たんじょうび》

イギリス
1533〜1603年《ねん》

9月7日

読《よ》んだ日《ひ》にち（　年　月　日）（　年　月　日）（　年　月　日）

人物

ユリウス暦《れき》一五三三年《ねん》九月七日《くがつなのか》、イギリスのグリニッジ宮殿《きゅうでん》でエリザベス一世《いっせい》は生《う》まれました。

王女《おうじょ》でもあとつぎになれたのですが、父《ちち》ヘンリー八世《はっせい》は男子《だんし》の誕生《たんじょう》を強《つよ》く望《のぞ》んでいました。王子《おうじ》をうんでくれる王妃《おうひ》がほしいと六回《ろっかい》も結婚《けっこん》し、カトリック教会《きょうかい》（ローマ教皇《きょうこう》を最高権威者《さいこうけんいしゃ》とする組織《そしき》）がそれをゆるさなかったことから、英国国教会《えいこくこっきょうかい》までつくります。

父《ちち》の死後《しご》、エリザベスの弟《おとうと》エドワード六世《ろくせい》が王《おう》になりますが六年《ろくねん》後《ご》に亡《な》くなり、その後《ご》、姉《あね》のメアリー一世《いっせい》が女王《じょおう》になりました。

エリザベスは、二歳《にさい》のときに母《はは》が亡《な》くなったり、二十歳《はたち》のときに姉《あね》メアリーへの反逆《はんぎゃく》をうたがわれてろうやに入《い》れられたり、とてもつらい経験《けいけん》をします。

そんな中《なか》、メアリーが一五五八年《ねん》に亡《な》くなり、エリザベスが二十《にじゅう》五歳《ごさい》で王位《おうい》につくことになったのです。

たくさんの争《あらそ》いを見《み》てきたエリザベスは、国《くに》を安定《あんてい》させ、発展《はってん》させることに力《ちから》をつくします。

メアリーが女王《じょおう》であったころ、カトリックを復活《ふっかつ》させ、対立《たいりつ》するプロテスタント（カトリックからはなれた教派《きょうは》）の人《ひと》びとを処刑《しょけい》したため、国内《こくない》では宗教《しゅうきょう》の混乱《こんらん》がつづいていました。エリザベスは英《えい》国国教会《こくこっきょうかい》を国《くに》の宗教《しゅうきょう》と定《さだ》め、争《あらそ》いをおさめます。

そして、一五八八年《ねん》には世界最《せかいさい》強《きょう》といわれたスペインの無敵艦隊《むてきかんたい》をやぶります。これによりエリザベスの人気《にんき》は高《たか》まり、イギリスの海外進出《かいがいしんしゅつ》への道《みち》も開《ひら》けたのです。

また、エリザベスは毛織物工業《けおりものこうぎょう》などの産業《さんぎょう》を育《そだ》てたり、金銀《きんぎん》を十《じゅう》分《ぶん》にふくませた質《しつ》のよいお金《かね》をつくり、経済《けいざい》を安定《あんてい》させたりもしました。文化《ぶんか》の発展《はってん》も助《たす》け、エリザベス時代《じだい》のイギリスでは、劇作《げきさっ》家《か》、シェイクスピア（137ページ）などが活《かつ》やくしています。

「わたしは国家《こっか》と結婚《けっこん》しました」そう発言《はつげん》し、一生独身《いっしょうどくしん》を通《とお》したエリザベスは、一六〇三年《ねん》に亡《な》くなりました。

この日《ひ》はほかにも…
★歴史小説《れきししょうせつ》をかいた小説家《しょうせつか》、吉川英治《よしかわえいじ》の命日《めいにち》（一九六二年《ねん》）

281ページのこたえ 五十三《ごじゅうさん》

おはなしクイズ　エリザベス１世《せい》が国《くに》の宗教《しゅうきょう》に定《さだ》めたのは？　こたえはつぎのページ

9月8日

チェコの偉大《いだい》な作曲家《さっきょくか》 ドヴォルザークの誕生日《たんじょうび》

チェコ
1841〜1904年《ねん》

読《よ》んだ日《ひ》にち（　　年　　月　　日）（　　年　　月　　日）（　　年　　月　　日）

人物

アントニン・ドヴォルザークは一八四一年九月八日《ねんくがつようか》に、現在《げんざい》のチェコの首都《しゅと》、プラハの北《きた》に位置《いち》するボヘミア地方《ちほう》に生《う》まれました。

人口五百人《じんこうごひゃくにん》ほどの小《ちい》さな村《むら》で、宿《やど》と精肉店《せいにくてん》を経営《けいえい》する父親《ちちおや》のもと、幸《しあわ》せに育《そだ》ちます。

音楽好《おんがくず》きの父親《ちちおや》の影響《えいきょう》で、ドヴォルザークは子《こ》どものころからオルガンやバイオリンを演奏《えんそう》し、音楽《おんがく》を楽《たの》しんでいました。しかしドヴォルザークは長男《ちょうなん》で、また子《こ》だくさんの家庭《かてい》だったこともあり、家業《かぎょう》の精肉店《せいにくてん》をつがなければなりません。

「音楽《おんがく》も大切《たいせつ》だが、しっかり商売《しょうばい》の修業《しゅぎょう》をして、家族《かぞく》を支《ささ》えてほしい」

という父親《ちちおや》の言葉《ことば》を守《まも》り、商売《しょうばい》の修業《しゅぎょう》を始《はじ》めました。また、それと並行《へいこう》して音楽《おんがく》もつづけ、オーケストラに参加《さんか》したり、教会《きょうかい》のオルガン奏者《そうしゃ》から音楽理論《おんがくりろん》を学《まな》んだりしました。そしてついに父親《ちちおや》を説得《せっとく》して、プラハのオルガン学校《がっこう》に入学《にゅうがく》します。

卒業後《そつぎょうご》に入《はい》った楽団《がくだん》では、「チェコの国民音楽《こくみんおんがく》の父《ちち》」といわれたスメタナ（81ページ）と出会《であ》いました。その当時《とうじ》、ボヘミアはオーストリアの支配下《しはいか》にあり、独立運動《どくりつうんどう》が起《お》こっていました。スメタナはチェコ民族《みんぞく》のたましいをゆさぶるような名曲《めいきょく》をつくり、音楽面《おんがくめん》から独立《どくりつ》をうったえます。

さらに、ドイツの大作曲家《だいさっきょくか》であるブラームス（114ページ）に見出《みいだ》され、その援助《えんじょ》を受《う》けて、作曲《さっきょく》に専念《せんねん》できるようになります。ブラームスに紹介《しょうかい》された出版社《しゅっぱんしゃ》から依頼《いらい》を受《う》けて作曲《さっきょく》した「スラブ舞曲《ぶきょく》」は民族音楽《みんぞくおんがく》を取《と》り入《い》れた曲調《きょくちょう》で、とても高《たか》い評価《ひょうか》をえました。ドヴォルザークはこの舞曲《ぶきょく》で、世界的《せかいてき》な作曲家《さっきょくか》となったのです。

一八九二年《ねん》には音楽院《おんがくいん》の院長《いんちょう》としてアメリカにまねかれ、ここで「交響曲第九番《こうきょうきょくだいきゅうばん》〈新世界《しんせかい》より〉」を完成《かんせい》させます。そして故郷《こきょう》のボヘミアに帰《かえ》ってから、一九〇四年《ねん》に亡《な》くなるまで、数《かず》かずの名曲《めいきょく》をうみ出《だ》しました。

この日《ひ》はほかにも…

★二〇二〇年《ねん》のオリンピック開催《かいさい》地《ち》が東京《とうきょう》に決《き》まった日《ひ》（二〇一三年《ねん》）

★「明治《めいじ》」改元《かいげん》の日《ひ》

この日《ひ》から、明治元年《めいじがんねん》と定《さだ》められた（一八六八年《ねん》）。

282ページのこたえ
英国国教会《えいこくこっきょうかい》

おはなしクイズ ドヴォルザークが世界的《せかいてき》な作曲家《さっきょくか》となったきっかけの曲《きょく》は？ こたえはつぎのページ

正午《しょうご》の時報《じほう》を大砲《たいほう》で知《し》らせるようになった日《ひ》

読《よ》んだ日《ひ》にち（　　年　　月　　日）（　　年　　月　　日）（　　年　　月　　日）

一八七一年《ねん》（明治四年《めいじよねん》）九月九日《くがつここのか》、正午《しょうご》。皇居《こうきょ》の敷地内《しきちない》で、「ドーン！」と大砲《たいほう》の音《おと》がひびきました。もちろん、空砲《くうほう》です。この日《ひ》から、大砲《たいほう》の音《おと》で、「正午《しょうご》になりましたよ！」と知《し》らせるようになったのです。

江戸時代《えどじだい》は、江戸城内《えどじょうない》でたいこを打《う》って時《とき》を知《し》らせていました。主《おも》に城門《じょうもん》の開閉《かいへい》や、武士《ぶし》に登城《とじょう》の時刻《じこく》を知《し》らせるためでした。

その後《ご》、たいこにかわって江戸《えど》本石町《ほんごくちょう》（今《いま》の東京都中央区日本橋《とうきょうとちゅうおうくにほんばし》小伝馬町《こでんまちょう》）に幕府《ばくふ》がつくった「時《とき》の鐘《かね》」が時刻《じこく》を知《し》らせるようになります。徳川家康《とくがわいえやす》（401ページ）のころは「明《あ》け六《む》つ（日《ひ》の出《で》の時《とき》）」と「暮《く》れ六《む》つ（日《ひ》の入《い》りの時《とき》）」を知《し》らせただけでしたが、家康《いえやす》の次《つぎ》の将軍《しょうぐん》、秀忠《ひでただ》のころには時《とき》の鐘《かね》は昼夜《ちゅうや》を通《とお》して十二《じゅうに》の時《とき》を打《う》つようになり、設置場所《せっちばしょ》も九《きゅう》か所《しょ》に増《ふ》えました。

鐘《かね》は、音《おと》に気《き》づいてもらうために、まず三度《さんど》鳴《な》らします（これを「捨《す》て鐘《がね》」といいます）。つづいて、時刻《じこく》の数《かず》を最初《さいしょ》に長《なが》く、しだいに間隔《かんかく》をつめて打《う》ちました。江戸《えど》では、今《いま》の上野《うえの》にある寛永寺《かんえいじ》がはじめに鳴《な》らし、その音《おと》をきいて市谷《いちがや》（今《いま》の市ケ谷《いちがや》）、赤坂《あかさか》、芝《しば》にあるお寺《てら》が順番《じゅんばん》に鳴《な》らしました。騒音《そうおん》のなかった時代《じだい》なので、遠《とお》くまで鐘《かね》の音《おと》がきこえたそうです。

そのころ、時計《とけい》は今《いま》のようにみんなが持《も》っているものではありませんでした。では、鐘《かね》をつく人《ひと》はどのように時刻《じこく》を知《し》ったのでしょう。お寺《てら》ではお香《こう》（339ページ）をたき、一定《いってい》のところに時刻札《じこくふだ》を立《た》てて時間《じかん》をはかる「香時計《こうどけい》」を使《つか》っていたそうです。

江戸時代《えどじだい》の時間《じかん》は、今《いま》のように、一日《いちにち》を二十四等分《にじゅうよんとうぶん》したものではありませんでした。日《ひ》の出《で》から日《ひ》の入《い》りまでを昼《ひる》、日《ひ》の入《い》りから日《ひ》の出《で》までを夜《よる》として、それぞれ六等分《ろくとうぶん》し、その長《なが》さを「一刻《いっこく》」とよびました。一刻《いっこく》は今《いま》のおよそ二《に》時間《じかん》です。

ただ、夏《なつ》は日《ひ》の出《で》が早《はや》く日《ひ》の入《い》りがおそいので昼《ひる》が長《なが》くなり、冬《ふゆ》は反対《はんたい》に昼《ひる》が短《みじか》いので、季節《きせつ》によって一刻《いっこく》の時間《じかん》が長《なが》くなったり短《みじか》くなったりしました。江戸《えど》の人《ひと》たちは、太陽《たいよう》の変化《へんか》に合《あ》わせてくらしていたのです。

この日《ひ》はほかにも…

★ケンタッキーフライドチキンの創業者《そうぎょうしゃ》、カーネル・サンダースが生《う》まれた日《ひ》（一八九〇年《ねん》）

283ページのこたえ　「スラブ舞曲《ぶきょく》」

おはなしクイズ　江戸時代《えどじだい》、たいこにかわって、何《なに》で時刻《じこく》を知《し》らせるようになった？　こたえはつぎのページ

9月10日

黒《くろ》澤《さわ》明《あきら》監《かん》督《とく》「羅《ら》生《しょう》門《もん》」が国《こく》際《さい》映《えい》画《が》祭《さい》でグランプリを受《じゅ》賞《しょう》した日《ひ》

読《よ》んだ日《ひ》にち（　年　月　日）（　年　月　日）（　年　月　日）

歴史

……平安時代《へいあんじだい》のこと。大雨《おおあめ》の中《なか》、荒《あ》れはてた羅生門《らしょうもん》の下《した》に、旅《たび》法師《ほうし》と木《き》こりがいました。そこへ雨宿《あまやど》りにやってきた男《おとこ》に、二人《ふたり》はふしぎな事件《じけん》を語《かた》り出《だ》す……。

これは、それまで「酔《よ》いどれ天《てん》使《し》」など数《かず》かずのヒット作《さく》をうみ出《だ》してきた黒澤明監督《くろさわあきらかんとく》の映画《えいが》、「羅生門《らしょうもん》」の始《はじ》まりの場面《ばめん》です。黒澤《くろさわ》はこの作品《さくひん》で、人間《にんげん》の心《こころ》の奥《おく》底《そこ》にひそんでいるよいところや悪《わる》いところを、見事《みごと》に表現《ひょうげん》しました。

映画《えいが》の大部分《だいぶぶん》は森《もり》の中《なか》での撮影《さつえい》で、日本映画《にほんえいが》では、はじめてのこころみです。また、カメラの角度《かくど》によっては見《み》えなくなる雨《あめ》を撮影《さつえい》するため、水《みず》に墨汁《ぼくじゅう》をまぜたり、当時《とうじ》はやってはいけないとされていた、太陽《たいよう》にカメラレンズを向《む》ける撮影《さつえい》をしたりと、さまざまな方《ほう》法《ほう》によって、光《ひかり》と影《かげ》、映像《えいぞう》の美《うつく》しさを表現《ひょうげん》しました。

しかし、「羅生門《らしょうもん》」の日本《にほん》での評判《ひょうばん》はよくありませんでした。内《ない》容《よう》がむずかしく、受《う》け入《い》れられにくかったのです。黒澤《くろさわ》は次《つぎ》の映画《えいが》撮影《さつえい》の予定《よてい》も決《き》まらず、暗《くら》い気持《きも》ちでした。

そんな中《なか》、「羅生門《らしょうもん》」はベネチア国際映画祭《こくさいえいがさい》で見事《みごと》、金獅子賞《きんじししょう》（グランプリ）を受賞《じゅしょう》しました。一九五一年九月十日《ねんくがつとおか》のことです。黒澤本人《くろさわほんにん》も知《し》らない間《あいだ》に、イタリアの映画会社《えいががいしゃ》の社長《しゃちょう》が作品《さくひん》の力《ちから》を信《しん》じ、映画祭参加《えいがさいさんか》を実現《じつげん》させたのです。

当時《とうじ》、日本《にほん》はまだアメリカ軍《ぐん》の占領下《せんりょうか》にありました（139ページ）。戦争《せんそう》に負《ま》け、国際的《こくさいてき》にも自信《じしん》をなくしていた日本人《にほんじん》に、「羅生門《らしょうもん》」の受賞《じゅしょう》は大《おお》きな希望《きぼう》をあたえました。

その後《ご》も、アカデミー賞《しょう》の名誉《めいよ》賞《しょう》（外国語映画《がいこくごえいが》）を受賞《じゅしょう》するなど、黒澤《くろさわ》は「世界《せかい》のクロサワ」として、世界中《せかいじゅう》にその名《な》が知《し》れわたるようになります。

ほかにも「七人《しちにん》の侍《さむらい》」や「影武《かげむ》者《しゃ》」など、たくさんの作品《さくひん》をのこし、黒澤《くろさわ》はスティーブン・スピルバーグやジョージ・ルーカスなど多《おお》くの映画監督《えいがかんとく》にも影響《えいきょう》をあたえました。日本映画界《にほんえいがかい》の巨匠《きょしょう》といわれ、今《いま》も世界中《せかいじゅう》で愛《あい》されつづけています。

この日《ひ》はほかにも…

★弓道《きゅうどう》の日《ひ》

九（きゅう）十（どう）のゴロ合《あ》わせから。

★それまで白黒《しろくろ》だったテレビ（50ページ）でカラー本放送《ほんほうそう》が始《はじ》まった日《ひ》（一九六〇年《ねん》）

284ページのこたえ　時《とき》の鐘《かね》

おはなしクイズ　「羅生門《らしょうもん》」の大部分《だいぶぶん》は、どこで撮影《さつえい》された？

こたえはつぎのページ

日本《にほん》ではじめて 公衆電話《こうしゅうでんわ》が設置《せっち》された日《ひ》

9月11日

読《よ》んだ日《ひ》にち（　年　月　日）（　年　月　日）（　年　月　日）

はじめて

今《いま》では多《おお》くの人《ひと》が使《つか》っている携《けい》帯電話《たいでんわ》が世《よ》の中《なか》に広《ひろ》まったのは、一九九〇年代後半《ねんだいこうはん》になってからです。それ以前《いぜん》に、人《ひと》びとが外出先《がいしゅつさき》で電話《でんわ》をかけるときに主《おも》に使《つか》っていたのが「公衆電話《こうしゅうでんわ》」でした。

公衆電話《こうしゅうでんわ》が日本《にほん》ではじめて設置《せっち》されたのは、一九〇〇年九月十一日《ねんくがつじゅういち》《にち》のことです。場所《ばしょ》は、東京《とうきょう》の新《しん》橋駅《ばしえき》と上野駅《うえのえき》の二《に》か所《しょ》でした。

といっても、最初《さいしょ》のころは「公《こう》衆電話《しゅうでんわ》」ではなく「自働電話《じどうでんわ》」とよばれていました。当時《とうじ》は、交換《こうかん》手《しゅ》（391ページ）をよび出《だ》してからお金《かね》を入《い》れて、相手《あいて》につないでもらう方式《ほうしき》だったのです。

「自働電話《じどうでんわ》」が「公衆電話《こうしゅうでんわ》」とよばれるようになったのは、一九二五年《ねん》に、交換手《こうかんしゅ》を通《とお》さずに直接《ちょくせつ》、相手《あいて》と話《はな》せる電話《でんわ》になってからです。

大正《たいしょう》から昭和時代《しょうわじだい》の初期《しょき》にかけて発展《はってん》し、広《ひろ》まった公衆電話《こうしゅうでんわ》ですが、第二次世界大戦《だいにじせかいたいせん》の空襲《くうしゅう》によって多《おお》くが燃《も》え、数《かず》が大《おお》きくへることになります。

そして、戦争《せんそう》が終《お》わってしばらくすると、新《あたら》しい公衆電話《こうしゅうでんわ》が町《まち》に登場《とうじょう》します。当初《とうしょ》はお店《みせ》の店先《みせさき》におかれ、電話《でんわ》をかけたらお店《みせ》の人《ひと》に料金《りょうきん》をはらうタイプのものでした。その後《ご》、十円玉《じゅうえんだま》や百円玉《ひゃくえんだま》を入《い》れて電話《でんわ》をかけるタイプのものに変《か》わっていきます。

そこから機能《きのう》はどんどん進化《しんか》していき、公衆電話《こうしゅうでんわ》は人《ひと》びとのくらしにかかせない存在《そんざい》となりました。しかし、携帯電話《けいたいでんわ》が登場《とうじょう》して広《ひろ》まっていくと、公衆電話《こうしゅうでんわ》の数《かず》はだんだんへっていきました。

ただ、携帯電話《けいたいでんわ》は災害《さいがい》が起《お》こったときなど、一度《いちど》に多《おお》くの人《ひと》が電《でん》話《わ》をかけるとつながらなくなることもあります。

以前《いぜん》より数《かず》は少《すく》なくなったものの、公衆電話《こうしゅうでんわ》はいざというときの通信手段《つうしんしゅだん》として、今《いま》も大切《たいせつ》な役割《やくわり》をはたしているのです。

自働電話《じどうでんわ》

この日《ひ》はほかにも…

★警察相談《けいさつそうだん》の日《ひ》
警察《けいさつ》への相談専用電話番号《そうだんせんようでんわばんごう》「#九《シャープきゅう》一一〇《いちいちれい》」から（25ページ）。

★アメリカ同時多発《どうじたはつ》テロ事件《じけん》が起《お》こった日《ひ》（二〇〇一年《ねん》）

285ページのこたえ
森《もり》の中《なか》

おはなしクイズ　公衆電話《こうしゅうでんわ》は最初《さいしょ》、何《なん》とよばれていた？　こたえはつぎのページ

9月12日

旧《きゅう》石《せっ》器《き》時《じ》代《だい》の絵《え》、ラスコーの洞《どう》窟《くつ》壁《へき》画《が》が発《はっ》見《けん》された日《ひ》

読《よ》んだ日《ひ》にち（　年　月　日）（　年　月　日）（　年　月　日）

歴史

一九四〇年九月十二日《ねんくがつじゅうににち》、フランス南西部《なんせいぶ》のモンティニャック村《むら》のラスコー洞窟《どうくつ》で、旧石器時代《きゅうせっきじだい》にえがかれた絵《え》が発見《はっけん》されました。旧《きゅう》石器時代《せっきじだい》とは、人類《じんるい》が石《いし》の道具《どうぐ》を使《つか》い始《はじ》めたころとされる時代《じだい》です。モンティニャック村周辺《むらしゅうへん》には、旧石器時代《きゅうせっきじだい》に絵《え》がかかれた洞窟《どうくつ》がいくつかありましたが、どれも色《いろ》あせて、はっきりと見《み》えるのはラスコー洞窟《どうくつ》の壁画《へきが》だけでした。

モンティニャック・ラスコー国際《こくさい》洞窟《どうくつ》壁画《へきが》芸術《げいじゅつ》センターのレプリカ洞窟《どうくつ》の壁画《へきが》

発見《はっけん》したのは、村《むら》の少年四人《しょうねんよにん》です。四人《よにん》は渓谷《けいこく》でまよった犬《いぬ》をさがして、小《ちい》さなあなを見《み》つけました。あなの中《なか》を探検《たんけん》したところ、壁《かべ》にウシやシカ、ウマなどたくさんの動物《どうぶつ》がえがかれているとわかったのです。少年《しょうねん》たちは発見《はっけん》した絵《え》について学校《がっこう》の先生《せんせい》に知《し》らせ、旧石器時代《きゅうせっきじだい》の絵《え》にくわしいアボット・アンリ・ブライユがよばれました。ブライユは絵《え》を見《み》て「大発見《だいはっけん》だ」とよろこび、この発《はっ》見《けん》は世界中《せかいじゅう》の新聞《しんぶん》で伝《つた》えられました。

洞窟《どうくつ》には、約六百頭《やくろっぴゃくとう》もの動物《どうぶつ》がえがかれています。それは石《いし》の刃《は》のようなものでりんかくがきざまれ、植物《しょくぶつ》や木炭《もくたん》からつくられた赤《あか》や黄土色《おうどいろ》、黒《くろ》などの色《いろ》でぬられていました。なぜ、こんな絵《え》がえがかれたかはわかっていませんが、当時《とうじ》の人《ひと》びとが動物《どうぶつ》とどのようにかかわって生活《せいかつ》していたかを知《し》ることができます。のちの科学的《かがくてき》な調査《ちょうさ》で、この絵《え》は約一万九千年前《やくいちまんきゅうせんねんまえ》のものとわかりました。

しかし見学者《けんがくしゃ》が多《おお》くなるにつれ、くつについた微生物《びせいぶつ》や体《からだ》から出《だ》される熱《ねつ》や息《いき》で壁画《へきが》がいたみ始《はじ》めたため、壁画《へきが》を守《まも》る目的《もくてき》で一九六三年《ねん》から非公開《ひこうかい》になりました。

その後《ご》、一九七九年《ねん》にラスコー洞窟《どうくつ》のあるヴェゼール渓谷《けいこく》の装飾《そうしょく》洞窟群《どうくつぐん》は、ユネスコの世界遺産《せかいいさん》（文化遺産《ぶんかいさん》）として登録《とうろく》されました。

この日《ひ》はほかにも…

★宇宙《うちゅう》の日《ひ》
日本人《にほんじん》ではじめて、毛利衛《もうりまもる》がスペースシャトルで宇宙《うちゅう》へ飛《と》び立《た》った（一九九二年《ねん》）。

286ページのこたえ
自動電話《じどうでんわ》

おはなしクイズ ラスコーの洞窟壁画《どうくつへきが》は、いつの時代《じだい》の絵《え》？　こたえはつぎのページ

『解体新書《かいたいしんしょ》』を出版《しゅっぱん》した 杉田玄白《すぎたげんぱく》が生まれた日《ひ》

日本《にほん》
1733～1817年《ねん》

9月13日

読《よ》んだ日《ひ》にち（　　年　　月　　日）（　　年　　月　　日）（　　年　　月　　日）

人物

一七三三年《ねん》（享保十八年《きょうほうじゅうはちねん》）九月《くがつ》十三日《じゅうさんにち》、杉田玄白《すぎたげんぱく》は若狭国《わかさのくに》（今《いま》の福井県《ふくいけん》）小浜藩《おばまはん》の医者《いしゃ》の子《こ》として江戸《えど》（今《いま》の東京《とうきょう》）で生《う》まれました。

やがて父《ちち》と同《おな》じ医者《いしゃ》になった玄《げん》白《ばく》は、一《いっ》さつの本《ほん》に出《で》あいます。オランダ語《ご》でかかれた解剖学《かいぼうがく》の本《ほん》、『ターヘル・アナトミア』です。

そこにのっていた人体《じんたい》の解剖図《かいぼうず》は、今《いま》まで玄白《げんぱく》が教《おそ》わったものとはまったくちがっていました。実際《じっさい》に人体《じんたい》の解剖《かいぼう》に立《た》ちあった玄白《げんぱく》は、本《ほん》で見《み》た図《ず》の正確《せいかく》さにおどろきます。

「なんとかこの本《ほん》をほんやくして、日本中《にほんじゅう》の医者《いしゃ》にとどけたい」

そう考《かんが》えた玄白《げんぱく》は、すぐに、いっしょに解剖《かいぼう》を見学《けんがく》した前野良《まえのりょう》沢《たく》たちと、本《ほん》のほんやくを始《はじ》めます。

しかし、良沢《りょうたく》はオランダ語《ご》の文《も》字《じ》とかんたんな単語《たんご》がわかるていどでした。玄白《げんぱく》は、まったく意味《いみ》がわかりません。辞書《じしょ》もないのです。そこで、オランダ語《ご》のアルファベットをおぼえることから始《はじ》めました。単語《たんご》の意味《いみ》がわかるようになっても、それを日本語《にほんご》でどんな風《ふう》に表現《ひょうげん》すればわかりやすいか、頭《あたま》をかかえながら話《はな》し合《あ》います。「まゆ毛《げ》は目《め》の上《うえ》に生《は》えた毛《け》である」といった一行《いちぎょう》を訳《やく》すのにも、一日《いちにち》かかるほどでした。

しかし、玄白《げんぱく》は決《けっ》してあきらめませんでした。大変《たいへん》な苦労《くろう》を重《かさ》ねながらも、四年近《よねんちか》くの時間《じかん》をかけて、ようやくほんやくが完成《かんせい》し、『解体新書《かいたいしんしょ》』と名《な》づけられました。今《いま》でも使《つか》われている「神経《しんけい》」や「動脈《どうみゃく》」といった言葉《ことば》は、このときにつくられたものです。

『解体新書《かいたいしんしょ》』は、日本人《にほんじん》が西洋《せいよう》の医学《いがく》を学《まな》ぶきっかけとなり、日本《にほん》の医学《いがく》の発展《はってん》を大《おお》きく助《たす》けました。

『解体新書《かいたいしんしょ》』

写真提供:国立大学法人東京医科歯科大学図書館

287ページのこたえ
旧石器時代《きゅうせっきじだい》

この日《ひ》はほかにも…

★フランスの哲学者《てつがくしゃ》、ミシェル・ド・モンテーニュが亡《な》くなった日《ひ》（一五九二年《ねん》）

★世界《せかい》の法《ほう》の日《ひ》

法《ほう》を守《まも》ることによって世界平和《せかいへいわ》を進《すす》めていこうと宣言《せんげん》されたことから（一九六五年《ねん》）。

おはなしクイズ 『解体新書《かいたいしんしょ》』は、何語《なにご》でかかれた本《ほん》をほんやくしたもの？

こたえはつぎのページ

9月14日

江戸城《えどじょう》で活《かつ》やくした女性《じょせい》 春日局《かすがのつぼね》が亡《な》くなった日《ひ》

日本《にほん》
1579～1643年《ねん》

読《よ》んだ日《ひ》にち（　年　月　日）（　年　月　日）（　年　月　日）

人物

一六四三年《ねん》（寛永二十年《かんえいにじゅうねん》）九月《くがつ》十四日《じゅうよっか》。江戸城《えどじょう》で、春日局《かすがのつぼね》は六十五歳《ろくじゅうごさい》で亡《な》くなりました。名前《なまえ》は、お福《ふく》といいました。

お福《ふく》は、一五七九年《ねん》に武士《ぶし》の家《いえ》に生《う》まれました。四歳《よんさい》のとき、お父《とう》さんが戦《いくさ》に負《ま》けて殺《ころ》され、お福《ふく》とお母《かあ》さんは四国《しこく》へにげます。

その後《ご》、京都《きょうと》で朝廷《ちょうてい》に仕《つか》える貴族《きぞく》のもとで働《はたら》きました。そして、十七歳《じゅうななさい》のときに稲葉正成《いなばまさなり》と結婚《けっこん》します。

夫《おっと》の正成《まさなり》は大名《だいみょう》、小早川秀秋《こばやかわひであき》の家臣《かしん》（家来《けらい》）でしたが、秀秋《ひであき》と意見《いけん》が対立《たいりつ》し、小早川家《こばやかわけ》をはなれます。正成《まさなり》は仕事《しごと》が見《み》つからず、生活《せいかつ》も苦《くる》しくなっていきました。お福《ふく》は正成《まさなり》とわかれる決心《けっしん》をし、京都《きょうと》へ旅立《たびだ》ちます。

そんなとき、将軍《しょうぐん》となった徳《とく》川《がわ》家康《いえやす》（401ページ）のあとつぎの徳《とく》川秀忠《がわひでただ》が、息子《むすこ》の竹千代《たけちよ》の乳母《うば》をさがしていることを知《し》りました。

乳母《うば》とは、母親《ははおや》にかわって赤《あか》ちゃんにお乳《ちち》をあげ、面倒《めんどう》を見《み》る仕事《しごと》です。将軍《しょうぐん》の子《こ》の乳母《うば》になれば、大《おお》きな出世《しゅっせ》だと考《かんが》えたお福《ふく》は、すぐに役人《やくにん》の屋敷《やしき》に向《む》かいました。二十六歳《にじゅうろくさい》のときのことです。

ぶじ、お福《ふく》は乳母《うば》に選《えら》ばれ、江《え》戸城《どじょう》へ行《い》きます。お福《ふく》はわが子《こ》のように竹千代《たけちよ》をかわいがり、愛情《あいじょう》を注《そそ》ぎました。そんな中《なか》、竹千代《たけちよ》が三歳《さんさい》のときに国松《くにまつ》という弟《おとうと》が生《う》まれます。実母《じつぼ》のお江与方《えよのかた》は国松《くにまつ》を自分《じぶん》のお乳《ちち》で育《そだ》てて、特別《とくべつ》にかわいがります。

「これでは、竹千代様《たけちよさま》が将軍《しょうぐん》になれないかもしれない……」

心配《しんぱい》したお福《ふく》は、将軍職《しょうぐんしょく》を秀忠《ひでただ》にゆずって引退《いんたい》していた家康《いえやす》に相談《そうだん》します。家康《いえやす》は、竹千代《たけちよ》をあとつぎにするよう、秀忠《ひでただ》に命《めい》じました。

やがて、竹千代《たけちよ》は第三代将軍《だいさんだいしょうぐん》、徳川家光《とくがわいえみつ》となります。春日局《かすがのつぼね》とよばれるようになったお福《ふく》は、その後《ご》も家光《いえみつ》のために働《はたら》きつづけ、家《いえ》光《みつ》もまた、江戸城《えどじょう》につとめる女性《じょせい》のすべてを管理《かんり》するお福《ふく》を、母親《ははおや》のようにしたいました。

この日《ひ》はほかにも…

★『おそ松《まつ》くん』などをかいたまんが家《か》、赤塚不二夫《あかつかふじお》が生《う》まれた日《ひ》（一九三五年《ねん》）

★津田梅子《つだうめこ》（378ページ）が女子英学塾《じょしえいがくじゅく》（今《いま》の津田塾大学《つだじゅくだいがく》）を創立《そうりつ》した日《ひ》（一九〇〇年《ねん》）

288ページのこたえ
オランダ語《ご》

おはなしクイズ　春日局《かすがのつぼね》はだれの乳母《うば》だった？

こたえはつぎのページ

日本《にほん》の歴史《れきし》を変《か》えた
関《せき》ヶ《が》原《はら》の戦《たたか》いが行《おこな》われた日《ひ》

9月15日

読《よ》んだ日《ひ》にち（　　年　　月　　日）（　　年　　月　　日）（　　年　　月　　日）

歴史

「わしも、長《なが》くはないな……」

日本《にほん》を統一《とういつ》し、戦乱《せんらん》の時代《じだい》を終《お》わらせた豊臣秀吉《とよとみひでよし》（216ページ）も、六十歳《ろくじっさい》をすぎて自分《じぶん》ののこりの命《いのち》が短《みじか》いことを覚悟《かくご》しました。病気《びょうき》には勝《か》てなかったのです。

そこで大名《だいみょう》たちを集《あつ》め、あとつぎである息子《むすこ》の秀頼《ひでより》についていくようにちかわせます。

ところが豊臣家《とよとみけ》の家臣《かしん》（家来《けらい》）の一人《ひとり》、徳川家康《とくがわいえやす》（401ページ）は、それにしたがいませんでした。秀吉《ひでよし》が亡《な》くなると、家康《いえやす》は天《てん》下《か》を取《と》るために、各地《かくち》の大名《だいみょう》を自《じ》分《ぶん》の下《した》につけようと行動《こうどう》を起《お》こしたのです。

「家康《いえやす》と戦《たたか》わなければならない」

豊臣家《とよとみけ》の家臣《かしん》の中《なか》でもリーダー的存在《てきそんざい》だった石田三成《いしだみつなり》は、そう決《けっ》心《しん》しました。

こうして、一六〇〇年《ねん》（慶長五《けいちょうご》年《ねん》）九月十五日《くがつじゅうごにち》、歴史《れきし》にのこる大《おお》きな戦《いくさ》が起《お》こります。三成《みつなり》ひきいる西軍《せいぐん》、家康《いえやす》ひきいる東軍《とうぐん》は、美濃国《みののくに》（今《いま》の岐阜県《ぎふけん》）の関《せき》ヶ《が》原《はら》で向《む》かい合《あ》いました。これが「関《せき》ヶ《が》原《はら》の戦《たたか》い」です。

最初《さいしょ》は西軍《せいぐん》に有利《ゆうり》な展開《てんかい》でしたが、西軍《せいぐん》の中《なか》にはどちらにつくか決《き》めかねて、戦《たたか》いに参加《さんか》しない大《だい》名《みょう》もいました。

「約束《やくそく》どおり東軍《とうぐん》に寝返《ねがえ》るべきか、このまま西軍《せいぐん》にとどまるべきか……」

西軍《せいぐん》の小早川秀秋《こばやかわひであき》は、事前《じぜん》に東《とう》軍《ぐん》から、西軍《せいぐん》をうらぎるようにもちかけられていたのでした。

まよっていた秀秋《ひであき》ですが、結《けっ》局《きょく》、うらぎって西軍《せいぐん》を攻撃《こうげき》します。すると、東軍《とうぐん》にうらぎりをもちかけられていたほかの大名《だいみょう》たちも、次《つぎ》つぎに東軍《とうぐん》に味方《みかた》していったのです。

これで西軍《せいぐん》は不利《ふり》になり、東軍《とうぐん》が勝利《しょうり》をおさめました。

その後《ご》、家康《いえやす》は将軍《しょうぐん》となって江《え》戸《ど》幕府《ばくふ》を開《ひら》き、豊臣家《とよとみけ》はほろびたのです。

この日《ひ》はほかにも…

★敬老《けいろう》の日《ひ》（二〇〇二年《ねん》まで）
国民《こくみん》の祝日《しゅくじつ》の一《ひと》つ。お年《とし》よりをいたわり、長寿《ちょうじゅ》をお祝《いわ》いする日《ひ》。二〇〇三年《ねん》より、九月《くがつ》の第三《だいさん》月曜日《げつようび》に祝《いわ》われるようになった。

★イギリスの推理作家《すいりさっか》、アガサ・クリスティが生《う》まれた日《ひ》（一八九〇年《ねん》）

289ページのこたえ
徳川家光《とくがわいえみつ》（竹千代《たけちよ》）

おはなしクイズ　関《せき》ヶ《が》原《はら》の戦《たたか》いで勝《か》ったのは、西軍《せいぐん》と東軍《とうぐん》のどちら？

こたえはつぎのページ

9月16日

エルトゥールル号《ごう》事《じ》件《けん》が起《お》こった日《ひ》

読《よ》んだ日《ひ》にち（　　年　　月　　日）（　　年　　月　　日）（　　年　　月　　日）

歴史

一八九〇年《ねん》九月十六日《くがつじゅうろくにち》の夜九時《よるくじ》ごろ。和歌山県《わかやまけん》串本沖《くしもとおき》の紀伊大島《きいおおしま》付近《ふきん》で、エルトゥールル号《ごう》というオスマン帝国《ていこく》（今《いま》のトルコ）の船《ふね》が台風《たいふう》にまきこまれ、岩《いわ》にぶつかりました。親善使節団《しんぜんしせつだん》としての役《やく》目《め》を終《お》え、神奈川県横浜《かながわけんよこはま》の港《みなと》を出《で》て、帰国《きこく》しようとしていた夜《よる》のことでした。

エルトゥールル号《ごう》はすばらしい船《ふね》でしたが、オスマン帝国《ていこく》から日《に》本《ほん》という長《なが》い距離《きょり》を航行《こうこう》する間《あいだ》に、ところどころ故障《こしょう》していました。そのため、あちこちの港《みなと》に立《た》ちよって修理《しゅうり》しながら来《き》たので、日本《にほん》に到着《とうちゃく》するまでに約十一《やくじゅういっ》か月《げつ》もかかったのです。およそ六百人《ろっぴゃくにん》の乗組員《のりくみいん》がすっかりつかれはてていたことが、岩《いわ》にぶつかった原因《げんいん》の一《ひと》つでした。船《ふね》がしずむ前《まえ》ににげ出《だ》すことができた乗組員《のりくみいん》は、紀《き》伊大島《いおおしま》の灯台《とうだい》のあかりを見《み》つけるとがけをよじ登《のぼ》り、助《たす》けを求《もと》めました。近《ちか》くの村《むら》の人《ひと》たちも協力《きょうりょく》して、六十九人《ろくじゅうきゅうにん》の乗組員《のりくみいん》を助《たす》け出《だ》すことができました。助《たす》かった人《ひと》たちは、日本《にほん》の船《ふね》でぶじに国《くに》に帰《かえ》ることができたのです。

それから約百年後《やくひゃくねんご》の一九八五年《ねん》、イラン・イラク戦争《せんそう》のときのことです。当時《とうじ》のイラク軍《ぐん》が、

「敵国《てきこく》のイランの上空《じょうくう》を飛《と》ぶ飛行《ひこう》機《き》は、今《いま》から四十八時間後以降《よんじゅうはちじかんごいこう》、すべて攻撃《こうげき》する」

と、宣言《せんげん》しました。イランで働《はたら》いていた二百人《にひゃくにん》以上《いじょう》の日本人《にほんじん》も四《よん》十八時間以内《じゅうはちじかんいない》にイランからにげ出《だ》さなくてはなりません。けれど、飛行機《ひこうき》がありませんでした。

すると、同《おな》じようににげようとしていたトルコの人《ひと》たちが、

「トルコの飛行機《ひこうき》を使《つか》って、日本《にほん》に帰《かえ》ってください」

と、申《もう》し出《で》てくれたのです。日《に》本《ほん》の人《ひと》たちがエルトゥールル号《ごう》の船員《せんいん》を助《たす》けてくれたお礼《れい》だということでした。その申《もう》し出《で》のおかげで、日本《にほん》の人《ひと》たちは全員《ぜんいん》ぶじに帰《き》国《こく》することができたのです。

それは時代《じだい》をこえた、日本《にほん》とトルコとの友情《ゆうじょう》の物語《ものがたり》でした。二〇一五年《ねん》には、これらの出来事《できごと》を映《えい》画《が》にした、「海難《かいなん》１８９０」が公《こう》開《かい》されました。

この日《ひ》はほかにも…

★国際《こくさい》オゾン層《そう》保護《ほご》デー

オゾン層《そう》（185ページ）の保護《ほご》について考《かんが》える日《ひ》。国際《こくさい》デーの一《ひと》つ。

290ページのこたえ　東軍《とうぐん》

おはなしクイズ　エルトゥールル号《ごう》はどこの国《くに》の船《ふね》？　こたえはつぎのページ

短歌《たんか》や俳句《はいく》に新《あたら》しい風《かぜ》を ふきこんだ、正岡子規《まさおかしき》の誕生日《たんじょうび》

日本《にほん》
1867～1902年《ねん》

9月17日

読《よ》んだ日《ひ》にち（　年　月　日）（　年　月　日）（　年　月　日）

人物

正岡子規《まさおかしき》は、一八六七年《ねん》（慶応《けいおう》三年《さんねん》）九月十七日《くがつじゅうしちにち》、伊予国温泉郡《いよのくにおんせんぐん》（今《いま》の愛媛県松山市《えひめけんまつやまし》）に生《う》まれました。武士《ぶし》の息子《むすこ》でしたが、祖父《そふ》に漢文《かんぶん》（漢字《かんじ》だけでかかれた中国《ちゅうごく》古来《こらい》のスタイルの文章《ぶんしょう》や詩《し》）を教《おそ》わり、文学《ぶんがく》にめざめていきます。小学生《しょうがくせい》のときには『源平盛衰記《げんぺいじょうすいき》』や『三国志《さんごくし》』などをかりて読《よ》みあさり、気《き》に入《い》ったものをかきうつしていたほどです。

十七歳《じゅうななさい》で東京《とうきょう》に出《で》ると、大学予備門《だいがくよびもん》で勉強《べんきょう》をしながら俳句《はいく》をつくり始《はじ》めました。このころ親友《しんゆう》となったのが、のちの文豪《ぶんごう》、夏目漱石《なつめそうせき》（20ページ）です。

帝国大学《ていこくだいがく》（今《いま》の東京大学《とうきょうだいがく》）に入《はい》る前年《ぜんねん》、結核《けっかく》のため血《ち》をはき、「ホトトギスは血《ち》をはくように鳴《な》くらしい。おれにぴったりだ」と、俳号《はいごう》（俳句《はいく》をつくるときに使《つか》う名前《なまえ》）を、ホトトギスの別名《べつめい》である「子規《しき》」としました。

当時《とうじ》、結核《けっかく》は死《し》の病《やまい》といわれていましたが、子規《しき》の心《こころ》は前向《まえむ》きでした。

「新《あたら》しい俳句《はいく》を世《よ》に広《ひろ》めることを自分《じぶん》の生涯《しょうがい》の仕事《しごと》にするのだ」

そう決心《けっしん》した子規《しき》は大学《だいがく》をやめて新聞社《しんぶんしゃ》に入《はい》り、新聞《しんぶん》に俳句欄《はいくらん》をつくって俳句《はいく》を広《ひろ》めることに力《ちから》を注《そそ》ぎ、少《すこ》しずつ世間《せけん》に知《し》られていきます。

親分肌《おやぶんはだ》の子規《しき》のまわりには、のちの俳人《はいじん》、高浜虚子《たかはまきょし》などの若者《わかもの》がたくさん集《あつ》まりました。病気《びょうき》が進行《しんこう》し、寝《ね》たきりになりましたが、子規庵《しきあん》とよばれた自宅《じたく》で俳句《はいく》の会《かい》を開《ひら》いたり、俳句雑誌《はいくざっし》『ホトトギス』の創刊《そうかん》、新《あたら》しい短歌《たんか》のあり方《かた》をしめした『歌《うた》よみに与《あた》ふる書《しょ》』を発表《はっぴょう》したりします。また、日記《にっき》風《ふう》に自分《じぶん》の考《かんが》えをかいた「病牀六尺《びょうしょうろくしゃく》」を新聞《しんぶん》に連載《れんさい》し、重病《じゅうびょう》とは思《おも》えないほどの情熱《じょうねつ》で仕事《しごと》をしつづけた人《ひと》でした。

「文章《ぶんしょう》は、自然《しぜん》や物事《ものごと》を目《め》に見《み》えるままによむ『写生文《しゃせいぶん》』がいい」

という信念《しんねん》は、「鶏頭《けいとう》の　十四《じゅうし》五本《ごほん》も　ありぬべし（庭《にわ》のケイトウの花《はな》は十四《じゅうし》、五本《ごほん》あるにちがいない）」という俳句《はいく》にも、よくあらわれています。

「病気《びょうき》を楽《たの》しむようにならなければ、生《い》きがいがない」

と、死《し》の間際《まぎわ》まで創作《そうさく》をつづけた子規《しき》は、三句《さんく》を自筆《じひつ》でかきのこしたあと、三十六歳《さんじゅうろくさい》でこの世《よ》を去《さ》りました。

291ページのこたえ
オスマン帝国《ていこく》（トルコ）

この日《ひ》はほかにも…

★東京《とうきょう》モノレールが開業《かいぎょう》した日《ひ》（一九六四年《ねん》）

おはなしクイズ　俳号《はいごう》「子規《しき》」は何《なん》という鳥《とり》をあらわしている？　こたえはつぎのページ

9月18日

「からくり儀右衛門《ぎえもん》」とよばれた田中久重《たなかひさしげ》が生《う》まれた日《ひ》

日本《にほん》
1799～1881年《ねん》

読《よ》んだ日《ひ》にち（　　年　　月　　日）（　　年　　月　　日）（　　年　　月　　日）

人物

田中久重《たなかひさしげ》は、江戸《えど》から明治時代《めいじじだい》にかけての発明家《はつめいか》です。久重《ひさしげ》は一七九九年《ねん》（寛政十一年《かんせいじゅういちねん》）九月十八日《くがつじゅうはちにち》、筑後国久留米《ちくごのくにくるめ》（今《いま》の福岡県久留米市《ふくおかけんくるめし》）のべっ甲細工師《こうざいくし》の家《いえ》に生《う》まれました。

少年《しょうねん》のころから発明《はつめい》の才能《さいのう》を発揮《はっき》して、ふたの開閉《かいへい》を工夫《くふう》したすずり箱《ばこ》や、久留米《くるめ》がすり（こん色《いろ》の布《ぬの》に白《しろ》い模様《もよう》をそめだした織物《おりもの》）の新《あたら》しい織機《しょっき》（布《ぬの》を織《お》る機械《きかい》）などをつくりました。また、人形《にんぎょう》が自動《じどう》でおどったり、笛《ふえ》をふいたりする「からくり」をつくって祭《まつ》りで見《み》せると、子《こ》どものころの名前《なまえ》から、「からくり儀右衛門《ぎえもん》」とよばれるようになりました。

大坂《おおさか》（今《いま》の大阪《おおさか》）に引《ひ》っこしてからは、「世《よ》の中《なか》の役《やく》に立《た》つ仕事《しごと》をする」と心《こころ》に決《き》め、おりたたみ式《しき》のろうそく立《た》て「懐中燭台《かいちゅうしょくだい》」や、ろうそくの約十倍《やくじゅうばい》の明《あか》るさのランプ「無尽灯《むじんとう》」を発明《はつめい》。そして京都《きょうと》にうつり、和時計《わどけい》の開発《かいはつ》に取《と》り組《く》みます。久重《ひさしげ》は時間《じかん》にかかわる天文学《てんもんがく》を学《まな》び、五十三歳《ごじゅうさんさい》で和時計《わどけい》の最高傑作《さいこうけっさく》といわれる「万年時計《まんねんどけい》」を完成《かんせい》させました。なぜ最高傑作《さいこうけっさく》とまでいわれたかというと、この時計《とけい》には西洋式《せいようしき》の時刻《じこく》や当時《とうじ》の日本式《にほんしき》の時刻《じこく》がわかる時計《とけい》、曜日《ようび》がわかる七曜表《しちようひょう》、月《つき》のみちかけなどさまざまな機能《きのう》がついていたからです。

久重《ひさしげ》は、もっと西洋《せいよう》の科学《かがく》を知《し》りたいと蘭学《らんがく》（オランダを通《つう》じてもたらされた西洋《せいよう》の学問《がくもん》や技術《ぎじゅつ》などのこと）を学《まな》び、佐賀藩《さがはん》（今《いま》の佐賀県《さがけん》）にまねかれて蒸気機関《じょうききかん》づくりに取《と》り組《く》みます。その後《ご》、五十七歳《じゅうななさい》で海軍伝習所《かいぐんでんしゅうじょ》に入《はい》り、船《ふな》の訓練《くんれん》を受《う》けたうえで外国《がいこく》の蒸気船《じょうきせん》の仕組《しく》みを学《まな》び、蒸気船《じょうきせん》のひな形《がた》（実物《じつぶつ》を小《ちい》さくかたどったもの）をつくり上《あ》げました。

蒸気船《じょうきせん》のひな形《がた》

万年時計《まんねんどけい》

写真提供:【左】（公財）鍋島報效会　徴古館
【右】国立科学博物館展示、東芝所有

それから、久重《ひさしげ》は電信機《でんしんき》（電流《でんりゅう》や電波《でんぱ》を利用《りよう》して通信《つうしん》をする機械《きかい》）を研究《けんきゅう》するかたわら、製氷機《せいひょうき》や精米機《せいまいき》、自転車《じてんしゃ》、人力車《じんりきしゃ》、写真機《しゃしんき》など、次《つぎ》つぎに新《あたら》しい機械《きかい》を考案《こうあん》します。そして電信機《でんしんき》の製作《せいさく》に成功《せいこう》すると、一八七五年《ねん》に本格的《ほんかくてき》に電信機《でんしんき》を製造《せいぞう》する工場《こうじょう》をつくりました。この会社《かいしゃ》はのちに「東芝《とうしば》」となります。

「人間《にんげん》が頭《あたま》にえがいた工夫《くふう》は、実現《じつげん》しないことはない」という口《くち》ぐせどおり、久重《ひさしげ》は多《おお》くのものをのこしました。

この日《ひ》はほかにも…

★しまくとぅばの日《ひ》
沖縄県《おきなわけん》の言葉《ことば》「しまくとぅば（島言葉《しまことば》）」のみりょくや大切《たいせつ》さを広《ひろ》めていこうとする日《ひ》。

292ページのこたえ
ホトトギス

おはなしクイズ　田中久重《たなかひさしげ》が53歳《さい》のときに完成《かんせい》させた和時計《わどけい》を何《なん》という？

こたえはつぎのページ

国《こく》民《みん》全《ぜん》員《いん》がみょう字《じ》を使《つか》えるようになった日《ひ》

読《よ》んだ日《ひ》にち（　　年　　月　　日）（　　年　　月　　日）（　　年　　月　　日）

一八七〇年《ねん》（明治三年《めいじさんねん》）九月十九日《くがつじゅうくにち》に「平民苗字許可令《へいみんみょうじきょかれい》」が出《だ》されました。国民《こくみん》みなが平等《びょうどう》に、みょう字《じ》を名《な》のることがゆるされたのです。

それまで人《ひと》びとがみょう字《じ》をもっていなかったということではなく、武士《ぶし》をはじめとして、みょう字《じ》をもっていた人《ひと》もいました。ただ、武士階級《ぶしかいきゅう》などをのぞく多《おお》くの人《ひと》たちは、公的《こうてき》に名《な》のることができなかったのです。

邪馬台国《やまたいこく》を治《おさ》めた女王《じょおう》の卑弥呼《ひみこ》（72ページ）は「卑弥呼《ひみこ》」というよび名《な》しか知《し》られていません。紀元《きげん》二〇〇年《ねん》のころは、まだみょう字《じ》という考《かんが》えはなかったからです。

みょう字《じ》の始《はじ》まりは、大和朝廷《やまとちょうてい》の時代《じだい》といわれています。大王《おおきみ》（のちの天皇《てんのう》）が、大《おお》きな力《ちから》をもつ豪族《ごうぞく》たちにそれぞれ「姓《せい》」をあたえたのです。豪族《ごうぞく》は一族《いちぞく》ごとに一《ひと》つの役割《やくわり》（政府《せいふ》の仕事《しごと》）が決《き》まっていたため、姓《せい》を見《み》ればその役割《やくわり》がわかって便利《べんり》でした。つまり、姓《せい》とは変《か》えることのできない、その一族《いちぞく》の看板《かんばん》のようなものでした。ちょうどその時期《じき》に、漢字《かんじ》も大陸《たいりく》から伝《つた》わってきたため、姓《せい》も漢字《かんじ》であらわすようになったと考《かんが》えられています。

豪族《ごうぞく》たちの姓《せい》

平安時代《へいあんじだい》になると、藤原一族《ふじわらいちぞく》が子孫《しそん》を増《ふ》やしながら勢力《せいりょく》を強《つよ》めており、藤原《ふじわら》という姓《せい》がとくに増《ふ》えていきました。そのため、だれがどの藤原氏《ふじわらし》なのかを区別《くべつ》するために、ニックネームのような名前《なまえ》が使《つか》われるようになります。武士《ぶし》などが自分《じぶん》で支配《しはい》していた場所《ばしょ》、名《みょう》田《でん》にちなんでつけたため、「名字《みょうじ》」といわれました。

その後《ご》、ついていた職業《しょくぎょう》をもとにしたり、住《す》んでいる土地《とち》の地名《ちめい》をとったりして、名字《みょうじ》の種類《しゅるい》は増《ふ》えていきます。

「苗字《みょうじ》」とかかれるようになったのは、江戸時代《えどじだい》からと考《かんが》えられています。「苗《なえ》」には子孫《しそん》という意《い》味《み》があり、苗字《みょうじ》が同《おな》じ一族《いちぞく》のつながりを明《あき》らかにするものという意《い》味《み》で使《つか》われたようです。今《いま》は、苗《みょう》字《じ》も名字《みょうじ》も同《おな》じ意味《いみ》で使《つか》われています。

この日《ひ》はほかにも…

★明治時代《めいじじだい》の俳人《はいじん》・詩人《しじん》、正岡子規《まさおかしき》（292ページ）が亡《な》くなった日《ひ》（一九〇二年《ねん》）

293ページのこたえ　万年時計《まんねんどけい》

おはなしクイズ　「名字《みょうじ》」が使《つか》われるようになったのはどの時代《じだい》？　こたえはつぎのページ

9月20日

伝統的《でんとうてき》なむかし遊《あそ》び「お手玉《てだま》の日《ひ》」

読《よ》んだ日《ひ》にち（　年　月　日）（　年　月　日）（　年　月　日）

記念日

　みなさんは、お手玉《てだま》を知《し》っていますか。お手玉《てだま》は、小《ちい》さい布《ぬの》のふくろに小豆《あずき》などを入《い》れたおもちゃです。わらべ歌《うた》を歌《うた》いながら、リズムに合《あ》わせていくつかを手《て》で投《な》げたり、受《う》けたりして遊《あそ》びます。コマやけん玉《だま》、おり紙《がみ》などと同《おな》じように、むかしから日本《にほん》の子《こ》どもたちが楽《たの》しんできた「むかし遊《あそ》び」の一《ひと》つです。

　お手玉《てだま》の歴史《れきし》はとても古《ふる》く、紀《き》元前《げんぜん》五世紀《ごせいき》にリディア人《じん》（今《いま》のトルコ周辺《しゅうへん》に住《す》んでいた人《ひと》びと）によって発明《はつめい》されたといわれています。現在《げんざい》のこっている、世界《せかい》で一《いち》番古《ばんふる》いお手玉《てだま》は羊《ひつじ》の骨《ほね》でできたもので、アジアとヨーロッパの間《あいだ》にある黒海《こっかい》の遺跡《いせき》から見《み》つかっています。

　日本《にほん》にお手玉《てだま》が伝《つた》わったのは、奈良時代《ならじだい》です。このころのお手玉《てだま》は石《いし》を使《つか》っていたので、「石《いし》なご」とよばれていました。奈良県《ならけん》にある法隆寺《ほうりゅうじ》の宝物《ほうもつ》には、宝石《ほうせき》（水《すい》晶《しょう》）でできた千四百年以上前《せんよんひゃくねんいじょうまえ》のお手玉《てだま》があり、聖徳太子《しょうとくたいし》が遊《あそ》んだものといわれています。今《いま》のように、布《ぬの》のお手玉《てだま》がつくられるようになったのは、江戸時代《えどじだい》のことです。

　お手玉《てだま》は、遊《あそ》びを通《とお》してさいほうや正座《せいざ》などの行儀作法《ぎょうぎさほう》を身《み》につけることができたので、主《おも》に女《おんな》の子《こ》の遊《あそ》びとして定着《ていちゃく》しました。祖《そ》母《ぼ》から孫《まご》へ受《う》けつがれる遊《あそ》びの代《だい》表《ひょう》でしたが、祖父母《そふぼ》といっしょにくらす家族《かぞく》が少《すく》なくなったり、テレビが普及《ふきゅう》したりする中《なか》で、しだいに家《いえ》の中《なか》から姿《すがた》を消《け》していきます。

　しかし、手《て》をすばやく、細《こま》やかに動《うご》かして遊《あそ》ぶお手玉《てだま》は、脳《のう》の働《はたら》きが活性化《かっせいか》されるなど、よい効果《こうか》があることがわかり、また注目《ちゅうもく》を集《あつ》めるようになりました。

　一九九二年九月二十日《ねんくがつはつか》、第一回《だいいっかい》全国《ぜんこく》お手玉遊《てだまあそ》び大会《たいかい》が愛媛県《えひめけん》で開《ひら》かれました。これを記念《きねん》して、九《く》月二十日《がつはつか》は、お手玉遊《てだまあそ》びのみりょくを伝《つた》える「お手玉《てだま》の日《ひ》」に制定《せいてい》されました。

　お手玉《てだま》には、投《な》げ上《あ》げたお手玉《てだま》を、投《な》げたのと同《おな》じ手《て》の甲《こう》で受《う》けとめるなど、さまざまな技《わざ》があります。練習《れんしゅう》すれば、いくつものお手玉《てだま》を一度《いちど》にあやつるむずかしい技《わざ》ができるようになります。みなさんも、ぜひ挑戦《ちょうせん》してみてください。

この日《ひ》はほかにも…

★国産《こくさん》ロケットの一号機《いちごうき》「カッパー4C《シー》」型《がた》の打《う》ち上《あ》げに成功《せいこう》した日《ひ》（一九五七年《ねん》）

294ページのこたえ　平安時代《へいあんじだい》

おはなしクイズ　現在《げんざい》のこっている世界《せかい》で一番古《いちばんふる》いお手玉《てだま》は、何《なに》でできている？

こたえはつぎのページ

やさしい童話《どうわ》をかいた宮沢賢治《みやざわけんじ》が亡《な》くなった日《ひ》

日本《にほん》
1896〜1933年《ねん》

9月21日

人物

読《よ》んだ日《ひ》にち（　　年　　月　　日）（　　年　　月　　日）（　　年　　月　　日）

「雨《あめ》ニモ負《ま》ケズ　風《かぜ》ニモ負《ま》ケズ」

これは、宮沢賢治《みやざわけんじ》がかいた詩《し》の中《なか》に出《で》てくる有名《ゆうめい》な文章《ぶんしょう》です。

賢治《けんじ》は一八九六年《ねん》八月《はちがつ》二十七日《にじゅうしちにち》、岩手県花巻町《いわてけんはなまきまち》（今《いま》の花巻市《はなまきし》）の質屋《しちや》（ものをあずかってお金《かね》をかすお店《みせ》）の子《こ》どもとして生《う》まれました。賢治《けんじ》の家《いえ》はお金持《かねも》ちだったので、生活《せいかつ》にこまることはありません。しかし、お金《かね》をかりにくる農家《のうか》の人《ひと》たちを見《み》て、子《こ》どもの賢治《けんじ》は、

「なぜ、お金《かね》をかしてほしいと言《い》ってくるのだろう」

と考《かんが》えます。

そのころ、農家《のうか》の人《ひと》たちの多《おお》くは、つらくきびしい畑仕事《はたけしごと》をしても、作物《さくもつ》があまりとれず、まずしい生活《せいかつ》を送《おく》っていました。今《いま》のように、効率《こうりつ》のよい農業《のうぎょう》も、よい肥料《ひりょう》もなかったからです。そんな人《ひと》たちのくらしを見《み》た賢治《けんじ》は、

「みんなの役《やく》に立《た》ちたい」

という思《おも》いを強《つよ》くします。大学《だいがく》に進《すす》んで勉強《べんきょう》し、二十五歳《にじゅうごさい》のときには東京《とうきょう》にも行《い》きました。東京《とうきょう》からもどってくると、農学校《のうがっこう》の先生《せんせい》になります。たくさん作物《さくもつ》がとれれば、お金《かね》にこまりません。そのためにいい畑《はたけ》をつくり、作物《さくもつ》をうまく育《そだ》てる方法《ほうほう》を人《ひと》びとに教《おし》えたのです。

「生活《せいかつ》だけではなく、心《こころ》もゆたかになってほしい」

そう願《ねが》った賢治《けんじ》は、わかい人《ひと》たちを集《あつ》め、本《ほん》を読《よ》む会《かい》やレコードをきく音楽会《おんがくかい》なども開《ひら》きます。また、子《こ》どもが読《よ》めるお話《はなし》もたくさんかきました。『銀河鉄道《ぎんがてつどう》の夜《よる》』や『注文《ちゅうもん》の多《おお》い料理店《りょうりてん》』などの作品《さくひん》の多《おお》くは、今《いま》でもたくさんの人《ひと》びとに親《した》しまれています。

賢治《けんじ》はいろいろなことをやりながらも、台風《たいふう》や日《ひ》でりで農家《のうか》の人《ひと》たちがこまると、すすんで畑仕事《はたけしごと》の手伝《てつだ》いもしました。そんなことがつづき、もともと体《からだ》の弱《よわ》かった賢治《けんじ》はたおれてしまいます。寝《ね》たきりの賢治《けんじ》が手帳《てちょう》にかいたのが、「雨《あめ》ニモ負《ま》ケズ……」の詩《し》だったのです。

たくさんの童話《どうわ》をかき、みんなのためになりたいと願《ねが》いつづけた賢治《けんじ》は、一九三三年《ねん》九月《くがつ》二十一日《にじゅういちにち》、三十七歳《さんじゅうななさい》で亡《な》くなりました。

この日《ひ》はほかにも…

★国際平和《こくさいへいわ》デー

国際《こくさい》デーの一《ひと》つ。国際連合《こくさいれんごう》（333ページ）本部《ほんぶ》で「平和《へいわ》の鐘《かね》」が鳴《な》らされ、世界各地《せかいかくち》で平和《へいわ》に関《かん》する取《と》り組《く》みが行《おこな》われる。

295ページのこたえ
羊《ひつじ》の骨《ほね》

おはなしクイズ　宮沢賢治《みやざわけんじ》は何《なん》の学校《がっこう》の先生《せんせい》になった？
こたえはつぎのページ

戦後《せんご》の日本《にほん》復興《ふっこう》に活《かつ》やくした 内閣総理大臣《ないかくそうりだいじん》吉田茂《よしだしげる》の誕生日《たんじょうび》

日本《にほん》
1878～1967年《ねん》

読《よ》んだ日《ひ》にち（　　年　　月　　日）（　　年　　月　　日）（　　年　　月　　日）

人物

吉田茂《よしだしげる》は、一八七八年《ねん》九月《くがつ》二十二日《にじゅうににち》、政治家《せいじか》、竹内綱《たけのうちつな》の五男《ごなん》として東京《とうきょう》で生《う》まれました。おさないころ、貿易商《ぼうえきしょう》をいとなむ吉田健三《よしだけんぞう》の養子《ようし》になります。

その後《ご》、東京帝国大学《とうきょうていこくだいがく》（今《いま》の東《とう》京大学《きょうだいがく》）を卒業《そつぎょう》して外務省《がいむしょう》に入《はい》り、中国《ちゅうごく》やヨーロッパの大使《たいし》をつとめます。

第二次世界大戦《だいにじせかいたいせん》が始《はじ》まると、対《たい》戦国《せんこく》であるイギリスやアメリカと親《した》しかったため、軍隊《ぐんたい》にたいほされますが、日本《にほん》が戦争《せんそう》に負《ま》け（258ページ）、アメリカに占領《せんりょう》されたことで、政治家《せいじか》として活《かつ》やくできるようになりました。

一九四六年《ねん》、まだアメリカに支《し》配《はい》されていた日本《にほん》で内閣総理大臣《ないかくそうりだいじん》になった茂《しげる》は、アメリカと親《した》しくすることで、新《あたら》しい憲法《けんぽう》である日《に》本国憲法《ほんこくけんぽう》（148ページ）を作成《さくせい》したり、複数《ふくすう》の会社《かいしゃ》や銀行《ぎんこう》を支配《しはい》していた財閥《ざいばつ》を解体《かいたい》したり、農地《のうち》の制《せい》度《ど》を変《か》えたりするなど、新《あたら》しい民《みん》主主義国家《しゅしゅぎこっか》として日本《にほん》を変《か》えていきました。

その後《ご》も茂《しげる》は、合計五回《ごうけいごかい》、内閣《ないかく》総理大臣《そうりだいじん》をつとめます。その間《あいだ》に、たくさんの政策《せいさく》が進《すす》められました。

アメリカから指令《しれい》を受《う》けて、新《あたら》しい防衛組織《ぼうえいそしき》として警察予備隊《けいさつよびたい》（のちの自衛隊《じえいたい》）をつくりました。また、アメリカなどとサンフランシスコ平和条約《へいわじょうやく》（139ページ）をむすんで、日本《にほん》の国際社会《こくさいしゃかい》への復帰《ふっき》をかなえます。

しかし、アメリカとだけ親密《しんみつ》にしようとしたり、自分《じぶん》の考《かんが》えを強《つよ》くおし進《すす》めようとしたりする茂《しげる》の政策《せいさく》に反対《はんたい》する人《ひと》たちも多数《たすう》いました。

あるとき、国会《こっかい》での質問《しつもん》に対《たい》して茂《しげる》が「バカヤロー」と小声《こごえ》でつぶやいたのがマイクに拾《ひろ》われ、ほかの議員《ぎいん》たちをおこらせます。これがきっかけで、衆議院《しゅうぎいん》は解散《かいさん》することになりました。第四次吉田《だいよじよしだ》内閣《ないかく》のときでした。

その後《ご》、第五次吉田内閣《だいごじよしだないかく》が一九五四年《ねん》に総辞職《そうじしょく》（内閣総理大臣《ないかくそうりだいじん》をはじめ、すべての国務大臣《こくむだいじん》がやめること）すると、茂《しげる》は政治家《せいじか》を引《いん》退《たい》します。通算七年以上《つうさんしちねんいじょう》も内閣総《ないかくそう》理大臣《りだいじん》をつとめた茂《しげる》は、八十九歳《はちじゅうきゅうさい》で亡《な》くなりました。

この日《ひ》はほかにも…

★明治天皇《めいじてんのう》の誕生日《たんじょうび》（一八五二年《ねん》）
★登山家《とざんか》、田部井淳子《たべいじゅんこ》（161ページ）の誕生日《たんじょうび》（一九三九年《ねん》）
★アメリカ大統領《だいとうりょう》リンカーン（360ページ）が奴隷解放宣言《どれいかいほうせんげん》（予備宣言《よびせんげん》）を行《おこな》った日《ひ》（一八六二年《ねん》）

296ページのこたえ
農学校《のうがっこう》

おはなしクイズ　吉田茂《よしだしげる》は何回《なんかい》、内閣総理大臣《ないかくそうりだいじん》をつとめた？

こたえはつぎのページ

世界《せかい》にほこる浮世絵師《うきよえし》
葛飾北斎《かつしかほくさい》の誕生日《たんじょうび》

日本《にほん》
1760～1849年《ねん》

9月23日

読《よ》んだ日《ひ》にち（　年　月　日）（　年　月　日）（　年　月　日）

人物

江戸時代《えどじだい》には、木《き》の板《いた》に文章《ぶんしょう》や絵《え》をほって版《はん》をつくる木版印刷《もくはんいんさつ》がさかんで、やがて、本《ほん》のさし絵《え》が一枚《いちまい》の絵《え》として売《う》り出《だ》されるようになりました。これが浮世絵《うきよえ》の始《はじ》まりです。人気役者《にんきやくしゃ》やきれいな女性《じょせい》をかいた浮世絵《うきよえ》が多《おお》い中《なか》、葛飾《かつしか》北斎《ほくさい》は風景《ふうけい》をえがいて、大評判《だいひょうばん》となりました。

漁師《りょうし》ののった船《ふね》が荒波《あらなみ》にもまれ、大波《おおなみ》がおそいかかっている「冨嶽三十六景《ふがくさんじゅうろっけい》　神奈川沖浪裏《かながわおきなみうら》」は、一度《いちど》は目《め》にしたことがある人《ひと》も多《おお》いのではないでしょうか。くだけちる波《なみ》の向《む》こうに、美《うつく》しい富士山《ふじさん》の姿《すがた》がえがかれています。

「冨嶽三十六景《ふがくさんじゅうろっけい》　神奈川沖浪裏《かながわおきなみうら》」（1830年《ねん》ごろ）

「わたしは六歳《ろくさい》のころから、ものの形《かたち》を絵《え》にうつしとるというくせがありました」

七十五歳《ななじゅうごさい》のときに出版《しゅっぱん》された絵手本《えてほん》『冨嶽百景《ふがくひゃっけい》』のあとがきで、北斎《ほくさい》はそのようにかいています。

江戸時代《えどじだい》に活《かつ》やくした浮世絵師《うきよえし》、北斎《ほくさい》は、一七六〇年《ねん》（宝暦十年《ほうれきじゅうねん》）九月二十三日《くがつにじゅうさんにち》に生《う》まれました。

おさないころから絵《え》をかくのが大好《だいす》きだった北斎《ほくさい》は、貸本屋《かしほんや》や版画《はんが》の版木《はんぎ》をほる職人《しょくにん》など、いろいろな経験《けいけん》をしながら、十九歳《じゅうきゅうさい》のときに、絵師《えし》、勝川春章《かつかわしゅんしょう》の弟子《でし》になりました。絵《え》かきになりたいという夢《ゆめ》の実現《じつげん》への第一歩《だいいっぽ》です。

その後《ご》は、狩野派《かのうは》や琳派《りんぱ》などを学《まな》びます。何度《なんど》も画家《がか》としてのよび名《な》を変《か》え、「葛飾北斎《かつしかほくさい》」もその一《ひと》つです。

お金《かね》についてはまったく気《き》にしない北斎《ほくさい》は、身《み》なりもかまわず、画家一筋《がかひとすじ》。人《ひと》をおどろかすことが大好《だいす》きで、百二十畳《ひゃくにじゅうじょう》の巨大《きょだい》なダルマの絵《え》もかけば、米《こめ》つぶに二羽《にわ》のスズメをかくこともありました。引《ひ》っこしをすることも多《おお》く、九十歳《きゅうじっさい》で亡《な》くなるまでに、九十三回《きゅうじゅうさんかい》も引《ひ》っこしたといわれています。

北斎《ほくさい》がうみ出《だ》した浮世絵《うきよえ》や版画《はんが》は、日本国内《にほんこくない》にとどまらず、時代《じだい》をこえて今《いま》でも世界中《せかいじゅう》の画家《がか》やデザイナーに大《おお》きな影響《えいきょう》をあたえています。

この日《ひ》はほかにも…

★『ドラえもん』をかいたまんが家《か》、藤子《ふじこ》・F《エフ》・不二雄《ふじお》の命日《めいにち》（一九九六年《ねん》）

★秋分《しゅうぶん》の日《ひ》（100ページ）
国民《こくみん》の祝日《しゅくじつ》の一《ひと》つ。ご先祖様《せんぞさま》をうやまい、亡《な》くなった人《ひと》を思《おも》う日《ひ》。毎年《まいとし》九月二十三日《くがつにじゅうさんにち》ごろ。

297ページのこたえ
五回《ごかい》

おはなしクイズ　葛飾北斎《かつしかほくさい》の代表作《だいひょうさく》「冨嶽三十六景《ふがくさんじゅうろっけい》　神奈川沖浪裏《かながわおきなみうら》」の絵《え》で、大波《おおなみ》の向《む》こうに見《み》える山《やま》は？　こたえはつぎのページ

9月24日

日本《にほん》最後《さいご》の内戦《ないせん》で西郷隆盛《さいごうたかもり》が亡《な》くなった日《ひ》

日本《にほん》
1827～1877年《ねん》

読《よ》んだ日《ひ》にち（　年　月　日）（　年　月　日）（　年　月　日）

人物

西郷隆盛《さいごうたかもり》は一八二七年《ねん》（文政十《ぶんせいじゅう》年《ねん》）十二月七日《じゅうにがつなのか》に薩摩藩《さつまはん》（今《いま》の鹿児島県《かごしまけん》）のまずしい下級武士《かきゅうぶし》の家《いえ》に生《う》まれました。心《こころ》やさしい少年《しょうねん》だった隆盛《たかもり》は、ある日《ひ》、弱《よわ》いものいじめをやめさせようとけんかになり、けがをします。それがもとでうでが真《ま》っすぐのばせなくなったため、剣術《けんじゅつ》よりも勉学《べんがく》にはげむことにし、「世《よ》の中《なか》の役《やく》に立《た》つ学《がく》問《もん》をおさめ、心《こころ》の大《おお》きな人間《にんげん》になる」と決《き》めました。

「世《よ》の中《なか》をよくしたい」という思《おも》いで動《うご》く中《なか》で、尊敬《そんけい》する藩主《はんしゅ》の死《し》を受《う》けて自殺寸前《じさつすんぜん》まで追《お》いこまれたり、島流《しまなが》しにされたりもしましたが、それが隆盛《たかもり》の心《こころ》をさらにきたえ、みんなにしたわれる人柄《ひとがら》を身《み》につけていきました。

このころの日本《にほん》は、黒船《くろふね》があらわれ（180ページ）、「このままでは外国《がいこく》に負《ま》ける。国《くに》の仕組《しく》みを変《か》えなければならない」と大《おお》さわぎになっていました。

一八六六年《ねん》、坂本龍馬《さかもとりょうま》（356ページ）らの協力《きょうりょく》で薩摩藩《さつまはん》は長州藩《ちょうしゅうはん》（今《いま》の山口県《やまぐちけん》）と同盟《どうめい》をむすび、翌年《よくねん》には国《くに》の実権《じっけん》を幕府《ばくふ》から朝廷《ちょうてい》へうつすことに成功《せいこう》しました。隆《たか》盛《もり》と勝海舟《かつかいしゅう》（45ページ）との話《はな》し合《あ》いで、戦《たたか》いをせずに幕府《ばくふ》が江戸《えど》城《じょう》を明《あ》けわたすことが決《き》まり、江《え》戸《ど》の町《まち》は平和《へいわ》なまま時代《じだい》が変《か》わることになったのです。

明治新政府《めいじしんせいふ》の役人《やくにん》になった隆盛《たかもり》は、軍隊《ぐんたい》の仕組《しく》みを整《ととの》えたり、府《ふ》や県《けん》をおいたり、大《おお》きな功績《こうせき》をたくさんのこしました。しかし、外《がい》国《こく》との交渉《こうしょう》について政府内《せいふない》で意見《いけん》が合《あ》わなくなると、隆盛《たかもり》は役人《やくにん》をやめました。そして故郷《こきょう》にもどって学校《がっこう》をつくり、人《ひと》びとのために働《はたら》く若者《わかもの》を育《そだ》てようとしました。

それをきいた政府《せいふ》の役人《やくにん》たちは、隆盛《たかもり》が政府《せいふ》をたおそうとしているとうたがいます。生徒《せいと》たちは反発《はんぱつ》し、政府《せいふ》の武器《ぶき》などをうばい取《と》りました。そして、隆盛《たかもり》たちと政府軍《せいふぐん》の戦《たたか》いが一八七七年二月《ねんにがつ》に始《はじ》まります。これが、国内最後《こくないさいご》の内戦《ないせん》といわれる西南戦争《せいなんせんそう》です。そして九月二十四日《くがつにじゅうよっか》、政府軍《せいふぐん》の総攻《そうこう》撃《げき》を受《う》け、隆盛《たかもり》は自《みずか》ら命《いのち》を絶《た》ちました。

西南戦争《せいなんせんそう》が終《お》わると国《くに》は一《ひと》つになり、成長《せいちょう》をとげていきます。隆《たか》盛《もり》は鹿児島市《かごしまし》の南洲神社《なんしゅうじんじゃ》に神様《かみさま》としてまつられるなど、今《いま》もうやまわれています。

この日《ひ》はほかにも…
★廃棄物《はいきぶつ》の処理《しょり》や、清掃《せいそう》に関《かん》する法律《ほうりつ》が施行《しこう》された日《ひ》（一九七一年《ねん》）

298ページのこたえ
富士山《ふじさん》

おはなしクイズ　1877年《ねん》に西郷隆盛《さいごうたかもり》が政府軍《せいふぐん》と戦《たたか》った戦争《せんそう》の名前《なまえ》は？　こたえはつぎのページ

山極勝三郎《やまぎわかつさぶろう》が世界初《せかいはつ》の人工《じんこう》がんの発生《はっせい》に成功《せいこう》したことを発表《はっぴょう》した日《ひ》

9月25日

はじめて

読《よ》んだ日《ひ》にち（　年　月　日）（　年　月　日）（　年　月　日）

山極勝三郎《やまぎわかつさぶろう》は、一八六三年《ねん》（文久三年《ぶんきゅうさんねん》）に信濃国《しなののくに》（今《いま》の長野県《ながのけん》）で武士《ぶし》の家《いえ》に生《う》まれました。

勝三郎《かつさぶろう》は十六歳《じゅうろくさい》で東京《とうきょう》の開業医《かいぎょうい》、山極家《やまぎわけ》の養子《ようし》になり、その家《いえ》のあとをつぐことになりました。二十二歳《にじゅうにさい》で東京大学医学部本科《とうきょうだいがくいがくぶほんか》に進《すす》み、山極家《やまぎわけ》の長女包子《ちょうじょかねこ》と結婚《けっこん》。のちに子《こ》どもが生《う》まれますが、わずか七《なな》か月《げつ》で、肺炎《はいえん》のため亡《な》くなります。子《こ》どもの死《し》がきっかけとなり、勝三郎《かつさぶろう》は病理学《びょうりがく》を学《まな》ぼうと心《こころ》に決《き》めました。病理学《びょうりがく》というのは、病気《びょうき》の原因《げんいん》を明《あき》らかにするための学問《がくもん》です。

勝三郎《かつさぶろう》は二十九歳《にじゅうきゅうさい》のときにドイツに留学《りゅうがく》し、世界的《せかいてき》に有名《ゆうめい》な病理学者《びょうりがくしゃ》ルドルフ・ルートヴィッヒ・カール・ウィルヒョウ博士《はかせ》に学《まな》びます。その影響《えいきょう》で、がん（53ページ）はどうして発生《はっせい》するのかという疑問《ぎもん》をもつようになりました。

一八九四年《ねん》にドイツから帰国《きこく》した勝三郎《かつさぶろう》は、帝国大学医科大学《ていこくだいがくいかだいがく》（今《いま》の東京大学《とうきょうだいがく》）の教授《きょうじゅ》になりましたが、当時不治《とうじふじ》の病《やまい》といわれていた肺結核《はいけっかく》にかかります。体調《たいちょう》をくずしながら、命《いのち》がけの研究《けんきゅう》が始《はじ》まりました。人工的《じんこうてき》にがんを発生《はっせい》させることができれば、がんのメカニズムがわかるのではないかと考《かんが》えた勝三郎《かつさぶろう》は、人工《じんこう》がんの実験《じっけん》に取《と》りかかります。

一九一五年九月二十五日《ねんくがつにじゅうごにち》、勝三郎《かつさぶろう》は、ウサギを使《つか》った実験《じっけん》で、世界初《せかいはつ》の人工《じんこう》がんの発生《はっせい》に成功《せいこう》したことを学会《がっかい》で発表《はっぴょう》しました。

それは、本格的《ほんかくてき》ながん研究《けんきゅう》の第一歩《だいいっぽ》ともいえる業績《ぎょうせき》でした。

この日《ひ》はほかにも…

★ドイツ人医師《じんいし》、フィリップ・フランツ・フォン・シーボルトが、持《も》ち出《だ》しを禁《きん》じられていた日本地図《にほんちず》などを自国《じこく》に持《も》ち帰《かえ》ろうとして、国外追放《こくがいついほう》の判決《はんけつ》を受《う》けた日《ひ》（一八二九年《ねん》）

299ページのこたえ
西南戦争《せいなんせんそう》

おはなしクイズ　山極勝三郎《やまぎわかつさぶろう》は、どこの国《くに》に留学《りゅうがく》した？　こたえはつぎのページ

9月26日

大型《おおがた》の台風《たいふう》が日本《にほん》に何度《なんど》も上陸《じょうりく》した日《ひ》

読《よ》んだ日《ひ》にち（　　年　　月　　日）（　　年　　月　　日）（　　年　　月　　日）

歴史

日本《にほん》には、毎年《まいとし》、夏《なつ》から秋《あき》にかけていくつもの台風《たいふう》がやってきます。台風《たいふう》が上陸《じょうりく》しやすい日《ひ》があることを知《し》っていますか。

それは、九月《くがつ》十七日《じゅうしちにち》ごろと九月《くがつ》二十六日《にじゅうろくにち》ごろで、この二日《ふつか》を大型《おおがた》台風《たいふう》の「特異日《とくいび》」とよびます。特《とく》異日《いび》とは、高《たか》い確率《かくりつ》でその天気《てんき》があらわれる日《ひ》のことです。たとえば、十一月三日《じゅういちがつみっか》は秋晴《あきば》れの特異日《とくいび》とされています。

九月二十六日《くがつにじゅうろくにち》は、一九五四年《ねん》に洞爺丸台風《とうやまるたいふう》、一九五八年《ねん》に狩野川《かのがわ》台風《たいふう》、一九五九年《ねん》に伊勢湾台風《いせわんたいふう》が上陸《じょうりく》。いずれも多《おお》くの死者《ししゃ》や行方《ゆくえ》不明者《ふめいしゃ》を出《だ》し、家《いえ》が流《なが》されるなどの大《おお》きな被害《ひがい》をもたらしました。

では、台風《たいふう》はどのようにしてうまれ、そして日本《にほん》までやってくるのでしょう。台風《たいふう》は、熱帯《ねったい》でうまれたとても大《おお》きな低気圧《ていきあつ》です。赤《せき》道《どう》の近《ちか》くでは気温《きおん》が高《たか》く、海《うみ》の水《みず》や空気《くうき》が温《あたた》められるため、水蒸気《すいじょうき》となって空《そら》へと上《あ》がっていきます。すると海面近《かいめんちか》くの空気《くうき》の層《そう》がうすくなり、低気圧《ていきあつ》になるのです。まわりから空気《くうき》を取《と》りこもうとして、低気圧《ていきあつ》の中心《ちゅうしん》には外側《そとがわ》から風《かぜ》がふきこみます。そして、空《そら》に上《あ》がった水蒸気《すいじょうき》は冷《ひ》やされ、雲《くも》（積《せき》乱雲《らんうん》）ができます。

雲《くも》ができるとちゅう、水蒸気《すいじょうき》は水滴《すいてき》に変《か》わり、熱《ねつ》が発生《はっせい》します。その熱《ねつ》で空気《くうき》がさらに上《うえ》に上《あ》がって、雲《くも》もどんどん大《おお》きくなり、直《ちょっ》径《けい》は五百《ごひゃく》キロメートルから千《せん》キロメートルにもなります。雲《くも》が大《おお》きくなるにつれてふきこむ風《かぜ》も強《つよ》くなります。地球《ちきゅう》の自転《じてん》に合《あ》わせて、雲《くも》もうずをまき、中心近《ちゅうしんちか》くの最大《さいだい》風速《ふうそく》が秒速十七《びょうそくじゅうなな》メートルをこえたときに、「台風《たいふう》」とよばれるようになるのです。うずをまく雲《くも》に強《つよ》い風《かぜ》がふきこむと、遠心力《えんしんりょく》（外側《そとがわ》に引《ひ》っぱられる力《ちから》）が働《はたら》き、真《ま》ん中《なか》は雲《くも》がなくなります。これが「台風《たいふう》の目《め》」です。

台風《たいふう》は、空《そら》にふいている風《かぜ》にのって動《うご》きます。秋《あき》ごろの日本《にほん》の空《そら》の上《うえ》では強《つよ》い西《にし》からの風《かぜ》がふいているので、台風《たいふう》がやってきやすくなるのです。

台風《たいふう》がうまれるまで

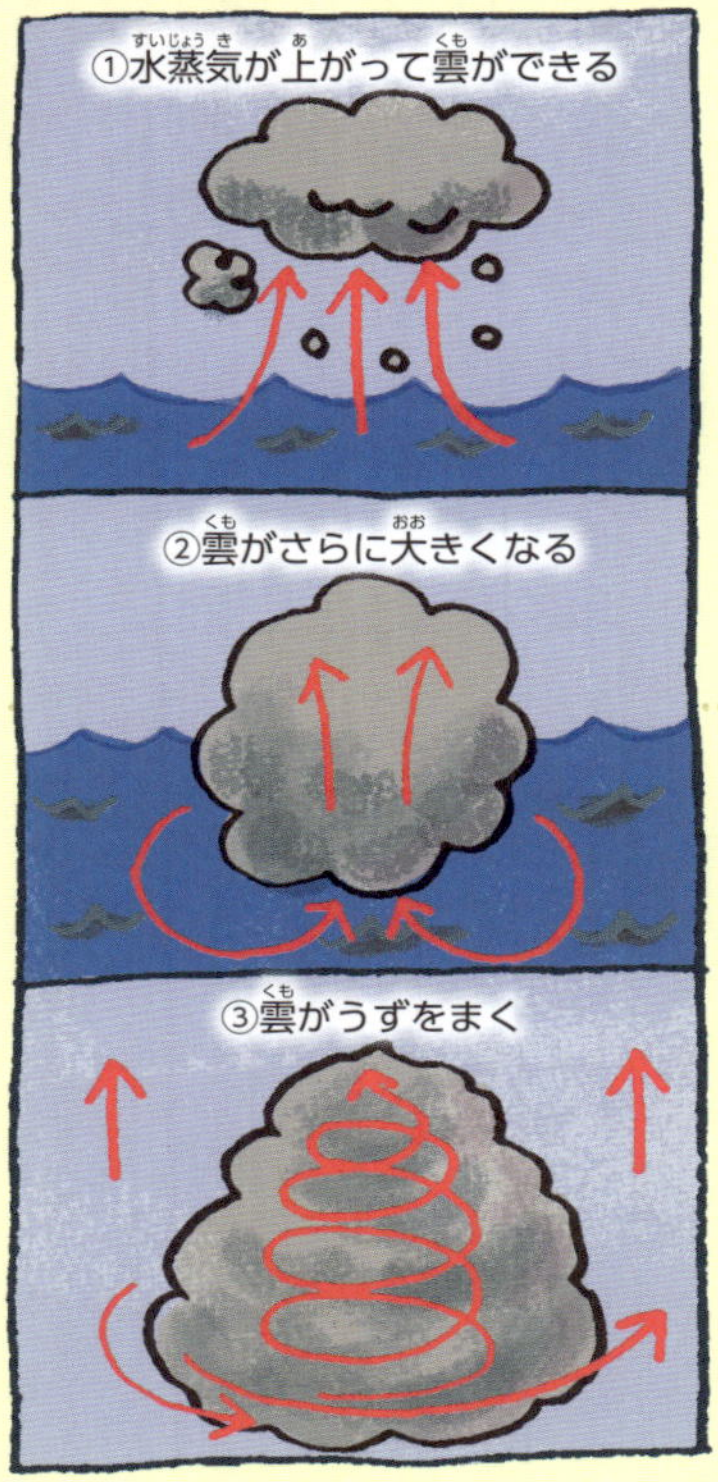

この日《ひ》はほかにも…

★日本初《にほんはつ》のワープロ機《き》が東芝《とうしば》から発売《はつばい》された日《ひ》（一九七八年《ねん》）

300ページのこたえ　ドイツ

おはなしクイズ　台風《たいふう》の中心《ちゅうしん》の、雲《くも》のないところを何《なん》とよぶ？　こたえはつぎのページ

世界《せかい》ではじめての実用的《じつようてき》な蒸気機関車《じょうききかんしゃ》が走《はし》った日《ひ》

9月27日

読《よ》んだ日《ひ》にち（　年　月　日）（　年　月　日）（　年　月　日）

はじめて

　そのむかし、陸上《りくじょう》で人《ひと》や荷物《にもつ》を運《はこ》ぶのりものは馬車《ばしゃ》でした。しかし、馬《うま》が運《はこ》べる人《ひと》の数《かず》や荷物《にもつ》の重《おも》さには限界《げんかい》がありました。

　やがて、その問題《もんだい》を解決《かいけつ》する新《あたら》しいのりものがうまれます。それが、石炭《せきたん》を燃《も》やして走《はし》る蒸気機関《じょうききかん》車《しゃ》です。一八〇四年《ねん》にはリチャード・トレヴィシックが蒸気機関車《じょうききかんしゃ》を走《はし》らせることに成功《せいこう》しましたが、線路《せんろ》がこわれたため、実用化《じつようか》していませんでした。そんな中《なか》、一八二五年九月二十七日《ねんくがつにじゅうしちにち》に、新《あたら》しくつくられた線路《せんろ》の上《うえ》で蒸気機関《じょうききかん》車《しゃ》「ロコモーション号《ごう》」を走《はし》らせ、蒸気機関車《じょうききかんしゃ》を実用化《じつようか》させた人《ひと》がいます。それは、ジョージ・スティーブンソンという人物《じんぶつ》でした。

　一七八一年《ねん》にイギリスで生《う》まれたスティーブンソンは、子《こ》どものころ、炭鉱《たんこう》のある町《まち》でくらしていました。

　当時《とうじ》の蒸気機関《じょうききかん》は機関車《きかんしゃ》を走《はし》らせるためではなく、機械《きかい》を動《うご》かすために用《もち》いられていたのです。炭鉱《たんこう》には、蒸気《じょうき》の力《ちから》で水《みず》をくみ上《あ》げる機械《きかい》があり、スティーブンソンはそれを観察《かんさつ》するのが大好《だいす》きでした。

「すごいなあ。おもしろいなあ」

　やがてスティーブンソンは炭鉱《たんこう》で働《はたら》くようになりますが、ますます蒸気機関《じょうききかん》が好《す》きになり、くわしく勉強《べんきょう》したくなりました。

　まずしい家《いえ》に育《そだ》ったスティーブンソンはそれまで学校《がっこう》には通《かよ》っておらず、字《じ》が読《よ》めませんでしたが、夜《よる》に授業《じゅぎょう》を行《おこな》う学校《がっこう》に通《かよ》い、熱心《ねっしん》に勉強《べんきょう》を始《はじ》めます。

　スティーブンソンは努力《どりょく》を重《かさ》ね、蒸気機関《じょうききかん》についてくわしくなっていきました。そして、こんな夢《ゆめ》をもつようになります。

「馬《うま》のかわりに、蒸気機関《じょうききかん》で人《ひと》やものを運《はこ》ぶのりものをつくってみたい」

　こうして、スティーブンソンは蒸気機関車《じょうききかんしゃ》の開発《かいはつ》に取《と》り組《く》みました。そして、その努力《どりょく》は見事《みごと》に実《みの》ったのです。

　馬車《ばしゃ》より速《はや》く、一度《いちど》に大量《たいりょう》の人《ひと》やものを運《はこ》ぶことができる蒸気《じょうき》機関車《かんしゃ》は、世界《せかい》の産業《さんぎょう》や人《ひと》びとのくらしに大《おお》きな影響《えいきょう》をあたえました。

301ページのこたえ
台風《たいふう》の目《め》

この日《ひ》はほかにも…

★日本《にほん》の女性《じょせい》がはじめて自動車運転免許《じどうしゃうんてんめんきょ》をとった日《ひ》（一九一七年《ねん》）

★世界観光《せかいかんこう》デー

国際《こくさい》デーの一《ひと》つ。各国《かっこく》で観光《かんこう》の楽《たの》しさや大切《たいせつ》さを伝《つた》える活動《かつどう》が行《おこな》われる。

おはなしクイズ　スティーブンソンが1825年《ねん》に走《はし》らせた蒸気機関車《じょうききかんしゃ》の名前《なまえ》は？

こたえはつぎのページ

鹿鳴館《ろくめいかん》を設計《せっけい》した コンドルの誕生日《たんじょうび》

イギリス
1852〜1920年《ねん》

読《よ》んだ日《ひ》にち（　年　月　日）（　年　月　日）（　年　月　日）

人物

明治時代《めいじじだい》になると、政府《せいふ》は日本《にほん》を外国《がいこく》に負《ま》けない近代国家《きんだいこっか》にしたいと考《かんが》えるようになります。

それには、首都《しゅと》である東京《とうきょう》に西洋風《せいようふう》の建物《たてもの》をたくさんつくる必要《ひつよう》がありました。そのためにイギリスからまねかれたのが、ジョサイア・コンドルでした。

コンドルは一八五二年《ねん》九月《くがつ》二十《にじゅう》八日《はちにち》、イギリスのロンドンで生《う》まれました。ロンドン大学《だいがく》で建築《けんちく》を学《まな》んだあと、有名《ゆうめい》な建築事務所《けんちくじむしょ》で働《はたら》きます。また、建築《けんちく》には美術《びじゅつ》の知識《ちしき》と技術《ぎじゅつ》も必要《ひつよう》だと考《かんが》え、美術《びじゅつ》の勉強《べんきょう》もします。そして、二十三《にじゅうさん》歳《さい》でジョーン・ソーン賞《しょう》というとても大《おお》きな建築《けんちく》の賞《しょう》を受賞《じゅしょう》しました。

明治政府《めいじせいふ》は、才能《さいのう》あふれる建築家《けんちくか》コンドルに、日本《にほん》の新《あたら》しい時代《じだい》にふさわしい建物《たてもの》の建設《けんせつ》とわかい建築家《けんちくか》たちの育成《いくせい》をお願《ねが》いします。

一八七七年《ねん》に来日《らいにち》したコンドルは、工部省《こうぶしょう》（工業発展《こうぎょうはってん》を推進《すいしん》する明治時代初期《めいじじだいしょき》の官庁《かんちょう》の一《ひと》つ）にやとわれ、工部大学校《こうぶだいがっこう》（今《いま》の東京大学工学部建築学科《とうきょうだいがくこうがくぶけんちくがっか》）で、学生《がくせい》たちに建築《けんちく》を教《おし》えます。教《おし》え子《ご》の辰野《たつの》金吾《きんご》は、のちに中央停車場《ちゅうおうていしゃじょう》（今《いま》の東京駅《とうきょうえき》）を設計《せっけい》しました。

同時《どうじ》に、明治政府《めいじせいふ》の依頼《いらい》で西洋《せいよう》風《ふう》の建築物《けんちくぶつ》を次《つぎ》つぎにつくりました。コンドルは、イギリスにある建物《たてもの》をそっくりまねしてつくるより、より日本人《にほんじん》に親《した》しまれるようにしたいと考《かんが》え、武家屋敷風《ぶけやしきふう》の門《もん》など、日本人《にほんじん》になじみのある特徴《とくちょう》を加《くわ》えていきます。

そして、一八八三年十一月《ねんじゅういちがつ》二十《にじゅう》八日《はちにち》、「鹿鳴館《ろくめいかん》」を完成《かんせい》させたのです。鹿鳴館《ろくめいかん》は、外国《がいこく》のえらいお客《きゃく》さんを招待《しょうたい》するための社交場《しゃこうば》です。レンガづくりの二階《にかい》だての鹿《ろく》鳴館《めいかん》は、西洋風《せいようふう》の建物《たてもの》に日本《にほん》やアジアのいろいろな特徴《とくちょう》がまざっており、西洋《せいよう》の建物《たてもの》が一番《いちばん》だと考《かんが》える外国人《がいこくじん》にはあまり評判《ひょうばん》がよくありませんでした。しかし、はなやかなパーティーが開《ひら》かれるこの建物《たてもの》は、日本人《にほんじん》にとってあこがれの場所《ばしょ》でした。

その後《ご》、コンドルは日本人《にほんじん》のくめと結婚《けっこん》しました。また、日本画《にほんが》の先生《せんせい》の弟子《でし》になって学《まな》び、「暁英《きょうえい》」と名《な》のります。

日本《にほん》が大好《だいす》きだったコンドルは、たくさんの建物《たてもの》をたてて、日本《にほん》の近代化《きんだいか》に力《ちから》をつくし、一九二〇年《ねん》に東京《とうきょう》で亡《な》くなりました。

この日《ひ》はほかにも…

★フランスの細菌学者《さいきんがくしゃ》、パスツール（402ページ）の命日《めいにち》（一八九五年《ねん》）

ロコモーション号《ごう》
302ページのこたえ

おはなしクイズ　コンドルが生《う》まれたのは、イギリスのどこ？

こたえはつぎのページ

『古事記伝《こじきでん》』をかいた国学者《こくがくしゃ》
本居宣長《もとおりのりなが》が亡《な》くなった日《ひ》

日本《にほん》
1730〜1801年《ねん》

9月29日

読《よ》んだ日《ひ》にち（　　年　　月　　日）（　　年　　月　　日）（　　年　　月　　日）

人物

国学《こくがく》という学問《がくもん》があります。日《に》本《ほん》の古《ふる》い文学《ぶんがく》や歴史書《れきししょ》などを研究《けんきゅう》し、日本人特有《にほんじんとくゆう》の文化《ぶんか》や考《かんが》え方《かた》を知《し》ろうというものです。

この国学《こくがく》で高《たか》い功績《こうせき》をのこした本居宣長《もとおりのりなが》は、一七三〇年《ねん》（享保十五年《きょうほうじゅうごねん》）に、伊勢国松坂《いせのくにまつさか》（今《いま》の三重県松阪市《みえけんまつさかし》）で生《う》まれました。

宣長《のりなが》は小《ちい》さいころから勉強《べんきょう》が大好《だいす》きで、書道《しょどう》や和歌《わか》などの習《なら》いごとをしたり、本《ほん》を読《よ》んだりかいたりすることに夢中《むちゅう》になっていました。やがて京都《きょうと》に出《で》て医学《いがく》を学《まな》び、医者《いしゃ》になります。

人《ひと》びとの治療《ちりょう》を行《おこな》いながらも勉強《べんきょう》をつづけていた宣長《のりなが》は、江戸時代中期《えどじだいちゅうき》の僧《そう》であり、国学者《こくがくしゃ》でもあった契沖《けいちゅう》の本《ほん》を読《よ》んだことで国学《こくがく》と出《で》あい、

「日本《にほん》の古典《こてん》を学《まな》ぶことが、日本人《にほんじん》の心《こころ》を理解《りかい》することにつながるはずだ」

と考《かんが》えるようになりました。

一七六四年《ねん》には、有名《ゆうめい》な国学者《こくがくしゃ》である賀茂真淵《かものまぶち》の弟子《でし》となります。真淵《まぶち》は宣長《のりなが》に、日本《にほん》で最《もっと》も古《ふる》い歴史書《れきししょ》である『古事記《こじき》』を学《まな》ぶことをすすめました。

「『古事記《こじき》』をくわしく読《よ》みといて、むかしの人《ひと》のくらしを研究《けんきゅう》すれば、きっと日本《にほん》の文化《ぶんか》を深《ふか》く知《し》ることができるでしょう」

という真淵《まぶち》の教《おし》えにしたがって、宣長《のりなが》は『古事記《こじき》』と向《む》き合《あ》うことになります。

医者《いしゃ》の仕事《しごと》をつづけながら、空《あ》いた時間《じかん》に『古事記《こじき》』の研究《けんきゅう》をする生活《せいかつ》を送《おく》ります。また、町《まち》の人《ひと》たちに、むかしの物語《ものがたり》や和歌《わか》についての講義《こうぎ》も行《おこな》いました。

真淵《まぶち》が亡《な》くなったあとも、研究《けんきゅう》は毎日《まいにち》つづきました。そして三十五年《さんじゅうごねん》という長《なが》い月日《つきひ》をかけて、研究《けんきゅう》の成果《せいか》である『古事記伝《こじきでん》』をかき上《あ》げたのです。

さらに、『源氏物語《げんじものがたり》』（404ページ）について研究《けんきゅう》した書物《しょもつ》ものこし、日本《にほん》を代表《だいひょう》する国学者《こくがくしゃ》となった宣長《のりなが》は、一八〇一年《ねん》（享和元年《きょうわがんねん》）九月二十九日《くがつにじゅうくにち》に息《いき》を引《ひ》きとりました。

この日《ひ》はほかにも…

★江戸幕府第十五代将軍《えどばくふだいじゅうごだいしょうぐん》、徳川慶喜《とくがわよしのぶ》（323ページ）が生《う》まれた日《ひ》（一八三七年《ねん》）

★直木三十五賞《なおきさんじゅうごしょう》を受賞《じゅしょう》した小説家《しょうせつか》、山崎豊子《やまさきとよこ》が亡《な》くなった日《ひ》（二〇一三年《ねん》）

303ページのこたえ
ロンドン

おはなしクイズ　本居宣長《もとおりのりなが》が35年《ねん》かけてかいた書物《しょもつ》の名前《なまえ》は？　こたえはつぎのページ

9月30日

記念日

交通《こうつう》ルールを守《まも》ろう！「交通事故死《こうつうじこし》ゼロを目指《めざ》す日《ひ》」

読《よ》んだ日《ひ》にち（　　年　　月　　日）（　　年　　月　　日）（　　年　　月　　日）

体《からだ》に合《あ》った自転車《じてんしゃ》を選《えら》ぶ

左右《さゆう》の確認《かくにん》をする

みなさんは、「全国交通安全運動《ぜんこくこうつうあんぜんうんどう》」を知《し》っていますか。この運動《うんどう》は、交通安全《こうつうあんぜん》の考《かんが》え方《かた》を人《ひと》びとに知《し》ってもらい、交通《こうつう》ルールと交通《こうつう》マナーを身《み》につけ、交通事故《こうつうじこ》をふせぐことを目的《もくてき》としたものです。

春《はる》と秋《あき》の年《ねん》二回《にかい》あり、基本的《きほんてき》に、春《はる》は四月六日《しがつむいか》から十五日《じゅうごにち》、秋《あき》は九月二十一日《くがつにじゅういちにち》から三十日《さんじゅうにち》に行《おこな》われます。そして、秋《あき》の運動《うんどう》の最終日《さいしゅうび》である九月三十日《くがつさんじゅうにち》は「交通事故死《こうつうじこし》ゼロを目指《めざ》す日《ひ》」とされています。四月十日《しがつとおか》も、同《おな》じく「交通事故死《こうつうじこし》ゼロを目指《めざ》す日《ひ》」です。

交通事故《こうつうじこ》の発生件数《はっせいけんすう》は年間五十万件近《ねんかんごじゅうまんけんちか》くになり、六十万人《ろくじゅうまんにん》をこえる人《ひと》がけがをしたり、亡《な》くなったりしています（二〇一六年《ねん》）。このうち、自転車《じてんしゃ》にのっているときや歩《ある》いているときの事故《じこ》で亡《な》くなった人《ひと》の数《かず》は、全体《ぜんたい》の半分近《はんぶんちか》くをしめています。「交通事故《こうつうじこ》」ときくと自動車《じどうしゃ》による事故《じこ》を考《かんが》えがちですが、実《じつ》は自転車《じてんしゃ》と歩行者《ほこうしゃ》の事故《じこ》も多《おお》いのです。

しかも、自転車運転中《じてんしゃうんてんちゅう》や歩行中《ほこうちゅう》の死亡者《しぼうしゃ》のうち、信号無視《しんごうむし》や横断《おうだん》禁止《きんし》の無視《むし》など、ルール違反《いはん》によって事故《じこ》にまきこまれた人《ひと》が多《おお》くいます。つまり、交通《こうつう》ルールを守《まも》ることで、多《おお》くの交通事故《こうつうじこ》から身《み》を守《まも》ることができるのです。

自転車《じてんしゃ》にのる場合《ばあい》には、スピードを出《だ》しすぎない、片手《かたて》で運転《うんてん》しない、暗《くら》くなったらライトをつけるなど、交通《こうつう》ルールを守《まも》って安全《あんぜん》運転《うんてん》を心《こころ》がけましょう。また、自《じ》分《ぶん》の体《からだ》に合《あ》った大《おお》きさの自転車《じてんしゃ》を選《えら》び、のる前《まえ》にタイヤの空気《くうき》やブレーキ、ライトやベルの状態《じょうたい》などを、しっかりとチェックすることも大切《たいせつ》です。

歩《ある》くときも、横断歩道《おうだんほどう》をわたる前《まえ》に左右《さゆう》を確認《かくにん》する、道路《どうろ》に急《きゅう》に飛《と》び出《だ》さないなど、交通《こうつう》ルールを守《まも》りましょう。

この日《ひ》はほかにも…

★クレーンの日《ひ》

一九七二年《ねん》のこの日《ひ》、「クレーン等《とう》安全規則《あんぜんきそく》」が誕生《たんじょう》したことから。

304ページのこたえ

『古事記伝《こじきでん》』

おはなしクイズ　交通事故《こうつうじこ》をふせぐことを目的《もくてき》にした、春《はる》と秋《あき》に行《おこな》われる運動《うんどう》は？

こたえは310ページ

二十四節気《にじゅうしせっき》ってなあに？

この本《ほん》でも出《で》てくる、「二十四節気《にじゅうしせっき》」。むかしの人《ひと》は、二十四節気《にじゅうしせっき》を季節《きせつ》の変《か》わり目《め》や農作《のうさ》業《ぎょう》などに役立《やくだ》てていました。

二十四節気《にじゅうしせっき》とは……

月《つき》のみちかけを基準《きじゅん》としていた旧暦《きゅうれき》（144ページ）では、暦《こよみ》の日《ひ》づけと実際《じっさい》の季節《きせつ》がずれていました。そのずれをなくすために、太陽《たいよう》の動《うご》きによって1年《ねん》を24に分《わ》ける「二十四節気《にじゅうしせっき》」が考《かんが》えられました。

夏《なつ》
夏《なつ》

4月《がつ》　5月《がつ》　6月《がつ》

5日《いつか》ごろ
清明《せいめい》
空《そら》が晴《は》れわたり、桜《さくら》や草木《くさき》の花《はな》がさき始《はじ》めるころ。

20日《はつか》ごろ
穀雨《こくう》
春《はる》の雨《あめ》が多《おお》くふり、田畑《たはた》がうるおうころ。

6日《むいか》ごろ
立夏《りっか》
夏《なつ》が始《はじ》まる日《ひ》。

21日《にち》ごろ
小満《しょうまん》
草《くさ》や木《き》などの植物《しょくぶつ》が育《そだ》つころ。

6日《むいか》ごろ
芒種《ぼうしゅ》
つゆ入《い》り前《まえ》。田植《たう》えの準備《じゅんび》をする。

21日《にち》ごろ
夏至《げし》
1年《ねん》で一番《いちばん》昼《ひる》が長《なが》く、夜《よる》が短《みじか》くなる日《ひ》(199ページ)。

八十八夜《はちじゅうはちや》
(147ページ)

入梅《にゅうばい》

冬《ふゆ》
冬《ふゆ》

10月《がつ》　11月《がつ》　12月《がつ》

8日《ようか》ごろ
寒露《かんろ》
秋《あき》が深《ふか》まり、穀物《こくもつ》の収穫《しゅうかく》にいそがしくなるころ。

23日《にち》ごろ
霜降《そうこう》
秋《あき》が終《お》わり、霜《しも》がふり始《はじ》め、冬《ふゆ》の気配《けはい》が感《かん》じられるころ。

7日《なのか》ごろ
立冬《りっとう》
冬《ふゆ》が始《はじ》まる日《ひ》。

22日《にち》ごろ
小雪《しょうせつ》
本格的《ほんかくてき》な寒《さむ》さではないけれど、山頂《さんちょう》には雪《ゆき》がつもり始《はじ》めるころ。

7日《なのか》ごろ
大雪《たいせつ》
北風《きたかぜ》がふき、本格的《ほんかくてき》な冬《ふゆ》を感《かん》じられるころ。

22日《にち》ごろ
冬至《とうじ》
夏至《げし》の反対《はんたい》で、1年《ねん》で一番《いちばん》夜《よる》が長《なが》く、昼《ひる》が短《みじか》くなる日《ひ》(199ページ)。

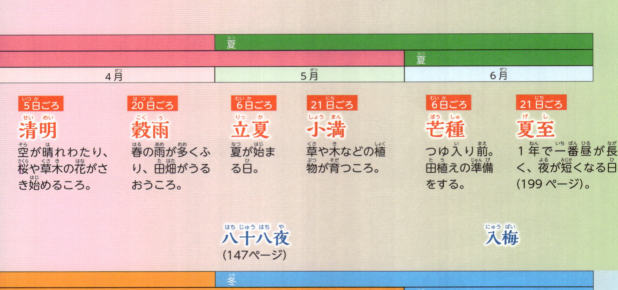

雑節《ざっせつ》

農作業《のうさぎょう》の目安《めやす》とするために、二十四節気《にじゅうしせっき》に加《くわ》えられたのが「雑節《ざっせつ》」です。「八十八夜《はちじゅうはちや》」は種《たね》まきの時期《じき》の目安《めやす》、「半夏生《はんげしょう》」は田植《たう》えを終《お》える時期《じき》の目安《めやす》など、農作業《のうさぎょう》をするうえでかかせないものでした。

今《いま》でも使《つか》われている二十四節気《にじゅうしせっき》

新暦《しんれき》になってから、現在《げんざい》の四季《しき》と二十四節気《にじゅうしせっき》の四季《しき》とはずれが生《しょう》じました。しかし、二十四節気《にじゅうしせっき》は今《いま》でも手紙《てがみ》のあいさつや俳句《はいく》などに使《つか》われています。

二十四節気《にじゅうしせっき》と主《おも》な雑節《ざっせつ》

※ 赤文字《あかもじ》が二十四節気《にじゅうしせっき》、青文字《あおもじ》が雑節《ざっせつ》です。

二十四節気《にじゅうしせっき》による四季《しき》	冬《ふゆ》	春《はる》	
新暦《しんれき》の四季《しき》	冬《ふゆ》		春《はる》
月《つき》	1月《がつ》	2月《がつ》	3月《がつ》

5日《いつか》ごろ
小寒《しょうかん》
寒《さむ》さがきびしさを増《ま》してくるころ。寒中見舞《かんちゅうみま》いのあいさつをする時期《じき》。

20日《はつか》ごろ
大寒《だいかん》
寒《さむ》さが最《もっと》もきびしくなるころ。

4日《よっか》ごろ
立春《りっしゅん》
春《はる》が始《はじ》まる日《ひ》。

19日《にち》ごろ
雨水《うすい》
雪《ゆき》や氷《こおり》がとけ始《はじ》め、雪《ゆき》にかわって雨《あめ》がふり始《はじ》めるころ。

6日《むいか》ごろ
啓蟄《けいちつ》
冬《ふゆ》の間《あいだ》、土《つち》にもぐっていた虫《むし》が地表《ちひょう》へ出《で》てくるころ。

21日《にち》ごろ
春分《しゅんぶん》
昼《ひる》と夜《よる》の長《なが》さがほぼ同《おな》じになる日《ひ》（100ページ）。

節分《せつぶん》
（52ページ）

彼岸《ひがん》
（100ページ）

二十四節気《にじゅうしせっき》による四季《しき》	夏《なつ》	秋《あき》	
新暦《しんれき》の四季《しき》	夏《なつ》		秋《あき》
月《つき》	7月《がつ》	8月《がつ》	9月《がつ》

7日《なのか》ごろ
小暑《しょうしょ》
つゆが明《あ》け、本格的《ほんかくてき》な暑《あつ》さがやってくるころ。暑中見《しょちゅうみ》舞《ま》いのあいさつをする時期《じき》。

23日《にち》ごろ
大暑《たいしょ》
暑《あつ》さが最《もっと》もきびしくなるころ。

7日《なのか》ごろ
立秋《りっしゅう》
秋《あき》が始《はじ》まる日《ひ》。

23日《にち》ごろ
処暑《しょしょ》
暑《あつ》さがおさまり、穀物《こくもつ》が実《みの》り始《はじ》めるころ。

8日《ようか》ごろ
白露《はくろ》
秋《あき》らしくなり、草木《くさき》につゆがつき始《はじ》めるころ。

23日《にち》ごろ
秋分《しゅうぶん》
春分《しゅんぶん》と同《おな》じように、昼《ひる》と夜《よる》の長《なが》さがほぼ同《おな》じになる日《ひ》（298ページ）。

半夏生《はんげしょう》

土用《どよう》

二百十日《にひゃくとおか》

彼岸《ひがん》
（100ページ）

年《とし》祝《いわ》いってなあに？

日本《にほん》では古《ふる》くから、年齢《ねんれい》に合《あ》わせて人生《じんせい》の節目《ふしめ》をお祝《いわ》いしてきました。

生《う》まれてから成人《せいじん》までのお祝《いわ》い

0歳《さい》

お七夜《しちや》

生後《せいご》7日目《なのかめ》のお祝《いわ》い。赤《あか》ちゃんに名前《なまえ》をつけ、家族《かぞく》やお世話《せわ》になった人《ひと》たち、神様《かみさま》に報告《ほうこく》します。

お宮参《みやまい》り

産土神様《うぶすながみさま》にお参《まい》りし、赤《あか》ちゃんの健康《けんこう》をいのります。地方《ちほう》でちがいますが、多《おお》くは男《おとこ》の子《こ》は生後《せいご》31日目《にちめ》、女《おんな》の子《こ》は生後《せいご》32日目《にちめ》に行《おこな》います。

お食《く》いぞめ

生後《せいご》100日目《にちめ》、または120日目《にちめ》に、ごはんを食《た》べさせるまねをする行事《ぎょうじ》。食べものに一生《いっしょう》こまらないようにと願《ねが》います。

初節句《はつぜっく》

生後《せいご》はじめての節句《せっく》のお祝《いわ》い。男《おとこ》の子《こ》は5月《がつ》5日《いつか》の端午《たんご》の節句《せっく》（150ページ）、女《おんな》の子《こ》は3月3日《みっか》の桃《もも》の節句《せっく》（82ページ）です。

3、5、7歳《さい》

七五三《しちごさん》

子《こ》どもの成長《せいちょう》を祝《いわ》い、これからの健康《けんこう》を願《ねが》う行事《ぎょうじ》。多《おお》くは、男《おとこ》の子《こ》は3歳《さい》と5歳《さい》、女《おんな》の子《こ》は3歳《さい》と7歳《さい》で行《おこな》います。

13歳《さい》
※数《かぞ》え年《どし》

十三参《じゅうさんまい》り

生《う》まれた干支《えと》がちょうどひとめぐりした13歳《さい》のころ、知恵《ちえ》をさずけてくれる虚空蔵菩薩《こくうぞうぼさつ》にお参《まい》りをして開運《かいうん》を願《ねが》います。

20歳《はたち》

成人式《せいじんしき》

大人《おとな》の仲間《なかま》入《い》りをしたことをよろこび、はげまします（30ページ）。

主《おも》な長寿《ちょうじゅ》のお祝《いわ》い

60歳《さい》 還暦《かんれき》
干支《えと》がひとまわりして、生《う》まれた年《とし》と同《おな》じ干支《えと》にかえることから。

70歳《さい》 古希《こき》(稀《き》)
唐《とう》（今《いま》の中国《ちゅうごく》）の詩人《しじん》、杜甫《とほ》がかいた詩《し》の一節《いっせつ》「人生七十《じんせいしちじゅう》、古来稀《こらいまれ》なり（70歳《さい》まで生《い》きる人《ひと》は、むかしから少《すく》ない）」から。

77歳《さい》 喜寿《きじゅ》
「喜《き》」の略字《りゃくじ》（漢字《かんじ》を簡単《かんたん》にしたもの）が、「七《しち》」を3《みっ》つ重《かさ》ねた形《かたち》で、「七十七《しちじゅうしち》」と読《よ》めることから。

88歳《さい》 米寿《べいじゅ》
「米《こめ》」の漢字《かんじ》をくずすと、「八十八《はちじゅうはち》」になることから。

90歳《さい》 卒寿《そつじゅ》
「卒《そつ》」の略字《りゃくじ》が、「九《きゅう》」と「十《じゅう》」を重《かさ》ねた形《かたち》で、「九十《きゅうじゅう》」と読《よ》めることから。

99歳《さい》 白寿《はくじゅ》
「百《ひゃく》」の漢字《かんじ》の上《うえ》の部分《ぶぶん》の一をのぞくと、「白《しろ》」になることから。

10月《がつ》のおはなし

「夢《ゆめ》の超特急《ちょうとっきゅう》」東海道新幹線《とうかいどうしんかんせん》が開業《かいぎょう》した日《ひ》

10月1日

歴史

読《よ》んだ日《ひ》にち（　　年　　月　　日）（　　年　　月　　日）（　　年　　月　　日）

日本《にほん》ではじめて鉄道《てつどう》が開業《かいぎょう》したのは、一八七二年《ねん》のことです。東《とう》京《きょう》の新橋《しんばし》と、神奈川県《かながわけん》の横浜《よこはま》の間《あいだ》を、蒸気機関車《じょうききかんしゃ》が走《はし》ったのです。

その後《ご》、日本全国《にほんぜんこく》に鉄道《てつどう》が普及《ふきゅう》していきます。経済発展《けいざいはってん》や人口《じんこう》の増加《ぞうか》によって鉄道《てつどう》を利用《りよう》する人《ひと》が急増《きゅうぞう》すると、さらに速《はや》く、もっとたくさんの人《ひと》びとを運《はこ》べる列車《れっしゃ》が必要《ひつよう》になってきました。

そこで、鉄道省《てつどうしょう》は一九三八年《ねん》に、新《あたら》しい計画《けいかく》を発表《はっぴょう》します。東《とう》京《きょう》と山口県《やまぐちけん》の下関《しものせき》の間《あいだ》をわずか九《く》時間《じかん》でむすぶもので、「弾丸列車《だんがんれっしゃ》計画《けいかく》」とよばれました。この中《なか》ではじめて、「新幹線《しんかんせん》」という言葉《ことば》が使《つか》われています。

工事《こうじ》が始《はじ》まった弾丸列車計画《だんがんれっしゃけいかく》ですが、戦争《せんそう》によって中断《ちゅうだん》されます。その後《ご》、戦後《せんご》の復興《ふっこう》が進《すす》んでいた一九五七年《ねん》に、国鉄《こくてつ》（今《いま》のJ《ジェイ》R《アール》）の鉄道技術研究所《てつどうぎじゅつけんきゅうじょ》は「東京《とうきょう》と大阪《おおさか》を三時間《さんじかん》でむすべる可能性《かのうせい》がある」と発表《はっぴょう》し、人《ひと》びとをおどろかせました。

そのころ、日本《にほん》の経済《けいざい》は急速《きゅうそく》に発展《はってん》していて、鉄道《てつどう》の必要性《ひつようせい》が高《たか》まっていたこともあり、一九五九年《ねん》に「夢《ゆめ》の超特急《ちょうとっきゅう》」を目指《めざ》して、東海道新幹線《とうかいどうしんかんせん》の工事《こうじ》が始《はじ》まりました。

弾丸列車計画《だんがんれっしゃけいかく》のときにつくられたトンネルなどを利用《りよう》して、工事《こうじ》は進《すす》められていきます。新《あたら》しいモーターやゆれの少《すく》ない台車《だいしゃ》といった、高速運転《こうそくうんてん》に必要《ひつよう》な部品《ぶひん》も開発《かいはつ》されました。一九六二年《ねん》には走行試験《そうこうしけん》用《よう》のモデル線《せん》が完成《かんせい》し、ここでさまざまなデータがとられ、実験《じっけん》がくり返《かえ》されます。

そして一九六四年十月一日《ねんじゅうがつついたち》、ついに東海道新幹線《とうかいどうしんかんせん》が開業《かいぎょう》します。その九日後《ここのかご》には東京《とうきょう》オリンピック（319ページ）が開幕《かいまく》しました。

東京《とうきょう》と新大阪《しんおおさか》を四時間《よじかん》でむすぶ新幹線《しんかんせん》は、技術《ぎじゅつ》の向上《こうじょう》により一九八六年《ねん》には同区間《どうくかん》を三時間《さんじかん》かからずに走《はし》るようになりました。

この日《ひ》はほかにも…

★メガネの日《ひ》
「1」をメガネのつる、「0」をレンズと見立《みた》てると1001でメガネのように見《み》えることから。

★国際高齢者《こくさいこうれいしゃ》デー
高齢者《こうれいしゃ》を大切《たいせつ》にするための国際《こくさい》デーの一《ひと》つ。

305ページのこたえ　全国交通安全運動《ぜんこくこうつうあんぜんうんどう》

おはなしクイズ　1938年《ねん》に出《だ》された、東京《とうきょう》と下関《しものせき》を9時間《じかん》でむすぶ計画《けいかく》を何《なん》という？　こたえはつぎのページ

10月2日

人物

インドを独立《どくりつ》へみちびいた ガンジーの誕生日《たんじょうび》

インド
1869〜1948年《ねん》

読《よ》んだ日《ひ》にち（　　年　　月　　日）（　　年　　月　　日）（　　年　　月　　日）

インドでモハンダス・カラムチャンド・ガンジーが生《う》まれたのは、一八六九年十月二日《ねんじゅうがつふつか》のことです。そのころのインドはイギリスに支配《しはい》されていました。

ガンジー家《け》は商人《しょうにん》の階級《かいきゅう》で、お父《とう》さんは地方《ちほう》の役人《やくにん》をつとめ、裕福《ゆうふく》なくらしをしていました。おさないころのガンジーは、引《ひ》っこみ思案《じあん》な子《こ》どもでした。

ガンジーはヒンドゥー教《きょう》の信者《しんじゃ》でしたが、一八八八年《ねん》にイギリスに留学《りゅうがく》すると、キリストの教《おし》えにもふれます。そして「人《ひと》はどのように生《い》きていくべきか」と考《かんが》えながら、一生懸命勉強《いっしょうけんめいべんきょう》して、三年《さんねん》で弁護士《べんごし》の資格《しかく》を取《と》りました。

弁護士《べんごし》の仕事《しごと》をするため南《みなみ》アフリカにわたりますが、そのころの南《みなみ》アフリカは白人《はくじん》が支配《しはい》し、人種《じんしゅ》差別《さべつ》がみとめられている社会《しゃかい》でした。そこで差別《さべつ》を受《う》けたガンジーは、インド人《じん》の地位《ちい》を高《たか》めようとする人《ひと》びとのリーダーとなって活《かつ》動《どう》します。その活動《かつどう》の中《なか》で引《ひ》っこみ思案《じあん》な性格《せいかく》は変《か》わっていきました。

南《みなみ》アフリカでは二回《にかい》も戦争《せんそう》にまきこまれます。それによって、「戦争《せんそう》はやられたらやり返《かえ》す。暴《ぼう》力《りょく》を使《つか》うと相手《あいて》も暴力《ぼうりょく》で返《かえ》す。だから暴力《ぼうりょく》は使《つか》わない。しかし言《い》いなりにもならず、自分《じぶん》たちの意見《いけん》を相手《あいて》に伝《つた》えよう」という「非暴《ひぼう》力《りょく》・不服従《ふふくじゅう》」の考《かんが》えをもつようになったのです。

一九一五年《ねん》にインドへ帰《かえ》ると、ガンジーはイギリスの支配《しはい》に反対《はんたい》するデモやストライキなどの運動《うんどう》を始《はじ》めるようになりました。暴力《ぼうりょく》を使《つか》わずに反対《はんたい》する気持《きも》ちをしめすため、断食《だんじき》を行《おこな》って抵抗《ていこう》します。

ガンジーは何度《なんど》もろうやに入《い》れられましたが、この運動《うんどう》を何十年《なんじゅうねん》もつづけ、とうとう一九四七年《ねん》、暴力《ぼうりょく》を使《つか》わずにインドは独立《どくりつ》をはたし、インド人《じん》が自分《じぶん》たちで治《おさ》める国《くに》になります。ただし、宗教《しゅうきょう》のちがいによってインドとパキスタンという二《ふた》つの国《くに》に分《わ》かれての独《どく》立《りつ》でした。

ガンジーは宗教《しゅうきょう》がちがっても仲《なか》よくしようとよびかけましたが、その運動《うんどう》に反対《はんたい》する人《ひと》によってピストルで撃《う》たれ、一九四八年《ねん》にこの世《よ》を去《さ》りました。ガンジーは、「インド独立《どくりつ》の父《ちち》」とよばれ、今《いま》でも多《おお》くの人《ひと》から尊敬《そんけい》されています。

この日《ひ》はほかにも…

★国際《こくさい》非暴力《ひぼうりょく》デー
ガンジーの誕生日《たんじょうび》にちなんだ国際《こくさい》デーの一《ひと》つ。

310ページのこたえ
弾丸列車計画《だんがんれっしゃけいかく》

おはなしクイズ　弁護士《べんごし》の仕事《しごと》をするためにガンジーがわたった国《くに》は？　こたえはつぎのページ

東西《とうざい》ドイツが一《ひと》つになった日《ひ》

10月3日

歴史

読《よ》んだ日《ひ》にち（　　年　　月　　日）（　　年　　月　　日）（　　年　　月　　日）

一九八九年十一月九日《ねんじゅういちがつここのか》、世界中《せかいじゅう》でたくさんの人《ひと》たちがテレビの画面《がめん》にくぎづけになりました。ベルリンの壁《かべ》に市民《しみん》がおしよせ、のりこえたり、ハンマーでこわしたりする姿《すがた》がうつっていたのです。ベルリンの壁《かべ》というのは、ドイツの首都《しゅと》のベルリンという町《まち》につくられた大《おお》きな壁《かべ》で、反対側《はんたいがわ》には行《い》くことができませんでした。なぜ、そんなものができたのでしょうか。

第二次世界大戦後《だいにじせかいたいせんご》、戦争《せんそう》に負《ま》けたドイツは四《よっ》つに分《わ》けられ、アメリカ、イギリス、フランス、ソ連《れん》（今《いま》のロシア）の支配《しはい》を受《う》けることになります。四《よん》か国《こく》が支配《しはい》していたベルリンも、四《よっ》つに分《わ》けられました。

やがて、資本主義《しほんしゅぎ》（個人《こじん》の財産《ざいさん》をみとめ、生産利益《せいさんりえき》を自分《じぶん》のものにできるという考《かんが》え）の国《くに》と社会《しゃかい》主義《しゅぎ》（社会全体《しゃかいぜんたい》で財産《ざいさん》を共有《きょうゆう》し、平等《びょうどう》に分《わ》けようとする考《かんが》え）の国《くに》の間《あいだ》にはげしい対立《たいりつ》が起《お》こります。アメリカを中心《ちゅうしん》とする資本主《しほんしゅ》義《ぎ》の国《くに》はヨーロッパでは西側《にしがわ》に多《おお》く、ソ連《れん》を中心《ちゅうしん》とする社会主義《しゃかいしゅぎ》の国《くに》は東側《ひがしがわ》に多《おお》かったため、この対《たい》立《りつ》を「東西冷戦《とうざいれいせん》」とよびます。ドイツは、西側《にしがわ》の国《くに》（アメリカ、イギリス、フランス）の占領地域《せんりょうちいき》が西《にし》ドイツ、ソ連《れん》の占領地域《せんりょうちいき》が東《ひがし》ドイツとなり、ベルリンも西《にし》ベルリンと東《ひがし》ベルリンに分《わ》かれました。

しかし、ソ連《れん》の支配《しはい》や苦《くる》しい生《せい》活《かつ》からのがれるために、多《おお》くの東《ひがし》ドイツ市民《しみん》が、経済的《けいざいてき》に発展《はってん》していた西《にし》ドイツににげ出《だ》したのです。東《ひがし》ドイツ政府《せいふ》はこれをふせぐために、ベルリンの壁《かべ》をつくりました。壁《かべ》でへだてられて家族《かぞく》や友《とも》だちに二度《にど》と会《あ》えなくなった人《ひと》や、壁《かべ》をこえようとして銃《じゅう》で撃《う》たれて亡《な》くなった人《ひと》もいました。

しかし、一九八〇年代末《ねんだいまつ》にはソ連《れん》の大統領《だいとうりょう》が変《か》わり、政治《せいじ》も変化《へんか》していきます。国内《こくない》の経済《けいざい》を安定《あんてい》させようとし、西側《にしがわ》の国《くに》との軍事《ぐんじ》面《めん》での協力《きょうりょく》もすすめ、東西《とうざい》の対立《たいりつ》も和《やわ》らいでいきました。

そして一九八九年十一月九日《ねんじゅういちがつここのか》、「東《ひがし》ドイツの国民《こくみん》は好《す》きな場所《ばしょ》に旅行《りょこう》できることになった」という発表《はっぴょう》をきっかけに、市民《しみん》によってベルリンの壁《かべ》がこわされ、一九九〇年十月三日《ねんじゅうがつみっか》には東西《とうざい》ドイツの統《とう》一《いつ》が正式《せいしき》に実現《じつげん》しました。

この日《ひ》はほかにも…

★日本武道館《にっぽんぶどうかん》が開館《かいかん》した日《ひ》（一九六四年《ねん》）

311ページのこたえ
南《みなみ》アフリカ

おはなしクイズ　壁《かべ》で2つに分《わ》けられたドイツの首都《しゅと》は？　こたえはつぎのページ

10月4日

世界遺産《せかいいさん》にもなった富岡製糸場《とみおかせいしじょう》で糸《いと》をつくり始《はじ》めた日《ひ》

読《よ》んだ日《ひ》にち（　　年　　月　　日）（　　年　　月　　日）（　　年　　月　　日）

歴史

一八七二年十月四日《ねんじゅうがつよっか》、群馬県《ぐんまけん》の富岡製糸場《とみおかせいしじょう》が開業《かいぎょう》し、生糸《きいと》（かいこという虫《むし》のまゆからとれる糸《いと》）の生産《せいさん》が始《はじ》まりました。この工場《こうじょう》は、フランス人《じん》の技師《ぎし》ポール・ブリューナをまねいてつくられました。

当時《とうじ》、日本《にほん》は世界《せかい》に生糸《きいと》を多《おお》く輸出《ゆしゅつ》していました。欧米《おうべい》の進《すす》んだ国《くに》と同《おな》じように産業《さんぎょう》を発展《はってん》させていくためには、外国《がいこく》に売《う》れるものがたくさん必要《ひつよう》です。

そこで、生糸《きいと》をもっとたくさんつくるために工場《こうじょう》をたてることに決《き》めたのです。きれいな水《みず》があり、良質《りょうしつ》なまゆがたくさん確保《かくほ》できるなどの理由《りゆう》で、工場《こうじょう》の場所《ばしょ》は群馬県富岡市《ぐんまけんとみおかし》に決《き》まりました。

この工場《こうじょう》ではかいこを育《そだ》てる技術《ぎじゅつ》も研究《けんきゅう》され、たくさんの生糸《きいと》をつくることに成功《せいこう》します。

富岡製糸場《とみおかせいしじょう》では、女性《じょせい》の工員《こういん》がたくさんやとわれました。一八七三年《ねん》の記録《きろく》によると、およそ四百人《よんひゃくにん》が働《はたら》いていたといいます。

当時《とうじ》は、仕事《しごと》をもって働《はたら》く女《おんな》の人《ひと》は少《すく》なく、多《おお》くは農業《のうぎょう》など家《いえ》の仕事《しごと》をしていました。しかし、この富岡製糸場《とみおかせいしじょう》で技術者《ぎじゅつしゃ》として働《はたら》くようになったことが、女性《じょせい》が社会《しゃかい》に出《で》て活《かつ》やくできるきっかけにもなったのです。

さらには、この富岡製糸場《とみおかせいしじょう》で技術《ぎじゅつ》を学《まな》んだ女性《じょせい》たちが出身地《しゅっしんち》にもどり、各地《かくち》で製糸《せいし》の技術《ぎじゅつ》を広《ひろ》げていきます。これによってよい生糸《きいと》を大量《たいりょう》につくることができるようになり、日本《にほん》は生糸《きいと》の世界一《せかいいち》の輸出国《ゆしゅつこく》となりました。富岡製糸場《とみおかせいしじょう》は日本《にほん》の近代化《きんだいか》を支《ささ》える大《おお》きな力《ちから》になったのです。

二〇一四年《ねん》には、「富岡製糸場《とみおかせいしじょう》と絹産業遺産群《きぬさんぎょういさんぐん》」がユネスコの世界遺産《せかいいさん》に登録《とうろく》され、同《おな》じ年《とし》に、一部《いちぶ》の建物《たてもの》が国宝《こくほう》に指定《してい》されました。

現在《げんざい》の富岡製糸場内《とみおかせいしじょうない》の様子《ようす》

写真提供:富岡市

この日《ひ》はほかにも…

★フランスの画家《がか》、ミレー（35ページ）の誕生日《たんじょうび》（一八一四年《ねん》）

312ページのこたえ　ベルリン

おはなしクイズ　かいこという虫《むし》のまゆからとれる糸《いと》を何《なん》という？　こたえはつぎのページ

十五夜《じゅうごや》の満月《まんげつ》を見《み》て 収穫《しゅうかく》を感謝《かんしゃ》するお月見《つきみ》

10月5日

1日 行事

読《よ》んだ日《ひ》にち（　年　月　日）（　年　月　日）（　年　月　日）

旧暦《きゅうれき》（144ページ）は月《つき》のみちかけで日《ひ》にちを数《かぞ》えていました。十《じゅう》五日《ごにち》は満月《まんげつ》の日《ひ》にあたりますが、中《なか》でもとくに八月十五日《はちがつじゅうごにち》は十五夜《じゅうごや》とよばれ、お月見《つきみ》の行事《ぎょうじ》が行《おこな》われてきました。

今《いま》の暦《こよみ》でいうと九月七日《くがつなのか》から十《じゅう》月八日《がつようか》です。とくに空気《くうき》がすんで月《つき》が美《うつく》しく見《み》える時期《じき》であるため、中秋《ちゅうしゅう》（仲秋《ちゅうしゅう》）の名月《めいげつ》ともよばれています。同《おな》じく旧暦九月《きゅうれきくがつ》の満《まん》月《げつ》も十三夜《じゅうさんや》とよばれ、お月見《つきみ》が行《おこな》われていました。

中国《ちゅうごく》では唐《とう》の時代《じだい》からお月見《つきみ》の風習《ふうしゅう》がありました。これが奈良《なら》から平安時代《へいあんじだい》の日本《にほん》に伝《つた》わり、貴族《きぞく》の間《あいだ》で月《つき》を見《み》ながら詩《し》をよんだり音楽《おんがく》を楽《たの》しんだりしていたのです。それが月《つき》のみちかけを農作業《のうさぎょう》の目安《めやす》にしていた農民《のうみん》たちに伝《つた》わると、収穫《しゅうかく》の感謝祭《かんしゃさい》とむすびついて広《ひろ》まっていきました。

そのため、その時期《じき》に収穫《しゅうかく》できる代表的《だいひょうてき》な作物《さくもつ》の名前《なまえ》を取《と》って、旧暦八月《きゅうれきはちがつ》の十五夜《じゅうごや》は、いも名月《めいげつ》、九月《くがつ》の十三夜《じゅうさんや》はまめ名月《めいげつ》、くり名《めい》月《げつ》ともよばれます。

室町《むろまち》から江戸時代《えどじだい》にかけて、縁《えん》側《がわ》につくえをおき、稲《いね》に見立《みた》ててすすきをかざり、月見《つきみ》だんごや季《き》節《せつ》の食《た》べものを供《そな》えるようになりました。月《つき》をながめながら収穫《しゅうかく》を神様《かみさま》に感謝《かんしゃ》し、健康《けんこう》と幸《しあわ》せを願《ねが》うのです。

お月見《つきみ》は地域《ちいき》によってさまざまな風習《ふうしゅう》があり、子《こ》どもがお月見《つきみ》のお供《そな》えものをつまみ食《ぐ》いしてもゆるされる地域《ちいき》や、畑《はたけ》の作物《さくもつ》を少《すこ》しならぬすんでもいいという地域《ちいき》もあります。たとえぬすまれたとしても、神様《かみさま》が作物《さくもつ》を受《う》け取《と》ってくださったと考《かんが》え、よろこんでいたとされています。

この日《ひ》はほかにも…

★世界教師《せかいきょうし》デー
教師《きょうし》に感謝《かんしゃ》することなどを目的《もくてき》とした国際《こくさい》デー。

★iPhone《アイフォーン》などをつくった会《かい》社《しゃ》、アップルの創業者《そうぎょうしゃ》の一人《ひとり》、スティーブ・ジョブズの命日《めいにち》（二〇一一年《ねん》）

313ページのこたえ 生糸《きいと》

おはなしクイズ 十五夜《じゅうごや》は旧暦《きゅうれき》の何月何日《なんがつなんにち》に行《おこな》われていた？

こたえはつぎのページ

独自《どくじ》の暦《こよみ》をつくった天文暦学者《てんもんれきがくしゃ》
渋川春海《しぶかわはるみ》が亡《な》くなった日《ひ》

日本《にほん》
1639〜1715年《ねん》

読《よ》んだ日《ひ》にち（　年　月　日）（　年　月　日）（　年　月　日）

人物

江戸幕府《えどばくふ》で囲碁《いご》を教《おし》える仕事《しごと》についていた渋川春海《しぶかわはるみ》は、小《ちい》さいころから天文学《てんもんがく》にとても興味《きょうみ》がありました。暦《こよみ》についても熱心《ねっしん》に研究《けんきゅう》し、不完全《ふかんぜん》だった暦《こよみ》のずれを修正《しゅうせい》するため、改暦《かいれき》の仕事《しごと》に取《と》り組《く》んだのです。

それまで、日本《にほん》では約八百年前《やくはっぴゃくねんまえ》に中国《ちゅうごく》から学《まな》んだ「宣明暦《せんみょうれき》」（八二二年《ねん》から中国《ちゅうごく》で使《つか》われていた天文学者《てんもんがくしゃ》がつくった暦《こよみ》）を使《つか》っていました。しかし、少《すこ》しずつずれがつみ重《かさ》なり、江戸時代《えどじだい》のはじめには、実際《じっさい》の日時《にちじ》とのずれが二日《ふつか》にもなっていました。

そして、日食《にっしょく》の予報《よほう》も合《あ》わなくなっていたのです。日食《にっしょく》とは、太陽《たいよう》と月《つき》が重《かさ》なり、月《つき》が太陽《たいよう》の光《ひかり》をおおいかくす現象《げんしょう》です。

このころ日食《にっしょく》は「不吉《ふきつ》のきざし」といわれ、朝廷《ちょうてい》ではご殿《てん》のまわりにすだれをつるし、お経《きょう》をとなえ、あらゆる仕事《しごと》を休《やす》みにしていました。暦《こよみ》に記《しる》されていないときに日食《にっしょく》が起《お》こると一大事《いちだいじ》だったのです。

春海《はるみ》は、日本《にほん》の暦《こよみ》もそのころの中国《ちゅうごく》の「授時暦《じゅじれき》」（一二八一年《ねん》から中国《ちゅうごく》で使《つか》われていた当時《とうじ》のすぐれた暦《こよみ》）にもとづいた暦《こよみ》に変《か》えるべきだと主張《しゅちょう》しました。同《おな》じころ江戸《えど》（今《いま》の東京《とうきょう》）で有名《ゆうめい》だった和算《わさん》（日本《にほん》で独自《どくじ》に発展《はってん》した数学《すうがく》）の専門家《せんもんか》の関孝和《せきたかかず》も授時暦《じゅじれき》を調《しら》べていて、春海《はるみ》の改暦《かいれき》に影響《えいきょう》をあたえたといいます。

ところが春海《はるみ》の主張《しゅちょう》した暦《こよみ》は、日食《にっしょく》の予報《よほう》を外《はず》し、信用《しんよう》をなくしました。しかし、失敗《しっぱい》にくじけず、徹底的《てっていてき》に研究《けんきゅう》を重《かさ》ねます。そしてついに、中国《ちゅうごく》と日本《にほん》の経度《けいど》の差《さ》（東西《とうざい》の距離《きょり》）に問題《もんだい》があることを見《み》つけ、日本独自《にほんどくじ》の暦《こよみ》をつくり、採用《さいよう》されました。これを「貞享暦《じょうきょうれき》」といい、その後七十年間《ごななじゅうねんかん》使《つか》われることになりました。

天文暦学《てんもんれきがく》の研究《けんきゅう》をつづけた晴海《はるみ》は、一七一五年《ねん》（正徳五年《しょうとくごねん》）十月《じゅうがつ》六日《むいか》に亡《な》くなりました。

この日《ひ》はほかにも…

★国際協力《こくさいきょうりょく》の日《ひ》
一九五四年《ねん》に開発途上国《かいはつとじょうこく》への政府《せいふ》開発援助《かいはつえんじょ》（ODA《オーディーエー》）を開始《かいし》したことにちなむ。

★国立西洋美術館《こくりつせいようびじゅつかん》の基本設計《きほんせっけい》をしたフランスの建築家《けんちくか》、ル・コルビュジエが生《う》まれた日《ひ》（一八八七年《ねん》）

314ページのこたえ
八月十五日《はちがつじゅうごにち》

おはなしクイズ　太陽《たいよう》と月《つき》が重《かさ》なり、月《つき》が太陽《たいよう》の光《ひかり》をおおいかくす現象《げんしょう》を何《なん》という？

こたえはつぎのページ

世界初《せかいはつ》の推理小説《すいりしょうせつ》をかいたポーが亡《な》くなった日《ひ》

アメリカ
1809～1849年《ねん》

読《よ》んだ日《ひ》にち（　年　月　日）（　年　月　日）（　年　月　日）

エドガー・アラン・ポーは、十《じゅう》九世紀《きゅうせいき》のアメリカで活《かつ》やくした小《しょう》説家《せつか》、詩人《しじん》です。世界《せかい》ではじめてとなる推理小説《すいりしょうせつ》をかいたことで有《ゆう》名《めい》です。

ポーは一八〇九年《ねん》、アメリカのボストンで俳優《はいゆう》の息子《むすこ》として生《う》まれました。しかし、赤《あか》ちゃんのときに父親《ちちおや》が家出《いえで》をし、母親《ははおや》も亡《な》くなったため、アラン家《け》に引《ひ》き取《と》られます。そのため、エドガー・ポーだった名前《なまえ》が、エドガー・アラン・ポーになりました。

読書《どくしょ》が好《す》きだったポーは、やがてバージニア大学《だいがく》に入学《にゅうがく》し、さまざまな外国語《がいこくご》を学《まな》びます。成績《せいせき》はとても優秀《ゆうしゅう》でしたが、借金《しゃっきん》が原因《げんいん》で学費《がくひ》をはらえなくなったために大学《だいがく》をやめ、軍隊《ぐんたい》に入《はい》ります。その後《ご》、陸軍士官学校《りくぐんしかんがっこう》に入《はい》りますが、ポーはルール違反《いはん》をくり返《かえ》し、またしてもやめることになりました。

士官学校《しかんがっこう》をやめたポーは、おばの家《いえ》に住《す》みながら、小説《しょうせつ》をかき始《はじ》めます。少《すこ》しずつ小説《しょうせつ》の才能《さいのう》をみとめられるようになったポーは、雑誌《ざっし》の編集者《へんしゅうしゃ》として働《はたら》きながら、その後《ご》も積極的《せっきょくてき》に小説《しょうせつ》をかきつづけました。

しかし、四十歳《よんじっさい》のとき、たおれているところを発見《はっけん》され、そのまま帰《かえ》らぬ人《ひと》となりました。一八四九年十月七日《ねんじゅうがつなのか》のことでした。

ポーの小説《しょうせつ》の多《おお》くは、死《し》をテーマにした幻想的《げんそうてき》でおそろしい内容《ないよう》が特徴的《とくちょうてき》な、ゴシック小説《しょうせつ》や恐怖《きょうふ》小説《しょうせつ》とよばれる小説《しょうせつ》です。さらに、一八四一年《ねん》に発表《はっぴょう》された「モルグ街《がい》の殺人《さつじん》」では、これらの内《ない》容《よう》に犯人《はんにん》さがしという要素《ようそ》が加《くわ》えられました。この作品《さくひん》は、世界初《せかいはつ》の推理《すいり》小説《しょうせつ》といわれ、のちの推理小説《すいりしょうせつ》作家《さっか》たちに大《おお》きな影響《えいきょう》をあたえました。

この日《ひ》はほかにも…

★物理学《ぶつりがく》の一種《いっしゅ》である量子論《りょうしろん》の発《はっ》展《てん》につくした物理学者《ぶつりがくしゃ》、ニールス・ボーアが生《う》まれた日《ひ》（一八八五年《ねん》）

315ページのこたえ
日食《にっしょく》

おはなしクイズ　ポーがかいた世界初《せかいはつ》の推理小説《すいりしょうせつ》の題名《だいめい》は？

こたえはつぎのページ

旅《たび》をつづけた俳人《はいじん》
松尾芭蕉《まつおばしょう》が最後《さいご》の句《く》をよんだ日《ひ》

読《よ》んだ日《ひ》にち（　年　月　日）（　年　月　日）（　年　月　日）

松尾芭蕉《まつおばしょう》は一六四四年《ねん》（寛永二十一年《かんえいにじゅういちねん》）、伊賀国上野《いがのくにうえの》（今《いま》の三重県伊賀市《みえけんいがし》）に下級武士《かきゅうぶし》の子《こ》どもとして生《う》まれました。

あるとき、城《しろ》では若殿《わかとの》の藤堂良忠《とうどうよしただ》の勉強相手《べんきょうあいて》をさがしていて、学問好《がくもんず》きで頭《あたま》がよいと評判《ひょうばん》だった芭蕉《ばしょう》がその役《やく》をつとめることになりました。

芭蕉《ばしょう》と二歳年上《にさいとしうえ》の良忠《よしただ》は、本当《ほんとう》の兄弟《きょうだい》のように仲《なか》よくなります。今《いま》の俳句《はいく》のもとである俳諧《はいかい》も、先生《せんせい》をよんでともに学《まな》びました。

「見《み》よ、この本《ほん》におまえの句《く》がのっておるぞ」

「ありがとうございます。若殿《わかとの》がわたくしの句《く》を送《おく》ってくださったおかげです」

芭蕉《ばしょう》はお礼《れい》をのべます。芭蕉《ばしょう》が俳諧《はいかい》に親《した》しんだのは、良忠《よしただ》のおかげでした。

しかし、芭蕉《ばしょう》が二十三歳《にじゅうさんさい》のとき、良忠《よしただ》は二十五歳《にじゅうごさい》のわかさで亡《な》くなります。

芭蕉《ばしょう》はとても悲《かな》しみ、城《しろ》でのつとめも、武士《ぶし》であることもやめて、俳諧《はいかい》で生《い》きていくことを決心《けっしん》しました。二十九歳《にじゅうきゅうさい》で江戸《えど》（今《いま》の東京《とうきょう》）に出《で》て修業《しゅぎょう》を重《かさ》ね、やがて弟子《でし》をとるほどになります。

そのころの俳諧《はいかい》はおもしろおかしい言葉遊《ことばあそ》びでしたが、芭蕉《ばしょう》がそれを深《ふか》めて芸術《げいじゅつ》にまで発展《はってん》させたといわれています。

また、句《く》をよみながらいろいろな場所《ばしょ》を旅《たび》しています。芭蕉《ばしょう》の代表作《だいひょうさく》『おくのほそ道《みち》』は、弟子《でし》の河合曽良《かわいそら》とともに東北《とうほく》・北陸地方《ほくりくちほう》をまわったときの紀行文《きこうぶん》です。

一六九四年《ねん》（元禄七年《げんろくしちねん》）十月八日《じゅうがつようか》、旅先《たびさき》の大坂《おおさか》（今《いま》の大阪《おおさか》）でたおれた芭蕉《ばしょう》は、「旅《たび》に病《や》んで　夢《ゆめ》は枯野《かれの》を　かけめぐる（旅先《たびさき》で病気《びょうき》になってしまったけれど、夢《ゆめ》の中《なか》では今《いま》も枯野《かれの》をかけめぐっている）」という句《く》をよみます。

その四日後《よっかご》に息《いき》を引《ひ》き取《と》り、これが最後《さいご》の句《く》となりました。

この日《ひ》はほかにも…

★木《き》の日《ひ》
「十」と「八」を組《く》み合《あ》わせると漢字《かんじ》の「木《き》」という字《じ》になることから。

★そばの日《ひ》
漢字《かんじ》の十《じゅう》には「そ」という読《よ》み方《かた》もあるため、十(そ)八(ば)のゴロ合《あ》わせから。

316ページのこたえ
「モルグ街《がい》の殺人《さつじん》」

おはなしクイズ　松尾芭蕉《まつおばしょう》が東北《とうほく》・北陸地方《ほくりくちほう》をまわってかいた紀行文《きこうぶん》は？

こたえは つぎのページ

世界中《せかいじゅう》に手紙《てがみ》をとどけよう
「世界郵便《せかいゆうびん》デー」

10月9日

読《よ》んだ日《ひ》にち（　　年　　月　　日）（　　年　　月　　日）（　　年　　月　　日）

記念日

今《いま》の郵便制度《ゆうびんせいど》は、一八四〇年《ねん》にイギリスのローランド・ヒルという人《ひと》の提案《ていあん》によって始《はじ》まりました。それまで、イギリスでは郵便《ゆうびん》料金《りょうきん》が高《たか》すぎるために一般《いっぱん》の人《ひと》びとはほとんど利用《りよう》することができませんでした。それに、手紙《てがみ》を受《う》け取《と》る人《ひと》が料金《りょうきん》をはらうことになっていたので、手紙《てがみ》がとどいても、受《う》け取《と》りを拒否《きょひ》する人《ひと》がとても多《おお》かったのです。

ヒルは、郵便料金《ゆうびんりょうきん》を切手《きって》によって前《まえ》ばらいにし、どんな距離《きょり》でも同《おな》じ料金《りょうきん》でとどけることを提案《ていあん》します。料金《りょうきん》もずいぶん安《やす》くしたので、だれでも気軽《きがる》に利用《りよう》できるようになり、結果《けっか》として郵便《ゆうびん》による国《くに》の収入《しゅうにゅう》が何倍《なんばい》にも増《ふ》えたのです。

イギリスの新《あたら》しい郵便制度《ゆうびんせいど》が大《だい》成功《せいこう》をおさめると、多《おお》くの国《くに》が見《み》習《なら》うようになりました。

日本《にほん》では、一八七一年《ねん》、政府《せいふ》の役人《やくにん》だった前島密《まえじまひそか》によって切手《きって》や郵便《ゆうびん》ポストの仕組《しく》みがつくられます。これは、東京《とうきょう》、京都《きょうと》、大阪《おおさか》の三都市《さんとし》をむすぶ東海道《とうかいどう》の宿駅《しゅくえき》（宿《しゅく》場《ば》）に「郵便取扱所《ゆうびんとりあつかいじょ》」をおき、郵《ゆう》便《びん》ポストを設置《せっち》し、「郵便脚夫《ゆうびんきゃくふ》（配達人《はいたつにん》）」が交代《こうたい》しながら郵便物《ゆうびんぶつ》を受《う》けついでいくというものでした。

この仕組《しく》みは、翌年《よくねん》には全国《ぜんこく》に広《ひろ》がり、日本《にほん》のどこへでも同《おな》じ料《りょう》金《きん》で手紙《てがみ》を送《おく》ることができるようになりました。

一八七四年《ねん》、全世界《ぜんせかい》を一《ひと》つの郵《ゆう》便《びん》地域《ちいき》にすることを目的《もくてき》に、万国《ばんこく》郵便連合《ゆうびんれんごう》（UPU《ユーピーユー》）が発足《ほっそく》しました。万国郵便連合《ばんこくゆうびんれんごう》は国際連合《こくさいれんごう》（333ページ）の専門機関《せんもんきかん》で、日本《にほん》は一八七七年《ねん》に加盟《かめい》し、これによって外国《がいこく》にも手紙《てがみ》を送《おく》ることができるようになりました。

今《いま》では、万国郵便連合《ばんこくゆうびんれんごう》が発足《ほっそく》した十月九日《じゅうがつここのか》は「世界郵便《せかいゆうびん》デー」とよばれています。

19世紀《せいき》の日本《にほん》の郵便《ゆうびん》ポスト

19世紀《せいき》のイギリスの郵便《ゆうびん》ポスト

この日《ひ》はほかにも…

★トラックの日《ひ》
十(ト)ラッ九(ク)のゴロ合《あ》わせから。

317ページのこたえ『おくのほそ道《みち》』

おはなしクイズ 今《いま》の郵便制度《ゆうびんせいど》を提案《ていあん》したイギリス人《じん》はだれ？ こたえはつぎのページ

一九六四年《ねん》の東京《とうきょう》オリンピックが開幕《かいまく》した日《ひ》

読《よ》んだ日《ひ》にち（　年　月　日）（　年　月　日）（　年　月　日）

歴史

一九六四年《ねん》十月《じゅうがつ》十日《とおか》、東京《とうきょう》オリンピックの開会式《かいかいしき》が行《おこな》われました。十八回目《じゅうはちかいめ》となるオリンピックの歴史《れきし》の中《なか》で、アジアではじめての開催《かいさい》となりました。実《じつ》は一九四〇年《ねん》の第十二回大会《だいじゅうにかいたいかい》の開催《かいさい》が東京《とうきょう》に決《き》まっていましたが、日中戦争《にっちゅうせんそう》が始《はじ》まったために、日本《にほん》はそれを返上《へんじょう》していたのです。

東京《とうきょう》オリンピック開会式《かいかいしき》の様子《ようす》（1964年《ねん》）　写真提供:毎日新聞／アフロ

一九四五年《ねん》の終戦《しゅうせん》（258ページ）ののち、すさまじい速《はや》さで復興《ふっこう》をはたした日本《にほん》は、よりいっそうの発展《はってん》を目指《めざ》し、東京《とうきょう》オリンピック開催《かいさい》に合《あ》わせ、東海道新幹線《とうかいどうしんかんせん》（310ページ）や高速道路《こうそくどうろ》（171ページ）を建設《けんせつ》していきます。そうした経済《けいざい》の成長《せいちょう》ぶりを世界《せかい》に向《む》けてアピールするために、オリンピックは最高《さいこう》の舞台《ぶたい》となりました。

「世界《せかい》は一《ひと》つ」という標語《ひょうご》のもと、それまでで最大《さいだい》の九十三《きゅうじゅうさん》か国《こく》から五千人以上《ごせんにんいじょう》が参加《さんか》し、二十競技《にじっきょうぎ》で総種目数《そうしゅもくすう》が百六十三《ひゃくろくじゅうさん》という規模《きぼ》で、十五日間《じゅうごにちかん》にわたって開《ひら》かれました。

金《きん》メダルは、アメリカが三十六《さんじゅうろっ》個《こ》、ソ連《れん》（今《いま》のロシア）が三十《さんじっ》個《こ》、日本《にほん》は三番目《さんばんめ》の十六個《じゅうろっこ》を獲得《かくとく》しています。「東洋《とうよう》の魔女《まじょ》」とよばれた女子《じょし》バレーボールチームが金《きん》メダルを獲得《かくとく》するなど、大《おお》いにもり上《あ》がりました。また、開会式《かいかいしき》の模様《もよう》は人工衛星《じんこうえいせい》を使《つか》ってはじめて宇宙中継《うちゅうちゅうけい》されました。

開会式《かいかいしき》が行《おこな》われた日《ひ》にちなんで、スポーツに親《した》しみ、健康《けんこう》な心《しん》身《しん》を育《そだ》てるためにと、「体育《たいいく》の日《ひ》」が定《さだ》められました。はじめは十月《じゅうがつ》十日《とおか》に決《き》まっていましたが、二〇〇〇年《ねん》以降《いこう》は十月《じゅうがつ》の第二月曜日《だいにげつようび》になっています。

第十八回大会《だいじゅうはちかいたいかい》から五十六年後《ごじゅうろくねんご》の二〇二〇年《ねん》に、ふたたび東京《とうきょう》でオリンピックが開《ひら》かれることが二〇一三年《ねん》に決《き》まりました。七月二十四日《しちがつにじゅうよっか》に始《はじ》まり、二百《にひゃく》をこえる国《くに》から選手《せんしゅ》が集《あつ》まり、三十三競技《さんじゅうさんきょうぎ》、三百三十九種目《さんびゃくさんじゅうきゅうしゅもく》が行《おこな》われる予定《よてい》です。

この日《ひ》はほかにも…

★イタリアの作曲家《さっきょくか》、ジュゼッペ・ヴェルディの誕生日《たんじょうび》（一八一三年《ねん》）

★目《め》の愛護《あいご》デー

「10・10」を横《よこ》にすると人《ひと》の顔《かお》の目《め》とまゆ毛《げ》に見《み》えるため。

318ページのこたえ　ローランド・ヒル

おはなしクイズ　1964年《ねん》の東京《とうきょう》オリンピックで日本《にほん》が獲得《かくとく》した金《きん》メダルの数《かず》は？

こたえはつぎのページ

環境《かんきょう》にやさしい低公害《ていこうがい》エンジンが発表《はっぴょう》された日《ひ》

10月11日

読《よ》んだ日《ひ》にち（　　年　　月　　日）（　　年　　月　　日）（　　年　　月　　日）

歴史

二十世紀《にじっせいき》に入《はい》り、世界各地《せかいかくち》で自動車《じどうしゃ》が生活必需品《せいかつひつじゅひん》として広《ひろ》まる「モータリゼーション」が進《すす》んでいきました。便利《べんり》になるいっぽうで、環境問題《かんきょうもんだい》が出《で》てきます。

自動車《じどうしゃ》は、石油《せきゆ》を燃料《ねんりょう》として燃《も》やし、そのエネルギーで走《はし》る仕組《しく》みです。このときに発生《はっせい》する排気《はいき》ガスには、二酸化炭素《にさんかたんそ》やちっ素酸化物《そさんかぶつ》、炭化水素《たんかすいそ》などがふくまれていますが、これらが大気汚染《たいきおせん》の原因《げんいん》となります。よごれた空気《くうき》は、人間《にんげん》の呼吸器《こきゅうき》などにも悪影響《あくえいきょう》をあたえるのです。

また大気汚染《たいきおせん》のほかにも、二酸化炭素《にさんかたんそ》などの温室効果《おんしつこうか》ガスが増《ふ》えることによって、地表《ちひょう》の温度《おんど》が上《あ》がり、人間《にんげん》もふくめて生《い》きものがくらしづらい環境《かんきょう》になってしまうという問題《もんだい》もあります。これを「地球温暖化《ちきゅうおんだんか》」といいます。

モータリゼーションとともに世界中《せかいじゅう》で工業化《こうぎょうか》が進《すす》み、石炭《せきたん》や石油《せきゆ》、天然《てんねん》ガスなどを燃料《ねんりょう》とする火力発電所《かりょくはつでんしょ》や工場《こうじょう》などがたくさんつくられるようになると、地球温暖化《ちきゅうおんだんか》や大気汚染《たいきおせん》は大《おお》きな問題《もんだい》となってきました。

アメリカは大気汚染対策《たいきおせんたいさく》として、一九七〇年《ねん》に、自動車《じどうしゃ》の排気《はいき》ガスにふくまれる汚染物質《おせんぶっしつ》の量《りょう》を十分《じゅうぶん》の一以下《いちいか》にする、「マスキー法《ほう》」という法律《ほうりつ》を定《さだ》め、この基準《きじゅん》に達《たっ》しない自動車《じどうしゃ》は販売《はんばい》できなくなったのです。

世界中《せかいじゅう》の自動車《じどうしゃ》メーカーで、マスキー法《ほう》にいち早《はや》く対応《たいおう》したのは日本《にほん》のホンダ（358ページ）でした。一九七二年十月十一日《ねんじゅうがつじゅういちにち》に、低公害型《ていこうがいがた》のエンジンである「CVC《シーブイシー》C《シー》」を小型車《こがたしゃ》「シビック」に搭載《とうさい》することを発表《はっぴょう》すると、国内外《こくないがい》から多《おお》くの反響《はんきょう》がありました。このエンジンは、効率《こうりつ》よく燃料《ねんりょう》を燃《も》やして、汚染物質《おせんぶっしつ》の発生《はっせい》をおさえる仕組《しく》みでした。こうした低公害《ていこうがい》エンジンの開発《かいはつ》で、日本《にほん》のメーカーは海外《かいがい》から高《たか》く評価《ひょうか》され、世界《せかい》で広《ひろ》く使《つか》われるようになったのです。

今《いま》では、ハイブリッドカーや電気自動車《でんきじどうしゃ》といった、環境《かんきょう》にやさしい「エコカー」とよばれる車《くるま》の人気《にんき》が高《たか》くなってきています。

この日《ひ》はほかにも…

★フランスの博物学者《はくぶつがくしゃ》、ファーブル（396ページ）の命日《めいにち》（一九一五年《ねん》）

319ページのこたえ　十六個《じゅうろっこ》

おはなしクイズ　ホンダが開発《かいはつ》した低公害型《ていこうがいがた》のエンジンを何《なん》という？　こたえはつぎのページ

10月12日

コロンブスが西《にし》インド諸島《しょとう》に上陸《じょうりく》した日《ひ》

読《よ》んだ日《ひ》にち（　　年　　月　　日）（　　年　　月　　日）（　　年　　月　　日）

歴史

　クリストファー・コロンブスはイタリアのジェノバという港町《みなとまち》でユリウス暦《れき》一四五一年《ねん》に生《う》まれたといわれています。毛織物《けおりもの》をあつかうお父《とう》さんの仕事《しごと》を手伝《てつだ》いながら、港《みなと》を出入《でい》りする船《ふね》を見《み》ていつも航海《こうかい》にあこがれていました。

　少年《しょうねん》のころに、「東《ひがし》のはてに何《なに》もかもが黄金《おうごん》でできたジパングという国《くに》がある」とマルコ・ポーロ（23ページ）が百年《ひゃくねん》以上前《いじょうまえ》にかきのこしていたことを知《し》り、夢《ゆめ》をふくらませます。

　古《ふる》い地図《ちず》を集《あつ》め、世界《せかい》のことをかいた本《ほん》をたくさん読《よ》んで勉強《べんきょう》すると、「どこまでも西《にし》に進《すす》めば、東《ひがし》の国《くに》に着《つ》く。インドにもジパングにも行《い》けるはずだ」と信《しん》じるようになっていました。地球《ちきゅう》が丸《まる》いことはもうわかっていましたが、まだだれもそんなことをしたことのなかった時代《じだい》です。

　コロンブスは大航海《だいこうかい》の計画《けいかく》を立《た》て、ポルトガル王《おう》に援助《えんじょ》をお願《ねが》いしますが、五年《ごねん》も待《ま》たされて返事《へんじ》はありません。次《つぎ》にスペインのイサベル女王《じょおう》にお願《ねが》いに行《い》きました。そこでも何年《なんねん》も待《ま》たされますが、ついにスペインからの援助《えんじょ》をえることができ、一四九二年《ねん》八月《はちがつ》三日《みっか》に大冒険《だいぼうけん》に出発《しゅっぱつ》します。

　船《ふね》はサンタ・マリア号《ごう》をはじめとする小《ちい》さな船三《ふねさん》そう。全部《ぜんぶ》で約《やく》九十人《きゅうじゅうにん》がのりこんで西《にし》へ西《にし》へと進《すす》んでいきましたが、一向《いっこう》に陸地《りくち》は見《み》えません。正確《せいかく》な地図《ちず》などもないため、船《ふね》を進《すす》めるのは風《かぜ》と人《ひと》の力《ちから》だけです。「やっぱり無理《むり》だったんだ」と言《い》う者《もの》もいましたが、コロンブスは鳥《とり》のむれを見《み》つけると、「鳥《とり》は陸《りく》に向《む》かっている、あと三日《みっか》たっても陸地《りくち》が見《み》つからなかったら引《ひ》き返《かえ》そう」と約束《やくそく》します。

　そして、出発《しゅっぱつ》して七十一日目《ななじゅういちにちめ》の十月十二日《じゅうがつじゅうににち》、ついに陸地《りくち》を見《み》つけ、上陸《じょうりく》したのです。コロンブスはインドだと思《おも》っていたのですが、そこは今《いま》の南北《なんぼく》アメリカ大陸《たいりく》の間《あいだ》にある西《にし》インド諸島《しょとう》の中《なか》の小《ちい》さな島《しま》でした。

　その島《しま》に、コロンブスはサンサルバドル（聖《せい》なる救《すく》い主《ぬし》）と名前《なまえ》をつけます。この日《ひ》は「コロンブス・デー」としてアメリカでは多《おお》くの州《しゅう》で祝日《しゅくじつ》になっています。

この日《ひ》はほかにも…

★サツマイモを普及《ふきゅう》させた江戸時《えどじ》代中期《だいちゅうき》の役人《やくにん》、青木昆陽《あおきこんよう》の命日《めいにち》（一七六九年《ねん》）

320ページのこたえ　CVCC《シーブイシーシー》

おはなしクイズ　コロンブスの航海《こうかい》を援助《えんじょ》した国《くに》は？　こたえはつぎのページ

世界《せかい》ではじめて麻酔《ますい》による手術《しゅじゅつ》が行《おこな》われた日《ひ》

10月13日

読《よ》んだ日《ひ》にち（　　年　　月　　日）（　　年　　月　　日）（　　年　　月　　日）

はじめて

歯《は》の治療《ちりょう》や外科《げか》手術《しゅじゅつ》をするとき、痛《いた》みを感《かん》じないようにするために麻酔《ますい》が使《つか》われます。しかし、麻酔《ますい》が開発《かいはつ》されるまでは、手術《しゅじゅつ》が必要《ひつよう》な患者《かんじゃ》は痛《いた》みをこらえるしかなく、手術《しゅじゅつ》は最後《さいご》の手段《しゅだん》でした。ぶじに手術《しゅじゅつ》が終《お》わっても、出血《しゅっけつ》多《た》量《りょう》や感染症《かんせんしょう》、痛《いた》みによるショックで亡《な》くなる患者《かんじゃ》も少《すく》なくありませんでした。

アメリカやヨーロッパで麻酔《ますい》の研究《けんきゅう》が始《はじ》まったのは、十九世紀《じゅうきゅうせいき》になってからですが、それより四十《よんじゅう》年《ねん》も前《まえ》の江戸《えど》時代《じだい》後期《こうき》の日本《にほん》で、すでに全身《ぜんしん》麻酔《ますい》による外科《げか》手術《しゅじゅつ》が成功《せいこう》していたのです。

この手術《しゅじゅつ》を行《おこな》ったのは、外科医《げかい》の華岡青洲《はなおかせいしゅう》でした。青洲《せいしゅう》は一七六〇年《ねん》（宝暦十年《ほうれきじゅうねん》）十月二十三日《じゅうがつにじゅうさんにち》に生《う》まれました。紀伊国《きいのくに》（今《いま》の和歌山県《わかやまけん》）で医師《いし》をしていた父《ちち》から医《い》学《がく》を学《まな》んだのち、京都《きょうと》で漢方《かんぽう》と蘭《らん》学《がく》（オランダを通《つう》じてもたらされた西洋《せいよう》の学問《がくもん》や技術《ぎじゅつ》などのこと）を学《まな》びます。外科医《げかい》を目指《めざ》していましたが、当時《とうじ》の外科《げか》では病気《びょうき》や傷《きず》のある部分《ぶぶん》に薬《くすり》をぬったり、はれものの先《さき》をメスで切《き》ったりするくらいで、本格的《ほんかくてき》な手術《しゅじゅつ》は行《おこな》われていませんでした。

その後《ご》、実家《じっか》にもどった青洲《せいしゅう》は、麻酔薬《ますいやく》の研究《けんきゅう》を始《はじ》めました。青洲《せいしゅう》の理解者《りかいしゃ》であり、薬《くすり》の実験台《じっけんだい》になってくれた母《はは》は亡《な》くなり、妻《つま》も目《め》が見《み》えなくなりました。それでも青洲《せいしゅう》は研究《けんきゅう》をつづけ、ついにマンダラゲ（チョウセンアサガオ）からとった成分《せいぶん》で「通仙散《つうせんさん》」という麻酔薬《ますいやく》を開発《かいはつ》します。

一八〇四年《ねん》（文化元年《ぶんかがんねん》）十月十《じゅうがつじゅう》三日《さんにち》、青洲《せいしゅう》はこの麻酔薬《ますいやく》を乳《にゅう》がんの女性《じょせい》に用《もち》いて、全身《ぜんしん》麻酔《ますい》による乳《にゅう》がんを取《と》り出《だ》す手術《しゅじゅつ》を日本《にほん》ではじめて成功《せいこう》させました。その後《ご》、青洲《せいしゅう》が「通仙散《つうせんさん》」の麻酔《ますい》で行《おこな》った手術《しゅじゅつ》は、乳《にゅう》がんだけでも百五十例《ひゃくごじゅうれい》もあるといわれています。

明治《めいじ》時代《じだい》になり、西洋《せいよう》からクロロホルムなどの麻酔《ますい》が伝《つた》わると「通仙散《つうせんさん》」は使《つか》われなくなりましたが、青洲《せいしゅう》が日本《にほん》の医学界《いがくかい》におよぼした影響《えいきょう》はとても大《おお》きかったのです。

この日《ひ》はほかにも…

★イギリスの元首相《もとしゅしょう》、マーガレット・サッチャーの誕生日《たんじょうび》（一九二五年《ねん》）

321ページのこたえ
スペイン

おはなしクイズ 華岡青洲《はなおかせいしゅう》が開発《かいはつ》した麻酔薬《ますいやく》は何《なん》という名前《なまえ》？ こたえはつぎのページ

10月14日

江戸幕府《えどばくふ》が終《お》わった日《ひ》
大政奉還《たいせいほうかん》

読《よ》んだ日《ひ》にち（　　年　　月　　日）（　　年　　月　　日）（　　年　　月　　日）

歴史

一八五四年《ねん》、それまで鎖国《さこく》（外《がい》国《こく》との貿易《ぼうえき》などをやめること）をしていた江戸幕府《えどばくふ》は、アメリカと日米和親条約《にちべいわしんじょうやく》をむすび、下田《しもだ》と箱館《はこだて》（今《いま》の函館《はこだて》）を開港《かいこう》しました（180ページ）。つづいて一八五八年《ねん》には日米修好通商条約《にちべいしゅうこうつうしょうじょうやく》をむすびますが、この条約《じょうやく》は不平等《ふびょうどう》なものでした（205ページ）。

「生活《せいかつ》が苦《くる》しいのは外国《がいこく》に富《とみ》をすい上《あ》げられているからでは」と考《かんが》え、外国人《がいこくじん》をしりぞけようとする人《ひと》びとと、天皇中心《てんのうちゅうしん》の政治《せいじ》をつくろうという考《かんが》えとがいっしょになり（尊王攘夷《そんのうじょうい》）、幕府《ばくふ》への不満《ふまん》は高《たか》まっていきました。

この動《うご》きの中心《ちゅうしん》となったのが、薩摩藩《さつまはん》（今《いま》の鹿児島県《かごしまけん》）や長州藩《ちょうしゅうはん》（今《いま》の山口県《やまぐちけん》）です。しかし、イギリス艦隊《かんたい》の薩摩藩《さつまはん》へ向《む》けての攻撃《こうげき》や、イギリス、アメリカ、フランス、オランダの四《よん》か国《こく》による長州藩《ちょうしゅうはん》への攻撃《こうげき》などで、外国《がいこく》の力《ちから》の強《つよ》さを見《み》せつけられた二《ふた》つの藩《はん》は、今度《こんど》は幕府《ばくふ》をたおそうと同盟《どうめい》をむすびます。幕府《ばくふ》にかわる新《あたら》しい国《くに》づくりをしなくてはならないと強《つよ》く感《かん》じたからです。

江戸幕府《えどばくふ》の第十五代将軍《だいじゅうごだいしょうぐん》徳川慶喜《とくがわよしのぶ》は、この動《うご》きを止《と》めるため、幕府《ばくふ》の改革《かいかく》を始《はじ》めました。

水戸徳川家《みととくがわけ》に生《う》まれた慶喜《よしのぶ》は、外国《がいこく》の文化《ぶんか》にも関心《かんしん》が強《つよ》く、とてもかしこく、すぐれた政治《せいじ》を行《おこな》いました。大名《だいみょう》を定期的《ていきてき》に江戸《えど》（今《いま》の東京《とうきょう》）に来《こ》させる参勤交代《さんきんこうたい》の見《み》直《なお》しや軍隊《ぐんたい》の近代化《きんだいか》など、伝統的《でんとうてき》な幕府《ばくふ》のあり方《かた》にとらわれず改革《かいかく》をおし進《すす》めます。しかし、時代《じだい》の波《なみ》にはさからえませんでした。ついに慶喜《よしのぶ》は、江戸幕府《えどばくふ》を終《お》えることこそ、外国《がいこく》の侵略《しんりゃく》から日本《にほん》を守《まも》る最《もっと》もよい方法《ほうほう》だとさとったのです。

一八六七年《ねん》（慶応三年《けいおうさんねん》）十月十四日《じゅうがつじゅうよっか》、慶喜《よしのぶ》は政権《せいけん》を朝廷《ちょうてい》に返《かえ》しました。これを「大政奉還《たいせいほうかん》」といいます。こうして二百六十年《にひゃくろくじゅうねん》あまりつづいた江戸幕府《えどばくふ》の政治体制《せいじたいせい》は終《お》わりました。

その年《とし》の十二月《じゅうにがつ》、天皇中心《てんのうちゅうしん》の新《しん》政府《せいふ》をつくることを宣言《せんげん》した「王政復古《おうせいふっこ》の大号令《だいごうれい》」によって、天皇《てんのう》中心《ちゅうしん》の新《あたら》しい政府《せいふ》、明治政府《めいじせいふ》がつくられたのです。

この日《ひ》はほかにも…

★鉄道《てつどう》の日《ひ》
新橋《しんばし》ー横浜間《よこはまかん》に日本《にほん》で最初《さいしょ》の鉄道《てつどう》が開業《かいぎょう》（一八七二年《ねん》）。

322ページのこたえ
通仙散《つうせんさん》

おはなしクイズ 大政奉還《たいせいほうかん》を行《おこな》った徳川慶喜《とくがわよしのぶ》は江戸幕府《えどばくふ》の第何代目《だいなんだいめ》の将軍《しょうぐん》？

こたえはつぎのページ

「太平洋《たいへいよう》の橋《はし》」を目指《めざ》した 新渡戸稲造《にとべいなぞう》が亡《な》くなった日《ひ》

日本《にほん》
1862〜1933年《ねん》

10月15日

読《よ》んだ日《ひ》にち（　　年　　月　　日）（　　年　　月　　日）（　　年　　月　　日）

人物

一九八四年《ねん》に発行《はっこう》された五千円《ごせんえん》札《さつ》の肖像《しょうぞう》となった新渡戸稲造《にとべいなぞう》は、陸奥国《むつのくに》（今《いま》の岩手県《いわてけん》）に生《う》まれました。一八六二年《ねん》のことです。

稲造《いなぞう》はおさないころから勉強《べんきょう》が大好《だいす》きで、とくに英語《えいご》が得意《とくい》でした。テストで一番《いちばん》になって、そのお祝《いわ》いにワシントン（71ページ）の伝記《でんき》や文房具《ぶんぼうぐ》などをもらったこともありました。

稲造《いなぞう》は十六歳《じゅうろくさい》のときに、札幌農《さっぽろのう》学校《がっこう》（今《いま》の北海道大学《ほっかいどうだいがく》）に進学《しんがく》します。先生《せんせい》たちはみなアメリカ人《じん》で、授業《じゅぎょう》は英語《えいご》です。稲造《いなぞう》は英語《えいご》を勉強《べんきょう》しながら、広《ひろ》い外国《がいこく》にあこがれるようになっていきました。またこのころ、キリスト教徒《きょうと》になります。

札幌農学校《さっぽろのうがっこう》を卒業《そつぎょう》した稲造《いなぞう》は、東京大学《とうきょうだいがく》に進学《しんがく》します。入学試験《にゅうがくしけん》の面接《めんせつ》のときに、英文学《えいぶんがく》を学《まな》ぶ理《り》由《ゆう》をきかれると、

「ぼくは、太平洋《たいへいよう》の橋《はし》になりたいのです。太平洋《たいへいよう》をはさんだアメリカと日本《にほん》は、まったく文化《ぶんか》のちがう国《くに》です。その二《ふた》つの国《くに》がおたがいを理解《りかい》するための手助《てだす》けを、ぼくはしたいのです」

その言葉《ことば》どおりに、稲造《いなぞう》は東京《とうきょう》大学《だいがく》をへて、アメリカに留学《りゅうがく》します。ジョンズ・ホプキンス大学《だいがく》で経済学《けいざいがく》を学《まな》び、帰国後《きこくご》には札幌農《さっぽろのう》学校《がっこう》の教授《きょうじゅ》になりました。

一九二〇年《ねん》には、国際連盟《こくさいれんめい》の事《じ》務《む》次長《じちょう》をまかされます。日本《にほん》の代《だい》表《ひょう》として、世界《せかい》に活《かつ》やくの場《ば》を広《ひろ》げていきました。また、日本《にほん》とアメリカの交換教授《こうかんきょうじゅ》として、両国《りょうこく》をさかんに行《い》き来《き》します。さらに、太平洋問題調査会《たいへいようもんだいちょうさかい》の理事長《りじちょう》もつとめました。稲造《いなぞう》はまさに、「太平《たいへい》洋《よう》の橋《はし》」となったのです。

一九三三年《ねん》に太平洋問題調査会《たいへいようもんだいちょうさかい》の会議《かいぎ》がカナダで行《おこな》われましたが、日本《にほん》に帰《かえ》るとちゅうで病《やまい》にたおれ、十月十五日《じゅうがつじゅうごにち》に亡《な》くなりました。その後《ご》、国際理解《こくさいりかい》のために働《はたら》いたことがみとめられ、お札《さつ》の肖《しょう》像《ぞう》にもなったのです。

この日《ひ》はほかにも…

★世界手洗《せかいてあら》いの日《ひ》
感染症《かんせんしょう》の予防《よぼう》として正《ただ》しい手洗《てあら》いの方法《ほうほう》を広《ひろ》めるために制定《せいてい》。

323ページのこたえ
第十五代目《だいじゅうごだいめ》

おはなしクイズ　新渡戸稲造《にとべいなぞう》が留学《りゅうがく》したアメリカの大学《だいがく》はどこ？

こたえはつぎのページ

10月16日

近代的《きんだいてき》な辞典《じてん》をつくった ウェブスターの誕生日《たんじょうび》

アメリカ
1758〜1843年《ねん》

読《よ》んだ日《ひ》にち（　　年　　月　　日）（　　年　　月　　日）（　　年　　月　　日）

人物

みなさんは「ウェブスター」とかかれた辞典《じてん》を見《み》たことがありますか。辞典《じてん》の名前《なまえ》にもなった編《へん》さん者《しゃ》（資料《しりょう》を集《あつ》め、本《ほん》としてまとめる人《ひと》）がノア・ウェブスターです。

ウェブスターは一七五八年十月十六日《ねんじゅうがつじゅうろくにち》にアメリカで生《う》まれました。教師《きょうし》として働《はたら》いているとき、言語学《げんごがく》に興味《きょうみ》をもち、一七八三年《ねん》から一七八五年《ねん》にかけて『綴《つづ》り字《じ》教本《きょうほん》』を出版《しゅっぱん》します。その後《ご》、一八二八年《ねん》に『アメリカ版英語辞典《ばんえいごじてん》』を出版《しゅっぱん》しました。ウェブスターの辞典《じてん》は、それまでの辞典《じてん》にくらべると説明《せつめい》が多《おお》く、「アメリカにおける最高《さいこう》の辞典《じてん》」といわれました。今《いま》でもウェブスターのつくった辞典《じてん》に新《あたら》しい言語《げんご》を足《た》した辞典《じてん》が使用《しよう》されています。

では、辞典《じてん》はいつごろうまれたのでしょうか。紀元前《きげんぜん》二三〇〇年《ねん》ごろに今《いま》のイラクの近《ちか》くで誕生《たんじょう》したアッカド王朝《おうちょう》が、占領《せんりょう》したシュメール人《じん》の文化《ぶんか》を取《と》り入《い》れるため、シュメール人《じん》の言葉《ことば》とアッカドの言葉《ことば》の意味《いみ》をてらし合《あ》わせた粘土盤《ねんどばん》が最初《さいしょ》の辞典《じてん》だと考《かんが》えられていますが、はっきりとしたことはわかっていません。その後《ご》も辞《じ》典《てん》は、戦争《せんそう》によって占領《せんりょう》した地域《ちいき》の言葉《ことば》を理解《りかい》するために必要《ひつよう》とされ、交流《こうりゅう》がうまれた国《くに》との間《あいだ》でつくられるようになりました。

日本《にほん》で辞典《じてん》がうまれたのは、奈《な》良時代《らじだい》です。日本人《にほんじん》は最先端《さいせんたん》の知《ち》識《しき》を学《まな》ぶため、空海《くうかい》（192ページ）などの留学生《りゅうがくせい》を随《ずい》や唐《とう》（今《いま》の中《ちゅう》国《ごく》）へ送《おく》ります（214ページ）。空《くう》海《かい》は、日本《にほん》にもち帰《かえ》った書物《しょもつ》の漢《かん》字《じ》の意味《いみ》を明《あき》らかにするため『篆《てん》隷万象名義《れいばんしょうめいぎ》』をつくりました。漢《かん》字《じ》辞典《じてん》のようなもので、日本《にほん》に現《げん》存《そん》する最古《さいこ》の辞典《じてん》といわれています。

平安時代《へいあんじだい》には、橘忠兼《たちばなのただかね》が『色《いろ》葉字類抄《はじるいしょう》』をつくります。これは「いろは歌《うた》」の順番《じゅんばん》で読《よ》みから漢《かん》字《じ》をさがせるため、国語辞典《こくごじてん》の先《さき》がけといわれています。

その後《ご》、明治時代《めいじじだい》になると大槻《おおつき》文彦《ふみひこ》が「あいうえお順《じゅん》」の国語辞《こくごじ》典《てん》『言海《げんかい》』をつくり、今《いま》の国語辞《こくごじ》典《てん》に近《ちか》い内容《ないよう》となりました。ちなみに、『言海《げんかい》』は、ウェブスターの辞典《じてん》を参考《さんこう》にしたといわれています。

この日《ひ》はほかにも…

★フランスの王妃《おうひ》、マリー・アントワネット（343ページ）の命日《めいにち》（一七九三年《ねん》）

324ページのこたえ ジョンズ・ホプキンス大学《だいがく》

おはなしクイズ 日本《にほん》に現存《げんそん》する最古《さいこ》の辞典《じてん》をつくったのはだれ？ こたえはつぎのページ

「ピアノの詩人《しじん》」とよばれた作曲家《さっきょくか》
ショパンが亡《な》くなった日《ひ》

ポーランド
1810〜
1849年《ねん》

10月17日

読《よ》んだ日《ひ》にち（　　年　　月　　日）（　　年　　月　　日）（　　年　　月　　日）

人物

天才《てんさい》とよばれたピアニストであり作曲家《さっきょくか》のフレデリック・ショパンは、一八一〇年《ねん》にポーランドのワルシャワで生《う》まれました。おさないころからピアノをひくのが上手《じょうず》で、八歳《はっさい》のときには宮殿《きゅうでん》でたくさんの人《ひと》に自分《じぶん》のつくった曲《きょく》をきかせたほどです。

　十八歳《じゅうはっさい》のとき、はじめてドイツのベルリンへ行《い》き、音楽《おんがく》の本場《ほんば》で勉強《べんきょう》したい気持《きも》ちが高《たか》まっていきます。

　そのころ、ポーランドはロシアに支配《しはい》されており、それに反発《はんぱつ》するポーランド人《じん》たちの暴動《ぼうどう》が起《お》こりそうでした。二十歳《はたち》になったショパンは、音楽《おんがく》の勉強《べんきょう》もできるオーストリアのウィーンへのがれます。翌年《よくねん》にはフランスのパリへ引《ひ》っこしました。

「ポーランドで争《あらそ》いが起《お》こっているのに、わたしは何《なに》もできないのか」

　祖国《そこく》のことが心配《しんぱい》だったショパンは、ここで「革命《かくめい》のエチュード」を作曲《さっきょく》します。

　二十七歳《にじゅうななさい》のときに、結核《けっかく》という当時《とうじ》は治療《ちりょう》がむずかしかった病気《びょうき》にかかります。そんなとき、女性《じょせい》作家《さっか》、ジョルジュ・サンドと出会《であ》いました。サンドとくらすようになったショパンは、パリやノアンという町《まち》で九年間《きゅうねんかん》すごし、この時《じ》期《き》に「雨《あま》だれ」などの名曲《めいきょく》がうまれます。

　しかし、病気《びょうき》はどんどん悪《わる》くなります。また、サンドに新《あたら》しい恋人《こいびと》ができたことで、ショパンはパリへもどります。翌年《よくねん》にはイギリスのビクトリア女王《じょおう》の前《まえ》で演奏《えんそう》をしています。

　その後《ご》もショパンは、パリでくらしながら、休《やす》むことなく演奏《えんそう》や作曲《さっきょく》を行《おこな》いましたが、一八四九年《ねん》十月十七日《じゅうがつじゅうしちにち》、病気《びょうき》が悪化《あっか》して亡《な》くなりました。

　のこされた二百三十曲以上《にひゃくさんじっきょくいじょう》の名《めい》曲《きょく》は、ほとんどがピアノ曲《きょく》であり、現在《げんざい》でもショパンは「ピアノの詩人《しじん》」とよばれ、人《ひと》びとを楽《たの》しませています。

この日《ひ》はほかにも…

★カラオケ文化《ぶんか》の日《ひ》
カラオケを通《つう》じて文化活動《ぶんかかつどう》や交流《こうりゅう》を行《おこな》うために制定《せいてい》された。

325ページのこたえ
空海《くうかい》

おはなしクイズ　ショパンが生《う》まれた国《くに》はどこ？

こたえはつぎのページ

わたしたちの生活《せいかつ》にかかせない「冷凍食品《れいとうしょくひん》の日《ひ》」

10月18日

読《よ》んだ日《ひ》にち（　年　月　日）（　年　月　日）（　年　月　日）

記念日

十月十八日《じゅうがつじゅうはちにち》は「冷凍食品《れいとうしょくひん》の日《ひ》」とされています。これは、冷凍《れいとう》の「凍《とう》」と「十《とお》」をかけているのと、冷凍食品《れいとうしょくひん》の管理温度《かんりおんど》である「マイナス十八度以下《じゅうはちどいか》」にちなんだものです。

その歴史《れきし》をたどると、十九世紀《じゅうきゅうせいき》のフランスにさかのぼります。その時代《じだい》には、すでに食品《しょくひん》を人工的《じんこうてき》にこおらせて保存《ほぞん》する方法《ほうほう》が考《かんが》えられていたといいます。

世界《せかい》ではじめて冷凍食品《れいとうしょくひん》をつくって売《う》ったのは、アメリカのクラレンス・バーズアイという毛皮《けがわ》商人《しょうにん》だといわれています。バーズアイは一九一五年《ねん》ごろ、カナダのとても寒《さむ》い地方《ちほう》に住《す》む人《ひと》たちがつった魚《さかな》がすぐにこおってしまうことで、新鮮《しんせん》な状態《じょうたい》が保《たも》たれていることを知《し》ります。それをヒントに、最初《さいしょ》の冷凍食品《れいとうしょくひん》を売《う》り出《だ》したというのです。

そのほか、冷凍食品《れいとうしょくひん》の始《はじ》まりについてはいろいろな説《せつ》があります。明治時代《めいじじだい》が始《はじ》まりという説《せつ》もありますが、その時代《じだい》は電気冷蔵庫《でんきれいぞうこ》がなかったこともあり、それほど広《ひろ》まりませんでした。

そして、広《ひろ》まるきっかけになったのが一九三〇年《ねん》に発売《はつばい》された「冷凍《れいとう》いちご」という氷《こおり》がしです。これは、砂糖《さとう》をとかした牛乳《ぎゅうにゅう》の中《なか》にいちごを入《い》れてこおらせたもので、大《だい》ヒット商品《しょうひん》になりました。

ただし、そのころはまだ冷蔵庫《れいぞうこ》は高級品《こうきゅうひん》だったので、お店《みせ》でこおっているものを買《か》っても、ほとんどの人《ひと》が家《いえ》でこおったまま保存《ほぞん》することができませんでした。

一般《いっぱん》の家庭《かてい》に冷凍食品《れいとうしょくひん》が広《ひろ》まったのは、独立《どくりつ》した冷凍室《れいとうしつ》のついた冷蔵庫《れいぞうこ》と、電子《でんし》レンジが広《ひろ》まった一九七〇年代後半《ねんだいこうはん》のことです。こうして、肉《にく》や魚《さかな》、野菜《やさい》や果物《くだもの》、おかしやいろいろな加工商品《かこうしょうひん》などの冷凍食品《れいとうしょくひん》は、わたしたちのくらしにかかせないものになったのです。

この日《ひ》はほかにも…

★ドライバーの日《ひ》
十（ド）ラ一（イ）八（バー）のゴロ合《あ》わせから。

★統計《とうけい》の日《ひ》
国民《こくみん》に統計《とうけい》の重要性《じゅうようせい》を知《し》ってもらう日《ひ》。

326ページのこたえ　ポーランド

おはなしクイズ　日本《にほん》で冷凍食品《れいとうしょくひん》が広《ひろ》まるきっかけになった食《た》べものとは？

こたえはつぎのページ

映画《えいが》の父《ちち》、リュミエール兄弟《きょうだい》の兄《あに》オーギュストの誕生日《たんじょうび》

フランス 1862〜1954年《ねん》

10月19日

人物

読《よ》んだ日《ひ》にち（　　年　　月　　日）（　　年　　月　　日）（　　年　　月　　日）

映画《えいが》はアメリカのエジソン（330ページ）が発明《はつめい》したということになっています。たしかにエジソンは一八九四年《ねん》、キネトスコープという映写機《えいしゃき》をつくりました。しかし、これは箱《はこ》の中《なか》でフィルムを回転《かいてん》させ、上《うえ》からのぞいて見《み》るものです。現在《げんざい》の映画《えいが》のように大《おお》きなスクリーンにうつし出《だ》された映像《えいぞう》を、多《おお》くの人《ひと》が同時《どうじ》に見《み》ることはできませんでした。

このエジソンの映写機《えいしゃき》の原理《げんり》を取《と》り入《い》れ、現在《げんざい》の映画《えいが》と同《おな》じようにフィルムをスクリーンにうつし出《だ》す機械《きかい》をつくったのが、フランスのリュミエール兄弟《きょうだい》です。

兄《あに》のオーギュストは一八六二年《ねん》十月十九日《じゅうがつじゅうくにち》に、弟《おとうと》のルイは一八六四年十月五日《ねんじゅうがついつか》に生《う》まれました。

二人《ふたり》は父親《ちちおや》の写真館《しゃしんかん》の手伝《てつだ》いをしていたので、写真《しゃしん》に関《かん》するさまざまな知識《ちしき》と技術《ぎじゅつ》をもっていました。一八九五年《ねん》、独自《どくじ》の発明《はつめい》をし、「シネマトグラフ」という新《あたら》しい機械《きかい》をつくりました。

二人《ふたり》が発明《はつめい》したシネマトグラフは、撮影《さつえい》、フィルムの焼《や》きつけ、スクリーンに映像《えいぞう》をうつし出《だ》す、という三《みっ》つの機能《きのう》をもったすぐれた機械《きかい》でした。これを持《も》ち運《はこ》べば、大《おお》きなスクリーンで多《おお》くの人《ひと》が映像《えいぞう》を同時《どうじ》に見《み》ることができたのです。

その年《とし》、リュミエール兄弟《きょうだい》がパリで行《おこな》った世界初《せかいはつ》の映画上映会《えいがじょうえいかい》は大成功《だいせいこう》をおさめました。実《じつ》はカメラをまわし、演出《えんしゅつ》を担当《たんとう》したのは弟《おとうと》のルイで、作品《さくひん》の中《なか》には世界初《せかいはつ》の喜劇映画《きげきえいが》もありました。

この発明《はつめい》のおかげで、わたしたちが現在見《げんざいみ》ている映画《えいが》の仕組《しく》みができたので、二人《ふたり》は「映画《えいが》の父《ちち》」ともよばれています。

一八九七年《ねん》、シネマトグラフは日本《にほん》にも輸入《ゆにゅう》され、日本《にほん》でも映画《えいが》がつくられるようになりました。はじめは活動写真《かつどうしゃしん》とよばれ、セリフなど音《おと》はなく、活動弁士《かつどうべんし》とよばれる人《ひと》が内容《ないよう》を説明《せつめい》していました。画面《がめん》に合《あ》わせて音楽《おんがく》やセリフが入《はい》ったのは一九三一年《ねん》からです。外国映画《がいこくえいが》に日本語《にほんご》の字幕《じまく》がつくようになったのもこの年《とし》でした。

327ページのこたえ　冷凍《れいとう》いちご

この日《ひ》はほかにも…

★『ガリバー旅行記《りょこうき》』をかいたイギリスの小説家《しょうせつか》、ジョナサン・スウィフトの命日《めいにち》（一七四五年《ねん》）

★「荒城《こうじょう》の月《つき》」（267ページ）の作詞《さくし》をした土井晩翠《どいばんすい》の命日《めいにち》（一九五二年《ねん》）

おはなしクイズ　リュミエール兄弟《きょうだい》が参考《さんこう》にした映写機《えいしゃき》はだれが発明《はつめい》した？　こたえはつぎのページ

10月20日

ゴミをへらし、資源《しげん》を大切《たいせつ》にして環境《かんきょう》を守《まも》ることを考《かんが》える日《ひ》

読《よ》んだ日《ひ》にち（　　年　　月　　日）（　　年　　月　　日）（　　年　　月　　日）

記念日

　毎年十月《まいとしじゅうがつ》は、環境省《かんきょうしょう》と経済産業省《けいざいさんぎょうしょう》などがよびかけて「リデュース・リユース・リサイクル（3《スリー》R《アール》）推進月間《すいしんげっかん》」になっています。なかでも十月《じゅうがつ》二十日《はつか》は、「リサイクルの日《ひ》」ともいわれています。

　3R《スリーアール》について説明《せつめい》しましょう。リデュースとは「へらす」という意味《いみ》です。ここではゴミをへらす工夫《くふう》をすること。シャンプーがなくなったときに、新《あたら》しいシャンプーを容器《ようき》ごと買《か》うのではなく、つめかえ用《よう》のものを買《か》えば、容器《ようき》はゴミにはなりません。また、お弁当《べんとう》を食《た》べるときに毎回《まいかい》わりばしを使《つか》うのではなく、おはしを用意《ようい》すればゴミをへらせます。

　リユースとは、ものをくり返《かえ》し使《つか》うことです。使《つか》わなくなったおもちゃや着《き》なくなった服《ふく》を、フリーマーケットやバザーなどでほしい人《ひと》にゆずって使《つか》ってもらうこともリユースです。

　リサイクルとは、ふたたび資源《しげん》として利用《りよう》することです。ペットボトルや紙《かみ》、プラスチックはそれぞれ分《わ》けてゴミに出《だ》します。そうすることで、もう一度《いちど》資源《しげん》として使《つか》えるように処理《しょり》してもらえるのです。

　3R《スリーアール》の目的《もくてき》は資源《しげん》を大切《たいせつ》にすることです。そしてゴミをへらすことで、ゴミを燃《も》やすなどして処理《しょり》するときに使《つか》うエネルギーをへらし、地球温暖化《ちきゅうおんだんか》をふせぎ、環境《かんきょう》を守《まも》るためです。ですから本来《ほんらい》は十月《じゅうがつ》だけではなく、いつでも取《と》り組《く》むことが大切《たいせつ》なのです。

　みなさんにも取《と》り組《く》めることがたくさんあります。ゴミの分別《ぶんべつ》をていねいに行《おこな》うことや、給食《きゅうしょく》をのこさず食《た》べることもそうです。ほかにもどんなことができるか、ぜひ考《かんが》えてみてください。

この日《ひ》はほかにも…

★大正《たいしょう》・昭和時代《しょうわじだい》の小説家《しょうせつか》、坂口安吾《さかぐちあんご》が生《う》まれた日《ひ》（一九〇六年《ねん》）

328ページのこたえ
エジソン

おはなしクイズ　10月《がつ》は「3R《スリーアール》を進《すす》める月《つき》」とされますが、3R《スリーアール》とは何《なん》のこと？　こたえはつぎのページ

エジソンが白熱《はくねつ》電球《でんきゅう》の実験《じっけん》に成功《せいこう》した日《ひ》

10月21日

読《よ》んだ日《ひ》にち（　　年　　月　　日）（　　年　　月　　日）（　　年　　月　　日）

歴史

一八七九年十月《ねんじゅうがつ》二十一日《にじゅういちにち》、アメリカの発明家《はつめいか》トマス・アルバ・エジソンはいつものように白熱電球《はくねつでんきゅう》の実験中《じっけんちゅう》でした。ガスや石油《せきゆ》ではなく電気《でんき》を使《つか》ったあかりです。

長時間《ちょうじかん》、光《ひか》りつづける電気《でんき》のあかりは、まだだれもつくり出《だ》したことがありません。それは、電球《でんきゅう》の中《なか》に入《い》れるフィラメント（白熱《はくねつ》線《せん》）が数分間《すうふんかん》で切《き》れてしまうからです。エジソンも、金属《きんぞく》や木《き》の皮《かわ》などいろいろな材料《ざいりょう》をためしてみましたが、どれもうまくいきません。

どれだけ失敗《しっぱい》しても、エジソンはくじけることなく実験《じっけん》をつづけました。

ある日《ひ》、エジソンはふと思《おも》いついて、もめん糸《いと》を焼《や》いたものをフィラメントに使《つか》ってみたのです。期待《きたい》しながら電気《でんき》を通《とお》しました。電球《でんきゅう》が光《ひか》ります。一分《いっぷん》、二分《にふん》……新記録《しんきろく》を更新《こうしん》しました。フィラメントは切《き》れることなく、ついには四十五時間《よんじゅうごじかん》も光《ひか》りつづけました。このとき、エジソンは四十五《よんじゅうご》時間《じかん》、寝《ね》ないで電球《でんきゅう》を見《み》つめつづけたのでした。その後《ご》も電球《でんきゅう》の改良《かいりょう》を進《すす》めました。そして、日本《にほん》の京都《きょうと》の竹《たけ》のせんいを焼《や》いたものをフィラメントとして使《つか》うとさらに長時間《ちょうじかん》あかりがつくことを発見《はっけん》し、竹《たけ》フィラメントの電球《でんきゅう》は商品化《しょうひんか》されました。

エジソンは、子《こ》どものころから何事《なにごと》も自分《じぶん》の目《め》でたしかめなければ納得《なっとく》できませんでした。「火《ひ》はどうして燃《も》えるんだろう？」「どうしてガチョウのたまごはヒナになるのかな？」。ふしぎに思《おも》うことがたくさんあります。すると、物置小屋《ものおきごや》にあったわらで火《ひ》を燃《も》やす実験《じっけん》をしたり、自分《じぶん》のおなかでガチョウのたまごを温《あたた》めたりせずにはいられなくなるのでした。

やがて自分《じぶん》の研究所《けんきゅうじょ》をつくり、そこでたくさんの発明品《はつめいひん》をうみ出《だ》しました。レコードの原型《げんけい》となる蓄音機《ちくおんき》のシステムや映画《えいが》のもとになった映写機《えいしゃき》のキネトスコープ（328ページ）、扇風機《せんぷうき》などを発明《はつめい》し、その数《かず》は千《せん》をこえたのです。偉大《いだい》な発明家《はつめいか》エジソンは、八十四歳《はちじゅうよんさい》で亡《な》くなるまで新《あたら》しいチャレンジをつづけました。

この日《ひ》はほかにも……

★スウェーデンの化学者《かがくしゃ》、ノーベル（385ページ）の誕生日《たんじょうび》（一八三三年《ねん》）

329ページのこたえ　リデュース・リユース・リサイクル

おはなしクイズ　エジソンがはじめて長《なが》い時間《じかん》、電球《でんきゅう》を光《ひか》らせるのに成功《せいこう》したときのフィラメントの材料《ざいりょう》は？　こたえはつぎのページ

10月22日

「平安時代《へいあんじだい》」の幕《まく》が開《あ》く
平安京《へいあんきょう》に遷都《せんと》した日《ひ》

読《よ》んだ日《ひ》にち（　　年　　月　　日）（　　年　　月　　日）（　　年　　月　　日）

歴史

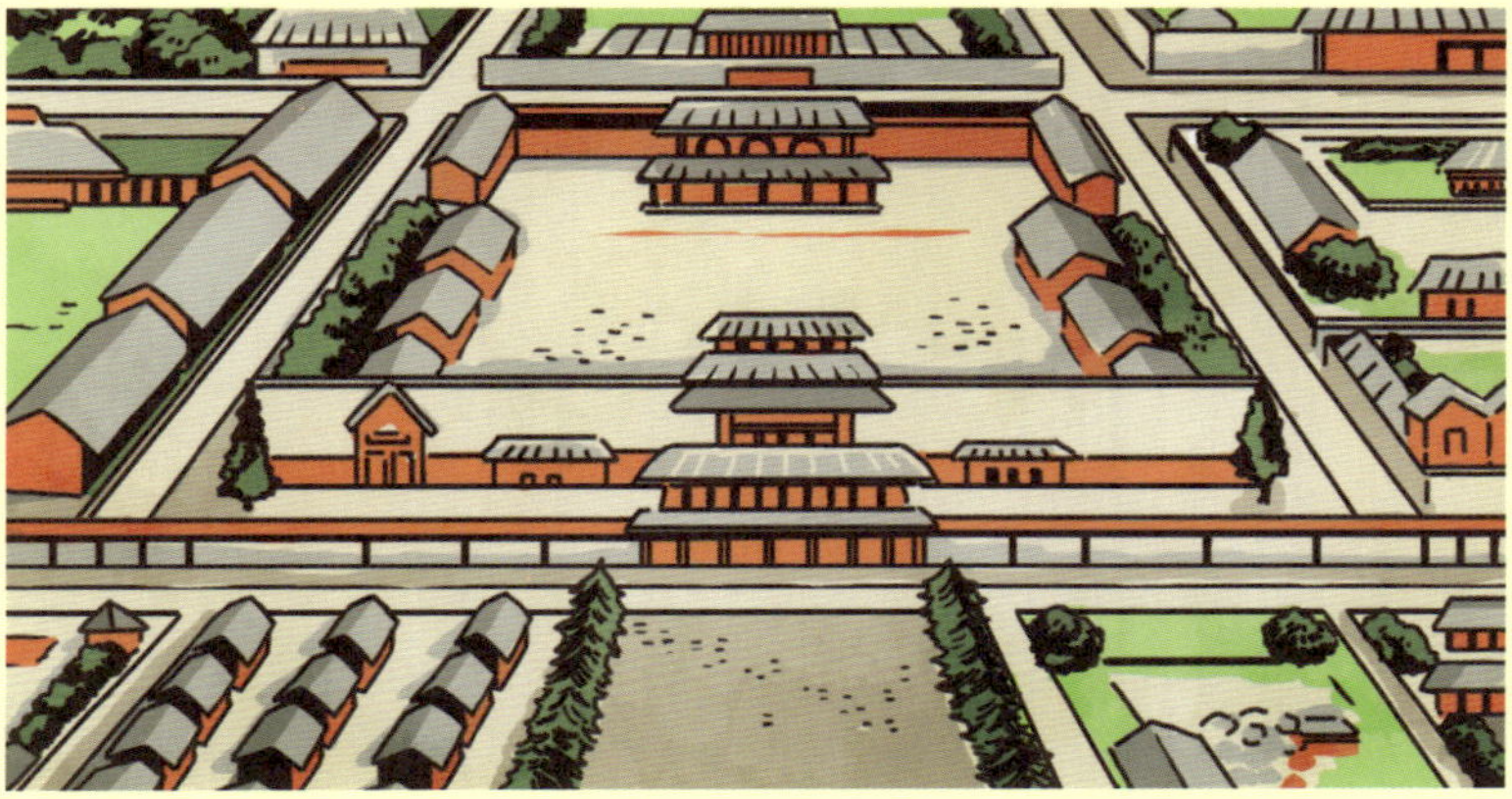

「なくよ（七九四）ウグイス平安《へいあん》京《きょう》」

みなさんは、この言葉《ことば》を耳《みみ》にしたことがあるでしょうか。

七九四年《ねん》（延暦十三年《えんりゃくじゅうさんねん》）十月《じゅうがつ》二十二日《にじゅうににち》、当時《とうじ》の日本《にほん》の都《みやこ》が、平安《へいあん》京《きょう》にうつされました。ここから四《よん》百年近《ひゃくねんちか》くつづく平安時代《へいあんじだい》が始《はじ》まるのです。

都《みやこ》がうつされることを「遷都《せんと》」といいます。では、なぜ遷都《せんと》が必《ひつ》要《よう》だったのでしょうか。そのころは、まだ電気《でんき》もなく、医学《いがく》や科学《かがく》も発達《はったつ》していませんでした。悪天《あくてん》候《こう》がつづいて災害《さいがい》や凶作《きょうさく》が起《お》こり、火事《かじ》や伝染病《でんせんびょう》でたくさんの人《ひと》が死《し》ぬと、たたりや鬼《おに》などの魔物《まもの》のせいだと考《かんが》え、もっと縁起《えんぎ》のいい場所《ばしょ》へうつれば悪《わる》いことが起《お》こらなくなると考《かんが》えられていました。

奈良時代《ならじだい》のことです。桓武天皇《かんむてんのう》は、大和国《やまとのくに》（今《いま》の奈良県《ならけん》）にある「平城京《へいじょうきょう》」から都《みやこ》をうつすことを計画《けいかく》し、場所《ばしょ》を山城国《やましろのくに》（当時《とうじ》は山《やま》背《しろ》。今《いま》の京都府《きょうとふ》）に決《き》めました。

七八四年《ねん》、最初《さいしょ》に遷都《せんと》したのが「長岡京《ながおかきょう》」でした。しかし、よくないことがつづいたので、新《あたら》しい都《みやこ》をつくることに決《き》めます。そして、十年後《じゅうねんご》にふたたび遷都《せんと》が行《おこな》われました。川《かわ》や山《やま》にかこまれた葛《かど》野《の》という場所《ばしょ》にできた新《あたら》しい都《みやこ》が「平安京《へいあんきょう》」です。

平安京《へいあんきょう》は、平城京《へいじょうきょう》と同《おな》じように、唐《とう》（今《いま》の中国《ちゅうごく》）の都《みやこ》、長安《ちょうあん》をモデルにしてつくられました。「寝殿《しんでん》づくり」の大《おお》きな屋敷《やしき》などが碁盤《ごばん》の目《め》のようにきれいにならび、並木道《なみきみち》や用水路《ようすいろ》なども整備《せいび》されていたといわれています。

政治《せいじ》も貴族《きぞく》が行《おこな》うようになり、藤原道長《ふじわらのみちなが》が登場《とうじょう》すると、天皇《てんのう》と親《しん》せきになることで、都《みやこ》の権力《けんりょく》はすべて藤原《ふじわら》一族《いちぞく》が手《て》に入《い》れました。

平安時代《へいあんじだい》が終《お》わり、多《おお》くの戦乱《せんらん》の中《なか》で当時《とうじ》の建物《たてもの》はなくなりましたが、江戸時代《えどじだい》が終《お》わるまで、京《きょう》都《と》は伝統《でんとう》と文化《ぶんか》の中心《ちゅうしん》としてさかえました。

この日《ひ》はほかにも…
★ハンガリーの作曲家《さっきょくか》、フランツ・リストの誕生日《たんじょうび》（一八一一年《ねん》）

330ページのこたえ
もめん糸《いと》

おはなしクイズ　日本《にほん》の都《みやこ》がうつされることを何《なん》という？　こたえはつぎのページ

「日本《にほん》のマザー・テレサ」といわれた井深八重《いぶかやえ》が生《う》まれた日《ひ》

日本《にほん》
1897〜1989年《ねん》

読《よ》んだ日《ひ》にち（　年　月　日）（　年　月　日）（　年　月　日）

一九七五年《ねん》、アメリカの雑誌《ざっし》『タイム』に「マザー・テレサにつづく日本《にほん》の天使《てんし》」と紹介《しょうかい》された、一人《ひとり》の日本人女性《にほんじんじょせい》がいます。

その人《ひと》、井深八重《いぶかやえ》は、一八九七年十月二十三日《ねんじゅうがつにじゅうさんにち》に会津藩《あいづはん》（今《いま》の福島県《ふくしまけん》）の名家《めいか》の子《こ》として生《う》まれました。

英語《えいご》の先生《せんせい》として働《はたら》いていた二十二歳《にじゅうにさい》のある日《ひ》、体《からだ》の調子《ちょうし》が悪《わる》くて病院《びょういん》に行《い》くと「ハンセン病《びょう》のうたがいがある」と言《い》われ、専門病院《せんもんびょういん》に入院《にゅういん》させられてしまいます。

今《いま》は薬《くすり》もあり確実《かくじつ》になおるハンセン病《びょう》ですが、以前《いぜん》はなおらない病気《びょうき》と考《かんが》えられていました。ひどくなると顔《かお》や体《からだ》が変形《へんけい》することもあって差別《さべつ》を受《う》けたり、人《ひと》にうつりやすい、遺伝《いでん》するという誤解《ごかい》から、一生病院《いっしょうびょういん》を出《で》ることができないこともある病気《びょうき》だったのです。

しばらくは泣《な》いてすごした八重《やえ》ですが、やがて院長《いんちょう》を手伝《てつだ》って患《かん》者《じゃ》の世話《せわ》をし始《はじ》めます。病院《びょういん》の医師《いし》は院長《いんちょう》のドルワール・ド・レゼー神父一人《しんぷひとり》で、病気《びょうき》への差別《さべつ》から看護師《かんごし》はいません。神父《しんぷ》は、患者《かんじゃ》を「わが子《こ》たち」とよび、いつも気《き》にかけてくれる、とても愛情《あいじょう》にあふれた人《ひと》でした。

そうして三年《さんねん》がすぎたころ、「あなたはこの病気《びょうき》ではないようだ。もう一度調《いちどしら》べたほうがいい」と神父《しんぷ》にすすめられて名医《めいい》にかかったところ、診断《しんだん》がまちがいだったことがわかりました。

「よかったですね。これからどうしますか」

「もしゆるされるならば、ここにとどまって働《はたら》きたいです」

八重《やえ》は、愛情《あいじょう》をもって患者《かんじゃ》を見《み》守《まも》る神父《しんぷ》に心《こころ》を打《う》たれ、神父《しんぷ》を助《たす》けたいと思《おも》ったのです。

看護師《かんごし》の資格《しかく》をとった八重《やえ》は、八十一歳《はちじゅういっさい》で引退《いんたい》するまで患者《かんじゃ》によりそい、献身的《けんしんてき》につくしました。

その働《はたら》きは世界《せかい》にみとめられ、一九五九年《ねん》にはローマ教皇《きょうこう》から聖《せい》十字勲章《じゅうじくんしょう》を、一九六一年《ねん》には赤十《せきじゅう》字国際委員会《じこくさいいいんかい》からフローレンス・ナイチンゲール記章《きしょう》をおくられています。

この日《ひ》はほかにも…

★電信電話記念日《でんしんでんわきねんび》

東京《とうきょう》ー横浜間《よこはまかん》ではじめて電信線架《でんしんせんか》設工事《せつこうじ》が始《はじ》まった日《ひ》を新暦《しんれき》になおすとこの日《ひ》であることから。

331ページのこたえ
遷都《せんと》

おはなしクイズ 井深八重《いぶかやえ》は何《なん》の病気《びょうき》の専門病院《せんもんびょういん》で看護師《かんごし》として働《はたら》いた？

こたえはつぎのページ

世界《せかい》を救《すく》う国際組織《こくさいそしき》
国際連合《こくさいれんごう》が発足《ほっそく》した日《ひ》

読《よ》んだ日《ひ》にち（　年　月　日）（　年　月　日）（　年　月　日）

歴史

十月二十四日《じゅうがつにじゅうよっか》は、「国際連合《こくさいれんごう》」、通称《つうしょう》・国連《こくれん》が発足《ほっそく》した日《ひ》です。国連《こくれん》の第一《だいいち》の目的《もくてき》は、戦争《せんそう》のない平和《へいわ》な世界《せかい》をつくることです。

国連《こくれん》が誕生《たんじょう》したのは、一九四五年《ねん》のことです。第一次《だいいちじ》、第二次世界大戦《だいにじせかいたいせん》という二度《にど》の大《おお》きな戦争《せんそう》で、世界中《せかいじゅう》のさまざまな場所《ばしょ》が戦場《せんじょう》となり、何千万《なんぜんまん》もの人《ひと》たちが犠牲《ぎせい》になりました。とくに、日本《にほん》の広島《ひろしま》と長崎《ながさき》の町《まち》に落《お》とされた原子爆弾《げんしばくだん》（249ページ）は、すさまじい破壊力《はかいりょく》をもっていました。

このようなおそろしい戦争《せんそう》がつづけば、世界《せかい》はいずれ終《お》わってしまうかもしれません。「このままではあぶない」と、アメリカやイギリスなどの国《くに》は、平和《へいわ》のための国際機関《こくさいきかん》をつくる準備《じゅんび》を戦争中《せんそうちゅう》から始《はじ》めていました。そして、「国連憲章《こくれんけんしょう》」という国連《こくれん》の憲法《けんぽう》をつくり、五十一《ごじゅういっ》か国《こく》の代表《だいひょう》がこれに調印《ちょういん》して加盟国《かめいこく》となり、国連《こくれん》が発足《ほっそく》したのです。日本《にほん》は一九五六年《ねん》に加盟《かめい》し、二〇一七年時点《ねんじてん》では百九十三《ひゃくきゅうじゅうさん》か国《こく》が加盟《かめい》しています。

国連《こくれん》の主《おも》な活動《かつどう》は、世界《せかい》の平和《へいわ》を守《まも》ることです。国連《こくれん》に加盟《かめい》している国《くに》は、おたがいに相手《あいて》の領土《りょうど》を守《まも》る約束《やくそく》をしています。

もし国《くに》と国《くに》の間《あいだ》で争《あらそ》いが起《お》こったときは、加盟国同士《かめいこくどうし》で話《はな》し合《あ》い、戦争《せんそう》をせずに解決《かいけつ》できるようにみちびきます。そして、話《はな》し合《あ》いで約束事《やくそくごと》が決《き》まると、これが守《まも》られているかどうかを見守《みまも》ります。

国連《こくれん》では、世界《せかい》の人《ひと》びとのくらしをゆたかにする活動《かつどう》も行《おこな》っています。まずしさに苦《くる》しむ国《くに》ぐにに、経済《けいざい》を発展《はってん》させるための資金《しきん》をかしたり、技術《ぎじゅつ》を教《おし》えたりしています。また、すべての人《ひと》の人権《じんけん》を守《まも》るために、人種差別《じんしゅさべつ》や男女差別《だんじょさべつ》、子《こ》どもの人権保護《じんけんほご》などに取《と》り組《く》む専門《せんもん》の機関《きかん》をつくって活動《かつどう》しています。

さらに、地球温暖化《ちきゅうおんだんか》をはじめとする、さまざまな地球環境問題《ちきゅうかんきょうもんだい》の解決《かいけつ》にもつとめています。

しかし、現状《げんじょう》では、国同士《くにどうし》の意見《いけん》のちがいでなかなか機能《きのう》しないなどの問題点《もんだいてん》もあります。

この日《ひ》はほかにも…

★文鳥《ぶんちょう》の日《ひ》
手《て》のり文鳥《ぶんちょう》と十（て）二（に）四（し）あわせのゴロ合《あ》わせから。

★世界恐慌《せかいきょうこう》が始《はじ》まった日《ひ》（一九二九年《ねん》）

332ページのこたえ
ハンセン病《びょう》

おはなしクイズ　国連《こくれん》の憲法《けんぽう》のことを何《なん》という？

こたえはつぎのページ

自由《じゆう》な心《こころ》をもった芸術家《げいじゅつか》
ピカソの誕生日《たんじょうび》

スペイン
1881〜1973年《ねん》

10月25日

人物

読《よ》んだ日《ひ》にち（　　年　　月　　日）（　　年　　月　　日）（　　年　　月　　日）

ふしぎな顔《かお》に、あざやかな色《いろ》のピカソの絵《え》を教科書《きょうかしょ》などで見《み》たことがありませんか。一度《いちど》見《み》たらきっとわすれられないことでしょう。

パブロ・ピカソは一八八一年十《ねんじゅう》月二十五日《がつにじゅうごにち》にスペインの港町《みなとまち》マラガで生《う》まれました。お父《とう》さんが美《び》術学校《じゅつがっこう》の先生《せんせい》をしていたこともあって、小《ちい》さいころから絵《え》が大好《だいす》きでした。八歳《はっさい》のころに最初《さいしょ》の油《あぶら》絵《え》をかいたほどです。お父《とう》さんがおどろくほどの速《はや》さで、ピカソの絵《え》は上達《じょうたつ》していきました。しかし、お父《とう》さんが教《おし》えてくれるかき方《かた》ではピカソはだんだんもの足《た》りなくなっていきました。

十九歳《じゅうきゅうさい》になるとピカソはたくさんの芸術家《げいじゅつか》たちが集《あつ》まるフランスのパリへ行《い》き、いろいろなものを見《み》て学《まな》び、二十二歳《にじゅうにさい》のころにはパリに移住《いじゅう》します。パリの博物館《はくぶつかん》でアフリカの仮面《かめん》や彫刻《ちょうこく》などを見《み》たピカソは、そこで使《つか》われている色《いろ》や形《かたち》を取《と》り入《い》れていきます。そうしてでき上《あ》がった作品《さくひん》が「アビニョンの娘《むすめ》たち」という絵《え》でした。

それまでの絵《え》は写真《しゃしん》と同《おな》じように、目《め》で見《み》たものをそのままかく

「ゲルニカ」（1937年《ねん》）

画像提供:Bridgeman Art Library／アフロ

ものでした。しかし、ピカソの新《あたら》しい絵《え》は目《め》に見《み》えるものとはまったくちがうものがかかれているのです。仲間《なかま》たちからは「さっぱりわからない」と言《い》われましたが、ピカソは新《あたら》しいかき方《かた》で次《つぎ》つぎと作《さく》品《ひん》をつくり上《あ》げていきます。

パリで万国博覧会《ばんこくはくらんかい》が行《おこな》われることになり、ピカソにも絵《え》をかいてほしいと依頼《いらい》がきます。そこでピカソがかいた絵《え》が「ゲルニカ」という大作《たいさく》です。スペインのゲルニカという町《まち》が戦争《せんそう》で犠牲《ぎせい》になったことにいかりをこめてえがかれています。暗《くら》い色《いろ》の中《なか》に多《おお》くの人《ひと》の手《て》や足《あし》がつき出《で》て、牛《うし》や馬《うま》が泣《な》きさけんでいます。「ゲルニカ」は大評判《だいひょうばん》になりました。

この日《ひ》はほかにも…

★東京都多摩動物公園《とうきょうとたまどうぶつこうえん》、名古屋市《なごやし》東山動物園《ひがしやまどうぶつえん》、鹿児島市《かごしまし》平川動物公園《ひらかわどうぶつこうえん》の三園《さんえん》にコアラが初来日《はつらいにち》した日《ひ》（一九八四年《ねん》）

333ページのこたえ
国連憲章《こくれんけんしょう》

おはなしクイズ　ピカソがパリの万国博覧会《ばんこくはくらんかい》のためにかいた絵《え》のタイトルは？

こたえはつぎのページ

10月26日

本格的《ほんかくてき》なサーカスが日本《にほん》ではじめて公開《こうかい》された日《ひ》

読《よ》んだ日《ひ》にち（　　年　　月　　日）（　　年　　月　　日）（　　年　　月　　日）

はじめて

「サーカス」とは、人間《にんげん》や動物《どうぶつ》によるさまざまなむずかしい曲芸《きょくげい》を見《み》せるショーのことです。

その歴史《れきし》は古《ふる》く、一七七〇年《ねん》のイギリスで、馬《うま》の曲芸《きょくげい》を中心《ちゅうしん》にいろいろな芸《げい》を見《み》せる興行《こうぎょう》が行《おこな》われたのが最初《さいしょ》だといわれています。

その後《ご》、空中《くうちゅう》ブランコやトランポリン、玉《たま》のり、動物《どうぶつ》たちの芸《げい》、そしてピエロによるゆかいなパフォーマンスなど、今《いま》のサーカスの形《かたち》ができあがっていきました。

日本《にほん》では、一八七一年十月《ねんじゅうがつ》二十《にじゅう》六日《ろくにち》に東京《とうきょう》の九段《くだん》にあった招魂社《しょうこんしゃ》（今《いま》の靖国神社《やすくにじんじゃ》）で、フランスのサーカス団《だん》が、はじめて本格的《ほんかくてき》なサーカスの興行《こうぎょう》をしたといわれています。ただし、このサーカス団《だん》よりも前《まえ》に、一八六四年《ねん》にアメリカのサーカス団《だん》が横浜《よこはま》で興行《こうぎょう》をした記録《きろく》もあります。

ちなみに、西洋《せいよう》からサーカスがやってくる以前《いぜん》の日本《にほん》に曲芸《きょくげい》がなかったわけではありません。

奈良時代《ならじだい》には、中国《ちゅうごく》からおもしろおかしい動作《どうさ》や曲芸《きょくげい》を見《み》せる「散楽《さんがく》」とよばれるものが伝《つた》わったと考《かんが》えられています。それが時《とき》の流《なが》れとともに、歌《うた》やおどり、ものまね、手品《てじな》、動物《どうぶつ》を使《つか》った曲芸《きょくげい》など、芸《げい》の種類《しゅるい》によって細《こま》かく分《わ》かれていきます。「能《のう》」や「狂言《きょうげん》」なども この流《なが》れからうまれたものです。

曲芸《きょくげい》の文化《ぶんか》が大《おお》きく花開《はなひら》いたのは江戸時代《えどじだい》で、全国各地《ぜんこくかくち》でいろいろな芸《げい》の興行《こうぎょう》が行《おこな》われました。曲《きょく》芸《げい》になれ親《した》しんでいた日本人《にほんじん》にとっても西洋風《せいようふう》のサーカスは目新《めあたら》しいもので、たちまち大人気《だいにんき》となります。そして、一八九九年以《ねんい》降《こう》、日本《にほん》でもサーカス団《だん》が結成《けっせい》されます。

第二次世界大戦後《だいにじせかいたいせんご》は、テレビの普及《ふきゅう》（50ページ）により、かつての人気《にんき》はおとろえましたが、形《かたち》をかえてだんだんと復活《ふっかつ》し、今《いま》もいくつかのサーカス団《だん》が日本《にほん》をまわっています。

この日《ひ》はほかにも…

★柿《かき》の日《ひ》
正岡子規《まさおかしき》（292ページ）が「柿《かき》くへ《え》ば鐘《かね》が鳴《な》るなり法隆寺《ほうりゅうじ》」の句《く》をよんだ日《ひ》とされることから（一八九五年《ねん》）。

334ページのこたえ　「ゲルニカ」

おはなしクイズ　「散楽《さんがく》」はどこの国《くに》から伝《つた》わった？　こたえはつぎのページ

本《ほん》を読《よ》もう！「文字《もじ》・活字文化《かつじぶんか》の日《ひ》」

読《よ》んだ日《ひ》にち（　年　月　日）（　年　月　日）（　年　月　日）

10月27日

記念日

みなさんは本《ほん》を読《よ》むとき、文字《もじ》を見《み》ながら読《よ》んでいますよね。では、その文字《もじ》はいつごろ、どのようにしてできたのでしょう。

最初《さいしょ》に文字《もじ》がうまれたのは五千《ごせん》年《ねん》くらい前《まえ》のエジプトだといわれています。同《おな》じころ、メソポタミア（今《いま》のイラク付近《ふきん》）、インダス（今《いま》のインド付近《ふきん》）、中国《ちゅうごく》の黄河《こうが》の近《ちか》くでも文字《もじ》がうまれたといわれています。文字《もじ》ができると、人《ひと》びとにさまざまな情報《じょうほう》を伝《つた》えることができるようになり、文明《ぶんめい》がうまれました。

でも、文字《もじ》があっても、文字《もじ》をかくものがなければ、かきのこすことはできません。

むかしは、今《いま》のような「紙《かみ》」がありませんでした。多《おお》くは、石《いし》や木《き》の板《いた》に文字《もじ》をほったり、布《ぬの》にかいたりしていました。また、粘土《ねんど》の板《いた》やカメのこうら、動物《どうぶつ》の骨《ほね》や皮《かわ》にかくこともありました。

いつごろ紙《かみ》が登場《とうじょう》したのかは定《さだ》かではありませんが、紀元前《きげんぜん》三〇〇〇年《ねん》ごろのエジプトでは、植物《しょくぶつ》からつくられたパピルスというものに文字《もじ》をかいていました。パピルスは紙《かみ》（英語《えいご》のペーパー）の語《ご》源《げん》になっています。

紙《かみ》がうまれると、次《つぎ》は本《ほん》です。むかしは印刷機《いんさつき》がなかったので、すべてだれかがかきうつしていました。印刷機《いんさつき》が発明《はつめい》されたのは、今《いま》から六百年《ろっぴゃくねん》くらい前《まえ》のことです。ドイツのヨハネス・グーテンベルクが活字《かつじ》と油性《ゆせい》インク、そして、印刷機《いんさつき》を発明《はつめい》したのです。これで、同《おな》じ本《ほん》を何百冊《なんびゃくさつ》でもつくることができるようになりました。

今《いま》では、コンピュータを使《つか》って印刷《いんさつ》もできますし、紙《かみ》だけではなく電子書籍《でんししょせき》もあります。これらは、大《おお》むかしからの努力《どりょく》がつみ重《かさ》なってできたものなのです。

そして、二〇〇五年《ねん》には「文《も》字《じ》・活字文化振興法《かつじぶんかしんこうほう》」という法律《ほうりつ》ができて、十月二十七日《じゅうがつにじゅうしちにち》は文字《もじ》や活字文化《かつじぶんか》（本《ほん》や新聞《しんぶん》など、印刷《いんさつ》されたものからうみ出《だ》される文化《ぶんか》）について学《まな》ぶ「文字《もじ》・活字文化《かつじぶんか》の日《ひ》」になりました。

この日《ひ》はほかにも…

★幕末《ばくまつ》の思想家《しそうか》、吉田松陰《よしだしょういん》（247ページ）の命日《めいにち》（一八五九年《ねん》）

★テディベアズ・デー
小《こ》グマの命《いのち》を救《すく》った、アメリカ大統領《だいとうりょう》のセオドア・ルーズベルトの誕《たん》生日《じょうび》にちなんで制定《せいてい》。

335ページのこたえ
中国《ちゅうごく》

おはなしクイズ　印刷機《いんさつき》を発明《はつめい》した人《ひと》はだれ？
こたえはつぎのページ

10月28日

柔道《じゅうどう》を世界的《せかいてき》な競技《きょうぎ》に育《そだ》てた 嘉納治五郎《かのうじごろう》の誕生日《たんじょうび》

日本《にほん》
1860〜1938年《ねん》

読《よ》んだ日《ひ》にち（　　年　　月　　日）（　　年　　月　　日）（　　年　　月　　日）

人物

嘉納治五郎《かのうじごろう》は「柔道《じゅうどう》の父《ちち》」「日《に》本体育《ほんたいいく》の父《ちち》」とよばれています。

治五郎《じごろう》は、一八六〇年《ねん》（万延元《まんえんがん》年《ねん》）十月二十八日《じゅうがつにじゅうはちにち》に摂津国御影村《せっつのくにみかげむら》（今《いま》の兵庫県神戸市《ひょうごけんこうべし》）で有名《ゆうめい》な家《いえ》柄《がら》の嘉納家《かのうけ》に生《う》まれました。

教育熱心《きょういくねっしん》な父《ちち》に育《そだ》てられた治五《じご》郎《ろう》は、自分自身《じぶんじしん》も七《しち》、八歳《はっさい》のころには家庭教師《かていきょうし》の学者《がくしゃ》から学《まな》んだことを、おさない子《こ》に教《おし》えていました。小《ちい》さいころから「人《ひと》にものを教《おし》えることが楽《たの》しい」と思《おも》っていたのです。

十四歳《じゅうよんさい》になると東京《とうきょう》に出《で》て、英《えい》語《ご》で授業《じゅぎょう》を行《おこな》う学校《がっこう》に入《はい》ります。そこで先《せん》ぱいに相撲《すもう》の相手《あいて》をさせられ、何度《なんど》も投《な》げ飛《と》ばされました。体《からだ》が弱《よわ》かったからなのですが、治五郎《じごろう》は、

「好《す》きな勉強《べんきょう》だけしていてもだめだ。身《み》も心《こころ》も強《つよ》くなりたい」

と思《おも》うようになりました。

その後《ご》、東京大学《とうきょうだいがく》に入《はい》った治五《じご》郎《ろう》は、勉強《べんきょう》と同時《どうじ》に「柔術《じゅうじゅつ》」のけいこにもはげみました。柔術《じゅうじゅつ》というのは日本《にほん》に古《ふる》くから伝《つた》わる武術《ぶじゅつ》です。治五郎《じごろう》はいろいろな流派《りゅうは》の柔術《じゅうじゅつ》をきわめ、そのほかの古《ふる》い武《ぶ》術《じゅつ》も研究《けんきゅう》して新《あたら》しい柔術《じゅうじゅつ》をうみ出《だ》し、講道館《こうどうかん》という道場《どうじょう》をつくって広《ひろ》めていきました。これが今《いま》の柔《じゅう》道《どう》です。

治五郎《じごろう》は柔道《じゅうどう》には体《からだ》だけでなく、頭《あたま》や心《こころ》を育《そだ》てるための効果《こうか》があると考《かんが》えていました。そして柔《じゅう》道《どう》以外《いがい》にもさまざまな教育《きょういく》の働《はたら》きかけをし、東京高等師範学校《とうきょうこうとうしはんがっこう》（今《いま》の筑波大学《つくばだいがく》）の校長《こうちょう》など重要《じゅうよう》な役《やく》につきます。国際《こくさい》オリンピック委《い》員会《いんかい》（IOC《アイオーシー》）のアジア人初《じんはつ》の委《い》員《いん》にもなりました（217ページ）。

そのころの治五郎《じごろう》の願《ねが》いは、日《に》本《ほん》でオリンピックを開《ひら》くことと柔《じゅう》道《どう》を世界的《せかいてき》な競技《きょうぎ》にすることでした。一九四〇年《ねん》に開《ひら》かれるはずだった東京《とうきょう》オリンピックは戦争《せんそう》のために実現《じつげん》しませんでしたが、治《じ》五《ご》郎《ろう》の死後《しご》、一九六四年《ねん》の東京大《とうきょうたい》会《かい》（319ページ）で柔道《じゅうどう》はオリンピック競技《きょうぎ》になっています。

この日《ひ》はほかにも…

★東京都恩賜上野動物園《とうきょうとおんしうえのどうぶつえん》にジャイアントパンダが初来日《はつらいにち》した日《ひ》（一九七二年《ねん》）

336ページのこたえ　ヨハネス・グーテンベルク

おはなしクイズ　柔道《じゅうどう》のもとになった武術《ぶじゅつ》は？　こたえはつぎのページ

ハレーすい星《せい》の研究《けんきゅう》をした天文学者《てんもんがくしゃ》ハレーの誕生日《たんじょうび》

イギリス
1656～1742年《ねん》

読《よ》んだ日《ひ》にち（　年　月　日）（　年　月　日）（　年　月　日）

すい星《せい》は太陽系《たいようけい》の惑星《わくせい》（67ページ）のはるか外側《そとがわ》からやってきて、太陽《たいよう》のまわりをまわっている小《ち》さな天体《てんたい》です。本体《ほんたい》の核《かく》は氷《こおり》や岩石質《がんせきしつ》のちりなどからできているため、太陽《たいよう》に近《ちか》づくと氷《こおり》がとけて蒸発《じょうはつ》し、ガスやちりをふき出《だ》します。このガスやちりが、太陽《たいよう》の反対方向《はんたいほうこう》にのびる長《なが》い尾《お》となって見《み》えるのです。

すい星《せい》は、数年《すうねん》から数百万年《すうひゃくまんねん》という周期《しゅうき》で、太陽《たいよう》のまわりを大《おお》きくだ円《えん》をえがくようにまわっています。しかしその中《なか》には、太陽《たいよう》に近《ちか》づくのは一度《いちど》きりのものもあります。

すい星《せい》は突然《とつぜん》あらわれるように見《み》えるので、むかしは戦乱《せんらん》や災害《さいがい》などの不吉《ふきつ》なことが起《お》こる前《まえ》ぶれとしておそれられました。なかでも、一九一〇年《ねん》に、長《なが》い尾《お》がくっきり見《み》えるハレーすい星《せい》があらわれたときは、「尾《お》にふくまれる毒《どく》ガスによって、地球《ちきゅう》の生物《せいぶつ》はすべて死《し》ぬ」といったうわさが広《ひろ》まり、大《おお》さわぎになりました。

ハレーすい星《せい》は一定《いってい》の周期《しゅうき》で太《たい》陽《よう》のまわりをまわっているすい星《せい》です。一六八二年《ねん》にハレーすい星《せい》を観測《かんそく》し、研究《けんきゅう》して「およそ七十《ななじゅう》六年《ろくねん》ごとに地球《ちきゅう》に接近《せっきん》する」と発《はっ》表《ぴょう》したのが、イギリスの天文学《てんもんがく》者《しゃ》、エドモンド・ハレーでした。ハレーは一六五六年十月二十九日《ねんじゅうがつにじゅうくにち》にロンドン近郊《きんこう》で生《う》まれたといわれています。

子《こ》どものころから天文学《てんもんがく》が好《す》きで、十六歳《じゅうろくさい》でオックスフォード大《だい》学《がく》に入学《にゅうがく》し、二十歳《はたち》のときには惑《わく》星《せい》の運動《うんどう》についての論文《ろんぶん》を発表《はっぴょう》しています。その後《ご》、当時《とうじ》は観測《かんそく》されていなかった南天《なんてん》の空《そら》の星三百《ほしさんびゃく》五十一個《ごじゅういっこ》を観測《かんそく》して本《ほん》にまとめ、イギリスの王立協会《おうりつきょうかい》の会員《かいいん》に選《えら》ばれました。その後《ご》も多《おお》くの論文《ろんぶん》を発表《はっぴょう》し、オックスフォード大学《だいがく》の教授《きょうじゅ》をへてグリニッジ天文台《てんもんだい》の台《だい》長《ちょう》になりました。

ハレーは「すい星《せい》は一七五八年《ねん》にふたたびあらわれる」と予言《よげん》しましたが、出現前《しゅつげんまえ》の一七四二年《ねん》に八十五歳《はちじゅうごさい》で亡《な》くなりました。その後《ご》、予言《よげん》した年《とし》にすい星《せい》があらわれたため、このすい星《ほし》は「ハレーすい星《せい》」と名《な》づけられたのです。

この日《ひ》はほかにも…
★おしぼりの日《ひ》
十(テ)二(フ)九(ク)のゴロ合《あ》わせから。

337ページのこたえ
柔術《じゅうじゅつ》

おはなしクイズ すい星《せい》は何《なん》のまわりをまわっている？ こたえはつぎのページ

10月30日

香《かお》りを聞《き》く「香道《こうどう》」に親《した》しむ
「香《かお》りの記念日《きねんび》」

読《よ》んだ日《ひ》にち（　　年　　月　　日）（　　年　　月　　日）（　　年　　月　　日）

記念日

十月三十日《じゅうがつさんじゅうにち》は「香《かお》りの記念日《きねんび》」とされています。日本《にほん》ではむかしから、香《かお》りを楽《たの》しむ「香道《こうどう》」がさかんで、ふつうの家《いえ》でも「お香《こう》」をたく文化《ぶんか》がありました。

日本《にほん》のお香《こう》の歴史《れきし》は、六世紀《ろくせいき》ごろにさかのぼります。

一説《いっせつ》によると、兵庫県《ひょうごけん》淡路島《あわじしま》の島人《しまびと》が浜《はま》に打《う》ち上《あ》げられた流木《りゅうぼく》を見《み》つけました。島人《しまびと》はまきにしようと持《も》ち帰《かえ》って、火《ひ》をつけたとたん、おどろきました。

「なんていい香《かお》りなんだろう」

島人《しまびと》はすぐに朝廷《ちょうてい》にこの木《き》をさし出《だ》しました。それが「沈香《じんこう》」という香木《こうぼく》（心地《ここち》よい香《かお》りのする木材《もくざい》のこと）だったとのことです。

平安時代《へいあんじだい》になると、貴族《きぞく》たちはいろいろな香木《こうぼく》の香《かお》りを着物《きもの》にうつしたり、部屋《へや》にたきしめたりして楽《たの》しむようになりました。

鎌倉《かまくら》・室町時代《むろまちじだい》になると、香木《こうぼく》と向《む》き合《あ》い、木《き》の香《かお》りを楽《たの》しむ「聞香《もんこう》」の作法《さほう》がうまれました。それが「香道《こうどう》」として発展《はってん》し、「茶道《ちゃどう》」「華道《かどう》」とならぶ日本三大《にほんさんだい》芸道《げいどう》となりました。

ところで、においは鼻《はな》で「かぐ」といいますが、香道《こうどう》では、「聞《き》く」といいます。香木《こうぼく》から立《た》ちのぼる香《かお》りを聞《き》き分《わ》けて、その香《かお》りが何《なに》を表現《ひょうげん》しているのかを鑑賞《かんしょう》し合《あ》います。

お香《こう》の原料《げんりょう》はいろいろあります。「沈香《じんこう》」のほかに、徳川家康《とくがわいえやす》（401ページ）が好《す》きだったという「伽羅《きゃら》」、一般的《いっぱんてき》な「白檀《びゃくだん》」などの種類《しゅるい》です。「白檀《びゃくだん》」は殺菌効果《さっきんこうか》もあるので、たんすに入《い》れて香《かお》りを着物《きもの》にうつすだけではなく、虫《むし》よけにも使《つか》われています。

今《いま》は香《かお》りをくらしの中《なか》で気軽《きがる》に楽《たの》しんでもらおうと、スティックタイプや円《えん》すい形《けい》のお香《こう》、お香《こう》を入《い》れたストラップなどもつくられています。

この日《ひ》はほかにも…

★明治《めいじ》・大正時代《たいしょうじだい》の発明家《はつめいか》、豊田佐吉《とよださきち》（63ページ）が亡《な》くなった日《ひ》（一九三〇年《ねん》）

★初恋《はつこい》の日《ひ》
島崎藤村《しまざきとうそん》（66ページ）が初恋《はつこい》の詩《し》を発表《はっぴょう》したことにちなむ。

338ページのこたえ　太陽《たいよう》

おはなしクイズ　「香道《こうどう》」では香《かお》りを「かぐ」といわず、何《なん》という？　こたえはつぎのページ

オランダがうんだ画家《がか》
フェルメールの誕生日《たんじょうび》

オランダ
1632〜
1675年《ねん》

10月31日

読《よ》んだ日《ひ》にち（　　年　　月　　日）（　　年　　月　　日）（　　年　　月　　日）

人物

十九世紀《じゅうきゅうせいき》、それまでまったく名《な》前《まえ》を知《し》られていなかったオランダの画家《がか》、ヨハネス・フェルメールは、フランス人《じん》の美術研究家《びじゅつけんきゅうか》によって再発見《さいはっけん》され、論文《ろんぶん》の題材《だいざい》となったことから、突然注目《とつぜんちゅうもく》をあびるようになりました。亡《な》くなってから、およそ二百年《にひゃくねん》がたっていました。

フェルメールは、一六三二年十《ねんじゅう》月三十一日《がつさんじゅういちにち》にオランダのデルフトという町《まち》で生《う》まれました。お父《とう》さんは宿《やど》と飲食店《いんしょくてん》を経営《けいえい》し、美術商《びじゅつしょう》もやっていましたが、フェルメールが二十歳《はたち》のときに亡《な》くなりました。お父《とう》さんの仕事《しごと》を引《ひ》きついだフェルメールは、翌年《よくねん》に結婚《けっこん》します。仕事《しごと》でいそがしい毎日《まいにち》でしたが、やがて自分《じぶん》でも絵《え》をかきたくなりました。

「だれもかいたことがない絵《え》をかきたいな」

そして、絵《え》をかき始《はじ》めます。

フェルメールは、オランダの民家《みんか》の中《なか》を多《おお》くかきました。その当時《とうじ》の市民《しみん》のくらしが、いきいきとかきうつされています。

しかし、子《こ》どもが十一人《じゅういちにん》いたフェルメールのくらしは、楽《らく》ではありませんでした。地元《じもと》では高《たか》い評価《ひょうか》を受《う》けていましたが、当時《とうじ》のオランダは戦争《せんそう》により景気《けいき》が悪《わる》く、絵《え》を買《か》う人《ひと》も少《すく》なくなっていました。

フェルメールが三十歳《さんじっさい》ごろのことです。あるフランス人《じん》の画家《がか》が家《いえ》をたずねると、絵《え》は一枚《いちまい》ものこっておらず、近《ちか》くのパン屋《や》にかざってあったそうです。パンの代《だい》金《きん》のかわりに絵《え》をあずけたのだと考《かんが》えられています。

一六七五年十二月十五日《ねんじゅうにがつじゅうごにち》、フェルメールはデルフトで亡《な》くなりました。四十三歳《よんじゅうさんさい》でした。

「真珠《しんじゅ》の耳飾《みみかざ》りの少女《しょうじょ》」や「レースを編《あ》む女《おんな》」などの美《うつく》しい作品《さくひん》は、今《いま》でも多《おお》くの人《ひと》に愛《あい》されています。

339ページのこたえ
聞《き》く

この日《ひ》はほかにも…

★ハロウィン
ヨーロッパのお祭《まつ》りが起源《きげん》。アメリカでは、カボチャのちょうちんをかざり、仮装《かそう》しておかしをもらう文《ぶん》化《か》が広《ひろ》まっている。

おはなしクイズ フェルメールが生《う》まれた国《くに》はどこ？ こたえは342ページ

11月《がつ》のおはなし

大陸《たいりく》は動《うご》くという説《せつ》をとなえた ウェゲナーの誕生日《たんじょうび》

ドイツ 1880〜1930年《ねん》

11月1日

人物

読《よ》んだ日《ひ》にち（　　年　　月　　日）（　　年　　月　　日）（　　年　　月　　日）

「アフリカ大陸《たいりく》と南《みなみ》アメリカ大陸《たいりく》は、大《おお》むかしは一《ひと》つの大陸《たいりく》だったのです。だって、大西洋《たいせいよう》をへだてた二《ふた》つの大陸《たいりく》の海岸線《かいがんせん》の形《かたち》は、ジグソーパズルのように、ぴったり一致《いっち》するではありませんか！」

アルフレッド・ウェゲナーは、のちに結婚《けっこん》することになる恋人《こいびと》のエルゼに、こんなラブレターを送《おく》りました。友人《ゆうじん》の研究室《けんきゅうしつ》で世界地《せかいち》図《ず》をながめているうちに、そうにちがいないと思《おも》ったのです。

ウェゲナーはこのあと、数《かず》かずの証拠《しょうこ》をさがし出《だ》して、ついに「大陸移動説《たいりくいどうせつ》」を地質学会《ちしつがっかい》で発表《はっぴょう》します。一九一二年《ねん》のことでした。

しかし、このころ大陸《たいりく》を移動《いどう》させる力《ちから》が何《なん》なのかがわからなかったこともあり、ウェゲナーの説《せつ》は、多《おお》くの学者《がくしゃ》からはげしく反論《はんろん》されてしまいます。

ウェゲナーは、一八八〇年十一《ねんじゅういち》月一日《がっついたち》にドイツで生《う》まれました。

勉強《べんきょう》よりも、自然《しぜん》の中《なか》で思《おも》いきり遊《あそ》ぶほうが好《す》きな子《こ》どもでした。

しかし、大学《だいがく》で天文学《てんもんがく》や気象学《きしょうがく》を学《まな》び、自然《しぜん》を観察《かんさつ》する楽《たの》しさを知《し》ると、今度《こんど》は熱心《ねっしん》に勉強《べんきょう》を始《はじ》めました。

ウェゲナーは冒険《ぼうけん》や探検《たんけん》が大好《だいす》きで、二十六歳《にじゅうろくさい》のとき、気球《ききゅう》にどれだけ長《なが》くのっていられるかをきそう大会《たいかい》に兄《あに》と出場《しゅつじょう》し、約五十二《やくごじゅうに》時間《じかん》ものりつづけるという大記録《だいきろく》をつくり、優勝《ゆうしょう》しました。また、グリーンランドの探検隊《たんけんたい》に加《くわ》わり、極地《きょくち》の気団《きだん》（空気《くうき》のかたまりのこと）の研究《けんきゅう》もしています。

大陸移動説《たいりくいどうせつ》を発表《はっぴょう》したあとは、その証拠《しょうこ》も加《くわ》えて『大陸《たいりく》と海洋《かいよう》の起源《きげん》』という本《ほん》を出版《しゅっぱん》しました。

しかし、一九三〇年《ねん》、何度《なんど》もおとずれていたグリーンランドで遭《そう》難《なん》し、帰《かえ》らぬ人《ひと》となりました。

科学《かがく》の進歩《しんぽ》により、生前《せいぜん》はみとめられなかった大陸移動説《たいりくいどうせつ》がよみがえったのは、それから約三十年《やくさんじゅうねん》後《ご》のことです。そして、現在《げんざい》、大《たい》陸《りく》はプレートの動《うご》きによって移動《いどう》するということがわかっています。

この日《ひ》はほかにも…

★犬《いぬ》の日《ひ》
犬《いぬ》の鳴《な》き声《ごえ》、一（ワン）一（ワン）一（ワン）のゴロ合《あ》わせから。

★日本点字制定記念日《にほんてんじせいていきねんび》
石川倉次《いしかわくらじ》（133ページ）がつくった日《に》本語用《ほんごよう》の点字《てんじ》の案《あん》が点字選定会《てんじせんていかい》で採用《さいよう》されたことにちなむ。

340ページのこたえ　オランダ

おはなしクイズ　ウェゲナーの大陸移動説《たいりくいどうせつ》は、何《なん》という本《ほん》になって出版《しゅっぱん》された？　こたえはつぎのページ

11月2日

美《うつく》しくわがままな悲劇《ひげき》の王妃《おうひ》
マリー・アントワネットの誕生日《たんじょうび》

フランス
1755〜1793年《ねん》

読《よ》んだ日《ひ》にち（　年　月　日）（　年　月　日）（　年　月　日）

人物

マリー・アントワネットは、神《しん》聖《せい》ローマ皇帝《こうてい》フランツ一世《いっせい》とオーストリア女帝《じょてい》マリア・テレジアの娘《むすめ》として、オーストリアのウィーンで生《う》まれました。一七五五年十《ねんじゅう》一月二日《いちがつふつか》のことです。

十四歳《じゅうよんさい》になると、フランスの王《おう》太子《たいし》ルイと結婚《けっこん》し、美《うつく》しくわかいマリーの結婚《けっこん》を、たくさんの人《ひと》びとがお祝《いわ》いしました。

その後《ご》、ルイは即位《そくい》してフランス王《おう》ルイ十六世《じゅうろくせい》となり、マリーも王妃《おうひ》となります。

ルイ十六世《じゅうろくせい》はやさしくてまじめな国王《こくおう》でしたが、マリーのことにはあまりかまわず、狩《か》りばかりしていました。いっぽう、わかくして結婚《けっこん》をしたマリーは、さびしさをまぎらすため、お金《かね》に糸目《いとめ》をつけず、はでな生活《せいかつ》を送《おく》っていました。美《うつく》しい宝石《ほうせき》にかこまれ、髪《かみ》をかざり、ごうかなドレスを身《み》にまとって、夜《よる》になると宮殿《きゅうでん》をぬけ出《だ》して舞踏会《ぶとうかい》に通《かよ》う毎日《まいにち》です。

湯水《ゆみず》のように使《つか》っているそのお金《かね》は、フランスの国民《こくみん》が働《はたら》いておさめた税金《ぜいきん》です。王宮《おうきゅう》のぜいたくなくらしのせいで、たちまちフランスの財政《ざいせい》は苦《くる》しくなりましたが、マリーは、自分《じぶん》のことばかり考《かんが》えていました。そんなマリーに対《たい》し、国民《こくみん》の反感《はんかん》はどんどん高《たか》まっていきました。

フランスの国《くに》はますますお金《かね》がなくなり、身分《みぶん》の差《さ》に対《たい》する国民《こくみん》の不満《ふまん》も大《おお》きくなるばかりです。とうとう、武器《ぶき》を持《も》った国民《こくみん》が、フランス王政《おうせい》の象徴《しょうちょう》であったバスティーユ牢獄《ろうごく》になだれこみ、「フランス革命《かくめい》」（269ページ）が起《お》こりました。その結果《けっか》、王政《おうせい》は廃止《はいし》され、マリーは多《おお》くの人《ひと》が見《み》つめる中《なか》、処刑《しょけい》されたのです。

ぜいたくのかぎりをつくしたわがままなマリーでしたが、そのファッションは当時《とうじ》の流行《りゅうこう》をつくり、その美《うつく》しさやはなやかさは今《いま》でも語《かた》りつがれています。

この日《ひ》はほかにも…

★明治時代《めいじじだい》の詩人《しじん》、北原白秋《きたはらはくしゅう》（40ページ）の命日《めいにち》（一九四二年《ねん》）

342ページのこたえ
『大陸《たいりく》と海洋《かいよう》の起源《きげん》』

おはなしクイズ 身分《みぶん》の差《さ》に不満《ふまん》をもった国民《こくみん》が起《お》こした出来事《できごと》は？

こたえはつぎのページ

心《こころ》とくらしをゆたかにしよう

「文化《ぶんか》の日《ひ》」

11月3日

記念日

読《よ》んだ日《ひ》にち（　年　月　日）（　年　月　日）（　年　月　日）

十一月三日《じゅういちがつみっか》は「文化《ぶんか》の日《ひ》」です。一九四八年《ねん》に「自由《じゆう》と平和《へいわ》を愛《あい》し、文化《ぶんか》を進《すす》める日《ひ》」として国民《こくみん》の祝日《しゅくじつ》になりました。では、なぜ十一月三日《じゅういちがつみっか》なのでしょうか。

明治時代《めいじじだい》には、この日《ひ》は明治天皇《めいじてんのう》の誕生日《たんじょうび》を祝《いわ》う「天長節《てんちょうせつ》」でした。大正時代《たいしょうじだい》になってなくなりましたが、昭和《しょうわ》に入《はい》ると、「明治節《めいじせつ》」として復活《ふっかつ》し、祝日《しゅくじつ》となります。さらに、一九四六年十一月三日《ねんじゅういちがつみっか》に「日本国憲法《にほんこくけんぽう》」（148ページ）が公布《こうふ》されました。憲法《けんぽう》は「平和《へいわ》」と「文化《ぶんか》」に重《おも》きをおいていることから、この日《ひ》を「文化《ぶんか》の日《ひ》」としたのです。

文化《ぶんか》の日《ひ》には、科学《かがく》や芸術《げいじゅつ》など文化《ぶんか》の発展《はってん》にすばらしい貢献《こうけん》をした人《ひと》に、文化勲章《ぶんかくんしょう》が授与《じゅよ》されます。今《いま》までに、映画監督《えいがかんとく》や俳優《はいゆう》、物理学者《ぶつりがくしゃ》や科学者《かがくしゃ》、日本画家《にほんがか》、作曲家《さっきょくか》、ノーベル賞受賞者《しょうじゅしょうしゃ》など、多《おお》くの人《ひと》が受章《じゅしょう》しています。

勲章《くんしょう》のモチーフになっている植物《しょくぶつ》のタチバナは、一年中《いちねんじゅう》かれません。そこに「永遠《えいえん》」のイメージを重《かさ》ね、文化《ぶんか》の「永久性《えいきゅうせい》」に通《つう》じることから、文化勲章《ぶんかくんしょう》のデザインとして採用《さいよう》されたそうです。

みなさんは、本《ほん》を読《よ》んだり、音楽《おんがく》をきいて感動《かんどう》したことがありますか。携帯電話《けいたいでんわ》や新《あたら》しいゲームがつくられて便利《べんり》になったと感《かん》じたことはありますか。人《ひと》がつくり出《だ》した楽《たの》しみや研究《けんきゅう》、発明《はつめい》は文化《ぶんか》です。また、くつをぬいで家《いえ》に上《あ》がること、着物《きもの》を着《き》ること、みそ汁《しる》を飲《の》むこと、正月《しょうがつ》や七五三《しちごさん》などの行事《ぎょうじ》も日本独特《にほんどくとく》の文化《ぶんか》です。むかしから伝《つた》えられている文化《ぶんか》も新《あたら》しい文化《ぶんか》も、わたしたちの心《こころ》やくらしをゆたかにしてくれているのです。

この日《ひ》はほかにも…

★昭和時代《しょうわじだい》のまんが家《か》、手塚治虫《てづかおさむ》（58ページ）の誕生日《たんじょうび》（一九二八年《ねん》）

★大正《たいしょう》・昭和時代《しょうわじだい》の物理学者《ぶつりがくしゃ》、湯川秀樹《ゆかわひでき》（38ページ）が日本人初《にほんじんはつ》のノーベル賞《しょう》（物理学賞《ぶつりがくしょう》）を受賞《じゅしょう》した日《ひ》（一九四九年《ねん》）

343ページのこたえ　フランス革命《かくめい》

おはなしクイズ　文化勲章《ぶんかくんしょう》のモチーフになっている植物《しょくぶつ》は何《なに》？　こたえはつぎのページ

11月4日

ツタンカーメンの墓《はか》が発見《はっけん》された日《ひ》

読《よ》んだ日《ひ》にち（　年　月　日）（　年　月　日）（　年　月　日）

歴史

古代《こだい》エジプトでは、人《ひと》は死後《しご》の世界《せかい》で生《い》き返《かえ》ると信《しん》じられていたので、王《おう》の体《からだ》はくさらないようにミイラにし、くらしに必要《ひつよう》な食《た》べものや衣服《いふく》、宝石《ほうせき》、食器《しょっき》、馬車《ばしゃ》などもいっしょに墓《はか》に入《い》れていました。そのため、王《おう》の墓《はか》としてつくられたピラミッドの多《おお》くは、宝石《ほうせき》をねらうどろぼうによって荒《あ》らされました。そこで、王家《おうけ》の墓《はか》はピラミッドではなく、見《み》つけにくい岩場《いわば》につくられるようになります。それが、都《みやこ》テーベ（今《いま》のエジプトの都市《とし》、ルクソル）の近《ちか》くの「王家《おうけ》の谷《たに》」とよばれるところです。

二十世紀《にじっせいき》になると、エジプト研究者《けんきゅうしゃ》たちによる王家《おうけ》の谷《たに》の発掘《はっくつ》がさかんになりました。イギリス人《じん》の考古学者《こうこがくしゃ》、ハワード・カーターも王家《おうけ》の谷《たに》の発掘《はっくつ》を始《はじ》めます。

彼《かれ》がさがしていたのはツタンカーメンの墓《はか》でした。ツタンカーメンはおよそ三千三百年前《さんぜんさんびゃくねんまえ》、九歳《きゅうさい》で王位《おうい》につき、十八歳《じゅうはっさい》で亡《な》くなったと伝《つた》えられていますが、どんな人《ひと》かはわかっていませんでした。

カーターは何年《なんねん》たっても目的《もくてき》の墓《はか》を見《み》つけられず、資金《しきん》も底《そこ》をついて、とうとう最後《さいご》の発掘《はっくつ》が始《はじ》まりました。あきらめかけたとき、作《さ》業員《ぎょういん》のつるはしにかたいものが当《あ》たりました。それは王家《おうけ》の墓《はか》の階《かい》段《だん》でした。

一九二二年十一月四日《ねんじゅういちがつよっか》、ついにツタンカーメンの墓《はか》が発見《はっけん》されたのです。カーターはその後《ご》、十年《じゅうねん》の月日《つきひ》をかけて墓《はか》を発掘《はっくつ》していきました。

からからにかわいた花束《はなたば》や宝石《ほうせき》をほどこした王《おう》のイスやコップ、杖《つえ》、戦車《せんしゃ》、二《ふた》つの像《ぞう》などが見《み》つかりました。発見《はっけん》から数年後《すうねんご》、石《いし》のひつぎの中《なか》が確認《かくにん》されます。石《いし》のひつぎは何重《なんじゅう》にもなっており、最《さい》後《ご》の金《きん》のひつぎの中《なか》から、黄金《おうごん》のマスクをつけたツタンカーメンがあらわれたのです。カーターがカイロ博物館《はくぶつかん》におさめた発掘品《はっくつひん》は、千七百点《せんななひゃくてん》にものぼりました。

この日《ひ》はほかにも…

★ドイツの作曲家《さっきょくか》、フェリックス・メンデルスゾーンが亡《な》くなった日《ひ》（一八四七年《ねん》）

344ページのこたえ　タチバナ

おはなしクイズ　ツタンカーメンの墓《はか》が見《み》つかった谷《たに》は何《なん》とよばれる？

こたえはつぎのページ

大地震《おおじしん》のあとに起《お》こる災害《さいがい》
「津波防災《つなみぼうさい》の日《ひ》」

11月5日

読《よ》んだ日《ひ》にち（　　年　　月　　日）（　　年　　月　　日）（　　年　　月　　日）

記念日

　二〇一一年三月十一日《ねんさんがつじゅういちにち》に発生《はっせい》した東日本大震災《ひがしにほんだいしんさい》の津波《つなみ》によって、大《おお》ぜいの人《ひと》が亡《な》くなりました。島国《しまぐに》である日本《にほん》では、いつどこで津波《つなみ》が起《お》こるかわかりません。

　一八五四年《ねん》（嘉永七年《かえいしちねん》）十一月五日《じゅういちがついつか》の地震《じしん》により津波《つなみ》が和歌山県《わかやまけん》広村《ひろむら》（今《いま》の和歌山県広川町《わかやまけんひろがわちょう》）におしよせたとき、稲《いね》のわらに火《ひ》をつけてあかりにし、暗《くら》やみでにげおくれた人《ひと》たちを避難《ひなん》させたという「稲《いな》むらの火《ひ》」というむかし話《ばなし》があります。これにちなみ、二〇一一年六月《ねんろくがつ》に、十一月五日《じゅういちがついつか》は、津波《つなみ》による災害《さいがい》をわすれないための「津波防災《つなみぼうさい》の日《ひ》」と定《さだ》められました。

　津波《つなみ》とは、地震《じしん》などが原因《げんいん》で海《うみ》からおしよせてくる大《おお》きな波《なみ》です。ただの大《おお》きな波《なみ》だと思《おも》う人《ひと》もいるかもしれませんが、大《おお》きくなった水《みず》の力《ちから》というのは、人《ひと》が考《かんが》えるよりはるかに強力《きょうりょく》なものなのです。たとえば、東日本大震災《ひがしにほんだいしんさい》では十《じゅう》メートルの巨大《きょだい》なコンクリートの壁《かべ》を波《なみ》がのりこえてしまったのです。三十《さんじっ》センチメートルの高《たか》さの津波《つなみ》でも大人《おとな》が流《なが》され、五十《ごじっ》センチメートルの高《たか》さでは、車《くるま》が流《なが》されるほどの威力《いりょく》があります。

　そんなおそろしい津波《つなみ》から身《み》を守《まも》るには、まずは日《ひ》ごろいる場所《ばしょ》は津波《つなみ》がやってくる場所《ばしょ》なのかどうかを知《し》っておくことです。地域《ちいき》の役所《やくしょ》などで配布《はいふ》される「津波《つなみ》（浸水《しんすい》）ハザードマップ」を見《み》て、家《いえ》や学校《がっこう》、通《かよ》っている塾《じゅく》などの場所《ばしょ》を調《しら》べておきましょう。避難《ひなん》する場所《ばしょ》や津波《つなみ》がとどかない場所《ばしょ》へどうやって行《い》くのか、きちんと見《み》ておくことが大切《たいせつ》です。

　そして、地震《じしん》が起《お》こったら津波《つなみ》を知《し》らせる警報《けいほう》をしっかりきくことです。場所《ばしょ》によっては、地震《じしん》が起《お》こってから津波《つなみ》が来《く》るまでに時間《じかん》がかかることもあります。この「津波防災《つなみぼうさい》の日《ひ》」に、家族《かぞく》とも話《はな》し合《あ》っておくとよいでしょう。

この日《ひ》はほかにも…

★幕末《ばくまつ》の思想家《しそうか》、吉田松陰《よしだしょういん》（247ページ）が松下村塾《しょうかそんじゅく》を開《ひら》いた日《ひ》（一八五七年《ねん》）

345ページのこたえ
王家《おうけ》の谷《たに》

おはなしクイズ　津波防災《つなみぼうさい》の日《ひ》のもとになったむかし話《ばなし》は何《なん》という？　こたえはつぎのページ

11月6日

バスケットボールの考案者《こうあんしゃ》 ネイスミスの誕生日《たんじょうび》

カナダ
1861～1939年《ねん》

読《よ》んだ日《ひ》にち（　　年　　月　　日）（　　年　　月　　日）（　　年　　月　　日）

人物

みなさんも、バスケットボール（バスケ）をしたり、試合《しあい》を見《み》たりしたことがありますよね。

今《いま》では、テレビでNBA《エヌビーエー》（アメリカのプロバスケットボールリーグ）の試合《しあい》を観戦《かんせん》することができたり、バスケのまんががもたくさんあったりと、日本《にほん》でも海外《かいがい》でも、人気《にんき》のスポーツです。このバスケをはじめて考案《こうあん》したのが、ジェームズ・ネイスミスです。

ネイスミスは、一八六一年十一《ねんじゅういち》月六日《がつむいか》に、カナダのアルモントで生《う》まれました。両親《りょうしん》を早《はや》く亡《な》くしたため、親《しん》せきの家《いえ》で農業《のうぎょう》を手伝《てつだ》いながら、大学《だいがく》に進学《しんがく》します。

その後《ご》、スポーツが好《す》きだったネイスミスは、アメリカにあるY《ワイ》MCA《エムシーエー》（キリスト教青年会《きょうせいねんかい》）トレーニングスクールに入《はい》り、若者《わかもの》たちに体育《たいいく》を教《おし》えるようになりました。

「冬《ふゆ》は雪《ゆき》がつもって若者《わかもの》たちは野《や》球《きゅう》もアメリカンフットボールもできない。体育館《たいいくかん》でできる球技《きゅうぎ》があれば……」

いろいろ考《かんが》えた末《すえ》、ネイスミスは、一八九一年十二月二十一日《ねんじゅうにがつにじゅういちにち》、「バスケットボール」を考案《こうあん》しました。当時《とうじ》のバスケは、農家《のうか》が桃《もも》の収穫《しゅうかく》で使《つか》うかごにサッカーボールを入《い》れる競技《きょうぎ》でした。

ネイスミスが考《かんが》えたバスケは、またたく間《ま》にアメリカ全土《ぜんど》へ広《ひろ》まりました。屋内《おくない》でも屋外《おくがい》でも、リングとボールがあればよく、広大《こうだい》なスペースを必要《ひつよう》としないため、どこでもプレイが可能《かのう》だからです。今《いま》では、野球《やきゅう》、フットボール、アイスホッケーとともに、アメリカの四大《よんだい》スポーツの一《ひと》つとなっています。

一九三六年《ねん》、ついにバスケ（男《だん》子《し》）がベルリンオリンピックで正《せい》式種目《しきしゅもく》に選《えら》ばれます。ネイスミスは、考案者《こうあんしゃ》としてさまざまな国《くに》で講演《こうえん》を行《おこな》い、さらにバスケを広《ひろ》めました。

そして、一九三九年十一月二十《ねんじゅういちがつにじゅう》八日《はちにち》、ネイスミスは七十八歳《ななじゅうはっさい》で亡《な》くなりました。

この日《ひ》はほかにも…
★ロシアの作曲家《さっきょくか》、ピョートル・チャイコフスキーの命日《めいにち》（一八九三年《ねん》）

346ページのこたえ
「稲《いな》むらの火《ひ》」

おはなしクイズ　最初《さいしょ》、バスケットボールのゴールには何《なに》が使《つか》われた？　こたえはつぎのページ

女性《じょせい》ではじめてのノーベル賞受賞《しょうじゅしょう》
マリー・キュリーの誕生日《たんじょうび》

ポーランド
1867～1934年《ねん》

読《よ》んだ日《ひ》にち（　年　月　日）（　年　月　日）（　年　月　日）

マリー・キュリーは、一八六七年十一月七日《ねんじゅういちがつなのか》にポーランドのワルシャワで生《う》まれました。物理《ぶつり》の教師《きょうし》だったお父《とう》さんの影響《えいきょう》で、マリーは大人《おとな》になったらさまざまな実験《じっけん》をしてみたいと夢《ゆめ》をふくらませました。

高校《こうこう》を一番《いちばん》の成績《せいせき》で卒業《そつぎょう》したマリーは大学《だいがく》への進学《しんがく》を考《かんが》えていましたが、そのころポーランドでは、女性《じょせい》が大学《だいがく》に入学《にゅうがく》することはできませんでした。マリーが大学《だいがく》に入《はい》るには、フランスに行《い》くしかありません。それにはたくさんのお金《かね》が必要《ひつよう》だったため、住《す》みこみの家庭教師《かていきょうし》をしてお金《かね》をためることにしました。

それから九年後《くねんご》に、ようやく大学《だいがく》に入学《にゅうがく》したマリーは、毎日《まいにち》、勉強《べんきょう》と研究《けんきゅう》に夢中《むちゅう》になりました。

そんななかで、マリーは一人《ひとり》の男性《だんせい》と出会《であ》います。ピエール・キュリーという物理学者《ぶつりがくしゃ》です。研究熱心《けんきゅうねっしん》な二人《ふたり》は、おたがいを尊敬《そんけい》し合《あ》い、やがて結婚《けっこん》することになりました。

結婚後《けっこんご》も二人《ふたり》は研究《けんきゅう》をつづけます。取《と》り組《く》んだのは、人《ひと》の体《からだ》を通《とお》す不思議《ふしぎ》な光線《こうせん》（放射線《ほうしゃせん》）の研究《けんきゅう》です。マリーは、ウランという石《いし》の中《なか》にこの光線《こうせん》を出《だ》すもとがあるのではないかと考《かんが》えました。マリーとピエールはそのもとを見《み》つけるために、石《いし》をくだき、煮《に》つめてとかす実験《じっけん》を毎日《まいにち》つづけました。

実験《じっけん》を始《はじ》めて四年目《よねんめ》のある夜《よる》のことです。

「ねえピエール、あれを見《み》て」

実験室《じっけんしつ》の暗《くら》やみに青白《あおじろ》い光《ひかり》がうかんでいます。

「なんてきれいな光《ひかり》なの」

ついに二人《ふたり》の実験《じっけん》は成功《せいこう》したのです。マリーとピエールは手《て》を取《と》り合《あ》ってよろこびました。放射線《ほうしゃせん》を放《はな》つその物質《ぶっしつ》は「ラジウム」とよばれ、のちにがんや重《おも》い病気《びょうき》の治療《ちりょう》に役立《やくだ》つことがわかりました。この研究《けんきゅう》がみとめられ、マリーとピエールは一九〇三年《ねん》にノーベル物理学賞《ぶつりがくしょう》を受賞《じゅしょう》しました。女性《じょせい》の受賞《じゅしょう》は、マリーがはじめてでした。

この日《ひ》はほかにも…

★ソースの日《ひ》

日本《にほん》に最初《さいしょ》に伝来《でんらい》したソースが、百《ひゃく》グラム当《あ》たり百十七《ひゃくじゅうなな》キロカロリーだったことから。

347ページのこたえ
桃《もも》の収穫《しゅうかく》で使《つか》うかご

おはなしクイズ マリーは大学《だいがく》に入《はい》るために何《なに》をして働《はたら》いていた？ こたえはつぎのページ

11月8日

初《しょ》代《だい》南《なん》極《きょく》観《かん》測《そく》船《せん》「宗《そう》谷《や》」が日《に》本《ほん》を出《しゅっ》港《こう》した日《ひ》

読《よ》んだ日《ひ》にち（　　年　　月　　日）（　　年　　月　　日）（　　年　　月　　日）

歴史

戦争《せんそう》が終《お》わり、科学技術《かがくぎじゅつ》が発達《はったつ》し始《はじ》めた一九五五年《ねん》のことです。「第二回南極会議《だいにかいなんきょくかいぎ》」が開《ひら》かれました。世界《せかい》の先進国《せんしんこく》で南極《なんきょく》の調査《ちょうさ》をするためです。第一回《だいいっかい》はヨーロッパ中心《ちゅうしん》の会議《かいぎ》でしたが、第二回《だいにかい》からは日本《にほん》も参加《さんか》することになりました。

そこで、第一次南極観測隊《だいいちじなんきょくかんそくたい》（越《えっ》冬隊《とうたい》）を南極《なんきょく》に送《おく》りとどけるため、氷《こおり》でとざされた海《うみ》を進《すす》むことができる「砕氷船《さいひょうせん》」が必要《ひつよう》になりました。それが「宗谷《そうや》」です。

宗谷《そうや》は、一九三八年《ねん》に完成《かんせい》した船《ふね》で、ソ連《れん》（今《いま》のロシア）からの注文《ちゅうもん》でつくられました。その後《ご》は日本海軍《にほんかいぐん》の軍艦《ぐんかん》となり、戦争中《せんそうちゅう》は測量船《そくりょうせん》や輸送船《ゆそうせん》として働《はたら》き、戦《せん》後《ご》は引《ひ》きあげ船《せん》や灯台補給船《とうだいほきゅうせん》となっていました。

一九五六年十一月八日《ねんじゅういちがつようか》、宗谷《そうや》は東京《とうきょう》から南極《なんきょく》へ向《む》けて出港《しゅっこう》しました。

南極観測《なんきょくかんそく》の目的《もくてき》は、気象《きしょう》や生《せい》物《ぶつ》、海流《かいりゅう》、地殻変動《ちかくへんどう》、磁気《じき》などを長《なが》い時間《じかん》をかけて調《しら》べ、地球《ちきゅう》に起《お》こっているさまざまな現象《げんしょう》のなぞを明《あき》らかにしていくことでした。のちにこの観測《かんそく》によってオゾンホールが発見《はっけん》され、オーロラのなぞも明《あき》らかになったのです。

第一次南極観測隊《だいいちじなんきょくかんそくたい》をのせた宗谷《そうや》は、はげしい波《なみ》や氷《こおり》の海《うみ》をかき分《わ》けて、南極大陸《なんきょくたいりく》から四《よん》キロメートルはなれた東《ひがし》オングル島《とう》につきました。隊員《たいいん》たちは、南極点《なんきょくてん》から約《やく》二千《にせん》キロメートルはなれた場所《ばしょ》に、日本初《にほんはつ》の南極基地《なんきょくきち》「昭和基《しょうわき》地《ち》」をつくったのです。現在《げんざい》、日《に》本《ほん》は南極《なんきょく》に四《よっ》つの基地《きち》をもっていますが、昭和基地《しょうわきち》は今《いま》でも世界的《せかいてき》に高《たか》い成果《せいか》を上《あ》げています。

宗谷《そうや》は一九六二年《ねん》の第六次南極《だいろくじなんきょく》観測隊《かんそくたい》まで送《おく》りとどけると、その後《ご》は北方《ほっぽう》の海《うみ》で巡視船《じゅんしせん》として活《かつ》やくし、一九七八年《ねん》に引退《いんたい》したあとは、東京《とうきょう》・お台場《だいば》の「船《ふね》の科学《かがく》館《かん》」で見学者《けんがくしゃ》を楽《たの》しませています。

この日《ひ》はほかにも…

★『風《かぜ》と共《とも》に去《さ》りぬ』をかいた小《しょう》説家《せつか》、マーガレット・ミッチェルが生《う》まれた日《ひ》（一九〇〇年《ねん》）

★明治時代《めいじじだい》の女性化学者《じょせいかがくしゃ》、黒田《くろだ》チカ（259ページ）が亡《な》くなった日《ひ》（一九六八年《ねん》）

348ページのこたえ 家庭教師《かていきょうし》

おはなしクイズ 日本初《にほんはつ》の南極基地《なんきょくきち》の名前《なまえ》は？ こたえはつぎのページ

伝染病《でんせんびょう》の研究《けんきゅう》に命《いのち》をささげた 野口英世《のぐちひでよ》が生《う》まれた日《ひ》

日本《にほん》 1876～1928年《ねん》

11月9日

読《よ》んだ日《ひ》にち（　年　月　日）（　年　月　日）（　年　月　日）

人物

野口英世《のぐちひでよ》は、一八七六年十一月《ねんじゅういちがつ》九日《ここのか》に福島県《ふくしまけん》三《み》ツ和村《わむら》（今《いま》の猪苗《いなわ》代町《しろまち》）の農家《のうか》に生《う》まれ、清作《せいさく》と名《な》づけられました。清作《せいさく》の生《う》まれた家《いえ》は村《むら》で一番《いちばん》まずしく、母《はは》は近《ちか》くの農家《のうか》の手伝《てつだ》いをして生計《せいけい》を立《た》てていました。

一歳半《いっさいはん》のとき、清作《せいさく》はいろりに転《ころ》げ落《お》ちて左手《ひだりて》にひどいやけどを負《お》いました。やけどはなおりましたが、清作《せいさく》の左手《ひだりて》はジャンケンのグーの形《かたち》にかたまってしまい、近《きん》所《じょ》の子《こ》どもたちから「てんぼう（手《て》の不自由《ふじゆう》な子《こ》）」とからかわれます。

いつも左手《ひだりて》をかくしている清作《せいさく》を見《み》て、母《はは》は「この子《こ》は学問《がくもん》で身《み》を立《た》てるしかない」と考《かんが》えました。そんな母《はは》の思《おも》いにこたえて、清作《せいさく》は勉学《べんがく》にはげみます。

十五歳《じゅうごさい》のとき、清作《せいさく》は左手《ひだりて》の手《しゅ》術《じゅつ》を受《う》けます。費用《ひよう》は小学校《しょうがっこう》の先《せん》生《せい》と友人《ゆうじん》たちが工面《くめん》してくれました。そして親指《おやゆび》が少《すこ》し動《うご》かせるようになったとき、清作《せいさく》は「手術《しゅじゅつ》をしてくれた先生《せんせい》のような医者《いしゃ》になろう」と決心《けっしん》します。

働《はたら》きながら勉強《べんきょう》し、医者《いしゃ》の試験《しけん》に合格《ごうかく》したものの、左手《ひだりて》はそれほど細《こま》やかには動《うご》きません。そこで、清作《せいさく》は外科医《げかい》や内科医《ないかい》ではなく、細菌学者《さいきんがくしゃ》をこころざすことにしました。

二十一歳《にじゅういっさい》で伝染病研究所《でんせんびょうけんきゅうじょ》の助手《じょしゅ》になり、この年《とし》、清作《せいさく》は名前《なまえ》を「英世《ひでよ》」と改《あらた》めます。英世《ひでよ》はペストの流行《りゅうこう》を止《と》めるため中国《ちゅうごく》にわたり、それからアメリカにわたりました。梅毒《ばいどく》の研究《けんきゅう》でノーベル賞候《しょうこう》補《ほ》となり、医学界《いがくかい》で「ヒデヨ・ノグチ」を知《し》らない者《もの》はいないといわれるまでになったのです。

英世《ひでよ》は研究《けんきゅう》に夢中《むちゅう》になると何日《なんにち》も風呂《ふろ》に入《はい》らず、服《ふく》も着《き》がえませんでした。研究熱心《けんきゅうねっしん》でつねに細菌《さいきん》のことを考《かんが》えていたため、日本《にほん》に住《す》む母《はは》と再会《さいかい》したのはなんと十五《じゅうご》年《ねん》もたってからのことです。その三年後《さんねんご》、母《はは》は亡《な》くなり、これが、英世《ひでよ》にとって最後《さいご》の帰国《きこく》となりました。

その後《ご》、英世《ひでよ》はアフリカにわたって黄熱病《おうねつびょう》の研究《けんきゅう》をしましたが、そのアフリカの土地《とち》で自《みずか》らも黄熱病《おうねつびょう》にかかり命《いのち》を落《お》としたのです。一九二八年《ねん》、五十一歳《ごじゅういっさい》でした。

349ページのこたえ
昭和基地《しょうわきち》

この日《ひ》はほかにも…

★ベルリンの壁《かべ》が崩壊《ほうかい》した日《ひ》（312ページ）（一九八九年《ねん》）

★一一九番《ひゃくじゅうきゅうばん》の日《ひ》（25ページ）
電話番号《でんわばんごう》にちなんで消防庁《しょうぼうちょう》が制定《せいてい》。

おはなしクイズ 野口英世《のぐちひでよ》はアフリカで何《なん》の研究《けんきゅう》をしていた？ こたえはつぎのページ

11月10日

日本《にほん》初《はつ》の電動式《でんどうしき》エレベーターにちなんだ「エレベーターの日《ひ》」

読《よ》んだ日《ひ》にち（　　年　　月　　日）（　　年　　月　　日）（　　年　　月　　日）

記念日

凌雲閣《りょううんかく》と電動式《でんどうしき》エレベーター

二十世紀《にじっせいき》には建築技術《けんちくぎじゅつ》が進《すす》み、それまで特別《とくべつ》な存在《そんざい》だった高層建築《こうそうけんちく》は、わたしたちにとって身近《みぢか》なものになりました。それとともに、高《たか》い場所《ばしょ》にかんたんにのぼれるエレベーターは、わたしたちの生活《せいかつ》にかかせない装置《そうち》となっています。今《いま》の日本《にほん》では、六階以上《ろっかいいじょう》の建物《たてもの》にはできるかぎりエレベーターを設置《せっち》するべきだという指標《しひょう》があります。

日本《にほん》ではじめて電動式《でんどうしき》エレベーターが使《つか》われたのは、東京《とうきょう》の浅草《あさくさ》にあった「凌雲閣《りょううんかく》」とよばれる十《じゅう》二階《にかい》だて、高《たか》さ約五十二《やくごじゅうに》メートルの塔《とう》です。開業《かいぎょう》したのは、一八九〇年十一月十一日《ねんじゅういちがつじゅういちにち》のことでした。実《じつ》は、当初《とうしょ》の開業《かいぎょう》は十一月十日《じゅういちがつとおか》の予定《よてい》でしたが、式典《しきてん》の都合《つごう》で次《つぎ》の日《ひ》に延期《えんき》されたのです。凌雲閣《りょううんかく》は、多《おお》くの人《ひと》におどろきをあたえました。東京《とうきょう》スカイツリー®（97ページ）の完成以上《かんせいいじょう》の衝撃《しょうげき》があったといわれています。

それまで電動式《でんどうしき》エレベーターを見《み》たことがなかった人《ひと》びとは、塔《とう》の高《たか》さとともに、エレベーターの便利《べんり》さや技術《ぎじゅつ》におどろきました。

おどろいたのは、一般《いっぱん》の人《ひと》びとだけではありません。エレベーターについての知識《ちしき》をもたない役人《やくにん》たちは、おどろきを通《とお》りこしてエレベーターを危険《きけん》な装置《そうち》だと考《かんが》えました。そこで、開業《かいぎょう》してすぐに、一般《いっぱん》の人《ひと》びとのエレベーターの利用《りよう》を禁止《きんし》したのです。

その後《ご》、凌雲閣《りょううんかく》は一九二三年《ねん》に起《お》こった関東大震災《かんとうだいしんさい》（276ページ）でたおれ、日本初《にほんはつ》の電動式《でんどうしき》エレベーターは、短《みじか》い歴史《れきし》を終《お》えました。

それから五十年以上《ごじゅうねんいじょう》たった一九七九年《ねん》、日本《にほん》エレベーター協会《きょうかい》は、凌雲閣《りょううんかく》のエレベーターの利用《りよう》開始予定日《かいしよていび》にちなんで十一月十日《じゅういちがつとおか》を、エレベーターを安全《あんぜん》で正《ただ》しく利用《りよう》するための「エレベーターの日《ひ》」に制定《せいてい》しました。

この日《ひ》はほかにも…

★宗教改革《しゅうきょうかいかく》を進《すす》めたドイツの神学者《しんがくしゃ》、マルティン・ルターの誕生日《たんじょうび》（一四八三年《ねん》）

★いいトイレの日《ひ》

一（い）一（い）一〇（ト）イレのゴロ合《あ》わせから。

350ページのこたえ　黄熱病《おうねつびょう》

おはなしクイズ　日本《にほん》ではじめて電動式《でんどうしき》エレベーターが設置《せっち》された塔《とう》の名前《なまえ》は？　こたえはつぎのページ

世界中《せかいじゅう》で愛《あい》されている食《た》べもの
「チーズの日《ひ》」

11月11日

読《よ》んだ日《ひ》にち（　　年　　月　　日）（　　年　　月　　日）（　　年　　月　　日）

記念日

チーズは今《いま》から約百五十年《やくひゃくごじゅうねん》ほど前《まえ》に、ヨーロッパから日本《にほん》に伝《つた》わったといわれています。それ以《い》前《ぜん》にも、日本《にほん》には牛乳《ぎゅうにゅう》を煮《に》つめてつくった「蘇《そ》」というチーズのような食《た》べものがありました。とてもおいしかったため、七〇〇年《ねん》十《じゅう》月《がつ》に天皇《てんのう》が蘇《そ》をつくるように命《めい》じたという記録《きろく》がのこっています。十月《じゅうがつ》は今《いま》の暦《こよみ》になおすと十一月《じゅういちがつ》。そこで、おぼえやすい日《ひ》づけの、十一月十一日《じゅういちがつじゅういちにち》が「チーズの日《ひ》」とされています。

チーズは、牛乳《ぎゅうにゅう》に乳酸菌《にゅうさんきん》を入《い》れてかためて、水分《すいぶん》をぬいてゆっくり時間《じかん》をかけて熟成《じゅくせい》させたものです。日本《にほん》では主《おも》に牛《うし》のお乳《ちち》からつくりますが、外国《がいこく》では水牛《すいぎゅう》や羊《ひつじ》、ヤギなどのお乳《ちち》からもつくります。

チーズの起源《きげん》ははっきりとわかっておらず、地域《ちいき》によってさまざまです。たとえば、アラビアにはこんなお話《はなし》がのこっています。

約四千年前《やくよんせんねんまえ》、商人《しょうにん》が羊《ひつじ》の胃《い》ぶくろをほした水筒《すいとう》にお乳《ちち》を入《い》れて旅《たび》に出《で》ました。一日中砂漠《いちにちじゅうさばく》を歩《ある》いてのどがかわき、お乳《ちち》を飲《の》もうとしたときです。

「おや、なんだ、これは……」

出《で》てきたのはお乳《ちち》ではなく、水《みず》っぽい液《えき》と白《しろ》いかたまりでした。このできごとが、アラビアでのチーズづくりにつながったといわれています。

チーズにはナチュラルチーズとプロセスチーズがあります。ナチュラルチーズは、お乳《ちち》の中《なか》のたんぱく質《しつ》をかためて熟成《じゅくせい》させたもので、カッテージチーズ、カマンベールチーズなど、味《あじ》も香《かお》りもさまざまです。

プロセスチーズは、ナチュラルチーズを加熱《かねつ》してつくり、熟成《じゅくせい》を止《と》めたものです。スライスチーズやスパゲッティーにかけるパルメザンチーズなどがあり、ナチュラルチーズよりも長《なが》もちします。

チーズには、たんぱく質《しつ》や脂肪《しぼう》、カルシウム、ビタミンA《エー》などがたくさんふくまれており、わたしたちの食生活《しょくせいかつ》をゆたかにしてくれる食《た》べものです。

この日《ひ》はほかにも…

★第一次世界大戦《だいいちじせかいたいせん》が終《お》わった日《ひ》
（一九一八年《ねん》）

351ページのこたえ
凌雲閣《りょううんかく》

おはなしクイズ　700年《ねん》に、天皇《てんのう》がつくるように命《めい》じた食《た》べものの名前《なまえ》は？　こたえはつぎのページ

11月12日

彫刻《ちょうこく》「考《かんが》える人《ひと》」をつくった ロダンの誕生日《たんじょうび》

フランス 1840〜1917年《ねん》

読《よ》んだ日《ひ》にち（　　年　　月　　日）（　　年　　月　　日）（　　年　　月　　日）

人物

オーギュスト・ロダンは一八四〇年十一月十二日《ねんじゅういちがつじゅうににち》、フランスに生《う》まれました。小《ちい》さいころから芸術《げいじゅつ》の才能《さいのう》があったロダンは、美術館《びじゅつかん》に通《かよ》いつめたり、美術書《びじゅつしょ》を読《よ》みあさったりしながら、作品《さくひん》をつくっていました。

二十四歳《にじゅうよんさい》のとき、アトリエ（芸術家《げいじゅつか》の仕事場《しごとば》）に出入《でい》りしていた職人《しょくにん》をモデルにした「鼻《はな》のつぶれた男《おとこ》」という彫刻《ちょうこく》を展覧会《てんらんかい》に出《だ》しました。その人《ひと》の心《こころ》の中《なか》や人生《じんせい》までもが伝《つた》わってくるような迫力《はくりょく》のある作品《さくひん》ですが、美《うつく》しい彫刻《ちょうこく》が何《なに》よりすばらしいとされていた当時《とうじ》は、まったく受《う》け入《い》れられませんでした。

「たましいのない、見《み》かけの美《うつく》しさだけの彫刻《ちょうこく》なんて、何《なん》の意味《いみ》もない」と、ロダンは自分《じぶん》の信念《しんねん》のまま彫刻《ちょうこく》をつくりつづけます。三《さん》十七歳《じゅうななさい》のときの「青銅時代《せいどうじだい》」という作品《さくひん》は、髪《かみ》をつかみ、悲《かな》しみをうったえるかのような等身大《とうしんだい》の男《おとこ》をいきいきと表現《ひょうげん》したものです。あまりのリアルさに、「人《ひと》の体《からだ》で型《かた》を取《と》ったんだろう」ととがめられたほどでした。

ロダンと過去《かこ》の作家《さっか》たちとのちがいは、人間《にんげん》の心《こころ》の動《うご》きをあらゆる筋肉《きんにく》の動《うご》きで表現《ひょうげん》しようとしたことと、見《み》かけの美《び》ではなく本質《ほんしつ》をあらわそうとしたことです。ロダンの新《あたら》しい芸術《げいじゅつ》を理解《りかい》し、みとめる人《ひと》は増《ふ》えていきました。

また、ロダンは完璧主義者《かんぺきしゅぎしゃ》でもありました。パリの美術館《びじゅつかん》のとびらにとたのまれた「地獄《じごく》の門《もん》」をつくり始《はじ》めるものの、「自分《じぶん》が本当《ほんとう》になっとくできるまでは、おわたしできません」と言《い》って、ロダンの生前《せいぜん》には完《かん》成《せい》しませんでした。未完成《みかんせい》のまま公開《こうかい》された門《もん》にはたくさんの人物《じんぶつ》像《ぞう》が配置《はいち》され、なかでも中央上《ちゅうおううえ》の、じっと何《なに》かを考《かんが》えている「考《かんが》える人《ひと》」とよばれるモチーフが有《ゆう》名《めい》です。「考《かんが》える人《ひと》」という作品《さくひん》はそれとは別《べつ》に、独立《どくりつ》した像《ぞう》としてもつくられました。

ロダンは、まわりから理解《りかい》されなくても自分《じぶん》の信念《しんねん》をもちつづけ、すばらしい彫刻《ちょうこく》をつくりつづけたのでした。

この日《ひ》はほかにも…

★『モモ』をかいた作家《さっか》、ミヒャエル・エンデの誕生日《たんじょうび》（一九二九年《ねん》）

352ページのこたえ　蘇《そ》

おはなしクイズ　ロダンが37歳《さい》のときにつくった作品《さくひん》は？　こたえはつぎのページ

新種《しんしゅ》の鳥《とり》が「ヤンバルクイナ」と命名《めいめい》された日《ひ》

11月13日

歴史

読《よ》んだ日《ひ》にち（　　年　　月　　日）（　　年　　月　　日）（　　年　　月　　日）

沖縄本島北部《おきなわほんとうほくぶ》に、「やんばる」とよばれる広大《こうだい》な森《もり》があります。冬《ふゆ》でもゆたかな緑《みどり》につつまれているこの森《もり》には、ノグチゲラやケナガネズミなど、ここにしかいない多種多様《たしゅたよう》で希少《きしょう》な生《い》きものがたくさん生息《せいそく》しています。

やんばるの森《もり》には、以前《いぜん》からくちばしが赤《あか》いふしぎな鳥《とり》がいて、地元《じもと》の人《ひと》びとからは「アガチャー（あわてんぼうという意味《いみ》）」とよばれていました。アガチャーはおくびょうな性格《せいかく》で、地元《じもと》の人《ひと》びとでさえ、なかなかその姿《すがた》を見《み》ることはできませんでした。

一九七八年《ねん》から三年間《さんねんかん》、調査《ちょうさ》のために沖縄本島《おきなわほんとう》をおとずれていた「山階鳥類研究所《やましなちょうるいけんきゅうじょ》」の研究員《けんきゅういん》が、この鳥《とり》を見《み》つけます。そこで一九八一年《ねん》に捕獲調査《ほかくちょうさ》を行《おこな》い、二羽《にわ》をつかまえることに成功《せいこう》しました。この二羽《にわ》をよく観察《かんさつ》したところ、今《いま》まで発見《はっけん》されていなかった、新《あたら》しい種類《しゅるい》の鳥《とり》であることがわかりました。この鳥《とり》は一九八一年《ねん》十一《じゅういち》月《がつ》十三日《じゅうさんにち》に、「ヤンバルクイナ」と命名《めいめい》されました。

ヤンバルクイナは飛《と》ぶことができません。やんばるの森《もり》には天敵《てんてき》が少《すく》なかったため、飛《と》ばなくても生《い》きのこれたのです。かわりに脚《あし》が太《ふと》く、とても速《はや》いスピードで走《はし》ることができます。また、木《き》に登《のぼ》ることもできます。昼間《ひるま》は草《くさ》むらの中《なか》でくらし、夜《よる》になると羽《は》ばたきをして足《あし》を使《つか》って木《き》によじ登《のぼ》り、木《き》の上《うえ》でねむります。

ヤンバルクイナは、やんばるの森《もり》にしか生息《せいそく》していない貴重《きちょう》な鳥《とり》です。一九八二年《ねん》、国《くに》の天然記念物《てんねんきねんぶつ》に指定《してい》されましたが、その数《かず》はどんどんへっています。森《もり》が小《ちい》さくなっていることや、マングースやすてられた犬《いぬ》やネコにおそわれていることなどが原因《げんいん》です。

現在《げんざい》、沖縄本島《おきなわほんとう》では、ヤンバルクイナが安心《あんしん》してくらせるよう、やんばるの森《もり》をのこしていく活動《かつどう》が行《おこな》われています。

353ページのこたえ「青銅時代《せいどうじだい》」

この日《ひ》はほかにも…

★明治時代《めいじじだい》のマラソン選手《せんしゅ》、金栗四三《かなくりしそう》（138ページ）が亡《な》くなった日《ひ》（一九八三年《ねん》）

おはなしクイズ　ヤンバルクイナは夜《よる》、どこでねむる？

こたえはつぎのページ

11月14日

光《ひかり》の美《うつく》しさを絵《え》で表現《ひょうげん》した モネの誕生日《たんじょうび》

フランス 1840～1926年《ねん》

人物

読《よ》んだ日《ひ》にち（　年　月　日）（　年　月　日）（　年　月　日）

クロード・モネは、一八四〇年《ねん》十一月十四日《じゅういちがつじゅうよっか》にフランスのパリで生《う》まれました。子《こ》どものころ、モネは学校《がっこう》が好《す》きになれませんでした。

「ああ、なんで学校《がっこう》はこんなに規則《きそく》ばかりできゅうくつなんだろう。つまらないや」

授業中《じゅぎょうちゅう》は、ノートに人《ひと》の顔《かお》をおもしろおかしくかいてすごし、十六歳《じゅうろくさい》のときには、モネはついに学校《がっこう》をやめてしまいます。けれども、モネの才能《さいのう》を見《み》ぬいたおばさんが、デッサンの勉強《べんきょう》をさせてくれました。モネがえんぴつでえがく、おもしろみのある人物画《じんぶつが》は評判《ひょうばん》がよく、いいねだんで売《う》れました。

ある日《ひ》のこと、モネはいつものように絵《え》を売《う》りに行《い》った画材店《がざいてん》で、十六歳年上《じゅうろくさいとしうえ》の画家《がか》、ウジェーヌ・ブーダンを紹介《しょうかい》されました。

「きみの絵《え》はおもしろいね！」

ブーダンはモネの絵《え》を見《み》ると、すっかり感心《かんしん》しました。そして、こうつづけました。

「いっしょに外《そと》に出《で》て絵《え》をかいてみないかい？　ぜひきみに自然《しぜん》の美《うつく》しさを見《み》てほしいんだ」

モネはあまり気《き》のりしませんでしたが、ブーダンがあまりに熱心《ねっしん》にすすめてくれるので、根負《こんま》けしてついていきました。

港《みなと》が見《み》える場所《ばしょ》にキャンバスをおくと、ブーダンは言《い》いました。

「光《ひかり》の中《なか》でかくと絵《え》はいきいきとするんだよ」

ブーダンの絵《え》を見《み》ながら、モネは息《いき》をのみました。

「本当《ほんとう》だ！　絵《え》がかがやいて見《み》える。絵《え》の中《なか》に光《ひかり》がさしている。形《かたち》のない光《ひかり》も、絵《え》で表現《ひょうげん》することができるんだ！」

新《あたら》しい画家《がか》としてのモネが誕生《たんじょう》したしゅんかんでした。

長《なが》い年月《ねんげつ》をへて、モネは画家《がか》としてみとめられるようになりました。そして、亡《な》くなる年《とし》に壁《かべ》いっぱいに「睡蓮《すいれん》」という作品《さくひん》をかきます。この作品《さくひん》は今《いま》もフランスの美術館《びじゅつかん》にかざられ、大《おお》ぜいの人《ひと》がモネの絵《え》を見《み》におとずれています。

この日《ひ》はほかにも…

★本州《ほんしゅう》と九州《きゅうしゅう》をむすぶ関門橋《かんもんきょう》が開通《かいつう》した日《ひ》（一九七三年《ねん》）

354ページのこたえ
木《き》の上《うえ》

おはなしクイズ モネが亡《な》くなる年《とし》に壁《かべ》いっぱいにかいたのは何《なん》という絵《え》？

こたえはつぎのページ

新《あたら》しい日本《にほん》の道《みち》を切《き》り開《ひら》いた 坂本龍馬《さかもとりょうま》の誕生日《たんじょうび》

日本《にほん》
1835〜1867年《ねん》

11月15日

読《よ》んだ日《ひ》にち（　年　月　日）（　年　月　日）（　年　月　日）

人物

坂本龍馬《さかもとりょうま》は江戸時代末期《えどじだいまっき》、一八三五年《ねん》（天保六年《てんぽうろくねん》）十一月十五日《じゅういちがつじゅうごにち》に土佐藩《とさはん》（今《いま》の高知県《こうちけん》）で生《う》まれました。小《ちい》さいころの龍馬《りょうま》はおねしょがなおらない弱虫《よわむし》でした。三《みっ》つ年上《としうえ》の姉《ねえ》さんは、龍馬《りょうま》とは反対《はんたい》に男勝《おとこまさ》りで武術《ぶじゅつ》が得意《とくい》でした。

「龍馬《りょうま》、泣《な》くんじゃありません。さあ、わたしにかかってきなさい」

姉《ねえ》さんは龍馬《りょうま》に剣術《けんじゅつ》を教《おし》え、龍馬《りょうま》はたくましく成長《せいちょう》します。

江戸時代《えどじだい》、日本《にほん》は鎖国《さこく》（外国《がいこく》との貿易《ぼうえき》などをやめること）をしていました。しかし、一八五三年《ねん》、とつぜんアメリカから巨大《きょだい》な黒船《くろふね》が来航《らいこう》します（180ページ）。そのころ江戸《えど》（今《いま》の東京《とうきょう》）にいて黒船《くろふね》を見《み》た龍馬《りょうま》は、大変《たいへん》おどろきました。

「あんな船《ふね》をつくれる国《くに》はどれだけ強《つよ》いんじゃろう。日本《にほん》はどうしたらええんじゃ？」

龍馬《りょうま》はあれこれ勉強《べんきょう》した末《すえ》、アメリカにわたった経験《けいけん》のある勝海舟《かつかいしゅう》（45ページ）のもとをたずねました。

「坂本《さかもと》くん、日本《にほん》は外国《がいこく》と争《あらそ》っても勝《か》ち目《め》はないよ。外国《がいこく》とうまく付《つ》き合《あ》って、新《あたら》しい日本《にほん》をつくり直《なお》すべきだ」

「なるほど、ようわかりました」

そのころ国内《こくない》では、二百六十年《にひゃくろくじゅうねん》もの間《あいだ》、国《くに》を治《おさ》めていた徳川幕府《とくがわばくふ》が力《ちから》をうしなっていました。かわりに力《ちから》をつけていたのが薩摩藩《さつまはん》（今《いま》の鹿児島県《かごしまけん》）と長州藩《ちょうしゅうはん》（今《いま》の山口県《やまぐちけん》）でしたが、この二《ふた》つの藩《はん》はいがみ合《あ》っていました。龍馬《りょうま》は二《ふた》つの藩《はん》を引《ひ》き合《あ》わせ、ねばり強《づよ》く説得《せっとく》しました。

「今《いま》は二《ふた》つの藩《はん》が協力《きょうりょく》しなきゃ、外国《がいこく》にはかなわんのです」

龍馬《りょうま》の説得《せっとく》により、二《ふた》つの藩《はん》は力《ちから》を合《あ》わせて新《あたら》しい日本《にほん》をつくることをちかいました。こうした動《うご》きは、将軍《しょうぐん》の徳川慶喜《とくがわよしのぶ》にも伝《つた》わり、一八六七年《ねん》、慶喜《よしのぶ》は政権《せいけん》を天皇《てんのう》に返《かえ》すことを決意《けつい》し、幕府《ばくふ》が国《くに》を治《おさ》める時代《じだい》は終《お》わります（323ページ）。

しかし、その一《いっ》か月後《げつご》の十一月《じゅういちがつ》十五日《じゅうごにち》に龍馬《りょうま》は何者《なにもの》かにおそわれて亡《な》くなりました。この日《ひ》は龍馬《りょうま》の誕生日《たんじょうび》であり、三十三歳《さんじゅうさんさい》というわかさでした。

この日《ひ》はほかにも…

★七五三《しちごさん》（308ページ）
★上越新幹線《じょうえつしんかんせん》が開通《かいつう》した日《ひ》（一九八二年《ねん》）

355ページのこたえ
「睡蓮《すいれん》」

おはなしクイズ　坂本龍馬《さかもとりょうま》が説得《せっとく》した2つの藩《はん》はどことどこ？　こたえはつぎのページ

11月16日

第二次世界大戦後《だいにじせかいたいせんご》、国技館《こくぎかん》で大相撲《おおずもう》が再開《さいかい》された日《ひ》

読《よ》んだ日《ひ》にち（　年　月　日）（　年　月　日）（　年　月　日）

歴史

　大相撲《おおずもう》とは、お客《きゃく》さんの前《まえ》で相撲《すもう》を見《み》せる、伝統的《でんとうてき》な興行《こうぎょう》（もよおし）です。現在《げんざい》、大相撲《おおずもう》は年《ねん》六回《ろっかい》、東京《とうきょう》と大阪《おおさか》、愛知《あいち》、福岡《ふくおか》で開《ひら》かれています。中《なか》でも、大相撲《おおずもう》が年三回開《ねんさんかいひら》かれている大相撲《おおずもう》の聖《せい》地《ち》が、東京《とうきょう》の両国《りょうごく》にある「国技《こくぎ》館《かん》」です。

　相撲《すもう》は、もともとは豊作《ほうさく》などをいのるための神事《しんじ》だったと考《かんが》えられています。今《いま》から千三百年《せんさんびゃくねん》くらい前《まえ》の奈良時代《ならじだい》には、朝廷《ちょうてい》の行事《ぎょうじ》として相撲《すもう》が行《おこな》われていたことが、記録《きろく》にのこっています。

　やがて、相撲《すもう》は武士《ぶし》などが体《からだ》をきたえるための武術《ぶじゅつ》としてもさかんに行《おこな》われるようになります。そして江戸時代《えどじだい》に、お寺《てら》をたてるお金《かね》などを集《あつ》めるために「勧進《かんじん》相撲《ずもう》」とよばれる見世物《みせもの》が始《はじ》まりました。

　明治時代《めいじじだい》になると、東京《とうきょう》と大阪《おおさか》に相撲協会《すもうきょうかい》がつくられ、勧進相撲《かんじんずもう》は大相撲《おおずもう》としての形《かたち》を整《ととの》えていきます。一九〇九年《ねん》には、東京《とうきょう》の両《りょう》国《ごく》に国技館《こくぎかん》がたてられました。

　両国国技館《りょうごくこくぎかん》は、何度《なんど》か火災《かさい》にあい、第二次世界大戦《だいにじせかいたいせん》の末期《まっき》にも、東京大空襲《とうきょうだいくうしゅう》で焼《や》けてしまいます。

現在《げんざい》の国技館《こくぎかん》

写真提供:sunny/PIXTA

　さらに、日本《にほん》は戦争《せんそう》に敗《やぶ》れ、世《よ》の中《なか》は大相撲《おおずもう》どころではなくなっているようにも思《おも》われました。

　しかし、大相撲《おおずもう》の関係者《かんけいしゃ》は考《かんが》えました。

「戦争《せんそう》に負《ま》けて国民《こくみん》が元気《げんき》をなくしている今《いま》こそ、大相撲《おおずもう》を開催《かいさい》して、みんなを元気《げんき》づけるべきだ」

　こうして、関係者《かんけいしゃ》の努力《どりょく》によって国技館《こくぎかん》の修復《しゅうふく》が行《おこな》われ、終戦《しゅうせん》から約三《やくさん》か月後《げつご》の一九四五年十一月《ねんじゅういちがつ》十六日《じゅうろくにち》、戦後初《せんごはつ》の大相撲《おおずもう》が両国国《りょうごくこく》技館《ぎかん》で再開《さいかい》されました。

　その後《ご》、国技館《こくぎかん》は蔵前《くらまえ》にうつりますが、一九八五年《ねん》には両国《りょうごく》に新《あたら》しい国技館《こくぎかん》が完成《かんせい》します。今《いま》では、東京《とうきょう》での大相撲《おおずもう》はこの新《あたら》しい国技館《こくぎかん》で行《おこな》われています。

この日《ひ》はほかにも…

★日本初《にほんはつ》の官立幼稚園《かんりつようちえん》である、東《とう》京女子師範学校附属幼稚園《きょうじょししはんがっこうふぞくようちえん》（今《いま》のお茶《ちゃ》の水女子大学附属幼稚園《みずじょしだいがくふぞくようちえん》）が開園《かいえん》した日《ひ》（一八七六年《ねん》）

356ページのこたえ

薩摩藩《さつまはん》と長州藩《ちょうしゅうはん》

おはなしクイズ　現在《げんざい》、大相撲《おおずもう》は年《ねん》に何回《なんかい》行《おこな》われている？　こたえはつぎのページ

世界《せかい》レベルの車《くるま》とバイクをつくった本田宗一郎《ほんだそういちろう》の誕生日《たんじょうび》

日本《にほん》
1906〜1991年《ねん》

11月17日

人物

読《よ》んだ日《ひ》にち（　　年　　月　　日）（　　年　　月　　日）（　　年　　月　　日）

　本田宗一郎《ほんだそういちろう》は、一九〇六年十一月《ねんじゅういちがつ》十七日《じゅうしちにち》に静岡県磐田郡《しずおかけんいわたぐん》（今《いま》の静岡県浜松市《しずおかけんはままつし》）に生《う》まれました。機械《きかい》や動《うご》くものが大好《だいす》きな子《こ》どもでした。

　八歳《はっさい》のとき、当時《とうじ》めずらしかった自動車《じどうしゃ》が村《むら》にやってきました。

「わあ、かっこいい！　いいにおいがする。何《なん》のにおいだろう」

　それはガソリンのにおいでした。宗一郎《そういちろう》は、自動車《じどうしゃ》を村《むら》はずれまで追《お》いかけました。そして強《つよ》く思《おも》ったのです。

「ぼくも、自動車《じどうしゃ》をつくりたい！」

　宗一郎《そういちろう》は十五歳《じゅうごさい》で東京《とうきょう》の自動車《じどうしゃ》修理工場《しゅうりこうじょう》につとめます。社長《しゃちょう》に技術《ぎじゅつ》を教《おし》えこまれ、めきめきうでを上《あ》げました。その工場《こうじょう》でつくった車《くるま》がレースで優勝《ゆうしょう》したとき、宗一郎《そういちろう》の心《こころ》がふるえました。

「いつか、自分《じぶん》でつくった車《くるま》でレースに出《で》て優勝《ゆうしょう》するんだ！」

　社長《しゃちょう》のすすめで浜松市《はままつし》に修理工場《しゅうりこうじょう》をつくると、宗一郎《そういちろう》のたしかな技術《ぎじゅつ》が評判《ひょうばん》をよび、会社《かいしゃ》の経営《けいえい》はとても順調《じゅんちょう》でした。

　ところが、三十八歳《さんじゅうはっさい》のとき、日本《にほん》は戦争《せんそう》で負《ま》けて、世《よ》の中《なか》が大混乱《だいこんらん》におちいります。宗一郎《そういちろう》は仕事《しごと》を休《やす》み、日本《にほん》に何《なに》が必要《ひつよう》なのかを考《かんが》えました。

「そうだ。道路事情《どうろじじょう》が悪《わる》くても走《はし》れるのりものが必要《ひつよう》だ！」

　そして、女《おんな》の人《ひと》でも楽《らく》にのれる自転車用補助《じてんしゃようほじょ》エンジンを発売《はつばい》。走《はし》るときにたてる音《おと》から「バタバタ」とよばれ、とぶように売《う》れました。

　その後《ご》も、「スーパーカブ」などのバイクをヒットさせ、世界《せかい》のオートバイレースで優勝《ゆうしょう》し、「ホンダ」の名《な》を世界《せかい》にとどろかせました。自動車《じどうしゃ》では、軽《けい》トラックやスポーツカー、低公害《ていこうがい》エンジン（320ページ）の車《くるま》を開発《かいはつ》し、夢《ゆめ》だった世界一《せかいいち》の自動車《じどうしゃ》レース、F1《エフワン》でも優勝《ゆうしょう》しました。

　自動車《じどうしゃ》を村《むら》はずれまで追《お》いかけた少年《しょうねん》、本田宗一郎《ほんだそういちろう》は日本人《にほんじん》ではじめて、「自動車殿堂《じどうしゃでんどう》（アメリカにある、自動車《じどうしゃ》に関《かん》する功績《こうせき》がある人《ひと》をたたえる博物館《はくぶつかん》）」入《い》りをはたしました。

この日《ひ》はほかにも…

★将棋《しょうぎ》の日《ひ》
江戸幕府第八代将軍《えどばくふだいはちだいしょうぐん》、徳川吉宗《とくがわよしむね》の時代《じだい》に御城将棋《おしろしょうぎ》がこの日《ひ》に行《おこな》われていたことにちなむ。

357ページのこたえ
六回《ろっかい》

おはなしクイズ　本田宗一郎《ほんだそういちろう》がはじめてつとめたのは、何《なん》の工場《こうじょう》だった？　こたえはつぎのページ

11月18日

八幡製鉄所《やはたせいてつしょ》が鉄《てつ》をつくり始《はじ》めた日《ひ》

読《よ》んだ日《ひ》にち（　　年　　月　　日）（　　年　　月　　日）（　　年　　月　　日）

歴史

明治時代《めいじじだい》の中《なか》ごろ、日本《にほん》は急速《きゅうそく》に機械設備《きかいせつび》をもつ工場《こうじょう》を増《ふ》やそうとしていました。しかし、工場《こうじょう》の機械《きかい》をつくるために必要《ひつよう》な鉄《てつ》が不《ふ》足《そく》していました。鉄《てつ》をつくる工場《こうじょう》が日本《にほん》にはなかったので、すべて外国《がいこく》から買《か》ってきていましたが、お金《かね》もかかりますし、量《りょう》も足《た》りません。そこで、製鉄所《せいてつじょ》「八幡製鉄《やはたせいてつ》所《しょ》」をつくることに決《き》めました。

当時《とうじ》、ヨーロッパでは鉄《てつ》や糸《いと》などをつくるさまざまな機械《きかい》が発明《はつめい》され、ものの製造《せいぞう》が手作業《てさぎょう》から機《き》械化《かいか》されていました。蒸気船《じょうきせん》などもつくられるようになります。ものを大量《たいりょう》に速《はや》く生産《せいさん》することができるようになるとともに、工場《こうじょう》で働《はたら》く人《ひと》が増《ふ》えたことから社会《しゃかい》の仕《し》組《く》み自体《じたい》が大《おお》きく変《か》わります。これを「産業革命《さんぎょうかくめい》」といいます。この産業革命《さんぎょうかくめい》によって、近代化《きんだいか》のおくれた国《くに》と進《すす》んだ国《くに》との差《さ》がどんどん広《ひろ》がります。おくれた国《くに》は進《すす》んだ国《くに》の強《つよ》い軍隊《ぐんたい》に土地《とち》やお金《かね》をうばわれるようになりました。それをおそれた明治政府《めいじせいふ》は、「富国《ふこく》強兵《きょうへい》」というスローガンをかかげて産業《さんぎょう》を発展《はってん》させ、強《つよ》い軍隊《ぐんたい》をつくろうとしました。八幡製鉄所《やはたせいてつしょ》をたてることになったのには、こうした世界《せかい》の状況《じょうきょう》があったのです。

製鉄所《せいてつじょ》をたてる場所《ばしょ》として、九《きゅう》州《しゅう》の北部《ほくぶ》、福岡県《ふくおかけん》の八幡《やはた》が選《えら》ばれました。燃料《ねんりょう》となる石炭《せきたん》が近《ちか》くでたくさんとれたからです。八幡製《やはたせい》鉄所《てつしょ》はドイツの技術《ぎじゅつ》を取《と》り入《い》れて一八九九年《ねん》に完成《かんせい》し、二年後《にねんご》の一九〇一年十一月十八日《ねんじゅういちがつじゅうはちにち》に鉄《てつ》をつくり始《はじ》めました。ここでつくられた鉄《てつ》が、日本《にほん》の工業《こうぎょう》の近代化《きんだいか》を大《おお》きく進《すす》めていきました。日本《にほん》が世界《せかい》の先進国《せんしんこく》の仲間入《なかまい》りをするための、大《おお》きなきっかけとなったのです。

八幡製鉄所《やはたせいてつしょ》　旧本事務所《きゅうほんじむしょ》

写真提供：新日鐵住金(株)八幡製鉄所

八幡製鉄所《やはたせいてつしょ》は新《あたら》しい設備《せつび》を備《そな》え、今《いま》も鉄《てつ》をつくっています。

また、二〇一五年《ねん》には「明治日《めいじに》本《ほん》の産業革命遺産《さんぎょうかくめいいさん》」として、創業《そうぎょう》当初《とうしょ》にたてられた「旧本事務所《きゅうほんじむしょ》」「修繕工場《しゅうぜんこうじょう》」「旧鍛冶工場《きゅうかじこうじょう》」と、遠《おん》賀川《がが わ》にあるポンプ室《しつ》が、ユネスコの世界遺産《せかいいさん》に登録《とうろく》されました。同《おな》じく、産業革命時《さんぎょうかくめいじ》につくられた富《とみ》岡製糸場《おかせいしじょう》（313ページ）も世界遺産《せかいいさん》に登録《とうろく》されています。

この日《ひ》はほかにも…

★東京国際女子《とうきょうこくさいじょし》マラソンがはじめて開催《かいさい》された日《ひ》（一九七九年《ねん》）

358ページのこたえ　自動車修理工場《じどうしゃしゅうりこうじょう》

おはなしクイズ　八幡製鉄所《やはたせいてつしょ》は何県《なにけん》にある？

こたえはつぎのページ

リンカーン大統領《だいとうりょう》がゲティスバーグで演説《えんぜつ》をした日《ひ》

11月19日

読《よ》んだ日《ひ》にち（　　年　　月　　日）（　　年　　月　　日）（　　年　　月　　日）

歴史

一七七六年《ねん》にイギリスから独立《どくりつ》したアメリカ（215ページ）は、それから百年《ひゃくねん》ほどで大《おお》きな国《くに》になっていきました。いっぽうで、アフリカからつれてこられた黒人《こくじん》たちが奴隷《どれい》として売《う》り買《か》いされていました。彼《かれ》らを働《はたら》かせることで、とくにアメリカ南部《なんぶ》の農業《のうぎょう》はさかんになっていったのです。

そんな黒人奴隷《こくじんどれい》の姿《すがた》に心《こころ》をいためたのが、首都《しゅと》ワシントンで弁護士《べんごし》をしていたエイブラハム・リンカーンです。まずしい農家《のうか》に生《う》まれたリンカーンは、いろいろな仕事《しごと》をしながら、たくさんの本《ほん》を読《よ》みました。とくに、初代《しょだい》アメリカ大統領《だいとうりょう》ワシントン（71ページ）の伝記《でんき》は何度《なんど》も読《よ》み返《かえ》しました。

「アメリカは、すべての人《ひと》は平等《びょうどう》であるという考《かんが》え方《かた》で独立《どくりつ》したんだ。独立宣言《どくりつせんげん》にもそううたわれている。それなのに……」

お金《かね》で黒人奴隷《こくじんどれい》を売《う》ったり買《か》ったりする人《ひと》たちは、独立宣言《どくりつせんげん》に反《はん》しているように思《おも》えました。

「奴隷制度《どれいせいど》をやめるにはどうしたらいいんだろう。……そうだ！」

政治家《せいじか》になって、奴隷《どれい》を禁止《きんし》する法律《ほうりつ》をつくればいいのだと考《かんが》えました。リンカーンはいろいろな選挙《せんきょ》に立候補《りっこうほ》しましたが、何度《なんど》も落選《らくせん》してしまいます。ただ、「人《ひと》は平等《びょうどう》である」と熱心《ねっしん》に話《はな》すリンカーンの人気《にんき》は高《たか》まっていき、ついに五十一歳《ごじゅういっさい》で大統領候補《だいとうりょうこうほ》になり、当選《とうせん》しました。

リンカーンはすぐに奴隷《どれい》を解放《かいほう》する法律《ほうりつ》をつくろうとしますが、南部《なんぶ》の農業地帯《のうぎょうちたい》の人《ひと》たちが反対《はんたい》し、ついにはアメリカから独立《どくりつ》しようとします。そして南部《なんぶ》と北部《ほくぶ》との「南北戦争《なんぼくせんそう》」が始《はじ》まり、四年間《よねんかん》もつづきました。

一八六三年《ねん》、ゲティスバーグで最《もっと》もはげしい戦《たたか》いが行《おこな》われます。南北両軍《なんぼくりょうぐん》ともに多《おお》くの死者《ししゃ》を出《だ》しますが、北軍《ほくぐん》が勝《か》ちました。

その年《とし》の十一月十九日《じゅういちがつじゅうくにち》、ゲティスバーグで多《おお》くの人《ひと》たちを前《まえ》に、リンカーンは演説《えんぜつ》を行《おこな》いました。

「人民《じんみん》の、人民《じんみん》による、人民《じんみん》のための政府《せいふ》を決《けっ》してなくしてはならないのです！」

この演説《えんぜつ》から一年半《いちねんはん》がたち、ついに南軍《なんぐん》が完全《かんぜん》に降伏《こうふく》しました。リンカーンのおかげで、たくさんの黒人奴隷《こくじんどれい》が解放《かいほう》されました。今《いま》でも彼《かれ》の演説《えんぜつ》は多《おお》くの人《ひと》の心《こころ》にのこっています。

この日《ひ》はほかにも…

★江戸時代《えどじだい》の俳人《はいじん》、小林一茶《こばやしいっさ》の命日《めいにち》（一八二七年《ねん》）

359ページのこたえ
福岡県《ふくおかけん》

おはなしクイズ リンカーンが大統領《だいとうりょう》になったころにアメリカで起《お》こった戦争《せんそう》は？ こたえはつぎのページ

11月20日

『ニルスのふしぎな旅《たび》』をかいた ラーゲルレーヴの誕生日《たんじょうび》

スウェーデン
1858〜1940年《ねん》

読《よ》んだ日《ひ》にち（　　年　　月　　日）（　　年　　月　　日）（　　年　　月　　日）

人物

「ねえ、おばあさま、今日《きょう》は何《なん》のお話《はなし》をするの？」

おさないラーゲルレーヴは目《め》をかがやかせました。スウェーデン中部《ちゅうぶ》にあるモールバッカの、祖先《そせん》から受《う》けついできた大《おお》きな屋敷《やしき》のだんろの前《まえ》で、おばあさんの語《かた》りをきいているのです。

スウェーデンの国民的女性作家《こくみんてきじょせいさっか》セルマ・ラーゲルレーヴは、一八五八年十一月二十日《ねんじゅういちがつはつか》に、スウェーデンの名家《めいか》に生《う》まれました。森《もり》と山《やま》と谷《たに》にかこまれた美《うつく》しい土地《とち》で、平和《へいわ》と家庭《かてい》の安《やす》らぎにつつまれて育《そだ》ちます。足《あし》が少《すこ》し不自由《ふじゆう》だったラーゲルレーヴは、家《いえ》の中《なか》で詩《し》や物語《ものがたり》をつくり始《はじ》めます。

大人《おとな》になり、小説家《しょうせつか》として有名《ゆうめい》になったラーゲルレーヴのもとに、学校《がっこう》の地理《ちり》の教材《きょうざい》になるような物語《ものがたり》をかいてほしいという依頼《いらい》がまいこみます。このためにかかれたのが、日本《にほん》でも多《おお》くの子《こ》どもたちに読《よ》まれている『ニルスのふしぎな旅《たび》』です。

「妖精《ようせい》に小《ちい》さくされた、いたずらっ子《こ》のニルスといっしょに旅《たび》をして、スウェーデンの地理《ちり》や歴史《れきし》を学《まな》べるような物語《ものがたり》にしよう」

ラーゲルレーヴは心《こころ》をこめて物《もの》語《がたり》をかきました。読者《どくしゃ》の子《こ》どもたちは、ニルスといっしょに旅《たび》をし、旅先《たびさき》で起《お》こるさまざまな出来《でき》事《ごと》を通《とお》して、ニルスとともに思《おも》いやりや正義《せいぎ》の大切《たいせつ》さを学《まな》んでいきました。この本《ほん》を出《だ》したあと、一九〇九年《ねん》に、ラーゲルレーヴはスウェーデン人《じん》としても女性《じょせい》としてもはじめてのノーベル文学賞《ぶんがくしょう》を受《じゅ》賞《しょう》します。その後《ご》、人手《ひとで》にわたっていた、おさないころに住《す》んでいたモールバッカの屋敷《やしき》を買《か》いもどし、改修《かいしゅう》しました。そして、愛《あい》する故郷《こきょう》の家《いえ》でふたたび創作《そうさく》に打《う》ちこみ、一九四〇年《ねん》、しずかにこの世《よ》を去《さ》りました。

「孤独《こどく》の中《なか》でかくのが好《す》き」

一人《ひとり》しずかに空想《くうそう》の世界《せかい》にはばたくことは、一生《いっしょう》を通《とお》してラーゲルレーヴのよろこびでした。

この日《ひ》はほかにも…

★世界《せかい》の子《こ》どもの日《ひ》

国際《こくさい》デーの一《ひと》つ。「子《こ》どもの権利条《けんりじょう》約《やく》」が国連総会《こくれんそうかい》で採択《さいたく》されたことから制定《せいてい》。

360ページのこたえ
南北戦争《なんぼくせんそう》

おはなしクイズ 1909年《ねん》、ラーゲルレーヴがスウェーデン人《じん》としても女性《じょせい》としてもはじめて受賞《じゅしょう》した賞《しょう》は？ こたえはつぎのページ

熱気球《ねつききゅう》を使《つか》って人類《じんるい》がはじめて空《そら》を飛《と》んだ日《ひ》

11月21日

読《よ》んだ日《ひ》にち（　年　月　日）（　年　月　日）（　年　月　日）

はじめて

人類《じんるい》はずっと、空《そら》を自由《じゆう》に飛《と》びたいと願《ねが》いつづけ、大《おお》むかしからさまざまな実験《じっけん》がくり返《かえ》されてては失敗《しっぱい》してきました。しかし、ついに十八世紀《じゅうはっせいき》のフランスで、モンゴルフィエ兄弟《きょうだい》が成功《せいこう》させたのです。彼《かれ》らは科学者《かがくしゃ》ではなく、製紙《せいし》業者《ぎょうしゃ》でした。

兄《あに》のジョセフと弟《おとうと》のジャックは、ある日《ひ》たき火《び》をしていて、けむりが空《そら》に立《た》ちのぼっていくことに気《き》づき、注目《ちゅうもく》しました。

「このけむりをふくろの中《なか》に入《い》れたらどうなるだろう」

そう考《かんが》えて試《ため》してみると、ふくろは空高《そらたか》くまい上《あ》がったのです。

「もっと大《おお》きなふくろにたくさんのけむりをつめれば、人間《にんげん》が空《そら》を飛《と》べるかもしれない」

兄弟《きょうだい》はそう信《しん》じて、実験《じっけん》を重《かさ》ねました。そして一七八三年六月五日《ねんろくがついつか》、直径約十《ちょっけいやくじゅう》メートルの巨大《きょだい》な麻《あさ》のふくろをつくり、わらなどを燃《も》やして多《おお》くのけむりを発生《はっせい》させて、その中《なか》につめて飛《と》ばしました。これはおよそ二千《にせん》メートルも上昇《じょうしょう》しました。

やがて兄弟《きょうだい》は、けむりではなく、熱《ねっ》せられた空気《くうき》にうく力《ちから》があることを発見《はっけん》しました。空気《くうき》は温《あたた》められると軽《かる》くなります。ふくろの中《なか》の空気《くうき》がまわりのつめたい空気《くうき》より軽《かる》くなるから上昇《じょうしょう》する、これが熱気球《ねつききゅう》の原理《げんり》です。

兄弟《きょうだい》は有人飛行《ゆうじんひこう》を目指《めざ》し、よりじょうぶで大《おお》きな熱気球《ねつききゅう》をつくります。まずは羊《ひつじ》や鳥《とり》など動物《どうぶつ》をのせて飛《と》ばし、実験《じっけん》をしました。

そして一七八三年十一月二十一日《ねんじゅういちがつにじゅういちにち》、ついに人間《にんげん》をのせた熱気球《ねつききゅう》が、パリのブローニュの森《もり》から大空《おおぞら》にうかび上《あ》がりました。熱気球《ねつききゅう》は約四百五十《やくよんひゃくごじゅう》メートルの高《たか》さで、パリの上空《じょうくう》を二十五分間《にじゅうごふんかん》かけて九《きゅう》キロメートル飛行《ひこう》しました。人類《じんるい》が、はじめて空《そら》を飛《と》んだ記念《きねん》すべき日《ひ》です。

今《いま》ではたくさんの航空機《こうくうき》が世界《せかい》の空《そら》を飛《と》んでいますが、その原点《げんてん》はモンゴルフィエ兄弟《きょうだい》とこの日《ひ》にあるのです。

この日《ひ》はほかにも…

★室町時代《むろまちじだい》の僧《そう》、一休宗純《いっきゅうそうじゅん》（24ページ）の命日《めいにち》（一四八一年《ねん》）

361ページのこたえ
ノーベル文学賞《ぶんがくしょう》

おはなしクイズ モンゴルフィエ兄弟《きょうだい》の職業《しょくぎょう》は？ こたえはつぎのページ

11月22日

バスコ・ダ・ガマが喜《き》望《ぼう》峰《ほう》をまわった日《ひ》

読《よ》んだ日《ひ》にち（　　年　　月　　日）（　　年　　月　　日）（　　年　　月　　日）

歴史

地《ち》球《きゅう》上《じょう》にどんな陸《りく》地《ち》があるのか、まだ全《ぜん》部《ぶ》はわかっていなかった時《じ》代《だい》のことです。ヨーロッパにあるいくつかの国《くに》は、大《おお》きな船《ふね》でアジアやアフリカへ航《こう》海《かい》をして、ものを売《う》ったり買《か》ったりしようと考《かんが》えました。この時《じ》代《だい》を「大《だい》航《こう》海《かい》時《じ》代《だい》」といいます。

ヨーロッパの人《ひと》たちにとって、とくにみりょく的《てき》だったのがインドの特《とく》産《さん》物《ぶつ》であるスパイスです。冷《れい》蔵《ぞう》庫《こ》のない時《じ》代《だい》に肉《にく》を長《なが》く保《ほ》存《ぞん》でき、しかも味《あじ》をおいしくするスパイスは、とても価《か》値《ち》があるものだったのです。

コロンブス（321ページ）がひきいるスペインの船《ふね》は、ヨーロッパから西《にし》に向《む》かって東《ひがし》の国《くに》を目《め》指《ざ》し、大《おお》きな島《しま》にたどりつきます。コロンブスがインドだと思《おも》ったその島《しま》は、ヨーロッパの人《ひと》たちが知《し》らなかった南《なん》北《ぼく》アメリカ大《たい》陸《りく》の間《あいだ》にある西《にし》インド諸《しょ》島《とう》でした。

いっぽう、ポルトガルの船《ふね》は、ヨーロッパの西《にし》側《がわ》から南《みなみ》に向《む》かい、アフリカ大《たい》陸《りく》をまわりこんでインドに向《む》かうルートを見《み》つけようとしました。

すでにポルトガルの船《ふね》は、アフリカ大《たい》陸《りく》の一《いち》番《ばん》南《みなみ》の岬《みさき》までは到《とう》達《たつ》したことがありました。まわりの海《うみ》が大《おお》きく荒《あ》れるため、そこは「嵐《あらし》の岬《みさき》」と名《な》づけられます。

そして一四九七年《ねん》、ポルトガル人《じん》のバスコ・ダ・ガマをリーダーとした四《よん》せきの船《ふね》と百《ひゃく》七《なな》十《じゅう》人《にん》の乗《のり》組《くみ》員《いん》は、インドを目《め》指《ざ》して出《しゅっ》発《ぱつ》しました。アフリカ大《たい》陸《りく》の西《にし》海《かい》岸《がん》にそって進《すす》む航《こう》海《かい》はきびしいものでしたが、ガマの船《せん》団《だん》は三《さん》か月《げつ》以《い》上《じょう》の時《じ》間《かん》をかけ、十《じゅう》一《いち》月《がつ》二《に》十《じゅう》二《に》日《にち》に「嵐《あらし》の岬《みさき》」をこえることに成《せい》功《こう》します。その後《ご》、今《こん》度《ど》はアフリカ大《たい》陸《りく》の東《ひがし》海《かい》岸《がん》ぞいに北《ほく》上《じょう》し、インドに到《とう》着《ちゃく》しました。

アジアまでの新《あたら》しい航《こう》路《ろ》の開《かい》拓《たく》は、ヨーロッパに喜《よろこ》びと希《き》望《ぼう》をもたらすものでした。これをきっかけに「嵐《あらし》の岬《みさき》」は「喜《き》望《ぼう》峰《ほう》」とよばれるようになったのです。

この日《ひ》はほかにも…

★アメリカ合《がっ》衆《しゅう》国《こく》大《だい》統《とう》領《りょう》、ジョン・F《エフ》・ケネディ（174ページ）の命《めい》日《にち》（一九六三年《ねん》）

★いい夫《ふう》婦《ふ》の日《ひ》
一（い）一（い）二（ふう）二（ふ）のゴロ合《あ》わせから。

362ページのこたえ
製《せい》紙《し》業《ぎょう》者《しゃ》

おはなしクイズ ヨーロッパの人《ひと》たちが手《て》に入《い》れたかったインドの特《とく》産《さん》物《ぶつ》は？ こたえはつぎのページ

長《なが》い歴《れき》史《し》をもつ新《にい》嘗《なめ》祭《さい》が行《おこな》われる「勤《きん》労《ろう》感《かん》謝《しゃ》の日《ひ》」

11月23日

記念日

読《よ》んだ日《ひ》にち（　　年　　月　　日）（　　年　　月　　日）（　　年　　月　　日）

「勤労感謝《きんろうかんしゃ》の日《ひ》」は、勤労《きんろう》をたっとび、生産《せいさん》を祝《いわ》い、国民《こくみん》がおたがいに感謝《かんしゃ》し合《あ》う日《ひ》として制定《せいてい》された国民《こくみん》の祝日《しゅくじつ》です。この日《ひ》は、第《だい》二次世界大戦《にじせかいたいせん》が終《お》わるまでは「新《にい》嘗祭《なめさい》」という祭日《さいじつ》でした。新嘗《にいなめ》の「新《にい》」は新《あたら》しい穀物《こくもつ》をあらわし、「嘗《なめ》」には味《あじ》をみるという意味《いみ》があります。つまり、その年《とし》にとれた穀物《こくもつ》のめぐみを味《あじ》わい、神様《かみさま》に感謝《かんしゃ》する行事《ぎょうじ》だったのです。

弥生時代《やよいじだい》から近代《きんだい》まで、日本《にほん》では稲作《いなさく》を食料確保《しょくりょうかくほ》の基本《きほん》としてきました。国民《こくみん》のほとんどが農民《のうみん》でしたから、その年《とし》に穀物《こくもつ》がぶじに収穫《しゅうかく》できるかどうかは、生活《せいかつ》にかかわる大《おお》きな関心事《かんしんじ》でした。

そのため、古《ふる》くから、稲《いね》が実《みの》ると神《かみ》がみに感謝《かんしゃ》し、翌年《よくねん》の豊作《ほうさく》をいのる風習《ふうしゅう》がありました。新嘗祭《にいなめさい》は、こうした収穫祭《しゅうかくさい》が始《はじ》まりとなって、やがて天皇《てんのう》がその年《とし》に収《しゅう》穫《かく》された米《こめ》などの穀物《こくもつ》を神様《かみさま》に供《そな》え、自《みず》らも食《た》べて収穫《しゅうかく》に感謝《かんしゃ》する、宮中《きゅうちゅう》の儀式《ぎしき》となったのです。

むかしは、この儀式《ぎしき》が終《お》わるまで、新米《しんまい》を口《くち》にしてはいけないという決《き》まり事《ごと》もありました。神様《かみさま》と天皇《てんのう》が食《しょく》したあとに、はじめて人《ひと》びとは新米《しんまい》を食《た》べることができたのです。

新嘗祭《にいなめさい》が始《はじ》まった時期《じき》は、はっきりとわかっていませんが、飛鳥《あすか》時代《じだい》、皇極天皇《こうぎょくてんのう》のときに行《おこな》われたといわれています。今《いま》から約千四《やくせんよん》百年《ひゃくねん》も前《まえ》のことです。戦国時代《せんごくじだい》ごろに中断《ちゅうだん》されていた時期《じき》がありましたが、この伝統《でんとう》は今《いま》でも毎年《まいとし》つづいていて、宮中《きゅうちゅう》では十一月二十《じゅういちがつにじゅう》三日《さんにち》の夕方《ゆうがた》から、二十四日《にじゅうよっか》の明《あ》け方《がた》まで、新嘗祭《にいなめさい》が行《おこな》われています。

アメリカとカナダにも、秋《あき》に「サンクスギビング・デー（感謝《かんしゃ》祭《さい》）」という収穫《しゅうかく》を祝《いわ》う行事《ぎょうじ》があります（210ページ）。この日《ひ》は家《か》族《ぞく》や親《しん》せきが一《ひと》つの家《いえ》に集《あつ》まって、七面鳥料理《しちめんちょうりょうり》などを食《た》べながら、収穫《しゅうかく》のめぐみに感謝《かんしゃ》します。

この日《ひ》はほかにも…

★お赤飯《せきはん》の日《ひ》

新嘗祭《にいなめさい》で、赤米《あかごめ》などの五穀《ごこく》をおさめていたことにちなむ。

363ページのこたえ　スパイス

おはなしクイズ　11月《がつ》23日《にち》に、宮中《きゅうちゅう》で約《やく》1400年前《ねんまえ》から行《おこな》われている儀式《ぎしき》は？　こたえはつぎのページ

11月24日

記念日

日本《にほん》の伝統的《でんとうてき》な食文化《しょくぶんか》「和食《わしょく》の日《ひ》」

読《よ》んだ日《ひ》にち（　年　月　日）（　年　月　日）（　年　月　日）

世界《せかい》にはたくさんの国《くに》がありますが、その国《くに》の食事《しょくじ》は、その地域《ちいき》の天気《てんき》、そこでとれるもの、習慣《しゅうかん》や歴史《れきし》などによってことなります。国《くに》によっては、主食《しゅしょく》や食材《しょくざい》の料理《りょうり》の仕方《しかた》、食事《しょくじ》のマナーもちがいます。

今《いま》の日本《にほん》では、さまざまな料理《りょうり》が食卓《しょくたく》にならびますが、やはり日《に》本《ほん》らしい献立《こんだて》といえば、「和食《わしょく》」になるでしょう。伝統的《でんとうてき》な和食《わしょく》には、四《よっ》つの特徴《とくちょう》があります。

一《ひと》つ目《め》は、美《うつく》しい自然《しぜん》からうまれる新鮮《しんせん》な食材《しょくざい》と、そのもち味《あじ》を大切《たいせつ》にすることです。日本《にほん》は、海《うみ》や山《やま》など多《おお》くの自然《しぜん》にめぐまれた国《くに》であり、市場《いちば》にはたくさんのおいしい食材《しょくざい》が流通《りゅうつう》しています。そして、たとえば、さしみの味《あじ》を落《お》とさないようにするために、専用《せんよう》のさしみ包丁《ぼうちょう》という道具《どうぐ》をつくるなど、素材《そざい》のもち味《あじ》を最大限《さいだいげん》に活《い》かそうとする知恵《ちえ》や技術《ぎじゅつ》が大切《たいせつ》にされています。

二《ふた》つ目《め》は、「一汁三菜《いちじゅうさんさい》」などの健康的《けんこうてき》な献立《こんだて》です。一汁三菜《いちじゅうさんさい》とは、ごはんに汁物《しるもの》、それに加《くわ》えて魚《さかな》や肉《にく》などの主菜《しゅさい》一品《いっぴん》と野菜《やさい》も類《るい》などの副菜《ふくさい》二品《にひん》の献立《こんだて》のことです。また、和食《わしょく》はだしのうまみと発酵食品《はっこうしょくひん》をうまく使《つか》っていることや、動物性《どうぶつせい》の油脂《ゆし》が少《すく》ないことからも、栄養《えいよう》バランスがよいとされています。

そして三《みっ》つ目《め》の特徴《とくちょう》は、料理《りょうり》に季節感《きせつかん》がもりこまれていることです。日本《にほん》の四季《しき》とゆたかな自然《しぜん》がうんだ旬《しゅん》の素材《そざい》を、美《うつく》しく器《うつわ》にもりつけることも和食《わしょく》のみりょくなのです。

四《よっ》つ目《め》の特徴《とくちょう》は、年中行事《ねんじゅうぎょうじ》や郷《きょう》土料理《どりょうり》とむすびついていることです。正月《しょうがつ》のおせち料理《りょうり》などは行事《ぎょうじ》にかかせませんし、すしや雑煮《ぞうに》などは、地域《ちいき》によって具《ぐ》や味《あじ》つけがちがいます。

これらの特徴《とくちょう》は本格的《ほんかくてき》な日本料《にほんりょう》理《り》だけでなく、わたしたちの毎日《まいにち》の食事《しょくじ》にも活《い》かされています。

二〇一三年《ねん》に、和食《わしょく》はユネスコの無形文化遺産《むけいぶんかいさん》に登録《とうろく》されました。そこで、和食文化国民会議《わしょくぶんかこくみんかいぎ》は、和食《わしょく》の大切《たいせつ》さを考《かんが》えるきっかけになるように、一（い）一（い）二（にほん）四（しょく）のゴロ合《あ》わせで、十一月二十四日《じゅういちがつにじゅうよっか》を「和《わ》食《しょく》の日《ひ》」と定《さだ》めたのです。

この日《ひ》はほかにも…

★イギリスの博物学者《はくぶつがくしゃ》、ダーウィン（61ページ）の『種《しゅ》の起源《きげん》』が発行《はっこう》された日《ひ》（一八五九年《ねん》）

364ページのこたえ　新嘗祭《にいなめさい》

おはなしクイズ　ごはんに汁物《しるもの》、主菜《しゅさい》1品《ぴん》と副菜《ふくさい》2品《ひん》の献立《こんだて》を何《なん》という？　こたえはつぎのページ

福沢諭吉《ふくざわゆきち》の『学問《がくもん》のすゝめ』の最終編《さいしゅうへん》が出版《しゅっぱん》された日《ひ》

11月25日

歴史

読《よ》んだ日《ひ》にち（　年　月　日）（　年　月　日）（　年　月　日）

みなさんはこんな言葉《ことば》をきいたことがありますか。

「天《てん》は人《ひと》の上《うえ》に人《ひと》をつくらず、人《ひと》の下《した》に人《ひと》をつくらず」

これは、明治時代《めいじじだい》の思想家《しそうか》、福沢諭吉《ふくざわゆきち》がかいた『学問《がくもん》のすゝめ』の最初《さいしょ》にのっている言葉《ことば》です。人間《にんげん》はみんな平等《びょうどう》で、最初《さいしょ》からえらい人《ひと》もえらくない人《ひと》もいないという意味《いみ》です。

『学問《がくもん》のすゝめ』は全十七編《ぜんじゅうななへん》で刊行《かんこう》されており、その最終編《さいしゅうへん》は一八七六年十一月二十五日《ねんじゅういちがつにじゅうごにち》に出版《しゅっぱん》されました。

諭吉《ゆきち》は江戸時代後半《えどじだいこうはん》、中津藩《なかつはん》（今《いま》の大分県《おおいたけん》）の下級藩士《かきゅうはんし》の家《いえ》に生《う》まれました。身分《みぶん》がひくい武士《ぶし》の子《こ》どもは出世《しゅっせ》しにくい時代《じだい》でしたが、諭吉《ゆきち》は勉強《べんきょう》が好《す》きでした。

お父《とう》さんは諭吉《ゆきち》が三歳《さんさい》のときに亡《な》くなり、お父《とう》さんのかわりとなったお兄《にい》さんは、諭吉《ゆきち》に、長崎《ながさき》で勉強《べんきょう》するようにすすめます。諭吉《ゆきち》は長崎《ながさき》で勉強《べんきょう》したのちに大坂《おおさか》（今《いま》の大阪《おおさか》）へ行《い》き、医者《いしゃ》の緒方《おがた》洪庵《こうあん》が開《ひら》いた「適塾《てきじゅく》」に入《はい》ります。

やがて、鎖国《さこく》（外国《がいこく》との貿易《ぼうえき》などをやめること）中《ちゅう》の日本《にほん》にアメリカが開国《かいこく》を求《もと》めてきた（180ページ）ことで、日本中《にほんじゅう》が大《おお》さわぎになると、中津藩《なかつはん》は、大坂《おおさか》で蘭学《らんがく》（オランダを通《つう》じてもたらされた西洋《せいよう》の学問《がくもん》や技術《ぎじゅつ》などのこと）などを勉強《べんきょう》していた諭吉《ゆきち》をよび出《だ》しました。

一八六〇年《ねん》、幕府《ばくふ》はアメリカへ使節《しせつ》を送《おく》ります。その中《なか》には、英語《えいご》を学《まな》んだ諭吉《ゆきち》の姿《すがた》もありました。

アメリカでは、身分《みぶん》の差《さ》はなく、だれもが自由《じゆう》でした。諭吉《ゆきち》は民主主義《みんしゅしゅぎ》（人《ひと》びとの自由《じゆう》と平等《びょうどう》を大切《たいせつ》にする立場《たちば》のこと）の大切《たいせつ》さを教《おそ》わって帰国《きこく》します。やがて、明治時代《めいじじだい》になると、諭吉《ゆきち》は慶應義《けいおうぎ》塾《じゅく》（今《いま》の慶應義塾大学《けいおうぎじゅくだいがく》）を開《ひら》き、身分《みぶん》に関係《かんけい》なく自由《じゆう》に勉強《べんきょう》ができる場所《ばしょ》をつくります。そして、一八七五年《ねん》には、日本《にほん》ではじめての演説会《えんぜつかい》を行《おこな》いました。だれもが思《おも》うことを自由《じゆう》に発言《はつげん》できる時代《じだい》の幕開《まくあ》けでした。

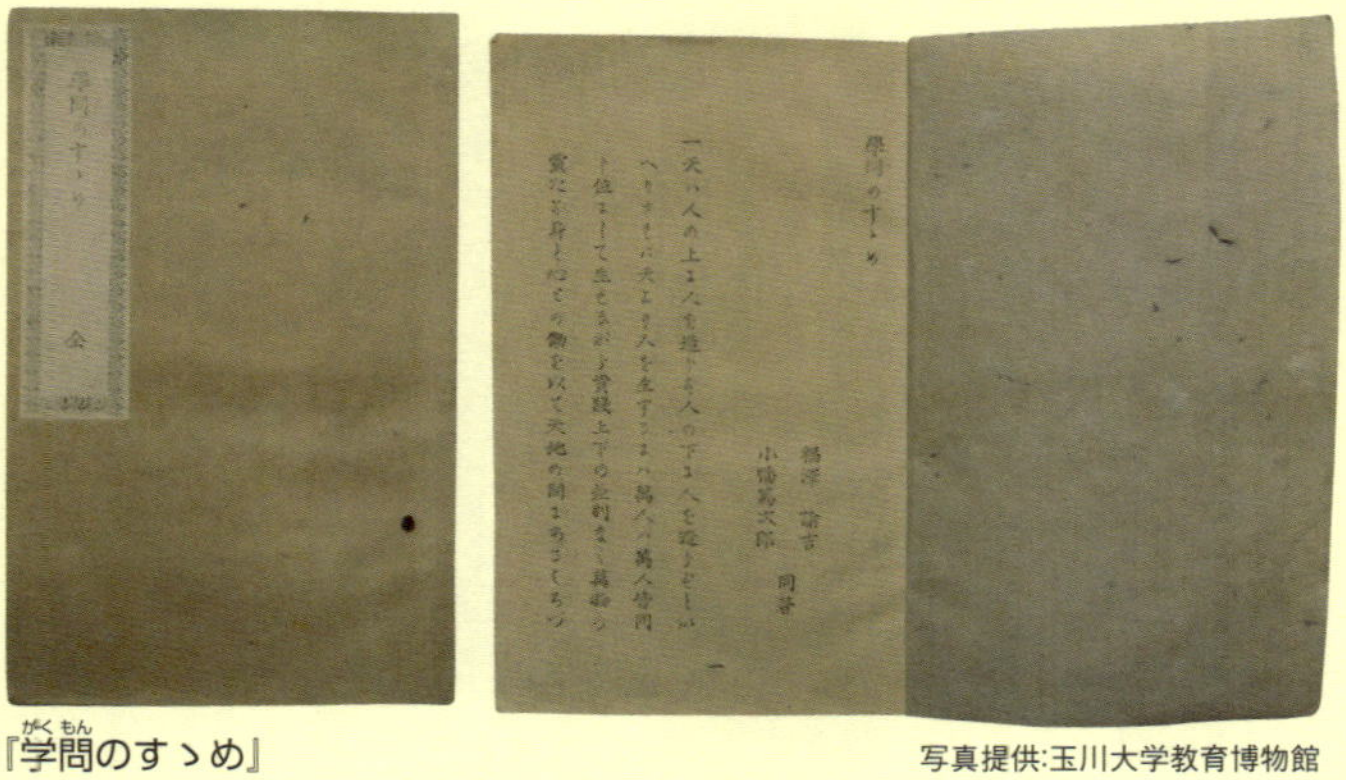

『学問《がくもん》のすゝめ』

写真提供：玉川大学教育博物館

この日《ひ》はほかにも…

★日本《にほん》で共同募金《きょうどうぼきん》が始《はじ》まった日《ひ》（一九四七年《ねん》）

365ページのこたえ　一汁三菜《いちじゅうさんさい》

おはなしクイズ　明治時代《めいじじだい》に、福沢諭吉《ふくざわゆきち》がつくった塾《じゅく》の名前《なまえ》は？　こたえはつぎのページ

11月26日

日本《にほん》野球《やきゅう》連盟《れんめい》が解散《かいさん》し セ・リーグとパ・リーグが誕生《たんじょう》した日《ひ》

読《よ》んだ日《ひ》にち（　　年　　月　　日）（　　年　　月　　日）（　　年　　月　　日）

歴史

野球《やきゅう》はもともとイギリスの子《こ》どもの遊《あそ》びからうまれたことを知《し》っていますか。十八世紀《じゅうはっせいき》のイギリスで出版《しゅっぱん》された本《ほん》に、ベースボールという遊《あそ》びがのっているのです。これがアメリカに伝《つた》わり、やがて一八四五年《ねん》にはきちんとルールもつくられ、今《いま》の「ベースボール」のもとの形《かたち》ができあがりました。

日本《にほん》に野球《やきゅう》が伝《つた》わったのは、一八七二年《ねん》、アメリカ人《じん》の教師《きょうし》が学《がく》生《せい》たちに教《おし》えたのが始《はじ》まりとされています。

日本《にほん》では、はじめは大学野球《だいがくやきゅう》や中学野球《ちゅうがくやきゅう》（今《いま》の高校野球《こうこうやきゅう》）がさかんになります。一九三四年《ねん》、アメリカの一流《いちりゅう》の野球選手《やきゅうせんしゅ》たちが日本《にほん》に来《き》て、全日本《ぜんにほん》チームと試合《しあい》をしました。日本《にほん》は十六戦《じゅうろくせん》して全敗《ぜんぱい》しました。それでも野球《やきゅう》の人気《にんき》は高《たか》まり、ついにプロ野球《やきゅう》チームが誕《たん》生《じょう》するのです。それが大日本東京《だいにほんとうきょう》野球倶楽部《やきゅうくらぶ》（今《いま》の読売《よみうり》ジャイアンツ）です。そして二年後《にねんご》、ほかに六《むっ》つのチームを加《くわ》えて「日本職業《にほんしょくぎょう》野球連盟《やきゅうれんめい》」が結成《けっせい》され、プロ野球《やきゅう》のリーグ戦《せん》がスタートすることになります。

戦争《せんそう》が始《はじ》まり、リーグ戦《せん》は一時《いちじ》休止《きゅうし》されましたが、戦後《せんご》、楽《たの》しみの少《すく》ない時代《じだい》に復活《ふっかつ》すると、戦前《せんぜん》よりも人気《にんき》を集《あつ》めます。ほかの多《おお》くのチームも、プロ野球《やきゅう》に加《くわ》わりたいと申《もう》しこんできました。

しかし、新《あら》たにチームを増《ふ》やすことに反対《はんたい》の声《こえ》もありました。そこで、新《あら》たにプロ野球《やきゅう》に加《くわ》わりたいといっていた南海《なんかい》や阪急《はんきゅう》、大映《だいえい》などのチームは、新《あたら》しくプロ野球《やきゅう》のリーグをつくることにしたのです。そのため、一九四九年十一月《ねんじゅういちがつ》二十六日《にじゅうろくにち》、日本野球連盟《にほんやきゅうれんめい》（前《まえ》の日《に》本職業野球連盟《ほんしょくぎょうやきゅうれんめい》）が解散《かいさん》することになります。翌年《よくねん》からは「セントラル野球連盟《やきゅうれんめい》」（セントラル・リーグ）八《はっ》チームと、「太平洋野《たいへいようや》球連盟《きゅうれんめい》」（のちのパシフィック・リーグ）七《なな》チームにわかれてリーグ戦《せん》を行《おこな》い、優勝《ゆうしょう》チーム同士《どうし》が日《に》本選手権《ほんせんしゅけん》を争《あらそ》うことになりました。今《いま》では両《りょう》リーグはともに六《ろく》チームで、「セ・リーグ」「パ・リーグ」とよばれ、親《した》しまれています。

この日《ひ》はほかにも…

★スヌーピーのうみの親《おや》、チャールズ・シュルツの誕生日《たんじょうび》（一九二二年《ねん》）

366ページのこたえ
慶應義塾《けいおうぎじゅく》

おはなしクイズ　野球《やきゅう》はもとはどこの国《くに》の遊《あそ》びからうまれた？　こたえはつぎのページ

くらしを便利《べんり》にした実業家《じつぎょうか》
松下幸之助《まつしたこうのすけ》の誕生日《たんじょうび》

日本《にほん》
1894～1989年《ねん》

読《よ》んだ日《ひ》にち（　　年　　月　　日）（　　年　　月　　日）（　　年　　月　　日）

人物

松下幸之助《まつしたこうのすけ》は、一八九四年十一《ねんじゅういち》月二十七日《がつにじゅうしちにち》に和歌山県《わかやまけん》で生《う》まれました。裕福《ゆうふく》な家庭《かてい》で、みんなにかわいがられて育《そだ》ちます。

しかし、四歳《よんさい》のときにお父《とう》さんが仕事《しごと》で失敗《しっぱい》し、急《きゅう》に生活《せいかつ》が苦《くる》しくなりました。

幸之助《こうのすけ》は、小学校《しょうがっこう》を四年生《よねんせい》でやめて大阪《おおさか》で働《はたら》くことになります。まだ九歳《きゅうさい》のときのことでした。

「体《からだ》に気《き》をつけるんだよ」

駅《えき》まで見送《みおく》りに来《き》たお母《かあ》さんは、何度《なんど》もそう言《い》って幸之助《こうのすけ》の手《て》をにぎりしめました。

知《し》らない場所《ばしょ》で心細《こころぼそ》い思《おも》いをしながら、それでも幸之助《こうのすけ》はがんばって働《はたら》きました。最初《さいしょ》は火鉢《ひばち》店《てん》、次《つぎ》に自転車店《じてんしゃてん》で一生懸命《いっしょうけんめい》働《はたら》き、商売《しょうばい》をおぼえていったのです。

そのころ大阪《おおさか》では、電気《でんき》で動《うご》く路面電車《ろめんでんしゃ》が走《はし》り始《はじ》めていました。

「これからは電気《でんき》の時代《じだい》だ」

そう強《つよ》く感《かん》じた幸之助《こうのすけ》は、十五《じゅうご》歳《さい》で大阪電灯《おおさかでんとう》という会社《かいしゃ》に入《はい》ります。幸之助《こうのすけ》の仕事《しごと》ぶりは評価《ひょうか》され、どんどん出世《しゅっせ》していきました。しかし、自分《じぶん》で改良《かいりょう》した電球《でんきゅう》のソケットを会社《かいしゃ》にみとめてもらえなかったことから、会社《かいしゃ》をやめて独立《どくりつ》し、ソケットづくりをやろうと決意《けつい》します。

幸之助《こうのすけ》は一九一八年《ねん》に二十三歳《にじゅうさんさい》で松下電気器具製作所《まつしたでんききぐせいさくしょ》をつくり、新型《しんがた》ソケットや自転車用電池《じてんしゃようでんち》ランプの製造《せいぞう》と販売《はんばい》を始《はじ》めました。これが、今《いま》では世界的《せかいてき》な総合電機《そうごうでんき》メーカーとなったパナソニックの第一歩《だいいっぽ》です。

幸之助《こうのすけ》の会社《かいしゃ》からうまれた電気《でんき》製品《せいひん》は人《ひと》びとの生活《せいかつ》を便利《べんり》に、そしてゆたかにしていきました。

また、幸之助《こうのすけ》は社会《しゃかい》のための活動《かつどう》として、PHP《ピーエイチピー》研究所《けんきゅうじょ》を設立《せつりつ》して出版活動《しゅっぱんかつどう》などを行《おこな》い、松下政経《まつしたせいけい》塾《じゅく》をつくって政治《せいじ》や経営《けいえい》のリーダーとなる人《ひと》を育《そだ》てました。政経《せいけい》塾《じゅく》の生徒《せいと》からは、内閣総理大臣《ないかくそうりだいじん》も出《で》ています。

この日《ひ》はほかにも…

★ノーベル賞《しょう》の第一回授賞式《だいいっかいじゅしょうしき》が行《おこな》われた日《ひ》（一九〇一年《ねん》）

★明治《めいじ》・大正時代《たいしょうじだい》の画家《がか》、藤田嗣治《ふじたつぐはる》の誕生日《たんじょうび》（一八八六年《ねん》）

367ページのこたえ　イギリス

おはなしクイズ　松下幸之助《まつしたこうのすけ》がつくった塾《じゅく》の名前《なまえ》は？　こたえはつぎのページ

11月28日

マゼランが南《みなみ》アメリカ大陸《たいりく》の西《にし》に大《おお》きな海《うみ》（太平洋《たいへいよう》）を見《み》つけた日《ひ》

読《よ》んだ日《ひ》にち（　　年　　月　　日）（　　年　　月　　日）（　　年　　月　　日）

歴史

　ユリウス暦《れき》一四九二年《ねん》に、スペインから西《にし》へ向《む》かったコロンブス（321ページ）が南北《なんぼく》アメリカ大陸《たいりく》の間《あいだ》にある西《にし》インド諸島《しょとう》を発見《はっけん》しました。しかし、そのさらに西《にし》に何《なに》があるのかはわかっていませんでした。地球《ちきゅう》が丸《まる》いという説《せつ》はとなえられていましたが、たしかめられたわけではなかったのです。

　一四九九年《ねん》にはバスコ・ダ・ガマ（363ページ）がアフリカの南端《なんたん》の喜望峰《きぼうほう》をまわってインドへ行《い》き、もどってきました。それをきいて夢《ゆめ》をふくらませたのは、ポルトガル人《じん》のフェルディナンド・マゼランでした。マゼランははじめ、ポルトガルの王様《おうさま》に世界一周《せかいいっしゅう》を援助《えんじょ》してくれるようにたのみましたが、きき入《い》れてもらえませんでした。そこでとなりのスペインの王《おう》様《さま》にお願《ねが》いし、かなえてもらえることになったのです。そのときマゼランは三十九歳《さんじゅうきゅうさい》でした。五《ご》せきの船《ふね》と約二百七十人《やくにひゃくななじゅうにん》の乗組員《のりくみいん》とともに、一五一九年《ねん》に出発《しゅっぱつ》しました。

　およそ七十日《ななじゅうにち》の航海《こうかい》ののち、南《みなみ》アメリカのブラジルに着《つ》くと、大《たい》陸《りく》ぞいに南《みなみ》へ進《すす》み、西《にし》へぬける海《うみ》の道《みち》をさがしました。しかし、道《みち》だと思《おも》ったのに進《すす》んでみると大《おお》きな川《かわ》だったりと、まるで迷路《めいろ》のようです。まよううちに、一《いっ》せきの船《ふね》がしずみ、もう一《いっ》せきはにげ出《だ》しました。それでもあきらめずに島《しま》と島《しま》の間《あいだ》を進《すす》み、一五二〇年十《ねんじゅう》一月二十八日《いちがつにじゅうはちにち》に広《ひろ》い海《うみ》に出《で》たのです。これが太平洋《たいへいよう》です。彼《かれ》らが通《とお》った海《うみ》の道《みち》は、マゼラン海峡《かいきょう》とよばれています。

　マゼランは海峡《かいきょう》をすぎればすぐにアジア（インド）に到着《とうちゃく》すると思《おも》っていましたが、実際《じっさい》にはまた長《なが》い航海《こうかい》の末《すえ》、グアム島《とう》に到着《とうちゃく》します。その後《ご》、フィリピンに進《すす》んで戦《たたか》いにまきこまれ、マゼランは殺《ころ》されてしまいました。

　それでものこった乗組員《のりくみいん》たちが航海《こうかい》をつづけ、さらに一年《いちねん》五《ご》か月《げつ》後《ご》にスペインにもどってきました。出発《しゅっぱつ》してから三年《さんねん》。たった十《じゅう》八人《はちにん》でのゴールでした。マゼランがひきいた艦隊《かんたい》が、世界《せかい》ではじめて世界一周《せかいいっしゅう》を成《な》しとげたのです。

この日《ひ》はほかにも…

★鹿鳴館《ろくめいかん》（303ページ）が開館《かいかん》した日《ひ》（一八八三年《ねん》）

368ページのこたえ　松下政経塾《まつしたせいけいじゅく》

おはなしクイズ　マゼランが太平洋《たいへいよう》に出《で》るときに通《とお》った海《うみ》の道《みち》は何《なん》とよばれている？　こたえはつぎのページ

『若草物語《わかくさものがたり》』をかいた オルコットの誕生日《たんじょうび》

アメリカ 1832〜1888年《ねん》

11月29日

読《よ》んだ日《ひ》にち（　　年　　月　　日）（　　年　　月　　日）（　　年　　月　　日）

人物

アメリカの女性作家《じょせいさっか》ルイザ・メイ・オルコットは、一八三二年十《ねんじゅう》一月二十九日《いちがつにじゅうくにち》に生《う》まれました。ルイザのお父《とう》さんはアメリカに新《あたら》しい教育《きょういく》を広《ひろ》めようとしていた学者《がくしゃ》でした。お父《とう》さんもお母《かあ》さんも、いつも自分《じぶん》よりまずしい人《ひと》に食《た》べものや着《き》るものを分《わ》けあたえていたため、一家《いっか》の生活《せいかつ》は楽《らく》ではありません。けれども、ルイザはとても明《あか》るく元気《げんき》な少女《しょうじょ》でした。そしてルイザには、やさしいアンナとというお姉《ねえ》さんとエリザベスとメイというかわいい二人《ふたり》の妹《いもうと》がいました。

お父《とう》さんの仕事《しごと》の関係《かんけい》で、ルイザの家族《かぞく》はよく引《ひ》っこしをしました。ルイザが十三歳《じゅうさんさい》のころ住《す》んでいた家《いえ》には、納屋《なや》があり、空《から》っぽの納屋《なや》は姉妹《しまい》が自由《じゆう》に使《つか》っていいことになっていました。

「姉《ねえ》さん、わたしいいことを思《おも》いついたわ！　納屋《なや》をわたしたちの劇場《げきじょう》にしましょう。あそこがステージで、わたしは主役《しゅやく》のお姫《ひめ》様《さま》！」

「ルイザったら。あなたはおてんばすぎるわよ。わたしがお姫《ひめ》様《さま》！」

アンナも負《ま》けていません。

「わかったわ。すてきな脚本《きゃくほん》をかくから期待《きたい》していて！」

こうしてルイザの提案《ていあん》により、

姉妹《しまい》たちは納屋《なや》でお芝居《しばい》を演《えん》じることになりました。チラシを配《くば》ると、子《こ》どもから大人《おとな》までたくさんのお客《きゃく》さんが集《あつ》まり、小《ちい》さな納屋《なや》はいっぱいです。

「ルイザ姉《ねえ》さんの魔法《まほう》なら、納屋《なや》も劇場《げきじょう》に変《か》えられるのね」

「脚本《きゃくほん》もとってもおもしろかったわ。姉《ねえ》さん、作家《さっか》になったらいいわよ」

お芝居《しばい》の成功《せいこう》に、エリザベスもメイも興奮《こうふん》して言《い》いました。

両親《りょうしん》と四人《よにん》姉妹《しまい》の生活《せいかつ》はとても幸《しあわ》せでした。大人《おとな》になったルイザは、大切《たいせつ》な子《こ》ども時代《じだい》を思《おも》い出《だ》しながら、四人《よにん》姉妹《しまい》の物語《ものがたり》『若草物《わかくさもの》語《がたり》』をかきました。『若草物語《わかくさものがたり》』は世界各地《せかいかくち》の言語《げんご》にほんやくされ、ベストセラーとなりました。

この日《ひ》はほかにも…

★いい肉《にく》の日《ひ》

一(い)一(い)二(に)九(く)のゴロ合《あ》わせから。

369ページのこたえ
マゼラン海峡《かいきょう》

おはなしクイズ　ルイザは四人《よにん》姉妹《しまい》の何番目《なんばんめ》だった？　こたえはつぎのページ

11月30日

『赤毛《あかげ》のアン』をかいたモンゴメリの誕生日《たんじょうび》

カナダ
1874～1942年《ねん》

読《よ》んだ日《ひ》にち（　　年　　月　　日）（　　年　　月　　日）（　　年　　月　　日）

人物

孤児院《こじいん》で育《そだ》った赤毛《あかげ》の女《おんな》の子《こ》が、手《て》ちがいで、マシュウとマリラという年《とし》を取《と》ったきょうだいのところにやって来《く》ることから始《はじ》まる物語《ものがたり》『アン・オブ・グリン・ゲイブルス（赤毛《あかげ》のアン）』。

この作品《さくひん》をかいたルーシー・モード・モンゴメリは、物語《ものがたり》の舞《ぶ》台《たい》でもあるカナダのプリンス・エドワード島《とう》で一八七四年十一月三《ねんじゅういちがつさん》十日《じゅうにち》に生《う》まれました。二歳《にさい》のときにお母《かあ》さんが亡《な》くなり、お父《とう》さんは仕事《しごと》で遠《とお》くに住《す》んでいたため、おじいさんとおばあさんのもとで育《そだ》ちます。

「こんにちは、スポッティ。いい天気《てんき》ね」

モンゴメリは小《ちい》さいころ、庭《にわ》のリンゴの木《き》に名前《なまえ》をつけて、友《とも》だちのように話《はな》しかけていました。読書《どくしょ》やお話《はなし》をきくのが好《す》きだったモンゴメリは、木《き》やものがどんな性格《せいかく》で、何《なに》を考《かんが》えているのか、想《そう》像《ぞう》をふくらませていたのです。十《じゅう》五歳《ごさい》になると、学校《がっこう》で物語《ものがたり》クラブをつくり、お話《はなし》をつくって友《とも》だちと発表《はっぴょう》し合《あ》いました。「わたしは作家《さっか》になる！」と、モンゴメリはかたく心《こころ》に決《き》めていました。

それから十五年《じゅうごねん》がたち、モンゴメリは年《とし》を取《と》ったおばあさんの世《せ》話《わ》をしながら小説《しょうせつ》をかいていました。新《あたら》しい小説《しょうせつ》をかくときは、子《こ》どものときからかいていたアイデアノートを見返《みかえ》します。

「今度《こんど》の小説《しょうせつ》の主人公《しゅじんこう》は、赤毛《あかげ》の女《おんな》の子《こ》にしようかしら」

頭《あたま》の中《なか》で赤毛《あかげ》の女《おんな》の子《こ》がおしゃべりをはじめ、止《と》まらなくなりました。こうして『赤毛《あかげ》のアン』が完成《かんせい》しましたが、どこの出版社《しゅっぱんしゃ》に原稿《げんこう》を送《おく》っても本《ほん》にしてくれるところはありません。モンゴメリはがっかりして、棚《たな》のおくに原稿《げんこう》をしまいます。けれども一年後《いちねんご》に、もう一度《いちど》だけ、という思《おも》いで、別《べつ》の出版社《しゅっぱんしゃ》に送《おく》りました。その二《に》か月後《げつご》、出版社《しゅっぱんしゃ》から手紙《てがみ》がとどきました。

「やったわ！　ついにアンが本《ほん》になる！」

こうして一九〇八年《ねん》に出版《しゅっぱん》された『赤毛《あかげ》のアン』は、発表《はっぴょう》されてから百年以上《ひゃくねんいじょう》たった今《いま》でも世界中《せかいじゅう》で読《よ》まれています。日本《にほん》では村岡《むらおか》花子《はなこ》（198ページ）がほんやくし、一九五二年《ねん》に出版《しゅっぱん》されました。

この日《ひ》はほかにも…

★『トム・ソーヤの冒険《ぼうけん》』の作者《さくしゃ》、マーク・トウェインの誕生日《たんじょうび》（一八三五年《ねん》）

370ページのこたえ　二番目《にばんめ》

おはなしクイズ　『赤毛《あかげ》のアン』の舞台《ぶたい》となった、モンゴメリが生《う》まれた島《しま》の名前《なまえ》は？　こたえは376ページ

日本《にほん》と世界《せかい》の「はじめて」をさがしてみよう！

ここでは、お話《はなし》の中《なか》で取《と》り上《あ》げている、日本《にほん》と世界《せかい》の「はじめて」を紹介《しょうかい》します。
それぞれの時代《じだい》に何《なに》がはじめて登場《とうじょう》したのか見《み》てみましょう。

1700年代《ねんだい》

1733年《ねん》 花火大会《はなびたいかい》(173ページ) 日本《にほん》

亡《な》くなった人《ひと》をとむらうために東京《とうきょう》の隅田川《すみだがわ》で行《おこな》われたのが始《はじ》まりです。

1754年《ねん》 人体解剖《じんたいかいぼう》(56ページ) 日本《にほん》

西洋《せいよう》の解剖図《かいぼうず》でしかわからなかった人体《じんたい》のなぞを、山脇東洋《やまわきとうよう》らが明《あき》らかにし、日本《にほん》の近代医学《きんだいいがく》を進歩《しんぽ》させました。

1783年《ねん》 熱気球《ねつききゅう》(362ページ) 世界《せかい》

人間《にんげん》をのせた熱気球《ねつききゅう》が約《やく》450メートルの高《たか》さで9キロメートルの距離《きょり》を飛行《ひこう》しました。

1800年代《ねんだい》

1804年《ねん》 麻酔《ますい》による手術《しゅじゅつ》(322ページ) 日本《にほん》

華岡青洲《はなおかせいしゅう》が「通仙散《つうせんさん》」という麻酔薬《ますいやく》を発明《はつめい》し、全身麻酔《ぜんしんますい》による乳《にゅう》がんの手術《しゅじゅつ》を成功《せいこう》させました。

1810年《ねん》 缶《かん》づめ(268ページ) 世界《せかい》

ブリキの缶《かん》に食品《しょくひん》をつめて密閉《みっぺい》する缶《かん》づめがうまれ、食品《しょくひん》を長《なが》く保存《ほぞん》できるようになりました。

1825年《ねん》 「東海道四谷怪談《とうかいどうよつやかいだん》」初上演《はつじょうえん》(237ページ) 日本《にほん》

「お岩《いわ》さん」で有名《ゆうめい》な「東海《とうかい》道四谷怪談《どうよつやかいだん》」が中村座《なかむらざ》ではじめて上演《じょうえん》されました。

1825年《ねん》 蒸気機関車《じょうききかんしゃ》(302ページ) 世界《せかい》

一度《いちど》にたくさんの人《ひと》やものを運《はこ》べる蒸気機関車《じょうききかんしゃ》が実用化《か》され、人《ひと》びとのくらしががらりと変《か》わりました。

1839年《ねん》 カメラ(262ページ) 世界《せかい》

科学者《かがくしゃ》と画家《がか》が協力《きょうりょく》し、撮影《さつえい》に何時間《なんじかん》もかかっていたものを短《みじか》い時間《じかん》で撮影《さつえい》できる、実用的《じつようてき》なカメラをつくりました。

1867年《ねん》

万国博覧会《ばんこくはくらんかい》に日本初出展《にほんはつしゅってん》

日本《にほん》

(76ページ)

第《だい》2回《かい》パリ万国博覧会《ばんこくはくらんかい》に日本《にほん》がはじめて出展《しゅってん》し、展示品《てんじひん》は、ほかの国《くに》から高《たか》く評価《ひょうか》されました。

1869年《ねん》

小学校《しょうがっこう》

(166ページ)

日本《にほん》

京都《きょうと》で日本初《にほんはつ》の小学校《しょうがっこう》が誕生《たんじょう》し、その後《ご》、約《やく》2万《まん》5000の小学校《しょうがっこう》がつくられました。

1870年《ねん》

日刊新聞《にっかんしんぶん》

(383ページ)

日本《にほん》

毎日刊行《まいにちかんこう》される日刊新聞《にっかんしんぶん》、『横浜毎日新聞《よこはまいにちしんぶん》』が誕生《たんじょう》しました。

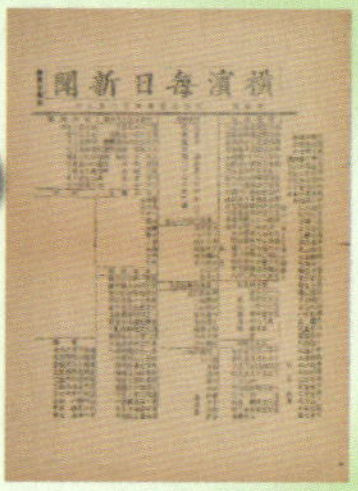

国立国会図書館資料

1871年《ねん》

サーカス(335ページ)

日本《にほん》

フランスのサーカス団《だん》が来日《らいにち》し、これまでにない曲芸《きょくげい》は日本《にほん》で大人気《だいにんき》になりました。

1878年《ねん》

特別支援学校《とくべつ・しえんがっこう》

(169ページ)

日本《にほん》

古河太四郎《ふるかわたしろう》が京都《きょうと》に障《しょう》がいのある子《こ》どもための学校《がっこう》をつくりました。

1890年《ねん》

電話事業《でんわじぎょう》(391ページ)

日本《にほん》

東京《とうきょう》と横浜市内《よこはましない》で電話事業《でんわじぎょう》がスタートします。電話加入者数《でんわかにゅうしゃすう》は東京《とうきょう》で155回線《かいせん》、横浜《よこはま》で42回線《かいせん》とわずかでした。

1899年《ねん》

食堂車《しょくどうしゃ》(170ページ)

日本《にほん》

景色《けしき》と食事《しょくじ》が楽《たの》しめる車両《しゃりょう》が登場《とうじょう》し、当時《とうじ》は人気《にんき》でしたが、その後姿《ごすがた》を消《け》します。現在《げんざい》は食堂車《しょくどうしゃ》つきの観光列車《かんこうれっしゃ》が運行《うんこう》されています。

©交通新聞社

1900年代《ねんだい》

1900年《ねん》

公衆電話《こうしゅうでんわ》

(286ページ)

日本《にほん》

最初《さいしょ》は「自働電話《じどうでんわ》」とよばれ、東京《とうきょう》の新橋駅《しんばしえき》と上野駅《うえのえき》に設置《せっち》されました。

1910年《ねん》

人《ひと》をのせた飛行機《ひこうき》が日本《にほん》の空《そら》を飛《と》ぶ

日本《にほん》

(394ページ)

フランスとドイツから輸入《ゆにゅう》された、動力《どうりょく》を使《つか》った飛行機《ひこうき》が、人《ひと》をのせて日本《にほん》の空《そら》を飛《と》びました。

1912年《ねん》

オリンピックに日本初参加《にほんはつさんか》

日本《にほん》

(217ページ)

オリンピックにはじめて日本《にほん》が参加《さんか》。このとき、2人《ふたり》の選手《せんしゅ》が陸上競技《りくじょうきょうぎ》に出場《しゅつじょう》しました。

1912年《ねん》

タクシー(248ページ)

日本《にほん》

東京《とうきょう》の有楽町《ゆうらくちょう》を中心《ちゅうしん》に車両《しゃりょう》6台《だい》でタクシーの営業《えいぎょう》がスタートしました。

1912年《ねん》

警察犬《けいさつけん》

(376ページ)

日本《にほん》

コリーとラブラドール・リトリーバーの2頭《とう》の犬種《けんしゅ》で、日本《にほん》の警察犬《けいさつけん》の活動《かつどう》が始《はじ》まりました。

1913年《ねん》

女子大生《じょしだいせい》(259ページ)

日本《にほん》

3人《にん》の女子大生《じょしだいせい》が誕生《たんじょう》します。卒業後《そつぎょうご》は、化学《かがく》や教育《きょういく》の分野《ぶんや》で活《かつ》やくしました。

次《つぎ》のページへつづきます。

1900年代《ねんだい》

1915年《ねん》

人工《じんこう》がんの発生《はっせい》

(300ページ)

日本《にほん》

山極勝三郎《やまぎわかつさぶろう》が、がんのメカニズムを知《し》るために、人工《じんこう》がんをつくり出《だ》すことに成功《せいこう》しました。

1917年《ねん》

駅伝《えきでん》

(138ページ)

日本《にほん》

東京《とうきょう》が首都《しゅと》と定《さだ》められてから50年目《ねんめ》に当《あ》たることを記念《きねん》して行《おこな》われました。

1918年《ねん》

ケーブルカー

(272ページ)

日本《にほん》

近畿日本鉄道《きんきにほんてつどう》「生駒鋼索線《いこまこうさくせん》」が山《やま》の中腹《ちゅうふく》にあるお寺《てら》に行《い》くためにつくられました。

1927年《ねん》

地下鉄《ちかてつ》

(405ページ)

日本《にほん》

最初《さいしょ》は東京《とうきょう》の上野《うえの》—浅草間《あさくさかん》2.2キロメートルの営業距離《えいぎょうきょり》でした。1939年《ねん》に今《いま》の東京《とうきょう》メトロ銀座線《ぎんざせん》に当《あ》たる路線《ろせん》が全線開通《ぜんせんかいつう》しました。

1928年《ねん》

普通選挙《ふつうせんきょ》

(69ページ)

日本《にほん》

むかしは一部《いちぶ》の人《ひと》にかぎられていましたが、25歳以上《さいいじょう》のすべての男性《だんせい》が選挙《せんきょ》に参加《さんか》できるようになりました。

1934年《ねん》

国立公園《こくりつこうえん》

(95ページ)

日本《にほん》

瀬戸内海《せとないかい》、雲仙《うんぜん》、霧島《きりしま》の3か所《しょ》が最初《さいしょ》に指定《してい》されました。だんだんと数《かず》を増《ふ》やし、現在《げんざい》では34か所《しょ》あります。

1942年《ねん》

日本《にほん》

関門《かんもん》トンネル

(188ページ)

本州《ほんしゅう》と九州《きゅうしゅう》をむすぶために、世界初《せかいはつ》の海底《かいてい》トンネルがつくられます。完成《かんせい》までに6年《ねん》かかりました。

1946年《ねん》

女性《じょせい》が選挙《せんきょ》に参加《さんか》

(121ページ)

日本《にほん》

これ以前《いぜん》は、選挙《せんきょ》に参加《さんか》できるのは男性《だんせい》だけでしたが、女性《じょせい》にも投票《とうひょう》や選挙《せんきょ》に立候補《りっこうほ》する権利《けんり》があたえられました。

1953年《ねん》

日本《にほん》

テレビ放送《ほうそう》

(50ページ)

写真提供:郵政博物館

日本放送協会《にっぽんほうそうきょうかい》(NHK《エヌエイチケイ》)が放送《ほうそう》をスタート。じょじょにテレビが各家庭《かくかてい》に普及《ふきゅう》していきます。

1955年《ねん》

日本《にほん》

ジェットコースター

(220ページ)

写真提供:(株)東京ドーム

ジェットコースターが東京《とうきょう》の後楽園《こうらくえん》ゆうえんちに設置《せっち》されたことで、そのよび名《な》が広《ひろ》まりました。

1969年《ねん》

人類《じんるい》が月面《げつめん》を歩《ある》く

(231ページ)

世界《せかい》

アメリカの3人《にん》の宇宙飛行士《うちゅうひこうし》が月面《げつめん》におり立《た》ち、人類《じんるい》にとって大《おお》きな一歩《いっぽ》をふみ出《だ》しました。

1975年《ねん》

日本《にほん》

女性《じょせい》がエベレスト登頂《とうちょう》

(161ページ)

田部井淳子《たべいじゅんこ》が、なだれにまきこまれてけがをしながらも、女性初《じょせいはつ》のエベレスト登頂《とうちょう》に成功《せいこう》しました。

1978年《ねん》

単独《たんどく》で北極点到達《ほっきょくてんとうたつ》

日本《にほん》

(140ページ)

犬《いぬ》ぞりを使《つか》い、単独《たんどく》で北極点到達《ほっきょくてんとうたつ》という命《いのち》がけの冒険《ぼうけん》に、植村直己《うえむらなおみ》が成功《せいこう》しました。

1983年《ねん》

ファミリーコンピュータ

日本《にほん》

(226ページ)

家庭用《かていよう》ゲーム機《き》「ファミリーコンピュータ(ファミコン)」が任天堂《にんてんどう》から発売《はつばい》され、歴史的《れきしてき》な大《だい》ヒット商品《しょうひん》になりました。

写真提供:任天堂(株)

1993年《ねん》

日本《にほん》

世界遺産《せかいいさん》

(384ページ)

法隆寺地域《ほうりゅうじちいき》の仏教建造物《ぶっきょうけんぞうぶつ》、姫路城《ひめじじょう》、屋久島《やくしま》、白神山地《しらかみさんち》の4か所《しょ》が、日本《にほん》ではじめて世界遺産《せかいいさん》に登録《とうろく》されました。

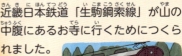

12月《がつ》のおはなし

日本《にほん》で警察犬《けいさつけん》が活動《かつどう》を始《はじ》めた日《ひ》

12月1日

読《よ》んだ日《ひ》にち（　　年　　月　　日）（　　年　　月　　日）（　　年　　月　　日）

はじめて

犬《いぬ》は人間《にんげん》の数千倍《すうせんばい》もの「きゅう覚《かく》＝においを感《かん》じとる能力《のうりょく》」をもっています。その力《ちから》を利用《りよう》して、犯人《はんにん》をさがしだすなど、警察《けいさつ》の仕事《しごと》を手助《てだす》けしているのが警察《けいさつ》犬《けん》です。

警察犬《けいさつけん》は、一八九六年《ねん》にドイツのヒルデスハイム市《し》で、警察官《けいさつかん》といっしょにパトロールする犬《いぬ》として始《はじ》まりました。日本《にほん》でも一九一二年十二月一日《ねんじゅうにがつついたち》に、コリーとラブラドール・リトリーバーの二頭《にとう》の犬種《けんしゅ》を警察犬《けいさつけん》として採用《さいよう》し、その活動《かつどう》が始《はじ》まりました。今《いま》ではアメリカやロシアをはじめ、多《おお》くの国《くに》が警察犬《けいさつけん》を活用《かつよう》しています。

現在日本《げんざいにほん》では、各都道府県《かくとどうふけん》の警察《けいさつ》が訓練《くんれん》した「直《ちょっ》かつ犬《けん》」と、一般《いっぱん》の人《ひと》が訓練《くんれん》して警察《けいさつ》のしんさに合格《ごうかく》した「しょくたく犬《けん》」が活動《かつどう》しています。訓練《くんれん》は生《う》まれて八《はち》か月《げつ》の子犬《こいぬ》のころから始《はじ》められ、すわる、ふせる、立《た》って待《ま》つ、人《ひと》の左側《ひだりがわ》について動《うご》いたり止《と》まったりする、ものをくわえて持《も》ってくるなどの、基本《きほん》的《てき》な動作《どうさ》からスタートします。

警察犬《けいさつけん》には、主《おも》に五種類《ごしゅるい》の仕事《しごと》があります。①犯罪《はんざい》の現場《げんば》にのこされたにおいから犯人《はんにん》を追跡《ついせき》する、②においでものを区別《くべつ》する（容疑者《ようぎしゃ》のにおいが現場《げんば》にのこされた犯人《はんにん》のにおいと同《おな》じか、たしかめるなど）、③麻薬《まやく》や爆発物《ばくはつぶつ》を発見《はっけん》したり、行方不明者《ゆくえふめいしゃ》や遭難《そうなん》した人《ひと》をさがしたりする、④犯人《はんにん》から凶器《きょうき》をうばうなど、たいほの助《たす》けをする、⑤建物《たてもの》などの見《み》まわりをしたり、人《ひと》を守《まも》ったりする、といったことです。

警察犬《けいさつけん》に向《む》いているのは、好奇《こうき》心《しん》が強《つよ》く、活発《かっぱつ》な犬《いぬ》です。そして、言《い》うことをよくきくすなおな性格《せいかく》や、かしこさも大切《たいせつ》です。そのためシェパード、ドーベルマン、コリー、エアデール・テリア、ボクサー、ラブラドール・リトリーバー、ゴールデン・リトリーバーの七種類《ななしゅるい》の犬《いぬ》が選《えら》ばれています。

この日《ひ》はほかにも…

★一万円札《いちまんえんさつ》がはじめて発行《はっこう》された日《ひ》（一九五八年《ねん》）

★世界《せかい》エイズデー
エイズの広《ひろ》がりをふせぎ、差別《さべつ》や偏見《へんけん》がなくなるようによびかける日《ひ》。

★鉄《てつ》の記念日《きねんび》
南部藩《なんぶはん》（今《いま》の岩手県《いわてけん》）の製鉄所《せいてつじょ》ではじめて鉄《てつ》が近代的《きんだいてき》な方法《ほうほう》で生産《せいさん》された（一八五七年《ねん》）。

371ページのこたえ　プリンス・エドワード島《とう》

おはなしクイズ　警察犬《けいさつけん》をはじめて採用《さいよう》した国《くに》は？　こたえはつぎのページ

12月2日

ナポレオンが皇帝《こうてい》のしるしの冠《かんむり》を受《う》けた日《ひ》

読《よ》んだ日《ひ》にち（　　年　　月　　日）（　　年　　月　　日）（　　年　　月　　日）

歴史

一八〇四年十二月二日《ねんじゅうにがつふつか》、フランスのパリでは、ナポレオン・ボナパルトの頭《あたま》に皇帝《こうてい》のしるしである金《きん》の冠《かんむり》がかぶせられました。この儀式《ぎしき》を戴冠式《たいかんしき》といいます。ナポレオンはフランス軍《ぐん》の司令官《しれいかん》としてイギリスなどと戦《たたか》い、勝利《しょうり》をおさめた英雄《えいゆう》です。そのため三十五歳《さんじゅうごさい》というわかさで、国民《こくみん》によってフランス皇帝《こうてい》に選《えら》ばれたのです。

ナポレオンが生《う》まれたコルシカ島《とう》は、フランスに長《なが》い間《あいだ》支配《しはい》されていました。ナポレオンは、おさないころから国《くに》が自由《じゆう》になるための運動《うんどう》を目《ま》のあたりにして育《そだ》ったのです。

十五歳《じゅうごさい》になったナポレオンはパリの士官学校《しかんがっこう》に進《すす》み、軍人《ぐんじん》の道《みち》を歩《あゆ》みます。読書《どくしょ》が好《す》きなナポレオンは、たくさんの本《ほん》から戦《たたか》い方《かた》などを学《まな》びました。学校《がっこう》を出《で》て、兵隊《へいたい》のリーダーになると、そうした勉強《べんきょう》が役《やく》に立《た》ちます。兵士《へいし》たちはナポレオンを尊敬《そんけい》するようになりました。

このころのフランスはルイ十六世《じゅうろくせい》という王《おう》が治《おさ》め、貴族《きぞく》たちは毎日《まいにち》ぜいたくな生活《せいかつ》を送《おく》っていました。いっぽう、国民《こくみん》は生活《せいかつ》が苦《くる》しく、ついに一七八九年《ねん》にいかりが爆発《ばくはつ》し、フランス革命《かくめい》が起《お》こりました（269ページ）。人《ひと》びとは王《おう》をたおして、平等《びょうどう》で自由《じゆう》な国《くに》をつくろうとします。

しかし、革命《かくめい》のあとも政党同士《せいとうどうし》が争《あらそ》い、混乱《こんらん》がつづきました。

「革命《かくめい》が起《お》こっても、前《まえ》と変《か》わらないじゃないか」

ナポレオンは考《かんが》え、軍隊《ぐんたい》の力《ちから》で議会《ぎかい》を解散《かいさん》し、第一執政《だいいちしっせい》という、最《もっと》も力《ちから》のある役職《やくしょく》につきます。新《あたら》しい憲法《けんぽう》やたくさんの法律《ほうりつ》（ナポレオン法典《ほうてん》）もつくりました。また、銀行《ぎんこう》や、だれでも通《かよ》える学校《がっこう》もつくりました。古《ふる》くなった道路《どうろ》や橋《はし》などもなおし、国民《こくみん》の生活《せいかつ》はよくなっていきます。それにともない、ナポレオンの人気《にんき》は高《たか》まっていきました。そして国民投票《こくみんとうひょう》によって、ナポレオンは皇帝《こうてい》になったのです。

軍人《ぐんじん》としても政治家《せいじか》としてもすばらしかったナポレオンですが、皇帝《こうてい》になってからは、まわりの意見《いけん》をきかず、勝手《かって》に戦争《せんそう》を始《はじ》めました。敗戦《はいせん》がつづき、ナポレオンは、追放《ついほう》されたセント・ヘレナ島《とう》で五十一歳《ごじゅういっさい》のときに亡《な》くなりました。

この日《ひ》はほかにも…

★フランスの劇作家《げきさっか》、エドモン・ロスタンが亡《な》くなった日《ひ》（一九一八年《ねん》）

376ページのこたえ　ドイツ

おはなしクイズ　ナポレオンが生《う》まれた島《しま》の名前《なまえ》は？　こたえはつぎのページ

日本《にほん》ではじめての女子留学生《じょしりゅうがくせい》 津田梅子《つだうめこ》の誕生日《たんじょうび》

日本《にほん》
1864～1929年《ねん》

12月3日

読《よ》んだ日《ひ》にち（　年　月　日）（　年　月　日）（　年　月　日）

人物

「ウメコ、今日《きょう》からわたしたちが、お父《とう》さん、お母《かあ》さんのかわりですよ」

アメリカのチャールズ・ランマン夫妻《ふさい》は、小《ちい》さな日本人《にほんじん》の少女《しょうじょ》にやさしく笑《わら》いかけました。

少女《しょうじょ》の名前《なまえ》は津田梅子《つだうめこ》。一八六四年《ねん》（元治元年《げんじがんねん》）十二月三日《じゅうにがつみっか》（新暦十二月三十一日《しんれきじゅうにがつさんじゅういちにち》）、東京《とうきょう》に生《う》まれ、西洋《せいよう》の文化《ぶんか》を学《まな》ぶために、日本《にほん》から蒸気船《じょうきせん》にのってやってきたはじめての女子留学生《じょしりゅうがくせい》の中《なか》の一人《ひとり》です。梅子《うめこ》は最年少《さいねんしょう》の八歳《はっさい》でした。ランマン夫妻《ふさい》の愛情《あいじょう》のもと学業《がくぎょう》にはげみ、梅子《うめこ》は優秀《ゆうしゅう》な成績《せいせき》をおさめます。そして約十一年間《やくじゅういちねんかん》のアメリカ生活《せいかつ》ののち、日本《にほん》に帰国《きこく》しました。

帰国《きこく》してから、梅子《うめこ》にはとまどうことがたくさんありました。十一年《じゅういちねん》もの海外生活《かいがいせいかつ》で、日本語《にほんご》がすっかり不自由《ふじゆう》になってしまい、お母《かあ》さんと会話《かいわ》をするのも一苦労《ひとくろう》。また、アメリカにくらべて、当時《とうじ》の日本《にほん》の女性《じょせい》の地位《ちい》がとてもひくいことも、梅子《うめこ》は気《き》になっていました。華族女学校《かぞくじょがっこう》（今《いま》の学習院《がくしゅういん》）の教師《きょうし》になってからも、自分《じぶん》の意思《いし》があまり感《かん》じられないお人形《にんぎょう》のような生徒《せいと》たちに、梅子《うめこ》はがっかりします。

「日本《にほん》の女性《じょせい》は、まるで男性《だんせい》の家来《けらい》のようだわ。このままではいけない。アメリカでもう一度勉強《いちどべんきょう》しなおして、自立《じりつ》した日本《にほん》の女性《じょせい》を育《そだ》てる学校《がっこう》をつくろう」

そして三年間留学《さんねんかんりゅうがく》したあと、万国婦人《ばんこくふじん》クラブ連合大会《れんごうたいかい》の日本代表《にほんだいひょう》となりました。その後《ご》、ヘレン・ケラー（204ページ）やナイチンゲール（157ページ）という知性《ちせい》ある強《つよ》い女性《じょせい》たちにも会《あ》って、学校《がっこう》設立《せつりつ》の決意《けつい》をかためました。

一九〇〇年《ねん》、ついに梅子《うめこ》は「女子英学塾《じょしえいがくじゅく》」を設立《せつりつ》しました。梅子《うめこ》は、ときにやさしく、ときにきびしい指導《しどう》で、優秀《ゆうしゅう》な生徒《せいと》たちを社会《しゃかい》に送《おく》り出《だ》しました。これが、今《いま》の津田塾大学《つだじゅくだいがく》です。

「みなさんの活《かつ》やくは、わたしのよろこびです」

学生《がくせい》たちにそう言《い》いつづけた梅子《うめこ》は、塾長室《じゅくちょうしつ》に日本地図《にほんちず》をはり、卒業生《そつぎょうせい》が働《はたら》いている場所《ばしょ》には、リボンのはた印《じるし》を立《た》てました。

日本《にほん》の女性《じょせい》の教育《きょういく》に力《ちから》を注《そそ》いだ梅子《うめこ》は、一九二九年《ねん》、六十六歳《ろくじゅうろくさい》でこの世《よ》を去《さ》りました。

この日《ひ》はほかにも…

★フランスの画家《がか》、ルノワール（74ページ）の命日《めいにち》（一九一九年《ねん》）

377ページのこたえ
コルシカ島《とう》

おはなしクイズ 津田梅子《つだうめこ》が８歳《さい》で留学《りゅうがく》した国《くに》はどこ？ こたえはつぎのページ

12月4日

北里柴三郎《きたさとしばさぶろう》が努力《どりょく》を重《かさ》ねて発見《はっけん》した血清療法《けっせいりょうほう》を発表《はっぴょう》した日《ひ》

読《よ》んだ日《ひ》にち（　　年　　月　　日）（　　年　　月　　日）（　　年　　月　　日）

歴史

人間《にんげん》がくらしているところには、たくさんの細菌《さいきん》がいます。その中《なか》には、人間《にんげん》を病気《びょうき》にしたり、死《し》なせたりするこわいものもいます。だから、人間《にんげん》は細菌《さいきん》から身《み》を守《まも》る工夫《くふう》をしてきました。その一《ひと》つが血清療法《けっせいりょうほう》です。この治療法《ちりょうほう》を発見《はっけん》したのが、北里柴三郎《きたさとしばさぶろう》で、十《じゅう》二月四日《にがつよっか》は世界《せかい》にこの治療法《ちりょうほう》が発《はっ》表《ぴょう》された日《ひ》なのです。

江戸時代《えどじだい》の終《お》わりに生《う》まれた柴《しば》三郎《さぶろう》は剣術《けんじゅつ》に夢中《むちゅう》な少年《しょうねん》でした。やがて親《おや》のすすめで医学校《いがっこう》に入《はい》ると、先生《せんせい》から「医者《いしゃ》の仕事《しごと》は人間《にんげん》の体《からだ》のなぞをとき、病気《びょうき》をなおしていくことだ」と教《おそ》わって感動《かんどう》し、本格的《ほんかくてき》に医者《いしゃ》をこころざします。一生懸命勉強《いっしょうけんめいべんきょう》して東京《とうきょう》の医学《いがっ》校《こう》を卒業《そつぎょう》し、三十二歳《さんじゅうにさい》のときには、ドイツに行《い》って世界的《せかいてき》な細菌《さいきん》学者《がくしゃ》コッホ（386ページ）のもとで学《まな》びました。コッホは病気《びょうき》の原因《げんいん》となっている細菌《さいきん》をたくさん発見《はっけん》していたのです。

柴三郎《しばさぶろう》は、同《おな》じくコッホについていたエミール・アドルフ・フォン・ベーリングといっしょに破傷《はしょう》風菌《ふうきん》の研究《けんきゅう》に取《と》り組《く》みました。破《は》傷風《しょうふう》とは、土《つち》の中《なか》にある破傷風菌《はしょうふうきん》がけがをしたところから人間《にんげん》の体《からだ》に入《はい》り、はげしい痛《いた》みやけいれんをひき起《お》こし、ひどいときには命《いのち》をうばう、おそろしい病気《びょうき》です。当時《とうじ》、多《おお》くの人《ひと》が苦《くる》しんでいました。

柴三郎《しばさぶろう》たちはまず、破傷風菌《はしょうふうきん》だけを取《と》り出《だ》す方法《ほうほう》を見《み》つけます。そうして取《と》り出《だ》した細菌《さいきん》を使《つか》って、血清療法《けっせいりょうほう》を見《み》つけ出《だ》しました。まず、病気《びょうき》の原因《げんいん》となる細菌《さいきん》に対《たい》して抵抗力《ていこうりょく》をもたせた馬《うま》や羊《ひつじ》の血清《けっせい》（血液《けつえき》がかたまり、その上《うわ》ずみにできる液体《えきたい》）中《ちゅう》に、抗体《こうたい》（体内《たいない》に入《はい》りこんだ細菌《さいきん》などに抵《てい》抗《こう》するためにできる物質《ぶっしつ》）をつくらせます。そしてこの抗体《こうたい》を取《と》り出《だ》して、治療《ちりょう》に使《つか》うのです。これによって破傷風《はしょうふう》は、死《し》にいたることが多《おお》い病気《びょうき》から、なおすことのできる病気《びょうき》になりました。柴三郎《しばさぶろう》とベーリングはいっしょに、この破傷風菌《はしょうふうきん》の血清療法《けっせいりょうほう》を一八九〇年《ねん》に発表《はっぴょう》したのです。

一八九四年《ねん》には、柴三郎《しばさぶろう》は黒死《こくし》病《びょう》とおそれられたペストの細菌《さいきん》も発見《はっけん》し、活《かつ》やくしていきます。

「熱意《ねつい》と誠意《せいい》があれば、なんでも成功《せいこう》できる」

柴三郎《しばさぶろう》は友《とも》だちにそう言《い》ったそうです。

この日《ひ》はほかにも…

★『山月記《さんげつき》』などをかいた作家《さっか》、中《なか》島敦《じまあつし》が亡《な》くなった日《ひ》（一九四二年《ねん》）

378ページのこたえ　アメリカ

おはなしクイズ　北里柴三郎《きたさとしばさぶろう》は、ドイツではだれのもとで学《まな》んだ？　こたえはつぎのページ

世界中《せかいじゅう》の人《ひと》に夢《ゆめ》をあたえた ウォルト・ディズニーの誕生日《たんじょうび》

アメリカ 1901～1966年《ねん》

読《よ》んだ日《ひ》にち（　　年　　月　　日）（　　年　　月　　日）（　　年　　月　　日）

だれもが知《し》っているディズニーランド®。ミッキーマウスはみんなの人気者《にんきもの》ですね。

ミッキーマウスを世《よ》に送《おく》り出《だ》したウォルト・ディズニーは、一九〇一年十二月五日《ねんじゅうにがついつか》、アメリカのシカゴで生《う》まれました。その後《ご》、ミズーリ州《しゅう》のゆたかな自然《しぜん》の中《なか》で育《そだ》ちます。ウォルトは、おさないころから絵《え》をかくことが大好《だいす》きでした。高校生《こうこうせい》のときには校内誌《こうないし》にさし絵《え》をかいたり、高校《こうこう》に通《かよ》いながら別《べつ》の美術学校《びじゅつがっこう》へ通《かよ》ったりもしました。

十七歳《じゅうななさい》のとき、カンザスシティのアニメーション（アニメ）映画《えいが》をつくる会社《かいしゃ》につとめ、アニメの楽《たの》しさに出《で》あいます。音《おと》もなく白《しろ》黒《くろ》でしたが、この動《うご》く絵《え》にたちまち夢中《むちゅう》になり、自分《じぶん》でアニメ映画《えいが》の会社《かいしゃ》をつくりました。二十歳《はたち》のときです。

でも、アニメ映画《えいが》をつくるのには、とてもお金《かね》がかかります。会社《かいしゃ》はうまくいかず、すぐにつぶれてしまい、生活《せいかつ》は苦《くる》しくなるいっぽう。それでもウォルトは一人《ひとり》ぼっちで映画《えいが》をつくりながら、部屋《へや》にあらわれるネズミに話《はな》しかけました。

「やあ、今日《きょう》も来《き》たのかい」

ウォルトは、ネズミの愛《あい》らしいしぐさにはげまされました。

一九二三年《ねん》、ロサンゼルスにやってきたウォルトは、兄《あに》のロイといっしょに新《あたら》しいアニメ映画《えいが》の会社《かいしゃ》をつくります。

一九二八年《ねん》のある日《ひ》、仕事先《しごとさき》に向《む》かうとちゅうにカンザスシティを通《とお》ったとき、ふと、あのころのつらい思《おも》いが頭《あたま》をよぎりました。

「そうだ、新《あたら》しいアニメの主人公《しゅじんこう》はネズミ（マウス）がいい！」

ミッキーマウスシリーズの一《ひと》つ「蒸気船《じょうきせん》ウィリー」は、アニメ映《えい》画《が》ではじめて、声《こえ》と音楽《おんがく》を入《い》れた作品《さくひん》となり、大《だい》ヒットしました。

その後《ご》、ウォルトは次《つぎ》つぎと新《あたら》しい技術《ぎじゅつ》を取《と》り入《い》れ、たくさんの作品《さくひん》を通《とお》して、世界中《せかいじゅう》の人《ひと》たちに夢《ゆめ》とよろこびをあたえました。

ウォルトは一九六六年《ねん》、病気《びょうき》で亡《な》くなりましたが、すべての人《ひと》を楽《たの》しませたいという思《おも》いは、今《いま》でも引《ひ》きつがれ、生《い》きつづけています。

この日《ひ》はほかにも…

★オーストリアの作曲家《さっきょくか》、モーツァルト（42ページ）の命日《めいにち》（一七九一年《ねん》）

★経済《けいざい》・社会開発《しゃかいかいはつ》のための国際《こくさい》ボランティア・デー

国際《こくさい》デーの一《ひと》つ。ボランティア活《かつ》動《どう》（32ページ）を積極的《せっきょくてき》に進《すす》めていこうとする日《ひ》。

379ページのこたえ
コッホ

おはなしクイズ アニメ映画《えいが》ではじめて、声《こえ》と音楽《おんがく》を入《い》れたウォルトの作品《さくひん》は？ こたえはつぎのページ

12月6日

水戸黄門《みとこうもん》として親《した》しまれている 徳川光圀《とくがわみつくに》が亡《な》くなった日《ひ》

日本《にほん》
1628～1700年《ねん》

読《よ》んだ日《ひ》にち（　年　月　日）（　年　月　日）（　年　月　日）

人物

徳川光圀《とくがわみつくに》は、水戸黄門《みとこうもん》として知《し》られています。助《すけ》さん、格《かく》さんのおともをつれて、水戸黄門《みとこうもん》は全国《ぜんこく》各地《かくち》を旅《たび》し、こまった人《ひと》たちのところにあらわれて、悪《わる》い役人《やくにん》をこらしめます。

テレビや映画《えいが》などでおなじみの「水戸黄門《みとこうもん》」や「水戸黄門漫遊記《みとこうもんまんゆうき》」は、光圀《みつくに》の名声《めいせい》をもとにしたつくり話《ばなし》で、歴史上《れきしじょう》の事実《じじつ》ではありません。

光圀《みつくに》は一六二八年《ねん》（寛永五年《かんえいごねん》）、水戸《みと》（今《いま》の茨城県《いばらきけん》）の藩主《はんしゅ》である徳川頼房《とくがわよりふさ》の子《こ》として生《う》まれました。

光圀《みつくに》には、頼重《よりしげ》という兄《あに》がいましたが、早《はや》くからあとつぎは光圀《みつくに》に決《き》まっていました。「自分《じぶん》よりも学問《がくもん》が好《す》きで、何《なに》かとすぐれている兄《あに》をさしおいて、自分《じぶん》が水戸《みと》藩主《はんしゅ》になるなんて……」と、感受《かんじゅ》性《せい》の強《つよ》い光圀《みつくに》は、もやもやとした気持《きも》ちをかかえていました。そのためか、青年時代《せいねんじだい》の光圀《みつくに》はおさないころに身《み》につけた学問《がくもん》などには見向《みむ》きもせず、夜《よ》な夜《よ》な町《まち》に出《で》かけたり、遊《あそ》び歩《ある》いてはさわぎを起《お》こしたりと、家臣《かしん》（家来《けらい》）をこまらせ、評判《ひょうばん》を落《お》としました。

そんななか、ゆれ動《うご》く光圀《みつくに》の心《こころ》をとらえたのは、中国《ちゅうごく》の司馬遷《しばせん》がかいた『史記《しき》』の中《なか》の「伯夷伝《はくいでん》」でした。十八歳《じゅうはっさい》の光圀《みつくに》はこれを読《よ》んで感動《かんどう》し、人《ひと》の道《みち》とは何《なん》なのか、と考《かんが》えるようになります。

光圀《みつくに》は、正《ただ》しい日本《にほん》の歴史《れきし》をかきのこすために『大日本史《だいにほんし》』をつくることに力《ちから》を注《そそ》ぎました。また、この事業《じぎょう》のために「彰考館《しょうこうかん》」を開《ひら》き、多《おお》くの学者《がくしゃ》をまねきます。

いっぽう、年長者《ねんちょうしゃ》をうやまうという儒学《じゅがく》の考《かんが》え方《かた》にこだわり、自《じ》分《ぶん》の子《こ》どもではなく、高松《たかまつ》（今《いま》の香川県《かがわけん》）の藩主《はんしゅ》となった兄《あに》、頼重《よりしげ》の子《こ》どもを養子《ようし》にむかえ、水戸藩《みとはん》をつがせました。

江戸《えど》（今《いま》の東京《とうきょう》）と水戸《みと》を行《い》き来《き》するときには、藩内《はんない》のさまざまな場所《ばしょ》を自分《じぶん》の目《め》で見《み》てまわり、領民《りょうみん》のくらし向《む》きにも気《き》を配《くば》りました。

水道《すいどう》をつくり、農業《のうぎょう》をすすめ、人《ひと》びとからしたわれた光圀《みつくに》は、一七〇〇年《ねん》（元禄十三年《げんろくじゅうさんねん》）十二月六日《じゅうにがつむいか》に亡《な》くなりました。

この日《ひ》はほかにも…

★作曲家《さっきょくか》、編曲家《へんきょくか》、指揮者《しきしゃ》、ピアニストの久石譲《ひさいしじょう》が生《う》まれた日《ひ》（一九五〇年《ねん》）

★音《おと》の日《ひ》

エジソン（330ページ）が蓄音機《ちくおんき》「フォノグラフ」を発明《はつめい》した日《ひ》にちなむ（一八七七年《ねん》）。

380ページのこたえ
「蒸気船《じょうきせん》ウィリー」

おはなしクイズ　徳川光圀《とくがわみつくに》は、正《ただ》しい日本《にほん》の歴史《れきし》をかきのこすために何《なに》をつくることに力《ちから》を注《そそ》いだ？　こたえはつぎのページ

女性《じょせい》の心《こころ》をうたった歌人《かじん》
与謝野晶子《よさのあきこ》の誕生日《たんじょうび》

日本《にほん》
1878〜1942年《ねん》

12月7日

読《よ》んだ日《ひ》にち（　年　月　日）（　年　月　日）（　年　月　日）

人物

与謝野晶子《よさのあきこ》（本名《ほんみょう》は志《し》よう）は、一八七八年十二月七日《ねんじゅうにがつなのか》、大阪《おおさか》の大《おお》きなおかし屋《や》さんに生《う》まれました。十代《じゅうだい》のはじめごろから店《みせ》の手伝《てつだ》いをしていましたが、一番《いちばん》の楽《たの》しみは本《ほん》を読《よ》むことでした。

女学校《じょがっこう》を出《で》てからは短歌《たんか》に熱中《ねっちゅう》し、二十三歳《にじゅうさんさい》のときに、新《あたら》しい詩《し》や歌《うた》を発表《はっぴょう》していた雑誌《ざっし》『明星《みょうじょう》』に短歌《たんか》を送《おく》りました。

「まあ、わたしの短歌《たんか》がのっているわ！　六首《ろくしゅ》も！」

その三《さん》か月後《げつご》、晶子《あきこ》は『明星《みょうじょう》』をつくった与謝野鉄幹《よさのてっかん》に歌会《うたかい》ではじめて会《あ》いました。

「女性《じょせい》も、自分《じぶん》のあこがれを高《たか》らかにうたいあげるのです」と語《かた》る鉄幹《てっかん》に、晶子《あきこ》はすっかり心《こころ》をうばわれます。

「親《おや》や世間《せけん》がどう言《い》おうとかまわない。鉄幹様《てっかんさま》のもとへ行《い》きます」

晶子《あきこ》は親《おや》の反対《はんたい》をおしきって、東京《とうきょう》で鉄幹《てっかん》とくらし始《はじ》めました。

そして次《つぎ》の年《とし》、鉄幹《てっかん》のすすめではじめての歌集《かしゅう》『みだれ髪《がみ》』を出《だ》しました。鉄幹《てっかん》への熱《あつ》い思《おも》いをうたった短歌《たんか》は、多《おお》くの人《ひと》をおどろかせました。

「なんてはしたない」

当時《とうじ》は自由《じゆう》に恋愛《れんあい》をすることがむずかしい時代《じだい》でしたから、歌集《かしゅう》は悪《わる》く言《い》われました。

しかし、晶子《あきこ》はめげません。

その後《ご》も、短歌《たんか》や評論《ひょうろん》、童話《どうわ》、『源氏物語《げんじものがたり》』（404ページ）を現代《げんだい》の言葉《ことば》に訳《やく》すなど、広《ひろ》く仕事《しごと》をしました。

一九〇四年《ねん》に日露戦争《にちろせんそう》が始《はじ》まると、戦争《せんそう》に行《い》く弟《おとうと》のことを思《おも》い、「君死《きみし》にたまふことなかれ」という詩《し》を発表《はっぴょう》します。戦争反対《せんそうはんたい》をうたったこの詩《し》は、当時批判《とうじひはん》されましたが、家族《かぞく》への愛《あい》や命《いのち》を大切《たいせつ》にする晶子《あきこ》らしさが伝《つた》わってくる詩《し》です。

その後《ご》、鉄幹《てっかん》の仕事《しごと》がへり、十《じゅう》一人《いちにん》の子《こ》どもをかかえて、生活《せいかつ》は決《けっ》して楽《らく》ではありませんでした。

そんなときでも、晶子《あきこ》は鉄幹《てっかん》に「フランスで新《あたら》しい空気《くうき》をすっていらっしゃい」とすすめます。自《じ》作《さく》の和歌《わか》を百首手《ひゃくしゅて》がきした屏風《びょうぶ》を売《う》って、お金《かね》をつくりました。そして、晶子自身《あきこじしん》もパリへ向《む》かい、二人《ふたり》で文化《ぶんか》や芸術《げいじゅつ》などを学《まな》んだのです。

妻《つま》として母《はは》として歌人《かじん》として、強《つよ》く熱《あつ》い心《こころ》で生《い》きた晶子《あきこ》は、鉄幹《てっかん》が亡《な》くなった七年後《しちねんご》に、息《いき》を引《ひ》き取《と》りました。

381ページのこたえ
『大日本史《だいにほんし》』

この日《ひ》はほかにも…

★江戸《えど》・明治時代《めいじじだい》の政治家《せいじか》、西郷隆盛《さいごうたかもり》（299ページ）の誕生日《たんじょうび》（一八二七年《ねん》）

おはなしクイズ　与謝野晶子《よさのあきこ》がはじめて出《だ》した歌集《かしゅう》は？　こたえはつぎのページ

12月8日

日本《にほん》で最初《さいしょ》の日刊新聞《にっかんしんぶん》が刊行《かんこう》された日《ひ》

読《よ》んだ日《ひ》にち（　年　月　日）（　年　月　日）（　年　月　日）

はじめて

新聞《しんぶん》は、十七世紀《じゅうななせいき》にドイツでうまれました。十五世紀《じゅうごせいき》にヨハネス・グーテンベルクが活版印刷《かっぱんいんさつ》を発明《はつめい》したことで、ドイツでは印刷《いんさつ》技術《ぎじゅつ》が発達《はったつ》していたのです。

同《おな》じころ、江戸時代《えどじだい》の日本《にほん》には「かわら版《ばん》」というものがありました。ニュースを伝《つた》えるという点《てん》では新聞《しんぶん》の始《はじ》まりともいえますが、大《おお》きな出来事《できごと》があったときにつくられるもので、たいていは半《はん》紙《し》一枚《いちまい》ていどで、定期的《ていきてき》に発行《はっこう》されてはいませんでした。

では、今《いま》のような新聞《しんぶん》はいつから始《はじ》まったのでしょう。それには、船《ふね》の事故《じこ》により思《おも》いがけない人生《じんせい》を送《おく》った、浜田彦蔵《はまだひこぞう》という人《じん》物《ぶつ》が大《おお》きくかかわっています。

播磨国《はりまのくに》（今《いま》の兵庫県《ひょうごけん》）に生《う》まれた彦蔵《ひこぞう》は、一八五〇年《ねん》に船《ふな》のりを目指《めざ》して海《うみ》に出《で》ますが、最初《さいしょ》の航《こう》海《かい》で嵐《あらし》にあってしまいます。

五十日《ごじゅうにち》あまりも漂流《ひょうりゅう》したあと、アメリカの船《ふね》に助《たす》けられてサンフランシスコに行《い》き、そこでくらすことになりました。

彦蔵《ひこぞう》はアメリカで教育《きょういく》を受《う》け、アメリカ国籍《こくせき》を取《と》ってジョセフ・ヒコという名前《なまえ》になります。

その後《ご》、日本《にほん》にもどってきたヒコは通訳《つうやく》や貿易商《ぼうえきしょう》として活《かつ》やくしました。このころの日本《にほん》は、長《なが》くつづいていた鎖国《さこく》（外国《がいこく》との貿易《ぼうえき》などをやめること）を終《お》わらせ、外国《がいこく》と貿易《ぼうえき》をするようになっていたのです。

「開国《かいこく》したばかりの日本《にほん》は、今《いま》、大《おお》きく変《か》わろうとしている。これからの日本《にほん》のために役立《やくだ》つことがしたい」

そう考《かんが》えたヒコは、一八六四年《ねん》に、海外《かいがい》の新聞《しんぶん》をほんやくして編《へん》集《しゅう》した『海外新聞《かいがいしんぶん》』を発行《はっこう》しました。これが、日本《にほん》で定期的《ていきてき》に発行《はっこう》される有料《ゆうりょう》の新聞《しんぶん》の始《はじ》まりです。

その後《ご》、一八七〇年《ねん》（明治三《めいじさん》年《ねん》）十二月八日《じゅうにがつようか》に、今《いま》のように毎《まい》日刊行《にちかんこう》される日刊新聞《にっかんしんぶん》の『横浜毎《よこはまま》日新聞《にちしんぶん》』が発行《はっこう》されます。この新《しん》聞《ぶん》は、港町《みなとまち》である横浜《よこはま》らしく、貿《ぼう》易《えき》の情報《じょうほう》に力《ちから》を入《い》れていました。

『横浜毎日新聞創刊号《よこはままいにちしんぶんそうかんごう》』（復刻版《ふっこくばん》）

国立国会図書館資料

ヒコと『海外新聞《かいがいしんぶん》』

この日《ひ》はほかにも…

★真珠湾攻撃《しんじゅわんこうげき》が行《おこな》われた日《ひ》（一九四一年《ねん》）

382ページのこたえ 『みだれ髪《がみ》』

おはなしクイズ 日本初《にほんはつ》の日刊新聞《にっかんしんぶん》の名前《なまえ》は？

こたえはつぎのページ

日本初《にほんはつ》の世界遺産《せかいいさん》が誕生《たんじょう》した日《ひ》

12月9日

はじめて

読《よ》んだ日《ひ》にち（　　年　　月　　日）（　　年　　月　　日）（　　年　　月　　日）

世界中《せかいじゅう》のあちこちに「人類《じんるい》の宝《たから》物《もの》」といえるものがあります。たとえば、ほかでは見《み》ることができないりっぱなお城《しろ》や、めずらしい植物《しょくぶつ》や動物《どうぶつ》が生育《せいいく》する高原《こうげん》、美《うつく》しい町《まち》なみなどです。このような宝《たから》物《もの》を守《まも》り、子《こ》どもや孫《まご》、そのずっと先《さき》の世代《せだい》までのこしていくために、「世界遺産条約《せかいいさんじょうやく》」が定《さだ》められました。その条約《じょうやく》にもとづいて登《とう》録《ろく》されたものや場所《ばしょ》を、「世界遺《せかいい》産《さん》」といいます。

世界遺産《せかいいさん》は大《おお》きく三《みっ》つに分《わ》けられ、人類《じんるい》の歴史《れきし》をあらわす遺跡《いせき》や建物《たてもの》などの「文化遺産《ぶんかいさん》」、美《うつく》しい自然《しぜん》やめずらしい植物《しょくぶつ》や動物《どうぶつ》が生《せい》育《いく》する地域《ちいき》などの「自然遺産《しぜんいさん》」、文化遺産《ぶんかいさん》と自然遺産《しぜんいさん》の両方《りょうほう》の価値《かち》をそなえている「複合遺産《ふくごういさん》」です。

日本《にほん》ではじめて世界遺産《せかいいさん》に登録《とうろく》されたのは、奈良県《ならけん》の法隆寺地域《ほうりゅうじちいき》の仏教建造物《ぶっきょうけんぞうぶつ》、兵庫県《ひょうごけん》の姫路城《ひめじじょう》、鹿児島県《かごしまけん》の屋久島《やくしま》、青森県《あおもりけん》と秋田《あきた》県《けん》の白神山地《しらかみさんち》。この四《よっ》つが、一九九三年十二月九日《ねんじゅうにがつここのか》に世界遺産《せかいいさん》になりました。

もともと、世界遺産《せかいいさん》は貴重《きちょう》な遺《い》跡《せき》を守《まも》るためにうまれました。一九六〇年代《ねんだい》、エジプトとスーダンの国境《こっきょう》にあるヌビア遺跡《いせき》は、ダムをつくるために水《みず》にしずんでしまうところでした。それを止《と》めるために始《はじ》まった運動《うんどう》がきっかけです。工業化《こうぎょうか》が進《すす》み、新《あたら》しい道《みち》や橋《はし》をつくったり、町《まち》を広《ひろ》げたりすることで、自然《しぜん》がうしなわれたり、古《ふる》くからの建物《たてもの》がこわされたりということが世界各地《せかいかくち》で問題《もんだい》になっていました。そこで、「人類《じんるい》の大《たい》切《せつ》な宝物《たからもの》は、国境《こっきょう》をこえてみんなで守《まも》っていくべきだ」という考《かんが》えが広《ひろ》まり、ユネスコ（国際連合教《こくさいれんごうきょう》育科学文化機関《いくかがくぶんかきかん》）で取《と》り決《き》めができたのです。

現在《げんざい》、世界遺産《せかいいさん》に登録《とうろく》されているものは、千百件近《せんひゃっけんちか》くにのぼっています。そのうち、日本《にほん》にあるのは二十件《にじっけん》ほどです。世界遺産《せかいいさん》に登《とう》録《ろく》されると、観光客《かんこうきゃく》が増《ふ》え、地域《ちいき》の活性化《かっせいか》にもつながりますが、観《かん》光客《こうきゃく》が増《ふ》えすぎて、自然破壊《しぜんはかい》や町《まち》の風景《ふうけい》がこわされるといった問題《もんだい》もあります。人類《じんるい》の宝物《たからもの》をどう守《まも》っていくか、みんなで考《かんが》えつづけることが大切《たいせつ》なのです。

この日《ひ》はほかにも…

★明治《めいじ》・大正時代《たいしょうじだい》の小説家《しょうせつか》、夏目漱《なつめそう》石《せき》（20ページ）の命日《めいにち》（一九一六年《ねん》）

★障《しょう》がいをもつ人《ひと》の基本的人権《きほんてきじんけん》や支援《しえん》を受《う》ける権利《けんり》などをしめした「障害者《しょうがいしゃ》の権利宣言《けんりせんげん》」が採択《さいたく》された日《ひ》（一九七五年《ねん》）

383ページのこたえ 『横浜毎日新聞《よこはまいにちしんぶん》』

おはなしクイズ　1993年《ねん》にはじめて登録《とうろく》された日本《にほん》の世界遺産《せかいいさん》の数《かず》は？　こたえはつぎのページ

ノーベル賞《しょう》のきっかけとなった ノーベルが亡《な》くなった日《ひ》

スウェーデン
1833〜1896年《ねん》

読《よ》んだ日《ひ》にち（　年　月　日）（　年　月　日）（　年　月　日）

人物

「ノーベル賞《しょう》」の授与式《じゅよしき》は、毎年《まいとし》十二月十日《じゅうにがつとおか》に行《おこな》われます。この世界的《せかいてき》な賞《しょう》は、化学者《かがくしゃ》のアルフレッド・ノーベルの平和《へいわ》を願《ねが》う思《おも》いからうまれたものです。

一八三三年《ねん》にスウェーデンで生《う》まれたノーベルが十七歳《じゅうななさい》になったある日《ひ》のこと、お父《とう》さんがこう言《い》いました。

「アルフレッドよ、外国《がいこく》をまわって火薬《かやく》の勉強《べんきょう》をしてほしい。工場《こうじょう》に最新《さいしん》の技術《ぎじゅつ》を取《と》り入《い》れたいのだ」

ノーベルのお父《とう》さんは、自分《じぶん》が発明《はつめい》した火薬《かやく》を使《つか》った商品《しょうひん》をつくって売《う》る仕事《しごと》をしていました。火薬《かやく》は戦争《せんそう》でも用《もち》いられましたが、鉱山《こうざん》で石炭《せきたん》などをほり出《だ》すためにも必要《ひつよう》とされていたのです。

こうして、ノーベルは約二年《やくにねん》かけていろいろな国《くに》をまわり、新《あたら》しい技術《ぎじゅつ》を学《まな》んでいきます。

そしてスウェーデンに帰《かえ》ると、今《いま》までの火薬《かやく》の六倍以上《ろくばいいじょう》もの爆発力《ばくはつりょく》がある、新《あたら》しい爆薬《ばくやく》「ニトログリセリン」を実用化《じつようか》させます。このニトログリセリンは、液体《えきたい》であることが特徴《とくちょう》でした。

しかし、わずかな衝撃《しょうげき》で爆発《ばくはつ》してしまう危険性《きけんせい》があり、ノーベルもそのことを心配《しんぱい》していました。

あるとき、おそれていたことが起《お》こります。お父《とう》さんの工場《こうじょう》が爆発《ばくはつ》し、ノーベルの弟《おとうと》をふくむ五人《ごにん》が亡《な》くなったのです。

その後《ご》ノーベルは、悲《かな》しみをのりこえて、かんたんには爆発《ばくはつ》しない爆薬《ばくやく》の開発《かいはつ》を進《すす》めました。

「液体《えきたい》に何《なに》かをまぜ合《あ》わせて、固体《こたい》にすればいいのでは？」

そう考《かんが》え、いろいろなもので試《ため》した結果《けっか》、海《うみ》の底《そこ》にある「けいそう土《ど》」とまぜ合《あ》わせるのが一番《いちばん》だという結論《けつろん》に達《たっ》しました。

こうしてうまれた新《あたら》しい爆薬《ばくやく》が、「ダイナマイト」です。

しかし、ダイナマイトは世《よ》の中《なか》の役《やく》に立《た》つばかりではなく、戦争《せんそう》でも使《つか》われ、多《おお》くの人《ひと》の命《いのち》をうばうことになりました。

ダイナマイトの売《う》り上《あ》げで大金《おおがね》持《も》ちになったノーベルですが、とても心《こころ》を痛《いた》めます。そこで、「わたしの死後《しご》、わたしの財産《ざいさん》の利子《りし》を、人類《じんるい》に役立《やくだ》つ仕事《しごと》をした人《ひと》に分《わ》けてください」という遺言《ゆいごん》をのこすのです。これが、ノーベル賞《しょう》の始《はじ》まりです。

ノーベルは、一八九六年十二月《ねんじゅうにがつ》十日《とおか》に亡《な》くなりました。

この日《ひ》はほかにも…

★人権《じんけん》デー
国際《こくさい》デーの一《ひと》つ。「世界人権宣言《せかいじんけんせんげん》」が採択《さいたく》されたことにちなむ。

384ページのこたえ　四《よっ》つ

おはなしクイズ　ノーベルが発明《はつめい》した、すぐには爆発《ばくはつ》しない爆薬《ばくやく》の名前《なまえ》は？

こたえはつぎのページ

おそろしい感染症《かんせんしょう》を研究《けんきゅう》した
コッホの誕生日《たんじょうび》

ドイツ
1843〜1910年《ねん》

12月11日

読《よ》んだ日《ひ》にち（　　年　　月　　日）（　　年　　月　　日）（　　年　　月　　日）

人物

結核《けっかく》やコレラは、かつて治療法《ちりょうほう》がなく、「死《し》の病《やまい》」とおそれられていました。その結核《けっかく》やコレラの原因《げんいん》となる細菌《さいきん》を発見《はっけん》して、予防《よぼう》や治療《ちりょう》につなげたのが、ロベルト・コッホです。この研究《けんきゅう》により、コッホは、一九〇五年《ねん》にノーベル生理学《せいりがく》・医学賞《いがくしょう》を受賞《じゅしょう》しました。

コッホは一八四三年《ねん》十二月《じゅうにがつ》十一《じゅういち》日《にち》に、ドイツの炭坑《たんこう》の村《むら》に生《う》まれます。お父《とう》さんからはくつ職人《しょくにん》になるようにすすめられましたが、コッホは大学《だいがく》の医学部《いがくぶ》に進学《しんがく》し、小《ちい》さな町《まち》で診療所《しんりょうじょ》を開《ひら》きました。

しかし、なおらない病気《びょうき》で苦《くる》しむ人《ひと》を見《み》て、なやむようになります。そんなとき、二十八歳《にじゅうはっさい》のコッホの誕生日《たんじょうび》に、妻《つま》が顕微鏡《けんびきょう》をプレゼントしてくれました。

コッホは顕微鏡《けんびきょう》で病気《びょうき》の原因《げんいん》となる細菌《さいきん》を研究《けんきゅう》するようになり、三十三歳《さんじゅうさんさい》で「炭疽《たんそ》」という病気《びょうき》の原因《げんいん》となる「炭疽菌《たんそきん》」をつきとめます。細菌《さいきん》の研究者《けんきゅうしゃ》ではなく、名前《なまえ》も知《し》られていないコッホが炭疽《たんそ》菌《きん》を発見《はっけん》したという知《し》らせは、世界中《せかいじゅう》の人《ひと》びとをおどろかせました。コッホの研究方法《けんきゅうほうほう》は、その後《ご》の細菌学《さいきんがく》の基礎《きそ》になります。

その後《ご》、コッホはドイツの衛生《えいせい》研究所《けんきゅうじょ》の所長《しょちょう》となって研究《けんきゅう》をつづけ、結核菌《けっかくきん》やコレラ菌《きん》を発見《はっけん》します。また、病気《びょうき》の予防《よぼう》や、治療《ちりょう》の研究《けんきゅう》にも取《と》り組《く》みました。コッホのもとには世界中《せかいじゅう》からわかい研究《けんきゅう》者《しゃ》が集《あつ》まり、その中《なか》には、日本《にほん》の細菌学者《さいきんがくしゃ》、北里柴三郎《きたさとしばさぶろう》（379ページ）もいました。コッホは弟子《でし》たちに言《い》いました。「目《め》には見《み》えないおそろしい病原菌《びょうげんきん》とのたたかいに、決《けっ》して降参《こうさん》するな」と。コッホは、人類《じんるい》を感染症《かんせんしょう》から救《すく》った恩人《おんじん》といわれています。

385ページのこたえ
ダイナマイト

この日《ひ》はほかにも…

★「核兵器《かくへいき》を持《も》たず、つくらず、持《も》ちこませず」という「非核三原則《ひかくさんげんそく》」が表明《ひょうめい》された日《ひ》（一九六七年《ねん》）

★百円札《ひゃくえんさつ》にかわり、鳳凰《ほうおう》デザインの百円玉《ひゃくえんだま》が登場《とうじょう》した日《ひ》（一九五七年《ねん》）

おはなしクイズ 28歳《さい》のコッホの誕生日《たんじょうび》に、妻《つま》がプレゼントしたものは？

こたえはつぎのページ

12月12日

不安《ふあん》や苦《くる》しみを表現《ひょうげん》した画家《がか》 ムンクが生《う》まれた日《ひ》

ノルウェー
1863～1944年《ねん》

読《よ》んだ日《ひ》にち（　年　月　日）（　年　月　日）（　年　月　日）

人物

ムンクの代表作《だいひょうさく》、「叫《さけ》び」を知《し》っていますか。名前《なまえ》は知《し》らなくても、見《み》たことがある人《ひと》は多《おお》いでしょう。大《おお》きく口《くち》を開《あ》けて両手《りょうて》で耳《みみ》をふさいでいる、がいこつのような人物《じんぶつ》のイメージは、まんがやデザイン、絵文字《えもじ》などいろいろなものに使《つか》われています。

エドヴァルド・ムンクは、一八六三年十二月十二日《ねんじゅうにがつじゅうににち》、ノルウェーで医者《いしゃ》の子《こ》として生《う》まれました。

小《ちい》さいころにお母《かあ》さんとお姉《ねえ》さんが結核《けっかく》という病気《びょうき》で亡《な》くなり、自分《じぶん》も体《からだ》が弱《よわ》かったことから、いつも病気《びょうき》や死《し》への心配《しんぱい》が頭《あたま》をはなれなかったといいます。

ムンクは画家《がか》を目指《めざ》してオスロの美術学校《びじゅつがっこう》に入《はい》り、卒業後《そつぎょうご》の一八九二年《ねん》にはドイツのベルリンで展覧会《てんらんかい》を開《ひら》きました。

「すばらしい。不安《ふあん》やおそれ、孤独《こどく》などの人間《にんげん》の心《こころ》があらわれている」

「ひどい絵《え》だ！　展覧会《てんらんかい》をすぐにやめさせろ」

いろいろな意見《いけん》が出《で》て大《おお》さわぎになり、展覧会《てんらんかい》は一週間《いっしゅうかん》で打《う》ち切《き》りになりました。

しかし、これをきっかけにムンクをおうえんする人《ひと》たちがあらわれ、いろいろな国《くに》で活《かつ》やくすることになります。

ムンクは一九〇八年《ねん》に精神《せいしん》が不《ふ》安定《あんてい》になって入院《にゅういん》しますが、翌《よく》年《ねん》、退院《たいいん》し、ノルウェーにもどってオスロで落《お》ち着《つ》きます。それからは、明《あか》るい色《いろ》のおだやかな絵《え》をかくようになりました。

一九四四年《ねん》に八十歳《はちじっさい》で亡《な》くなったムンクの絵《え》は、今《いま》でも世界各国《せかいかっこく》で親《した》しまれています。

ところで、「叫《さけ》び」の絵《え》の人《ひと》は、実《じつ》はさけんでいません。口《くち》を開《あ》けているので、この人物《じんぶつ》がさけんでいると思《おも》っている人《ひと》も多《おお》いのですが、そうではないのです。

「自然《しぜん》をつんざく、終《お》わりのないさけび声《ごえ》を感《かん》じた」と、ムンクは日記《にっき》にかいています。つまり、この人《ひと》はだれかのさけび声《ごえ》をきいて、耳《みみ》をふさいでいるのです。

「叫《さけ》び」（1895年《ねん》）

この日《ひ》はほかにも…

★明治時代《めいじじだい》の教育家《きょういくか》、福沢諭吉《ふくざわゆきち》（366ページ）が生《う》まれた日《ひ》（一八三四年《ねん》）

★漢字《かんじ》の日《ひ》

一（いい）二（じ）一（いち）二（じ）、「いい字《じ》一字《いちじ》」のゴロ合《あ》わせから。この日《ひ》に京都《きょうと》の清水寺《きよみずでら》で「今年《ことし》の漢字《かんじ》」が発表《はっぴょう》される。

386ページのこたえ　顕微鏡《けんびきょう》

おはなしクイズ　ムンクの代表作《だいひょうさく》は？　こたえはつぎのページ

鈴木梅太郎《すずきうめたろう》がオリザニン（ビタミンB_1《ビーワン》）を発表《はっぴょう》した日《ひ》

12月13日

歴史

読《よ》んだ日《ひ》にち（　　年　　月　　日）（　　年　　月　　日）（　　年　　月　　日）

ビタミンは、わたしたちが健康《けんこう》にくらしていくのに必要《ひつよう》な栄養素《えいようそ》です。

農学博士《のうがくはかせ》の鈴木梅太郎《すずきうめたろう》が、オリザニン（ビタミンB_1《ビーワン》）を発見《はっけん》する前《まえ》は、足《あし》がしびれたりむくんだりする「かっけ」という病気《びょうき》は原因《げんいん》がわからない、こわい病気《びょうき》でした。江戸時代《えどじだい》には、地方《ちほう》から江戸《えど》（今《いま》の東京《とうきょう》）に出《で》た人《ひと》がよくかかるので「江戸《えど》わずらい」といわれていました。明治時代《めいじじだい》に入《はい》ると、軍隊《ぐんたい》の兵士《へいし》の中《なか》に、かっけになる人《ひと》が続出《ぞくしゅつ》します。

そのころ梅太郎《うめたろう》は、米《こめ》にふくまれている栄養素《えいようそ》の研究《けんきゅう》をしていました。その研究《けんきゅう》のとちゅうで、玄米《げんまい》を食《た》べているハトは元気《げんき》なのに、玄米《げんまい》からぬかをのぞいた白米《はくまい》だけを食《た》べているハトは、しだいに弱《よわ》ることに気《き》がついたのです。白米《はくまい》だけを食《た》べているハトは、やせて脚《あし》を引《ひ》きずり始《はじ》め、やがて動《うご》けなくなりました。人間《にんげん》のかっけとそっくりなのです。

調《しら》べると、オランダの学者《がくしゃ》が「ニワトリのかっけの症状《しょうじょう》には、ぬかにふくまれる成分《せいぶん》がきく」という報告《ほうこく》をしていました。

梅太郎《うめたろう》はさまざまな実験《じっけん》をくり返《かえ》し、ぬかの中《なか》からかっけにきく成分《せいぶん》を取《と》り出《だ》すことに成功《せいこう》、新《あたら》しい栄養素《えいようそ》であることをつき止《と》めます。それは「オリザニン」と名《な》づけられ、一九一〇年《ねん》十二月《じゅうにがつ》十三日《じゅうさんにち》に東京化学会《とうきょうかがくかい》で発表《はっぴょう》されました。残念《ざんねん》なことに、外国《がいこく》の学者《がくしゃ》が同《おな》じものを「ビタミン（B_1《ビーワン》）」として世界《せかい》に発表《はっぴょう》したため、梅太郎《うめたろう》は世界《せかい》に名《な》をのこすことができませんでした。しかし、その後《ご》もたくさんの研究《けんきゅう》を成《な》しとげ、わたしたちの健康《けんこう》のために力《ちから》をつくしたのです。

この日《ひ》はほかにも…

★正月事始《しょうがつことはじ》め

むかしはこの日《ひ》に門松《かどまつ》や雑煮《ぞうに》をたくためのまきなど、正月《しょうがつ》（16ページ）に必要《ひつよう》な木《き》を山《やま》へとりに行《い》った。

387ページのこたえ
「叫《さけ》び」

おはなしクイズ　鈴木梅太郎《すずきうめたろう》が発見《はっけん》したビタミンB_1《ビーワン》は、何《なん》と名《な》づけられた？　こたえはつぎのページ

12月14日

赤穂浪士《あこうろうし》が殿様《とのさま》のためにかたきうちをした日《ひ》

読《よ》んだ日《ひ》にち（　年　月　日）（　年　月　日）（　年　月　日）

歴史

　一七〇一年《ねん》（元禄十四年《げんろくじゅうよねん》）三《さん》月《がつ》、江戸城《えどじょう》で大事件《だいじけん》が起《お》こりました。赤穂藩《あこうはん》（今《いま》の兵庫県《ひょうごけん》）の殿《との》様《さま》、浅野内匠頭長矩《あさのたくみのかみながのり》が幕府《ばくふ》の儀式《ぎしき》を取《と》りしきる吉良上野介義央《きらこうずけのすけよしなか》にきりかかったのです。

「うらみをはらしてやる！」

　まわりの人《ひと》が止《と》め、吉良《きら》の命《いのち》は助《たす》かりました。浅野《あさの》がきりかかったのには理由《りゆう》がありました。浅野《あさの》は京都《きょうと》の朝廷《ちょうてい》の使者《ししゃ》をもてなす役《やく》を命《めい》じられ、その方法《ほうほう》を吉良《きら》に教《おそ》わっていました。ところが、吉良《きら》は浅野《あさの》にいろいろと意地悪《いじわる》をしてこまらせていたのです。

　お城《しろ》の中《なか》で刀《かたな》をぬくことは重《おも》い罪《つみ》です。幕府《ばくふ》は浅野《あさの》に切腹《せっぷく》を命《めい》じ、赤穂藩《あこうはん》は取《と》りつぶされることになりました。家臣《かしん》（家来《けらい》）たちは城《しろ》から出《で》ていかなければならず、浪士《ろうし》（仕《つか》える主君《しゅくん》をもたない武士《ぶし》）という身分《みぶん》になります。

　いっぽう、吉良《きら》は何《なん》の罰《ばつ》も受《う》けません。そのことに浪士《ろうし》たちは腹《はら》を立《た》てます。けんかをしたらどちらも罰《ばつ》を受《う》けるのが、武士《ぶし》の世界《せかい》ではふつうだったからです。

　赤穂藩《あこうはん》の家老《かろう》（家臣《かしん》の長《ちょう》）、大《おお》石内蔵助良雄《いしくらのすけよしお》のところに「殿《との》のかたきをうちたい」という浪士《ろうし》が集《あつ》まり、大石《おおいし》も「やろう」と約束《やくそく》します。しかし、大石《おおいし》はなかなか腰《こし》を上《あ》げようとしません。実《じつ》は、これは吉良《きら》をゆだんさせる作戦《さくせん》だったのです。

　浅野《あさの》が切腹《せっぷく》して一年以上《いちねんいじょう》がたった一七〇二年《ねん》（元禄十五年《げんろくじゅうごねん》）、大《おお》石《いし》たちはこっそりと江戸《えど》（今《いま》の東《とう》京《きょう》）に入《はい》り、吉良《きら》が家《いえ》にいる日《ひ》をさぐりました。それが十二月十四《じゅうにがつじゅうよっ》日《か》だとわかり、この日《ひ》の深夜《しんや》、大《おお》石《いし》たち四十七人《よんじゅうしちにん》の浪士《ろうし》は吉良家《きらけ》へ向《む》かいます。

「殿《との》のうらみをはらすときだ！」

　大石《おおいし》の号令《ごうれい》で浪士《ろうし》たちは吉良家《きらけ》にしのびこみました。ところが、吉良《きら》はにげたあとでした。

「布団《ふとん》は温《あたた》かい。まだ近《ちか》くにいるはずだ」

　そばの物置《ものおき》で音《おと》がし、浪士《ろうし》たちは戸《と》を開《あ》けて飛《と》びこみます。そして、かくれていた吉良《きら》を引《ひ》きずり出《だ》し、大石《おおいし》が「お命《いのち》、ちょうだいいたす」ときりつけました。ついに殿様《とのさま》のかたきをうったのです。

　赤穂浪士《あこうろうし》たちのあだうちに、江《え》戸《ど》の人《ひと》びとは拍手《はくしゅ》を送《おく》りました。しかし幕府《ばくふ》は「罪《つみ》は罪《つみ》である」として、大石《おおいし》たち全員《ぜんいん》に切腹《せっぷく》を命《めい》じます。

　この話《はなし》は、「忠臣蔵《ちゅうしんぐら》」として舞《ぶ》台《たい》や映画《えいが》、小説《しょうせつ》などを通《とお》して、現《げん》在《ざい》も語《かた》りつがれています。

この日《ひ》はほかにも…

★ノルウェーの探検家《たんけんか》、アムンセン（227ページ）が世界《せかい》ではじめて南極《なんきょく》点《てん》に到達《とうたつ》した日《ひ》（一九一一年《ねん》）

388ページのこたえ
オリザニン

おはなしクイズ　吉良家《きらけ》にうち入《い》りに向《む》かった赤穂浪士《あこうろうし》は何人《なんにん》？

こたえはつぎのページ

子《こ》どもへの愛《あい》にあふれる絵本画家《えほんがか》
いわさきちひろの誕生日《たんじょうび》

日本《にほん》
1918〜1974年《ねん》

読《よ》んだ日《ひ》にち（　　年　　月　　日）（　　年　　月　　日）（　　年　　月　　日）

いわさきちひろは、子《こ》どもをテーマに絵《え》をかいた人物《じんぶつ》です。

ちひろは一九一八年十二月十五日《ねんじゅうにがつじゅうごにち》、福井県《ふくいけん》に生《う》まれ、東京《とうきょう》で育《そだ》ちました。小《ちい》さいころから絵《え》が得意《とくい》だったちひろは、十四歳《じゅうよんさい》のときに有名《ゆうめい》な画家《がか》のアトリエ（芸術家《げいじゅつか》の仕事場《しごとば》）に通《かよ》い、展覧会《てんらんかい》で賞《しょう》をもらうようになります。十八歳《じゅうはっさい》から学《まな》び始《はじ》めた書道《しょどう》も、ちひろの画風《がふう》に大《おお》きな影響《えいきょう》をあたえています。

一九四五年《ねん》、長《なが》くつづいていた戦争《せんそう》が終《お》わりました。戦後《せんご》、ちひろは童画家《どうがか》として活《かつ》やくしながら、水彩絵《すいさいえ》の具《ぐ》のにじみやぼかしをいかしたやわらかいタッチで、赤《あか》ちゃんや子《こ》ども、季節《きせつ》の花《はな》ばなをえがく、独自《どくじ》の画風《がふう》をつくり上《あ》げていきます。そして、さまざまな賞《しょう》を受賞《じゅしょう》するようになり、売《う》れっ子童画家《こどうがか》として広《ひろ》く知《し》られるようになりました。

そのころは、さし絵《え》やイラストをかく人《ひと》の地位《ちい》がひくい時代《じだい》でした。ちひろが、さし絵《え》やイラストの大切《たいせつ》さを人《ひと》びとに気《き》づかせてくれたのです。

子《こ》どもたちが遊《あそ》んでいる姿《すがた》を見《み》るのが大好《だいす》きだったちひろは、自《じ》分《ぶん》の息子《むすこ》が友《とも》だちと庭《にわ》で遊《あそ》ぶ姿《すがた》をスケッチすることもありました。そんなちひろがえがく子《こ》どもはいきいきとしていて、「うちの子《こ》を見《み》ているみたい」と、多《おお》くのお母《かあ》さんたちに親《した》しまれました。

いわさきちひろ
「指人形《ゆびにんぎょう》で遊《あそ》ぶ子《こ》どもたち」
（1966年《ねん》）

画像提供:公益財団法人いわさきちひろ記念事業団

一九六八年《ねん》には『あめのひのおるすばん』という絵本《えほん》を出版《しゅっぱん》します。雨《あめ》の日《ひ》にはじめて一人《ひとり》で留守《るす》番《ばん》をする女《おんな》の子《こ》の心《こころ》を絵《え》で表現《ひょうげん》したこの絵本《えほん》は、「感《かん》じる絵本《えほん》」とよばれ、絵本《えほん》の新《あたら》しい可能性《かのうせい》を開《ひら》きました。

また、自分自身《じぶんじしん》が戦争《せんそう》を体験《たいけん》したちひろは、戦争《せんそう》に反対《はんたい》する絵本《えほん》の製作《せいさく》にも力《ちから》を入《い》れていました。

「世界中《せかいじゅう》の子《こ》どもみんなに　平和《へいわ》と　幸《しあわ》せを」

そんな言葉《ことば》をのこしたちひろの、やさしさと平和《へいわ》を求《もと》める強《つよ》い気持《きも》ちからうまれた数《かず》かずの作品《さくひん》は、今《いま》も多《おお》くの人《ひと》びとに愛《あい》されつづけています。

この日《ひ》はほかにも…

★放射線《ほうしゃせん》を発見《はっけん》したフランスの物理学者《ぶつりがくしゃ》、アンリ・ベクレルの誕生日《たんじょうび》（一八五二年《ねん》）

389ページのこたえ　四十七人《よんじゅうしちにん》

おはなしクイズ　1968年《ねん》に出版《しゅっぱん》した、いわさきちひろの絵本《えほん》は？　こたえはつぎのページ

12月16日　日本《にほん》で電話事業《でんわじぎょう》が始《はじ》まった日《ひ》

読《よ》んだ日《ひ》にち（　　年　　月　　日）（　　年　　月　　日）（　　年　　月　　日）

はじめて

十二月十六日《じゅうにがつじゅうろくにち》は「電話創業《でんわそうぎょう》の日《ひ》」です。一八九〇年《ねん》のこの日《ひ》に、東京市《とうきょうし》（今《いま》の東京二十三区《とうきょうにじゅうさんく》）内《ない》と神奈川県横浜市内《かながわけんよこはましない》の間《あいだ》で日本《にほん》初《はつ》の電話事業《でんわじぎょう》が始《はじ》まったのです。創業当時《そうぎょうとうじ》、電話加入者数《でんわかにゅうしゃすう》は東京《とうきょう》が百五十五回線《ひゃくごじゅうごかいせん》、横浜《よこはま》が四十二回《よんじゅうにかい》線《せん》とわずかな数《かず》でした。

はじめのころの電話機《でんわき》には、プッシュボタン（おしボタン）もダイヤルもありません。ではいったい、どうやって電話《でんわ》をかけたのでしょう。

まず、電話機《でんわき》のハンドルをまわして受話器《じゅわき》を取《と》ります。すると電《でん》話局《わきょく》の交換手《こうかんしゅ》が出《で》るので、交換手《こうかんしゅ》にかけたい相手《あいて》を伝《つた》え、電話《でんわ》を切《き》ります。すると、交換手《こうかんしゅ》が相手《あいて》の電話線《でんわせん》につなぎます。電話《でんわ》をかけた人《ひと》が待《ま》っていると間《ま》もなく電話《でんわ》局《きょく》から電話《でんわ》がかかってきて、相手《あいて》とつながったか、つながらなかったかを交換手《こうかんしゅ》が教《おし》えてくれます。つながった場合《ばあい》は交換手《こうかんしゅ》との電話《でんわ》が切《き》りかわり、ようやく相手《あいて》と話《はな》せるようになります。通話《つうわ》を終《お》えて電話《でんわ》を切《き》るときは、ふたたびハンドルをまわして、交換手《こうかんしゅ》に合図《あいず》します。このように、電話《でんわ》をかけるのはとても手間《てま》がかかることだったのです。

電話《でんわ》が普及《ふきゅう》すると、交換手《こうかんしゅ》の仕《し》事《ごと》は増《ふ》えていき、一時《いちじ》は多《おお》くの人《ひと》が交換手《こうかんしゅ》として働《はたら》いていました。

しかし、一九二六年《ねん》からだんだんと「交換手《こうかんしゅ》」にかわる「自動交換《じどうこうかん》機《き》」が導入《どうにゅう》されるようになります。つまり、人間《にんげん》がやっていた仕《し》事《ごと》を機械《きかい》が自動的《じどうてき》にやるようになったのです。

自動交換機《じどうこうかんき》の登場《とうじょう》と同時《どうじ》に、電《でん》話機《わき》はダイヤル式《しき》になりました。相手《あいて》の電話番号《でんわばんごう》をまわすと、交換《こうかん》手《しゅ》を通《とお》すことなく、直接相手《ちょくせつあいて》に電《でん》話《わ》がかかるようになったのです。

そして、一九六九年《ねん》に今《いま》と同《おな》じプッシュ式電話機《しきでんわき》が登場《とうじょう》し、少《すこ》しずつ数《かず》が増《ふ》えていきます。その後《ご》、ダイヤル式《しき》はへっていき、今《いま》ではほとんどの電話《でんわ》がプッシュ式《しき》になりました。また、インターネット技術《ぎじゅつ》を利用《りよう》して通話《つうわ》するI《アイ》P《ピー》電話《でんわ》もあります。

はじめのころの電話機《でんわき》

この日《ひ》はほかにも…

★日本海軍最大《にほんかいぐんさいだい》の戦艦《せんかん》「大和《やまと》」が完《かん》成《せい》した日《ひ》（一九四一年《ねん》）

390ページのこたえ　『あめのひのおるすばん』

おはなしクイズ　電話創業当初《でんわそうぎょうとうしょ》、電話《でんわ》をつなぐ仕事《しごと》をする人《ひと》たちを何《なん》とよんだ？

こたえはつぎのページ

ライト兄弟《きょうだい》が有人《ゆうじん》飛行《ひこう》実験《じっけん》に成功《せいこう》した日《ひ》

12月17日

読《よ》んだ日《ひ》にち（　　年　　月　　日）（　　年　　月　　日）（　　年　　月　　日）

歴史

ライト兄弟《きょうだい》はアメリカのオハイオ州《しゅう》にあるデイトンで育《そだ》ちました。兄《あに》のウィルバー・ライト、弟《おとうと》のオービル・ライトは四歳《よんさい》ちがいで、とても仲《なか》がよく、いつもいっしょに遊《あそ》んでいました。

ウィルバーが十一歳《じゅういっさい》、オービルが七歳《ななさい》の、ある冬《ふゆ》の日《ひ》でした。二人《ふたり》は友《とも》だちと競走《きょうそう》する雪《ゆき》ぞりがほしいと、お母《かあ》さんにたのみます。お母《かあ》さんは二人《ふたり》にどんなそりがほしいのかをきいて図面《ずめん》をかくと、そのとおりに自分《じぶん》たちでつくるように言《い》いました。雪《ゆき》や風《かぜ》の抵《てい》抗《こう》を考《かんが》えたそりは友《とも》だちのそりより速《はや》くて、二人《ふたり》はびっくりしました。図面《ずめん》をかいて、こつこつしっかりとつくることの大切《たいせつ》さを学《まな》んだのです。

大人《おとな》になっても二人《ふたり》は仲《なか》がよく、いっしょに自転車《じてんしゃ》のお店《みせ》をつくります。ある日《ひ》、グライダーで空《そら》を飛《と》んだオットー・リリエンタールというパイロットが墜落《ついらく》して亡《な》くなったことを知《し》りました。

「兄《にい》さん、今度《こんど》はぼくたちが空《そら》を飛《と》んでみせようよ」

「そうだな、二人《ふたり》で力《ちから》を合《あ》わせてやってみよう」

まだ、風《かぜ》にのって飛《と》ぶグライダーか熱気球《ねつききゅう》（362ページ）しか、空《そら》を飛《と》ぶ方法《ほうほう》がない時代《じだい》のことです。ライト兄弟《きょうだい》が考《かんが》えたのは、エンジンの動力《どうりょく》を使《つか》って、風《かぜ》の力《ちから》をかりずに、自分《じぶん》の力《ちから》で空《そら》を飛《と》ぶのりもの「飛行機《ひこうき》」でした。

二人《ふたり》は、まず図面《ずめん》をかいてグライダーをつくり、グライダーで飛《と》ぶことに成功《せいこう》すると、今度《こんど》はエンジンをのせてみました。

一九〇三年十二月十七日《せんきゅうひゃくさんねんじゅうにがつじゅうしちにち》。場所《ばしょ》はアメリカのキティホークという町《まち》の海岸《かいがん》です。「フライヤー号《ごう》」と名《な》づけられた機体《きたい》には、弟《おとうと》のオービルがのりました。ウィルバーがプロペラをまわしてエンジンをかけると、フライヤー号《ごう》は地《じ》面《めん》を走《はし》り出《だ》します。そして、ついに飛行《ひこう》に成功《せいこう》したのです。この日《ひ》四回飛行《よんかいひこう》し、最高記録《さいこうきろく》は高度《こうど》四《よん》・二《に》メートル、距離《きょり》二百五十九《にひゃくごじゅうきゅう》・七《なな》メートル、飛行時間《ひこうじかん》は五十九秒《ごじゅうきゅうびょう》でした。

その後《ご》の実験《じっけん》で飛行距離《ひこうきょり》や時間《じかん》はのびていきました。やがて、世《せ》界中《かいじゅう》の国《くに》が二人《ふたり》の発明《はつめい》に注目《ちゅうもく》するようになりました。そして現在《げんざい》、飛行機《ひこうき》はわたしたちの生活《せいかつ》になくてはならないものになったのです。

この日《ひ》はほかにも…

★『にんげんだもの』をかいた詩《し》人《じん》、相田《あいだ》みつをの命日《めいにち》（一九九一年《ねん》）

391ページのこたえ
交換手《こうかんしゅ》

おはなしクイズ　最初《さいしょ》に空《そら》を飛《と》んだのは、兄《あに》のウィルバー？　弟《おとうと》のオービル？

こたえはつぎのページ

さまざまな発明《はつめい》をした天才《てんさい》 平賀源内《ひらがげんない》が亡《な》くなった日《ひ》

日本《にほん》
1728〜1779年《ねん》

読《よ》んだ日《ひ》にち（　年　月　日）（　年　月　日）（　年　月　日）

人物

「あっ、かけじくを見《み》てみろよ」

「天神様《てんじんさま》の顔《かお》が赤《あか》くなっているぞ。さっきまでは白《しろ》かったのに」

四方吉《よもきち》（のちの平賀源内《ひらがげんない》）は、みんながおどろくのを見《み》て、よろこんでいました。実《じつ》は、天神様《てんじんさま》の顔《かお》が赤《あか》く見《み》えるように、四方吉《よもきち》がこっそりしかけをしていたのです。四方吉《よもきち》は、そういったからくりをつくることが大好《だいす》きな子《こ》どもでした。

平賀源内《ひらがげんない》は高松藩《たかまつはん》（今《いま》の香川県《かがわけん》）で生《う》まれました。源内《げんない》はいろいろなことに興味《きょうみ》をもち、長崎《ながさき》で医学《いがく》やオランダ語《ご》を学《まな》びます。また、薬《くすり》の材料《ざいりょう》となる草《くさ》や木《き》の研究《けんきゅう》をし、薬学《やくがく》（薬《くすり》について研究《けんきゅう》する学問《がくもん》）をもっと発展《はってん》させるため、日本初《にほんはつ》の物産展《ぶっさんてん》「薬品会《やくひんかい》」も開《ひら》きました。

また、子《こ》どものころからのからくり好《ず》きは、さまざまな発明《はつめい》につながります。「タルモメイトル（今《いま》の温度計《おんどけい》）」や「量程器《りょうていき》（今《いま》の万歩計《まんぽけい》）」、燃《も》えない布《ぬの》「火浣布《かかんぷ》」など、たくさんの発明品《はつめいひん》をのこしました。

あるとき、源内《げんない》はこわれたエレキテル（電気《でんき》を発生《はっせい》させる装置《そうち》）を長崎《ながさき》で手《て》に入《い》れます。電気《でんき》の知識《ちしき》がないなか、七年《しちねん》あまりもの年月《ねんげつ》をかけて、ようやく修理《しゅうり》に成功《せいこう》しました。パチパチと火花《ひばな》が出《で》る様子《ようす》に、人《ひと》びとはとてもびっくりしたそうです。

また、「土用《どよう》の丑《うし》の日《ひ》にはうなぎを食《た》べる」といった習慣《しゅうかん》も、源内《げんない》が考《かんが》え出《だ》したことだといわれています。

「夏《なつ》はまったく売《う》れやしない。どうにかなりませんかね」

うなぎ屋《や》に相談《そうだん》された源内《げんない》は、「栄養《えいよう》があるうなぎは、夏《なつ》バテ防止《ぼうし》にぴったりだと言《い》って売《う》りましょう」と提案《ていあん》し、看板《かんばん》を出《だ》させたのが始《はじ》まりといわれているのです。

ほかにも、作家《さっか》や画家《がか》、鉱山《こうざん》の開発《かいはつ》など、まったくことなる分野《ぶんや》でも才能《さいのう》をあらわしました。

こうして活《かつ》やくをつづけた源内《げんない》は、一七七九年《ねん》（安永八年《あんえいはちねん》）十二《じゅうに》月十八日《がつじゅうはちにち》に亡《な》くなりました。

この日《ひ》はほかにも…

★日本《にほん》が国際連合《こくさいれんごう》（333ページ）に加盟《かめい》した日《ひ》（一九五六年《ねん》）

392ページのこたえ　弟《おとうと》のオービル

おはなしクイズ　平賀源内《ひらがげんない》が修理《しゅうり》した、電気《でんき》を発生《はっせい》させる装置《そうち》は？　こたえはつぎのページ

動力《どうりょく》を使《つか》った飛行機《ひこうき》が人《ひと》をのせて はじめて日本《にほん》の空《そら》を飛《と》んだ日《ひ》

読《よ》んだ日《ひ》にち（　　年　　月　　日）（　　年　　月　　日）（　　年　　月　　日）

日本《にほん》ではじめて模型飛行機《もけいひこうき》を飛《と》ばしたのは、軍隊《ぐんたい》に所属《しょぞく》していた二宮忠八《にのみやちゅうはち》でした。カラスが空《そら》を飛《と》ぶ姿《すがた》からヒントをえて「カラス型《がた》模型飛行器《もけいひこうき》」をつくり、一八九一年《ねん》に十《じゅう》メートルの飛行《ひこう》に成功《せいこう》したのです。

一九〇九年《ねん》には、東京《とうきょう》で日本初《にほんはつ》のグライダーが人《ひと》をのせた飛行《ひこう》に成功《せいこう》しています。これは海軍《かいぐん》の相原四郎大尉《あいはらしろうたいい》が、フランス大使《たいし》館《かん》につとめるル・プリウールと、物理学者《ぶつりがくしゃ》の田中舘愛橘《たなかだてあいきつ》とともに完成《かんせい》させたものでした。また、この年《とし》には政府《せいふ》によって臨《りん》時軍用気球研究会《じぐんようききゅうけんきゅうかい》が発足《ほっそく》し、飛《ひ》行機《こうき》の本格的《ほんかくてき》な研究《けんきゅう》が始《はじ》まっています。

翌《よく》一九一〇年《ねん》には、フランスとドイツから飛行機《ひこうき》が輸入《ゆにゅう》されました。

フランス製《せい》のアンリ・ファルマン機《き》にのりこんだのは陸軍《りくぐん》の徳川好敏大尉《とくがわよしとしたいい》で、ドイツ製《せい》のハンス・グラーデ機《き》を操縦《そうじゅう》したのは陸軍《りくぐん》の日野熊蔵大尉《ひのくまぞうたいい》でした。二人《ふたり》は同年《どうねん》の十二月十九日《じゅうにがつじゅうくにち》、東京《とうきょう》の代々木練兵場《よよぎれんぺいじょう》を飛《と》び立《た》つと、見事《みごと》に大空《おおぞら》を飛《と》びまわったのです。日《に》本《ほん》ではじめて、動力《どうりょく》を使《つか》った飛行《ひこう》機《き》が飛《と》んだ日《ひ》でした。

当初《とうしょ》の研究《けんきゅう》は軍《ぐん》が進《すす》めていました。飛行機《ひこうき》はまず軍事目的《ぐんじもくてき》でつくられたのです。日本初《にほんはつ》の国産飛行《こくさんひこう》機《き》である「会式一号機《かいしきいちごうき》」は、アンリ・ファルマン機《き》をもとに一九一一年《ねん》につくられた軍用機《ぐんようき》で、政府《せいふ》はその後《ご》、飛行機《ひこうき》づくりに力《ちから》を入《い》れていきます。

軍事目的以外《ぐんじもくてきいがい》でも、一九一二年《ねん》には千葉県《ちばけん》の稲毛《いなげ》に初《はつ》の民間飛行《みんかんひこう》場《じょう》が開《ひら》かれ、一九二二年《ねん》には大阪《おおさか》と徳島《とくしま》で定期輸送《ていきゆそう》が始《はじ》まるなど、民間《みんかん》の利用《りよう》も広《ひろ》がっていきます。

その後《ご》は技術《ぎじゅつ》の発展《はってん》で安全性《あんぜんせい》が高《たか》まり、一九二八年《ねん》に国内《こくない》や外国《がいこく》に向《む》けて旅客機《りょかくき》が飛《と》び立《た》つようになりました。こうして本格的《ほんかくてき》な空《そら》の時代《じだい》がやってきたのです。

（左《ひだり》）ハンス・グラーデ機《き》と日野熊蔵大尉《ひのくまぞうたいい》、（右《みぎ》）アンリ・ファルマン機《き》と徳川好敏大尉《とくがわよしとしたいい》

この日《ひ》はほかにも…

★宇宙空間《うちゅうくうかん》での探査《たんさ》や利用《りよう》の自由《じゆう》などが定《さだ》められた「宇宙条約《うちゅうじょうやく》」が国際連合《こくさいれんごう》（333ページ）で採択《さいたく》された日《ひ》（一九六六年《ねん》）
★明治《めいじ》・大正時代《たいしょうじだい》の画家《がか》、富岡鉄斎《とみおかてっさい》の誕生日《たんじょうび》（一八三六年《ねん》）

393ページのこたえ
エレキテル

おはなしクイズ　徳川好敏《とくがわよしとし》がのったアンリ・ファルマン機《き》はどこの国《くに》から輸入《ゆにゅう》された？　こたえはつぎのページ

12月20日

正《ただ》しい仏教《ぶっきょう》を伝《つた》えるため 鑑真《がんじん》が日本《にほん》に到着《とうちゃく》した日《ひ》

読《よ》んだ日《ひ》にち（　年　月　日）（　年　月　日）（　年　月　日）

歴史

奈良《なら》に平城京《へいじょうきょう》がつくられ、奈良《なら》時代《じだい》が始《はじ》まって十数年《じゅうすうねん》ほどの間《あいだ》に、ききん（農作物《のうさくもつ》が十分《じゅうぶん》に実《みの》らずに、人《ひと》びとが飢《う》えること）がたびたび起《お》こり、権力争《けんりょくあらそ》いがつづくなど、世《よ》の中《なか》はみだれていきました。そこで七二四年《ねん》に天皇《てんのう》の地位《ちい》についた聖武天皇《しょうむてんのう》は、仏教《ぶっきょう》で人《ひと》びとの心《こころ》を一《ひと》つにして国《くに》を治《おさ》めようとしました。

聖武天皇《しょうむてんのう》は、まず東大寺《とうだいじ》に大仏《だいぶつ》をつくります（120ページ）。さらに正式《せいしき》な仏教《ぶっきょう》を広《ひろ》めるために、唐《とう》（今《いま》の中国《ちゅうごく》）から伝戒師《でんかいし》という特《とく》別《べつ》な地位《ちい》の僧《そう》をまねこうとしました。世《よ》の中《なか》のみだれによって、金《かね》もうけにはげむような僧《そう》が増《ふ》えていたためです。正式《せいしき》な僧《そう》になるには、「戒律《かいりつ》」という決《き》まりごとを守《まも》るちかいを立《た》てなくてはならないのですが、その戒律《かいりつ》をさずけるのが伝《でん》戒師《かいし》です。

栄叡《ようえい》、普照《ふしょう》という二人《ふたり》の僧《そう》が唐《とう》にわたり、七四二年《ねん》に唐《とう》で尊敬《そんけい》を集《あつ》めていた鑑真《がんじん》とめぐり会《あ》います。鑑真《がんじん》はそのとき五十五歳《ごじゅうごさい》だったため、弟子《でし》の中《なか》から日本《にほん》へ行《い》く候補者《こうほしゃ》をさがしましたが、あらわれません。すると、鑑真《がんじん》は自分《じぶん》が日本《にほん》にわたる決心《けっしん》をします。

しかし、唐《とう》の人《ひと》たちも鑑真《がんじん》がいなくなるとこまるため、引《ひ》き止《と》めました。役人《やくにん》がじゃまをしてきたり、船《ふね》で出発《しゅっぱつ》しても嵐《あらし》にあったりするなど、何回《なんかい》も失敗《しっぱい》します。五《ご》回目《かいめ》の挑戦《ちょうせん》に失敗《しっぱい》したあと、苦労《くろう》のせいで鑑真《がんじん》の目《め》は見《み》えなくなりました。それでも鑑真《がんじん》はあきらめず、遣唐使《けんとうし》（214ページ）の船《ふね》にのり、六回目《ろっかいめ》の挑戦《ちょうせん》でついに日本《にほん》に到着《とうちゃく》します。七五三年《ねん》（天平勝宝《てんぴょうしょうほう》五年《ごねん》）十二月二十日《じゅうにがつはつか》のことで、鑑《がん》真《じん》は六十六歳《ろくじゅうろくさい》になっていました。

日本《にほん》に来《き》た鑑真《がんじん》は戒律《かいりつ》をさずける正式《せいしき》な儀式《ぎしき》を行《おこな》うほか、正《ただ》しい仏法《ぶっぽう》も日本《にほん》の僧《そう》たちに教《おし》えました。薬草《やくそう》についての知識《ちしき》も豊富《ほうふ》だったため、病気《びょうき》の人《ひと》やまずしい人《ひと》を助《たす》ける行《おこな》いもします。

鑑真《がんじん》は七十六歳《ななじゅうろくさい》で、日本《にほん》で亡《な》くなりました。その知《し》らせをきいた唐《とう》の人《ひと》びとは、日本《にほん》に向《む》かって手《て》を合《あ》わせたといわれています。

この日《ひ》はほかにも…

★アメリカの動物学者《どうぶつがくしゃ》、モース（195ページ）の命日《めいにち》（一九二五年《ねん》）

★明治《めいじ》・大正時代《たいしょうじだい》の細菌学者《さいきんがくしゃ》、北里《きたさと》柴三郎《しばさぶろう》（379ページ）の誕生日《たんじょうび》（一八五二年《ねん》）

394ページのこたえ フランス

おはなしクイズ　僧《そう》になるための戒律《かいりつ》をさずける、鑑真《がんじん》のような僧《そう》を何《なん》という？　こたえはつぎのページ

『昆《こん》虫《ちゅう》記《き》』をかいた ファーブルの誕《たん》生《じょう》日《び》

フランス
1823〜1915年《ねん》

12月21日

読《よ》んだ日《ひ》にち（　　年　　月　　日）（　　年　　月　　日）（　　年　　月　　日）

人物

　ある春《はる》の日《ひ》、フランスのカルパントラのがけ道《みち》に一人《ひとり》の男性《だんせい》がいました。

「あの人《ひと》、昨日《きのう》もここにいたね。何《なに》をしているんだろう？」

　人《ひと》びとはうわさしましたが、男《だん》性《せい》はそんなことには気《き》づきませんでした。ゾウムシをつかまえることに必死《ひっし》だったのです。

　男性《だんせい》の名《な》は、ジャン・アンリ・ファーブル。一八二三年十二月二十一日《ねんじゅうにがつにじゅういちにち》にフランスの小《ちい》さな農村《のうそん》で生《う》まれ、おさないころから昆虫《こんちゅう》に夢中《むちゅう》で好奇心《こうきしん》おうせいな子《こ》どもでした。大人《おとな》になってからは物理《ぶつり》の教師《きょうし》をしていましたが、昆虫《こんちゅう》の生《せい》態《たい》に興味《きょうみ》をもちつづけていました。

　ファーブルが前《まえ》に読《よ》んだ論文《ろんぶん》に、「ハチはほかの昆虫《こんちゅう》をさして巣《す》に持《も》ち帰《かえ》り、幼虫《ようちゅう》のえさにしている。えさになる昆虫《こんちゅう》は、時間《じかん》がたってもくさらない」とかいてありました。ファーブルは、なぜ死《し》んだ昆虫《こんちゅう》がくさらないのか、ふしぎに思《おも》い、春休《はるやす》みの間《あいだ》、ハチの巣《す》が多《おお》いカルパントラのがけ道《みち》に通《かよ》っていたのです。

「すまないけれど、ちょっといただくよ」

　ファーブルは、えさとしてとらえられたゾウムシをハチの巣《す》から持《も》ち帰《かえ》り、電流《でんりゅう》を流《なが》してみました。すると、ゾウムシはわずかに体《からだ》をふるわせました。

「生《い》きている！　動《うご》けなくなっているけれど、まだ生《い》きている。だからくさらないんだ！」

　次《つぎ》に、ファーブルはどうしたらハチが生《い》きたゾウムシを動《うご》けなくするのか、たしかめたいと思《おも》いました。ファーブルはがけ道《みち》をはいずりまわって、生《い》きたままのゾウムシをつかまえます。しかしハチは、ファーブルが用意《ようい》したゾウムシには見向《みむ》きもしません。考《かんが》えたあげく、ハチが運《はこ》んでいるゾウムシと、自分《じぶん》の手《て》もとにあるゾウムシを、すばやくすりかえてみました。そしてついに、ハチはゾウムシをさしました。

「やっぱりそうだったんだ！」

　ハチがさしたのはゾウムシの体《からだ》で神経《しんけい》の中枢《ちゅうすう》となる部分《ぶぶん》でした。そのために、ゾウムシは体《からだ》が動《うご》かなくなっていたのです。

　これをきっかけにファーブルは昆虫《こんちゅう》の研究《けんきゅう》にのめりこみ、三十年《さんじゅうねん》かけて、十巻《じっかん》からなる『昆虫記《こんちゅうき》』を完成《かんせい》させました。

395ページのこたえ
伝戒師《でんかいし》

この日《ひ》はほかにも…

★アメリカではじめてバスケットボール（347ページ）のゲームが行《おこな》われた日《ひ》（一八九一年《ねん》）

おはなしクイズ　ファーブルが研究《けんきゅう》していたハチは、何《なに》をえさにしていた？　こたえはつぎのページ

12月22日

ロシアの艦隊《かんたい》に勝《か》った海軍大将《かいぐんたいしょう》 東郷平八郎《とうごうへいはちろう》の誕生日《たんじょうび》

日本《にほん》
1847～1934年《ねん》

読《よ》んだ日《ひ》にち（　年　月　日）（　年　月　日）（　年　月　日）

人物

東郷平八郎《とうごうへいはちろう》は明治《めいじ》から大正時代《たいしょうじだい》にかけての海軍《かいぐん》の軍人《ぐんじん》です。一八四七年《ねん》（弘化四年《こうかよねん》）十二月二十二《じゅうにがつにじゅうに》日《にち》に薩摩藩《さつまはん》（今《いま》の鹿児島県《かごしまけん》）に生《う》まれ、十七歳《じゅうななさい》で薩摩対《さつまたい》イギリスの薩英戦争《さつえいせんそう》に参加《さんか》したのち、二十歳《はたち》で薩摩藩《さつまはん》の海軍《かいぐん》に入《はい》りました。江《え》戸《ど》から明治時代《めいじじだい》に変《か》わる激動《げきどう》のころ、新政府側《しんせいふがわ》の海軍《かいぐん》として旧幕府《きゅうばくふ》軍《ぐん》との戦《たたか》いに加《くわ》わります。

明治時代《めいじじだい》になると、平八郎《へいはちろう》は二《に》十五歳《じゅうごさい》から七年《しちねん》ほど、海軍発展《かいぐんはってん》のためにイギリスへ行《い》き、航海術《こうかいじゅつ》や砲術《ほうじゅつ》などを勉強《べんきょう》します。帰国後《きこくご》は海軍少佐《かいぐんしょうさ》、中将《ちゅうじょう》と位《くらい》を上《あ》げ、五十《ごじゅう》七歳《ななさい》で海軍《かいぐん》の連合艦隊司令長官《れんごうかんたいしれいちょうかん》になりました。

そして、一九〇四年《ねん》の日露戦争《にちろせんそう》で世界《せかい》に「東郷《とうごう》」の名《な》が知《し》れわたるようになるのです。当時《とうじ》、世界《せかい》一強《いちつよ》いといわれたロシアのバルチック艦隊《かんたい》が日本海《にほんかい》に入《はい》ってきたとき、平八郎《へいはちろう》は日本海軍連合艦隊《にほんかいぐんれんごうかんたい》の指揮《しき》をとりました。

「日本《にほん》がさかえるか、ほろびるかは、この一戦《いっせん》にある。みなそれぞれに力《ちから》を出《だ》してほしい！」

平八郎《へいはちろう》は、敵艦隊《てきかんたい》の前《まえ》を横切《よこぎ》って砲撃《ほうげき》するという大《だい》たんな戦術《せんじゅつ》で勝利《しょうり》しました。ヨーロッパをふるえあがらせるロシアという大国《たいこく》に、アジアの小国《しょうこく》である日本《にほん》の艦《かん》隊《たい》が勝利《しょうり》したニュースは、おどろきをもって世界中《せかいじゅう》に伝《つた》わり、日本《にほん》の国際的《こくさいてき》な地位《ちい》も高《たか》まりました。

その後《ご》、平八郎《へいはちろう》は陸海軍大将《りくかいぐんたいしょう》にあたえられる「元帥《げんすい》」の称号《しょうごう》を受《う》け、東宮御学問所総裁《とうぐうおんがくもんしょそうさい》となり、裕《ひろ》仁親王《ひとしんのう》（のちの昭和天皇《しょうわてんのう》）の教育《きょういく》を受《う》けもちます。世界的英雄《せかいてきえいゆう》となった平八郎《へいはちろう》が八十八歳《はちじゅうはっさい》で亡《な》くなったあと、東京都渋谷区《とうきょうとしぶやく》と福岡《ふくおか》県《けん》福津市《ふくつし》に「東郷神社《とうごうじんじゃ》」がたてられました。また、バルチック艦隊《かんたい》をやぶったときに平八郎《へいはちろう》がのっていた戦艦《せんかん》「三笠《みかさ》」は、神奈川県《かながわけん》の横須賀港《よこすかこう》に保存《ほぞん》されています。

この日《ひ》はほかにも…

★冬至《とうじ》（199ページ）
二十四節気《にじゅうしせっき》（306ページ）の一《ひと》つで、夜《よる》が最《もっと》も長《なが》くなる日《ひ》。十二月《じゅうにがつ》二十一日《にじゅういちにち》になることもある。

ゾウムシ
396ページのこたえ

おはなしクイズ 東郷平八郎《とうごうへいはちろう》がうちやぶったロシアの艦隊名《かんたいめい》は？ こたえはつぎのページ

ロゼッタストーンを解読《かいどく》した
シャンポリオンの誕生日《たんじょうび》

フランス
1790〜1832年《ねん》

12月23日

人物

読《よ》んだ日《ひ》にち（　　年　　月　　日）（　　年　　月　　日）（　　年　　月　　日）

一七九九年《ねん》のことです。エジプトに攻《せ》めこんだナポレオン（377ページ）がひきいるフランス軍《ぐん》は、ぐうぜん、土《つち》の中《なか》から石版《せきばん》「ロゼッタストーン」を発見《はっけん》しました。ロゼッタストーンには、ギリシャ文字《もじ》のほか、ヒエログリフやデモティックという大《おお》むかしの文字《もじ》がかかれていました。

ヒエログリフは神聖文字《しんせいもじ》とよばれ、生《い》きものをあらわす絵文字《えもじ》がふくまれています。デモティックはヒエログリフを簡単《かんたん》にした民衆《みんしゅう》文字《もじ》で、ともにギリシャ文字《もじ》でかかれた文章《ぶんしょう》と同《おな》じ内容《ないよう》がかかれていると考《かんが》えられました。このなぞの文字《もじ》の解読《かいどく》にいどんだのが、わかき天才研究者《てんさいけんきゅうしゃ》、ジャン・フランソワ・シャンポリオンです。

シャンポリオンは一七九〇年十《ねんじゅう》二月二十三日《にがつにじゅうさんにち》、フランスのフィジャックという町《まち》で生《う》まれます。

おさないころから兄《あに》に語学《ごがく》を教《おし》えてもらっていたシャンポリオンは、ヒエログリフの存在《そんざい》を知《し》ると、その解読《かいどく》をこころみ始《はじ》めました。それからほかの語学《ごがく》の勉強《べんきょう》もつづけて十三《じゅうさん》か国語《こくご》を覚《おぼ》え、十八《じゅうはっ》歳《さい》のときには大学《だいがく》の歴史学科《れきしがっか》の助教授《じょきょうじゅ》になります。

しかし、戦《たたか》いに敗《やぶ》れ地位《ちい》をうしなったナポレオンと親交《しんこう》があったために大学《だいがく》を追《お》われ、また、当時《とうじ》は完治《かんち》がむずかしかった結核《けっかく》という病気《びょうき》になってしまいます。

それでも、シャンポリオンは解読《かいどく》をあきらめませんでした。ギリシャ文字《もじ》とヒエログリフをくらべて、文字《もじ》の数《かず》がちがうこと、また、ヒエログリフの文字《もじ》が百六十《ひゃくろくじゅう》六種類《ろくしゅるい》あることなどから、ヒエログリフのもつ法則性《ほうそくせい》に気《き》づき、ロゼッタストーンにかかれている文《ぶん》章《しょう》を予想《よそう》しました。そして、エジプトの神殿《しんでん》にヒエログリフできざまれた別《べつ》の文章《ぶんしょう》を確認《かくにん》し、予想《よそう》が確信《かくしん》に変《か》わります。

「ついになぞがとけたぞ！」

研究《けんきゅう》に夢中《むちゅう》になっていたシャンポリオンは疲労《ひろう》のため気絶《きぜつ》して、五日間《いつかかん》も寝《ね》こみました。

一八二二年九月《ねんくがつ》、シャンポリオンはヒエログリフの解読《かいどく》を発表《はっぴょう》。この発表《はっぴょう》によって、古代《こだい》エジプトのなぞは次《つぎ》つぎに明《あき》らかになっていきます。シャンポリオンは発表《はっぴょう》から十年後《じゅうねんご》、四十一歳《よんじゅういっさい》で亡《な》くなりました。

この日《ひ》はほかにも…

★東京《とうきょう》タワー（日本電波塔《にっぽんでんぱとう》）が完成《かんせい》した日《ひ》（一九五八年《ねん》）

397ページのこたえ
バルチック艦隊《かんたい》

おはなしクイズ　ロゼッタストーンはどこの国《くに》で発見《はっけん》された？　こたえはつぎのページ

クリスマスの前夜祭《ぜんやさい》
クリスマス・イブ

読《よ》んだ日《ひ》にち（　年　月　日）（　年　月　日）（　年　月　日）

十二月二十四日《じゅうにがつにじゅうよっか》はクリスマス・イブ。「サンタさんがどんなプレゼントを持《も》ってきてくれるかな」と楽《たの》しみにしている人《ひと》も多《おお》いかもしれません。日本《にほん》ではクリスマスといえば、クリスマス・イブの夜《よる》にプレゼントをもらったり、チキンやケーキを食《た》べたり……。

クリスマスの行事《ぎょうじ》はいつ、どのようにして始《はじ》まったのでしょうか。

実《じつ》は、クリスマス・イブは翌二十五日《よくにじゅうごにち》のクリスマスの前夜祭《ぜんやさい》で、クリスマスはもともと、イエス・キリストという人《ひと》の誕生《たんじょう》を祝《いわ》う行事《ぎょうじ》なのです。

イエスは紀元前《きげんぜん》に今《いま》のイスラエルで生《う》まれ、まずしい人《ひと》や病気《びょうき》などで苦《くる》しむ人《ひと》につくしました。多《おお》くの人《ひと》がイエスのまわりに集《あつ》まり、話《はなし》に耳《みみ》をかたむけたといわれています。イエスが亡《な》くなったあとも、その教《おし》えは、世界中《せかいじゅう》に広《ひろ》がりました。それがキリスト教《きょう》です。

そしてキリスト教《きょう》の中《なか》で、イエスの誕生《たんじょう》を祝《いわ》う行事《ぎょうじ》が紀元《きげん》三〇〇年《ねん》ごろから始《はじ》まりました。これがクリスマスの始《はじ》まりです。現在《げんざい》でもキリスト教《きょう》では、クリスマスに教会《きょうかい》でおいのりをしたり、イエス誕生《たんじょう》の劇《げき》を演《えん》じたりします。

サンタクロースは、イエスの教《おし》えを広《ひろ》めていたセント・ニコラスという人《ひと》がモデルだといわれています。ニコラスはまずしい人《ひと》を助《たす》けたり、子《こ》どもたちの家《いえ》をまわってプレゼントをあげたりしたという言《い》い伝《つた》えがあり、それがクリスマスとむすびついて、クリスマス・イブにプレゼントを持《も》ってくるサンタクロースになったのです。

この日《ひ》はほかにも…

★アポロ八号《はちごう》が世界初《せかいはつ》の有人月周回《ゆうじんつきしゅうかい》飛行《ひこう》を行《おこな》った日《ひ》（一九六八年《ねん》）

★日本《にほん》ではじめて加工《かこう》されたチョコレートの広告《こうこく》が、新聞《しんぶん》にのった日《ひ》（一八七八年《ねん》）

398ページのこたえ　エジプト

おはなしクイズ　クリスマスはだれの誕生《たんじょう》を祝《いわ》う行事《ぎょうじ》？

こたえはつぎのページ

偉大《いだい》なる近代科学《きんだいかがく》の父《ちち》
ニュートンの誕生日《たんじょうび》

イギリス
1642〜1727年《ねん》

12月25日

読《よ》んだ日《ひ》にち（　　年　　月　　日）（　　年　　月　　日）（　　年　　月　　日）

人物

　アイザック・ニュートンがイギリスのウールスソープという小《ちい》さな村《むら》で生《う》まれたのは、ユリウス暦《れき》一六四二年《ねん》（グレゴリオ暦《れき》一六四三年《ねん》）十二月二十五日《じゅうにがつにじゅうごにち》です。

　お父《とう》さんはニュートンが生《う》まれる前《まえ》に亡《な》くなり、三歳《さんさい》のころにはお母《かあ》さんともはなれることになりました。それ以来《いらい》、おばあさんに育《そだ》てられたニュートンは内気《うちき》な性格《せいかく》になり、友《とも》だちをつくろうとしませんでした。そのかわり、一人《ひとり》で工作《こうさく》をしたり、自然《しぜん》とふれ合《あ》って観察《かんさつ》したりすることを楽《たの》しみにしていました。また、何《なに》か疑問《ぎもん》に思《おも》ったことがあれば、それを調《しら》べて解決《かいけつ》しなければ気《き》がすまない子《こ》どもだったのです。

　ニュートンの強《つよ》い探究心《たんきゅうしん》は学問《がくもん》にいかされ、十八歳《じゅうはっさい》になると、名門《めいもん》、ケンブリッジ大学《だいがく》に入学《にゅうがく》することになります。そこでは、幾何学《きかがく》（数学《すうがく》の分野《ぶんや》の一《ひと》つ）の研究《けんきゅう》や、太陽《たいよう》の光《ひかり》の速《はや》さと色《いろ》についての実験《じっけん》などに熱心《ねっしん》に取《と》り組《く》みました。

　ところが一六六五年《ねん》ごろ、ロンドンでペストというおそろしい伝染病《でんせんびょう》がはやったことで、大学《だいがく》がしばらく休《やす》みになります。しかたなく、ニュートンは生《う》まれた村《むら》に帰《かえ》ることにしました。

　故郷《こきょう》で夜空《よぞら》を見《み》つめながら、ニュートンは疑問《ぎもん》をもちます。

「なぜ、月《つき》は地球《ちきゅう》に落《お》ちてこないのだろう？　そして、なぜ、月《つき》と地球《ちきゅう》は遠《とお》くにはなれずに、距離《きょり》をたもっていられるのだろう？　それは、地球《ちきゅう》と月《つき》にそれぞれ引《ひ》っぱり合《あ》う力《ちから》が働《はたら》いているからではないか？」

　この考《かんが》え方《かた》は、「万有引力《ばんゆういんりょく》の法《ほう》則《そく》」といい、物理学《ぶつりがく》においてきわめて大《おお》きな発見《はっけん》でした。「万有引力《ばんゆういんりょく》の法則《ほうそく》」をニュートンが発見《はっけん》したときのことについては、いくつかの説《せつ》があり、リンゴの木《き》から実《み》が地面《じめん》に落《お》ちたのを見《み》たのがきっかけだという説《せつ》が有名《ゆうめい》です。

「なぜリンゴの実《み》は、まっすぐ地《じ》面《めん》に落《お》ちるのだろう？」

と疑問《ぎもん》に思《おも》い、何《なに》か理由《りゆう》があると考《かんが》えたことから法則《ほうそく》をみちびき出《だ》すことができたわけです。これは、あとになってからつくられた話《はなし》ともいわれています。

　物理学《ぶつりがく》の基礎《きそ》をきずいたニュートンは、その後《ご》もさまざまな発見《はっけん》をし一七二七年《ねん》に亡《な》くなりました。

399ページのこたえ
イエス・キリスト

この日《ひ》はほかにも…
★昭和《しょうわ》の元号《げんごう》が始《はじ》まった日《ひ》（一九二六年《ねん》）

おはなしクイズ　ニュートンが学《まな》んだ大学《だいがく》は？
こたえはつぎのページ

12月26日

江戸幕府《えどばくふ》を開《ひら》いた 徳川家康《とくがわいえやす》が生《う》まれた日《ひ》

日本《にほん》
1542～1616年《ねん》

読《よ》んだ日《ひ》にち（　　年　　月　　日）（　　年　　月　　日）（　　年　　月　　日）

人物

川《かわ》をはさんで、子《こ》どもたちが紅《あか》組《ぐみ》と白組《しろぐみ》にわかれて石投《いしな》げ合戦《がっせん》を始《はじ》めました。紅組《あかぐみ》は人数《にんずう》が多《おお》く、白組《しろぐみ》はその半分《はんぶん》くらいです。

それを見《み》ていたおさない竹千代《たけちよ》は、まわりの人《ひと》にこう言《い》いました。

「人数《にんずう》が少《すく》ない白《しろ》が勝《か》つと思《おも》います。紅《あか》は自分《じぶん》たちが勝《か》つと思《おも》って油断《ゆだん》しています。でも、白《しろ》は負《ま》けないように力《ちから》を合《あ》わせて戦《たたか》うからです」

竹千代《たけちよ》の言《い》うとおり、最初《さいしょ》は紅《あか》組《ぐみ》が勝《か》っていましたが、白組《しろぐみ》の子《こ》どもたちは団結《だんけつ》して石《いし》を投《な》げるようになり、最後《さいご》には紅組《あかぐみ》の子《こ》どもたちはみんなにげてしまいました。

この竹千代《たけちよ》こそ、のちに天下《てんか》を統一《とういつ》した徳川家康《とくがわいえやす》です。

家康《いえやす》は、室町時代《むろまちじだい》の一五四二年《ねん》（天文十一年《てんぶんじゅういちねん》）十二月二十六日《じゅうにがつにじゅうろくにち》に、三河国岡崎《みかわのくにおかざき》（今《いま》の愛知県岡崎市《あいちけんおかざきし》）城主《じょうしゅ》だった松平氏《まつだいらし》の長男《ちょうなん》として生《う》まれます。ところが家《いえ》の事情《じじょう》で、六歳《ろくさい》から織田家《おだけ》に、八歳《はっさい》からは今《いま》川家《がわけ》に人質《ひとじち》としてあずけられます。

そのころから家康《いえやす》には、物事《ものごと》をじっくり考《かんが》えて、どうするのが一《いち》番《ばん》いいのかを見《み》きわめる才能《さいのう》がありました。

大人《おとな》になった家康《いえやす》は武将《ぶしょう》になって、どんどん力《ちから》をつけていきます。

一五六〇年《ねん》の桶狭間《おけはざま》の戦《たたか》い（164ページ）のあと、家康《いえやす》は生《う》まれ故《こ》郷《きょう》である岡崎《おかざき》の領主《りょうしゅ》となり、その後《ご》、豊臣秀吉《とよとみひでよし》（216ページ）が天下《てんか》を統一《とういつ》すると、江戸《えど》（今《いま》の東京《とうきょう》）にうつります。

そして、秀吉《ひでよし》の死後《しご》に関ヶ原《せきがはら》の戦《たたか》い（290ページ）で勝利《しょうり》すると、六十二歳《ろくじゅうにさい》で征夷大将軍《せいいたいしょうぐん》となり、江《え》戸幕府《どばくふ》を開《ひら》くのです。

それから約二百六十年間《やくにひゃくろくじゅうねんかん》、明治《めいじ》時代《じだい》が始《はじ》まるまで、安定《あんてい》した平和《へいわ》な時代《じだい》がつづいていきます。この時代《じだい》を江戸時代《えどじだい》といいます。

大《おお》きな戦争《せんそう》の起《お》こらない期間《きかん》がこれだけ長《なが》いのは、日本《にほん》の歴史《れきし》上《じょう》、今《いま》のところ江戸時代《えどじだい》だけです。

この日《ひ》はほかにも…

★大日本東京野球倶楽部《だいにほんとうきょうやきゅうくらぶ》（今《いま》の読《よみ》売《うり》ジャイアンツ）が創立《そうりつ》した日《ひ》（367ページ）（一九三四年《ねん》）

400ページのこたえ
ケンブリッジ大学《だいがく》

おはなしクイズ　徳川家康《とくがわいえやす》の子《こ》どものころの名前《なまえ》は？　こたえはつぎのページ

細菌研究《さいきんけんきゅう》の基礎《きそ》をきずいた パスツールの誕生日《たんじょうび》

フランス 1822〜1895年《ねん》

人物

読《よ》んだ日《ひ》にち（　年　月　日）（　年　月　日）（　年　月　日）

むかしの人《ひと》びとは、ブドウがお酒《さけ》になったり、人《ひと》が病気《びょうき》になったりする理由《りゆう》を知《し》りませんでした。ルイ・パスツールは、これらの原《げん》因《いん》が細菌《さいきん》であることや、加熱《かねつ》によって細菌《さいきん》を殺《ころ》せることなどを発《はっ》見《けん》し、細菌研究《さいきんけんきゅう》の基礎《きそ》をきずきました。

パスツールは一八二二年十二月《ねんじゅうにがつ》二十七日《にじゅうしちにち》、フランスで生《う》まれました。おさないころから化学《かがく》に興味《きょうみ》があったパスツールは、パリの学《がっ》校《こう》で化学《かがく》を学《まな》び、二十七歳《にじゅうななさい》のときに大学教授《だいがくきょうじゅ》となりました。

ある日《ひ》、パスツールはお酒《さけ》の製《せい》造業者《ぞうぎょうしゃ》から相談《そうだん》を受《う》けます。

「パスツール先生《せんせい》、お酒《さけ》がすっぱくなる原因《げんいん》を調《しら》べてください」

パスツールはすっぱくなったお酒《さけ》を顕微鏡《けんびきょう》で調《しら》べました。そして、お酒《さけ》の成分《せいぶん》のアルコールができるのは、酵母《こうぼ》という細菌《さいきん》の働《はたら》きであること、ほかの細菌《さいきん》がまざるとすっぱくなることなどをつきとめました。また、その後《ご》も研究《けんきゅう》を進《すす》めることで、低温加熱《ていおんかねつ》で細菌《さいきん》を殺《ころ》せることも発見《はっけん》しました。

当時《とうじ》、生命《せいめい》は何《なに》もない場所《ばしょ》からうまれることもある、と人《ひと》びとは信《しん》じていました。これを生命《せいめい》の「自然発生説《しぜんはっせいせつ》」といいます。

それに疑問《ぎもん》をもったパスツールは、ある日《ひ》、口《くち》がS字型《エスじがた》に曲《ま》がった白鳥《はくちょう》の首《くび》フラスコにスープを入《い》れ、加熱《かねつ》して殺菌《さっきん》します。

「これがくさらなければ、細菌《さいきん》の自然発生説《しぜんはっせいせつ》を否定《ひてい》できるぞ」

殺菌《さっきん》されたスープは、一《いっ》か月《げつ》たってもくさりません。

「スープがくさらないということは、細菌《さいきん》がうまれなかったということだ。つまり、生命《せいめい》は何《なに》もないところからはうまれないんだ！」

この発見《はっけん》で、パスツールは自然《しぜん》発生説《はっせいせつ》がまちがいであることを証《しょう》明《めい》したのです。

パスツールはまた、細菌《さいきん》の研究《けんきゅう》を通《つう》じて、多《おお》くの病気《びょうき》の原因《げんいん》が細《さい》菌《きん》であることや、狂犬病《きょうけんびょう》をワクチンによって予防《よぼう》する方法《ほうほう》も発見《はっけん》しました。パスツールの細菌《さいきん》に関《かん》する数《かず》かずの業績《ぎょうせき》によって、細菌《さいきん》の研究《けんきゅう》はその後《ご》、急速《きゅうそく》に発展《はってん》していきました。

この日《ひ》はほかにも…

★天体《てんたい》の運動《うんどう》に関《かん》する「ケプラーの法則《ほうそく》」をとなえたドイツの天文学《てんもんがく》者《しゃ》、ヨハネス・ケプラーの誕生日《たんじょうび》（一五七一年《ねん》）

★第一回日本《だいいっかいにほん》レコード大賞《たいしょう》が発表《はっぴょう》された日《ひ》（一九五九年《ねん》）

401ページのこたえ　竹千代《たけちよ》

おはなしクイズ　アルコールができるのに必要《ひつよう》な細菌《さいきん》は？　こたえはつぎのページ

12月28日

「八百屋《やおや》お七《しち》」の物語《ものがたり》にもなった天和《てんな》の大火《たいか》が起《お》こった日《ひ》

読《よ》んだ日《ひ》にち（　　年　　月　　日）（　　年　　月　　日）（　　年　　月　　日）

歴史

「火事《かじ》とけんかは江戸《えど》の華《はな》」という言葉《ことば》がのこっているほど、江戸《えど》（今《いま》の東京《とうきょう》）の町《まち》は大《おお》きな火事《かじ》によく見《み》まわれました。家《いえ》と家《いえ》の間《あいだ》がせまく、火《ひ》が燃《も》え広《ひろ》がりやすかったのも原因《げんいん》の一《ひと》つでした。その江戸《えど》の町《まち》で、一六八二年《ねん》（天和《てんな》二年《にねん》）十二月二十八日《じゅうにがつにじゅうはちにち》に起《お》こった火災《かさい》を、天和《てんな》の大火《たいか》といいます。この火事《かじ》で焼《や》け出《だ》された、お七《しち》という十六歳《じゅうろくさい》の娘《むすめ》の話《はなし》が、井原西鶴《いはらさいかく》（253ページ）がかいた『好色五人女《こうしょくごにんおんな》』という物語集《ものがたりしゅう》などで語《かた》りつがれています。

本郷《ほんごう》（今《いま》の東京都文京区《とうきょうとぶんきょうく》）にある八百屋《やおや》さんに、お七《しち》という美《うつく》しい娘《むすめ》がいました。天和《てんな》の大火《たいか》で店《みせ》が焼《や》け、一家《いっか》はとあるお寺《てら》に身《み》をよせました。お七《しち》は、そこで出《で》会《あ》った小野川吉三郎《おのがわきちさぶろう》という寺小姓《てらこしょう》（お寺《てら》で住職《じゅうしょく》に仕《つか》える少年《しょうねん》）と恋《こい》に落《お》ちます。

「吉三郎様《きちさぶろうさま》、おしたいしています」

「お七殿《しちどの》、わたしも同《おな》じ思《おも》いです」

ところが、二人《ふたり》の恋《こい》はお七《しち》の母《はは》に見《み》つかり、

「もう二度《にど》と会《あ》ってはいけません」

と引《ひ》きさかれてしまいます。

その後《ご》、お七《しち》は家《いえ》に帰《かえ》りましたが、ある日《ひ》、お七《しち》に会《あ》いたい一心《いっしん》で、きのこ売《う》りに変装《へんそう》した吉三郎《きちさぶろう》がたずねてきます。そこで、二人《ふたり》はまた恋《こい》しい気持《きも》ちをたしかめあうことができました。しかし、吉三郎《きちさぶろう》が帰《かえ》ってしまうと、お七《しち》は悲《かな》しくてたまりません。

「そうだ、またあのような火事《かじ》があれば、あの人《ひと》のいるお寺《てら》に行《い》けるかもしれない」

思《おも》いつめたお七《しち》は、こっそり家《いえ》に火《ひ》をつけますが、近所《きんじょ》の人《ひと》に見《み》つかります。

「なんと、お七《しち》ではないか」

当時《とうじ》、放火《ほうか》をした者《もの》は死罪《しざい》と決《き》まっていました。とらえられたお七《しち》は、処刑《しょけい》され、あとからそれを知《し》った吉三郎《きちさぶろう》はなげき悲《かな》しみ、僧侶《そうりょ》となって一生《いっしょう》を終《お》えたということです。

お七《しち》は実在《じつざい》の人物《じんぶつ》とされていますが、くわしいことはわかっていません。悲《かな》しい物語《ものがたり》だけが、小説《しょうせつ》や演劇《えんげき》となって語《かた》りつがれています。

この日《ひ》はほかにも…

★『風立《かぜた》ちぬ』などをかいた小説《しょうせつ》家《か》、堀辰雄《ほりたつお》の誕生日《たんじょうび》（一九〇四年《ねん》）

402ページのこたえ　酵母《こうぼ》

おはなしクイズ　お七《しち》の家《いえ》は何屋《なにや》さんだった？

こたえはつぎのページ

平安時代《へいあんじだい》の作家《さっか》、紫式部《むらさきしきぶ》が中宮彰子《ちゅうぐうしょうし》の女官《にょかん》となった日《ひ》

12月29日

読《よ》んだ日《ひ》にち（　　年　　月　　日）（　　年　　月　　日）（　　年　　月　　日）

歴史

紫式部《むらさきしきぶ》は、今《いま》から千年以上《せんねんいじょう》もむかしに『源氏物語《げんじものがたり》』をかいた平安《へいあん》時代《じだい》の作家《さっか》です。本当《ほんとう》の名前《なまえ》や、生《う》まれた年《とし》ははっきりわかっていませんが、九七〇年《ねん》ごろに生《う》まれたとされています。紫式部《むらさきしきぶ》の父《ちち》、藤原為時《ふじわらのためとき》は、身分《みぶん》は高《たか》くありませんが、優秀《ゆうしゅう》な学者《がくしゃ》でした。紫式部《むらさきしきぶ》も文《ぶん》を読《よ》んだりかいたりすることが好《す》きで、兄《あに》が勉強《べんきょう》する文章《ぶんしょう》をきいているうちに、先《さき》におぼえてしまうほどかしこかったそうです。

紫式部《むらさきしきぶ》は二十九歳《にじゅうきゅうさい》のころ、藤原《ふじわらの》宣孝《のぶたか》という役人《やくにん》と結婚《けっこん》しますが、三年《さんねん》ほどで夫《おっと》を亡《な》くします。一人《ひとり》娘《むすめ》を育《そだ》てながら、紫式部《むらさきしきぶ》は物語《ものがたり》をかき始《はじ》めます。そうして『源氏物《げんじもの》語《がたり》』という恋《こい》の物語《ものがたり》がつむぎ出《だ》されたのです。

そのころの都《みやこ》、平安京《へいあんきょう》（331ページ）では、藤原氏《ふじわらし》一族《いちぞく》が権力《けんりょく》をふるっていました。娘《むすめ》たちを天皇《てんのう》のきさき（中宮《ちゅうぐう》）にしたり、その皇《おう》子《じ》を天皇《てんのう》にしたりして、思《おも》いどおりに政治《せいじ》を行《おこな》っていたのです。一《いち》条天皇《じょうてんのう》の中宮《ちゅうぐう》である定子《ていし》は、藤原《ふじわらの》道隆《みちたか》の娘《むすめ》でした。その定子《ていし》の女官《にょかん》（宮廷《きゅうてい》に仕《つか》える女性《じょせい》）として家庭《かてい》教師《きょうし》をしていたのが、『枕草子《まくらのそうし》』をかいた清少納言《せいしょうなごん》です。やがて道《みち》隆《たか》が亡《な》くなると、一条天皇《いちじょうてんのう》は藤原《ふじわらの》道長《みちなが》の娘《むすめ》の彰子《しょうし》を中宮《ちゅうぐう》にむかえます。当時《とうじ》、最高《さいこう》の権力《けんりょく》をもっていた道長《みちなが》は、清少納言《せいしょうなごん》に負《ま》けない教《きょう》師《し》を彰子《しょうし》にもつけたいと思《おも》い、紫《むらさき》式部《しきぶ》を彰子《しょうし》の女官《にょかん》にとりたてました。一〇〇五年《ねん》（寛弘二年《かんこうにねん》）十二《じゅうに》月二十九日《がつにじゅうくにち》、紫式部《むらさきしきぶ》が三十六歳《さんじゅうろくさい》ごろのことです。

紫式部《むらさきしきぶ》は、彰子《しょうし》のお世話《せわ》をしながら『源氏物語《げんじものがたり》』をかき進《すす》めました。女官《にょかん》となって宮廷《きゅうてい》にいることで、宮廷《きゅうてい》の様子《ようす》が手《て》にとるようにわかり、物語《ものがたり》はさらにいきいきとし、いきおいをつけていきます。はなやかな恋物語《こいものがたり》に都《みやこ》の人《ひと》びとは夢中《むちゅう》になり、紫式部《むらさきしきぶ》は話《はなし》をかき終《お》わるたびにつづきをさいそくされ、物語《ものがたり》は五十四巻《ごじゅうよんかん》にもおよびました。

この、女性《じょせい》がかいた日本《にほん》で最《もっと》も古《ふる》くて長《なが》い物語《ものがたり》は、今《いま》でも現代《げんだい》の言葉《ことば》になおしたものが出版《しゅっぱん》され、ロングセラーとなっています。

この日《ひ》はほかにも…

★明治《めいじ》・大正時代《たいしょうじだい》の博物学者《はくぶつがくしゃ》、南方《みなかた》熊楠《くまぐす》（126ページ）の命日《めいにち》（一九四一年《ねん》）

403ページのこたえ

八百屋《やおや》さん

おはなしクイズ 紫式部《むらさきしきぶ》がかいた、女性《じょせい》による日本最古《にほんさいこ》の長《なが》い物語《ものがたり》の題名《だいめい》は？

こたえはつぎのページ

日本《にほん》ではじめて人《ひと》をのせた地下鉄《ちかてつ》が開通《かいつう》した日《ひ》

読《よ》んだ日《ひ》にち（　　年　　月　　日）（　　年　　月　　日）（　　年　　月　　日）

はじめて

一九二七年《ねん》十二月《じゅうにがつ》三十日《さんじゅうにち》、日本《にほん》ではじめて旅客用《りょかくよう》の地下鉄《ちかてつ》が開通《かいつう》したことから、十二月三十日《じゅうにがつさんじゅうにち》は「地下鉄記念日《ちかてつきねんび》」とされています。

当時《とうじ》、東京《とうきょう》では、路面電車《ろめんでんしゃ》が人《ひと》びとの足《あし》として人気《にんき》を集《あつ》めていました。しかし、自動車《じどうしゃ》の台数《だいすう》が増《ふ》えて道路《どうろ》の混雑《こんざつ》がはげしくなったことや、東京《とうきょう》の人口《じんこう》が増《ふ》えて路面電車《ろめんでんしゃ》を利用《りよう》する人《ひと》が急速《きゅうそく》に増加《ぞうか》したことなどから、路面電車《ろめんでんしゃ》だけで人《ひと》びとを効率《こうりつ》よく運《はこ》ぶのは、むずかしくなりつつありました。

そこで、一人《ひとり》の男《おとこ》が立《た》ち上《あ》がります。今《いま》の東武鉄道《とうぶてつどう》や南海電気鉄道《なんかいでんきてつどう》などで鉄道技術《てつどうぎじゅつ》を学《まな》んでいた早川徳次《はやかわのりつぐ》という人物《じんぶつ》です。徳次《のりつぐ》は、東京《とうきょう》の地下《ちか》の調査《ちょうさ》を独自《どくじ》に行《おこな》い、地下鉄《ちかてつ》の建設《けんせつ》が可能《かのう》であることをたしかめると、東京地下鉄道《とうきょうちかてつどう》（今《いま》の東京地下鉄《とうきょうちかてつ》）をつくって、地下鉄《ちかてつ》の建設《けんせつ》を始《はじ》めます。そして会社設立《かいしゃせつりつ》から七年後《しちねんご》の一九二七年《ねん》十二月《じゅうにがつ》三十日《さんじゅうにち》、東京《とうきょう》の上野《うえの》―浅草間《あさくさかん》に地下鉄《ちかてつ》を開通《かいつう》させました。

荷物《にもつ》を運《はこ》ぶ地下鉄《ちかてつ》は、すでに一九一五年《ねん》に、東京駅《とうきょうえき》の地下《ちか》に開通《かいつう》していました。しかし、人《ひと》をのせる地下鉄《ちかてつ》としては、この徳次《のりつぐ》がつくった地下鉄《ちかてつ》がアジア初《はつ》でした。

そのため、営業距離《えいぎょうきょり》がわずか二《に》・二《に》キロメートルという短《みじか》い距離《きょり》にもかかわらず、大変《たいへん》な話題《わだい》をよび、何万人《なんまんにん》もの乗客《じょうきゃく》がおしよせたといいます。

その後《ご》、この地下鉄《ちかてつ》は上野《うえの》から新橋《しんばし》、渋谷《しぶや》へと路線《ろせん》をのばし、一九三九年《ねん》には今《いま》の東京《とうきょう》メトロ銀座線《ぎんざせん》に当《あ》たる路線《ろせん》が全線開通《ぜんせんかいつう》しました。銀座線《ぎんざせん》が全線開通《ぜんせんかいつう》するまでの間《あいだ》には、大阪《おおさか》にも地下鉄《ちかてつ》が開通《かいつう》しています。

二〇一七年時点《ねんじてん》では、東京地下鉄《とうきょうちか》が運行《うんこう》する路線《ろせん》は九路線《きゅうろせん》にまで増《ふ》え、営業《えいぎょう》キロ数《すう》は百九十《ひゃくきゅうじっ》キロメートルをこえています。また、一日《いちにち》の利用者数《りようしゃすう》は七百二十万人《ななひゃくにじゅうまんにん》をこえ、都市《とし》の移動《いどう》でかかせない存在《そんざい》となっています。

開通《かいつう》したころの地下鉄《ちかてつ》

この日《ひ》はほかにも…

★『ジャングル・ブック』などをかいたイギリスのノーベル文学賞作《ぶんがくしょうさっ》家《か》、ラドヤード・キップリングの誕《たん》生日《じょうび》（一八六五年《ねん》）

404ページのこたえ
『源氏物語《げんじものがたり》』

おはなしクイズ　日本《にほん》ではじめてつくられた旅客用《りょかくよう》の地下鉄《ちかてつ》の路線《ろせん》は、上野《うえの》からどこまで？

こたえはつぎのページ

一年《いちねん》の終《お》わり、大《おお》みそか

12月31日

1日 行事

読《よ》んだ日《ひ》にち（　　年　　月　　日）（　　年　　月　　日）（　　年　　月　　日）

一月《いちがつ》から十二月《じゅうにがつ》までのそれぞれの月《つき》の最後《さいご》の日《ひ》を、「みそか」「つごもり」といいます。十二月三十一日《じゅうにがつさんじゅういちにち》は一年《いちねん》の最後《さいご》の日《ひ》なので、「大《おお》」をつけて「大《おお》みそか」、あるいは「大《おお》つごもり」とよびます。

大《おお》みそかは古《ふる》い年《とし》と新《あたら》しい年《とし》の区切《くぎ》りの日《ひ》です。そのため、むかしから年末《ねんまつ》には年神様《としがみさま》（16ページ）をむかえるために、さまざまな準備《じゅんび》をしてきました。

大《おお》そうじは、正月《しょうがつ》を気持《きも》ちよくむかえるためにはかかせません。この大《おお》そうじの始《はじ》まりになったのが、笹竹《ささだけ》で家中《いえじゅう》のすすを落《お》とす「すすはらい」という行事《ぎょうじ》です。すすはらいは、年神様《としがみさま》をむかえるための大切《たいせつ》な行事《ぎょうじ》として、むかしは十二月十三日《じゅうにがつじゅうさんにち》ごろに行《おこな》われていました。大《おお》みそかにはほかにも、門松《かどまつ》やしめ縄《なわ》、鏡《かがみ》もちなどの正月《しょうがつ》かざりを整《ととの》えたり、おせち料理《りょうり》をつくったりします。

「大《おお》みそかの夜《よる》は、おそくまで起《お》きていていいよ」と言《い》われたことがある人《ひと》も多《おお》いのではないでしょうか。むかしは、大《おお》みそかの夜《よる》はねむらずに年神様《としがみさま》をむかえるという習《なら》わしがあったのです。

大《おお》みそかの夜《よる》には、お寺《てら》で鐘《かね》が百八回《ひゃくはっかい》つき鳴《な》らされます。これは「除夜《じょや》の鐘《かね》」といい、百八回《ひゃくはっかい》という回数《かいすう》は、「煩悩《ぼんのう》（人間《にんげん》のもつ百《ひゃく》八《やっ》つの欲望《よくぼう》やなやみ）」を追《お》いはらうためといわれています。

大《おお》みそかの夜《よる》に食《た》べるものといえば、年《とし》こしそば。これは、江戸《えど》時代《じだい》からの風習《ふうしゅう》で、長《なが》いそばのように「長《なが》く生《い》きる」という願《ねが》いがこめられています。

秋田県男鹿地方《あきたけんおがちほう》では、大《おお》みそかの夜《よる》に「なまはげ」とよばれる行事《ぎょうじ》が行《おこな》われます。地域《ちいき》によってちがう部分《ぶぶん》もありますが、地元《じもと》の青年《せいねん》たちが木《き》の皮《かわ》などでつくったお面《めん》やケデとよばれる衣《い》しょうをつけて鬼《おに》に化《ば》け、木《き》の包丁《ほうちょう》と手《て》おけを持《も》って「泣《な》く子《こ》はいねえが」と家《いえ》をまわるのです。鬼《おに》は神棚《かみだな》をおがんだあと、家《いえ》の中《なか》を歩《ある》きまわり、家《いえ》の主人《しゅじん》が酒《さけ》やごちそうでもてなすと帰《かえ》っていきます。鬼《おに》はなまけ者《もの》をこらしめに来《く》るのですが、一年《いちねん》のけがれをはらい、新《あたら》しい年《とし》を祝福《しゅくふく》してくれるともいわれています。

この日《ひ》はほかにも…

★イギリスがアジア進出《しんしゅつ》のため、東《ひがし》インド会社《がいしゃ》を設立《せつりつ》した日《ひ》（一六〇〇年《ねん》）

このページのこたえ　百八回《ひゃくはっかい》

405ページのこたえ　浅草《あさくさ》

おはなしクイズ　大《おお》みそかにつく除夜《じょや》の鐘《かね》の回数《かいすう》は？　こたえはこのページ

行事《ぎょうじ》

記念日《きねんび》

人物《じんぶつ》

歴史《れきし》

はじめて

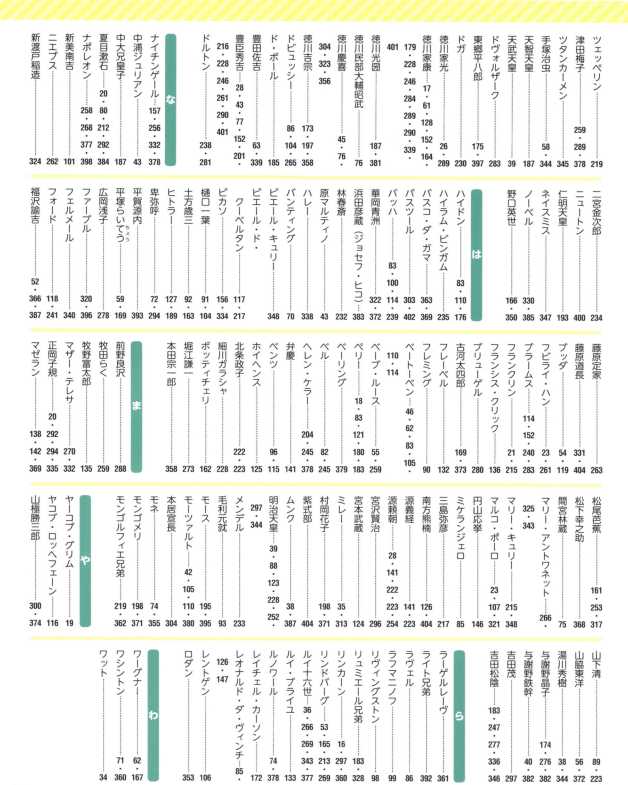

あ

か

さ

た

執筆 川村優理、ささきあり、すとうあさえ、竹内雅彦、田中孝博、長井理佳、長澤亜記、長沢潤、野口和恵、飯野由希代、真山みな子、溝呂木大祐、室橋裕和、山内ススム、山村基毅

イラスト 秋野純子、いしだ未紗、鴨下潤、斎藤昌子、さくま育、すみもとななみ、関岡恵美、タカタカヲリ、田原直子、TICTOC、常永美弥、はっとりななみ、はやはらよしろう、フクイサチヨ、間宮彩智、矢寿ひろお、ヤマネアヤ

写真協力 味の素株式会社／一般社団法人日本美術著作権協会（JASPAR）／一般社団法人美術著作権協会（SPDA）／株式会社アフロ／株式会社交通新聞社／株式会社東京ドーム／環境省中国四国地方環境事務所／公益財団法人いわさきちひろ記念事業団／公益財団法人鍋島報效会／国立国会図書館／国立大学法人東京医科歯科大学図書館／新日鐵住金株式会社八幡製鐵所／玉川大学教育博物館／東芝未来科学館／東武タワースカイツリー株式会社／永友武治／ニュースパーク（日本新聞博物館）／任天堂株式会社／函館市教育委員会／フランス観光開発機構／PROMPERU ペルー政府観光庁／山下清作品管理事務局／郵政博物館／臨済宗妙心寺派 豊後の安国寺／Shutterstock／photolibrary／PIXTA

協力 赤毛のアン記念館・村岡花子文庫／一般財団法人藤村記念郷／植村直己冒険館／竹田市商工観光課／株式会社黒澤プロダクション／株式会社タベイ企画／株式会社手塚プロダクション／株式会社Le Petit Prince（株式会社セラム）／環境省／京都大学基礎物理学研究所湯川記念館史料室／熊谷市教育委員会／公益財団法人川端康成記念会／公益財団法人北原白秋生家記念財団／公益財団法人野口英世記念会／公益財団法人南方熊楠記念館／杉原千畝記念館／鈴木三重吉赤い鳥の会／大同生命保険株式会社／特定非営利活動法人平塚らいてうの会／トヨタ産業技術記念館／上田市立博物館／新美南吉記念館／日本チャップリン協会／平賀源内記念館／文化のみち二葉館／堀江謙一／本田技研工業株式会社／文化学院／ＮＰＯ法人かなぎ元気倶楽部太宰治記念館「斜陽館」

装丁イラスト おおでゆかこ

装丁・本文デザイン 大場由紀、石野春加（株式会社ダイアートプランニング）

校正協力 月岡廣吉郎、内藤栄子、小川 文、株式会社みね工房

制作協力 株式会社PHPエディターズ・グループ

編集協力 株式会社童夢

今日は何の日？ 366
偉人の誕生日から世界の歴史、記念日まで

2018年4月3日　第1版第1刷発行

編　者　PHP研究所
発行者　瀬津 要
発行所　株式会社PHP研究所
東京本部　〒135-8137　江東区豊洲5-6-52
児童書出版部　☎03-3520-9635（編集）
児童書普及部　☎03-3520-9634（販売）
京都本部　〒601-8411　京都市南区西九条北ノ内町11
PHP INTERFACE　https://www.php.co.jp/
印刷所
製本所　図書印刷株式会社

ISBN978-4-569-78754-1

NDC900　415P　25cm